ADIÓS ARIZONA

ORLANDO HECHAVARRÍA

Xauart

Primera edición: Estados Unidos de América, junio de 2015
Publicado por Xavart Inc.

© 2013, Orlando Hechavarría
www.orlandohechavarria.com

© 2015, Xavart Inc.
www.xavart.com

Diseño de tapa: Laura Cuendias y Derwin Torres
Diseño de interior: Laura Cuendias

Derechos reservados conforme a la ley
ISBN-13: 978-0692438503
ISBN-10: 0692438505

A Javier Fonseca, inestimable amigo,
por ayudarme a vencer la pesadumbre,
y atravesar las tinieblas de la narrativa

La crucifixión de Dios no ha cesado, porque lo acontecido una sola vez en el tiempo se repite sin tregua en la eternidad. Judas, ahora, sigue cobrando las monedas de plata, sigue besando a Jesucristo; sigue arrojando las monedas en el templo; sigue anudando el lazo de la cuerda en el campo de la sangre.

JORGE LUIS BORGES

I. Fotografía de la calle Allen

El hombre realizó acciones alejadas de la improvisación y pudo entrar por la parte trasera de la vivienda, aunque descubrió con sorpresa que una de las puertas no estaba cerrada con llave. «Gracias, cortesana, por ser tan descuidada», pensó irónico mientras se desplazaba en absoluto sigilo. Habituado a esos desenlaces peligrosos, el hombre ahora no confiaba ni en su propia sombra.

«El plan se desarrolla como lo concebí. Después de todo, esta casa se comporta como ente inanimado que parece tener vida propia», pensó, al tiempo que se arrimaba a la pared que lo guiaría a la escalera que conducía desde la sala-comedor hacia la segunda planta. La vivienda a las tres de la madrugada se hallaba en penumbra. Sonrió a medias, al darse cuenta de que el pensamiento que había irrumpido en su mente era una reflexión estúpida. Y siguió avanzando.

Cuando se adelantó algo vio una luz que provenía de un aplique situado en una pared de la segunda planta y supo que con esa iluminación guiaría mejor sus pasos. No pasó trabajo alguno al extraer la pistola con silenciador, dispositivo que garantizaría la sordina en la descarga, fuera una o varias detonaciones.

«Serán como estornudos secos extraídos del propio silencio. De todas maneras, comanche gringo, yo pocas veces necesito más de una bala.»

Continuó desplazándose a tientas para no hacer ruido y con la respiración en vilo. Miró el reloj de pulsera. Faltaban pocos minutos para que las manecillas marcaran las tres de la madrugada. Esa sería la hora en que el oficial que había aplicado la ley durante toda su vida, remolcado por su inalterable hábito de individuo sesentón, se encaminaría al sanitario para aliviar la vejiga, y luego, como hacía madrugada tras madrugada, sin importar dónde estuviese pernoctando, se dirigiría a la cocina para abrir el frigorífico y tomar un vaso de leche fría.

«Detective gringo, el hombre es animal de fijas costumbres. Muy pronto harás tu aparición. Maldito paria, tú, y tu raza, han jodido a mucha gente, pero ahorita te vas a acompañar a la pelona y no podrás ver otra salida del astro rey.»

El hombre seguía con la mirada clavada en la segunda planta. Tenía la vista fija sobre la puerta del dormitorio que debería abrirse de un momento a otro. Conocía la casa por fotografías y croquis, ahora estaba listo para esconderse cuando se prendieran las luces de la escalera; también sabía sobre los movimientos de la gente que entraba y salía de la casa, así como los carros que aparcaban en los alrededores.

Minutos después vio que la puerta del dormitorio se abría, pero en lugar de aparecer una figura humana, como él suponía y esperaba, surgieron dos personas. De inmediato se metió detrás de las cortinas. Desde ese escondite observaba cómo se alteraba la proyección de la luz de la lámpara en lo alto. Las dos personas, una mujer y un hombre, se habían detenido bajo el aplique, por momentos la cabellera de la mujer entorpecía la luz y la hacía serpentear de forma antojadiza en la opacidad.

La cortesana encendió las luces de la escalera y el corredor. Era la dueña de la casa, actuaba de manera automática y desconcentrada. Ambos conversaban animados. Estaban en ropa de dormir, aunque ella, con una edad que rondaba los treinta años, llevaba ligera camisola e iba desnuda de la cintura para abajo y le hacía comentarios al individuo que avanzaba con pijama de mangas largas.

—No terminamos de escuchar mi canción preferida, mi amor —la mujer ladeó la cabeza, miró a su acompañante y le pasó la mano por la cara.

—Daniela —él la besó en la frente—, vamos, por favor, cuando regresemos oigo esa canción todas las veces que quieras.

Debido a la hora tan avanzada, a la pareja se le veía intranquila y cualquiera diría que ninguno de los dos había pegado ojo. Eso pensó el hombre que deseaba tomarse la justicia por su cuenta. En estos momentos la pareja se había detenido frente a la escalera de madera que contaba con dos descansos. Iniciaron la bajada, pero en cada descanso ellos hacían lo mismo: se detenían, intercambiaban palabras y se besaban. Puede que no tuvieran prisa o una poderosa razón les impidiera desplazarse y hacer las cosas de manera expedita. El individuo le echó el brazo por encima a su amante y ambos prosiguieron el trayecto.

«Únicamente tú, maldito gringo, debiste haber bajado las escaleras.» Resignado, el intruso ahora se daba a la tarea de reajustar los planes en su mente. Tan pronto la pareja llegó a la planta baja se dirigió hacia el baño. El oficial de la policía encendió la luz y entró. La mujer se recostó en el marco de la puerta, se arregló el pelo con las manos y luego se quedó mirando la mano derecha y revisaba las uñas a la espera de que su amante terminara. El oficial salió y se dirigió hacia la amplia cocina en busca del vaso de leche. Encendió la televisión que se hallaba en un rincón del espacioso mostrador que se abría en dirección al comedor, en la cual la CNN analizaba en ese instante el triunfo de Bill Clinton en las recientes elecciones presidenciales contra Bush y el naufragio del petrolero Mar Egeo frente a la costa de La Coruña, en España.

La lujosa cocina se hallaba a la izquierda y a unos veinte pasos del baño. Una de las paredes de la cocina estaba pintada de rojo, y el oficial, individuo de alta estatura, se vio de momento empequeñecido al abrir el frigorífico. La rubia mujer, sin embargo, ya había entrado en el baño pintado de azul celeste y, curiosamente, ese color contrastaba con la camisola color naranja que llevaba encima. Ella no cerró la puerta.

Se sentó en la taza, metió la mano derecha entre los muslos, echó el cuerpo hacia delante, apoyó la frente sobre el brazo izquierdo y la copiosa cabellera rubia cayó como una cascada hacia abajo, y en esa posición comenzó a moverse de un modo lento y raro, como si escuchara música o fuese presa de unos estremecimientos particulares. El azul celeste de las paredes, el azul añil de la taza, la blanca piel de la mujer, la cabellera dorada y la camisola naranja, tenían hipnotizada la mirada del intruso.

«¡Demonios! ¡Qué haces, apretada! Seguro. Ver para creer. La bonita cortesana se está masturbando. ¡Vaya!»

Se dijo el hombre con pistola en mano, impresionado, mientras veía la escena escondido detrás de las cortinas. En esa posición también podía observar los movimientos del oficial, quien ya bebía el vaso de leche. Ahora el oficial, con el vaso en la mano, contemplaba una formidable fotografía que estaba expuesta sobre la roja pared ubicada a un costado del frigorífico. Era una reproducción en blanco y negro donde se exhibía una panorámica de Tombstone, Arizona. Como en esos momentos el plan previsto se había trastornado, a esa conclusión llegó rápidamente el hombre que quería vengarse, tomó la decisión de ponerse el pasamontañas.

Desde hacía varias semanas tenía decidido eliminar al detective gringo, pero a nadie más, y en esta inesperada situación no mataría a la cortesana. Sólo le interesaba enviar al otro mundo al individuo que tenía la costumbre de levantarse como un obseso todas las noches a las tres de la madrugada, y esta vez, por demás, parecía que aún no había dormido. Otra explicación no entraba ni entraría en los planes del hombre que se creía justiciero.

«Al parecer la doña blanca tiene transportados a esos dos amorosos, vaya, están como en otro planeta; en fin, son los prodigios de la cocaína.»

El hombre que hacía de sombra cazadora ahora se acercaba cauteloso a la mujer. Vio que ella proseguía en su lenta y rítmica faena de acariciarse el sexo, si bien en ese preciso instante se dio cuenta de que ella disminuía su movimiento libidinoso. «Quizás hayan sido mis pasos», conjeturó cuando se avecinaba a la cortesana. «Bueno, deben ser distintos a los de su comanche.»

Pero fueran los pasos u otros motivos, lo cierto fue que al aproximarse a la mujer, ésta detuvo sus movimientos e irguió el torso lentamente, extrañada. Entre tanto ella sintió sobre la oreja derecha un soplo, una pequeña brisa o algo parecido, quiso girar la cabeza hacia la derecha, hacia donde estaba la puerta abierta, para ver quién era la persona que ya estaba a su lado. Y al intentarlo solo pudo percibir un puño enguantado que le dio un golpe seco sobre la frente y seguidamente dos manotazos relampagueantes sobre las sienes que le colapsó el entendimiento y, a continuación, sintió la presión en su nariz de un pañuelo humedecido y su mente se desvaneció.

El hombre que llevaba el pasamontañas, agarró a la mujer y le acomodó la cabeza sobre la tapa del inodoro. El intruso, que había sido entrenado por los *kidon* del MOSSAD, los denominados vengadores sionistas, era un experto que conocía los puntos vulnerables del cuerpo humano. Al cerrar la puerta del baño, escuchó la voz del oficial que gritaba desde la cocina:

—¿Qué pasa, Daniela? ¡Ven para acá! ¡Tengo una linda sorpresa! ¡Hoy no se duerme! ¡Ándale, apúrate!

El hombre del pasamontañas dirigió los pasos hacia la cocina. Al llegar vio que el detective contemplaba como un zombi la fotografía, y tenía a su espalda sobre el mostrador y cerca de la tele donde se analizaban las noticias por la CNN, un localizador, un revolver 38, el vaso vacío manchado de leche, un plato con rayas de cocaína, un litro de whisky, una copa y un cigarro humeante sobre un cenicero. Creyendo que los pasos eran los de su joven amante, el oficial giró la cabeza con una sonrisa en el rostro. Pero al ver que un silencioso individuo lo encañonaba con una pistola, se puso serio y volteó su cuerpo hacia el recién llegado, lentamente.

El oficial conocía bien esos peligros de muerte, peligros que ahora se estrenaban crudos ante sus ojos, como en primera persona. Conocía de manera abundante esos trances adversos a través de la tele y del cine, aunque los dominaba gracias a su entrenamiento y al trabajo operativo que había realizado durante muchos años como agente policíaco. Dominaba la forma en que se presentaban esas amenazas de muerte, y en particular cómo se les daba rápida respuesta. Mas ahora sabía que no disponía en esos momentos de la más mínima oportunidad para poder reaccionar como debía y salvar la vida. Eso lo sabía.

Miró hacia los objetos que hacía unos breves instantes eran su entretenimiento, y enseguida comprendió que esos objetos que estaban sobre el mostrador en realidad estaban lejos de su alcance. Maquinalmente dejó caer los brazos y con las manos abiertas se tocó los lados de su anatomía, y comprobó con amargura que era la primera vez en su vida que trataba de auxiliarse a sí mismo con un arma de fuego y no encontraba nada ni podía hacer nada, absolutamente nada.

Contempló de nuevo al individuo del pasamontañas que de manera serena lo encañonaba. Vio en esa serenidad encapuchada que esgrimía el verdugo, el anuncio de su segura muerte. Sintió el disparo, apagado. Aún pudo llevarse la mano derecha a la frente, por donde le había entrado el proyectil que le echó la cabeza hacia atrás, hacia el derrumbe definitivo, él lo supo, se ladeó y puso la mano abierta sobre la amplia fotografía, como buscando el último apoyo.

Y cayó al piso.

El trasnochado justiciero ni siquiera intentó comprobar que el detective había caído fulminado por un solo disparo. Él también dominaba su oficio. Observó con calma la imagen que exhibía una vista de la calle Allen, en el Tombstone de 1883. Leyó el cartel que en el centro de la foto publicitaba una tienda de materiales de la construcción y la venta de botas y zapatos, la cual se hallaba junto a otros rústicos caserones de madera, y contempló la ancha avenida de tierra y a un hombre barbudo de pie, de alta estatura, vestido de negro, con camisa blanca y corbatín negro y oscuro sombrero alón sobre la cabeza, quien, sin duda, más de cien años atrás había posado para el fotógrafo.

El engreído justiciero siguió examinando la fotografía y recordó una frase que en su infancia le escuchaba repetir a su padre con bastante frecuencia: *Tombstone, el pueblo que se negó a morir.* Luego miró por última vez hacia el cuerpo del oficial que yacía abatido sobre el suelo, vio la sangre que iba cubriendo el embaldosado, sangre que de manera inevitable se le hacía repulsiva. Naturalmente, eso lo contrariaba hasta los tuétanos. Puede que también esa contrariedad le arrastrara la memoria hasta la raíz de su maltrecha niñez. A modo de despedida, como si platicase con el oficial que estaba tendido, el justiciero comentó en voz baja:

—Tú eres el mejor regalo que me hizo la bendita violencia y mi karma. Te localicé gracias a Cadena y a ese Tucson, el extraterrestre, que pudo ser millonario en un santiamén, ¡qué desperdicio! Tú, comanche gringo, masacraste a mi padre y hoy su hijo tomó venganza por su propia mano. Porque luego supe que entre sus asesinos también había meros policías como tú, más narcotraficante que todos los narcotraficantes juntos. ¿Qué estarías pensando, detective gringo, cuando observabas tan absorto esa enorme fotografía? ¿Acaso pensarías que tú eras el mismísimo Wyatt Earp? ¡Chinga a tu madre, cabrón! Espero, traidor asqueroso, que no hayas tenido ese atrevimiento.

Fue hacia el baño, entró y vio a la mujer con la cabeza recostada hacia atrás, tal y como él la había dejado. Se avecinó y comprobó que respiraba.

«No te preocupes, Daniela, te conozco. Además de ser hermosa, eres afortunada. Pronto estarás en pie y podrás proseguir con tus lujurias, aunque tendrás que buscarte otro amante, y créeme que lo siento.»

Y se marchó.

II. Tenía un ojo de vidrio

—Adriana, este desierto es un dragón que se empaca a cuanta gente le pongan por delante, y nomás que traga mejor si la pinche raza se descuida, y todavía se va a empacar muchísima más gente, nunca lo olvides, aquí se perdió mi papá con sus cuates y jamás apareció, ¡anjá! Hay que saber vivir en el desierto, bonita.

Eran los primeros comentarios que la güera Mariana, la gitana húngara, le hacía a Adriana, a la futura madre de Remy, mientras junto a ella emprendía la cruzada para atravesar el desierto de Sonora en busca de su clan. Más de cien kilómetros separaban a Nogales de Tucson, hacia donde ellas irían en una primera etapa. En su magro equipaje, Mariana llevaba su inseparable mazo de cartas del tarot, un gastado libro que trataba acerca de la cartomancia y una iguana en cautiverio que ella había apodado Aligátor.

Lo que no sospechaba Adriana era que la húngara tomaría el camión, pero a mitad de camino se bajaría con ella en medio del desierto y ambas proseguirían a pie. Y la gitana nada le dijo a la grávida amiga de ese propósito porque sabía que esa noticia hubiese asustado a la compinche expedicionaria, que nada sabía acerca de cómo era la vida en esa desguarnecida planicie.

Remy, así se nombraría el crío según reciente decisión de la joven encinta, sería el primer retoño que Adriana traería al mundo y ahora viajaba retozón en su vientre, reacomodándose y casi listo para ver la luz en corto plazo. Para cualquier madre a mediados de la década de los cuarenta, era imposible conocer de modo científico cuál sería el sexo del hijo que estaba por nacer. Sin embargo, Mariana se encargó de despejar esa incógnita con el tarot, hilo, aguja de coser y otros ardides. Tan pronto realizó esos experimentos, la gitana reafirmó ante Adriana que su bebé sería hombre y que ya podía incluso ponerle el nombre que ella quisiera.

Predijo, además, que ese niño iba a nacer en una tierra parecida a la Luna, donde antiquísimas rocas estaban abiertas desde lo más hondo, y por esas aberturas, donde emanaban vibraciones positivas y perdurables, también brotarían vaticinios adversos y algunos tratarían de tocarle la cabeza a su hijo para someterlo, si bien ninguno lo alcanzaría y al final no podrían ni siquiera rozarle la piel.

Por último, le dijo que en esos lugares donde crecería su bebé, había existido en el pasado un hombre que con su vida había alcanzado la fama y la inmortalidad, debido sobre todo a su valentía y porque supo atravesar de modo misterioso —y así le sucedería a su retoño— un pasadizo envuelto en una lluvia de explosivos y muchas balas de plomo.

La mexicana se asustó al escuchar la disertación de la gitana cuando tiraba el tarot. En especial, Adriana se encrespó cuando Mariana le decía que su hijo estaría a merced de vaticinios adversos y caminaría bajo una lluvia de balas que, para la joven encinta, era equivalente de ver a su futuro hijo cerca de la muerte. Ella así lo había descifrado en la monserga de Mariana. «Gitana, tú, además de ser bruja, estás loca», pensó, pasmada. Aunque a pesar de esos sobresaltos, al final quedó bastante tranquila ante las ulteriores aclaraciones que le hiciera la gitana.

—Mi amor, quiero que se llame Remy —propuso Adriana a su novio Imeldo, lo cual fue aceptado por éste.

Adriana se lo propuso a Imeldo, sin llegar a confesarle otros asuntos difíciles. Por ejemplo, no quiso decirle que pronto se daría a la fuga hacia Arizona en compañía de la húngara. Ello se debía a que la muchacha sospechaba que en su casa, más temprano que tarde, para ella cambiarían las cosas de lugar, puesto que esa noticia del crío que venía en camino nunca se hizo pública ante Matilde, su madre. Naturalmente, Matilde, al ver los mareos, el cansancio, el sueño y el asco de su hija ante las comidas, súbito conjeturó que Adriana estaba preñada, y esa fue la causa de que Matilde decidiera, en un rapto de furia, echarla de la casa.

—¡Hija infeliz! ¡Desgraciada! ¡Eres la mera deshonra de nuestra familia! —gritaba Matilde a su hija al tiempo que lanzaba todos sus bártulos a la calle.

Por fortuna Mariana llevaba buen tiempo controlando los movimientos en la casa de Matilde, luego de saber de buena tinta —en su caso era como entrever el eco de una novedad proveniente del tarot— que la ofendida madre echaría a su amiga al camino; por ello, la gitana decidió permanecer cerca de Adriana, ciertamente para protegerla, pero también para salvaguardar a la criatura que la muchacha tenía en sus entrañas.

La gitana llevaba en su temple la riqueza de su antigua estirpe húngara, mezclada por demás con la cultura mexicana, debido a que desde pequeña había crecido en México. El grupo de gitanos al que perteneció la familia de Mariana, desde su arribo al territorio azteca en 1920, se había desplazado por todo el norte del país, girovagando entre los estados de Durango, Sinaloa, Chihuahua y Sonora.

Aunque en sentido general, Nogales era el sitio donde los gitanos del clan de Mariana se guarecían por largos períodos, también lo hacían en otros lugarejos cercanos a la frontera, e incluso en ocasiones probaban suerte cruzando al territorio estadounidense; precisamente ahora se encontraban errando por Arizona. Los gitanos en tierra azteca siempre deambularon como comerciantes, expertos en el trabajo de metales, así como explotando la tradición cultural húngara: el espectáculo artístico. Cuando llegó el cine ambulante, a mediados del siglo XX, los padres de Mariana viajaban sobre mulas y carromatos, y explotaron esa bonanza económica hasta los años setenta.

Desde que Mariana Róth y Adriana González se conocieron en Nogales, entre ambas surgió una hermosa amistad. La húngara apreció en su amiga, además de una belleza física que la estremecía, una vida espiritual que a su juicio pertenecía a un alma superior. Adriana a su vez admiraba en la gitana su atractiva locura, que siempre le fascinara viajar y viajar, sin importarle el motivo exacto de su trashumante traslación de un sitio a otro.

También le atraía el hecho de que la húngara contemplara la vida a su modo, que era poseer y expresar una creatividad ilimitada y tener como exclusiva ruta la de su libertad personal, la cual, según la gitana, se amparaba por la noche con el cielo tachonado de estrellas, y por morada le bastaba poder disfrutar de las planicies donde a lo lejos se perdía el horizonte.

La húngara tenía diecinueve años de edad y la mexicana quince. Mariana, sin mucho esfuerzo, pudo persuadir a Adriana, ante la seguridad de que la echarían de su casa, de que emprendiera con ella la aventura de ir en busca de sus paisanos, quienes pernoctaban en un rancho que se hallaba cerca de Tumacacori en Arizona. También le recomendó que se lo hiciera saber a Imeldo, aunque Adriana se negó a hacerlo, argumentando que esa noticia provocaría el lamentable resultado de que el joven perdiera su empleo.

Por ello, atravesar el desierto de Sonora con rumbo a Tucson y luego a Phoenix, era la idea fija que no se movía de la mente de Mariana. En Tumacacori y seguidamente en Tucson, permanecerían las dos muchachas varias semanas y enseguida partirían para Phoenix, la capital de Arizona, urbe donde según la húngara y a través de sus artes adivinatorias debía nacer el crío de Adriana.

—Bonita, tu cachorrito debe nacer en el país de los gabachos —aseveró la gitana—. Allí es difícil que la suerte se tuerza en desgracia. A ustedes dos en ese territorio no les faltará nada. Esa pinche gente gringa, además de tener la lana en abundancia, es la que sabe hacer mucho más lana, ¡anjá!

—Extraño mucho a Imeldo, Mariana —replicó quejosa y arrepentida de no haberle dicho la verdad a su novio.

—No te preocupes, bonita —deseaba tranquilizarla—. A un hombre enamorado nada puede detenerlo. Cuando Imeldo sepa hacia dónde vamos, lo dejará todo y en cualquier momento te lo vas a encontrar en el camino. Sabes, los ojos de Aligátor me lo dicen. Fíjate cómo Aligátor me escucha. Muy pronto levantará la cabeza, ¡anjá!, me dice que sí, Adriana.

La mexicana contempló a la iguana que la gitana llevaba a todas partes como si fuese una mascota embrujada. El camaleón era vistoso, de color verde, y Mariana lo mismo lo transportaba en una jaula o en un saco de yute con un leño adentro, o en ocasiones la paseaba con un cordel amarrado al pescuezo. La alimentaba con plantas. Y se ocupaba con esmero del curioso reptil que tenía casi un metro de longitud.

La húngara había bautizado a la iguana con el nombre de Aligátor, decía que además de ser macho, tenía la energía de un caimán pequeño y siempre sabría cómo alejar a las serpientes venenosas. En contrapartida, cual verdadera festividad panorámica, estaban los cactus, los cardos florecidos sobre espinas y los altos saguaros, casi milagrosos, que parecían bendecir a las caminantes por contener en su robusto seno agua para saciar la sed.

En el trayecto a pie que restaba, ya habían dejado el camión, Mariana le comunicó a Adriana que en Tumacacori se encontrarían con su novio Benigno Durán, el indio con el cual ella tenía relaciones amorosas desde hacía un año. Comentó que ese individuo, a quien ella consideraba un descendiente de los apaches, decididamente le gustaba mucho.

—Adriana, por las cosas que hace —sonreía con gusto y le brillaban los ojos azules—, Benigno se me parece a un hombre que creció en un cochino congal de Tombstone. ¡Anjá! Bonita, además de ser un mal hablado, tiene la mente asquerosa y el cabrón chaparro me da por los hombros. Me cae gordo que el apache no sea gitano. De haberlo sido para mí hubiese sido perfecto. Ah, es un poco vicioso, pero es un buen hombre. Siempre lleva consigo una cámara fotográfica que le regaló un gringo. Le hace fotos a la gente, continuamente. Cuando le tiro el tarot siempre le salen invertidas las cartas que se relacionan con la muerte y con la veintiuna, y estoy obligada a mentirle. Los arcanos mayores hablan de la muerte que llega, malamente. Ya le dicho algo, pero por suerte no me lo cree.

Arribaron a Tumacacori y se enteraron a través del propio Benigno de que el clan de los húngaros había proseguido camino hacia Tucson. El enamorado de Mariana era hombre rubio, fornido, de ojos claros y voz chillona. Si bien a Adriana le dio la impresión de que ese güero de piel rojiza, con barba rala y bigotes perdidos, se le parecía a un gambusino porque casi siempre tenía clavada la mirada en el piso, faltándole tan solo entre las manos una criba para separar la arena de los metales. Eso pensó la mexicana al contemplarlo, ya que Benigno le hizo recordar a un tío suyo que había sido buscador de oro en Arizona.

Mas Adriana supo rápidamente que el presumible indio no era un apache sino un mexicano nacido en Durango y con doce años había emigrado para trabajar en Arizona. En estos momentos Benigno decía tener veintinueve años. De todas maneras, la húngara seguía calificando a su novio como apache.

—Ningún mexicano, Adriana —dijo la húngara—, puede hacer las cosas que hace este apache. Ninguno. Mira como hizo su *hogan*, no, de ninguna manera, este baboso es un apache. Y si le quitas la barba, yo creo que sería el mismísimo Jerónimo que tanta guerra le dio a los gringos.

En esos momentos la gitana con las manos sacudía el *hogan*, la casucha puntiaguda de Benigno, construida con palos y el techo cubierto de tierra. Adriana pensaba al observarla que la húngara con su obstinada terquedad en cualquier instante tiraría el chamizo al piso, y la mexicana se sentía nerviosa, no sólo por pensar en el bienestar de ellas, sino también en el de su vástago.

«Nosotras debemos descansar esta noche, y aquí en ese chamizo permanecer todo el tiempo que queramos. Hemos caminado mucho, húngara loca.»

Pensó Adriana, mientras suplicaba a la gitana que no siguiera sacudiendo la choza. Mariana se calmó. Ahora reía como si estuviese poseída y con los puños le daba golpes afectuosos a Benigno sobre el pecho, entre tanto le decía con la voz rasgada que él era una mezcla de apache con mexicano patrañero.

—Sabes, bonita —sonreía maliciosa—, lo que hacía este apache en la iglesia de Tombstone cuando tenía diecisiete años. Te lo diré aunque él lo niegue. Y eso yo lo supe por la magia que tengo con las estrellas que allá arriba nos miran, ¡anjá!, aunque yo nada le pida a la gente, viene y me lo cuenta todo. Este apache se iba a la iglesia y detrás del altar se sacaba la verga y la meneaba delante del pastor, y después ese cochino pastor por ese espectáculo le regalaba dinero a este pervertido, ¡anjá!

—No, güera, eso es mentira —aclaró Benigno, con la voz que le bailaba y se persignó—. Mi santo Jesús Malverde que me protege, sabe que no miento. ¡Válgame Dios!

—¿Mentira, apache? ¡Y eso que todavía no has soltado una palabrota de las tuyas! ¿Es por Adriana? ¡Anjá! Ven, baboso, voy a hacer la comida y abre el tequila —ordenó cariñosa, pero hizo un giro tan brusco en la conversación que dejó perpleja a Adriana.

—Mi güera chifladita —Benigno despeinó a la húngara con las manos mientras sonreía; destapó la botella de tequila y encendió el fuego entre unas piedras para hacer la comida. Entre tanto, agarró la cámara fotográfica con mucho cuidado, como si manipulara un objeto de porcelana china y se puso a hacerles fotos a las dos muchachas y a Aligátor. Vio pasar un correcaminos, pero el ave pasó tan veloz que apenas tuvo tiempo de enfocarla.

Después Adriana se acostó en un rincón del chamizo. Ahora desde ese ángulo podía observar cómo Mariana y Benigno se besaban, bebían tequila y se secreteaban cosas al oído, y reían, cerca del fuego, donde ambos hacían un caldo y asaban un conejo de los que criaba el mexicano.

«Ellos dos no son iguales, pero veo que se quieren. Deberían de vivir juntos. Imeldo mío, ¿dónde estarás? Tengo ganas de verte. Si ahora pudieras estar conmigo y vieras a ese par de locos y todas esas estrellas. Ay, mamá, te extraño y también a mi casita, te mandaré fotos de mi chilpayate cuando nazca.»

Pensó Adriana mientras se quedaba dormida. Luego Mariana despertó a Adriana, le pidió que se tomara el caldo, comiera un poco de carne y después prosiguiera durmiendo. Sin embargo, la mexicana de momento no reaccionaba tan rápido como lo deseaba la húngara. Era evidente que Adriana estaba exhausta de tanto caminar bajo el sol. Pero el hambre que ella tenía y las sacudidas cariñosas de la gitana hicieron el prodigio. Se despertó y comió con simpática voracidad. Mariana sonreía al verla y

Benigno, lascivo y socarrón, no dejaba con los ojos, con esos ojos que ahora no miraban hacia el suelo, de escudriñarle todo el cuerpo a Adriana, aunque ya no tuviera entre las manos la cámara fotográfica. Eso sentía Adriana sobre sí hasta que regresó a su rincón, a su precario espacio dentro del chamizo, para entregarse al sueño renovador.

«¿Qué le pasa a este pendejo? ¿Qué bicho lo mordió? Me mira con poco respeto. Por favor, ¡vete a buscar el oro a otra parte, cursiento!»

Además del sueño que sitiaba el ánimo de Adriana, volvió a sentirse intranquila, se acarició con ternura el vientre en donde su retoño se movía; decidió relajarse a como diera lugar, sintió que poco a poco lo iba logrando. Minutos después el renuevo estaba sereno y ella se durmió. En el sitio opuesto que ofrecía la casucha, se acostaron la húngara y su amante. Se cubrieron con una desmejorada cobija y se desnudaron de la cintura hasta los tobillos. Ahora entre ambos flotaba el desbocado deseo de la respiración entrecortada, el fuerte olor de los cuerpos sudorosos y del tequila que habían bebido hasta el fondo. Cuando los dos se enlazaron, surgió el inicio de un mutuo cuchicheo que se les amarraba a los labios en cuidadoso secreteo.

—Tienes el chocho de una niña.

—No seas, cabrón.

—Nunca me he cogido la panocha de una preñada.

—No manches, desgraciado, y cógeme a mí.

—La sientes toda adentro, eh, así, nomás que con esa verga te voy a clavar la cabeza en el cielo.

—Anjá, así, cabrón, la tienes más grande que Aligátor, ay, así, qué haces... allá arriba la luna... maldito seas...

Adriana abrió los ojos por la mañana y admirada advirtió que aún la húngara dormía. «Esa no es su costumbre», se dijo al contemplarla. También se dio cuenta de que Benigno no se encontraba en el chamizo ni en los alrededores. Aunque al salir vio el fuego encendido, la leña y las piedras que hacían de fogón. Observó con alivio que había tortillas, carne y café, y que sin duda todo eso había sido preparado por Benigno. Enseguida pensó que esa noche ella había conjeturado pesados calificativos acerca del novio de Mariana.

«Estaba empedado, qué se yo, pero parece que Benigno es un buen tipo», se dijo Adriana, indulgente. Mariana despertó y ahora con las manos se apretaba las sienes porque decía que de ese modo se le quitaría rápidamente el dolor de cabeza. Dio los buenos días a su amiga y preguntó por el apache. Adriana le dijo que creía que Benigno estaba en el río, pero que previamente él se había tomado el trabajo de preparar el desayuno.

—¡Qué cosas lindas tiene mi apache! —exclamó Mariana.

La gitana le ofreció de comer a Adriana, mimosa como siempre, recomendándole por enésima vez que ella y el bebé se cuidaran, luego bebió un sorbo de café y se dispuso para ir en busca de su amante.

—Bonita, mira esa tierra rojiza y esas rocas. Parecen de otro planeta, ¡qué belleza, Dios mío! Oye, me voy al río a meter la cabeza en el agua; fíjate, hay agua en esos cacharros —comentó, y echó a andar sin mirar hacia atrás.

La mexicana se aseó con el agua de los cacharros. Después se ocupó de limpiar las cacerolas que se habían utilizado por la noche. En el momento en que estaba reagrupando los alimentos del desayuno para su preservación, observó que a lo lejos regresaba Mariana. Tan pronto llegó fue en busca de una toalla. Mientras se secaba el pelo le dijo a su amiga que no había visto a Benigno en el río. Ahora la húngara desayunaba.

—¿Le habrá pasado algo a tu apache, Mariana? —dijo, inquieta.

—No, bonita, ése conoce bien el río y hasta puede enseñar a nadar a los peces. Para mí, Benigno siempre será un apache aunque diga una y otra vez que nació en Durango. ¿No lo viste con esas botas gringas y las espuelas de plata? Eso tiene que haberle costado un chingo de lana. ¿Y dónde dejó el caballo y la carreta que siempre están con él y que tampoco la vi por todo esto? Anoche le pregunté y no supo o no quiso decirme nada, ¡anjá!, el baboso es raro. Pero no te preocupes, debe aparecer de un momento a otro. Ya lo verás llegar con la sonrisa en la jeta y esa cámara enganchada del brazo.

—¿Dónde trabaja y dónde vive? ¿De qué vive?

—Vive en Benson. Dice que transporta mercancías desde Tucson hasta la frontera, pero no le creo. Benigno tiene manos de hombre rico y se las da de ser un pinche pobre. Los sábados y los domingos se viste como los gabachos, ¡anjá!, ya lo verás mañana endomingado —ahora revisaba el mazo de naipes—. Sabes, bonita, yo he hecho el amor con varios hombres, pero nunca como con ese pinche apache. No hay otro como él, bonita. Pero los hombres son alegres con el arma que llevan en la entrepierna, y no lo olvides, eh.

—Mariana, qué bueno estar contigo. Yo todavía no me siento preparada para enfrentar el mundo.

—¡Anjá! Eres inteligente. No te preocupes. Ya te lo dije: conmigo la suerte nunca te dará la espalda. A mí el tarot pocas veces me engaña.

Las dos muchachas reorganizaban sus avíos para partir al día siguiente. Mariana, después de darle de comer a su Aligátor, cocinó un pollo que apañó en un deformado corral de gallinas que se hallaba entre dos rocas enormes, juntas semejaban un par de hojas de espada que hacia lo alto abrían un boquete por donde se veían las nubes. Las horas avanzaban y Benigno no reaparecía. Almorzaron. Las dos muchachas, recostadas boca arriba, se echaron de nuevo una plática acerca del desierto. La mexicana comentó que nunca había sospechado que ese desierto fuese tan devastador. La húngara, con algunas variantes, siempre decía lo mismo:

—Por eso mueren tantos hombres al cruzarlo, bonita, y hasta los que llevan brújula y agua se pierden, en fin, el desierto es un tragón, un animal que te recibe calmado y te hace caminar como si nada, y luego te mete el miedo en los huesos y te empaca.

Se quedaron dormidas. El sol se expandía como si la luz abrasiva fuese eterna. Eso pensó Adriana después de levantarse y contemplar bajo la irradiación solar la extendida planicie, los acantilados, y las matas enanas parecían que muy pronto iban a desaparecer. La muchacha observó que un par de jinetes, clavados sobre la grupa de sus caballos, avanzaban hacia la casucha. Tocó por el hombro a Mariana y dijo:

—Gitana, un hombre y una mujer vienen para acá.

—¿De dónde serán? —Mariana se secaba el sudor de la cara con un paño—. En los alrededores de ese tramo de río no vive nadie. Deben ser del poblado de Benson.

Tan pronto arribaron, Adriana, después de saludarlos, les brindó agua. Ambos bebieron el preciado líquido como si fuesen par de mudos. La mujer se había apeado del caballo, se quitó el sombrero, sacudió y reacomodó los negros cabellos y se sentó sobre una piedra. Seguidamente el hombre hizo algo parecido y se sentó en otro pedrusco. A los dos se les veía preocupados. La mujer de manera parca dio las gracias a Adriana por el agua y luego, dirigiéndose a Mariana, dijo:

—Gitana, tú no me conoces, pero yo te he visto ir y venir por este andrajoso desierto. Dime una cosa, ¿Benigno está aquí o se fue a buscar un curandero?

—¿Oiga, qué mierda de pregunta es ésa? —Dijo Mariana, y dirigiéndose hacia el hombre agregó de modo imperativo—: Mire, señor, ¡controle a su mujercita!

El individuo, que exhibía un rostro apagado, no se dio por aludido y miraba a los caballos.

—Gitana, tú nada de nada tienes que hablar con mi marido —se levantó y dio unos pasos—. Aquí la que manda soy yo. Mira, yo sé que de un tiempo a esta parte tú nomás andas de noviera con ese Benigno y ahora quiero saber por dónde anda ese pinche duranguense que le hace fotos a la gente, las cobra y luego nadie las ve. ¿Me lo quieres decir o no?

—Yo no sé dónde está, señora, pero si lo supiera no se lo diría —Mariana, muy contrariada, dio la espalda y antes de entrar en el chamizo exclamó—: ¡Qué se habrá creído esta mujer de culo alto! ¡Yo no soy tu criada, pendeja! ¡Fíjense, señores, apañen el camino que los trajo hasta aquí y váyanse al carajo!

El hombre del rostro apagado echó un vistazo al trasero de su mujer y sonrió. En efecto, las nalgas de su mujer eran altas y parecían estar jaladas hacia arriba por una mano invisible.

—Señora, por favor, mi amiga no sabe dónde está Benigno —Adriana hablaba con propósito amigable y algo ansiosa—. Él se fue temprano en la mañana hacia el río y no ha regresado. No sabemos nada y créame que le estamos diciendo la verdad.

—Muchacha, hazme un gran favor. Dile a esa gitana que mis asociados ya no creen en Benigno. Esta mañana le platicaron fuerte y nomás luego se fugó. Ellos creen que Benigno vino para acá o se fue en busca de un curandero. Dile que después de esa plática, Benigno a la pura verdad no tenía buena cara —montó en su caballo y con la mirada le ordenó a su marido que hiciera lo mismo. Extrajo de una de las alforjas unos duraznos y se los obsequió a Adriana—. Toma, muchacha, son para ti y para el bebé que viene en camino. A poco, ojalá que tu hijo, sea mujer u hombre, saque tus ojos, pos son muy bonitos, y nomás que sea gente de palabra. —Ahora levantaba el tono de la voz para que Mariana la escuchara bien—: ¡Dile a esa húngara que Benigno le esconde cosas! Y cuando lo vea que le diga que esta vez él tiene que pagarnos lo que nos debe, y eso lo digo en nombre de mis asociados y en el mío propio. Sencillo, muy sencillo. ¡Benigno nos paga la lana o nos regresa la mercancía o será un coyote más que se empaquen los zopilotes! Adiós, muchacha, y gracias por tus atenciones.

Los dos jinetes partieron. La mexicana entró en la choza y vio que Mariana lloraba estremecida, de rodillas y abrazada a sí misma y entre sollozos exclamaba:

—¡Creo que mataron a Benigno, Adriana, me lo mataron!

—¡Qué dices, Mariana!

—No sé, es que esa maldita mujer mencionó a los curanderos.

—Vas a ver, boba, que a tu Benigno no le ha pasado nada.

Ahora la que se había contagiado con las lágrimas de la gitana era Adriana y aunque hacía pucheros y no quería hacerlo, también comenzó a llorar.

—Quiero ver a Imeldo, Mariana —gemía—. Tengo mucho miedo.

—¡Calla, bonita! ¡Ven, déjame abrazarte!

Y se abrazaron hasta que les llegó la calma, de esas que llegan para serenar la pesada angustia, la cual tonificó suavemente el espíritu de ambas. Benigno no apareció por la tarde ni en el resto de la jornada. La noche cayó sobre el árido desierto que durante el día sostenía unas veces colores de oro indecente y otras de plata abrasiva y cubrió la choza donde dormían Adriana y Mariana. La húngara decidió, como había acordado con la mexicana, seguir rumbo a Tucson; y lo mejor que pudo, dejó recogidas en el chamizo las pertenencias de Benigno. Hasta le dejó una nota escrita con un lápiz de ceja, aunque mejor sería decir que le había dejado unos garabatos sobre un pedazo de papel blancuzco. En pocas palabras le decía a su amante que se cuidara y lo esperaba en Tucson.

«¿Qué, gitana, en tan corto tiempo ese Benigno hizo un nido de amor en tu alma? ¡Maldito apache!», pensó Mariana. Las dos muchachas prosiguieron el camino hacia Tucson. Mariana insistía en hacer la caminata despacio, «para no poner en riesgo la vida de tu tesoro», le decía, y se desvivía en atenderla. En ocasiones la mexicana pensaba que la gitana se extralimitaba en cuanto a protegerla, aunque nada objetaba porque a fin de cuentas veía que la muchacha lo hacía como una amiga y de manera desinteresada. Si bien la historia de Benigno, su desaparición inexplicable, la gente que iba tras él para realizar ajustes de cuenta y el hecho probable de que le escondiera cosas a Mariana, aún no abandonaban su curiosidad. Comprobaba que cada vez que le preguntaba a la húngara por el posible paradero de Benigno, le respondía de modo áspero, enojada, y al final hacía largos silencios.

Adriana presentía que detrás de la actitud de Mariana quizás pudiesen estar agazapadas ciertas intenciones ocultas. Cada vez que la gitana ordenaba detener la lenta marcha, de inmediato revisaba con el tarot el curso de los acontecimientos y también hacía un examen de los asuntos que a ella le interesaba mantener bajo control. Después, de manera sucinta, le narraba pequeñas anécdotas a su amiga acerca de algunos personajes de su tribu gitana.

Lo mismo le describía la manera en que uno de los húngaros había perdido la vida por la picada de una serpiente, u otro que se las daba de ser un experto comerciante y luego aparecía muerto a balazos o a puñaladas porque había robado, pero jamás le comentaba nada de Benigno.

Pasaron los días y arribaron a Tucson. Las dos muchachas fueron recibidas con alegría por los gitanos, que estaban ansiosos por su llegada, y según expresaron, había demorado más de lo previsto. Y como les suele suceder a los gitanos, que siempre andan girovagando, y a veces sin dar explicaciones anclan en un lugar por largo período de tiempo, continuaron pasando los días en Tucson.

Una noche cayó un aguacero que Adriana pocas veces había visto en su vida, con independencia de que en Tucson esos aguaceros se desataban cada cincuenta años. Eso le dijo a Adriana la gitana más vieja. Luego de habérselo dicho, a la joven le empezaron unos dolores inusuales que anunciaban el arribo del crío. Ahora a Mariana se le veía risueña, como si la aspereza existente en su trato con la amiga en los últimos días nunca hubiese existido. Estaba feliz. Movía los brazos como las aspas de un molino y, empapada de pies a cabeza, gritaba una y otra vez, como si esos gritos no tuviesen final:

—¡Remy va a nacer, señores! ¡Remy pronto va a estrenar la vocecita y después va a abrir los ojitos para ver las estrellas! ¡Anjá!

No sólo Adriana, que se retorcía con unos dolores desconocidos y a su juicio habían sido creados en las entrañas del desierto de Sonora, sino todos los gitanos, acostumbrados a las orgías más estridentes, se hallaban conmovidos ante la enloquecida Mariana que vociferaba y no dejaba de danzar bajo el torrencial aguacero. Cuando la partera tuvo por fin el recién nacido en los brazos, Mariana se acercó y buscó una moneda que pendía de un cordel y tenía guardada para la ocasión. Le indicó a la comadrona que se la pusiera bajo la piel al bebé cuando la acostara y luego que se la amarrara en una piernita para que siempre estuviera con él. Enseguida Mariana se inclinó sobre Adriana y le susurró unas palabras que nadie pudo escuchar.

Deshecha sobre un camastro, Adriana, que apenas atinaba a escuchar a las personas cuando le hablaban, sonrió al oír el secreto y unas lágrimas rodaron por sus mejillas. La joven pidió tener el bebé a su lado; sin embargo, para su sorpresa, inolvidable y cálida, quien le trajo el recién nacido fue Imeldo, que momentos antes acababa de llegar al campamento. Volvieron a verse en el semblante de Adriana más lágrimas de alegría. Luego la madre pidió a Imeldo que le contara los deditos de las manos y de los pies al bebé, "para ver si le falta o le sobra alguno", le aclaró, preocupada. Y todos los presentes rieron por ese inusual examen físico que reclamaba la joven.

Distanciada de la madre recién parida, Mariana no lloriqueaba ni sonreía, todavía tenía los cabellos empapados de lluvia. Estaba junto a uno de los señores del poblado de Benson que habían acompañado a Imeldo hasta dar con el campamento. El hombre le hablaba despacio y ella, de pie, tenía la cabeza hundida entre los hombros. Cualquiera diría, por la manera en que se iba transformando la expresión de la joven gitana ante la luz de un cachimbo de petróleo, que ese hombre le aventaba en ese instante un alud de murmuraciones mortíferas, de esas que se agolpan y son capaces de hacer inapetentes a los hombres y derribar las rocas.

Una mañana, cuando ya en el campamento el derroche de los acontecimientos regresaba a la normalidad, Mariana, después de esperar a que Imeldo se fuera a trabajar con los gitanos en los preparativos de las distracciones artísticas que ofrecían en distintos sitios de la comarca, se encaminó hacia donde estaba Adriana. Tan pronto la besó y pudo acurrucar al bebé en su regazo, le dijo a su amiga que esa mañana se separaría del clan y seguiría con un grupo de paisanos rumbo a Phoenix, y dentro de unas semanas regresaría a Nogales. También le dijo tener que platicarle algunas novedades antes de partir.

—Bonita, debo decirte algunas cosas, pero primero prométeme que después que te las diga podré ver a tu pequeñín todas las veces que quiera.

—Te lo prometo, aunque no sé por qué me hablas así.

—No tengo manera de ponerme la máscara para esconderme y poder platicar contigo, no sé. Escucha, aunque Dios siempre hace las cosas a su modo, mi plan, Adriana, era robarme a tu bebé —de inmediato se percató de que la mexicana no esperaba escuchar una noticia como ésa—. Oye, bonita, no pongas esa cara y déjame terminar, por favor. Sí, así como lo oyes: mi plan era robármelo. Dios a unas mujeres les da el privilegio de concebir un crío, como a ti, y a otras, que puede que ese sea mi caso, les da la oportunidad de apañarlos. ¡Híjole! No me hace falta visitar un médico, bonita. El tarot siempre me dice que yo jamás podré tener hijos. Pero como creo en la bondad del Todopoderoso, y en la buena acción de mi arrepentimiento, pos lo otro que pensé, era pedirte que me regalaras a tu chiquitín, pero como ya te conozco mejor, nomás sabía que tan sólo de insinuártelo me mandarías al carajo. Así que después de darte este par de noticias asquerosas, me voy. Nos veremos a mi regreso, bonita. Aquí o en Nogales. Adiós. No te digo que te quiero mucho porque no hace falta. Tan sólo de ver lo feliz que eres con Imeldo pos ya me voy enterando de muchas cosas buenas. ¿Me perdonas, amiga?

Adriana miró hacia la luminosidad que se esparcía sobre el desierto, como si alguien en el más allá se divirtiera con hacer y rehacer esa reverberación que flotaba sobre esa tierra inhóspita, eso pensó, entre tanto volvía a contemplar el semblante de su amiga.

—Claro que sí, Mariana —la abrazó con mucho afecto—. Eres la muchacha más honesta que he conocido. A mí de los gitanos me habían contado muchas cosas malas, pero yo me quedo con las cosas buenas de ustedes y lo demás no me importa. Nada ni nadie podrá romper nuestra amistad, mi húngara loca.

—Eres inteligente, bonita, y además de tener esos lindos pensamientos, tienes unos sentimientos que a mí me acarician por dentro. Yo pensé, amiga, que me ibas a mandar bien lejos.

—Te equivocas. Te quiero mucho. Por cierto, ¿serías capaz de irte sin decirme nada de Benigno?

—Entre los señores que acompañaron a Imeldo, uno me contó muchas cosas pesadas sobre ese apache que, te lo aseguro, me costó muchísimo empacarlas. Pero nomás que ya pasó todo, bonita. Aquella mañana, en Tumacacori, Benigno no regresó porque le dieron una madriza que por poco lo matan. El pinche andaba de coyote contrabandeando mariguana, opio y no pagaba la lana que debía pagar. Y bueno, bonita, se acabó la plática, pos ahorita nomás que parece ya no nos veremos más, ¿no?

—Oye, ¿y si te tropiezas con Benigno, qué vas a hacer?

—Para mí, bonita, ese apache es pasado. Jamás ese pendejo podrá cruzar una palabra conmigo. Sabes, por ese señor de Benson supe que el apache tenía un hijo y un ojo de vidrio,

¡chinga a tu madre, Benigno! Claro, la canica se la puso después de la paliza que le dieron —le dio un beso y agregó sonriente—: Bonita, despídeme de Imeldo. Te quiere mucho, eh. Bueno, creo que ya eso tú lo sabes mejor que yo, pos nomás que al final él hizo lo que yo te dije que haría. A poco, Adriana, el hombre que es hombre pos nomás que pierde la cabeza por su chava y su chilpayate. Oye, dice el tarot que a lo sumo te encontrarás en la vida con un hombre como Imeldo, así que cuida mucho a ese galán que ahorita tienes. Y platícale a tu hijo todos los días sobre esta gitana, por favor. Así no se olvida de mí ese chido pequeñín. ¡Adiós, bonita!

III. El apellido de tu madre

Iban cinco carros blindados en dirección a la Avenida Libertad.

Trece y treinta h.

Ésa era la hora para los cinco hombres de la Dirección Federal de Seguridad (DFS), quienes viajaban en ese primer carro blindado.

Una y treinta p. m.

Era la hora para los veinte hombres que iban en los otros cuatro carros que seguían al primer vehículo.

Todos los ocupantes de los cinco carros llevaban consigo la misma misión, pero leían el reloj de modo distinto.

Unos, los cinco hombres del primer vehículo, eran policías.

Los otros, los veinte hombres restantes, tenían otras ocupaciones, aunque también empuñaban y llevaban consigo cuernos de chivo, pistolas y lanzagranadas.

El cometido que debían de cumplir esos hombres que iban en los carros blindados era clara y precisa: secuestrar a La Ley.

Variantes concebidas: de modo engañoso decirle a La Ley que el comandante de la DFS quería entrevistarse con él. De resistirse, conducirlo bajo pretexto de que estaba detenido, y de no entender esa falsa decisión, secuestrarlo a la fuerza.

De surgir algún imponderable, por ejemplo, que las fuerzas militares gringas del lugar donde trabajaba La Ley reaccionaran mediante el empleo de las armas de fuego, los hombres que viajaban en los cinco carros blindados responderían sin vacilación alguna, utilizando para ello todo el poder de fuego que llevaban consigo.

En pocas palabras: el operativo tenía que alcanzar el objetivo orientado, a cualquier precio.

La gente de la afamada y populosa ciudad, afrontaban los siete primeros días del mes de febrero de 1985.

En el hemisferio norte se iniciaba el último mes invernal.

—Jefe, anoche soñé con La Ley —deseaba que los demás no lo escucharan y hablaba en voz baja con el capo que iba a su lado—. Qué pendeja pesadilla. Yo tenía a La Ley bien amarrado en la cajuela del carro. Cuando yo llego a la casa, antes de abrir la cochera, voy y abro la cajuela, y el muy pendejo no estaba. Miro hacia arriba, y me dije: ¡santo Dios, cómo es posible! En ese momento veo a La Ley que en lo alto volaba como un fantasma por encima de la ciudad. Sabe, jefe, el muy cabrón volaba con las sogas hechas par de moles en las manos y me las aventaba en la cara. ¡Híjole, jefe! ¡Qué pesadilla tan cabrona! ¿Qué, cómo la ve, jefe?

—¡Vete a la verga, cabrón! —replicó El Cochiloco en voz alta—. ¿Te estás burlando de mí, o qué? ¡Conmigo no te vas a reír, hijo de tu chingada madre! Sabes qué, y para que te enteres, pinche retrasado: ¡Hoy a La Ley le vamos a partir la verga! ¡Hoy a ese hijo de la chingada lo vamos a putear y lo dejaremos como santo Cristo! Y te digo más, pendejo: ¡Hoy a ese culero de la chingada se lo llevó su chingadísima puta madre!

Una y cincuenta p. m.

Cuatro carros detuvieron la marcha, sin perder de vista al vehículo que iba en la punta, como estaba convenido.

Trece y cincuenta h.

El primer carro blindado, donde viajaban los cinco hombres de la Federal de Seguridad, se estacionó en la esquina donde se hallaban las oficinas del Consulado estadounidense. Ninguno de los hombres bajó del vehículo.

Trece y cincuenta y cinco h.

Un hombre alto y rubio, tipo gringo, salió del Consulado y se dirigió a pie hacia el primer carro blindado. Al llegar se mantuvo erguido junto a la ventanilla delantera de la parte opuesta al chofer.

—Ése, señores, ése que sale ahí, ése es La Ley —indicó sigiloso el hombre que parecía gringo; se lo comentó a los policías que estaban dentro del primer carro blindado y con voz chupada, agregó—: Ahora La Ley va en busca de su camioneta Ford. Mírenla allá. Bueno, ahí lo tienen, señores. Oigan, apúrense, su mujer lo espera en la entrada de aquel restaurante chino que está en esta misma calle. Allá, mírenla, es aquella mujer guapa que viste elegante. Van a comer juntos. Suerte. Señores, yo cumplí y ahora sigo mi camino.

El primer carro blindado echó a andar lentamente y se aproximó a La Ley que iba en busca de su camioneta. El vehículo detuvo la marcha y tres policías se lanzaron a la calle. Ahora acordonaban su objetivo.

—Oye, acompáñanos —dijo en tono imperativo uno de los policías—. El comandante quiere verte.

La Ley, que era hombre de la DEA, con la vista examinó a los tres policías. Enseguida, dada su vestimenta y comportamiento, dedujo que eran hombres de la Federal de Seguridad. También observó que estaban nerviosos y llevaban en sus caras una temible expresión.

—Señores —respondió mientras trataba de ganar tiempo y comenzaba a pensar en la fuga—, esperen unos momentos, voy a decírselo a mi gente.

—Oye, mejor monta en el carro —ordenó el policía, mientras sus dos colegas a punta de pistola ya lo encañonaban por los costados y lo agarraban; el agente de la DEA inició la resistencia física con la fuerza del hombre que sentía que lo iban a lanzar al redil de las fieras—. El comandante quiere platicar contigo. ¡Éntrale, carajo, o aquí mismo te vuelo la verga!

A pesar de que lo metían a empujones en el interior del vehículo y de su vertiginosa arrancada, el agente mientras forcejeaba pudo ver a su mujer de pie frente al restaurante moviendo la cabeza de un lado a otro.

El interior de la hacienda de dos plantas, enclavada en la periferia de la ciudad, semejaba un museo. En las paredes del vestíbulo, camino de las escaleras, colgaban fotografías de varios presidentes de la República. Destacaba una grande de donde emergía un hombre vestido de charro que parecía ser el dueño de la propiedad. A éste se le veía en el centro de la foto con el brazo izquierdo sobre los hombros del presidente Miguel de la Madrid, quien estaba a mitad de su sexenio, y con el brazo derecho enlazaba a un joven que mucho parecido físico tenía con el mandatario.

Las paredes del vestíbulo estaban revestidas de caoba barnizada y la decoración predominante consistía en jarrones de cerámica oriental y lozas de turquesa azteca con los símbolos tradicionales del sol radiante, del águila y de la mariposa. Pero los hombres que ahora arribaban a esa vivienda no tenían tiempo ni buen ánimo para fijarse en esos detalles. Afuera, en los jardines, y eso no pasaba inadvertido para nadie, se hallaba una atractiva muchacha acariciando un caballo tipo charro. La joven tenía intención de montar el corcel y echar una cabalgata.

—¡Me gustaría haber sido hombre! —gritó ella ante la bestia encabritada.

Un guardaespaldas que estaba cerca y empuñaba un cuerno de chivo, sonreía al escucharle a la muchacha esos gritos. Algunos de los hombres que llegaban, visitaban esa residencia por vez primera. Otros, no. Otros, los personajes prominentes, habían estado días antes en esa propiedad, e incluso en varias ocasiones, para manifestar su aprobación en cuanto a reunir y entregar entre todos una suma astronómica de dinero para sobornar a funcionarios gubernamentales con el fin de tener luz verde en la transportación de la droga desde Colombia a México y luego hacerla llegar a territorio estadounidense.

La hacienda, por cierto, no vestía las galas acostumbradas cuando se celebraban reuniones y fiestas, nada de cantos, bailes ni juegos. Era una acción delicada. En la hacienda culminaría un operativo policíaco para despejar incógnitas sobre los golpes recientes que había recibido el narcotráfico mexicano y que fueran propinados por la DEA.

Casi todos los individuos reflejaban preocupación en la mirada, que en realidad decía más cosas que mil palabras. Era como si estuviesen a punto de presenciar una insólita tragedia. Puede que incluso se miraran entre sí con fingida naturalidad. Eso de que ahora ante sus ojos desfilasen autoridades gubernamentales y de instituciones armadas junto a capos del narcotráfico no parecía una escena extraída de la vida real. Mucho menos por la manera en que esos señores se conducían, incluidos unos oficiales de la Dirección Federal de Seguridad y de Antinarcóticos, ya que se daban la mano y platicaban de modo natural. Algunos, por el embarazo moral, se ponían en pie, eso era evidente, y daban unos pasos, estiraban el cuello y en cuestión de segundos cruzaban y descruzaban los brazos. Estaban intranquilos. Tal vez querían distanciarse del posible escándalo, o deseaban cuanto antes que alguien en esa escena ordenara bajar las cortinas, pero hicieran lo que hicieran o pensaran, no podían marchase del lugar.

Un joven espigado, nombrado Darío Figueroa, que se encontraba en la segunda planta, se aproximó a una de las ventanas para observar a la muchacha que en los jardines tenía intenciones de montar a caballo. «¡Chapó!», pensó al contemplar su belleza. Sin duda, Darío, oriundo de Ciudad Juárez, desentonaba de los demás hombres que habían asistido a ese rancho. Sobre todo porque vestía con elegancia y buen tono. La ropa y los zapatos que llevaba conformaban una sobria combinación de moda europea a lo Gucci con Yves Saint Laurent.

El hecho de que Darío fuera un narcotraficante no encajaba con los modales, con la fluidez de su vocabulario y con la ganada fama de buen conversador. Los que lo conocían sabían que Darío había estudiado en Inglaterra. No provenía de familia respetable, aunque sí poderosa. El padre de Darío, don Esteban, fue secuestrado a la salida de un bar en 1970 por traficantes que eran sus adversarios y había sido torturado con saña. No delató a nadie ni brindó información de interés a sus enemigos y enfrentó con estoicismo la tortura y la muerte. Bolsas de polietileno que contenían pedazos de su cadáver fueron colgadas del alambrado público en las cercanías de un restaurante en Ciudad Juárez. Don Esteban había tenido a lo largo de su existencia fuertes vínculos afectivos y laborales con Pabla Ruiz, la hija menor y heredera de los negocios de La Nacha y El Pablote, el fenecido matrimonio fundador del cártel de Juárez en la primera mitad del siglo XX.

Debido a ello, don Esteban, de origen humilde, gracias a la inteligencia demostrada en las actividades ilícitas que llevó a cabo bajo las órdenes de Pabla, se enriqueció en un santiamén. Como padre, don Esteban ideó temprano la manera de enviar a Darío a estudiar a Europa. «Mi hijo debe de tener una vida distinta a la mía», proclamaba ante sus allegados.

Era un sentimiento paternal bien arraigado que, además de ser universal, anidaba en los anhelos de muchos padres mexicanos. El magro y poderoso clan familiar de don Esteban quedó en manos de Julián, el hermano menor, propietario de una empresa de tráileres, y tal como se lo había prometido a su hermano en vida, él se encargaría de seguir atendiendo la educación y el futuro de Darío.

Pabla, decían los juarenses, le tenía mucha estima a don Esteban y con su estilo característico que consistía en no perder notoriedad en su liderazgo —cualidad que había adquirido de La Nacha, su madre—, ordenó la eliminación de los hombres que habían asesinado al padre de Darío. Y en el transcurso de un par de semanas, esa disposición de la jefa matriarcal fue cumplida. Sin embargo, sólo fueron ultimados tres connotados narcotraficantes norteños, pero dos policías gringos, uno que operaba en la frontera y el otro, que había capitaneado la eliminación de don Esteban, fueron inexplicablemente exonerados de esa venganza. Años después la misteriosa exclusión de esos dos policías corruptos por parte del cártel de Pabla llegó a ser conocida por Darío. La capo, poco resignada, vio como el joven juarense después de su regreso definitivo de Europa abandonaba Ciudad Juárez, a Julián y también a ella, yéndose a residir a Culiacán.

Y lo más doloroso para la marimandona: se fue a trabajar con el cártel de Sinaloa bajo las órdenes del capo El Califa, que no era musulmán pero así lo llamaba la gente porque en su juventud había sido mensajero de una farmacia propiedad de un árabe. Pabla sabía que Darío, por el hecho de haber estudiado administración de empresas en Europa y dominar varios idiomas, estaba bien preparado y en realidad el joven juarense le hubiese sido de mucha utilidad.

—¡Ni modo, ese Darío que se vaya a la chingada! —clamaba Pabla con encono—. Ése salió igualito a su pinche gringa madre. Esa perra judía que lo abandonó y se fue tras un chulo de mierda a Arizona. Don Esteban, que en paz descanse, ¡tenía que haber matado a esa puta en su congal!

Pero todos los incondicionales de Pabla sabían que de aparecerse Darío ante la doña regordeta, incluso de sorpresa, ella, sin poderse contener en su alegría, lo habría abrazado con lágrimas en los ojos. Aunque era difícil que eso pudiera ocurrir. Mientras Pabla le decía a Darío que su mamá lo había abandonado para escapar con su chulo, su tío Julián le aseguraba lo contrario. Aseguraba que toda esa historia que pregonaba Pabla era falsa. El tío le decía a Darío que don Esteban, debido a su adicción a la droga, celaba a su madre y le daba ruidosas palizas.

—Sobrino, tu padre se puso mal —afirmó Julián ante Darío—. Hasta llegó a decir que tu mamá y yo teníamos relaciones sexuales. ¡Qué barbaridad! ¡Estaba completamente loco! Si tu mamá no llega a escaparse para Estados Unidos, tu padre la hubiese matado a palos.

Naturalmente, Darío, desde que tuvo uso de razón, pensó que jamás perdonaría a su progenitora. No podía ni quería entender el hecho de que su madre lo hubiese abandonado.

Darío veía cómo un hombre obligaba a la muchacha a retirarse de los jardines y otro individuo conducía el caballo hacia los establos. Los organizadores de la reunión habían decidido que esa tarde ninguna mujer podía permanecer en la residencia ni en los alrededores. La enojada joven, que reiteraba la misma frase de que a ella le hubiese gustado ser hombre, era introducida casi a empujones hacia una Cherokee, la cual partió en busca de la carretera que a una distancia de doscientos metros atravesaba el frente de la hacienda.

En sentido opuesto, cuatro carros blindados hacían su entrada en la propiedad —horas antes había entrado el primer carro—; se desplazaron sin prisa sobre la gravilla del camino hasta estacionarse ante la puerta de la residencia. De los vehículos descendieron más de doce hombres armados que escoltaban a varios individuos que tenían oro sobre el pecho, las muñecas y las manos. Eran sin duda los barones del narcotráfico. Todas las miradas seguían sus pasos. Cualquiera diría que acababa de llegar el grupo de los capos que daría inicio a aquella inusual reunión.

Uno de los recién llegados capitaneaba a los barones. Se nombraba Aristarco Paniagua y le decían el narco de narcos. Entró y subió a la segunda planta. Con la mano en alto, en gesto arrogante de quien se sabe centro de las atenciones, saludó a los presentes. Sin poder despejar el rostro algo compungido por las preocupaciones o la temeridad, estrechó la mano de aquellos que lo conocían.

Luego, sin pedir permiso, hizo un aparte con Darío. Ambos entraron en un salón que daba hacia el frente de la vivienda y se hallaba a un costado del recibidor. Era un estudio alfombrado; tenía estantes llenos de libros y aparatos reproductores de música y vídeo. Aristarco con la mirada repasó de arriba abajo a Darío.

—¡Eres alto, Darío! —dijo Aristarco—. A tu lado me veo más bajito —tenía una sonrisa forzada en el rostro mientras invitaba a Darío a tomar asiento—. Sabes qué, hay jefecitos poco atrevidos, son pinches coyotes que jamás se meten en cosas de duro corte y apuradas como ésta. ¡Hay que tenerlos bien puestos, Darío!

Encendió un cigarro y brindó uno al juarense, pero éste lo rehusó con amabilidad. Ahora entre ambos se abrió un largo silencio. El comentario de Aristarco sobre otros jefes que no llegó a nombrar, había sido agrio e inoportuno, pero en esos momentos Darío no quiso analizar el porqué de esa opinión en la cual pudiera estar incluido su propio jefe.

«Quizás este pinche presumido quiera ganar terreno conmigo o pretenda minar mis relaciones, o sencillamente haya querido congraciarse, no sé, tal vez esto último sea lo más probable, bueno, en realidad no me interesa saberlo.»

Darío no era dado a que nada ni nadie lo pudiese impresionar con facilidad. Y dando muestras de que no se había enterado del comentario, continuaba a la espera de que Aristarco prosiguiera la plática.

—Darío, tengo a ese par de hijos de la chingada allá en el fondo —comentó en voz baja—. El Califa me platicó, y sí, pos nomás que me dijo que en eso de aflojar a los cabrones eres bueno, y sí, yo le dije que vinieras. También platicamos que hay gente nuestra que quería hacer esto y otra que no quería. Nomás ya sabes, a unos les gusta el canto y a otros el baile, y también los hay que no quieren ni moverse. Fíjate, yo nomás que quiero que te entrevistes con La Ley y me lo ablandes para que nos diga todo, si bien luego tendré que aguantarme, porque a ese hijo de la gran puta y al pinche piloto que lo enjabona, lo que yo quiero es sacarles las tripas para ponerlas al sol. ¡A la verga! ¡Los gringos tienen que saber que con nosotros no se juega! ¡Nos tienen que respetar como ellos respetan a sus narcos gringos!

—El asunto no es tan sencillo, Aristarco —a través de una ventana miró hacia la carretera por donde había desaparecido la Cherokee con la muchacha—. Así se lo dije a mi jefe. Los gringos tienen intereses que están por encima de los nuestros. Creo que hemos escogido un camino equivocado. No sé. Me temo que muy pronto vamos a lamentarlo. Este levantón es como una bomba cronometrada que a todos nos va a reventar en la cara.

—Oye, no mames y conmigo ahórrate esos sermones —el capo era presa de la animosidad—. Nomás por ese motivo tuve discusiones con El Califa y luego con don Fonse, con Celso y de lejos con otros coyotes. Esos cabrones de la DEA no nos van a robar ni una cuentecita más. Esa lana que está en los bancos es nuestra. Fíjate, lo único que yo quiero saber es quiénes son los orejas que tenemos dentro, los que le dieron informaciones a la DEA, y así les parto la madre y les doy para abajo.

—Bueno, si no tienes nada en contra —Darío hablaba con calma—, cuando yo termine de hacer mi trabajo, me voy. A mí me gusta la violencia, pero no los coliseos.

—No chingues, buey —a Aristarco una vena que le atravesaba la frente se le puso gruesa—. Yo no sé qué mierda sea esa de los coliseos y ni quiero saberlo. Sabes qué, nomás entérate. Esto lo hago para que esos señorones que están allá fuera se comprometan y después no se nos hagan los chuecos, pos mucha lana que ganan los mensos con nosotros, y de paso para que aprendan los cabrones de la DEA. Así que fin de la plática. Y ándale, Darío, vete a lo tuyo.

Soltó el comentario en tono áspero, cual si fuese un gruñido, y cuando se levantó hizo también una mueca desagradable, en clara desaprobación de las opiniones que acababa de escuchar.

Salieron del salón. Aristarco abanicó de nuevo con la vista a los presentes y con la mano llamó a El Cochiloco.

—Oye, Cochiloco, dile a Sócrates que lleve a Darío a dónde sabes —ordenó, dando adrede la espalda al juarense.

Darío sabía que Aristarco estaba furioso, por ello le había dado la espalda y después ni siquiera se volvería para mirarlo mientras caminaba en compañía de Sócrates. Pero se dirigió tranquilo hacia donde estaba el agente de la DEA y el piloto.

Darío y Sócrates bajaron las escaleras y se encaminaron hacia la cocina que estaba detrás de la vivienda. Abrieron una puerta que daba a un corredor con piso de losas rojas. Los fusiles de asalto AK-47, apodados cuernos de chivo, las AR-15 y los M-1, las Magnum Classic Hunter, las Colt 45, las automáticas Browning Automatic Rifles y otras armas de fuego que eran empuñadas por los gatilleros fueron contempladas por Darío mientras caminaba.

«Demasiadas. Aparatosa e innecesaria ostentación de armas», pensó. El comedor desembocó frente a un par de habitaciones. Sócrates, llave en mano, se inclinó sobre la puerta que se hallaba a la izquierda.

—Licenciado —musitó solícito antes de abrir la puerta—, La Ley está amarradito y vendado, pero sin mordaza. Que tenga buena suerte con ése. Usted ¿después va a platicar con el pinche piloto?

Darío no respondió. Con paso lento entró a la habitación donde se hallaba el hombre que los victimarios apodaban La Ley. El lugar tenía un piso de madera recientemente encerado y un par de ventiladores de techo; el olor a pintura fresca, color amarillo claro salpicado de sepia, indicaba que hacía poco se había pintado. Óleos de aparente calidad se hallaban recostados en el fondo, bien ordenados.

También había implementos nuevos para hacer ejercicios físicos; una mesa de ping-pong recogida y recostada a una de las paredes; un sofá y dos butacas de piel y, casi como objeto absurdo, cual si fuese una bofetada en el rostro de cualquier persona, pensó Darío, se hallaba el agente de la DEA, vendado y amarrado de pies y manos a una silla de hierro.

Darío quitó el paño oscuro que cubría los ojos del secuestrado. «No está nervioso, está furioso», pensó Darío mientras lo observaba. El agente levantó la cabeza, pestañó varias veces, hasta poder ver sin dificultad. Luego miró al recién llegado y escupió un grueso salivazo hacia el piso, con asco, como si hubiese descubierto en ese instante, en la figura de Darío, la pestilencia de todas las cloacas de la ciudad. «Este maldito viste como un dandi», se dijo el secuestrado. «Estos pinches asesinos parecen ser de otro planeta.»

«Voy a pasar mucho trabajo para ablandarlo», caviló Darío cuando observó con detenimiento el semblante de la víctima, que no economizaba rencor en la mirada. La cara sanguinolenta del secuestrado reflejaba la golpiza que ya le habían propinado. «Estos pendejos nunca cumplen con lo prometido. Me aseguraron que esperarían por mí, pero al final siempre estos salvajes hacen lo que les da la gana; bueno, yo sigo con lo mío.»

«La Ley, por dónde comienzo contigo, ¿eh?», pensaba, «sí, aunque no me lo creas, debo darte garantías de que tu vida será preservada, ofrecerte el Paraíso y todo lo que me venga en mente, bueno, en realidad me arriesgo al quitarte la venda de los ojos, dado que más adelante puedes reconocerme, pero al terminar la plática conmigo, volveré a ponerte la venda, así no podrás reconocer a tus victimarios y podrás salir con vida de toda esta historia. Sí, es bien difícil que me creas, me lo imagino. Aristarco y sus compinches después harán contigo cosas peores que las que se deben de hacer en el infierno, esto Dios no me lo va a perdonar, y eso sí debe saberlo el Todopoderoso.»

—Salazar —quería demostrarle al secuestrado que él no improvisaba—. Sí, hombre, por qué no. Te llamaré Salazar, es el apellido de tu madre, además, sé que eres un hijo ejemplar y creo que así podremos entendernos más rápido y mejor. Me parece que en estos dramáticos momentos la evocación de tu mamá, que tanto te quiere, puede ayudarte mucho.

—¡Chinga a tu madre, hijoputa!

—Veo que no te asustó la golpiza que te dieron, como tampoco que te hayan secuestrado y ahora estés amarrado —desplazó con lentitud una de las butacas y la puso de frente al agente, acercó un cenicero de pie, se sentó, encendió un cigarro, echó una bocanada de humo y prosiguió—: Parece que eres valiente, Salazar. Sabes, nunca se sabe cómo reaccionan los hombres ante el peligro. Eso me digo a menudo. Para mí es un misterio. Algunos se paralizan, se quedan sin habla, lloran a moco tendido, otros echan a correr, otros se mean y se cagan encima, en fin, se desfondan y retroceden, y, sin embargo, los hay que reaccionan como toros embravecidos. Así es. Pero escucha, Salazar, yo jamás tuve una madre y no te miento...

—Tú no pudiste haber salido de una mujer, cabrón —lo atajó, biliosamente.

—Cierto, Salazar. Tienes razón. Casi. Mira, una mujer me trajo a este mundo, pero tan pronto asomé la cabeza me abandonó. Sabes, últimamente me ha dado por pensar que un buen día tendré que localizarla, en fin, para conocerla y platicar con ella. Porque sabes, ni siquiera la conozco. Pero lo que ahora deseo es que tú me escuches con mucha atención. Concéntrate, por favor —exhaló otra cachada—. Escucha, no es que tú estés en un atolladero, ni en un aprieto, ni en un dilema, no, Salazar. Puede que estés en el mismísimo cadalso, en la guillotina, en el degolladero o algo parecido. ¿Comprendes? Sólo puede salvarte tu astucia. No tienes otra alternativa. En pocas palabras, si no colaboras conmigo, hay unos tipos allá fuera que harán de ti mera machaca. Quiero saber, Salazar, quiénes son los informantes que lograste reclutar entre los narcos, en el gobierno, así como en el ejército y la policía, en fin, quiénes son tus espías, que en nuestra jerga se les llama dedos, orejas, chivas, ya sabes.

—¡A mí ustedes me tienen que soltar, miserable! —Gritó, con rabia—. ¡Yo soy un ciudadano estadounidense y el peso de la ley caerá sobre todos ustedes! ¿Me has entendido?

—El mundo no es como te lo imaginas, Salazar. Tiene grietas, abismos y ríos ocultos que nadie ha visto nunca. Platica conmigo para que salves el pellejo. Los que te secuestraron, Salazar, al final no quieren hacerte daño, ¿logras entenderme? Por eso, paradójicamente, decidí quitarte la venda de los ojos. Para que reine la confianza entre nosotros dos.

—¡Eres un cínico, hijoputa! —Mantenía la cabeza y el dorso erguidos, como si lo aprendido en la academia militar acudiese en su ayuda—. ¿Quién eres, miserable? ¿El pinche mensajero del diablo?

—Además de valiente, Salazar, eres picudo. Bueno. Digamos que contigo desempeño el papel de emisario o algo por el estilo, aunque no del diablo, porque yo también soy hijo de Dios. Y como dice el dicho, cuando Dios nos cierra una puerta, casi siempre nos abre otra. Piénsalo. Sí, Salazar. Digamos que estoy aquí como negociador. Y aunque no me lo creas, estoy aquí para salvarte la vida. Mira, no quiero maltratar tu hombría, sólo dame dos nombres. Con los nombres de dos orejas me conformo. ¿Qué te parece?

—Si eres el mensajero de esos asesinos que me han secuestrado, tú no puedes salvarle la vida a nadie, hijoputa. Tú también provienes de esos muertos de hambre que cuando se meten en la narca hacen mucho dinero. Eres un descocado mentiroso, cabrón.

—Bueno, voy a ignorar tus ofensas. Aunque veo que dominas nuestra jerigonza. Narca. Así se le llama a nuestra corporación, a nuestra transnacional, tan válida como cualquier otra. Oye, dame dos nombres. Vamos, ¡ayúdate, hombre! Tienes el deber de salir vivo de esta jodida situación en la que tú mismo te metiste, Salazar.

—¡No puedo hablar de cosas que desconozco, miserable! —Clamó con enfado—. ¡Yo no soy lo que ustedes piensan, dandi muerto de hambre! ¡Por esa ropa que llevas no pareces un narco, cabrón! ¡Hasta tu chingada madre te abandonó, cabrón! ¡Hasta dónde quieren llegar ustedes, eh! ¡Dime!

—Sabes, te diré una cosa: En Los Pinos, en la Casa Blanca, en las cúpulas militares, hay hombres que visten mejor que yo. Y esos personajes, Salazar, por ejemplo, tienen sobrada ventaja sobre nosotros dos. Son los intocables, ya sabes, son los que están por encima de cualquier sospecha. Y los malditos viven del narcotráfico como yo. Y otra cosa, paradójicamente, en el mundo que habitamos tú y yo, el hambre es mucho más vieja de lo que estiman los entendidos. Los que inventaron y le dan sostenibilidad a esta sociedad, se hacen los tontos por conveniencia propia, porque saben que existe el hambre, la pobreza, la droga, la DEA y la violencia. Sí. Son realidades opuestas que maliciosamente se solapan y complementan. A mi juicio, Salazar, esta última, la violencia, a pesar de lógicas incomprensiones, cierta confusión y rechazos, llega a ser bienhechora y hasta justiciera. Todos a su modo aplican la violencia.

—¡Ah, hijoputa, también eres filósofo! Pero, ¿dónde carajo estamos, eh? ¡Cómo es posible todo esto, cabrón!

—Oye, cálmate. Avancemos, Salazar. No pierdas tiempo. Mira, hace tiempo que tus enemigos saben que tú eres un agente de la DEA que trabaja desde posiciones diplomáticas en el consulado gringo de esta ciudad, e incluso fuiste de la CIA.

—Yo nunca he sido de la CIA, miserable. —El hombre estaba perdiendo el control—. ¿Pero ustedes, hijoputa, qué quieren, eh?

—Ellos saben, Salazar, que tú con tu red de soplones le has dado golpes demoledores. Has ocupado cuentas bancarias y, como si fuera poco, has suprimido ciertas áreas suyas que utilizaban para el lavado del dinero. Escucha, ellos saben que esa iniciativa fue tuya, especialmente tuya. Antes, la DEA sólo buscaba y quería encontrar la ruta de la droga y, por supuesto, localizar los sitios a donde iba destinada para decomisarla. Ahora no. Ahora, gracias a tu iniciativa, la DEA también va en busca del dinero. Y ese resultado tiene bien jodidos a los narcos. Has decomisado más de un billón de dólares, ¡por favor!

—No sé de qué rayos me hablas, pinche cabrón. Yo no sé nada de bancos ni de lavado de dinero. Soy un simple funcionario estadounidense del consulado y me ocupo de asuntos de seguridad nacional y empresarial. Soy un hombre condecorado en la guerra de Viet Nam. Díselo a tus jefes, pinche cabrón. Y a mí me tienen que soltar, tú lo sabes, por esa labia que usas lo sabes. ¡Tú lo sabes!

—¡Vamos a darle a esos pinches cabrones donde más les duele! —Darío clamaba con voz engolada, como si ahora imitase la voz del secuestrado—. ¡En el dinero! —calló y se levantó—. Dio unos pasos lentos, tan lentos que hasta llamó la atención del hombre de la DEA. Ahora Darío se mantenía en silencio. Miró hacia el agente y se percató de que éste le miraba los zapatos, imperturbable. «Creo que él no esperaba escuchar esas frases, tal vez se sienta atrapado, tal vez», pensó. Pero también le dio la impresión de que en el semblante de La Ley estaba dibujada la aureola, el círculo, el halo del aguante definitivo, incluso agresivo, muy belicoso, como el que duda y al mismo tiempo presiente que puede luchar y va a morir de todas formas, y sabe sobre todo cómo esconder el miedo, o como aplastarlo con las bravuconadas. Luego se sentó y prosiguió con voz normal:

—Sí, Salazar, ésas fueron tus frases, bueno, tus sabias propuestas hechas a la DEA. ¿Recuerdas? Sí. Estoy seguro de que tú las recuerdas bien. Las dijiste en presencia de los amigos que luego te traicionaron. Eres de la DEA y fuiste de la CIA. Incluso en sus inicios te propusieron trabajar en la operación Cóndor. ¿Recuerdas? ¿Recuerdas esa iniciativa de la CIA? Cien mil muertos y desaparecidos. ¿Acaso esos agentes de la CIA que desarrollaron ese plan no serían también unos muertos de hambre y se hicieron asesinos en un santiamén? ¿O ya lo eran? Vamos, Salazar, sabes que a la CIA sus prisioneros se le vuelven fantasmas y desaparecen. Esa agencia gringa hace trabajos terroríficos que empequeñecen los nuestros. Vamos, dame al menos dos nombres de los que colaboran contigo. Sólo dos. En lugar de revelarme un montón de informantes, sólo entrégame dos. Vamos, los más importantes. ¡Ayúdate, hombre! Piensa en tu mujer y en tus hijos. Piensa en tu mamá, por favor.

—No sé de qué cosas me... —temblaba de rabia e impotencia—. ¡Chinga a tu madre, cabrón! ¡Tu madre es la que va a colaborar contigo, hijoputa! —En el rostro tenía ahora reflejada la hombría, la impotencia, el desamparo y la despedida, cual si todas esas emociones estuviesen concentradas en una amalgama y se reflejaran en un único espejo—. Búscala y pregúntale a tu madre, pinche cabrón. Yo no soy lo que ustedes piensan. ¡Díselo a tus jefes, desgraciado!

Pocas veces Darío había visto tanta fuerza en la mirada de un individuo. Se dio cuenta en ese instante de que La Ley era hombre de profundas convicciones, terco, indomable. «No, no se hace el corajudo, lo es, son raros de encontrar estos tipos, pero existen, bueno, le soltaré mi última andanada, bien repulsiva por cierto, aunque sospecho que el pinche cojonudo se mantendrá en sus trece», concluyó.

—Competencia, Salazar. La vida es competencia. Tú jalas para fregarme, yo jalo para fregarte y otros jalan para fregarnos a ti y a mí. Así es. Pero como he tratado de ayudarte y no me comprendes, voy a ser más directo contigo. Digamos que con esa terquedad y tus groserías me estás obligando a abreviar el discurso. Mira, bravucón, detrás de esa puerta hay un guarura que cuando comience a quebrarte los huesos se le pondrá dura la verga, y mientras más golpes te propine más dura se le va a poner, y cuando esté a punto de que la verga se le explote o se le parta, te va a rematar sin que nadie ni nada pueda detenerlo, porque en ese instante lo único que querrá será venirse, correrse, y cuando compruebe que ya estás en los brazos de la pelona, se meterá en cualquier lugar para masturbarse a solas. ¿Logras entenderme, Salazar? Dicen que ese guarura es una bestia, y que de vez en cuando encuera, golpea y le coge el culo a su propia madre. Ya te puedes imaginar, Salazar.

—¡Eres un enfermo asqueroso! ¡Hijoputa! ¡Mátame, degenerado! ¡Dile a tus jefes que me dejen morir con dignidad! ¡Mátenme! ¡Chinga a tu madre, cabrón!

El interés de los conjurados reunidos en la hacienda sólo apuntaba a la rápida obtención de información valiosa mediante los interrogatorios a los que sería sometido La Ley. Darío había terminado de jugar su papel de negociador sin haber podido obtener una mínima confesión del agente de la DEA.

—Me voy, Aristarco. —Darío trataba de ocultar la fatiga mental que le había provocado la cerrada terquedad del interrogado—. Sabes, a ese hombre de la DEA sólo podrás sacarle los dientes a patadas. Según mi experiencia, ese tipo no te dará ninguna información. Ese hombre fue entrenado en Viet Nam y domina cómo es el comportamiento de los prisioneros de guerra. Fue condecorado como héroe de la guerra en Viet Nam y uno de sus hermanos cayó combatiendo en ella. La Ley tiene muchos motivos para no confesar ni media palabra. Y sin deseos de entrometerme en tus decisiones, Aristarco, yo espero que lo dejes con vida, igual que al piloto, porque, por ejemplo, a ese hombre de la DEA pudieras convertirlo en un maldito héroe.

—A mí me la pelas, buey, con esos sermones —volvía a la carga—. No me chingues, cabrón. Cada guerra a lo suyo y ésta es la mía. ¿Qué? ¿Acaso El Califa me mandó al abogado defensor de ese hijo de la chingada?

—Yo no soy abogado defensor de nadie, Aristarco. Sabes muy bien por qué estoy aquí —se levantó, y ahora daba muestras de que tenía claras intenciones de retirarse. Observó las caras que rodeaban a Aristarco, algunas les eran conocidas y otras no.

—Espérate, buey, espérate —estaba tan cocado que le daba por reiterar las mismas opiniones y hasta las adornaba, si bien se le podía observar cierta complacencia en el rostro debido a que el negociador había fracasado—. Sabes, buey, predicas demasiado, ya te lo dije. Déjamelo a mí, buey. Cuando le corte los dedos de las manos, uno a uno, vas a ver cómo canta ese hijo de la grandísima chingada. Y si La Ley se muere o no, eso es asunto mío. Después les pago a unos pinches periodistas para que publiquen unas notas y digan que La Ley era un doble agente y cosas así, y sí, cosas que desorientan hasta a los pinches cabrones más sesudos. En definitiva, ese hijo de la chingada se lo ha buscado porque ya a nosotros nos ha jodido bastante. Sabes, ése nos ha decomisado un chingo de millones de dólares, y se acabó. ¡A la verga con ése y su piloto!

Darío ya no escuchaba a Aristarco. «Estos capos y sus acompañantes están envalentonados», se dijo. «¿Acaso ellos pensarán realmente que son estrechos colaboradores de la CIA? ¿De veras lo creerán?» Miró hacia Aristarco y vio la expresión opaca y trastornada de su rostro. Y observó que sobre la cabeza del capo, en el fondo, había una pintura británica alegórica al teatro shakesperiano. Al pie del cuadro rezaban unos versos del monumental poeta. Darío no tuvo otro remedio que leerlos para sí, y al tiempo que los repasaba, descubría un plano superior en su mente, ahora, poniendo de lado su propio cinismo, comprobaba una vez más que la vida era una cruel pesadilla: ... *es un cuento / dicho por un idiota / lleno de sonido y furia / no significando nada.*

«Traté de salvarte la vida, Salazar, pero me fue imposible. Si bien no ayudó tu terquedad. De todas formas, admiro que no seas un delator», pensó Darío, mientras optaba por mantenerse en silencio y, como había anunciado previamente, se marchó. Llegó a la rápida conclusión de que el secuestro de La Ley y los consiguientes interrogatorios que los verdugos efectuarían amparados en la tortura, acabarían para los actores agolpados en esa hacienda bajo los catastróficos efectos de un bumerán. Y que tanto los narcos, como los militares, policías y autoridades gubernamentales implicados en esa faena, pagarían elevado precio por haber llevado a cabo una operación tan siniestra y sin precedentes.

Cuando Darío caminaba en dirección al sitio donde estaba aparcada su camioneta y donde lo aguardaban sus colaboradores, su vista tropezó con un brazalete femenino de oro que estaba tirado sobre el césped. Al recogerlo y observarlo, se dio cuenta de que la pulsera poseía cabujones violetas y verdes y un nombre inscripto: Gabriela.

Pensó de inmediato en la joven que no pudo salir a cabalgar. Y siguió camino hacia donde lo esperaba Juan Muñoz, su chofer, y el vasco Patxi Arzak, su asistente. Los dos hombres también desempeñaban el papel de guardaespaldas. Si bien Patxi, traído por Darío desde Europa a residir y a trabajar con él en Culiacán, era tan listo en el manejo de las armas y explosivos que en un inicio Darío pensó que el vasco pudiera ser un miembro del brazo armado de la ETA. Luego esta sospecha fue descartada, dado que había podido constatar que Patxi era, además de monárquico, un furibundo franquista. Patxi vio que Darío se acercaba al carro con un brazalete en la mano.

—Guarde bien esa joya, jefe —dijo Patxi—, aunque no se lo crea, yo tengo en mi poder el nombre y el teléfono de la dueña. ¡Hostia, jefe, qué muchacha tan guapa y envalentonada!

Darío sonreía mientras echaba el brazalete en el bolsillo y con el puño derecho empujó con afecto la cabeza del vasco. Muñoz, el chofer, serio como un monaguillo arrepentido que sólo había nacido para delinquir, al descubrir una vez más las habilidades que poseía Patxi, pestañaba con mayor frecuencia mientras ponía en marcha la camioneta blindada color acero con cristales ahumados.

El vasco le dijo a su jefe que la joven se nombraba Gabriela y tenía veintiún años de edad, y que era la hija mayor de Trigo, un comandante de la AFI, entidad federal que combatía la droga, quien había asistido a la reunión convocada por Aristarco.

—Patxi, ¿quién te dio el número? —preguntó Darío.

—Ese tal Sócrates.

—¿Y a qué viene tanta cortesía?

—Usted sabe que a mí me gusta hacer regalitos, y despúes los agasajados se ponen a cantar. Y yo los escucho, jefe, mudo, como siempre.

—Te doy siete puntos de diez, Patxi. Con ese Sócrates de la Federal de Seguridad hay que andar con pie de plomo.

—Eso lo tengo claro, jefe. ¡Joder!, el gilipollas no se cansó de decirme que su Dirección fue creada y está siempre asesorada por los de la CIA.

—Qué amable —comentó Darío con sarcasmo—. ¿Ese cabrón leerá la prensa escrita?

—A ese cantamañanas, jefe, ¡que le den por el anís!

Por encima de los gestos y las palabras de los juramentados en el crimen, sin importar la brusquedad y el tono, volaba estremecida la ansiedad. En la residencia se brindaba una acogida ante la cual casi todos los convocados se sentían incómodos. Caía la noche y afuera los carros todavía entraban y salían a velocidades inusuales. Los portazos en la residencia indicaban que los nervios de los hombres estaban descontrolados, e incluso varios, como les sucedía a algunos capos, estaban pasados en cuanto a la cocaína que ya habían consumido.

En la amplia habitación enclavada detrás de la cocina de la mansión, varios individuos se miraban entre sí, deseosos de hablar y de que alguien diera por terminado ese abismo de condena eterna, al tiempo que los verdugos, tuvieran investidura gubernamental, policial o narca, se turnaban e interrogaban a La Ley, que se hallaba indefenso.

—¡Habla, hijo de tu chingada madre! ¡Vamos! ¿Quiénes nos traicionan? ¿Quiénes son tus informantes? ¿Quieres perder todas las uñas, cabrón?

Atado a la silla, La Ley movía la cabeza, sin poder evitar los golpes, y apenas se quejaba, detalle que enfurecía a los capos que dirigían interrogatorios, torturas, patadas, bofetadas, remover uñas, cortar los dedos de las manos, y, para coronar el suplicio, hasta dejar que le introdujeran un palo por el ano. La Ley babeaba, gemía, gritaba de dolor, pero no soltaba una sola confesión. A veces expresaba un vocablo, que en sus inicios, casi llevaba alguna fuerza, luego, se le hacía susurro, apenas audible. Cuando alguien se le acercaba a los labios, que era casi pegarle el oído a la boca para lograr escucharlo, el hombre de la DEA, sin variaciones, expresaba la misma frase, como una queja, casi una súplica.

—¿Qué dijo ahorita ese maldito? —demandó uno de los capos.

—Dice que lo matemos, jefe —aclaró un guarura.

Los torturadores que presionaban a La Ley estaban desconcertados, los acontecimientos no se desarrollaban como lo habían previsto. En la recámara, Aristarco, enfurecido al principio y algo apagado después —la resistencia de La Ley lo tenía fuera de paso—, ordenaba silencio llevándose el dedo índice a los labios y luego señalaba hacia el grupo para seleccionar quien debía proseguir con el interrogatorio, el cual se disolvía en una colectiva inercia. Para la tortura sofisticada, Aristarco empleaba a un médico que había sido traído a la lúgubre tertulia y quien de modo especial se encargaba de que La Ley prolongara la vida.

—Aquí no estamos con apuros, doctor —susurró Aristarco en el oído del galeno—, arránquele otra uña. Después le entramos a los dedos. Tiene que hablar. Este pinche cabrón tiene que decir quiénes son los hijos de la chingada que nos traicionan.

—¡Aristarco, me lleven los demonios! —gritó don Fonse, furioso, que recién acababa de entrar—. ¡Aristarco, grandísimo hijo de la chingada, a este hombre lo han destripado! ¡Nomás ahorita este hombre no nos sirve para nada! ¡Te pasaste, Aristarco! ¡Tú eres quién llevará esta criatura en la barriga, cabrón! ¡Nomás que ahorita, pedazo de cabrón, los gringos por tu culpa vendrán a buscarnos con su ejército!

Colérico, don Fonse agarró su cuerno de chivo y acribilló la pared que tenía enfrente. Todos los presentes en el local se echaron a un lado, estupefactos. Luego el capo le entregó el fusil a uno de sus guardaespaldas y salió del recinto como una exhalación.

El sonido de un helicóptero de la DEA sobrevolando la suntuosa residencia hubiese bastado para que todos los ruidos en la vivienda se esfumaran de golpe. Más esa probabilidad hipotética e imaginada, sólo habitaba en el dañado cerebro de La Ley y en sus escasas ilusiones. Y sonaban otros golpes y los quejidos de quien los recibía sobre su humanidad, cuando La Ley, por supuesto, tenía oportunidad de pensar, en medio de los dolores que le provocaban los instrumentos y las golpizas que apenas lo dejaban descansar.

El hombre de la DEA sospechaba que la vivienda a donde lo habían llevado estaba en las afueras de Guadalajara. Sentía el relinchar de los caballos y esos alazanes los conocía bien. «Nunca imaginé que tendría que despedirme de la vida de esta forma», pensaba La Ley. «Aunque la muerte cuando llega jamás pregunta por la posición física en que uno debe recibirla, si estar de pie, acostado, dentro de un carro o amarrado a una silla.»

Sentía los dolores tan agudos que en cualquier momento se le detendría el corazón. El dolor ya estaba rebasando su resistencia en toda la línea, ya no era un dolor, sino un martirio, y en ese martirio no sabía si su cuerpo estaba hundido o flotando. Los límites de la realidad se le desdibujaban al hombre de la DEA, se iban a otro sitio, a otra esfera, a otro cuerpo, incluso sentía que movía los labios, pero no era capaz de escuchar el sonido de sus propias palabras o quejidos.

Cierto. Estaba sordo. Tenía dificultades para escucharse a sí mismo, no podía oír los gritos de sus torturadores y mucho menos sus palabras. «¡Dios mío! Tendrían que extinguirse todos los ruidos a la misma vez, para morir, para poder morir, para que yo pueda morir», el agente deliraba. «¿Podré salvarme de este suplicio?», se preguntó a sí mismo, mientras percibía a través de las últimas siluetas, agrupadas en un confuso montón, que en la habitación habían apagado la luz y lo movían de lugar.

Luego escuchó la ronca voz de uno de sus verdugos que lo daba por muerto, quien hablaba casi desde lejos, eso pensó La Ley, desde el fondo de un pozo o desde un recinto abovedado. El verdugo se lamentaba:

—Este hijo de la chingada ancló en el panteón y se llevó con él los nombres de los chivas. Ni un tantito así mencionó a los que nos traicionan. No se rajó el cabrón, y ni modo, nomás nos chingó a todos hasta el mero final.

IV. La mitad de un traidor

Ese día el agente de la DEA se sentía raro. No sólo porque se le había caído la moneda de plata, la de la suerte, sino porque lo invadía un desasosiego desacostumbrado. Sobre todo, no podía localizar la causa precisa de ese desvelo que desde la noche anterior le aprisionaba el espíritu. Eso de ver en la mañana caer la moneda al suelo no le había gustado para nada. A lo largo de los años le había sucedido en pocas ocasiones, pero cuando le ocurría, en su memoria se abría un compás de espera algo expectante, incomprensible, ya que era como estar, por ejemplo, a la espera de ver pasar un gato negro por debajo de una escalera.

Cuando en contadas ocasiones, recordaba, la moneda que colgaba de la cadena de oro de su cuello se había ido al piso, más adelante solían acontecerle hechos insólitos. En realidad no eran asuntos de vida o muerte, pero sí fastidiosos. Ahora los enumeraba en su memoria: la absurda rotura de una tele recién adquirida, el robo de un carro acabado de comprar o el repentino arresto por parte de la policía de uno de sus dos hermanos, de Antony, el profesor universitario, el revoltoso izquierdista que daba clases en la Universidad de Tucson.

Esa extraña moneda húngara que lucía sobre su pecho se había transformado con el devenir del tiempo en su resguardo perenne. Mariana, la gitana, y sus paisanos se la habían puesto bajo la piel al nacer, como una especie de prodigioso bautizo — era una tradición de los gitanos húngaros—, para que siempre lo acompañara como amuleto y jamás le faltara salud, dinero y fuerza espiritual.

—Dios es el dueño de los misterios, bonita —aseveró la gitana, inclinada al oído de Adriana—. Esa moneda ayudará a que tu hijo sea un hombre honrado y lo proteja de los maleficios, de la explosión de los truenos, del fuego, de los rayos y de la avaricia y la maldad de los hombres.

Luego la húngara le pidió a su amiga que conservara esa simbólica moneda hasta tanto el crío alcanzara los dieciséis años de edad y en esa fecha le fuese entregada. Y así lo hizo la madre.

«No, hijo de Adriana, de Imeldo y de Arizona, ni hoy ni mañana a ti te sucederá nada malo, absolutamente nada», se dijo a sí mismo, solemne y chistoso, cuando ya entraba en la empresa denominada Viajes Mazatlán, S. A de C. V. Sociedad que servía de fachada a sus colegas y a él para la realización del trabajo secreto de la DEA en Sinaloa y otros estados mexicanos. Como siempre, en un día normal de trabajo en esa simulada entidad, Remy Rangel, jefe de ese emplazamiento operativo, era el primero en llegar, y, si podía, siempre sería el último en retirarse al finalizar la jornada laboral.

Luego, y era una rutina cotidiana que se le hacía familiar, arribaban sus correligionarios Gal, Mojarro, Tom, y Mayer, más conocido por el Ermitaño, debido a su alergia en cuanto a convivir en grupo y ser antipático. Gal, Gal Mineli, era una mujer trigueña de veintiocho años de edad, divorciada, de mediana estatura, de talle y bellas piernas, simpática, sin hijos, nacida en Nueva York e hija de un matrimonio conformado por colombiana y argentino; decía ser taquimeca pero en realidad, además de poder desempeñar el papel de secretaria, era oficial analista de información y hablaba varios idiomas. Proclamaba también ante todos ser colombiana y era norteamericana.

Mojarro, Ricardo Mojarro, nacido en Texas, era alto y delgado, hijo de mexicanos, divorciado y con dos hijos. Tom era estadounidense de baja estatura, joven, soltero, intoxicado con los presupuestos de trabajo de la DEA, la agencia gringa que, según él, había surgido para acabar de una vez y por todas con el narcotráfico. Y Mayer, era exoficial del FBI, casado y sin hijos, con cincuenta años de edad, nacido en Tampa, de ascendencia cubana y que nadie sabía, ni siquiera Remy, cómo y por qué había sido destinado a Mazatlán sin contar en su historial con antecedentes de trabajo en la DEA.

En broma despiadada algunos colegas le aseguraban a Remy que Mayer tenía que ser un agente encajado en Viajes Mazatlán para realizar tareas de Asuntos Internos de la DEA, a fin de monitorear los posibles desmanes, abusos de poder y corrupciones de sus correligionarios. «Ese Mayer, jefe, es el chiva, es el oreja de nuestra conducta, ¡atento con él!», le advertían. Pero el único dato de Mayer que Remy lamentaba era el hecho de que ese presumible oculto delator había sostenido relaciones amistosas con los agentes de la CIA radicados en Miami que en Bolivia se habían encargado de cortarle las manos al Che Guevara y también habían participado en la denominada operación Cóndor en Argentina, donde desaparecieron decenas y decenas de miles de jóvenes.

Al igual que le sucediera a Remy en el curso inaugural, sus cuatro colegas, así como otros agentes que ya estaban radicados en México y América Latina, fueron entrenados en Washington por la CIA y la DEA en varias materias: expertos en espionaje; modo de llevar a cabo operaciones clandestinas; información y análisis informativo; reclutamiento y manejo de los informantes; objetivos de inteligencia y contrainteligencia; uso y utilidad del polígrafo y cómo desarrollar la vigilancia física y técnica sobre las personas y otros objetivos de interés; seguimiento a personas y cómo evadir los controles visuales del enemigo.

Sin embargo, en todas las entidades de la DEA no predominaba de modo exclusivo la falsa cobertura, había otras que se amparaban en la esfera diplomática, como las radicadas en los consulados estadounidenses en América Latina y en el mundo entero. De lo anterior se desprendía que la DEA desarrollaba su labor en dos escenarios. El primero estaba conformado por los agentes de cuello y corbata, los administrativos, apodados *suits* o *bean counters*, o sea, los llamados funcionarios cuenta frijoles que utilizaban burós y computadoras para realizar su faena bajo cobertura diplomática.

En el segundo escenario se hallaban los denominados *gunslingers*, los agentes de la calle, los pistoleros, los elementos bien entrenados y con experiencia en el trabajo, que aborrecían y rechazaban las oficinas, y, por tanto, estaban entrenados para trabajar en las calles, tanto en territorio estadounidense como en el extranjero; vestían pantalones y botas vaqueras, llevaban pelo largo y barba, y portaban joyas y prendas de vestir parecidas a las que ostentaban los narcotraficantes para así poder infiltrarse en sus filas, e implantaban su base operativa en el interior de cualquier falsa entidad que fuese apropiada.

Los *gunslingers* siempre andaban armados hasta los dientes, acostumbrados a portar consigo dos pistolas automáticas, una de calibre 9 mm y otra de mayor calibre. También llevaban una daga en la bota y en sus carros acostumbraban tener ametralladoras, bien fuera una Colt SMG 9 mm, o una M-16 223 o el afamado cuerno de chivo, el fusil ametrallador AK-47. Eran las siglas de Avtomar Kalásnikova —la automática de su inventor Kalásnikov—, y el número 47 indicaba el año en que esa arma fue seleccionada para el ejército soviético.

Y *gunslinger* era el estatus de Remy Rangel, el agente nacido en Tucson, Arizona, el de la fisonomía ágil y atlética, trigueño, de alta estatura y de temperamento sanguíneo. Era fundador de la DEA y se había ganado entre sus compañeros el quilométrico mote de *Tucson, hair trigger*, (Tucson, le da a un cabello) —como reconocimiento a su puntería—; alias que no era de su agrado por considerarlo tan exagerado como inmerecido, aunque llevara el sello del respeto que gozaba entre sus colegas. No obstante, con el paso del tiempo y del uso, el alias quedó reducido a Tucson, que sería el definitivo.

—Tucson, tienes una llamada —musitó Gal—. Creo que es ese tal Tlayola.

—Ese rojo te queda bonito, Gal —deseaba alejar de su mente la ansiedad que lo embargaba.

—Gracias, jefe —hizo un guiño con uno de sus grandes ojos para agradecer el elogio y cerró la puerta tras sí.

Después de hablar breves segundos por teléfono, Tucson decidió ir al encuentro de la persona que lo había llamado. Al salir le dijo a Gal que localizara a Mojarro y le indicara que esperara su regreso. Tomó el carro y se fue hacia la zona opuesta del puerto. Tucson había conocido a Tlayola par de años atrás. Como informante ya lo tenía casi descartado, debido a que había perdido posibilidades de trabajo. Las beligerancias que se llevaban a cabo entre los cárteles y en su seno, para mantener el control de la producción y el mercado de las drogas, le habían restado poder al enérgico Tlayola. Aunque más que todo su declive se debió a que había sido, o quizás aún lo fuera, consumado adicto a la heroína. Sus brazos todavía conservaban las lesiones de los continuos pinchazos para suministrarse las dosis. Muchas veces sudaba copiosamente aunque soplara viento invernal sobre su cabeza.

En las últimas semanas telefoneaba con mucha periodicidad. Precisamente por ello Tucson lo había bautizado recientemente con el mote de Piojo. Era demasiado insistente y no le daba tregua. Trataba todo el tiempo de localizarlo para darle información de interés y recibir en cambio la compensación monetaria. Se notaba también que Tlayola, a diferencia de etapas anteriores, en ocasiones se desconcentraba y hasta disgregaba el núcleo de las informaciones que ofrecía. No se valoraban bien esos datos incrustados en el laberíntico tráfico de estupefacientes que Tlayola descubría e informaba, después de subrayar que nadie más que él había conseguido esos datos secretos.

Sin embargo, a pesar de las continuas fallas de Tlayola en los últimos períodos, Tucson aún no le daba la espalda. Tenía sus buenas razones para actuar de esa manera. José Gutiérrez, alias Tlayola, oriundo de Zapotlán el Grande, en Jalisco, era un viejo compinche del colombiano José Gonzalo Rodríguez Gacha, más conocido por El Mexicano, debido a la inexplicable fascinación que éste profesaba hacia la cultura charra. Muchas propiedades y ranchos del afamado *boss* tenían los nombres de Mazatlán, Sonora, Chihuahua y Cuernavaca. Desde Medellín, El Mexicano enviaba la droga regularmente hacia el país azteca y hacia otros países de América.

—¡Toma, cabrón, para que compruebes la calidad y te la lleves tranquilo a Chicago! —gritó Tlayola en un bar, aventándole una bolsita de cocaína por el pecho a Tucson—. ¡Yo tengo la gente que te puede vender esa mercadería que te hace falta!

Tucson recordaba aquella frase que Tlayola le había espetado en público, sobre todo ante sus secuaces. Y sonreía. «Tlayola nunca pudo imaginar en aquel encuentro que el peje gordo La Noche, al que le vendería aquella carga de cocaína, rápidamente se iría a la cárcel», pensó, entre tanto veía que Tlayola venía a su encuentro. «En cuanto a alcanzar los buenos resultados en el trabajo, jalisciense engreído, yo soy mucho más rápido que tú». Volvió a sonreír al recordar que aquella tarde, en el bar, él hizo un rollo con parte del dinero que debía pagar por la compra de la droga y en reciprocidad se lo lanzó por el pecho a Tlayola mientras le decía:

—¡Y tú, cabrón, toma, comprueba si ese dinero es falso o verdadero!

El corpulento Tlayola delante de sus adeptos estaba a punto de quedar en ridículo, ahora se veía a sí mismo como un gran desprevenido, y lo sabía puesto que en ese instante sentía sobre sí el desconcierto de sus cómplices que ya iba camino de la burla. Agarró el dinero que había caído al suelo y mientras reajustaba el manojo de dólares, miró fijo a Tucson por algunos segundos y luego comenzó a reír de manera estridente.

Dio unos pasos, y con la alegría reflejada en el semblante, estrechó afectuoso la mano de Tucson, e incluso, para asombro de los presentes, por la fama de bravucón que tenía, le dio un abrazo. Y desde ese momento, sin importar que en ese intervalo desconociera que el comprador de Chicago no era tal comprador, puesto que después lo supo y pasó a ser informante de la DEA, se inició entre Tucson y Tlayola una amistad que se fortalecería con el tiempo.

Tucson más adelante también se llevó una sorpresa en esa primera transacción que hizo gracias a Tlayola. Poco antes de que concluyera el operativo para apresar a La Noche, que era capaz en Mazatlán de vender varios kilos de cocaína en un instante, y en cuyo operativo Tlayola tan sólo había servido de señuelo, éste le preguntó a Tucson en voz baja y haciendo un aparte que si él era de Chicago para qué necesitaba realizar esa compra. El agente con toda naturalidad le mintió, diciéndole que su mamá estaba muy enferma y con el dinero de la comisión que le correspondía, pagaría médicos y medicinas que restablecieran su quebrantada salud. Sorprendido. Sí, ahora sería Tucson quien quedaría totalmente pasmado ante el infrecuente guiño que le obsequió Tlayola. Cuando entregó la mercancía y cobró el dinero, le dijo a Tucson:

—Toma, mi cuate, esta cantidad de la doña blanca es para ti. Yo te la regalo. Se la fregué a los meros canijos que me facilitaron la mercadería. Y nomás que con la lana que le saques a esa doña, pinche cabrón, pos ya puedes curar a tu mamá.

Ese hecho se le acomodó a Tucson en el cerebro como una aleccionadora paradoja de fondo humano que jamás olvidaría. Por eso le costaba tanto tomar la decisión de romper el vínculo con el delator. Como era su costumbre, Tlayola después de estrechar la mano de Tucson miró receloso hacia los costados y luego giró la cabeza para observar lo que ocurría a sus espaldas.

Los dos hombres estaban rodeados de muros y grandes piedras de una vieja construcción en ruinas, lo cual dificultaba las posibles miradas. El sitio estaba ubicado en una colina y a través de los muros y los árboles se podía observar el mar.

—Deja esa costumbre, pendejo —la voz era gruñona, pero afectuosa—. Ya te dije que yo conozco bien este sitio. Acaba de decirme lo que tienes.

—No olvides, Tucson —con la vista seguía controlando los alrededores—, que nunca has querido llevarme para Arizona.

—No mames, ¿crees que yo puedo llevarme a todos los que quiera? ¿De veras lo piensas?

—Nomás no digo que todos sean de tu haber, pero a la mera verdad yo conozco unos cuantos cabrones que han podido irse para Arizona y yo aquí permanezco bien fregado. La pesadilla que tengo en la cama es jodida. La cabrona en el sueño me dice que en cualquier momento me darán de beber una copa con el meao de don Fonse para el brindis, después me meterán un par de balazos en mi calabaza y luego me colgarán boca abajo de cualquier puente, con una manta en la cual se lea: "Este José Gutiérrez era un pinche fementido de su chingada madre", y eso nomás para que todos los pasantes me vean y me escupan.

De repente parecía que la preocupación que brotaba del angustiado Tlayola se llevaría su mente del lugar, en fin, su energía se filtraría hacia otros sitios, eso pensó Tucson. Enseguida se dio cuenta de que Tlayola era presa de un auténtico nerviosismo en cuanto a la seguridad de su vida y la de los suyos, y que la información urgente que debía comunicarle pudiera quedarse flotando en el limbo. «Tengo que sacudir a este cabrón para que me diga lo que necesito saber», precisó.

—¡Qué, pendejo! —fingía contrariedad—. ¿Para qué puta mierda me has traído hasta aquí? ¿A escuchar tus chingonas lamentaciones? ¡Por favor, José, no me desconcentres! Vamos, dime lo que tienes que decirme, no dispongo de tiempo.

Hacía mucho que Tlayola no veía a Tucson tan enojado. Miró a sus espaldas y luego se volteó hasta quedar de frente al agente, y, sin apartarle la vista de los ojos comentó:

—Tucson, prométeme que siempre tú y tu gente se van a ocupar de mi mujer y mis chamacos. Promételo, por favor.

—Te lo prometo —ahora descubriría lo que sucedía en la mente de Tlayola, y se percató de que éste quizás no podría por mucho más tiempo soportar en su conciencia el temible peso de ser informante de la DEA—. Te lo tengo prometido desde hace mucho, pero hoy te lo confirmo de nuevo. Nada malo les pasará a tus seres queridos. Te lo aseguro.

—De a hombre, Tucson, ¿me das tu palabra?

—No tengas duda, José. Te doy mi palabra.

—Hace unos días llegó mucha droga a Mazatlán. Vino a bordo de un barco desde el puerto de Santa Marta, Colombia, y la mandó El Mexicano. Veinte toneladas de mariguana y una tonelada de cocaína —detuvo la plática y comenzó a rascarse el cuello—. Sabes, El Mexicano me mandó saludos, quiere que yo viaje a Medellín y esté en la inauguración de otra de sus propiedades; también que me ocupe de buscar por acá unos buenos mariachis y todo eso, y que yo me vaya a Pacho..., bueno..., ya te lo dije... —cortó de nuevo sus palabras, se rascó de nuevo el cuello, se miró uno de los antebrazos y luego agregó quejoso—: ¡Carajo! ¿Por qué Dios hace caminar a unos cursientos con zapatos y a otros los hace caminar descalzos? No puedo entender esa pendejada, Tucson, quisiera entenderla, pero no puedo.

—No mames, cabrón. Sigue platicándome del envío y aparta de tu mente a ese Rodríguez Gacha y la religión.

—Espera, no sé... sí, Tucson... sí, lo haré... no hay lío... mira, toda esa mercadería llegó en un barco a la costa de Altata y ya está almacenada en Navolato.

—¿Quién la tiene y dónde está?

—¿Has escuchado hablar del narco Jacobo, verdad?

—Oye, mariguano, ¿qué fumaste antes de venir? ¡Hombre, José, cómo voy a escuchar algo sobre ese bato! ¿Acaso crees que soy culiche? Por favor.

—Disculpa, bueno, no hay lío, la mercadería está en poder de ese naco que se llama Jacobo del pueblo de Navolato. La tiene metida en su rancho, que está en los alrededores del municipio El Limoncito.

—¿Tienes la ubicación del rancho?

—No, pero ese Jacobo es propietario de una tienda de abarrotes en Navolato —entregó una nota al agente—. Ahí la tienes, Tucson. Ahí lo localizas y nomás que el buey tiene que llevarte hasta su rancho. A ese hijo de puta hay que calentarlo para que hable, no lo olvides. Y tú lleva mucha gente armada, nomás que por esa mercadería en ese rancho deben estar atrincherados una bola de gatilleros.

Tucson precisó otros detalles y mientras escuchaba los pareceres de Tlayola, sólo pensaba en cómo debía de articular el plan para apresar a todos los implicados y decomisar cuanto antes el cargamento de estupefacientes. Sin embargo, al final no olvidó decirle a Tlayola que se tranquilizara en cuanto a la peligrosa información que acababa de darle, él se encargaría de que todo apareciera como que la DEA en Colombia había sido la encargada de transmitirla a Mazatlán.

También le orientó que reclutara a unos buenos mariachis y junto a ellos se fuera a Medellín para estar con Rodríguez Gacha, esa oportunidad le serviría de soporte para estrechar las relaciones con ese capo y de ser posible conocer sus planes. «En la medida de tus posibilidades, José, no preguntes nada, por favor, sólo informa lo que caiga espontáneamente ante ti, y nada más, no te pases de listo, ¡cuídate mucho!», recalcó en la despedida, al tiempo que le entregaba un sobre con dinero. Tlayola ni siquiera revisó la cantidad que el agente le había entregado, a pesar de ser un hombre receloso, confiaba en Tucson, a quien consideraba su amigo. Se metió el sobre en el bolsillo y dio las gracias. Luego, cuando ya se disponía a encaminarse hacia su carro, comentó:

—¡Híjole!, nomás cómo voy a dormir sin tener pesadillas. Eso de tener dentro de uno la mitad de un traidor es demasiado asqueroso.

—¡Ajuaa! —contrapuso intencionadamente una alegre exclamación al afligido comentario de Tlayola—. José, tu otra mitad de hombre justo, yo la tengo conmigo, y la conozco bien. *Bye*.

Ahora quien iba en busca de su carro era Tucson. Y en el sitio donde se acababa de efectuar la conversación se había quedado Tlayola, que todavía sonreía y movía la cabeza emocionado, sin duda agradecido de haber escuchado de Tucson esas palabras en el adiós.

Tucson entró en la oficina de Viajes Mazatlán y se encaminó a su despacho. Llamó a Mojarro y le pidió a Gal que le localizara por teléfono al comandante Calderoni, quien era subdirector de la Policía Judicial Federal en la ciudad de México. Tan pronto lo tuvo en línea, le habló acerca de la información recibida desde Colombia y le pidió que le enviara urgentemente un grupo de agentes para enfrentar el decomiso de la droga y capturar a los implicados. Calderoni quedó en mandarle esa misma noche veinte agentes y que al frente del grupo viajaría Jorge Ramírez, dado que éste y Tucson ya se conocían. Luego de que se precisaran horarios y medios entre Calderoni y Tucson, se dio por terminada la plática telefónica.

—Jefe, sin tomarme atribuciones indebidas —comentó Mojarro—, ¿por qué no llamaste al comandante de la Judicial Federal de Sinaloa?

—No lo hice ni lo haré, Mojarro. Ese pinche comanche ya sabe todo lo que voy a decirle. De buena fuente supe que hace unas semanas ese cabrón fue comprado por los narcos.

—Vaya. Otro pez gordo se pasó al enemigo.

—Ese enemigo tiene mucho dinero y sabe diseminar el miedo. Por eso, Mojarro, no puedo imaginar ni cómo ni cuándo terminarán estas operaciones contra el narcotráfico. Nosotros, con mucho dinero a nuestra disposición, gracias a los contribuyentes y todo eso, compramos las informaciones que nos urge. Nuestro enemigo con su dinero, que recauda y multiplica en forma meteórica, sabe que con esa lana sacan de las crisis económicas a los gobernantes, y de paso compran el silencio y la impunidad. Por ahí van los tiros, Mojarro, y en ese mercadeo donde forcejean esos dos contrincantes, por decirlo de algún modo, yo no sé al final quién será el vencedor. Tal vez ninguno de los dos. No sé.

—Tom dice que nosotros seremos los triunfadores.

—Cuestión de tiempo. Quizás, como joven, piensa que enfrentamos un juego de béisbol de grandes ligas. Tom aún ha visto pocas cosas.

Bien temprano en la mañana los cinco hombres de la DEA, junto a los agentes mexicanos de la Judicial, partieron en varios carros hacia Navolato. Al frente de la cruzada iba Tucson y el oficial Ramírez como segundo al mando. En la punta de la caravana avanzaba el carro en el cual viajaban Tucson, Ramírez, Tom y Mayer.

—¿Vienen los carros, Tom? —preguntó Tucson, quien iba en el asiento delantero.

—Sí, jefe, vienen los ocho carros —repuso el joven, que hacía de chofer.

—¿Con el nuestro son nueve? —balbuceó Mayer—. Vaya. Inquietante noticia. Una novena. Una cábala.

—¿Oye, qué, son códigos? —replicó Tom.

—Digamos que acabo de percatarme de que viajamos en novena, o sea, nueve carros al hilo, una cábala legendaria, y eso me pone intranquilo, verdaderamente. Veamos, nueve, una novena, ejercicio de fervor que se ejerce durante nueve días para obtener una gracia, dedicada a Dios, a Jesús, al Espíritu Santo, a la Virgen María y a muchos santos, nueve veces, nueve días, Jesús sucumbió en la novena hora y se elevó al cielo en el noveno día, la novena de navidad, los nueve meses de embarazo de la Virgen. ¿Les parece poco?

—¿Estás insinuando, Ermitaño, que hoy a nosotros nos van a cadaverizar? No exageres —afirmó Tom.

—Por favor, Tom, ese apodo no me gusta y tú lo sabes, me llamo Víctor Mayer, además de que viaja con nosotros un colega de otro cuerpo. ¿No sabes lo que es una cábala, Tom? Hablo de una posibilidad numérica, que está amarrada a un número, tan sólo eso. Me pone nervioso, aunque no creo que sea para tanto.

—No sé nada de esas pendejadas, Mayer —Tom rechazaba el acento lúgubre que tenía el comentario del Ermitaño—. No sé. Dejemos en paz a los pájaros de mal agüero, por favor, que ahora no viajamos para divertirnos.

60

Tucson escuchaba el intercambio y se daba cuenta de que Mayer había introducido lo de la cábala como inquietante intriga, estando el grupo como estaba, a las puertas de un seguro enfrentamiento armado con los narcos, y aunque lo hubiera hecho de forma ambigua, seria o jocosa, tendría naturalmente el resultado de sembrar la duda y el temor. Pero, sin poderlo evitar, en la mente de Tucson rebotaba ahora la cadena contra el piso, la cadena que llevaba la medalla húngara, que se le había caído de las manos y de manera torpe por demás, y la idea que se le había metido en el cerebro al asociar fastidiosos hechos precedentes. «¿Ocurrirá algún desastre en este operativo?», se preguntó y concluyó: «Debo calmar el ambiente. En ocasiones Mayer se pone a filosofar y con esas opiniones no hace más que estropearle el buen ánimo a los demás. No digo yo, Mayer, con ese pesimismo no aliviado que llevas en la jeta. Chacaliar inocentes, cabrón, es jodido. Te quita el valor y con el tiempo te hace un solitario enfermizo. A saber cuánta gente lanzaste al mar.»

—Sabes, Mayer —como jefe quería descongestionar la atmósfera—, mi madre una vez me dijo que el número nueve revela en la Biblia el dolor y el desamparo. Pero para poner punto final a ese manejo del número nueve, te diré que con esa cábala, si es que llegase a ser puntual, hoy, gracias a Dios, el dolor caerá sobre nuestro enemigo.

—Jefe, lo lamento, soy supersticioso de atar —Mayer tenía un deje de cinismo en la voz—, pero sé sobrevivir. No nos preocupemos, señores, ahora mismo acabo de aventar la cábala por la ventanilla.

—Tucson, lo que yo deseo —Ramírez soltó una risa contagiosa—, es que hoy el santo Jesús Malverde, que protege a los nacos, se ponga de nuestro lado, o cuando menos, sea condescendiente y comprensivo con nosotros.

Ahora los agentes, excepto el Ermitaño que iba silencioso, intercambiaban bromas, tal vez como buscando, cábalas aparte, un alivio ante el inminente peligro que los aguardaba. Navolato apareció ante la vista de los que viajaban en el carro que iba al frente de la caravana. No fue necesario preguntar dónde se hallaba la tienda de abarrote de Jacobo, con las indicaciones que había dado Tlayola fue suficiente para detenerse cerca del establecimiento. Tucson tomó la precaución de que sólo se aproximara al abarrote un carro. Los demás tenían que permanecer disgregados en las afueras de Navolato. Luego, reagrupándose de nuevo en los carros, los agentes partirían en busca del rancho.

Tucson y Mayer entraron en el negocio. Ramírez y Tom se quedaron afuera. Había cuatro trabajadores dentro del abarrote que estaban enfrascados en diversas faenas. Tucson preguntó a uno de los empleados de cara agarrotada, si sabía dónde se encontraba Jacobo. El individuo respondió no saberlo, pero acto seguido se volteó e inclinó el cuerpo hacia la parte opuesta a la que estaba Tucson.

—¡Oye, qué haces! —gritó Tucson, al tiempo que encañonaba con su cuerno de chivo al sujeto que estaba a una distancia de unos tres o cuatro pasos y aún inclinado como si fuera a tomar algo con la mano derecha—. ¡Enderézate, cabrón, y mírame con las manos en alto!

—Nada, señor —replicó con voz ronca, si bien aún se mantenía en la misma posición y con el brazo extendido hacia un cajón—. Nomás quiero agarrar una herramienta que...

—¡Escucha, hijo de la chingada, si no te enderezas, te parto la verga! ¿Me oyes?

Tucson se aproximó al individuo que se hacía el distraído. Se aproximaba paso a paso para diseñar un círculo hacia la parte izquierda, para ver cuál era el objeto que pretendía alcanzar el sujeto. Vio que la supuesta herramienta era una Browning 9 mm. Por el lado opuesto se había acercado Mayer, que no dejaba de controlar con la vista a los otros empleados. Tucson de un culatazo lo derribó y enseguida tomó la pistola. Sin pedir licencia, Mayer se abalanzó sobre el individuo que yacía sobre el suelo. Lo esposó, lo volteó y le dio unas bofetadas potentes cual si deseara derribar a una vaca.

—¡Cabrón, dime quién eres! ¡Te voy a partir la verga, hijo de la chingada! ¡Habla, agachado!

Junto a los imperativos gritos de Mayer, también caían sus puños como aerolitos sobre el sujeto enmudecido.

—¡Párale, Mayer! —Tucson apartó con brusquedad al iracundo Mayer—. ¡Cojones, déjalo!

—Yo soy Jacobo —musitó alterado el dueño de la tienda de abarrotes cuando Tucson lo sentó sobre el suelo; un hilillo de sangre de la cara le caía sobre los pantalones—. No sé por qué me han golpeado tanto, cabrones, ni que yo fuera el dueño de Navolato.

—Déjate de pendejadas, Jacobo —dijo Tucson en voz baja, inclinado sobre el oído del propietario—. Ya estás fregado, pinche cabrón. Dime dónde está tu rancho.

—Clarín, clarinete —masculló Jacobo, como si platicara consigo mismo—. Veo que un oreja desgraciado les dijo cosas.

—Oye, cabrón, ¿hay teléfono en tu rancho? —preguntó Tucson.

—No, ni modo —contestó, pero algo en su voz y en su expresión hacían dudar a Tucson—. Ese rancho está desolado, míster, nomás que ni teléfono ni nada.

Jacobo, después de hacer resistencia, quedó en llevarlos al rancho y recalcó que allí no había nada de ilegal. Haciendo caso omiso de tales declaraciones, Tucson precisó con el dueño del rancho si había muchos gatilleros custodiando la droga. Y este negaba tal hipótesis e insistía que allí sólo había unos pocos jornaleros. Cuando Tucson salió del abarrote vio que Ramírez y Tom tenían esposados a un par de compinches de Jacobo, quienes tuvieron intenciones de sacar las pistolas que llevaban consigo. Los dos detenidos fueron entregados por Ramírez a la policía de Navolato hasta nuevo aviso. Tucson le indicó a Ramírez que ubicara a Jacobo en la parte delantera del carro. Luego tomó del brazo a Mayer e hizo un aparte con él.

—Mayer, yo sé que eres impulsivo, que te gusta el boxeo, levantar pesas y todo eso, pero la próxima vez que sin mi permiso te abalances sobre un detenido para golpearlo, como hiciste con ese maldito, te aseguro que te irás a trabajar a otra parte. ¿Entendido?

—Jefe, todos esos agachados son iguales. Si uno no les da una buena madriza, no abren la boca. A veces yo con esos...

—¿Me entendiste o no, Mayer? —lo atajó, con severidad.

—Perfectamente, jefe, no volverá a suceder.

—Vamos, tú irás detrás de mí en el carro. Revisa tu chaleco antibalas. Creo que se te aflojó cuando le dabas los madrazos a ese cabrón. Mayer, ahora viene la parte más dura. ¡Andando!

En las afueras de Navolato se reagrupó la comitiva. En el carro de la punta esta vez iba Tucson al timón y a su lado, esposado, viajaba como escudo Jacobo. En el asiento trasero iban Mayer y Ramírez. Tom conducía el segundo carro, acompañado de Mojarro y dos agentes de la Judicial. Antes de lo previsto llegaron a la entrada de la hacienda de Jacobo. Tucson ordenó detener la marcha y contempló por largos segundos la árida entrada del rancho. Revisó, ayudado por unos binoculares, las entradas y salidas que tenía la casona de dos plantas que estaba situada al fondo, en la cima de una loma, y pegada a un farallón que a todas luces no se podía escalar. Un camino recto de tierra de unos quinientos metros se empinaba hasta llegar a la casona;

en la segunda planta del caserón sobresalía una ventana que parecía parroquial, era estrecha y alargada hacia lo alto.

La estirada entrada del rancho estaba poblada a ambos lados de abundantes milpas. Tucson constató que un silencio de sepulcro envolvía la casa que se veía al final, y, contemplándola, se dijo a sí mismo: «¡Carajo, demasiado silencio!»

—¿Oye, Jacobo, por qué tanto silencio? —vio que al propietario no se le movía ni un pliegue en su arrugada cara.

—Nomás no sé, míster —repuso.

Tucson se bajó del carro y se dirigió al segundo vehículo de la caravana para intercambiar impresiones con Mojarro, aun a sabiendas de que no había mucho de qué hablar. Cuando llegó al carro dio la vuelta hasta situarse de frente a la ventana que se hallaba en la segunda planta de la casona. Desde lejos, esa ventana abierta, era similar a la de una parroquia estadounidense que había visto de muchacho. Y otra vez, para él de forma bastante mentecata, la insidiosa cábala removida por Mayer en el viaje y la moneda amuleto irrumpían en su mente sin pedir anuencia. «¡Carajo, soy más obsesivo que mi padre!», pensó.

—¿Cómo ves la situación, Mojarro?

—¡Jodida, jefe! A la mera verdad, la veo que enseña la garra del peligro, veo la situación bien cabrona, de esas que uno después no recuerda cómo comenzó y acabó el desmadre.

—¿Esperamos o qué? ¿Tienes algo importante que decirme?

—Ni sé, Tucson. No sé qué decir —se quitó la gorra y se pasó la mano derecha por la cabeza—. Pero mientras más lo pienso, más convencido estoy de que tenemos que entrarle a esos canijos. No nos queda otra.

—Sí, creo que por ahí van los tiros. Prepárate. Voy a mandar hombres para que cubran la parte derecha y trasera del rancho. Otros para que se diseminen por la parte izquierda. Y nosotros, con veinte agentes vamos a entrarle derecho a esa casona.

—Me parece bien.

A Tucson, en los momentos de peligro glacial, le gustaba cruzar impresiones con Mojarro. Ante tales eventualidades, éste sabía comportarse en forma original y aconsejaba soluciones eficaces. En su opinión, y la retenía en toda la acepción válida del concepto, Mojarro era un hombre incorruptible. Lamentablemente Tucson veía cómo, día tras día, como esa cualidad se desvanecía en la conciencia de algunos agentes de la DEA, y ya estaba a punto de desaparecer como cualquier preciada especie animal que habita en el universo y cuya extinción nada ni nadie puede impedir.

El otro que tenía semejante condición era Ramírez. No era gringo ni trabajaba en la DEA, pero como mexicano y oficial de la Judicial Federal —cuya entidad represiva en los últimos tiempos estaba hundida en el descrédito—, era un hombre insobornable. Su padre, que hizo de la honradez un preciado santuario, fue largo tiempo agente activo de la Judicial del estado de México. Éste cayó abatido en un operativo realizado contra los narcos en 1981. Hacía apenas un año que Tucson había conocido a Ramírez y quedó gratamente impresionado de su valía.

Tucson regresó al carro delantero. Dio nuevas órdenes para diseminar a los hombres por los dos flancos y la parte trasera de la casona. Le pidió a Ramírez que se apeara y lo acompañara para platicar. Se alejaron unos metros de la caravana de carros. Ahora, con sendos binoculares, ambos controlaban la casona y los alrededores, y veían cómo iban tomando posición los hombres.

—Ramírez, veo a nuestros hombres, pero en la casona no distingo nada.

—A mí me sucede lo mismo, Tucson.

—¿Los hombres están listos?

—¿Qué, tienes la mente atorada? Sabes que sí, esa ha sido la mera cosa que han hecho desde que salimos para acá.

—A tu juicio, ¿cuál es la dificultad principal que tenemos para entrarle a esa casona?

—No tiene otros accesos. Sólo podemos entrarle por ese camino que está ahí rodeado de milpas. Me parece que estamos jodidos. Pero bueno, un desafío es mejor que tener hueva, decía mi padre. ¿Qué hacemos?

—Ya que hablaste de flojera y todo eso, creo que tenemos que llamar a la policía —sonrió, y ahora volvía a repasar con los binoculares la casona que estaba hundida en el silencio y resplandecía bajo la luz solar con su techo de zinc.

—No chingues, Tucson, nosotros somos la policía —se echó una sonrisa cómplice.

—Ese silencio, Ramírez, me dice que los narcos están emboscados.

—No sólo eso. Nos van a curtir de plomo. A poco, no nos van a entregar tanta lana así como así.

—¿Le entramos?

—Le entramos, Tucson.

—Cinco minutos, Ramírez. Oye, revisa que todos los hombres que vengan con nosotros tengan los chalecos antibalas y que revisen sus cuernos de chivo y los M-16. Cuando yo saque el brazo, arrancamos.

Tucson hizo la señal y la caravana de carros emprendió la marcha hacia la casona a una velocidad prudencial. De repente, un estruendo hizo añicos el parabrisas del carro que conducía Tucson, carro que iba en la punta, y ese fue el gong que dio inicio a la contienda. «¡Maldito seas, Jacobo! El rancho tenía teléfono y nos prepararon una emboscada», pensó Tucson, al tiempo que abrió la portezuela y se lanzó hacia la izquierda para buscar cualquier parapeto que le sirviera de escudo. No supo cómo, pero vio a su lado, arrastrándose, a Mayer, quien muy pronto se arrodilló y se puso a disparar sin pausa.

Al mirar hacia el carro, bajo una tupida balacera que no acababa, Tucson veía cómo los proyectiles de los narcos lo convertían en un magnífico colador; a través de la puerta abierta pudo ver a Jacobo que se había incrustado boca abajo debajo de la pizarra del vehículo cual si tratase de meterse bajo la alfombra. Luego vio a Tom y a Ramírez que por el lado derecho lograban, rodilla en tierra, replicar con sus fusiles las descargas que venían desde la ventana alta de la casona. Tucson descubrió un aguadero de cemento que se hallaba a unos siete pasos; en compañía de Mayer llegó hasta ese abrevadero y ahí se atrincheraron los dos; ahora las balas hacían saltar en pedazos el borde superior del aguadero de cemento y el agua corría rumbo a los sembradíos y de paso bañaba los cuerpos de Tucson y Mayer.

Tucson con su cuerno de chivo abrió fuego hacia lo alto de la casona y Mayer hizo lo mismo. Ambos disparaban hacia la ventana donde asomaban dos cañones enrojecidos de ametralladora que no paraban de escupir plomo. «Este tiroteo infernal no pudiera ser filmado para película alguna», pensó Tucson, «puesto que sería tanto el barullo y la confusión que las tomas de cualquier escena, aunque se repitieran mil veces, no servirían para nada. Cierto. Sí, si mi hermano Antony estuviera aquí, me diría que el arte huye de todas estas cagadas porque son asuntos que no humanizan a nadie. Ese pedazo de cabrón que tengo como hermano, izquierdoso de mierda, se ha cultivado verdaderamente y yo estoy aquí tirando tiros y listo para recibir un balazo en la cabeza. Así es la vida de pendeja, Antony.»

Sabía que los elementos de la Judicial y de la DEA estaban entrenados, pero a pesar de contar con ese presupuesto y presentir que sus hombres abrían y cerraban el abanico en el entorno del rancho para desconcertar a los narcos, Tucson comprendía, por la concentración de fuego, que los narcos eran muchos. Sin dejar de disparar, Tucson corrió a toda velocidad hacia donde estaba Ramírez y se tiró a su lado.

—¿Cuántas bajas tenemos? —preguntó Tucson.

—Cinco heridos. Veo mucha sangre.

—¿Ves aquella Charger?

—Oye, Tucson, ¿qué quieres hacer?

—En esa camioneta vamos a meter a los heridos. Me los llevo para que los atiendan en el hospital de Navolato. Tú te quedas y que nuestros hombres no aminoren el fuego. También voy para traer refuerzos del ejército. No vamos a poder con tantos cabrones. Y esos pinches narcos están bien armados y con mucho parque.

—Tucson, espera un poco, te van a matar.

—Oye, haz lo que te digo, tenemos que reaccionar con rapidez. Esos dos, Ramírez, que vengan conmigo. ¡Tom!, ¡Tom! ¡Ven para acá!

Tom y otros dos agentes de la Judicial, que ahora seguían los saltos y giros zigzagueantes de Tucson, decididamente pensaban que estaban bajo las órdenes de un loco. Localizaron los heridos y los metieron en la Charger. Tucson iba al timón y le dijo a sus acompañantes que no dejaran de disparar hacia la casona. Partieron en vertiginosa carrera hasta alcanzar la carretera que conducía hacia Navolato. Cuando avanzaron un buen tramo, vieron un taxi que venía en sentido contrario. Tucson se apeó y detuvo el taxi a punta de pistola. El chofer se bajó aterrado.

—Oye, cálmate y coopera, somos de la Judicial —dijo Tucson—. Dame las llaves del taxi y conduce esa camioneta hasta el hospital de Navolato para que curen a los heridos. Tom, vete con el taxista y trata que ninguno de los heridos se nos muera y de inmediato pide refuerzos al ejército. Ese rancho antes que caiga la noche debe estar en nuestras manos.

—Tucson —dijo Tom—, hay uno que tiene una herida de bala en el bajo vientre y me está pidiendo un cigarro. No sé, yo veo que está bien jodido.

—Dale todos los cigarros que quiera. Como nosotros, Tom, ese colega tiene una sola vida. Apúrate, y trae los refuerzos.

Tom casi tuvo que empujar al taxista hacia el interior de la camioneta. A éste los nervios lo tenían paralizado. Tucson subió al taxi y a toda carrera regresó al rancho. Al llegar le pareció que los tiros se sentían espaciados, «como si un fuerte aguacero amainara», pensó. Sin embargo, tan pronto detuvo el taxi, las ametralladoras de los narcos que estaban en lo alto de la casona desataron un fuego inusitado sobre el carro, cualquiera diría que esas cerradas descargas eran para darle una memorable bienvenida a Tucson. El taxi se hacía pedazos mientras Ramírez de manera expedita ayudaba a su amigo a que se arrastrara por entre las milpas. Poco después arribaban los refuerzos del ejército y la resistencia de los narcos era reducida hasta la rendición total. Todos, que no eran pocos, fueron apresados y la droga fue decomisada. Entre los narcos hubo varios heridos y cuatro fallecidos. De parte de los agentes de la Policía Judicial y de la DEA sólo hubo heridos leves y algunos de cierta gravedad.

Cuando Tucson llegó a Viajes Mazatlán fue recibido por Gal, que aún se mantenía en su puesto de trabajo a pesar de que él le había dicho al partir que se fuera al caer la tarde. Pero ella tenía una novedad.

—Jefe, tengo que darte una horrible noticia —Gal con un pañuelo secó unas lágrimas sobre unos ojos que estaban irritados—. Te llamaron varias veces desde Guadalajara. Los narcos secuestraron a tu amigo Camarena. Me dijeron que seguramente ya lo habían asesinado.

Tucson se sentó sobre la primera silla que encontró a su paso. Y, maquinalmente, su mano derecha se dirigió hacia la moneda de plata que colgaba de su cuello.

V. El hebreo que vino de Moscú

A la una de la madrugada el edificio permanecía en penumbra y reposaba férreamente custodiado hasta los cimientos. En su interior sólo predominaba la media luz y había alguna que otra oficina bien iluminada. A ese predio enclavado en la ciudad de Tel Aviv, henchido de operaciones secretas y ejecuciones vengativas, se le llamaba por sus funcionarios y empleados el Instituto. En una oficina del penúltimo piso de la edificación dialogaban siete hombres acerca de la reciente deserción de un *katsa*, un agente de inteligencia del MOSSAD, quien se había llevado consigo importantes secretos.

Ese renegado agente se nombraba Isser Cody y era conocido en los medios de la inteligencia sionista con el seudónimo de Ben. Ahora, presumiblemente, ese *katsa* se hallaba protegido por falsa identidad —dato extraño y sin precedente— en la profunda selva colombiana. Además de que esa protección, y esa era otra de los señales alarmantes para el MOSSAD, pudiese estar facturada por algún poderoso hombre de negocios que residía y maniobraba desde Europa y estaba vinculado a los cárteles del narcotráfico radicados en Colombia.

En la larga mesa ovalada en torno a la cual los hombres llevaban horas reunidos, se podían observar los estragos de la sobresaltada junta. Sobre unas bandejas yacían residuos de canapés fritos verdes y rojos, pasteles, queso-yogur, pan y tazas manchadas de café y té. También se podían apreciar amontonamientos de documentos y resúmenes informativos. A primera vista, el desacostumbrado desorden que podía observarse sobre esa mesa era el vivo reflejo de la fisonomía algo desaliñada de los participantes en la reunión. Había sido en realidad una junta agotadora que ya se acercaba a su última etapa. En su desarrollo se trató de precisar de forma exhaustiva las motivaciones que habían conducido a Cody a la deserción. También se intentó confeccionar el inventario de las personas implicadas en el apoyo logístico con el cual pudo contar y determinar los posibles daños de su felonía.

En realidad, a pesar de que entre los reunidos se hallaban funcionarios experimentados, casi ninguno podía escapar de una certeza innegable: poco se sabía acerca de los móviles que tuvo Cody para desertar. Sólo había dos funcionarios que conocían en detalle su historia. El primero era Harel, que había propuesto su ingreso en el MOSSAD y siempre había seguido bien de cerca el desarrollo y ascenso de Cody dentro del Instituto.

El otro era Dav, último jefe que había tenido el fugitivo y quien había sido muy crítico con éste en los últimos meses. En casi todos los análisis llevados a cabo en la reunión, Harel y Dav eran por fuerza los oponentes principales y, por tanto, se adueñaban de casi todas las aristas de la polémica, lo hiciesen de manera soterrada o abierta.

De manera que muchas intervenciones de los otros participantes en la reunión se iban por los caminos de una elucubración más tentativa que concluyente. El que tenía una posición incómoda era Dav, por ser el director de una rama que había monitoreado en los últimos tiempos la labor de Cody en Francia. Entre Dav y Cody habían surgido discordancias en cuanto al desarrollo del trabajo de penetración en las embajadas árabes radicadas en Francia.

A través de informes escritos, tanto Dav como Cody, en sus inicios de manera discreta, y con descuido en la fase final, mutuamente se acusaron de ser mentirosos. Cody, esencialmente, se rebeló contra Dav cuando supo que éste ponía en entredicho la integridad de Ava Beloff, su esposa.

Informaciones que Dav había cosechado sobre el pasado de la familia de Ava, malintencionadas para Cody, ponían en tela de juicio un lejano historial de sus abuelos austriacos —quienes residieron en Polonia desde su juventud— y que durante la Segunda Guerra Mundial se beneficiaron perversamente, según Dav, de la tragedia vivida por los comerciantes judíos que sufrieron la embestida nazi en Varsovia.

Cody replicó ante tales impugnaciones que los abuelos de su esposa nada tuvieron que ver con el nazismo y que actuaron simplemente como comerciantes austriacos que sólo aprovecharon las ventajas de una circunstancia que ellos dos, en modo alguno, habían creado. Sin embargo, Cody también pudo saber a través de un amigo que alguna mano extraña desde Israel había intentado husmear los movimientos y el saldo en la cuenta personal de la familia de su mujer. Estos últimos hechos sucedieron unas semanas antes de la deserción del *katsa*.

—Atraparemos a Cody, señores —dijo Harel, el jefe del operativo creado con urgencia por la jefatura del MOSSAD para ir a la caza del desertor. Trataba de disimular el agotamiento que tenía encima; repasó con la mirada a través de una ventana la vista panorámica que ofrecía la ciudad. Inclinó por unos segundos el torso hacia adelante, luego se irguió y añadió con calma—: Entre los candidatos que hemos analizado, señores, yo me inclino por el joven que está estudiando en Londres. Si éste acepta la misión, pronto estaremos pisándole los talones a Cody. Ese joven reúne las condiciones idóneas para convertirse en un *sayanim*. Y cuando sepa la verdadera historia de su madre, se pondrá de nuestro lado. Si Cody, como ya les dije, decidió esconderse en la inmundicia del crimen organizado y espera que nosotros nos crucemos de brazos, deberá atenerse a las consecuencias. Sin duda y en poco tiempo, tendrá la última gran lección de su vida.

—Jefe, una curiosidad que tengo. ¿Se le dirá al candidato que en su familia hubo redomados marxistas que, de haber triunfado sus ideas, hubiesen arrasado a Israel?

—Otto, por favor, no exageres —Harel negaba con la cabeza—. No creo que sea necesario hacerlo. Sí, se le puede decir, por qué no, que algunos de sus familiares fueron marxistas, pero nada más. Lo más importante, y eso sí hay que decírselo, es que todos, sin excepción, fueron fieles sionistas durante toda su vida. Esto último es lo que cuenta. Eran otros tiempos, Otto. Nosotros todavía no éramos el Estado de Israel. Bueno. Quería decirles que hace un rato hablé por teléfono con Admoni y me dijo..., digo... Otto, perdona, ¿deseas decir algo más?

—Ya lo dije, jefe —Otto miró con los ojos abiertos hacia Dav, haciéndole un gesto de complicidad—. Era tan sólo una curiosidad mía. Me basta con su respuesta.

—Les decía, señores, que hace un rato hablé con Admoni —prosiguió—. Me dijo que no nos preocupáramos por los recursos humanos y financieros que necesitemos. Puntualizó que nada ni nadie puede entorpecer la captación del candidato y la preparación de los *kidon* para, llegado el momento, enviarlos a Colombia. Admoni, por último, nos desea éxitos en esta operación.

—¿Y si ese joven nos falla, jefe? —demandó Leslie, uno de los reunidos que se había opuesto a buscar candidatos que estuviesen vinculados al crimen organizado.

—De ninguna manera, Leslie —afirmó Harel—. Prince, a no dudarlo, es uno de nuestros mejores reclutadores y pocas veces equivoca el tiro. Prince, alias Bala de Plata, como jocosamente lo califican, y yo agregaría: el del "contragolpe felino" de reserva —sonrió—. Prince, señores, sabe cómo ir acechar la presa, cómo reducirla y hacerla aceptar la propuesta.

—¿Alemanes o soviéticos, jefe? —volvió Leslie al ataque—. ¿Quiénes están detrás del reclutamiento de Cody?

—Ya lo sabremos, Leslie. Todo a su debido tiempo. Incluso yo no descarto a la CIA. Ya ustedes saben: somos buenos aliados, pero no estamos hermanados. La CIA, con razón, sospecha que si nos da una brecha le instalamos escucha secreta en la mismísima Casa Blanca, y también supone, por supuesto, que nosotros vivimos convencidos de que la CIA a nosotros nos haría lo mismo —se reacomodó en su butaca, y agregó—: Pero, veamos, señores, cualquier servicio de espionaje que a Cody le hubiese tirado pepitas de oro en el camino para reclutarlo, más pronto que tarde, se verá obligado a constatar que en realidad fue él quien engatusó al cazador. Casi seguro. Cody, como sabemos, es hombre preparado, culto, astuto y habla a la perfección varios idiomas —se echó hacia atrás y miró a Dav—. A tu rama, Dav, se le orientó reordenar las relaciones de Cody en Francia. Es probable que cuando finalicemos ese reordenamiento nos llevemos algunas sorpresas. Es más, y sé que ahora soy reiterativo, todavía yo no estoy convencido de que a Cody se le sustituyera con suficiente justeza en París. Creo que en ese momento, en la situación particular que atravesaba, no era aconsejable hacerlo, fue como transformarlo en víctima. Tengo mis dudas, señores, y esto ya fue analizado con el propio Dav. Si bien ello no justifica en absoluto la desmoralización de Cody y mucho menos que nos haya traicionado. Pero lo atraparemos, señores. Ese hombre sabe demasiado sobre nuestro armamento nuclear, conoce cómo nosotros sin pedir anuencia nos apropiamos de los avances nucleares de Estados Unidos, y también tiene dominio acerca de las tratativas que en esa materia desarrolló nuestro gobierno con Sudáfrica.

—¿Qué tenemos de Ava, la austriaca? —dijo otro agente—. ¿Acaso el desvío en la mente y la naturaleza de Cody no empezó precisamente por cuenta de esa vienesa?

—Steve, todo, absolutamente todo —precisó Harel—, tiene que ver con el deterioro y la ruina de las convicciones de una persona. A propósito, ¿cuándo sales para París?

—Mañana, jefe.

—Sobre esa mujer, Steve, averigua lo que puedas y también lo que no puedas. Y también acerca de otras personas sobre las cuales, ya lo imaginamos como dato cierto, Cody jamás informó nada o demasiado poco, como sucedió con ese tal Cobreros. ¿Tendría pensado Cody hacer grandes negocios con ese español?

¿Por qué nunca informó que ellos dos con sus respectivas esposas se fueron a pasear a Nápoles? Señores, un hombre cuando se le menosprecia, se vuelve resbaladizo y renegado de atar. Ésa es una de las enseñanzas que debemos aprender del caso Cody. Hasta ahora resulta un sumario inexplicable en muchas de sus aristas.

—A ese Cobreros, Steve —Dav quería sacudirse de los golpes que le había propinado Harel—, no podemos perderle el rastro. Ese español tiene mucho dinero y excelentes relaciones con las Bolsas de Valores de Londres y París. Por otra parte, es un connotado perito en fraude fiscal o lavado de dinero, y de ahí los dinámicos vínculos que posee con prestigiosas Calificadoras de Riesgos para avalar títulos y acciones e invertir capitales, como la conocida Ernest & John's. Por supuesto, tiene sobre todo magníficas conexiones con los narcotraficantes colombianos, a quienes auxilia y ya podemos imaginar para qué. Ese señor Cobreros, Steve, tiene que saber mucho sobre el maldito Cody. Como también, Steve, debes indagar sobre las relaciones íntimas que tiene la esposa de Cobreros con Ava —juntó las manos como si fuera a hacer una plegaria, las llevó hacia arriba y las separó de modo teatral—. Muchos no creen en la fuerza que puede tener una relación sexual para desencadenar una estampida, señores, pero yo sí, no tengan duda. Como si ese impulso de hacer el amor con otra persona, y me importa un comino que sean del mismo sexo, no fuese la primera y principalísima causa grabada en el Génesis.

Todos los reunidos rieron de buena gana cuando escucharon la picante acotación de Dav. Hasta el propio Harel tuvo que hacerlo. Si bien, una vez más, el jefe del grupo operativo pudo constatar el odio que Dav sentía hacia Cody y su esposa.

—Deja de ser rencoroso, Morgan —objetó Harel con voz amigable—. El rencor ciega y no nos permite realizar análisis objetivos y profesionales.

Harel escuchó otros pareceres. Luego de mirar hacia un reloj de pared que indicaba las dos de la madrugada, hizo las conclusiones de la junta:

—Esta ha sido, señores —aseveró—, la reunión más desatinada de las que yo he tenido en mucho tiempo. Cody, el hebreo que vino de Moscú siendo todavía un bebé, con su dramática deserción nos tomó a todos desprevenidos. Su madre todavía no lo puede creer. Por supuesto, le echa la culpa de todo a su mujer. Y si el padre, que en paz descanse, gran amigo mío en vida, aún estuviera vivo, moriría muerto de vergüenza. Sólo les digo una cosa sobre Cody: lo atraparemos.

Los padres de Cody habían emigrado de Moscú hacia Tel Aviv a mediados del siglo XX, pocos años después de que se constituyera el Estado de Israel. Cody había nacido en Moscú en 1950 y era el menor de tres hermanos. Su infancia y juventud transcurrieron en Tel Aviv en el seno de una decorosa familia judía que había ofrecido todas sus energías a lo largo de muchos años en pro de los postulados del sionismo socialista. En esos supuestos teóricos se proclamaba que las bases del estado israelita estuvieran identificadas con el socialismo, que no tenía otro objeto que el trabajo comunal.

Desde su temprana juventud pudo presenciar los conflictos que muy pronto comenzaron a desatarse con crudeza en los cimientos de su propia familia. Su madre y sus dos hermanas proclamaban los mismos intereses socialistas de siempre, los cuales en los últimos tiempos, y cada vez con más fuerza, eran catalogados de retrógrados, y, en un sentido diametralmente opuesto, tanto su padre como sus tíos paternos, que no eran pocos, defendían los principios del sionismo religioso: unir los postulados del estado israelita con los de la religión. Cody, sin embargo, tomaba partido por la posición de su madre.

Desde joven Cody desarrolló un historial meritorio en las filas del ejército israelita. Luego, seleccionado por una persona que siempre lo veía de manera clandestina, fue escogido para pasar un prolongado curso en la academia que preparaba a los miembros de la Inteligencia denominada Midrasha, ubicada en las afueras de Tel Aviv. En esa academia alcanzó excelentes calificaciones. Se graduó y pasó a engrosar la membrecía del MOSSAD. Fue destacado para trabajar en Europa. Más adelante, Cody prosiguió enfrentando serios problemas con su familia. De modo especial con su madre; cuando supo que su hijo desposaría a Ava, expresó su total desacuerdo.

Su padre, con el cual Cody se había distanciado debido a las desavenencias de carácter político que ambos tenían, también se opuso a que Cody desposara a la austriaca. Luego, en el seno del MOSSAD, tuvo contrariedades con Dav, que era el jefe de la rama donde desarrollaba su trabajo antes de consumar la deserción. El *katsa* se había destacado sobremanera en cuanto a saber escoger y configurar buenas relaciones diplomáticas en París. Por su contenido de trabajo, que en gran medida tenía que ver con desentrañar los caminos que en Europa daban vida a la OLP —la Organización para la Liberación de Palestina—, pudo atesorar excelentes vínculos, los cuales, era evidente, le serían de mucha utilidad cuando decidiera torcer el rumbo de su vida. Ni siquiera Ava, que sin duda había alentado a su esposo a dar el paso de la deslealtad, conocía en profundidad las verdaderas motivaciones que lo condujeron a realizar la deserción.

Cody sabía que al desarrollar en Europa relaciones ambivalentes, ésas serían a la larga las conexiones salvadoras que, en su momento, necesitaría para poder huir. Por supuesto, para ello tuvo que haber realizado estudios preliminares, así como también ejecutar la consiguiente exploración y el establecimiento de los vínculos para, ulteriormente, ponerlos a su disposición. Tenía familiares radicados en Argentina y México, pero se conjeturaba, con justificada razón por los análisis efectuados por el MOSSAD en esa dirección, que el traidor no cometería la imprudencia de irse a radicar en ninguno de esos dos países.

«Si el narcotráfico en el mundo aporta una ganancia neta de más de quinientos mil millones de dólares al año, ¿qué casta social puede protegerme mejor que la narca? Ninguna. Por supuesto, para el MOSSAD será una sorpresa colosal. La corporación narca es la estructura gremial, y no importa cómo, que más dinero le aporta a los bancos, a los gobiernos en todo el globo terráqueo y a toda la sociedad. Por eso, en la selva colombiana ni el MOSSAD ni sus aliados podrán localizarme. O tal vez puedan lograrlo, por qué no, pero conmigo les resultará bien difícil, casi imposible, y además, a mí jamás me agarrarán vivo», se decía Cody, bien persuadido, mientras agarraba la mano de su joven esposa, a fin de apaciguarle el ánimo, ella iba con el rostro desarticulado, dado que volar le causaba espanto y, para colmo, viajaban en un hidroavión que descendía para amerizar sobre las aguas del río Magdalena.

Maniobra que para Ava, eso presentía ella, le auguraba una probable y horripilante muerte, y luego de ahogarse en el río, inmediatamente sería devorada por las pirañas. Sin embargo, el hidroavión, tipo Bombardier Canadair, se detuvo intacto sobre las aguas, aunque todavía Ava proseguía agitada.

—Los mejores escondites suelen ser los más peligrosos, conejita —musitó Cody a Ava, tal vez a modo de disculpa, mientras la abrazaba con ternura, como si en un abrir y cerrar de ojos él quisiera que ella comprendiese esa estrafalaria opinión que se había reiterado a sí mismo en más de una ocasión, como si se la sembrara en su cerebro cuando, en algunas misiones secretas encomendadas por el MOSAD, debió ir tras un enemigo hasta encontrar su madriguera y, ayudado por los *kidon*, ajusticiarlo.

No vino a buscarlos una lancha rápida, como su protector le había asegurado a Cody, sino una lancha lenta y anticuada, que en su trayecto provocó que Ava, auxiliada por él, se inclinara sobre la borda para vomitar.

—El Mexicano le ofrece disculpas, señor —dijo a Cody uno de los acompañantes de la exigua comitiva, el colombiano que decía nombrarse Apolonio, el que tenía la exclusiva tarea de proteger al *katsa* y a su mujer—. Me dijo que le asegurara un hecho: él se verá con usted en Medellín. Y que todo este traqueteo, señor, se debe a que usted y su esposa tienen que ser personajes invisibles en Colombia—. Apolonio no podía apartar la mirada de los pechos de Ava; al parecer, los continuos disimulos del colombiano para no hacerlo, sin remedio se le desvanecían—. Bueno, señor, algo así me dijo. Me reiteró que ustedes dos deben de pasar inadvertidos ante los demás. ¿Comprende? Oiga, déjela que devuelva todo, muy pronto su esposa estará bien.

Cody, sin decir media palabra, asintió con la cabeza y se afianzó con una mano los espejuelos tipo Lennon que llevaba sobre sus ojos y bajo una calvicie que se abría paso hasta la nuca y, sin soltar a su bella austriaca, por supuesto; siendo de constitución física delgada, resultaba asombroso cómo el hombre con un solo brazo podía sostener a su esposa, que estaba inclinada sobre la borda; cuando vio que Ava había terminado la arqueada la atrajo hacia su pecho.

Un pañuelo, su propio pañuelo, y un recipiente de agua que amablemente le alcanzó Apolonio, le bastaron para limpiar y refrescar el demacrado semblante de Ava. El definitivo paradero de los dos refugiados quedaría en las cercanías de Medellín, pero ahora, eso le dijo Apolonio a Cody, era necesario que ellos dos estuviesen escondidos unos días en las cercanías de Barranquilla.

«El narcotráfico, a diferencia de cualquier otra corporación internacional, no se amedrenta ante las dificultades, sean cuales fueren, porque vive perennemente entre el acoso y el naufragio», pensaba Cody, mientras contemplaba el curtido rostro treintañero del solícito y bien parecido Apolonio, quien no le quitaba los ojos de encima a Ava, persistencia que ya lo incomodaba, sobre todo porque le doblaba la edad a su veinteañera esposa y porque ese Apolonio por su físico, ademanes educados y su cadenciosa labia, semejaba ser un profesor de escuela o un calificado empleado de clínica privada, o un candidato a galán de telenovela o un empleado de cualquier profesión que no tuviera nada que ver, como en realidad sucedía, con ser un activo integrante del narcotráfico colombiano.

Ahora, en medio de unos repentinos celos que vapuleaban la mente del hebreo, éste miraba el aspecto de Ava, que ya indicaba una pronta recuperación de su reciente malestar, teniendo como fondo escenográfico los pictóricos colores caribeños que serpenteaban el río Magdalena. Cody, sin dejar de mirar los ojos azules de su mujer y su cabellera rojiza, recordaba con extraordinario placer cómo la había conocido.

«Fue gracias a Juana Esther, la catalana amiga del embajador de Irán en Francia. Por fortuna, esa catalana que atendía turbios negocios del embajador iraní en Francia, así como asuntos del Opus Dei, para ocuparse de sus tres incontrolables hijos, se vio obligada a pedirle ayuda a su joven amiga Ava, que resultó ser para mi bendita suerte, mi maravillosa futura esposa», pensó. «Un buen día llegó el mensaje cifrado de Tel Aviv, en el cual el MOSSAD me orientaba reclutar a Juana Esther sobre base ideológica y material, a fin de que ella trabajara para nosotros. Su fenecido padre había sido en vida un fiel sionista. Mis superiores también querían que Juana Esther, con carácter urgente, diera los pasos necesarios para establecerse definitivamente en Teherán. Y yo, la modestia no se hizo para mí, todo lo hice a la perfección. Mas lo que nunca pude imaginar fue que, *merde*!, quedé totalmente chiflado con Ava, o ya lo estaba desde hacía mucho, no sé, y decidí casarme con ella cuanto antes. Y esa fue una de las mejores decisiones que he tomado en toda mi vida.»

Sentado sobre un banco de madera, Cody recostó la espalda sobre la borda de la lancha, cruzó y estiró las piernas a todo lo largo. Seguía mirando a Ava, entre tanto se pasaba la mano derecha por sus escasos cabellos y se dio cuenta una vez más de que su calvicie. «Quizás por haber estado tanto tiempo en el MOSSAD y haber cumplido misiones conspirativas, esas experiencias me han llevado de la mano hasta la paranoia más cruda. Ahora Apolonio, tal vez sin proponérselo, o deseándolo el desgraciado, pensó Cody, ha comenzado a activarme esa perturbación enfermiza que me hace vulnerable ante Eva, ¡qué infernal comezón me devora por dentro, santo cielo, cuánto la deseo y cuánto la amo!, *merde*!, aunque espero que esta inseguridad, esta ansiedad, no se filtre en las relaciones de trabajo que sostengo con Cobreros, y sustentaré con El Mexicano.»

Cody se llevó las manos al pecho y de repente le dio por pensar que a partir del momento de su arribo a Colombia en compañía de Ava, el corazón se le había movido de sitio. Aprisionó la palma de su mano contra la zona del pecho donde debería estar latiendo el corazón, y no sintió nada. Luego desplazó la mano hacia el lugar contrario, y también comprobó que no sentía el más mínimo latido. «*Merde*, creo que mi corazón se mudó de lugar!», se dijo, con absoluta necedad, como estrenándose para vivir en el paraninfo de los hipocondríacos.

—¿Se siente bien, señor Robinson? —Apolonio tuvo que repetirle varias veces la frase y el falso nombre que Cody había adoptado para entrar en territorio colombiano.

—Sí, Apolonio, estoy bien. Gracias.

—Y usted, señora Elizabeth, ¿se siente bien? —Apolonio aprovechó que estaba de espaldas a Cody, y soltó despacio la pregunta para que sus ojos repasaran la fisonomía de la austriaca, que era como contemplar el cuerpo de una bella estadounidense que merecía ser devorada por él.

—No se preocupe, señor, estoy bien. Muchas gracias —repuso Ava, con un despejado y melodioso español, y sin esquivar la mirada del colombiano.

De nuevo Cody veía como Apolonio se comía con la vista a Ava, imaginaba, mejor sería decir, cómo el colombiano con su intrusa mirada estaría disfrutando de Ava. «¿No será, Cody, que estás muy tenso con toda esta mierda de la llegada a Colombia en un hidroavión?», se decía. «¿No será que este Apolonio es una buena persona y tú injustamente lo confundes con un pendejo que se babea por Ava? Sí, Cody, decididamente tienes que admitirlo, a ese cabrón se le cae la baba y se está volviendo loco por tu mujer.»

—Conejita, por favor, ven para acá y siéntate a mi lado —reclamó Cody, entre tanto martillaba con la vista la nuca de Apolonio que, sin duda, ya no era para él el cogote de un buen colombiano.

La lancha llegó al atracadero. Caía una tarde silenciosa que ya se ahuyentaba. La penumbra de la alta vegetación se hacía verde oscuro hasta desvanecerse en la oscuridad. Los grillos y las cigarras iniciaban su lento y espaciado concierto. El agua del río golpeaba sobre los costados de la barca y devenían en tenues chasquidos. Las tablas del amarradero eran toscas, parduzcas y carcomidas por la humedad y el tiempo. Los hombres que se ocupaban de la lancha estaban descalzos y vestían escasas ropas.

Sin embargo, un hombre vestido con ropas deportivas que calzaba botines, saltó del muelle y cayó en la cubierta de la lancha. Saludó a todos con la mano en alto e hizo, enseguida un aparte con Apolonio. Se fueron a la popa. Allí ambos, de modo sigiloso, intercambiaron pareceres. Entre tanto eran observados por el matrimonio. Poco después el colombiano encargado de la seguridad del matrimonio falsamente estadounidense se acercó a Cody.

—Escuche, señor Robinson —el rostro de Apolonio estaba tenso—, debo informarle un cambio en nuestra ruta. Es lamentable, pero tenemos que seguir navegando hasta llegar a un punto más adelante. El Mexicano, a través de ese señor que acababa de irse, le manda a decir que colabore, por favor, y le ruega que lo excuse.

—¡Cómo es posible, Apolonio! —replicó Cody, disgustado—. Sabes que mi esposa está muy cansada. Primero, el vuelo en el hidroavión, luego esta torpe lancha y una navegación que ha durado más de... ¡yo que sé cuánto tiempo! Y ahora, ¡santo cielo!, cuando creíamos que ya habíamos llegado y podíamos descansar, al menos hasta mañana, tenemos que continuar, y ya casi es de noche. ¿Acaso corremos algún peligro? Dígame la verdad, Apolonio.

—¡Hombre, qué dice! No, señor Robinson, de ninguna manera. Le aseguro que a lo sumo dentro de una hora estaremos en un lugar donde usted y su esposa podrán descansar. Vamos, señor, se lo ruego, no perdamos tiempo.

—¿Está seguro que falta una hora, Apolonio?

—Seguro, señor. Pierda cuidado. Yo conozco bien toda esta zona.

Cody giró la cabeza hacia donde estaba Ava. Ella estaba de pie apoyada en la baranda de estribor. Se le veía con una expresión llena de cansancio, pero tranquila, dado que pensaba que muy pronto estaría en una casa, o en una casucha, eso no le importaba, y por fin podría tomar un baño y luego echarse a dormir sobre cualquier camastro. Ava saludó a su esposo con una sonrisa, como si dijera: «Amor, por fin llegamos, gracias a Dios». Eso intuía Cody, dado que ya la conocía.

Cuando el hebreo se volteó para hablar con *Apolonio* vio que el colombiano miraba a Ava extasiado, como si la muchacha en ese instante estuviese a la espera de ser coronada o estrenaba sobre su cabeza un sombrero de moda que sólo debía ser contemplado por Apolonio.

«Voy a tener serios problemas con este pendejo. Qué se habrá creído este pedazo de imbécil. ¿Y a manos de quiénes me ha enviado Cobreros? No me gusta la manera en que El Mexicano cambia de planes. Este comienzo en tierras colombianas no ha sido bueno, para nada.»

Cody estaba rabioso.

VI. Recuerda, aparenta ser otra cosa

Días atrás, se comentaba, había eliminado la vida de un agente de la DEA y de un piloto. Mas en la expresión de su semblante no se veían indicios de ansiedad como tampoco deseos de escapar. El narco de narcos, uno de los capos fundadores del cártel de Guadalajara, ahora viajaba hacia una hacienda donde se realizaría la boda de un amigo suyo. La caravana de carros entró despacio en la propiedad. Subió compacta por una elevación que asomaba entre dos hileras de cedros. La luz solar que se filtraba por los ramajes se hacía mágica: entraba por los parabrisas, abanicaba los rostros y las manos que empuñaban las armas de fuego.

El brotar arremolinado de la música de los mariachis alcanzaba hasta el oído más indiferente y cubría el último resquicio del vasto terreno que semejaba un campo de golf por el verde y parejo césped que engalanaba. Era un escenario dominical envidiable. El conjunto de carros que transportaba el séquito de Aristarco descendió hasta donde aguardaba el tupido grupo de convidados que gesticulaban y reían junto a las mesas coloridas y bajo los abundantes, pomposos, adornos de la fiesta.

El joven agraciado que esa tarde se desposaría saltó jubiloso cuando vio que el narco de narcos acababa de llegar. Muchos de los invitados, que intentaban dar la bienvenida al recién llegado, se agolparon en derredor del carro blindado. Al descender del vehículo y saludar con la mano en alto, el capo semejaba ser el gobernador de Jalisco que congratulaba a sus seguidores. Unas manos nerviosas halaron al *boss* por un brazo. Era Sócrates, el comandante de la Federal de Seguridad, y Trillo, el comandante de Antinarcóticos. Los dos sujetos deseaban cuanto antes hablar con el capo asuntos de negocios. Pero querían demostrarle, además, ya que para esas pruebas de lealtad no podían ni debían perder tiempo, que ellos dos habían asistido a esa boda a sabiendas de que el principal invitado sería Aristarco. Y también en aras de la otra contundente prueba que todos los jaliscienses conocían de memoria: ellos dos, Sócrates y Trillo, eran legítimos hijos de Jalisco, de la tierra en que los verdaderos hombres nunca se rajaban.

—Aristarco, ¿ya llamaste al hermano del hombre que muy pronto será el presidente de este país? No dejes de llamarlo. Ya le dije que tú lo harías —dijo Trillo, algo pasado de tragos.

—¡Hombre, Trillo, piensas que yo soy una máquina de Las Vegas de esas que vomitan mucha lana! —en ese instante Aristarco vio a Gabriela, la hija de Trillo, que estaba a unos cuarenta pasos de distancia y paseaba acompañada por una muchacha que lo dejó aturdido—. No, cabrón, no chingues —y le susurró al comandante—: Oye, Trillo, ¿quién es esa preciosidad que está con tu hija?

—Diana, se llama Diana —aclaró Sócrates—. Oye, Aristarco, no tiznes. Primero, ya esa chamaca tiene novio y está aquí con ella, mira, es aquel güero melenudo que está por allá cerca de la caballeriza. Y luego, cuatacho, ella es la hija del que fue hasta hace poco uno de los secretarios del estado de Jalisco y también sobrina del exgobernador. No, no chingues, Aristarco, tienes que decirle adiós a esa chamaca —se echó una fingida carcajada—. Ni modo. Mira, a la mera verdad esas dos chamacas, y sin agraviar a mi amigo Trillo, se ven preciosas llevando las riendas de ese par de purasangres.

—¿Ya los montaron? —Aristarco continuaba ensimismado, sin dejar de mirar hacia Diana.

—Sí, ya lo hicieron —respondió Trillo—. Creo que mi hija en su vida anterior debió haber sido una guerrera de la antigua Grecia. Gabriela es una incorregible apasionada de los caballos. Ahora van a una recámara para arreglarse. Mi hija, Aristarco, es una de las damas de compañía de la novia.

—Saben, señores, ustedes dos no estén tan seguros de que esta noche no me lleve a esa chamaca —dijo Aristarco, sonriente, y observó las caras de incredulidad y asombro que pusieron Sócrates y Trillo cuando lo escucharon—. Este año yo llego a los treinta y tres años de edad, señores, la edad de Jesucristo. Hoy, antes de irme, le digo a mis guaruras que me amarren al novio. A esa preciosa chamaca yo me la llevo o dejo de llamarme Aristarco.

—Oye, por favor, sólo tiene dieciséis años —terció Sócrates.

—Vamos, Aristarco, hablemos de negocios —Trillo estaba ansioso; no quería ver implicada a su hija en esa cacería; Gabriela, por demás, fue la que invitó a Diana a la boda—. Mira, tengo un amigo en Europa que está dispuesto a lavarnos todos los verdes que queramos. Hace un rato lo platicaba con Sócrates. Pienso que tú, por ejemplo, bien pudieras...

—Sí, comandante Trillo —lo atajó Aristarco, sin dejar de mirar hacia Diana y Gabriela, quienes ya se encaminaban hacia la casa—, está bien, todo eso está bien. Oye, te prometo que luego voy a escucharte. Eso me interesa, te lo aseguro, pero ahora quiero que vayas y hables con Gabriela. Dile que yo quiero platicar con Diana, y sí, nomás le diga que me tiene chiflado. Ve Trillo, dile a tu hija que me dé esa ayudita, por favor.

—Aristarco, yo creo... —Trillo quería continuar, pero el capo no lo dejó.

—Ándale —Aristarco lo agarró por el brazo y lo empujaba—. Ve, hombre. Aquí te espero. Oye, nomás piensa que conmigo ganarás mucha lana.

Trillo fue en busca de su hija y parecía llevar sobre los hombros un pesado baúl de correspondencia. Sócrates aprovechó y se fue al asalto. Tampoco le convenía que el capo se llevara a la muchacha. El exsecretario del estado de Jalisco era su amigo y luego tendría que responder por esa imprudencia de Aristarco.

«¡Carajo, yo sé que de a güevo este loco se va llevar a la chamaca!, casi seguro que mañana se la lleva con él para Sonora, eso me dijo el comandante Savón, que Aristarco salía mañana para Caborca, donde está el rancho de su hermano; y luego yo me quedo aquí con la mierda hasta el cuello. ¡Chinga a tu madre, Aristarco!», pensó Sócrates, apesadumbrado, con la mirada caída, idéntica a la de Trillo.

—Aristarco, acabas de poner en un duro aprieto a nuestro amigo —Sócrates miró de lleno al rostro de su interlocutor—. Yo ni siquiera imagino cómo Trillo podrá platicar esa babosada con su hija.

—No va a tener problemas, Sócrates, ninguno. Oye, cabrón, Trillo se coge a su hija cada vez que le da su realísima gana. Por eso esa chava está tan loca. No digo yo si a Gabriela le gusta estar cerca de los caballos —contemplaba la cara de Sócrates y comprobó su pasme—. ¿No lo sabías, eh? ¿Nunca te has preguntado por qué yo nunca he querido estar con la Gabriela? ¡Y buena que está la pendeja! Pero no, ni modo, nomás que el padre se la tira.

—¡Qué dices! —manifestaba asombro—. ¡Cómo que Trillo se coge a su hija!

—Así como lo oyes, Sócrates. El comanche le mete la doña blanca a su hijita por todos lados y luego el rijoso se revuelca con ella. Por eso, cabrón, a ese pendejo le costará mucho utilizar mi lana.

—Oye, cuatacho, no manches. Bueno, no sé si pueda saberlo, pero ¿quién te dijo esa animalada?

—A poco, y a nadie se le digas. Fue Lupe, la mujer de mi abogado. Ella es muy amiga de la Gabriela. La escucha cuando le cuenta sus penas. Nomás que sabe escucharla, buey.

—¿No serán inventos de Gabriela?

El capo veía que Trillo ya venía de regreso.

—Ni hablar, Sócrates, ¡cómo rayos una hija puede inventar esas pendejadas sobre su papá! Cómo crees. Bueno, platiquemos de otra cosa, el pendejo ya viene.

Trillo llegó inquieto, se raspaba continuamente las manos con las mangas de la chaqueta, como si las tuviese húmedas o como si quisiera alisar las mangas. Tal parecía que ahora sus propios movimientos corporales lo molestaban. Con facha irascible le comentó a Aristarco:

—Sabes, tuve que hacer un gran esfuerzo. Ahora quisiera que me escucharas acerca del amigo que tengo en Europa.

—¡Hombre, Trillo, tú me ves cara de adivinador! —clamó Aristarco—. Oye, ¿nomás qué dijo tu hija?

—Sí, sí, que todo está bien... —tenía la cabeza gacha—. Sí... va a platicar con ella... no hay problemas... bueno, puedes darlo por seguro.

—¡Eso es, Trillo! —con las manos abiertas le dio por los hombros, luego lo agarró y lo zarandeó con efusivo afecto—. ¡Ándale, buey, ahora me tranquilizas! Sabes, te voy a premiar. Vamos a platicar sobre ese amigo baboso que tienes en Europa —echó el brazo por encima del hombro del comandante y guiñándole un ojo a Sócrates agregó—: Oye, Sócrates, me voy con Trillo para platicar de negocios. Después te veo. No te pierdas, eh.

Sócrates vio que Aristarco y Trillo se alejaban. Detrás de ellos dos, como sombras que planeaban sobre el suelo y podían cubrir todas las grietas, iban sigilosos los guardaespaldas del narco de narcos. Hasta uno de sus guaruras se giró y miró con recelo a Sócrates. Éste se quedó helado. El modo en que Aristarco lo humillaba era ultrajante, doloroso, y Sócrates nunca deseaba afrontarlo, no quería aceptarlo como un hecho que se le hacía reiterado. En realidad, Aristarco siempre lograba sacarlo de sus casillas. «Otra vez, hipócrita maldito, me tiras la puerta en las narices, ¡hijo de perra!», pensó.

Se llevó los dedos a los ojos y trasteó los lagrimales, removía, buscaba, Sócrates sabía que no lo hacía para buscarse una legaña, no, no era un hombre legañoso, lo sabía, era un gesto inconsciente que le brotaba espontáneo de sus adentros, en especial cuando los nervios se le disparaban. «Sí, quizás sea por eso, quizás sea producto de los nervios», se dijo, al tiempo que le daba un puntapié a un pequeño muñeco de papel que le daba por la cintura y se hallaba apostado como un adorno más en el jardín.

Ella estaba terminando de vestirse, igual que su amiga. Las dos muchachas frente al espejo daban los últimos toques a su maquillaje y a sus vestidos. Disponían de la recámara que los padres de la novia les habían facilitado. Gabriela se apoyó sobre el tocador y se inclinó sobre un platillo de porcelana en el cual había varias rayas de cocaína. Se agarró la larga cabellera con la mano izquierda y la echó hacia atrás, con esa misma mano tomó el platillo y con la otra manipuló un popote corto y esnifó dos rayas. Luego se irguió mientras limpiaba sus fosas nasales. Volvió a limpiarse la nariz con los dedos y se revisó el semblante ante el espejo. Después Diana la imitó e hizo el mismo rito de Gabriela. Seis años separaban a las dos jóvenes, pero Diana aparentaba tener más años que su amiga.

La hija de Trillo pensaba en su padre y en el ilógico recado que momentos antes le había dado de parte de Aristarco. «¿Cómo es posible que mi papá se preste para eso?», se dijo, disgustada, sin poder encontrar una explicación a esa conducta y concluyó: «Mi papá es un cobarde, por eso hace esas porquerías». Las cortinas de las ventanas se agitaban hasta realizar su repetido y tenue despegue y su caída silenciosa sobre la madera y la pared. Los reflejos solares se esparcían por el interior de la habitación como repiqueteo de linterna mágica, que recordaba de modo perenne que afuera tocaban los mariachis y la gente platicaba bulliciosa porque estaban a la espera de que se efectuase la boda.

Gabriela tenía los ojos fijos sobre el espejo y se retocaba su boca redonda y roja, pero en realidad miraba hacia el ángulo donde se hallaba colgada una primitiva cerámica china. Esa rara antigüedad ella se la había obsequiado a Bárbara, la novia que sería desposada en breve; y Gabriela no podía entender por qué esa cerámica estaba colgada en la recámara de los padres y no en la de Bárbara, ya que ese había sido un regalo simbólico, precisamente entregado el día en que ellas dos habían bautizado su perdurable y honda amistad, la cual había pasado a ser la unión «más que amigas», como entre gemidos e íntimos susurros le reiteró Bárbara.

«Estabas tan contenta por mi regalo que esa tarde, por fin, pude llevarte al establo y allí nos desnudamos muy cerca de los caballos y hasta nos masturbamos, y luego en tu habitación hicimos el amor todo lo que nos dio la gana. "Todavía tengo en mis oídos el ruido de los cascos, sigue Gabriela, sigue, ay, escucho los cascos, sí, qué loca eres", me decías, mientras nos besábamos. Jamás me podrás olvidar, pero menos mal que hoy te casas, Bárbara, menos mal, eso me digo, ya que finalmente podré zafarme de tu posesividad y de recordarme a cada rato que no me olvide de que yo soy tu dueña y de que tus mejores orgasmos sólo los tienes conmigo, menos mal que hoy te casas con ese estúpido, hoy yo seré mucho más libre, Bárbara», rumiaba Gabriela al tiempo que escuchaba la voz alterada de Diana.

—Vamos, Gabriela, apúrate, ya casi es la hora. ¿No tienes un poco más?, por favor.

—Sí, está en mi bolso, prepárala.

—Gabriela, no te pongas brava —arreglaba otro poco del polvo blanco sobre el mismo platillo—, pero yo no puedo salir con ese Aristarco. La verdad es que está guapísimo, no te lo niego, pero mi novio está conmigo. ¿Comprendes? Díselo a tu papá, por favor.

—Sí, está bien.

Ella de reojo observó cuando Diana aproximaba la nariz al platillo y esnifaba. «Sigue, sonsa, sigue, muy pronto no podrás estar sin esa doña blanca y serás una auténtica adicta. Y en cuanto a tu respuesta para el capo, no te preocupes, ese no es de los que escucha opiniones de los demás, se toma a la fuerza lo que quiere, y tú no vas a ser la excepción, y a mi papá, a ese cobarde, nada le diré», se dijo, mientras agarraba el platillo que le daba su amiga.

—Oye, Gabriela, ¿por fin ese Darío no ha venido, no? —dijo Diana.

—No, no lo he visto y ya creo que no venga, pero tengo su nombre —echó la cabeza hacia atrás y aspiró profundo—. Darío. Darío. Ese nombre que tiene me gusta mucho, aunque más me gusta él. Si lo vieras, Diana. Todo lo que lleva encima le queda a la perfección. Es alto de estatura y se mueve con una elegancia que yo no sabría describírtela. Si a mí esa tarde no llegan a sacarme a la fuerza de esa hacienda, yo hubiese podido hablar con él. Se ve tan machote. ¡Dios mío! Y no tiene cara de matón. Menos mal que pude platicar con su guardaespaldas. Ese pícaro calvo que tiene acento español. Pude sacarle el nombre de su jefe, pero no quiso darme el teléfono. Y yo, le mandé mi número telefónico al guarura español con un amigo de mi papá. Estoy segura de que Darío me va a llamar. Eso lo siento aquí en mi pecho —miró su reloj pulsera y gritó—: ¡Oye, Diana, ándale! ¡Esa doña basura te hace hablar hasta por los codos! ¡Vamos!

—¡Sí, vamos! Oye, Gabriela, ¡ese Darío te tiene mal!

Llovía torrencialmente. El techo del carro de Tucson parecía explotar. A través de los cristales no se veía absolutamente nada y todos los ruidos, incluida su propia respiración, como agolpados bajo las aguas de una alberca, se agazapaban en el interior del vehículo. El agente, nostálgico y doliente debido a la tragedia vivida por su amigo Camarena, había decidido echarse a un lado de la carretera y esperar unos minutos hasta que amainara el fuerte aguacero. Extrajo de uno de los bolsillos de su chamarreta un papel que contenía un mensaje y comenzó, una vez más, a leerlo:

Tucson:

Los guantes se van al carajo o nos quitamos los guantes ante tanta mugre. La complicidad de las autoridades mexicanas con los miserables que asesinaron a nuestro agente especial Enrique Camarena Salazar es siniestra. La protección que esas autoridades les dan a esos criminales es repugnante. Su cansina promesa de que irían cuanto antes tras los asesinos es falsa, pura mentira. Nos mienten a toda hora esos funcionarios encargados de la aplicación de la ley. Son corruptos e inescrupulosos. Se lavan las manos y nos salpican la cara con el agua enjabonada, y hasta hipócritamente nos acusan de inmiscuirnos groseramente en los asuntos internos de México. Fabrican y levantan tensiones por pura conveniencia propia, y hacen dejación de todo tratado escrito que acordaron firmar con nosotros para combatir el narcotráfico y el crimen organizado. Con ese horrendo asesinato de nuestro agente especial, se acaba de abrir una relación muy tensa entre nuestros dos gobiernos. Por eso, a partir de esta fecha, todas las fuerzas y medios de la DEA *deben de...*

Interrumpió la lectura. Tucson dobló y metió el papel en el mismo bolsillo de donde lo había sacado. «No estoy para todo ese blablablá. ¿Acaso el funcionario que elaboró esa comunicación no sabrá que nuestro gobierno está implicado en el narcotráfico como otro de los tantos *capo dei capi* en el mundo?», pensó, contrariado, entre tanto ponía en marcha el carro para continuar con rumbo a Mazatlán.

La unidad fantasmal que dirigía el agente en la ciudad bautizada La Perla del Pacífico era una especie de átomo suelto dentro del articulado universo de la DEA. Ahora Tucson sabía, por esa comunicación que había recibido procedente de la jefatura central, que debía y tenía que poner en alarma de combate a las fuerzas que estaban bajo su mando, a fin de rastrear y atrapar a los autores del asesinato de Camarena y de Zavala, el piloto mexicano que había ayudado a Camarena, mediante la realización de innumerables vuelos bajo el cielo de Jalisco, a ubicar los sembradíos de más de cien hectáreas que luego se transformaban en grandes cantidades de estupefacientes destinados al mercado.

En medio de ese día lluvioso, Tucson se había desplazado hacia las afueras de Mazatlán para encontrarse con un informante que trabajaba en el seno del gobierno federal mexicano. Se nombraba Román Celma, era periodista especializado en temas económicos y asesoraba al ministro de Finanzas del gobierno lamadridista. Siempre vestía elegantemente y calzaba zapatos de marca internacional; gustaba de comer en los mejores restaurantes.

Plinio Talavera, un amigo de Tucson que vivía en Culiacán, perito bancario que sabía mucho acerca de finanzas y estaba ligado a las altas esferas del poder político, tanto en el estado de Sinaloa como a nivel federal. Gracias a Plinio, Tucson había conocido a Celma. Se lo había recomendado como una excelente relación debido a la cultura que el periodista poseía y su dominio de la vida política mexicana. Con su ironía característica, Plinio acuñó sobre el recomendado la siguiente leyenda: «Oye, Celma navega en una canoa que jamás hace agua, siempre que le des dinero».

Plinio era de constitución delgada, alto de estatura, gentil, conversador y llevaba en el semblante unos ojos saltones que parecían los de un caballo. Tenía el rostro sereno, pero nadie podía imaginar, incluido Tucson, que detrás de esa expresión se encontraba un individuo que a través de su actividad de perito monetario —estrechamente ligado al Banco Mundial y al Fondo Monetario Internacional—, desbrozaba caminos para que las corporaciones norteamericanas se apropiasen lentamente, y en algunos casos de forma abrupta, de un sin número de empresas altamente competitivas y hasta de las economías de los países del llamado Tercer Mundo. Y, lo más grave, a Plinio se le achacaba por algunos de sus acérrimos enemigos, que antes habían sido sus aliados —si bien éstos no podían demostrarlo—, que había participado en la eliminación física de varios jefes de estado latinoamericanos a través de atentados que aparentaron ser accidentes aéreos.

Era evidente que el periodista Celma sabía vender sus informaciones al mejor postor y sobre todo a quienes manifestaran interés por obtener la primicia. Algunos de sus colegas de la prensa escrita, tal vez arrastrados por la malsana envidia, esa que asoma en la mente de muchos e implora que sus iguales se vayan al infierno, lo catalogaban de izquierdoso y hasta de ser espía de la KGB, dado que Celma mantenía estrechas relaciones con muchos secretarios de prensa de las embajadas de los países socialistas radicadas en México.

Mas Tucson sentía inclinación por sostener vínculos con las personas que atesoraran ciertas cualidades que enfatizaban su valía intelectual y fuesen personas originales, y ese era el caso de Celma. «De la especie de los valiosos personajes cínicos», se decía Tucson, más en serio que en broma, ya que después de todo a esos insolentes el agente les veía utilidad. Eran personajes que a su juicio hacían de la duda y la provocación sus armas principales. Y eso lo ayudaba a mantener fresca la mente, pensaba, y a ver con otros ojos la compleja realidad que día tras día debía afrontar. Aunque en ocasiones las provocaciones de Celma dejaban a Tucson sin aliento. Eso precisamente le había sucedido en su reciente encuentro con el periodista en un restaurante que estaba ubicado en las afueras de Mazatlán.

—¡Rangel, el tozudo patriota gringo! —saludó Celma, soltando sus comentarios en los cuales y a la misma vez, reinaba el afecto, la ironía y el escepticismo—. ¡El hombre que lucha para que los niños y jóvenes puedan vivir en un mundo sin drogas! Noble tarea, amigo. Lo reconozco. Pero hagamos un rápido reconocimiento de los perjuicios: Enrique Camarena, tu amigo, que en paz descanse, perdió la vida en aras de alcanzar esa meta, y tú, si acaso logras llegar a la edad del retiro —encimó su caparazón sobre el canto de la mesa y, adoptando un tono confidencial agregó—: que conste, patriota, yo deseo que llegues sano y salvo a esa encumbrada fecha y entonces le pases la antorcha olímpica a otro guerrero, ya que esa batalla será larga, muy larga.

—No importa, Celma. A esos miserables que asesinaron a mi amigo, los vamos a apresar, a todos. Uno a uno. Para mí, todo lo demás es relativo. Seguiré adelante y me importa un comino cuánto pueda durar esa batalla.

El rostro compungido que sostenía Tucson impresionó al periodista, en sus asiduas lecturas de novela negra estaba habituado a entrever que los investigadores eran fríos, desarraigados, de escasos sentimientos, con poca o ninguna familia, sin amigos y sin pasado, y sólo consideraban que ellos estaban por encima de todos los dolores y pesares del ser humano. Pero ahora, al observar a Tucson, el asesor ministerial constataba que los reflejos de la tristeza y el duelo aún desfilaban por su semblante.

—Te advierto, patriota —quiso filosofar porque de repente no encontraba otras palabras—, nadie jamás podrá borrar de este mundo a los miserables. Ese salvajismo que controla su diabólica actuación siempre va a perdurar en el alma de los seres humanos. Siempre, lamentablemente, y todavía no sé el porqué.

—Por mi cabeza no ha pasado esa quimera. Sólo quiero agarrar a esos canallas. Sólo eso.

—Bueno, tú debes de saberlo, patriota, pero te daré varios nombres de los canallas que presumiblemente participaron en ese crimen. En las altas esferas de los órganos de aplicación de la ley, se deduce y comenta que fueron los capos —desplegó sobre la mesa una hoja escrita a mano que traía consigo y leyó—: Celso Feliú, ya sabes, el banquero de Jalisco, Aristarco, alias el narco de narcos, don Fonse, El Cochiloco, Matías Ballesta, cuñado de un capo colombiano que trabaja a las órdenes de Pablo Escobar. Creo que a través de ese Matías es que los colombianos articulan con los mexicanos el envío de la droga para acá y luego la introducen en Estados Unidos. Por el momento he podido saber esos nombres, aunque sin duda deben de haber muchos más en los asesinatos de Camarena y del piloto Zavala.

—Celma, no deberías llevar contigo esos apuntes hechos con tu puño y letra. Eso es peligroso. No olvides lo que le sucedió al periodista Buendía, quien divulgó operaciones e identidades de agentes de la CIA en México. Como sabes, fue asesinado por agentes de la DFS, que actuaron bajo órdenes estrictas de su director.

—Lo sé, patriota —se echó hacia adelante—. Hago cosas peores, descuida. Vamos, como reunirme contigo. Vaya, si me agarran los mexicas en estas pláticas con un gringo de la DEA, ya sabes, pierdo los huerfanitos. Sabes, un comandante en Los Pinos es quien me ofrece estas informaciones. Por suerte, ese comandante todavía no está corrompido. Cuando lo veo y platico con él, me doy cuenta de que en este país, por fortuna, aún existe gente honrada. Y prosigo, que ya me estoy emocionando con mis cursilerías sentimentales sobre los buenos mexicanos. Aquí en mis notas te indico algunos núcleos familiares y colaboradores que están muy cercanos al poder, sobre los cuales se sospecha estén asociados con el narcotráfico y se encuentren directa o indirectamente implicados con el crimen de Camarena. Y aquí te lo detallo: el hermano, el hijo y el sobrino del presidente. El Chato, director de la Policía Judicial; El Cabezón, jefe de INTERPOL. El secretario de Defensa y el hijo. Zayas, el industrial. Otros: el director de PEMEX y Savón, comandante de la Policía Judicial. Y por ahora es todo.

—Muy buenas esas informaciones, Celma. De veras. Algunas coinciden con lo que ya tenemos y otras son nuevas. ¿Me pudieras presentar a ese comandante amigo tuyo?

—No, no puedo, yo tengo que tratar todos los días con un bando de corruptos. Al menos tengo a este comandante que alivia mi alma. No insistas. Ese comandante siente aversión por los gringos. Siempre tiene un libro de historia entre las manos. Bueno, y si se trata de policías gringos, peor aún. Ese comandante está escandalizado con la actual incursión de la DEA en la vida mexicana. Hace unos días me dijo que lo que más lo arrecha es que México no puede aguantarle ni un empujoncito a los gringos. "No les aguantamos nada, Celma, somos unos infelices delante de los gringos", me dijo. Así que olvídalo, patriota, mejor te enteras de sus opiniones por mí. Además, así me gano una lanita más, ¿no?

—Está bien, Celma. Quédate con tu amigo antiimperialista. Pero, escucha, ¿pudieras averiguar con ese comandante el nombre de un médico que participó en la tortura y asesinato de Camarena?

—¿Médico?

—Sí, así es. Aún no sabemos quién pudo haber sido.

—¡Jesús! —se quitó los lentes y se pasó la mano por la cara—. Sí, por supuesto que sí. ¿Algo más?

—No, por ahora no.

—Repara, patriota, ya que hablamos de canallas y canalladas, es una pena que ustedes tengan un pésimo actor de cine al frente de la Casa Blanca.

Cuando Celma en una conversación lanzaba la palabra repara, de inmediato Tucson se preparaba para escuchar la primicia de un hecho singular. Era como si Celma dijese: «previene el daño, patriota, que el suceso viene por ahí y ya nos pisa los talones». Era la manera con la cual el periodista hacía la introducción para seguidamente ofrecer una información espectacular, que incluso aún no había aparecido en las páginas de los diarios; si bien muy pronto debería estrenarse entre las noticias más explosivas.

—Tu presidente Reagan —continuó Celma, después de masticar lentamente un pedazo de pan con queso amarillo, el cual tragó con un sorbo de vino tinto—, a espaldas del congreso, dio luz verde a la venta ilegal de armas a Irán que, como sabes, está en guerra con Irak, y que el Congreso mediante ley lo tiene prohibido —repitió el mismo bocado acompañado de vino y agregó—: Eso por una parte, y por la otra, también tu presidente autorizó comprar grandes cantidades de cocaína a los cárteles colombianos, para luego llevarla a Estados Unidos y venderla en las calles de Nueva York y en otras ciudades norteamericanas, con el fin de recaudar fondos para sostener a la Contra en Nicaragua. El fin justifica los medios, ¿no? Esa triangulación, patriota, la hace tu presidente para derribar al gobierno del Frente Sandinista; en fin, si para lograr la caída de los sandinistas es necesario intoxicar y matar a los jóvenes estadounidenses por medio del incremento del narcotráfico, pues manos a la obra, por qué no. Así que tú, patriota, además de buscar a los asesinos de tu amigo Camarena, tal vez tengas que custodiar aviones que trasporten la droga a Estados Unidos desde las bases militares gringas establecidas en El Salvador y Costa Rica. ¿Qué te parece, patriota?

Entre los dos hombres se estacionó el silencio, agrietado por los ruidos de los cubiertos, el rumor del mar y el oscilante vocerío de los comensales. Tucson vio que unos cuchillos de luz solar atravesaban los amplios ventanales y bañaban las siluetas de los camareros vestidos de blanco y negro.

—Todo eso no es más que una sarta de mentiras —estaba impactado—. ¡Qué dices, Celma! ¡Las autoridades de mi país vendiéndole droga a la juventud para recaudar fondos!

La reacción explosiva de Tucson no intimidó al periodista, quien trataba ahora de evitar que en sus labios se dibujase hasta la más leve señal de una sonrisa.

—Me subestimas, Rangel, hay cosas que están en tus narices y no puedes o no quieres verlas. No dudo que muy pronto hasta alguno de los asesinos de Camarena estén tranquilos y bien custodiados por la CIA. A mí, de lo que suceda o pueda suceder en este mundo nada me asombra. Como decía un amigo que tuve: La imaginación de la realidad, suele ponerle rabo a la realidad imaginada.

—Estás delirando, Celma, sí, decididamente. Oye, yo puedo imaginarme muchas cosas, pero jamás ninguna de esas historias que enumeras. ¡Por favor! ¡No le hallo ni pie ni cabeza!

—Repara, patriota, la droga colombiana será recibida en Arkansas, sí, en el mismísimo Mina Arkansas, en el aeropuerto donde la CIA entrena a los contra. Y hay un poderoso banquero, amigo del expresidente Carter, que será el encargado de recaudar todos esos fondos mal habidos para financiar a la Contra nicaragüense. Muy pronto vas a ver ese escandalazo en todas las páginas de los diarios. Y podrás comprobar por ti mismo que no te he dicho una sola mentira. Tal vez, Rangel, tengamos que regresar a Shakespeare. Quizás en lugar de entregarnos al celoso Otelo que asesinó a su esposa, nos lo transforme y entregue como el narcopolítico moro moderno que asesina a la sociedad. En fin, una moderna tragedia shakesperiana, donde se vea, de manera artística, cómo los gobernantes engañan a los gobernados. No sería mala idea. ¿No te parece?

—¿Cuáles son tus fuentes?

—No puedo hacer esa revelación. Prometí no hacerlo. Debes comprenderme. Sería como pedirte, por ejemplo, que tú me dijeras quiénes son tus espías. Eso es sencillamente imposible. Sabes, en el Antiguo Testamento se hablaba mucho de los profetas, como si fuesen los adivinadores o algo parecido. Sí, se afirmaba que los profetas siempre solían anticipar los acontecimientos. Pero tal vez los sucesos se engendraban porque ellos los anunciaban. ¿No? Tal vez. Pero en realidad, yo no soy profeta ni adivinador. Eso es obvio. Sin embargo, todo cuanto te he dicho, el tiempo se encargará de corroborártelo. Así que mucha serenidad, patriota, eres joven.

Luego de pedirle permiso a Tucson, Celma llamó al camarero y le pidió que le trajera a la mesa un teléfono. Realizó varias llamadas. Fueron breves. Incluso en algunas el periodista sólo esgrimió monosílabos.

—Patriota, no quisiera exagerar, pero si ahora tú y yo nos fuéramos en un hipotético viaje al pasado, digamos, hasta el lejano 1862, y yo fuera un hombre que luchara bajo las órdenes del emperador Maximiliano y tú fueras un representante de Juárez o de los gringos, tendrías que pagarme por esa información que acabo de darte varios lingotes de oro, y no pagarme mis faenas de pesca, como siempre haces, en pesos mexicanos devaluados.

El periodista echó unas carcajadas; luego se quitó los lentes y los limpió con una badana. Tucson sonrió al comprobar la manera en que a Celma se le disparaba la fabulación. En la mente del agente irrumpían en esos momentos pensamientos desagradables, hirientes, descabellados, sobre todo por el reciente asesinato de Camarena y la inexplicable paradoja de que hubiese hombres de la DEA jugándose la vida en las profundidades del narcotráfico mientras su gobierno, presumible paladín de la libertad y la democracia en el mundo entero, jugaba tan sucio sobre la preservación de esos valores sagrados. La información ofrecida por Celma, de comprobarse, pensó, tenía el sabor de las informaciones letales. «Para mí, si eso llegara a ser cierto, ya nada será como antes», se dijo con amargura.

—Por favor, Rangel, hay una cosa que quiero saber —de repente le brillaban los ojos; veía que Tucson por las impactantes noticias recibidas estaba ido, ausente, ensimismado—. ¿Cómo tú justificas ante ti mismo que debas reunirte con informantes que son asesinos? ¿Cómo puedes sobrellevar esa pendejada? ¿Puedes decírmelo?

El camarero se aproximó a la mesa y después de preguntar a los comensales si deseaban algo más, se llevó el teléfono. Esto favoreció a Tucson, dado que pudo hilvanar la respuesta ante una demanda tan incisiva. Ahora el agente miraba hacia el mar a través de los ventanales que se hallaban a su izquierda. Desde hacía buen rato, esquivaba la mirada del periodista. Pero esta vez, decidió enfrentar de lleno los ojos del asesor ministerial.

—Celma, cuando lo hago, pienso que en definitiva alguien tiene que platicar con los hijos del diablo, y hasta con el propio diablo, por qué no, para facilitarle el trabajo a Dios. Eso pienso. De veras. Y sabes, hay un dicho en mi país que dice: conspiraciones hechas en el infierno no tendrán a los ángeles de testigos.

El semblante del periodista adoptó una expresión de franca celebración ante las palabras que acababa de escuchar; levantó la copa de vino y le pidió al agente hacer un brindis por su integridad personal.

—Analízalo todo con calma, patriota. Hombres como tú no abundan. Todo lo que hemos platicado tiene que ver con la misma chingadera que aqueja a nuestros países. Yo me avergüenzo, amigo, cuando veo las manchas de este mundo grotesco que nos ha tocado vivir. Y estos asuntos, a riesgo de que ahora no me lo creas, yo no puedo platicarlas como quisiera con el ministro que asesoro. ¡Santo Dios! ¡Hasta esos asesoramientos son puras falsedades!

Llegó Tucson bastante fatigado a las oficinas de Viajes Mazatlán. El agente arribó más aplanado por lo que llevaba en la mente que por cuestiones físicas. Gal, como era su hábito en los últimos tiempos, esperaba por él. En ese sentido ella nunca obedecía las indicaciones de su jefe. Prometía que se iría temprano, pero luego se quedaba hasta el regreso de Tucson. En la ciudad todavía resonaban las algarabías de un carnaval cuyas festividades ya terminaban. Tucson le pidió de favor a Gal un buen café caliente. Ella lo complació. Antes le había entregado varios recados telefónicos y un par de mensajes escritos que la analista descifraba. Cuando le dio los envíos, Gal pudo percatarse una vez más de que su jefe no tenía buena cara, pero no preguntó por los motivos.

Entre los mensajes había uno que para el agente tenía relevante importancia. Un informante mediante códigos secretos señalaba el paradero de uno de los presumibles asesinos de Camarena. Trataba sobre quién había capitaneado su secuestro, tortura y asesinato.

Tucson:

Aristarco secuestró ayer noche a muchacha nombrada Diana. Raptada tiene dieciséis años edad. Es hija exsecretario gobierno estado Jalisco. Aristarco se llevó a Diana en avioneta que despegó hoy aeropuerto Guadalajara con rumbo desconocido, repito, desconocido. Pero pude saber a ciegas través Sócrates, oficial Dirección Federal Seguridad que, presumiblemente, dicha avioneta fue hacia Sonora, no pudiendo ese oficial, o no queriendo, especificar otros datos respecto cuál sería destino exacto. Antes despegue aeropuerto Guadalajara, diose sonado escándalo cuando avioneta donde iba Aristarco con guaruras y muchacha secuestrada, no pudo detenerse partida avioneta. Hubo enfrentamiento verbal acalorado, repito, acalorado, entre fuerzas DFS que operaban bajo órdenes comandante Savón y agentes DEA. Agentes DEA fueron encañonados por elementos DFS fin posibilitar despegara avioneta. Aristarco sacó botella champaña por puerta abierta avioneta antes despegue y gritó a agentes dea: «¡Mis niños, a la próxima traigan mejores armas!» DEA protestó ante comandante Savón por considerar grave y humillante modo en que agentes DFS dieron protección por la fuerza a narco de narcos. Comandante Savón argumentó que en esa avioneta sólo iban agentes DFS y no narcos y mucho menos Aristarco, repito, mucho menos Aristarco. Conducta comandante Savón demuestra indicaciones tiene DFS en cuanto a asesinato Camarena. Como es sabido, DFS fue dirección seguridad creada por CIA, que actualmente entrena sus elementos.

Sdos, El Payo.

Muchas veces Tucson se hacía preguntas serias en su vida, algunas bien pesadas, y esa noche en Mazatlán, en la cual sin remedio dormiría solo, tal como había hecho en las últimas semanas, después de dejar en su alojamiento a Gal y verla caminar sobre sus apetitosas piernas, se preguntó por qué aún no le había dicho media palabra a la joven para irse con ella a la cama. Ahora que se encontraba en su propia cama, en su cabeza sólo predominaban unas preocupaciones que tenían el peso de las rocas y apenas lo dejaban conciliar el sueño.

«No, no, esos polos son opuestos y jamás podrán acoplarse: eso de arriesgar todos los días tu vida y de pronto llegar a saber que el presidente de tu país, el del país de los guerreros, como yo suelo llamarlo desde joven, puede representar el papel de un sheriff que deja comprar e importar drogas a los cárteles colombianos, y en términos de narcomenudeo hacerlas llegar a los jóvenes para recaudar dinero, no, eso no es posible; a ese presidente deberían llevarlo a una Corte Internacional para que fuera juzgado, ¡chinga a tu madre, Reagan!»

Así se decía mientras cabeceaba, pero la ansiedad y otros resortes inexplicables no le permitían conciliar el sueño; pensaba acerca de la llamada telefónica que le había hecho a sus colegas de Guadalajara, mediante la cual pudo comprobar que todo lo informado por El Payo en su mensaje era verídico: el comandante Savón de la Policía Judicial había protegido en su escapada y con absoluta impunidad a uno de los asesinos de Camarena más buscados.

Tucson deseaba dormir, lo intentaba y no lo conseguía. Decidió levantarse. Tomó el teléfono e hizo una llamada a un amigo encargado de llevar a cabo escuchas secretas de conversaciones telefónicas.

«Esa chamaca tiene que platicar con sus padres. Te voy a joder, Aristarco, no puedes meter a tu ninfa debajo de las piedras. Ella tiene que llamar a su casa.»

—¿Mario?, oye, despierta, soy Tucson.

—¿Qué?

—Oye, soy Tucson, despierta.

—No chingues, pendejo. Son las cuatro de la madrugada.

—Despierta, Mario.

—Dime, ya estoy despierto.

—Necesito que pongas bajo control permanente el teléfono que te voy a entregar.

—Venga, ¿a qué hora me lo mandas?

—Ahora mismo. Dentro de unos minutos estoy frente a tu casa. Estate atento por la ventana. Ya salgo.

El amigo que trabajaba atendiendo la rama telefónica recibió como a un ser intratable a Tucson. Apenas abrió la puerta, justo un poco para tomar el papel que le sería entregado.

—Oye, te pido que me excuses, pero esto es muy urgente.

—¿Urgente? Quisiera saber qué cosa para ti no es urgente —bostezó de modo impresionante—. Dame ese papel, Tucson, ojalá que los narcos te agarren y te corten los güevos, cabrón.

Y el malhumorado colega cerró la puerta, sin dar el adiós.

Días después llegó Mario con su aflautada voz a la oficina de Tucson. Después de los saludos y de insultar al agente cuanto quiso, debido a aquellas mañanitas que le había disparado a las cuatro de la madrugada, le entregó una transcripción telefónica de una plática capturada y que se había escenificado entre la muchacha secuestrada y su padre. Mario reía y blandía esa transcripción en la mano derecha, sabía de qué trataba. Tucson se abalanzó sobre Mario, le arrebató el sobre y lo rasgó. Extrajo el informe y comenzó a leerlo.

—Eres un maldito, Mario —repasaba las líneas mecanografiadas, tal parecía que el ansioso agente deseaba escuchar hasta la mismísima respiración de las dos personas que habían platicado—. ¿Por qué te demoraste tanto en venir, cabrón?

—Tucson, no digas disparates. Te llamé hace unos quince minutos —se levantó—. Oye, de veras, me satisface que haya podido darte esa alegría. Sabes, siempre se lo digo a mis alumnos. Cuando estudien, señores, hagan como Tucson, que antes de aprender qué cosa era la vida, decidió estudiar la técnica. E incluso les recuerdo lo que tú nos decías: «Señores, más adelante me haré un hombre, ahora tengo que aprender la técnica». Bueno, Tucson, me voy.

—No, Mario, por favor, no te vayas, espera —continuaba leyendo el documento y subrayaba frases y datos que consideraba importantes.

Tucson llamó a Gal, le dio un nombre y un número telefónico en un papel y le dijo que localizara con urgencia a esa persona.

—¿Al centro de los ticos, jefe? —dijo ella.

—Así es. Apúrate, por favor.

Los dos amigos continuaron la plática hasta que Gal dijo que ya tenía en línea al hombre requerido. Mario deseaba irse, pero Tucson insistía que permaneciera un poco más.

—Hola, bandido, soy Tucson. Oye, te tengo dos sorpresas. La primera: te voy a poner a un cuate que dice que tú le debes mucha lana. No, no lo conozco. Oye, te paso a tu acreedor. Después te cierro la noche con la segunda sorpresa. Y esa te la mando por fax.

Mario se manifestó tan sorprendido como el hombre con el cual Tucson acababa de establecer la comunicación. Los dos se saludaron con efusividad y conversaron unos minutos, ambos llevaban tiempo sin saber uno del otro. Luego Mario le devolvió el auricular a Tucson.

—Sandy, escucha. Sí, espera, cubanito. Está relacionada con el principito hijo de buena señora que estamos buscando. Ese mismo. Sí, tengo su ubicación. Ahora mismo te la paso por fax — llamó a Gal y le entregó los datos para que de inmediato los mandara—. Oye, posiblemente esté por ahí, en una quinta, pero te advierto, escucha, no le digas a tus ticos de quién se trata. Sólo diles que ustedes van en busca de una chamaca secuestrada que está en poder de un grupo de mexicanos, y ya. Puede que se preocupen demasiado y el cabrón principito levante el vuelo y se nos escape. Diles que en ese lugar está la joya jalisciense, la hija de quien sabes. Eso es, Sandy. Oye, cubanito, no me leas lo que está en el fax. Oye, lleven trajes de fatiga, pasamontañas, fusiles de asalto y todo lo que quieras, pero éntrenle a esa quinta a la hora en que cantan los gallos, y no olvides llevar un par de bombas ruidosas para distraer a los guaruras que estén en ese lugar. Que no se te escape, Sandy, ese principito hijo de la chingada.

—Tucson, ya te entendí. Mañana te llamo. Espero darte buenas noticias.

—Mejor que sean excelentes, Sandy. Estos días los he tenido bien jodidos. Espero por ti y cruzo los dedos. Oye, recuerda, aparenta ser otra cosa.

Cuando Tucson colgó el auricular, vio que Mario sonreía y movía la cabeza, al tiempo que se levantaba.

—Qué cosas tienes, Tucson —dijo, burlón—. ¿De dónde sacas esas frases, eh? Vaya, no está mal. De veras. Aunque yo creo que lo mejor era recomendarle a Sandy que le metiera un par de tiros a ese Aristarco y luego diga que fue en defensa propia y todo eso. Ese hijoputa no merece seguir viviendo.

—Vamos, Mario, no digas tonterías. Yo sé que tú y Camarena eran amigos.

—A ese Aristarco, Tucson, no hay quien lo agarre —la contrariedad se había adueñado de su espíritu—. Ni siquiera con esas frases que te inventas.

Y se despidieron.

Sandy, en horas de la noche del día siguiente, además de realizar una llamada telefónica al agente, en la cual le anunciaba que le mandaría de inmediato un excelente regalo, envió el siguiente fax:

Tucson:
Muchas gracias por esa bendita llamada telefónica que me hiciste ayer. Quiero que seas el primero en saberlo. Hoy en la madrugada, tras una memorable acción de las fuerzas de intervención de la policía de Costa Rica, que demoró tan solo unos veinte minutos, fue detenido Aristarco, el narco de narcos, junto a sus ocho guaruras. Además, en ese allanamiento hallamos a Diana, la joven secuestrada. Las fuerzas de intervención de Costa Rica, compuestas por un total de veinticinco agentes, asaltaron la quinta indicada a las cinco y cuarenta y cinco horas. El capo y la secuestrada estaban desnudos en la cama. Cuando ambos vieron su habitación llena de hombres con trajes de fatiga, pasamontañas y rifles de

asalto, pensaron que se trataba de un robo. Los dos estaban asustados, no sabían qué sucedía, hasta que un agente leyó la resolución del juez que permitía realizar el allanamiento. Aristarco nunca dijo una palabra y hasta se identificó con nombre falso. Sin embargo, la muchacha raptada enseguida identificó a Aristarco y decía una y otra vez que el capo era su novio y que ella estaba enamorada y que no estaba secuestrada (sic). Esto no es más que otra comprobación de que el secuestrado puede enamorarse del secuestrador e incluso defenderlo. Rarezas de la vida, Tucson. O como diría tu padre, quien se burlaba de todo y hasta de sí mismo: "Dar atole con el dedo, siempre jala beneficios." No te rías, cabrón. Oye, Tucson, "aparentar ser otra cosa", me dio excelente resultado. Y también llevar conmigo ese par de bombas ruidosas que al explotar distrajeron a los guardaespaldas que, por cierto, no eran pocos.

Muchas felicidades, Tucson.

Sdos, Sandy

Tucson sintió en sus adentros una honda satisfacción. Miró el reloj. Vio que eran más de las dos de la madrugada. Caminaba de un lado a otro por el despacho.

«Bueno, trato de hacer algo para que cambien las cosas. Cayó el primero de tus asesinos, Camarena, y caerán los otros. Ahora, sólo me molesta esa pendejada que me dijo Celma.»

Naturalmente, Tucson agarró el teléfono y llamó a Mario.

VII. Ése, vivió días de más

La camioneta de Darío iba veloz rumbo al aeropuerto internacional de Guadalajara. Al llegar a la terminal aérea, abordó en compañía de Patxi un confortable jet privado de trece plazas en el cual lo esperaba El Califa con sus tres guardaespaldas. En ese jet, propiedad del capo, el grupo viajaría con pasaportes falsos hacia Medellín, Colombia, para encontrarse allí con El Pana que, según tenía entendido El Califa, trabajaba bajo las órdenes de Cacha, estrecho colaborador de Pablo Escobar. Cuando el jet remontó las alturas, El Califa se reacomodó en su butaca giratoria, se quitó las botas puntiagudas que calzaba y bebió un trago del whisky servido por uno de sus escoltas. Sin dejar de mirar por la ventanilla del avión comentó:

—Así que ese hijo de la chingada del Aristarco te dio la espalda, Darío.

En la mente del juarense aún perduraban la intrepidez y la resistencia del agente de la DEA que había sido secuestrado y no había claudicado en las conversaciones sostenidas con él y quien, sin haber confesado un solo secreto, había quedado a merced de la brutalidad de Aristarco y sus compinches.

—Más o menos, jefe —deseaba restarle importancia a ese hecho. Sabía que ese desaire le había llegado al Califa por otra vía. «¿Cuándo Patxi sabrá separar el odio de la lengua?», pensó. Además, no era dado a subir el voltaje para calcinar el enlace entre los capos—. Bueno, creo que ese Aristarco no tiene la pinta de gallina, pero por la burrada que acaba de cometer, tendrá que correr como una liebre acorralada hasta que lo atrapen.

—Darío, con esa historia de ese agente de la DEA ayer vino un zopilote metiche y me contó que don Fonse le aventó a Aristarco los güevos a la cara y le gritaba: «¡Chinga a tu madre, cabrón! ¡Todos nosotros por tu culpa, derechitos nos iremos a la alcancía!»

—Pues don Fonse sabe lo que dice, jefe. Todos se irán al bote. La DEA y la CIA con sus avispas satelitales y otros medios pronto irán a la caza de todos ellos.

—Ahorita ésos tendrán que andar con el cutis flojo. Yo bien que se los advertí a esos pendejos. Pero bueno, Darío, a veces hay tragedias que son beneficiosas. Fíjate, ahora mis cuentas bancarias van a estar tranquilitas. Ya nadie me las podrá chingar y eso me tenía preocupado. A Celso, por ejemplo, los cabrones de la DEA ya le habían intervenido un chingo de cuentas bancarias, y eso que el pendejo es dueño de dos bancos, y también el hijo de la chingada es accionista funda... ¿Cómo se dice Darío?

—Accionista principal.

—Eso mismo. Decía que ese Celso también es accionista principal de otros bancos de la ciudad tapatía y todo eso. Ese Celso parece ser el mero dueño de Guadalajara. ¡Cristo! Yo creo que ese pendejo tiene más poder en Jalisco que el mero gobernador. ¿Sabes, Darío, por qué esos canijos del Celso y del Aristarco se vinieron de Sinaloa a vivir y a trabajar a Guadalajara?

—No, no lo sé, jefe —mentía exprofeso, dado que no le gustaba pasarse de listo.

—Fue por esa pendejada de la operación Cóndor que se inventaron los gringos en los años setenta para eliminar a los rojos —se echó unas risotadas—. La cosa se puso fea por el norte y los muy pendejos se vinieron corriendo para Guadalajara a esconderse, no fuera ser que el ejército los confundiera con los agitadores izquierdosos. Después de todo, Darío, yo creo que esos hijos de la chingada, además de no saber escuchar consejos, o tal vez ni querían escucharlos, vaya usted a saber, pos nomás que a la mera verdad pienso son un bando de flojos —agarró por el brazo al joven, se le encimó y bajando el tono de voz agregó—: Son un par de ladrones, Darío. Tendrán que devolverme lo que es mío y tú me ayudarás a barrerlos —regresó a su posición normal y repasó con la vista a los pasajeros, comprobando que Darío y él estaban bastante alejados del grupo; de nuevo, retomando su habitual tono de voz preguntó—: Oye, Darío, dime una cosa, ¿es cierto eso de que ese agente de la DEA, el Camarena, era oreja doble y que también se hartaba de la mano del Aristarco?

—Todo es posible en la jungla, jefe, pero yo no lo creo. Camarena me lo hubiese dicho. Nadie trabaja en un consulado estadounidense, que para muchos es como estar cerca del cielo y se mete a coyotear entre los chacales. Me cuesta creerlo. Bastante improbable, jefe.

—Pero, ¡carajo!, ¡ese hijo de la chingada del Aristarco sabía muy bien por qué yo te mandé a ese rancho! ¡Híjole, pos nomás que así! Darte la espalda. ¿Cómo pudo ese pinche pendejo faltarme el respeto?

—No, jefe, ese desplante de Aristarco no tuvo nada que ver con usted, se lo aseguro. Estaba nervioso con su jalada. Eso es todo.

«Pensamientos extraños, Darío», meditó cuando bebía una cola que le había traído Patxi. «La valentía de Camarena me impresionó, pinche cabrón, mantuvo de principio a fin un total desprecio hacia la muerte e hizo volar mis pensamientos hacia el remoto pasado de los aztecas, sí, vi en su aspecto el rostro de nuestros antepasados, cuando los valientes jefes y los guerreros derrotados eran hechos prisioneros, y de cómo estaban dispuestos a que sus vidas fuesen sacrificadas en aras de la fertilidad de las cosechas y en honor de los dioses; bueno, alcanzar objetivos en la vida, que no apuntaban a tener otra existencia en el más allá, como lo proclama la Biblia, sólo querían compenetrarse con la naturaleza. Tal vez, eso no lo supiera Camarena, casi seguro, como no lo saben muchos, ni siquiera mi padre, que en paz descanse, ahora recuerdo ese fabuloso cuento de Cortázar: "La noche boca arriba". ¡Delicioso!»

—Darío —el capo se reacomodó en su silla—, necesito que tan pronto regreses a Guadalajara me platiques con ese estúpido de la Federal de Seguridad, ese tal Sócrates, pos nomás que quiero que mi gente no aparezca en ese rollo del Camarena.

—Jefe, a mí no me gusta platicar con los policías, usted lo sabe, pídame cualquier otra cosa.

—Con ese pico de oro que tienes, ese mamón te aguanta nomás unos minutos y sanseacabó.

—Por favor, jefe, envíele otro emisario.

—¡Hombre, Darío, si no fueras mi hijo preferido! —se empinó el whisky que quedaba en el vaso y echó el asiento hacia atrás—. Está bien. Vamos a dormir un poco que en Medellín nos espera El Pana, que ése de suave no tiene un pelo. Dicen que trabaja para Cacha, pero yo creo que también chambea para El Mexicano.

«Con policías ni hablar, Heraclio», se dijo Darío. Reclinó su asiento, se puso unos auriculares y echó a andar su walkman, que contenía un casete con música de José Alfredo Jiménez, y ahora, con los ojos cerrados, meditaba: «En Europa aprendí que los extranjeros desconocen por qué los mexicanos desprecian la muerte. Distancia, frialdad y pasión a un mismo tiempo. "¡Mátame!", gritaba Camarena con rabia. No sé, quizás sea difícil que los hombres puedan renunciar a esta sórdida guerra por la droga que parece tener un horizonte inalcanzable. Pensamientos sucios, Darío. La droga no tiene ideología ni creencia religiosa.

Es la guerra de mucha gente por la sobrevivencia. El negocio del narcotráfico es un negocio como otro cualquiera. Como el tráfico de las armas, la guerra y la industria armamentista, que son sus primas hermanas o sus hermanas gemelas, ídem de ídem, Darío, *the same identity card*. Si bien la droga es el negocio que arroja gigantescas y rápidas ganancias. El narcotráfico es el salvataje financiero de los gobiernos en crisis. Eso lo saben los cabrones que gobiernan. ¿México sobrevivirá? Sí, México siempre va a sobrevivir, así lo ha hecho a lo largo de toda su historia. Aunque hay interrogantes que no dejan de ser inquietantes. Oye, Camarena, los muertos no retroceden, no hacen otra cosa que cederles su lugar a otros futuros difuntos. Tendencia nostálgica, Darío. Oye, Camarena, tú me hiciste recordar el carácter de mi padre, el carácter del hombre que más quise y quiero, a él también sus enemigos lo torturaron y no pudieron sacarle una sola confesión, igual sucedió contigo, Camarena, ya lo sé, para un hombre la delación es peor que morir, ya lo sé...

»Aristarco no tenía que matarte, Camarena, pero al final ese malnacido presume de que él es un estrecho colaborador de la CIA, sí, algo así, y eso no te lo dije, hubiese sido Camarena como forzarte a que renegaras de tu propia vida, en fin, por eso Aristarco se tomó ciertas libertades. De todas formas muy pronto él sabrá que de nada le valió haberse pasado de la raya, o quizás jamás llegue a saberlo, después de todo, no pudo a través de ti conocer quiénes eran los orejas traidores, bueno, la corrupción crece como la levadura, Camarena, admitámoslo, hoy por hoy hay mucha corrupción en los gobiernos, en sus funcionarios, en los órganos de la policía, en los ejércitos y en los servicios secretos, *of course*, en fin, en todas partes, pero en el futuro habrá muchísima más corrupción y entonces los gobiernos se harán los santurrones y dedicarán nuevos esfuerzos para la prevención y el control de las drogas...

»Y bueno, ahora viajo hacia la capital de la cocaína del mundo, a Medellín, a platicar con El Pana, que es hombre de Cacha y compinche de Lehder, el colombiano gringo que trabaja como intérprete del exsenador Pablo Escobar, el capo de los capos, quien se siente émulo de Emiliano Zapata, y bueno, muchos quieren parecerse a Zapata. Debemos redondear con El Pana la droga que periódicamente nos enviará desde Colombia para hacerla llegar a Estados Unidos, y después yo tengo que ver a Ulricke en Bogotá, *of course*, ¿conocerás esta vez al exsenador, Darío? Dicen que el traidor disfrutó un grandioso fin de semana con El Mexicano y con Pablo Escobar, y hubo hasta carreras de caballos, vaya, espero que Ulricke ya tenga en su poder mensajes escritos o verbales de la esposa del traidor, eso espero.»

Y Darío, luego de tararear canciones de José Alfredo, apagó su walkman y a pesar de que el pequeño avión rebotaba entre las nubes, se durmió y despertó cuando ya el aparato aterrizaba. El grupo fue recibido en la pista del aeropuerto de Medellín como si hubiese llegado una delegación gubernamental extranjera. Ni siquiera la comitiva tuvo que pasar por los controles migratorios y un individuo se encargó de recoger los pasaportes para después devolverlos. En unas camionetas blindadas, el grupo que lideraba El Califa fue conducido a un rancho propiedad de El Pana que se hallaba en las afueras de Medellín.

Abrió los ojos. De momento no supo dónde se encontraba, pero enseguida recordó que estaba en Colombia. Recordó que la tarde anterior, después del arribo a Medellín, habían comido y apenas conversaron con El Pana, quien le argumentó al Califa que debido a varios imprevistos tendrían que reunirse a la mañana siguiente. De manera que los dos capos no habían podido examinar los negocios.

—¡Hombre, como este hijo de la chingada de El Pana me hace venir de tan lejos para decirme que tiene chamba y que nos vemos mañana! —se lamentó El Califa, contrariado.

Sin embargo, poco después, El Califa pudo saber a través del asistente del Pana, nombrado Jacinto, que la policía recientemente le había decomisado a la gente de Pablo Escobar más de sesenta toneladas de cocaína, dieciocho laboratorios que estaban diseminados por la selva y unas cuantas pistas aéreas de las cuales salían y llegaban los vuelos que transportaban la droga hacia Centroamérica y México. Jacinto también le dijo al Califa que su jefe había tenido que irse urgentemente para asistir a una junta que había convocado Pablo Escobar a fin de levantar sobre el terreno un rápido control de daños y sobre esa base bosquejar y ejecutar a partir de la fecha un enérgico plan de respuesta — que era decir plan de guerra— ante las autoridades colombianas.

Jacinto se disculpó de nuevo con El Califa y le aseguró en nombre de su jefe que pronto el propio Pana le daría detalles de la situación. También le aseguró de que todo lo que tratarían en términos de negocios estaba garantizado y que la obtención de provecho ganancial sería para ambas partes. El capo no sabía si Jacinto era un hombre indiscreto o cumplía indicaciones de su jefe. Al final el viejo capo conjeturó que ambas motivaciones se combinaban en el temperamento de Jacinto.

Darío se dio cuenta de que su cama era tan confortable que al caer sobre ella no hacía otra cosa que dormir, y, sonriente, antes de hacerlo, una vez más recordó a su padre que al acostarse decía: «Y que a nadie se le haya ocurrido hacerle un monumento al hombre que inventó la cama». En una habitación contigua, estaba alojado Patxi y en la segunda planta habían sido albergados El Califa y sus tres guardaespaldas. Al despertar, Darío abrió la ventana de su recámara de par en par y quedó fascinado al ver las montañas de la selva colombiana. La luz solar parecía acariciar las elevaciones y los árboles que durante miles de años semejaban tener idéntica pujanza y lucimiento.

«Cualquiera diría que en estos parajes fue donde Dios creó el color verde de la naturaleza», pensó. El aroma del café le hizo apresurar el aseo personal. Al salir de la habitación vio que Patxi estaba sentado sobre una mecedora que daba al ancho corredor que conducía al recibidor de la mansión. «A Patxi se le ve listo como siempre», se dijo Darío, y ahora recordaba las palabras del vasco sobre la vigilancia: «Lo más terrible, mi jefe, llega en medio de la calma, así sea de noche o de día, por eso uno tiene que estar alerta, ¡joder, jefe!, ¡bien alerta!»

Darío, en compañía de Patxi, se encaminó hacia el comedor y vio que en la punta de la mesa rectangular estaba sentado El Califa con el rostro encrespado.

—¿Pudiste descansar, Darío? —dijo El Califa, luego de dar los buenos días.

—Como un rey, jefe —se sentó y pidió café.

—Yo no —el tono de la voz era quejumbroso—. Sabes, Darío, a veces me da por pensar que a ti nomás de esta puta vida nada llega a preocuparte. Llegas a esta finca y duermes como una roca.

—Medellín está en guerra, jefe. Ídem toda Colombia: guerrillas izquierdistas, paramilitares, los denominados Pepes en busca de Pablo Escobar, el ejército, la policía, los narcos que se autocalifican como los Extraditables, ya sabe, temerosos de que los envíen a Estados Unidos, asesinatos de jueces, periodistas, congresistas y candidatos a la presidencia de la República, explosiones de gasolineras y mercados, ¿qué más? Nada puedo hacer, jefe, y tengo que descansar. ¿Sabe usted quiénes fueron los inventores del narcotráfico?

Darío sabía que en la corpulencia del Califa habitaban estados de ánimo opuestos, un día se levantaba alegre y otro día se expresaba quejoso, de mal humor, como si en ese instante sólo viera inmundicia bajo la luz solar. Y Darío extrajo de su memoria la historia de los creadores del narcotráfico para modificar la agria actitud mañanera de su jefe.

—No, pos yo qué rayos voy a saber de esas cosas.

—Fueron unos chilenos en el norte de su alargado país. Luego esos astutos tipos buscaron a los colombianos que, por cierto, eran de aquí, de Medellín, porque desde finales del siglo XIX los de esta ciudad eran y aún lo son, los mejores hombres para el trasiego de las mercancías ilícitas. Y así empezó todo, jefe.

—Da gusto escucharte.

En ese momento hizo su entrada El Pana acompañado de Jacinto y de otro individuo que por su aspecto exterior semejaba ser un italiano. Detrás, a los costados de la puerta principal, quedaron vigilantes los guardaespaldas. El Pana y Jacinto saludaron al Califa y a Darío, pero el que semejaba italiano, sin saludar ni decir media palabra, salió en dirección a la alberca. Y allí se sentó bajo una sombrilla.

El colombiano, sus acompañantes y la comitiva azteca bebieron café y platicaron sobre asuntos sin importancia. Después El Pana invitó al Califa para que lo acompañara y así sostener la conferencia que debieron haber efectuado el día anterior. El Califa ni siquiera miró a Darío y no era necesario, habitualmente al final de las tratativas, era el joven quien remataba las negociaciones. «Para eso, Darío es el mejor», pensó El Califa, mientras seguía los pasos de su anfitrión. Los dos capos entraron en un salón. En el comedor quedó Darío en compañía de Jacinto.

—Señor Figueroa —hablaba muy pausado—, sepa usted que ayer nosotros tuvimos que traquetear muy duro.

—Dime Darío, por favor.

—Darío... —ahora miraba hacia el italiano que estaba en los alrededores de la alberca—, nosotros queremos que ustedes se sientan como en su casa.

—Muchas gracias. Dime una cosa, ¿puedo hacer una llamada a Bogotá?

Jacinto le facilitó un inalámbrico. El joven se puso en pie, alargó la antena del aparato, marcó el número y se encaminó despacio, como distraído, hacia la alberca y a propósito se puso a rondar el sitio donde se hallaba sentado el italiano.

—¿Atalanta? ¡Hola! —dijo Darío—. ¿Cómo estás?

—¡Hipómenes! —la mujer experimentaba sorpresa y alegría—. ¡Siempre apareces cuando menos lo espero!

—Oye, cortesana, mañana voy para allá. Quiero pagar tus favores.

—¿Favores? —se echó a reír—. Te espero, Hipómenes. No me voy a mover de la boutique. Además, mañana no se trabaja.

Después de realizar otros intercambios afectuosos con su Atalanta, Darío colgó el teléfono. Miró hacia el italiano y comprobó, una vez más, que a ese individuo se le veía como el perfecto ausente. Una sombra azulosa y alargada que provenía de un robusto roble llegaba hasta las rodillas del italiano que estaba recostado bajo la sombrilla. Sobre su pecho resplandecían apagados reflejos de unas hebillas que acicalaban su chaqueta de cuero. Los botines rojos del italiano se entremezclaban y confundían con el borde enlosado color ladrillo que circundaba la alberca. A Darío le dio la impresión de que en ese instante estaba contemplando una fotografía que servía de fondo a una publicidad de calzado masculino.

—Jacinto, no sé si puedas decírmelo, pero, ¿qué hace ese italiano por aquí?

—Llegó de parte de Pablo Escobar, creo. Ese italiano era amigo de El Mexicano, creo —sonreía por primera vez.

—¿Amigo de Rodríguez Gacha?

—Sí, así me dijeron, como usted sabe, cuando uno recibe plata tiene que cumplir, ¿no?, si no se cae en el lodo. A mí ese sapo napolitano no me gusta. Traquetea poco y es de mucha hablada, hasta se hace el especial. ¿Le digo? El tipo se llama Brunelli, pertenece a la camorra y es agente de la KGB. Eso me dijo uno que traquetea con El Mexicano. Eso no es bueno, creo. No sé, puede que ese napolitano piense que los colombianos somos pura tarugada. Siempre está pregonando novelas y todo eso. Ayer el cabrón estuvo todo el día diciendo que para traquetear en el narcotráfico uno puede entrenar a una bola de marranos, pero que los hombres vienen al mundo con una marca en el culo, esa que dice si son valientes o cobardes. Y que esa marca de fábrica, ni Dios la mueve. Así de raro platica el cabrón napolitano.

—Vaya, qué curioso, cuántas novedades —se daba cuenta de que Jacinto hablaba de más.

—Sabe, Darío, Pablo Escobar tiene arte para expandir los negocios. La semana pasada, por ejemplo, estuvo aquí el ayudante de un general del ejército de Fidel Castro para conversar con él. Los comunistas cubanos ofertan armas por cocaína, creo.

—Castro metido en el narcotráfico —el asombro de Darío era legítimo—. No, Jacinto, qué dices. Eso es ciencia ficción.

—Oiga, con el tiempo todos los gobernantes se van a meter en el traqueteo del narcotráfico, creo. ¡Mucho dinero, compa!

—No, paisa, perdóname, pero me cuesta mucho creerlo. ¿Cuba? Sencillamente increíble.

—Oiga, no tenga duda. Primero vino un tipo de la Inteligencia cubana, creo. Y luego llegó el ayudante de un general del ejército. Nada, que esos güevones comunistas necesitan plata.

—¿Piden mucha?

—No, creo que piden una nadería, pura nada, eso le dijo Pablo Escobar a mi jefe. Los güevones comunistas se hacen los judíos, pero no son más que meros aprendices.

Darío se daba cuenta de que si continuaba hurgando, Jacinto podría perder la buena vibra o cuando menos, redoblar su atención sobre el asistente del Califa que ahora se las daba de tonto.

«Darío, preguntas de más, ¡cuidado! El tal Brunelli pertenece a la camorra y hasta es un presunto agente de la KGB, y la gente de Castro que vinieron para chambear con Pablo Escobar, vaya, pensamientos turbios. Mañana te vas a Bogotá, a eso viniste, que tu misión es la más importante. ¿Tendré oportunidad de conocer al sujeto que recibe los caballos que El Mexicano encarga a México?»

En ese momento, Darío escuchó estrellarse un vaso de cristal contra el piso. Se giró hacia su derecha y vio que el italiano estaba derrumbado hacia atrás en la silla de extensión, con los brazos caídos hacia los costados y el vaso hecho añicos cerca de su cuerpo. Daba la impresión de que la neblina se desvanecía de golpe ante el inesperado acontecimiento. Darío pudo ver que había una Beretta 9 mm en el suelo, muy cerca de uno de los brazos desplomados del italiano, un hombre se alejaba despacio y llevaba pistola con silenciador en la mano derecha. Era evidente que ese gatillero no tenía ninguna prisa en escapar, debido a que estaba en su casa. Cuando el joven iba a encaminarse hacia el sitio donde estaba el italiano, sintió que Jacinto lo aguantaba por el brazo.

—¡No, no vayas para allá! —alertó.

Cuando Darío se volteó hacia Jacinto, vio que Patxi aparecía veloz y pistola en mano, como si hubiese salido aventado de la nada o de la neblina que ya se disipaba, y entre tanto protegía el cuerpo de su jefe, empujaba con violencia a Jacinto y le gritaba:

—¡Oye, tú! ¡Qué mariconadas son estas!

Darío fue remolcado por Patxi hacia la vivienda y detrás iba Jacinto. Todavía el juarense pudo ver, en medio de una tarde que ya anunciaba la escapada, a dos hombres que salían del fondo del follaje del jardín y se dirigían hacia el lugar donde se encontraba derribado el italiano. Uno de los hombres agarró por el pelo al napolitano, le revisó con calma la cara y luego recogió la Beretta que estaba sobre el enlosado. Otro individuo, que traía un pequeño carro de riego, puso el cadáver encima del carricoche. Los guardaespaldas, como si trasportasen un pedazo de árbol que hubiera caído en las cercanías de la alberca, se alejaron hacia el fondo del campo.

Quizás ni el propio Jacinto, a ciencia cierta, sabía qué había sucedido en los alrededores de la alberca. Se le veía confundido. Se desvivía en ofrecerle disculpas a Darío sin dejar de mirar hacia el enfurecido Patxi y comentó:

—Algo malo debió haber ocurrido, Darío, creo. De todas formas, sobre ese napolitano yo sólo sé una cosa: ése, vivió días de más. Ahora lo más importante es que El Califa esté bien, y mi jefe. Ah, mire, Darío, ahí vienen.

El Califa y su anfitrión llegaron al lugar. El Pana se acercó a la alberca y habló con sus hombres. Luego regresó y se dirigió a su huésped.

—Califa, mire usted como son las cosas. Uno de mis hombres trató de interrogar al italiano que estaba allí. El cabrón se puso arrogante, sacó su pistola con intenciones de disparar y hubo que matarlo. Le pido a usted que nos disculpe y le propongo que subamos para continuar. Por favor.

—Sabe, paisa —El Califa hizo un gesto de complicidad a Darío—, yo quisiera que a mí esas cosas me sucedieran varias veces al año. Cuando se tiene una regia producción, como la que ustedes acopian, pos en cualquier momento puede aparecer un enfermizo, y ni modo, hay que escabecharlo.

VIII. Hoy no estoy para bromas

«¡Carajo, qué asquerosa fatiga, parece que tengo cuchillas en la sangre!», pensó, mientras se incorporaba algo rígido, como si tuviese las articulaciones engarrotadas. Tucson caminó hacia el baño, quería meter el cuerpo y su nauseabunda resaca bajo la ducha. «Sí, Naida, además de que eres bonita, con tu cerebro y tus frases, me tienes el alma en el mero desmadre», se dijo, y de inmediato a la mente le vino la frase madrugadora que Naida, excitada, le susurraba con frecuencia:

—Ándale, mi cowboy, toda, así, en ayuna, vamos, compláceme, en la boca, córrete, dicen que es excelente para la piel.

Abrió el grifo y tan pronto comprobó que el agua estaba caliente, entró y cerró la cortina tras sí. Necesitaba sentir sobre su estrujada naturaleza un fuerte chorro de agua que no acabara nunca. Ahora recapacitaba bajo la ducha. «Naida, no te sentí cuando te fuiste de compras, veremos si regresas la próxima semana como prometiste», pensaba. «Las mujeres se dividen en dos bandos: las posesivas, que no tienen sentimientos, y las serviciales, que son peores que las primeras. ¡Carajo!, ¿qué digo, Naida?, soy un tonto.»

Mientras se enjabonaba, se convencía de que tenía sobre sí más agotamiento psíquico que físico, porque constataba que no era capaz de hilvanar una sola idea que valiera la pena. «No, no me pasa nada, mi cowboy», le decía Naida desde el primer día de su arribo. Y esas mismas palabras se las reiteraba cada vez que se lo preguntaba.

Para ese fin de semana en que Naida debía viajar a El Paso y luego seguir de regreso a Mazatlán, Tucson tenía decidido mudarse de hotel. Llevaba más de dos meses en una ciudad bien conocida por él, pero que ya se le hacía extraña. Se había sumergido en unas obligadas vacaciones, yendo de hotel en hotel como un saltimbanqui, y ahora comprobaba con resentimiento que era como estar confinado en el olvido. «Más de dos meses después de que la jefatura tomó la decisión de sacarme de circulación, demasiada espera, y cuando ya ni lo esperaba, por fin llegó Naida. En realidad, vino a alegrarme la vida, pero se irá enseguida, carajo, sólo puede estar conmigo unos días», pensaba, resentido.

«Oye, buey, Celso le aseguró a su gente que a ti te quedaba poco. Ni modo, debes cuidarte, pos ya ese pinche pendejo te mandó a matar, y ése, Tucson, a la mera verdad, hasta manda a cadaverizar hasta los niños», le había advertido Tlayola en Mazatlán. Luego su propia jefatura se lo había confirmado: «Cierto, Rangel, los capos de Sinaloa tienen planeado asesinarte. Sabemos por diversas vías que ellos tienen decretada tu eliminación. Menos mal que los narcos no pudieron secuestrar a tu mujer y a tu hijita. Tuvimos suerte.»

«¿Quién pudo delatarme, Bosley?», insistió Tucson, desorientado, y pensó una vez más en su amigo Camarena, quien había sido asesinado. «No sabemos, Tucson», le dijo Bosley, su jefe inmediato. Y la jefatura de la DEA, teniendo en cuenta esas inquietantes señales, tomó la decisión de enviarlo a Arizona, a Tucson, a una ciudad que el agente conocía bien. Después de su llegada a esa urbe, cuando quedó a solas en la habitación del primer hospedaje, contempló a través de las ventanas la ciudad donde había nacido.

El sol en esos momentos semejaba una moneda de oro clavada sobre las colinas y parecía que esa imaginaria calderilla se había apropiado de toda la reverberación del desierto. La metrópoli, ubicada en lo alto del valle y rodeada de montañas y con medio millón de habitantes, era la capital del condado de Pima. Repasó con la mirada las calles y las soleadas residencias. Hacia el oeste divisó el denominado «Cerro de la A». Y al ver la antigua Catedral de San Agustín, donde hizo la primera comunión, su infancia se irguió juguetona en la memoria.

Ahora recordaba que cuando atravesó los años de su infancia, en las calles de esa ciudad que tenía ante sí, había sido maltratado en varias ocasiones por la policía. Por asuntos sin importancia. Entrar en un cine sin pagar la entrada. Hurtar manzanas en un mercado. Habituales diabluras de cualquier chamaco. «Si yo hubiese vivido o no en la pobreza, poco hubiese importado», pensaba. «Aunque la escasez, eso se sabe, siempre provoca en las autoridades policíacas enervado menosprecio.»

Al amparo de esas experiencias, de esos maltratos, o de esas ligeras golpizas que no habían sido inofensivas, añoraba en aquellos momentos ser cualquier cosa en la vida menos un policía. Odiaba sin remedio a todos los uniformados que iban detrás de la gente. Y por eso, cuando se le ofrecía una mínima oportunidad, a escondidas, se desplazaba en cuclillas y de modo sigiloso le quitaba el aire a los neumáticos de los carros patrulleros. Y sentía un enorme placer al ver las llantas pegadas al pavimento y observar cómo se enfurecían los policías cuando comprobaban el daño que les había infligido un enemigo invisible.

Paradójicamente y sin saber por qué, en esa temprana edad ya se sentía sumamente atraído por las armas de fuego. En su tendencia de andar siempre con amigos de mayor edad, inició amistad con Narro, un adolescente que le llevaba tres años de edad. Éste solía apropiarse de una Colt 38, una de las armas de servicio de su padre. Sin duda, ese progenitor que era devoto policía en el cumplimiento de su deber, en cuanto al resguardo de sus armas de fuego dejaba bastante que desear.

Al principio Belisario, el padre de Narro, no le caía bien a Tucson. Al verlo sentía el soplo de la intimidación. Sin embargo, a fuerza de conocerlo mejor, se le hizo tan jovial que en breve tiempo se fue granjeando su simpatía. «A la mera verdad, ni parece policía», se dijo un día, embriagado ante el afecto que le profesaba Belisario. Ahora seguía navegando por los recuerdos. Le gustaba encontrarse a escondidas con su compinche para manipular a su antojo la Colt 38. El arma lo atraía mucho más que cualquier otro entretenimiento.

Pese a que fue un estudiante algo díscolo, siempre pudo destacarse en el aprovechamiento académico tanto en la Prepa como ulteriormente en la Universidad. Pero en lugar de estudiar cualquier carrera que fuera del agrado de sus padres, Tucson, influido por Narro y Belisario, terminó naturalmente siendo captado para desempeñar funciones en los órganos de la ley. Al igual que Narro, Tucson estudió hasta graduarse como oficial de la policía de la ciudad. Después los dos jóvenes fueron captados por la CIA para que, en compañía de otros candidatos, entre ellos Camarena, formaran parte del primer contingente fundador de la DEA.

La aversión que Tucson siempre había sentido por los policías, se le transformó progresivamente en fervor profesional. El joven estaba persuadido de que gracias a sus servicios, y así lo expresaba sin rodeos en los cursos académicos que cumplimentó hasta llegar a graduarse, el país donde había nacido un buen día se veía liberado de los males que acarreaban la intimidación y las nefastas consecuencias de las drogas y el crimen organizado.

«No sé qué haces en esa dichosa DEA o como se llame, mijo, y sí, eres listo, y eso nadie puede negarlo, pero tú a la mera verdad eres tan ingenuo como tu madre». Ese fue el reproche de Imeldo, el más importante, cuando supo que su hijo mayor pertenecía a la DEA. *Ingenuidad*, esa fue la palabra que jamás fue ignorada por Tucson, tanto más que su progenitor quería enchufársela en el cerebro. Por ello, cualquier asomo de inocencia con el devenir del tiempo, fue desterrado de las convicciones del joven, quien ahora en la habitación de un hotel y a través de los recuerdos, y a la distancia de un buen tramo de años, era observado retrospectivamente por sus propios ojos.

De repente, recordó que había leído en alguna revista que Tucson era palabra pápaga que quería decir árbol en llamas, tronco ardiendo o el pie de las montañas. Pero fuera tronco, árbol o pie, pensó, sabía que en esa urbe tenía que aguardar hasta el arribo de una nueva orden de parte de Bosley. En Tucson, después de mucho tiempo sin hacerlo, había podido compartir ampliamente con sus padres. En esos días, su madre pudo leerle las cartas del tarot y la mano. Una tarde Adriana, eso recordaba, le advirtió que él estaba y estaría rodeado de enemigos y de muchos peligros mortales. El agente había visitado a sus tres hijos, quienes, si bien económicamente estaban atendidos, en el plano afectivo afrontaban prolongadas ausencias de la figura paterna.

Cuando Tucson comparaba sus fracasados vínculos matrimoniales con los de sus colegas, comprobaba que en su totalidad ellos también poseían una vida similar debido a las exigencias del sobresaltado trabajo investigativo que llevaban a cabo. Igualmente visitó con frecuencia a sus hermanos y amigos. Pero luego, a fuerza de tantos desplazamientos repetidos y en medio de una espera que se dilataba, los días se le fueron amontonando hasta alcanzar el aburrimiento más crudo.

Naida Verna, alias Cerebrito, la amorosa joven que en Mazatlán había aparecido en su vida con aires de provisionalidad, eso creyó en los inicios, ya llevaba con él año y medio de relaciones y se había constituido de modo espontáneo en su paliativo espiritual. Rangel quería que Naida viajara cuanto antes a Arizona para que lo acompañara en la obligada espera; de modo que tan pronto arribó a Tucson y cuando no tuvo duda de que estaría fuera de circulación por un largo período, llamó por teléfono a la muchacha. Pero Naida le dijo que no podía dejarlo todo de golpe en Mazatlán para ir tras él. «Cuando yo pueda hacerlo, mi cowboy, me encontraré contigo», le aseguró varias veces. Sin embargo, su llegada tardó más de mes y medio. El agente, al verla, enseguida presintió que algo extraño pudiera estarle sucediendo, mas ella insistía que nada le sucedía.

Nacida en Texas, Naida era hija de un matrimonio conformado por norteamericana y un italoamericano, originario de Roma. Siendo pequeña, sus padres vivían en El Paso, luego se trasladaron a Ciudad México. Finalmente se establecieron en Mazatlán, Sinaloa. En esa ciudad creció la joven y luego de estudiar y graduarse en contabilidad comenzó a trabajar en una importante sucursal de Bancomer. Su delicado rostro parecía haberse escapado de las pinturas renacentistas de Rafael. Tenía grandes ojos negros que, hasta cuando sonreía, irradiaban la inocencia. «Eres misteriosa, Cerebrito, tu cuerpo desnudo me fulmina y tus frases me zarandean, mas no tengo duda de que serás mía», se dijo, cuando la conoció, si bien enseguida tuvo la certeza de que estaba en presencia de una muchacha inteligente. «Demasiado inteligente», se diría más tarde, «deliciosa y traviesa en la cama.»

Tucson tenía dos hijos de su primer matrimonio, el mayor le había dado una nieta y otro que venía en camino, y el menor, adolescente, y una pequeña hija del segundo. Aún estaba casado legalmente con una mexicana que había conocido en Arizona, nombrada Erika, pero hacía vida de soltero y sobre ese particular Naida no abrigaba duda, dormía todas las noches con el investigador cuando estaba en Mazatlán. Relación amorosa que a Naida le había acarreado algunos problemas. Especialmente con Gal, que al parecer no sólo aparentaba estar enamorada de su jefe sino que además, flirteaba con él, eso creía Naida, aunque Tucson se lo negara.

El agente sabía que su segundo matrimonio también se había ido a pique —incluso un poco antes de que se frustrara el intento de los narcos por secuestrar a Erika junto a la pequeña hija de ambos en Mazatlán— y a pesar incluso de los consejos que Imeldo no se cansó de darle en tal sentido.

—Puedes hacer, mijo, todas las cosas que quieras, pero conserva el matrimonio, Dios sabrá premiarte —le decía el padre, mexicano inmigrante que desde joven hizo toda su vida en Arizona y por razones católicas rechazaba el divorcio—. ¿A quién tú habrás salido, mijo? Pareces mujeriego y sé que no lo eres.

—Papá, no sé por qué —replicaba Tucson—. Debe ser por mi trabajo. Me ausento mucho de la casa.

E Imeldo, al escuchar a su hijo mayor expresar esa justificación, se levantaba y poniendo afectuoso la mano sobre el hombro, le repetía las mismas palabras:

—Mijo, si sabes proteger tu matrimonio, Dios sabrá premiarte.

Sin embargo, el agente reiteraba a su padre, casi arrepentido, dado que sentía mucho cariño y respeto por él, la misma opinión:

—Lo intento, papá, créame, pero nada de lo que construyo en la pareja florece, y no sé por qué, será que trato de desmentir que el mundo es una rotunda porquería, vaya usted a saber.

Tucson había conocido a Naida a través de Plinio Talavera, el perito bancario.

—Remy, te voy a presentar a una muchacha que puede ayudarte en esos vericuetos del lavado del dinero. Además de bonita, créeme, es muy lista. Los colegas le encajaron el mote de Cerebrito porque la chingona es rapidísima en operaciones bancarias; si le dices la fecha de tu nacimiento, en uno segundos te dice el día de la semana en que naciste. Pudieras captarla para que sea tu informante.

Esas fueron las palabras de Plinio acerca de Naida, momentos antes de presentársela en una cafetería de Mazatlán. Se las dijo de repente, sin previo aviso y sin ningún tipo de apremio, como el perito solía hacer cuando un asunto le interesaba. Tucson en esa ocasión pudo percatarse de que detrás de esas ondulaciones algo descuidadas en el discurso de Plinio, quizás se escondiesen otras motivaciones, ya iba conociendo mejor al amigo culichi. «Tal vez, esa joven que Plinio me quiere meter por los ojos haya sido su amante, no sé», pensó, desconfiado. «¿Y por qué reclutarla para informante?»

Tucson y el banquero llevaban tres años de relaciones. El agente que trabajaba en la ficticia sociedad anónima Viajes Mazatlán, había congeniado desde los primeros momentos con el dinámico especialista. Cuando el agente descubrió que Plinio estaba seriamente involucrado con el Bankers Trust Company, uno de los bancos más poderosos de Estados Unidos que controlaba a la banca mexicana, decidió estrechar sus relaciones. «Plinio puede resultarme provechoso para descubrir los entresijos del lavado de dinero en México», pensó.

Con todo, cuando Tucson veía que el rostro afable de Plinio se le modificaba por cualquier imprevisto, lo dicho por Celma en una ocasión sobre el perito monetario se estacionaba en su memoria como una puntillosa provocación: «Por favor, patriota, entre nos, tú nunca vueles en un jet que haya sido recomendado por Plinio».

«Una sola vez es más que suficiente», se dijo Tucson decidido, después de consumar el primer acto sexual con Naida. Pero sin darse cuenta, esa resolución se le fue deshaciendo entre los gestos y las mimosas palabras de la joven que contaba con veintitrés años de edad. Lo que el investigador no sospechaba era que Naida sería la encargada de cortejar de modo reforzado a su cowboy. Transcurridas unas semanas más, el agente ya había perdido la cuenta del número de veces que había hecho el amor con la joven.

En efecto, Cerebrito era muy hábil en los cálculos matemáticos y también muy acertada cuando memorizaba fechas, datos históricos y nombres de personajes famosos que surgían en el trascurso de las conversaciones. Y al parecer, eso pensaba él, todo lo que Dios le había donado en cuanto a poseer la clásica belleza romana, se lo había reforzado en simpatía, inteligencia y seducción personal. Si bien en su personalidad destellaban cualidades que Tucson, a pesar de tener dos matrimonios en su haber, tres hijos y dos nietos, no lograba precisarlas. Ella, con su personalidad sutil y arrasadora, solía decirle al investigador en sus momentos de mayor euforia: «Mi cowboy, el amor del hombre es cosa aparte, pero para la mujer es toda su existencia», Había una fuerza en el interior de Nadia que Tucson no podía descifrar. Por suerte, pensó para aliviarse, ella tenía una falla que no podía solucionar con las matemáticas ni con sus poemas: los celos.

Cerebrito no soportaba que Tucson estuviese a la mira —*voluntariamente, por supuesto,* aclaraba ella— de cualquier mujer, fuese quien fuera. «Si quieres, mi cowboy, seduzco a Gal y me la llevo a la cama y hago el amor con ella delante de tus ojos, pero no me sigas mareando con esas miraditas que Gal y tú se cruzan a diario. Esa complicidad que ustedes dos se profesan, para mí es perturbadora», comentaba ella desafiante. El hombre se defendía y argumentaba una verdad que lamentablemente los celos de la muchacha no la dejaban divisar ni aceptar. Y luego, sin que nadie lo esperara, ella afirmaba: «Es que Gal, mi cowboy, es muy hermosa, la verdad». Y el investigador se quedaba boquiabierto y colgado de una intriga sin fin, y sentía que esa última frase de Naida iba a permanecer para siempre retozona en su memoria. «Creo que también por esas salidas disparatadas que tienes, Naida, la gente te dice Cerebrito. ¡No digo yo!», se dijo.

—¡Vamos a toda madre, mi cowboy!

Esta era la frase que expresaba Naida después de hacer el amor, dar los buenos días, al llegar del trabajo o cuando terminaba de escuchar música o acababa de leerse un libro, en fin, era el modo que ella tenía para convocar a su amante a disfrutar la vida. En los momentos de disgusto, soltaba su ofensiva frase en dialecto romano:

—*¡Li mortacci tua e de tuo nonno!* (¡Todos tus muertos y los de tu abuelo!).

Pero esta vez, durante su estadía en Arizona, ella no había pronunciado ninguna de esas frases ni una sola vez. Tucson la veía inquieta, algo cambiada, como si estuviese preocupada por algún problema, pero replicaba que no. «Tal vez no quiera alarmarme», concluyó él, mientras estaba a la espera de Cerebrito, que en esos momentos andaba de compras por la ciudad.

Naida tenía pensado viajar a El Paso, donde había nacido, para ver una tía materna que estaba enferma, y como se avecinaba el Día de la Madre deseaba comprarles unos presentes a su mamá y a esa tía que quería como a una segunda madre, y luego proseguir con rumbo a Mazatlán. Naida llegó a la habitación del hotel y tan pronto cerró la puerta, dejó caer los paquetes que traía consigo, se desnudó y se lanzó a la cama.

Horas después de haber hecho el amor con Naida, serían como las cinco de la tarde, Tucson aún no había disipado del todo la inquietud de que ella estuviese aquejada por algún conflicto personal. «Naida hizo el amor como siempre», pensó, «pero hay algo que no encaja.» En la noche continuó la fiesta sexual. Naturalmente, cuando él pensaba que había tenido su ultimo orgasmo, Naida le decía: «¿Quién te lo dijo, mi cowboy?, ¡por favor!, déjame a mí». Y de nuevo la muchacha volvía a quitarle la razón, una y otra vez. Y así, bastante exhausto de placer, se quedó dormido. Por la mañana vio que ella se había ido sin despedirse. En la mesita de noche halló un mensaje escrito sobre un pedazo de papel de regalo:

Mi cowboy:
Gracias, muchas gracias, por haber satisfecho mis más profundos y retorcidos deseos sexuales.
Te amo.
Tu Cerebrito.
PD: Regreso pronto.

Sonrió al leer el mensaje. Decidió dormir una hora más y se quedó con el mensaje de Naida revoloteando en su cerebro. Sumergido en un largo sueño dentro de otro sueño neblinoso, Tucson vio que el malecón de Mazatlán se le venía encima. Creía que la tele se había quedado encendida y en esos momentos estarían pasando una película de terror; cuando abrió los ojos pudo descubrir que era él viéndose a sí mismo ante los espejos de su pasado y un futuro angustioso, trataba de encontrar el presente y salvar a su hijita y a Erika, su porfiada exmujer, a quien no le gustaba pasear en compañía de los guardaespaldas que él les tenía asignados cuando debía ausentarse de Mazatlán por razones de trabajo. De nuevo veía cómo los narcos trataban de secuestrar a su hija y a su exmujer, más en lo alto, casi sobre el horizonte marino y bajo las nubes, estaba Naida. «¿A quién debo salvar?», se dijo una y otra vez. Tucson se estremecía en la cama y movía los brazos; sin duda, era presa de una pesadilla que le cortaba la respiración.

Bañado en sudor, Tucson se sentó en la cama. Enseguida comprendió que había estado azotado por una pesadilla, la cual ahora recordaba en pedazos refulgentes y otros que se desvanecían. Vio las almohadas tiradas sobre el piso. Miró hacia los costados y observó a través de los cristales de los ventanales que afuera había un resplandor solar enceguecedor, en tanto en la habitación aireaba un ambiente refrescante. Se levantó y fue en busca de una toalla. Se secó la frente y el torso. Repasó la pesadilla que lo había despertado de manera abrupta. Bebió un vaso de agua. «Son los pendejos miedos que no sé de dónde salen», pensó. Se sentó de nuevo en la cama. Recordó que Erika había evadido el secuestro de los narcos debido a que había corrido con la niña en los brazos hasta llegar a la casa de unos amigos estadounidenses.

Rememoró cómo su jefe le había dicho que el intento de secuestro había sido una percepción exagerada de Erika, que el hecho era infundado y que todo se debía a que ella se había puesto nerviosa.

«Estúpido, eres un estúpido, Bosley. Menos mal que tan pronto llegué a Mazatlán le mostré unas fotos a Erika y ella pudo confirmar que esos sujetos que la habían perseguido eran los narcos que aparecían en las fotografías que teníamos almacenadas. Por supuesto, sin avisar ni pedirle permiso a nadie, y convencido de que me importaba un bledo lo que pensara

Bosley sobre mi decisión, de inmediato puse a Erika y a mi niña en un avión rumbo a Arizona. ¡No digo yo, Bosley! Tú no sabes, ni nadie, que a partir del asesinato de Camarena y del intento de mis enemigos de secuestrar a mi familia, mi guerra contra los narcos no sólo será una guerra por tratarse de una misión de la DEA, será un ajuste de cuenta, una guerra personal, hasta una obsesión, aunque ello signifique mi propia autodestrucción. Parodiando lo expresado por Hemingway acerca de su pasión por la cacería de animales salvajes, para mí cazar narcos en México y Colombia es como estar de cacería en África. Yo entiendo muy bien esa vocación de Hemingway.»

Desayunó. Luego se recostó y agarró un libro para leerlo. Sin embargo, no podía concentrarse en la lectura, Naida regresaba de nuevo a su mente. «No, vamos, estoy preocupándome excesivamente por Naida», pensó. «Vamos, mañana la llamo.»

Minutos después el teléfono en la habitación no dejaba de sonar, pero Tucson de nuevo dormía y no despertaba. Desde el lobby del hotel mandaron par de empleados para que lo despertaran. Una voz autoritaria desde Washington, pretextando urgencia, lo imploró a la gerencia del hotel. Los empleados estaban frente a la cama del huésped y se alarmaron. Tucson en su regreso al mundo de los vivientes se movía como el que escapa sobresaltado del infierno: agitaba los brazos y pronunció varias veces el nombre de Naida.

Despertó y tomó el auricular.

—Por favor, ¿el señor Rangel?

—Sí, dígame —recordaba retazos de la rara pesadilla.

—Señor Rangel, lo llamamos desde Washington. Ahora le pongo al señor Ted Crawford, jefe de la DEA.

—Oiga, señorita, ¿por qué no llamamos también al jefe de la CIA y de paso hacemos una conferencia? —creía que detrás de esa llamada estaba la mano del bromista Plinio, y agregó con absoluto desplante—: ¡Hoy no estoy para bromas!

Y colgó el teléfono.

IX. Jamás arrodillarse ante nadie

Ari Prince, el experimentado reclutador del MOSSAD, arribó a Inglaterra. En el aeropuerto de Londres fue recibido por un oficial de inteligencia que trabajaba bajo cobertura diplomática en la embajada de Israel en ese país. Luego se alojó con falsa identidad de ciudadano estadounidense en un hotel cercano al lugar donde residía Darío Figueroa. El oficial entregó un sobre de manila sellado a Prince, enviado en valija diplomática desde Tel Aviv. En ese sobre se hallaban los currículos de Darío y de su madre. Prince y el oficial apenas intercambiaron impresiones. Tan pronto el hombre que venía de Israel recibió en el lobby del hotel las llaves de la habitación e intercambió con el oficial que lo había recibido los números telefónicos para una eventual localización, se despidió de su colega.

El hombre de constitución fortachona que había llegado a Inglaterra para reclutar a quien debía ser un futuro *sayanim* era de verborrea saltarina, flemáticos movimientos corporales y cincuenta años; tenía la vieja costumbre de no perder tiempo cuando se trataba de alcanzar importantes propósitos en su labor. Por tanto, era difícil verlo encaminarse temprano a la cama. No importaba que hubiese empleado tantas horas de vuelo, había tomado un somnífero y pudo dormir no menos de tres horas por encima de las nubes. Suficientes para Prince. En la habitación rasgó el sobre y extrajo los legajos poco voluminosos. Ya Prince los había estudiado en Tel Aviv. Sentado en la cabecera de la cama, abrió el dosier de Marga Dillon y agarró el teléfono. Marcó el número de la residencia donde vivía Darío mientras hacía el máster de Administración de Empresas bajo la égida del London School of Economics.

«¡Formidable!», pensó cuando del otro lado una persona le dijo que esperara un momento pues de inmediato localizarían a Darío. Miró el reloj: eran las seis de la tarde.

—¿Sí? Soy Darío. Diga.

—Buenas tardes. Escuche, joven. Le habla un viejo amigo de Marga, su mamá. Yo desearía hablar con usted esta noche o mañana. Tengo un...

Prince miró el auricular. Del otro lado de la línea, Darío había cortado lo que debió haber sido una plática telefónica. «Si repito la llamada, lo hará de nuevo. El muchacho es un hueso duro de roer», se dijo. Prince no se dio por vencido, rechazaba ser presa de un desplome espiritual. Marcó otro número telefónico, perteneciente al señor Fremez, su amigo desde la época juvenil y viejo *sayanim* londinense, quien, además, había sido profesor de inglés de Darío durante los años de estudio de su carrera.

—¿Señor Fremez? ¡Oiga, está en línea el amigo que nunca quiso ir a la cama con su esposa! —se manifestó jocoso, como acostumbraba, pero esta vez lo hizo para demostrarse a sí mismo que el rechazo de Darío no lo había sorprendido.

—¡Bienvenido, amigo!

—Sabes, Fremez, si no hay inconveniente, ahora mismo voy para tu casa. El muchacho azteca me acaba de tirar el teléfono.

—No hay problema. Pero ¿por qué lo llamaste?

—Me gusta examinar la capacidad de reacción de un joven. En fin, lo que otros califican de disparo errado, para mí es un ajuste de la mirilla. ¿Puedes recibirme? En este hotel no alquilan jovencitas. ¡Qué horror!

—Sí, te espero —se largó otra risa.

Media hora después, Prince estaba en el amplio departamento del británico. Su esposa, Tania, búlgara, judía y profesora de idiomas, también era amiga del *katsa* que acababa de llegar. Lo recibió con cariño. Prince la cortejaba sin descanso y siempre elogiaba antes todos los encantadores atributos, todavía bien palpables, de su belleza eslava.

—Siempre se lo he dicho a tu marido, búlgara seductora, que con esos pechos de Miss Universo que tienes, yo jamás tendría pesadillas —era otra de las tantas celebraciones que Prince le soltaba a Tania.

—Eres el único hombre que me piropea tanto —reconoció, agradecida—. Hoy te mereces una buena cena búlgara. Me voy a la cocina. Imagino que ustedes dos tienen mucho de qué hablar.

—¿Me harás la sopa triple? —Prince se puso las manos sobre la panza y le brillaban los ojos.

—¡Claro! —clamó ella al tiempo que se encaminaba hacia el fondo del departamento.

Fremez sentía mucha estimación por Prince y viceversa; habían trabajado juntos en varias operaciones del MOSSAD. Enseguida encendió el televisor y puso el volumen a un nivel aceptable. Era una tarde de junio y el anfitrión decidió abrir la estrecha terraza que se abría contigua a la sala y daba a la calle en las alturas de un quinto piso, y ahí, sentados en cómodas butacas bajo un cielo poco despejado, iniciaron la conversación. Fremez ofreció un whisky a su amigo y se sirvió otro para él.

—¿Crees que mañana pueda verme con el joven azteca?

—Por supuesto que sí, sólo que ahora, con esa llamada alocada que le hiciste, puede que lo hayas enojado. Bueno, yo lo conozco bastante bien. Como sabes, hizo la carrera conmigo e incluso ahora lo ayudo para que logre su máster. Aunque no lo creas, ese joven sabe más de Jehová y de nuestra religión que muchos hebreos que conozco. Lo cual no significa que tenga deseos de convertirse a nuestra religión. Por cierto, se burla bastante de nuestras creencias religiosas. Teniendo en cuenta el desquiciado mundo que habitamos, las califica de ridículas. Es avispado y siempre anda con un libro, lee mucho. Lo invitaré a comer en un restaurante elegante donde no te pueda lanzar los platos a la cabeza —rió, pero veía que el *katsa* se mantenía impasible—. Ah, una sugerencia: deja tus pesados chistes para otra ocasión. Darío es un joven especial y algo raro.

—Excelente noticia, Fremez. Eres el *sayanim* más valioso que yo he conocido. Y no te preocupes, no haré bromas pesadas delante del joven.

—No exageres sobre mi persona. No hago otra cosa que cumplir con mi deber.

Los dos amigos, que llevaban tiempo sin verse, platicaron sobre variadísimos temas. Luego se fueron a la mesa y degustaron de la cena búlgara que les había preparado Tania. Ensaladas abundantes de vegetales, la típica sopa triple, salchichas planas, queso amarillo, *halva*, el exquisito postre de los Balcanes, vino y cervezas de Bulgaria fueron los platos y bebidas que más complacieron el exigente gusto de Prince. De modo especial, el *katsa* celebró a Tania haberle obsequiado la salsa picante *skhung,* muy popular entre los sibaritas de Israel. Llevados por la alegría del reencuentro, los tres amigos charlaban y bebían vino.

Prince continuó alabando la belleza de Tania y después del postre, el *katsa* hizo varios brindis por la amistad de tantos años y luego se fue al hotel. Antes, los dos hombres acordaron encontrarse con Darío al mediodía del siguiente día en un restaurante del barrio chino londinense.

—¿Prince sigue pensando hacer inversiones para acrecentar su capital? —dijo Tania con un libro abierto entre las manos cuando ya estaba en la cama con su marido.

—Sí, continúa viajando a la Cuba de Castro para tales fines. Hay un judío millonario que está haciendo negocios en La Habana. Prince lo acompaña desde los primeros viajes —el profesor echó una risita socarrona—. Parece que esas inversiones van bien. Me propuso que yo me incorporara a esos prometedores negocios. Pero tú me conoces, *halva* mía, le dije que no. La austeridad es lo que mejor nos viene.

—Pero esa risa tuya esconde alguna perversidad, ¿no?

—De ninguna manera —ahora era presa de una risa nerviosa.

—Vamos, dímelo, por favor.

—Te lo diré —trataba de controlar la risa y al parecer ya lo estaba logrando—, pero a nadie se lo comentes. Ni siquiera a tus amigas. Dicen que Prince viaja tanto a La Habana porque está enamorado de un mulato habanero. Los que viajan con él están convencidos de que pronto se irá del MOSSAD y saldrá del closet. Yo pienso que lo hará cuando haga firme alguno de sus negocios en La Habana.

—¿No le preguntaste ni le hiciste ningún comentario sobre eso?

—*Halva* mía, estás más loca que una cabra. Yo jamás le tocaré ese tema.

—Estaré loca, mi amor, pero es increíble. Te fijas. Prince nunca deja de alabar mi belleza —apartó el libro y se despojó de la ropa de dormir; ahora, desnuda, y adrede, le encimaba los senos a su esposo y con las manos lo acariciaba e incitaba a que también se desnudara—. Sabes, me parece que Prince en el sexo es bilingüe, doble vía —decía en voz baja, casi en susurro—. Sí, mi amor, esos piropos que me echa delante de quien sea, también me los dice con esos ojos saltones que tiene. Te fijas, cuando Prince me los dice, te juro que me devora con la mirada, te lo juro...

—¿Qué te pasa, *halva* mía?... vamos... espera... no... ¿qué haces?...

Fremez caminaba callado junto a Prince. Iban hacia la esquina donde se encontrarían con Darío. En la memoria del profesor aún rebotaban las frases de Tania en la recámara, cuando por la noche hacían el amor. Y sobre todo que en los inicios, durante y en los finales de la refriega sexual —que había sido larga y bienhechora para dos cuarentones como ellos—, su mujer no había dejado de pronunciar el nombre de su amigo. Y si no decía su nombre, entonces refería una que otra situación donde Prince era el centro de la anécdota. Ahora, con independencia de cualquier tipo de análisis, Fremez no tenía la menor duda de que a su bellaca mujer le gustaba su amigo e incluso de seguro le importaba un bledo que fuese homosexual. «Creo que hasta ese descubrimiento, la excita», se dijo. «No importa, es mejor que seas así conmigo. No quiero otra. Anoche parecías veinteañera. No tenías para cuando acabar.»

—Fremez, oye, te hablo y no me respondes —sacudió el hombro del amigo—. ¿Esta es la esquina?

—Sí, sí... mira, ya viene por allá... —se dio cuenta de su lastimosa abstracción, y otra vez le echaba la culpa a Tania—. Recuerda, Prince, puedes hablar con Darío sobre su mamá. Esta mañana pude alertarlo en tal sentido. De todas formas, como te dije, cuando yo los deje a solas, por favor, maneja con cuidado ese tema. Yo todavía no sé qué piensa sobre ella. Al menos, a mí no me dijo absolutamente nada.

—Ten confianza, Fremez —comenzaba a enojarse ante los reiterados consejos del amigo. Innecesarios, a su juicio. No sabía por qué, pero en sus palabras percibía cierta irritación y hasta un tono de velado disgusto y no precisamente debido a Londres u otra eventualidad que hubiera podido presentarse, sino contra su persona—. Llevo muchos años en estos avatares, tratando de ver el modo de encantar a las personas. Sabes, una vez que me presentes al joven ni siquiera llegues a la puerta del restaurante. Puedes emprender el vuelo en el primer cometa que atraviese el cielo de Londres.

Era la manera que Prince tenía de mandar a freír espárragos a una persona, fuese quien fuera, cuando comprobaba que alguien con su conducta traspasaba la línea de la grosería o la mala educación, y luego pretendía parapetarse tras la cortina de los recurrentes *equívocos* que, según él, simuladores, hipócritas y también los deshonestos utilizaban para salir de sus aprietos.

«Me está mandando al carajo, y con razón», se dijo el profesor. Ahora comprendía que había abusado de la bondad de su amigo. Sin saber la causa precisa, una sonrisa burlona de Tania pasó veloz por su cerebro.

—Te pido que me excuses, Prince —aseveró, con absoluta franqueza, y veía en ese instante que Darío ya se colocaba frente a él y lo saludaba.

Fremez procedió, con una rediseñada expresión en el semblante, a hacer las presentaciones. De inmediato, argumentando pretextos creíbles, se despidió. Sin mirar hacia atrás se desplazó en sentido contrario al lugar donde se hallaba el restaurante. El *katsa* y el joven entraron en el establecimiento. Fueron conducidos por el metre del lugar a una mesa que estaba reservada bajo el falso nombre que el israelí llevaba en el pasaporte.

Sentado frente a Darío, Prince examinaba su rostro. Apreciaba que sus ojos eran un par de canicas negras insensibles. De acusada frialdad en la mirada que, de modo progresivo, se hacía microscópica. Para sus veintiocho años era demasiado calmado y tenía el sello de los que prefieren siempre tomar su propio camino. Cavilaba, sin duda, mientras ambos comunicaban al metre qué pedirían de comer y de beber. «Este joven azteca puede encontrar las dos tablas con los Diez Mandamientos de Moisés y darles fuego», pensaba. «Puede también que entre a un jardín encantado y le importe un bledo lo que allí suceda. En esa cabeza de acero que parece poseer, puede que el cerebro sea un cerebro especial.»

—Excúseme, joven —se lanzó al asalto—, por mi llamada de ayer. Los hombres cincuentones como yo, en resumidas cuentas somos un manojo de ansiedad. Le digo la verdad —consideraba que había que ir al centro del asunto y evitar los rodeos con Darío—. Vine expresamente a Londres para hablarle de su madre.

Prince tomó la copa de vino tinto e hizo un brindis en el aire. Esperaba algún comentario de Darío.

—No me parece que usted sea una persona ansiosa, señor Prince. ¿Podemos tutearnos?

—Por supuesto.

—Colgué el teléfono por una sencilla razón. Yo no quiero que nadie me hable de esa señora. Ni aunque ella haya sido una heroína. Si has viajado a Londres expresamente para eso, te ruego que no pierdas tiempo conmigo. No me interesa y no soportaría ningún abuso de poder con el cual pretendan obligarme a escuchar el historial de esa señora.

—Darío, quiero que sepas que yo he estado y estoy muy lejos de querer faltarte el respeto. Créeme que...

—¿Acaso fuiste abandonado por tu madre en la niñez?

—No, yo...

—Entonces te llevo buena ventaja. Pero ¿por qué mejor no me hablas acerca de lo que quieres de mí? Si has venido de tan lejos, según me comentó Fremez, intuyo que eso debe ser más importante que hablar de una señora que abandonó a su hijo, ¿no?

Prince estaba impactado. Jamás hubiese sospechado que Darío se comportaría así en la conversación y mucho menos que, como presuponía, al referirse a su progenitora no utilizara pesados calificativos. Bebió un buen sorbo de vino. Y de las variantes que ahora se movían en su cerebro, todavía el *katsa* no sabía cuál emplear. «Seré directo», concluyó sus veloces meditaciones. Extrajo de su saco el pasaporte falso y se lo entregó al joven. Acto seguido le comentó:

—Ese pasaporte que te acabo de entregar para que lo revises, es falso. Yo no me llamo así y no soy norteamericano. Me debo al Estado de Israel y pertenezco al MOSSAD. Todo eso me honra. Mi nombre verdadero es Ari Prince. Escucha, Darío. Hay un maldito que nos traicionó y debemos encontrarlo para ajusticiarlo. En nuestra investigación surgió tu nombre, dado que pocos como tú pueden ayudarnos a encontrar a ese miserable.

—No cuentes conmigo, Prince. Si yo estuviese obligado a ponerle piezas a un reloj, te lo aseguro, se las pondría al mío y no a los ajenos. Y sin ánimos de ofender, para mí la CIA, la KGB, el MOSSAD y otras sucursales son la misma cosa y hacen lo mismo: espiar, engañar y matar para que un puñado de hombres se mantengan en el poder.

Darío devolvió el pasaporte con lentitud.

El *katsa*, sin desearlo, quedó hechizado al ver cómo se movían las vigorosas manos del joven, de un joven que no se parecía a ningún otro que hubiese conocido. Sintió en sus adentros una flojedad tan visceral que optó por escapar cuanto antes hacia cualquier otro sitio.

«¡Las palabras exactas que utiliza, Dios mío, y esas manos maravillosas que tiene! No sé. Debe de ser... tal vez...», se dijo y acto seguido le comunicó a su interlocutor que iba a los sanitarios.

El experimentado Prince se lavó la cara dos veces. Y ahora, mientras se secaba el rostro delante del espejo, vio que su semblante tenía una expresión sombría, velada, y hasta indecorosa. Se tocó con una de las manos la cara, palpó los huesos y la carne enrojecida de sus pómulos. Sintió hacia sí mismo mucha conmiseración. No por la sexualidad que había nacido con él, sobre la cual ya no se avergonzaba, sino porque a su juicio era y sería la primera vez, eso creía en ese instante, que un joven de veintiocho años le estaba propinando una soberana paliza; y, naturalmente, a pesar de viejas estratagemas que el *katsa* sabía de memoria y podía acomodarlas para actuar con sobrada energía ante esa nueva situación que se le presentaba, sentía que lo estaban vapuleando, en el estricto significado del concepto.

Todavía Prince, cuando se encaminaba hacia la mesa donde aguardaba Darío, no sabía cómo podría vencer a ese joven que se le había estrenado tan original en sus razonamientos. Recordó sus mejores reclutamientos. Los memorables. Recordó a aquel joven iraní que le dijo sin vacilación alguna que prefería la muerte antes de aceptar colaborar con Israel. Y cómo al final pudo someter su resistencia y transformarlo en uno de los mejores espías que aún tenía el MOSSAD. Con ese grato recuerdo en la memoria, el reclutador se sentó frente a Darío. Los camareros comenzaron a traer los platos de comida solicitados.

Prince había decidido distanciarse lo más posible de Darío. No involucrarse demasiado en los sentimientos que pudiera transmitir en la reanudación del intercambio, ni siquiera evaluarlos por su parte. «Sobre todo, no mirarle los ojos ni las manos», se dijo, «pero de ahora en adelante sólo le hablaré con el corazón.»

—Juguemos un poco a las mentiras, Darío —en medio de la derrota que ya presentía, se jugaba la última carta—: Si yo, por ejemplo, hubiese respondido a tu pregunta sobre mi infancia, en fin, si yo había contado o no con una madre, te hubiese confirmado que fui tan huérfano como tú, ¿qué me habrías dicho? ¿Puedo saberlo?

—Te habría preguntado qué sentías por esa infeliz. Nada más —bebió un poco de vino—. Pero en cuanto a mí, el resultado hubiese sido el mismo.

—Apartando ahora las mentiras, el juego, quiero decir, y te hablara sólo con la verdad. Por ejemplo, ¿conoces el papel que desempeña la madre en una familia judía?

—Desde siglos atrás, la madre en la familia hebrea es el pilar. Por esa razón, entre otras, la religión judía ha podido perdurar a pesar de haber sido azotada a través del tiempo por tantas obligadas migraciones. La madre ha sido, y es hasta la época actual, la verdadera guía espiritual de la estirpe. Y por tanto, ella tiene más peso y autoridad que la figura paterna. Y no es que el padre sea menos valorado, pero no es igual que la madre. Las continuas y forzadas migraciones de los hebreos así lo determinaron.

—Otra curiosidad que tengo, Darío. ¿Puedes decirme cuáles son los principios que más admiras del judaísmo? Fremez me dijo que te burlas mucho de nuestras creencias religiosas.

—Sí, me resultan demasiado arcaicas. Aunque yo diría que las critico sin llegar a la burla. Si quisiéramos ridiculizar al judaísmo, preguntémosle mejor al narizón de Woody Allen. Yo en lo personal, admiro en el judaísmo dos principios: el primero, una persona jamás debe arrodillarse ante otra, y el segundo, ningún creyente debe hacer proselitismo con los demás. Para mí, esas dos nociones son asombrosas y ejemplares.

Prince dejó de comer, levantó la mirada y la fijó en el semblante de Darío. «No, no es posible», pensó, admirado. Ahora, quien no jugaba ni deseaba jugar era el *katsa*.

—La vida es extraña y muy caprichosa, Darío. Te voy a decir un secreto que jamás le he dicho a nadie. Desde luego, no te lo digo para conmoverte ni para que decidas ayudarnos —era la primera vez que el candidato a reclutamiento no lo esquivaba con la mirada—. En mi infancia yo tuve una madre monstruosa —se inclinó hacia adelante y bajó el tono de voz—. Ella era peor que una puta sifilítica salida de un hospital psiquiátrico. Hasta el propio MOSSAD posee una historia equivocada y falsa acerca de esa maldita. Ella me daba unas palizas espectaculares y nunca supe por qué era capaz de hacerme tanto daño. Gracias a Dios, ella murió joven, de cáncer. Yo tenía once años de edad cuando se fue la condenada. Sabes, yo la odiaba tanto que después de su muerte me dio por pensar que con la fuerza de mi mente le había quitado la vida. Así que tú y yo estamos algo emparentados, Darío. Como puedes ver, ninguno de nosotros dos tuvo una buena madre.

—No era necesario llegar a ese punto, Prince —se percató de que la expresión facial del judío era sombría y, cuando menos, eso pensó el joven, el *katsa* le había narrado una vivencia personal cercana a la verdad—. De todas formas, te agradezco tu confianza y que hayas compartido conmigo esa experiencia. Sé lo que digo.

El reclutador, al escuchar el parecer de Darío, acababa de divisar una hendidura en la roca, por donde a su juicio, ahora, se filtraba una luz de esperanza. Y no perdió tiempo.

—Sin embargo, Darío, tu madre a diferencia de la mía, salvó a varias familias judías que estaban olvidadas en Siberia y, por otra parte, facilitó información que nos ayudó en el campo de las investigaciones militares. Esos fueron sus méritos, pero si yo estuviese en tu lugar, tampoco la perdonaría. Sabes, al leer su dosier supe que ella fue una *sayanim*, una buena colaboradora del MOSSAD. No quiero discutirlo contigo, por favor, pero sólo los que han sufrido abusos corporales pueden conocer ese sufrimiento. De manera que mucho me alegré de que ella pudiera alejarse de tu padre, que en paz descanse. Te ruego me disculpes. Ahora tan sólo nos queda disfrutar esta deliciosa comida que tenemos ante nosotros. Gracias por escuchar mis confesiones, que nadie conoce, y hablemos de otras temas. La vida no se va a terminar, Darío, porque tú hayas decidido decirme que no.

El mutismo en el cual se había inmerso el joven juarense cuando ya se daban los últimos toques a la comida que ambos degustaban, era para Prince la señal más valiosa. Confirmaba que su última esperanza aún no se había desvanecido del todo. Conversaron sobre otros temas y se despidieron.

«Es la primera vez que aventé mi cinismo por la ventana. A Darío le hice una confesión que nunca había llegado a los oídos de nadie», pensaba, mientras iba en taxi hacia el hotel. «Por lo demás, mi maldita madre jamás fue la guía de nuestra disfuncional familia. Él sabe que le dije la verdad. Espero no estar equivocado, pero presiento que muy pronto me llamará.»

En efecto, la intuición de Prince no era desatinada. Poco después de haber llegado a la habitación, escuchó sonar el teléfono. Sabía que no era Fremez, ya que éste siempre esperaba que él llamara. Esa era la costumbre. Al agarrar el auricular y escuchar la voz de Darío, el viejo reclutador constató que haber hablado con el corazón le había dado el resultado anhelado. «Un dolor inamovible sólo puede ser enfrentado con un padecimiento similar», se dijo para sí en ese triunfal instante.

El joven pedía verlo de nuevo para proseguir la plática y sellar el pacto. Acordaron encontrarse a la mañana siguiente. Satisfecho y profundamente emocionado, Prince se recostó en la cama sin haberse quitado siquiera la chaqueta y los zapatos. Miraba hacia el techo y ahora creía poder traspasarlo. Cerró los ojos. Y con los brazos abiertos imaginaba planear desde lo alto sobre los montes de Judea.

«Ahora sólo me falta, joven, avivar en tu mente la codicia. Dinero y más dinero. Ese código venerable será la clave mágica que echará a andar tu voluntad hasta que atrapemos a Cody», se dijo con una sensación de complacencia que no le cabía en el pecho.

Y tomó un somnífero, consideraba que la ansiedad no lo dejaría dormir como deseaba.

X. Ni ella ni su familia tienen dinero

Tucson llegó puntual a la cita en Washington. En el vestíbulo del despacho de Crawford, el jefe de la DEA, se hallaba Bosley, quien lo saludó con una falsa sonrisa. El frustrado intento de secuestro de los narcos de la exesposa y la hija del agente había dejado entre ambos funcionarios serios resentimientos. Nadie podía persuadir a Tucson de que su jefe no había actuado respecto a ese alarmante hecho con imprudente superficialidad.

—Ya no seré tu jefe, Tucson —blandía en la mano una comunicación escrita—. A partir de hoy trabajarás bajo las órdenes directas de Crawford, y yo no estoy contento, la verdad. Créeme, no pude convencerlo de que realmente no eres un hombre tan brillante como muchos consideran.

—Vete a la mierda, Bosley —replicó, seco y agrio, y de inmediato hizo un gesto de disculpa hacia la secretaria que había escuchado la pesada frase. Aunque en ese instante no sabía si tomarse de un golpe el humeante café que acababan de ofrecerle o beberse hasta el fondo el largo vaso de agua que yacía sobre la bandeja. «Carajo, los nervios siempre hacen lo suyo», pensó.

Cuando los dos hombres pensaban continuar el intercambio, Crawford hizo su entrada.

—Buenos días, señores —saludó cortésmente; era rubio, alto, de constitución atlética y actuaba con la calma que poseen los mejores ajedrecistas—. Por favor, señor Rangel, venga conmigo. Ahora el apremio nos tira del brazo. Luego hablo con usted, señor Bosley.

Para Tucson aparecía la primera sorpresa, ya que después arribarían otras. Bosley, era evidente, no participaría en la reunión con Crawford. La segunda extrañeza fue que al parecer ninguna persona tomaría apuntes del intercambio que ambos sostendrían. «Seguramente la conversación será grabada», pensó. «Es sorprendente que en el despacho sólo estemos Crawford y yo.»

Se hundió en una de las dos mullidas butacas situadas frente al buró de Crawford. Pudo ver a las espaldas del jefe tres portarretratos que exhibían fotos familiares. El despacho estaba sobriamente amueblado. Su diseño aprovechaba el contraste entre grandes espacios de colores claros y otros pequeños de color oscuro.

—¿Rangel, qué le pasaba antes de ayer que no quería salirme al teléfono? —levantó unos expedientes que estaban sobre una repisa que se hallaba a su derecha y los puso en su buró.

—Una cruda asquerosa, jefe, y me apena decírselo. Había despedido a mi novia que vive en Mazatlán; pero no quiero engañarlo, cuando agarré el teléfono pensé que era una broma, ya sabe, yo estaba convencido de que ustedes se habían olvidado de mí. Más de dos meses, jefe, y sí, recibía mi paga, eso es cierto, pero mucho tiempo de espera. De veras. Pensé que yo era un hombre olvidado.

—¿Olvidado? Tenga en cuenta, Rangel, que los narcos bajo las órdenes de Celso intentaron secuestrar a su mujer y a su hija en Mazatlán —ordenó a la secretaria por el intercomunicador que trajeran agua y café, y le localizaran a William Sachs—. Por cierto, aunque sé que usted está separado, ¿cómo están ella y su pequeña hija?

—Bien, ellas están bien —sintió el impulso de explicarle a Crawford acerca de los motivos de la separación, pero decidió no hacerlo.

—De todas formas, Rangel, menos mal que lo mandé a buscar. Dicen que los hombres olvidados se vuelven sombríos y pueden cometer cualquier disparate. Aunque me parece que la vida sin los equívocos sería aburrida, ¿no le parece?

—Cierto, no lo había visto de ese modo.

—Mire, en realidad no me disgustó tanto que usted me tirara el teléfono, si bien sobre eso que acabo de decirle le pido absoluta discreción, ya sabe, no quiero transgredir la disciplina que exijo cumplir a todo el personal.

Entró la secretaria que traía el agua y el café. Antes de retirarse, le dijo a Crawford que Sachs ya venía en camino.

—Rangel, tengo frente a mí su historial y recientes evaluaciones de su trabajo. Son excelentes valoraciones. Destaca el operativo en Navolato y otros no menos importantes, y, por supuesto, el apresamiento de Aristarco. Hoy me da gusto poder felicitarlo personalmente por esas acciones. Fueron operaciones brillantes. Y bueno, aquí, como le decía, están las valoraciones de gran parte de su labor. Pero ahora no quiero detenerme en esos informes. Como tampoco quiero detenerme en su vida personal, algo desordenada, y, con todo respeto —examinaba los papeles— , dos matrimonios, uno deshecho y otro que comienza a desmoronarse, tres hijos, excelente padre, unos dicen que es algo mujeriego y otros lo niegan, en fin, no me gusta adentrarme en esos aspectos que en gran parte son hijos de la rumorología. Ese no es mi fuerte. Sin embargo, ¿cómo podría vivir la gente sin las habladurías? Eso me pregunto a menudo. También he leído los informes de Asuntos Internos sobre usted, y créame, no es mi intención molestarlo. Seré franco. Yo sólo me inmiscuyo en la vida personal de mis subordinados cuando sus problemas personales afectan el buen desenvolvimiento de nuestra labor. Por fortuna, ese no es su caso. Así que hablemos de otros asuntos. ¿Desea comentar algo antes de que yo continúe?

—Sí, si me lo permite —estaba sorprendido; para ese intercambio había imaginado varias maneras en su inicio, pero jamás con ese comienzo tan crudo.

—Adelante, por favor.

—Con todo respeto, lo que diga Asuntos Internos sobre mi persona no quiero ni me interesa conocerlo. Ya tengo bastantes líos con mis controles internos —con los dedos diseñó en el aire un par de comillas—, para decirlo de algún modo, y le diré la verdad, señor Crawford, muchas veces ni yo mismo logro entender y mucho menos encarrilar mis propios desórdenes personales. Sin embargo, le diré algo. También en la DEA, como en otras dependencias, existen hombres envidiosos que se dedican a ponerles zancadillas a sus colegas. Así lo pienso, jefe.

—Tal vez tenga razón —sonreía—. Pero ¿sabe lo que más me interesa de usted? Trataré de decírselo en pocas palabras, ya que hoy nos espera una larga reunión, de esas que a mí me aburren y trato por todos los medios de acortarlas. Mire, tengo entendido que usted posee una inteligencia muy rápida, con una intuición precisa y clara, y eso lo hace un hombre talentoso para las relaciones humanas. Usted cala a las personas tan sólo de mirarlas por vez primera, eso me han dicho, y posee unas convicciones y unas ideas muy suyas y originales; son de los atributos que yo más admiro en una persona. También se dice que usted es un planificador genial, de los que hacen un plan de trabajo en pocos minutos, o sea, usted es capaz de bosquejar un croquis en poco tiempo y luego indicarle a los subordinados exactamente cómo actuar del modo más efectivo. Por ejemplo, en términos puramente hipotéticos, yo imagino que de haber sido usted el líder del operativo que asesinó a Kennedy, nadie jamás hubiese podido determinar si fueron dos, tres o más disparos los que se les hicieron en Dallas y mucho menos llegar a conocer la verdadera identidad de los francotiradores.

—Por favor, jefe —se echó a reír—. Mejor haber sido el ejecutor de Hitler, ¿no? Oiga, señor Crawford, no se crea todas esas tonterías que le han dicho de mí. Son verdaderas exageraciones. Se lo aseguro.

—Escuche —la voz de Crawford se hizo confidencial—, nuestro gobierno está muy contrariado con la actual administración de México. Esto, por supuesto, anótelo como una información delicada. Atendiendo a las informaciones que poseemos, está más que demostrado que el cártel de Guadalajara es el mayor centro de operaciones del narcotráfico internacional, el cual ha crecido de manera alarmante en los años de gestión que lleva el presidente Miguel de la Madrid. De esas informaciones se desprende, además, la complicidad de las autoridades mexicanas para relegar y no esclarecer el asesinato del agente especial Enrique Camarena Salazar. Por ese asesinato que aún se mantiene impune, hemos decidido que usted dirija un equipo de investigación de la DEA a fin de esclarecer ese crimen. Esa investigación debe llevarse a cabo hasta las últimas consecuencias y debemos apresar a sus autores y cómplices para que sean juzgados. Esta operación la hemos denominado operación «Leyenda»; como sabemos, a Camarena los narcos en Guadalajara lo apodaban La Ley. Antes de que llegue Sachs, debo advertirle que esa investigación debe ser realizada totalmente en secreto; la información que se obtenga no será compartida con otros agentes de la DEA. Los operativos serán absolutamente compartimentados. Y no lo olvide, necesitamos que tales operativos sean efectuados como se hace con las denominadas operaciones negras, en fin, las consabidas operaciones fantasmas, en las cuales no puede aparecer la mano de la DEA ni la del gobierno de Estados Unidos, dado que siempre y como es habitual, negaremos de plano habernos implicado en esas acciones. ¿Puedo contar con usted para cumplir con esta misión?

—Por supuesto —estaba visiblemente emocionado—. Como usted sabe, Enrique y yo éramos amigos. De manera que mucho le agradezco que me haya escogido, entre tantos colegas que lo merecerían, para hacer justicia en su lamentable caso.

Crawford contemplaba con detenimiento a Tucson mientras bebía su taza de café. La secretaria anunció la llegada de Sachs. Crawford lo hizo pasar y luego de presentarlo a Tucson prosiguió con su intervención. Tucson no dejaba de observar a Sachs; presentía que ya lo conocía. Algún antecedente en su memoria, que aún no emergía, le decía que ya lo había visto con anterioridad.

—Sachs, le hablaba a Rangel acerca de la operación «Leyenda». Por eso lo mandé a buscar. Sería bueno que le comentaras sobre el grupo que destinamos a México semanas atrás.

—Sí, ese antecedente no puede faltar en este análisis —afirmó Sachs, con cierta presunción, cual si no estuviese subordinado a Crawford—. Debo aclararle, Rangel, que yo articulé una primera acción que no nos dio el resultado esperado. A partir del asesinato de Camarena, seleccionamos en New York a un grupo de agentes nuestros, altamente experimentados en la lucha contra la mafia italiana. Ese grupo fue destinado a México para investigar a la mayor brevedad quiénes habían sido los autores del crimen. Rápidamente nos percatamos del fracaso. En México sólo puede trabajar gente que conozca las costumbres de ese complicado país. En fin, Rangel, fracasamos.

Sachs había detenido sus entrecerrados ojos en el semblante de Tucson, como el miope que aborrece los espejuelos. Casi no podía mover el ancho cuello que parecía no haberse diseñado para exhibir corbata. Su brillosa calvicie se enseñoreaba de la cabeza y su constitución física de hombre pícnico pasado de peso. «De dónde habrá salido este Sachs», se preguntaba Tucson, entre tanto trataba de ubicarlo en sus recuerdos. «A primera vista se ve que este rollizo le debe caer gordo a Crawford.»

—Es bueno que hayas recordado ese antecedente, Sachs —ahora Crawford revisaba algunos apuntes—. Así Rangel puede tener conciencia de la complejidad de la misión. Debemos garantizar que cada uno de los agentes que se involucre en esta operación conozca México al dedillo, que no es otra cosa que dominar las costumbres y los hábitos de los mexicanos. Como es sabido, en abril apresamos a Aristarco. Pero muchos de los que participaron en el crimen de Camarena y el piloto mexicano siguen libres. Aristarco poco ha dicho y sabemos que no abrirá la boca. Aristarco sólo dice, una y otra vez, que él sabe quiénes fueron los que lo delataron, y que fueron otros sus asesinos. Los tres capos fundamentales que participaron en el asesinato de nuestro agente: Aristarco, Celso y don Fonse, se acusan mutuamente entre ellos de haber asesinado a Camarena. Así que nos espera mucho trabajo, señores. A tales efectos, Rangel, pida todos los recursos humanos que estime conveniente para esta operación, así como los recursos financieros. Necesitamos que elabore el plan de trabajo a la mayor brevedad. A partir de ahora usted está subordinado a esta jefatura, y, por decisión mía, también la ejerceré a través del señor Sachs.

—Señor Crawford, estoy en el deber de comentar algunos detalles acerca de la operación —dijo Tucson—. Uno, en México todo se compra, porque es un país donde la corrupción impera a gran escala. Dos, vamos a necesitar mucho dinero para reclutar a los informantes y ubicarlos en las áreas más sensibles. Tres, necesito un equipo que esté conformado por los hombres más experimentados. Cuatro, quiero que el equipo que trabaja conmigo en Mazatlán sea liberado de sus funciones actuales y pase a trabajar bajo mis órdenes, excepto Víctor Mayer, que puede permanecer en esa urbe o ser destinado a otra ciudad. Tengo un amigo en la Federal Judicial de México que se nombra Jorge Ramírez, deseo que trabaje conmigo. Conozco agentes nuestros que están radicados en España, Colombia, Honduras y Costa Rica, los cuales de ser posible quiero que pasen a trabajar en nuestro equipo.

—Caramba, Rangel —dijo Crawford—, me parece que usted quiere tener la mitad de la DEA bajo su mando. No quiero saber la cantidad de dinero que tiene en mente pedir. Imagino que sea una cifra elevada.

—Tres millones, jefe —replicó Tucson—, como mínimo voy a necesitar tres millones de dólares, pero con ese dinero y todo el equipo humano que ahora solicito, puedo asegurarle que de estar implicada la mente más alta en jerarquía de México en el asesinato de Camarena, sin duda yo se la traigo a Washington, y, sin exagerar, incluso hasta la mismísima cabeza del presidente de la Madrid.

—No deja de ser temeraria esa aseveración, Rangel —sonreía mientras observaba a Tucson—. Le confieso que ese resultado no me desagradaría en absoluto. Más adelante sabrá por qué lo digo.

Tucson veía que Sachs comenzaba a verse algo inquieto.

—Jefe, en cuanto a la propuesta hecha por Rangel —Sachs se expresaba irónico— de traer a un investigador mexicano a esta operación me parece errada. No debemos dar cabida en nuestro equipo a elementos de una institución mexicana. Incluso, hace unos instantes el propio Rangel habló de que la corrupción en México era asfixiante.

—Con todo respeto, señor Sachs —repuso Tucson, calmado—, su opinión no ayuda a los propósitos de esta reunión. No me parece que sea constructiva. En efecto, yo afirmé que en México había mucha corrupción, pero nunca dije, y por supuesto no me atrevería a afirmarlo, que todos los mexicanos son corruptos.

¿qué aportaría esa visión, señor Sachs? ¿Que nosotros somos los buenos y los mexicanos son los villanos? Estoy seguro de que...

—Por favor, Rangel —lo atajó Crawford, mientras leía una nota que Sachs le acababa de entregar—. Le ruego que más adelante usted me fundamente la propuesta de ese oficial mexicano y le aseguro que la examinaré. Se lo prometo. Sin embargo, en cuanto a su propuesta de que Víctor Mayer debe de ser excluido de la operación, queda descartada. Mayer estará en su equipo. Ahora, señores, porque veo a Sachs que quiere hablar, debemos seguir examinando exclusivamente nuestros objetivos. En modo alguno quiero desanimarlos, señores, pero a mí esta reunión ya se me está haciendo larga. Abreviemos. Vamos a recesar unos quince minutos. Así estiramos las piernas.

Crawford hizo un aparte con Tucson.

—No quiero discutir en absoluto su parecer, Rangel —en sus palabras predominaba el buen ánimo—, pero quiero conocer su verdadera opinión sobre Mayer.

—Ninguna que sea relevante para tener que apartarlo, señor Crawford —miraba hacia Sachs que estaba de pie en el lado opuesto del despacho y a quien Tucson ya presentía como a un probable pariente del Ermitaño—. Mayer es un buen agente, pero es un perfecto cabrón.

—Bien, muy bien, Tucson —se expresaba en voz baja y puso la mano sobre el hombro de Rangel—, para mí es suficiente. Ahora vayamos por el café.

Tucson se sintió estimulado al escuchar en boca de Crawford su alias. En ese instante, ya no tenía duda de que las relaciones entre Crawford y Sachs eran turbias. En el intervalo, Tucson conversó sobre diversos temas con Crawford y también con el gélido Sachs, pero ninguno de los tres hombres rozó lo que momentos antes se había tratado en la junta. Por supuesto, Tucson proseguía con su memoria a cuestas, tratando de encontrar a Sachs en alguna página del pasado. Pero los minutos pasaron y todo resultó infructuoso: nada se revelaba en su cerebro. Crawford le dijo a Tucson que más adelante preparara la relación de los agentes que se debían solicitar de España y de los otros países latinoamericanos.

Y Crawford reanudó la reunión con unos papeles entre las manos.

—Tengo en mi poder unos informes recientes de la CIA. Son tres informes que, como podrán constatar, son escuetos y hasta mal redactados, en fin, son los típicos informes de fuentes secretas que deben ser protegidas. Así que les ruego que pongan de su parte buena imaginación. Yo los voy a leer tal y como llegaron a mis manos, incluso los voy a leer de un tirón. Ah, olvidaba decirles que esos informes tienen que ver con la ruidosa corrupción reinante en México. Yo los llamaría: *Memorándum acerca de la ruta de la corrupción gubernamental en México*. Aunque enseguida, después que se los lea, señores, volveremos a examinar nuestros objetivos de trabajo, que no son otros que los de llevar a cabo la operación «Leyenda» para buscar y atrapar, sean quienes sean, a los autores y cómplices del secuestro, tortura y asesinato de nuestro agente Camarena y el piloto Zavala. Como les dije, voy a leer los breves informes como si fuesen uno solo, y puede que no los lea completos.

Miguel de la Madrid Hurtado, de ahora en adelante MMH, *en campaña presidencial lanzó eslogan "Por Revolución Moral Sociedad"; al tomar posesión presidencia* MMH *inició cacería de brujas contra quienes fueron colaboradores presidente saliente José López Portillo: Díaz Serrano, exdirector Pemex, considerado primer chivo expiatorio de* MMH. *Luego Durazo Moreno. Sahagún Baca. París Duarte y otros funcionarios Pemex.* MMH *ordenó a* INTERPOL *apresar exjefe policía capitalina, general Durazo Moreno, de ahora en adelante El Negro, y entregar a* FBI *para extradición. Poco después, El Negro, en hospital de San Diego, hizo declaraciones bajo presión y sostenido consciente por razón de suministro dosis diaria un gramo de cocaína.*

Esas declaraciones giraron en torno al narcotráfico en México y alcanzaron al gobierno lamadridista, al propio presidente MMH *y a elementos de su familia, éstos ahora calificados como peligrosos narcotraficantes: Eduardo, primo de* MMH, *importante narco del estado Colima, quien relacionase directamente con capos narcotráfico.* MMH *ordenó a su procurador general República, Ramírez García, destacado por su apática política contra crimen organizado, inmediata investigación para demostrar ante mundo entero honestidad familia* MMH. *Tiempo después esa Procuraduría General República exoneró cargos contra Edmundo, acusando a Casa Blanca haber hecho esas impugnaciones para lesionar prestigio figura presidencial* MMH. *Federico, hijo de* MMH, *típico ejemplo del Junior poderoso y de escasos escrúpulos, fuertemente asociado con el hijo del general Araos Quesada, Secretario de Defensa*

Nacional, general que se acusa mediante pruebas que posee CIA, *de proteger actividades ilícitas cártel Guadalajara fundado por Aristarco.*

MMH *pagó precio elevado por haber ordenado a director* INTERPOL, *Ventura, capturar a El Negro y entregarlo al* FBI *para posterior extradición. Ese fue gran error* MMH. *Abrió caja pandora. En 1984* MMH *hizo diversas transacciones financieras que remontaron cifra catorce millones dólares, repito, cifra catorce millones dólares. Esas cantidades fueron depositadas en bancos suizos por propio* MMH. *Varios agentes* CIA *aseveran* MMH *recibió durante 1983 ciento sesenta y dos millones dólares, repito, ciento sesenta y dos millones de dólares, cuya cantidad nada tenía que ver con su fortuna familiar.*

MMH *fue presionado por Casa Blanca para perseguir y apresar siguientes capos narcotráfico Guadalajara: Aristarco, Celso, don Fonse y Matías. Debido sobornos recibidos,* MMH, *actual director del Fondo de Cultura Económica, cuyos nexos fundacionales ese Fondo pasan a través Opus Dei, no hizo absolutamente nada, repito,* MMH *no hizo absolutamente nada respecto capturar y procesar a esos capos de capos del narcotráfico. Debido a su tardía e inexistente acción contra esos barones del narcotráfico,* MMH *provocó secuestro y asesinato del agente DEA, Enrique Camarena Salazar y consiguientes fricciones entre gobiernos México y Estados Unidos.*

—Señores, pudiera seguir leyendo —Crawford se echó hacia atrás en la silla giratoria—, pero creo que por ahora es suficiente. Les doy la palabra.

Al escuchar la lectura de Crawford, en la memoria de Tucson se afincó de modo relampagueante el nombre del general Araos Quesada. Ahora reconocía y veía con absoluta claridad el rostro de Sachs cuando una tarde estaba sentado con el Secretario de la Defensa Nacional de México. Ambos comían en el reservado de un restaurante ubicado en la Colonia Polanco de Ciudad México. Tucson recordaba que él no había entrado en ese reservado. Se había quedado afuera para esperar el regreso del comandante Guillermo Calderoni. En el vestíbulo que antecedía a ese reservado estaba apostada la escolta del general. Tucson se encontraba en el lugar debido a razones de trabajo. Había sostenido una conversación con Calderoni. Cuando ya se despedían, el comandante saludó a un individuo que vino a su encuentro y le dijo que el general Quesada quería verlo unos instantes en un reservado que se encontraba en el ala opuesta del establecimiento. Calderoni se volteó y le dijo a Tucson: «Acompáñame, Rangel, voy a saludar al general Quesada, ya sabes, cuando el Jefe del Ejército te llama, pos ni modo, hay que presentarse. ¿Quieres ir conmigo y así te lo presento?» «No, Calderoni, gracias, te espero afuera», repuso Tucson.

«¿Qué platicaba Sachs con Quesada? Ahora recuerdo que en el reservado, gracias a la puerta entreabierta, pude ver que Sachs tenía una servilleta sobre el pecho que parecía un babero, reía y platicaba con el general como lo hacen los cuates que se conocen bien. ¿Trataría Sachs asuntos de la DEA y del narcotráfico con el general? Casi seguro. ¿Sachs será un hombre de la CIA? ¡Carajo! ¡Lo que me faltaba! ¡Desde Virginia monitorean a un gordito que va a controlar delante de mis narices el desarrollo de la operación «Leyenda»! Seguro. Me espera un camino lleno de sorpresas.»

Meditó Tucson.

—A mí me parece, Crawford —Sachs se manifestaba frío y distante—, que a esos garabatos llamados informes secretos fueron hechos por un periodista en la terraza de su casa, tomándose un whisky y fumándose un habano. ¡Por favor! Definitivamente, yo pienso que todo eso es una tomadura de pelo.

«¡Vaya, qué original!», pensó Tucson al escuchar a Sachs. «Seguramente tiene luz verde para criticar a la CIA.»

—¿Rangel, qué opinas, por favor? —preguntó Crawford.

—Jefe —tuvo que llamarse a la serenidad—, yo también creo que son pura morralla. De todas formas, aunque esas informaciones den la impresión de ser falsa moneda, por decirlo de algún modo, no dejan de alertarnos de que la corrupción en los niveles más altos de México es como una especie de torbellino que arrastra todo a su paso. No sé, así lo veo al divisar tanta pudrición. En realidad, señor Crawford, estoy impaciente por dar inicio a la operación «Leyenda».

—No coincido totalmente contigo, Sachs —dijo Crawford, a quien se le veía en el semblante las ganas de avanzar en la reunión—. Sin embargo, comparto la opinión de Rangel. Aunque a nosotros nos parezca que esas son informaciones salidas de novelas policíacas y espionaje, tienen el mérito de decirnos que en México las cosas van mal y que nos espera un duro trabajo por delante. Resumiendo, señores, ¿estamos de acuerdo en configurar el equipo que propuso Rangel? Por cierto, Rangel, ¿cuál es el número total de agentes que se integrarían al equipo?

—Entre oficiales operativos, de información, de análisis y auxiliares, no menos de veinte, señor Crawford.

—¿Te parece bien, Sachs? —indagó el jefe.

—Sí, aunque creo que la cifra es algo exagerada —respondió Sachs.

—Puede que esté algo cargada, Sachs —replicó Tucson—. No lo niego, pero creo que la memoria de Camarena lo merece.

—¡Hombre, Rangel, para mí está bien! —ahora Sachs, por vez primera, mostraba una media sonrisa—. Estaba pensando en voz alta, por favor. Sí, definitivamente ese total de agentes es razonable. Por cierto, ¿dónde va a radicar la jefatura de la operación?

—Señores —Crawford empujaba las manecillas del reloj—, creo que sobre ese particular y otros que deben ser definidos, que no son pocos, luego ustedes se ponen de acuerdo y me hacen las propuestas. De todas maneras, esa jefatura pudiera establecerse en Los Angeles. Las mejores comunicaciones están en California.

Crawford se levantó, actuaba con sobrada determinación. Al parecer, la comprobación por sí mismo de las cualidades de Tucson lo tenía complacido. Cuando el agente se despedía de Crawford y Sachs en el vestíbulo, entró una llamada telefónica desde México. Era de Plinio. La secretaria de Crawford pasó la llamada a Tucson.

—Rangel, tengo malas noticias —la voz del amigo tenía el tono de los malos presagios.

—¡Qué!

—Acabo de hablar con los padres de Naida, dicen que ella nunca llegó a Texas ni a Mazatlán.

—Pero si ella viajó ayer y bien temprano.

—Precisamente. Oye, lamento tener que decírtelo. Los padres de Naida recibieron una llamada telefónica de sus familiares de Texas. Les dijeron que Naida había sido secuestrada y que muy pronto harían saber la cantidad de dinero que pedirían por ella.

—¡Cómo! ¡Por Dios! ¡De qué secuestro estamos hablando! ¡Qué dinero ni qué cuentos, Plinio! ¡Por favor!

Se sentía desorientado, esa noticia le parecía absurda. No atinaba a seguir el hilo de lo que Plinio trataba de explicarle. Sin apartar el auricular del oído, se diría que el agente no escuchaba nada. De inmediato se puso a pensar que en Arizona había notado a Naida algo cambiada, distinta. «¿La estarían siguiendo y no quiso preocuparme? ¿Ella tendría antecedentes que no quiso decirme?» pensaba. «¿Esto será obra de mis malditos enemigos? ¡Casi seguro!»

Cuando escucharon en boca de Tucson los vocablos *secuestro* y *dinero*, de inmediato Crawford y Sachs se percataron de que al agente le sucedía algo especial. También el rostro de Tucson decía por sí mismo muchas cosas. Daba la impresión de que a través de esa llamada telefónica proveniente de México le habían lanzado un manojo de cuchillos.

—Plinio, te llamo dentro de un rato.

Y Tucson colgó el auricular.

En gesto solidario, Crawford y Sachs se acercaron al agente e indagaban con él acerca de lo ocurrido. Mientras tanto, y sin importarle que sus jefes intercambiaran impresiones e hicieran hipótesis sobre lo sucedido, y sin importarle incluso que Crawford ordenara tener cuanto antes comunicación con el FBI de Texas, Tucson sólo pensaba en que ese secuestro era una acción de sus enemigos.

«¿Naida secuestrada? ¡Carajo! ¡Tienen que ser ellos! ¡Ni ella ni su familia tienen dinero!», rumiaba.

XI. Manzanas de oro

—No soporto la pobreza, Darío, no soporto vivir sin dinero, yo atravesaría sin pestañar el umbral del suicidio, no sé, por eso atendí a mi padre cuando ya estaba moribundo, fíjate, en la cabecera de su cama yo era como una virgen empotrada en un pedazo de mármol, y de ahí nada ni nadie podía moverme, y muy atenta al testamento, por supuesto, y sin bajar la guardia, y luego me puse a torear a mis dos hermanos, a esos necios grandulones que se creen más listos que yo, ¡faltaría más!, porque yo no soportaría ser pobre, Darío, ¡Dios mío, sólo de pensarlo se me retuerce el estómago!

Esas fueron las palabras que le dijo Ulricke Blau a Darío meses después de que ambos se conocieran en Italia, durante un recorrido turístico que los dos realizaron por el Palacio de los Oficios de Florencia, donde disfrutaron los cuadros de Botticelli, el pintor renacentista predilecto de Ulricke, la joven que estudiaba diseño de moda en Venecia.

Para Darío, las palabras de la muchacha acerca de la pobreza y el dinero fueron decisivas. Ulricke vivió convencida durante mucho tiempo de que sus primeros encuentros con el joven mexicano habían sido espontáneos y tejidos por el azar, como suele sucederle al común denominador de la gente. Sin embargo, ese arranque inicial en sus relaciones, había sido cuidadosamente hilvanado por Darío y quienes le habían orientado dar esos primeros pasos.

Sin ella conocer pormenores, Ulricke era nieta de Holger Blau, uno de los alemanes que trabajó muy cerca de Adolf Eichmann, jefe nazi que envió más de seis millones de judíos a la muerte. Pero Holger Blau no se refugió en Argentina para esconderse de la venganza sionista como hicieron en sigilosa estampida sus correligionarios más comprometidos, sino que se estableció en compañía de su familia en Medellín, Colombia. Si bien después del mes de mayo de 1960, Blau decidió no salir jamás de su casa, esa fue la fecha en que el MOSSAD, mediante operación relámpago, secuestró en Argentina a Adolf Eichmann y lo llevó a Israel, donde fue juzgado por sus crímenes en el holocausto judío.

La bella Ulricke, la muchacha de extracción burguesa que residía en Bogotá desde los cuatro años de edad, hija de

Frederich Blau, el padre alemán ya fenecido, y de Aurora Restrepo, la madre antioqueña, viajó a Italia a los veintiún años para estudiar diseño de moda bajo la égida de una casa de moda veneciana vinculada al emporio Benetton. A juicio de Darío, la joven era una de las personas que en un preliminar estudio —entre otras que a lo sumo podían contarse con los dedos de una mano—, tenía las mejores posibilidades de poder acercarse a la esposa de un singular traidor que llevaba extraviado varios meses y que presumiblemente se hallaba escondido en las serranías de Colombia y a quien Darío debía de encontrar a cualquier costo.

Pero había un dato, como otros, que Ulricke desconocía y astutamente Darío supo manipular. Benesere, la cadena colombiana de farmacias que era propiedad de la familia de Ulricke, enfrentaba dificultades económicas en el momento en que el novato reclutador se acercó a la joven de ascendencia alemana para su captación y consiguiente reclutamiento. El clan familiar de los Blau Restrepo en ese instante batallaba fuertemente para sacar a su empresa de la crisis. El viejo estigma que a intervalos revoloteaba como un espectro sobre los Blau —eso pensaba Aurora, la madre de Ulricke—, siempre retornaba como un azote sobre la célula familiar. *La maldición de los Blau,* le llamaba Aurora, quien ya comenzaba a sentir los trastornos de su avanzada edad. En la década de los años cincuenta del siglo XX, por ejemplo, el padre de Ulricke, investigador médico, de repente se vio envuelto en un sonado escándalo que tenía que ver con un fármaco que se usaba en el tratamiento de la depresión femenina en los primeros meses del embarazo y que había provocado serias malformaciones en el crecimiento de los niños. Frederich no había ido a la cárcel, pero tuvo que retirarse deshonrosamente de sus habituales investigaciones como hombre de ciencia y sólo pudo dedicarse a la actividad comercial farmacéutica.

Mas el vínculo que había reforzado la captación de la joven —avivada por la obsesiva necesidad que ella manifestaba en cuanto al dinero— había sido sin duda la relación íntima surgida entre los dos jóvenes. La dulzura de Ulricke embobecía y alarmaba a Darío, a pesar de que el juarense desde los inicios de la relación le había asegurado a ella que no creía en el matrimonio. Pero Ulricke hacia caso omiso de esa advertencia. Tal vez estaba persuadida de que el amor, auxiliado por las peripecias de otros imponderables, era capaz de vencer todos los obstáculos. Darío sentía que los mimos de la muchacha desbordaban todas sus expectativas e inevitablemente lo llevaban de la mano a la más severa desorientación.

«Los ojos que pintó Botticelli en las mujeres de sus cuadros son tristes, porque de principio a fin el genial artista quería más que todo ser una bella muchacha y eso seguramente lo hacía llorar por dentro, pero los de Ulricke sí son alegres, bueno, yo diría que hasta pudieran ser, para mi desagrado, por cierto, es una emoción que tengo perdida, radiantes», pensaba Darío, sin menoscabo de su cinismo, aunque esta vez lo caviló indeciso, titubeante, quizás para defenderse ante la inagotable pasión que la muchacha le profesaba. Incluso, pensando en la época de la Alemania nazi —que se estacionó en su memoria cuando tuvo que examinar los antecedentes familiares de Ulricke—, hubo noches en que Darío morbosamente tenía deseos de amarrar a la joven diseñadora de pies y manos para azotarla mientras rememoraba una película italiana, *Portero de noche*, que él había visto en Londres y no podía olvidar.

«El placer del sexo se transformó en tiránica adicción retorcida, y, siendo hermano legítimo de cualquier cultura, se fue por encima de cualquier ideología», pensaba, al recordar el contenido de la película, donde de modo especial una mujer decidía ser una vez más y para siempre la esclava del oficial nazi aunque ya no existiesen los campos de concentración; «por eso la enfermiza sincronización del sadismo con el masoquismo supo al final predominar entre el alma de la protagonista polaca y la del oficial nazi que había sido su verdugo.»

De ahí que, sin poderlo evitar y a intervalos, Darío le preguntara de manera agresiva: «Ulricke, ¿tú piensas que yo soy un cobarde? ¿Un enano? ¿Un hombre débil? ¿Un hombre pobre? ¿Un inmoral? ¿Un esclavo tuyo? ¡Dime!» Todo eso lo imaginaba Darío, pero no se atrevía a llevarlo a cabo. Si bien un buen día, se apartó del terreno de tales fantasías y decidió sugerírselo a Ulricke, y se lo anunció al oído, mientras buscaba y ya sentía en el acto sexual la llegada de sus sorprendentes espasmos.

—¡Haz lo que quieras, Darío! —exclamó decidida.

Darío vio de nuevo el largo puente envuelto en la temprana neblina y observó la alargada imagen del lujoso carro alemán, que sólo podía ser usado por la alta oficialidad nazi, ahora, a la distancia de tantos años, cuando el joven todavía no existía; caminaba junto al carro que avanzaba despacio, iba delante y Ulricke lo seguía, dócil, aparentemente derrotada, sin importarle qué haría él con ella, si en lugar de las manzanas de oro dejadas caer sobre el camino para engañarla, también la arroparía con otros nuevos engaños y otras torturas. Especulaba Darío, extraviado.

Y el juarense se lanzó a los brazos del atrevimiento.

Al principio los fustazos eran inofensivos, pero arrastrado por las exigencias de Ulricke, Darío hizo del bello cuerpo de la hermosa joven un definitivo escenario de guerra: deseado, maltrecho. Y entre los azotes que caían con la fuerza de la lluvia sobre la muchacha, Darío preguntó en voz alta lo que siempre puntualmente había imaginado demandar, y hasta le espetó nuevos reproches, mientras ella respondía que no y suplicaba entre gemidos: «¡No, no te lo he dicho, Darío, por favor, ni jamás lo he pensado!»

Y Ulricke, ante la descabellada sorpresa de su improvisado verdugo, se escondía y se ahogaba en un torrente de interminables convulsiones. Con pocas variaciones, era como si Darío, transformado en un antiguo sacerdote eunuco, condujera a los fieles a ritos orgiásticos acompañados de los gritos de Ulricke, que no demoraban en remontar los espacios y los mutuos sentidos, como si ella entre acotaciones provocativas y lloros, llamase a la frenética modulación de clavicémbalos y trompetas.

Darío, en compañía de Patxi, caminaba por una calle céntrica de Bogotá. Poco después de cruzar una esquina, ya divisaba el frente de la boutique de Ulricke que engalanaba el nombre de Cibeles en tipografía gótica sobre el arco de la puerta. La boutique se hallaba ubicada en una barriada pudiente de la capital colombiana.

El establecimiento comercial, especializado en ropa femenina de alta costura, era frecuentado por las damas encumbradas de la sociedad de Bogotá. De modo especial, era visitada por las esposas de funcionarios gubernamentales y autoridades del mundo financiero de la capital. La boutique era una blanca edificación de tres pisos con tejado rojo; el primero y el segundo piso estaban destinados a la exposición de la mercadería.

Un entrepiso que se encontraba entre la segunda y la tercera planta servía de oficina de trabajo para Ulricke. La acogedora vivienda se hallaba en la tercera planta y su amplio dormitorio daba a la calle. En estos momentos la muchacha entreabrió las persianas venecianas y pudo advertir cómo Darío caminaba hacia la entrada de la boutique. Un hombre de baja estatura, Patxi, que Ulricke conocía, iba detrás desplazándose como una sombra protectora. El guardaespaldas cruzó la calle y desapareció ante la mirada de la joven. Ulricke, entre tanto, bajaba a la planta baja mientras sentía que su pecho se agitaba y sabía otra vez, sin poder explicarse exactamente el porqué, comenzaban a temblarle las piernas.

«Siempre te sucede lo mismo, Atalanta, cuando ves llegar a Hipómenes tiemblas que das pena y hasta se te humedece, deberías avergonzarte, maldita, pero a pesar de todo yo sé que sentirte así es una de las cosas que más te gusta.»

Pensó ella con regocijo y cierto resentimiento. Erguida y con los hombros en alto se miró de costado en el espejo y repasó con las manos abiertas su atractivo talle. «Te voy a recibir con este vestido color malva que es tu preferido, Hipómenes, y podrás apreciar que todavía tu Atalanta no tiene barriga, y tendrás que escuchar mis razones, por supuesto, y sabrás comprenderme», se dijo al tiempo que abría la puerta.

—Creo que estás más bella que la vez anterior, Atalanta —la contemplaba y sonreía sin moverse del umbral de la puerta—. ¿Acaso fuiste amamantada de nuevo por una osa corpulenta?

—¡Entra, por favor! —haló por un brazo a Darío, cerró la puerta de un tirón y se echó en sus brazos—. ¡Ay, cuánto te amo! ¡Te voy a comer! ¡Dios mío, cuántos deseos tenía de verte!

De una reacción inicial, muy activa y sin mesura, Ulricke, entre abrazos y besos muy suyos, pasó poco a poco a la calma. Sobre todo cuando sus manos tropezaron con la pistola que Darío llevaba bajo el brazo izquierdo. Se había olvidado de que su Hipómenes, que para ella era un oficial de la CIA que cumplía una importante misión secreta, siempre llevaba encima un arma de fuego. Arrastrada por un raro impulso que en los últimos tiempos se le presentaba con frecuencia, la muchacha se distanció momentáneamente del placer que le había producido el reencuentro con Darío.

En su mente reaparecía la misma realidad, secreta e insegura, que ella de manera consciente apartaba y jamás quería enfrentar: la imposibilidad de llevar con Darío una vida normal y, su mayor temor, que cualquier inesperado acontecimiento la obligara a perder a su Hipómenes para siempre. Ella misma extrajo el arma que conocía de memoria. Era una pistola Colt Goverment Super Calibre 38", ligera, fuerte, niquelada y con empuñadura de oro. En una de sus cachas poseía en bajorrelieve el sol azteca y en la otra la imagen de la virgen de Guadalupe. Darío, encariñado con esa arma, la había bautizado con el mote de La Lupita. «¿Quién te regaló esa virgencita asesina?» le preguntó ella en una ocasión.

Darío le explicó que se la había obsequiado una mexicana que mucho lo quería y a quien él le tenía aprecio. Si bien más adelante le aclaró que ni La Lupita ni él eran los verdaderos asesinos, sino los proyectiles que llevaba en los cargadores. «¿Las balas son las asesinas?», comentó Ulricke, con sorna. Pero a partir de ese instante, el joven no hizo más aclaraciones. Y ella aprendió con el paso del tiempo a eludir el tema de la pistola. De modo particular, Ulricke sentía rechazo por las armas de fuego, aunque no dejaba de reconocer que La Lupita era una impresionante obra de arte, aunque paradójicamente Ulricke sentía por esa arma al mismo tiempo admiración y desasosiego a la hora de verla y tenerla cerca. A la sazón, después de repasarla con la vista una vez más, la puso sobre la mesa de centro y prosiguió mimosa abrazada a Darío.

Los brazos del juarense estaban tensos, eso sintió ella de repente, y ante esa evidente exaltación, ya Ulricke imaginaba lo que muy pronto iba a encimársele. Sabía que de ahora en adelante ella sería el centro de la tormenta que el arrebato de Darío era capaz de orquestar y capitanear en cuestión de segundos. En efecto, llevó a Ulricke hacia la proximidad de una vieja máquina Singer que estaba ubicada a un costado de la entrada de la boutique. La llevó despacio. La tenía agarrada por la nuca, cual si llevase una gata y la empujó con cierta brusquedad sobre el lomo de la Singer que semejaba un negro corcel en miniatura. La cabeza de Ulricke se apoyó sin remedio sobre el espinazo de la máquina de coser y ella sintió en el rostro la frialdad de la barra de hierro.

—¡No me mires, Ulricke! —clamó—. ¡Mantente así!

Ella quiso hablar, moverse un poco, como para no perder la sintonía en el juego, en ese delicioso juego que a ella ya se le hacía habitual y que en esta ocasión había demorado semanas en llegar y repetirse; no quería perder la distancia hacia el equilibrio, ni la proximidad de que en el descuido se hiciese quemante ese placentero retozo mutuamente acordado, que siempre debería acoplar con una maniobra que al final se estrenaría única y novedosa. *Impar y placentera,* era la insistencia de Darío en cuanto a esa estratagema, porque según decía, tenía la certidumbre de que cuando dos amantes no se veían y no hacían el amor porque había mediado, entre esos dos que tanto se deseaban al llegar el reencuentro la falta o la larga

148

ausencia de contacto físico enfriaba sin remedio cualquier intento, cualquier regodeo. Con tal presupuesto, Darío, que le llevaba ocho años a Ulricke, la incitaba a que ellos tomaran los caminos del extrañamiento y hacer del acto sexual una aventura, como si se tratase de algo nuevo, por vez primera experimentado.

—¡No te muevas, Ulricke! —ordenó, con la respiración entrecortada.

Ella sintió que su Hipómenes con los dedos le introducía algo en el sexo y comenzó a escuchar su alterada voz que demandaba:

—¿Cómo me la pondrás, Atalanta? ¿Cómo me la pondrás? ¿Cómo la de una gacela o la de una yegua?

—Como tú la...

—¿Acaso te pedí que hablaras? —hundía con suavidad los dedos, como si en ese momento quisiese amasar algo delicado.

—No...

Ulricke en ese instante quería imitar la inmovilidad de la roca. Al poco rato sintió sobre su piel unas tijeras que venían trepando despacio por su espalda, que tenían que haber iniciado el trayecto más abajo, pensó ella sin saber por qué en ese instante había pensado tamaña nimiedad; y las tijeras iban cortando la tela que encontraba a su paso, luego del lento corte, el tejido caía hacia los costados y la desnudez de la muchacha se estrenaba exuberante ante la mirada del improvisado alfayate. Las manos de Hipómenes acariciaban despacio el cuerpo de su Atalanta, como si esas manos fuesen o quisiesen imitar la suave brisa que roza y enamora los plisados de las aguas de un lago.

Poco después ella volvió a escuchar que su Hipómenes con las manos revolvía algo y, amedrentada, miró de reojo hacia el lugar donde reposaba La Lupita y comprobó con alivio que la lujosa arma que tanto la impresionaba permanecía en el mismo sitio. «No sería la primera vez que la utiliza», pensó ella. «Sabe que me aterra.»

—Dímelo ahora, Atalanta —volvió a introducirle los dedos en el sexo y mientras los movía despacio, hablaba—. ¿Cómo me vas a ofrecer tu vulva? ¿Cómo la de una gacela o la de una yegua? ¡Dime!

—Como la prefie... mi amor... la que tú... ¡cuánto deseaba toda esta...!

No podía terminar ninguna frase. El placer la tironeaba hacia sus adentros. Pero además del incontrolable goce, Ulricke no podía concluir las frases no porque él estuviese haciendo cosas indebidas, no, al contrario, Darío, eso pensaba ella, hacía en ese momento lo que hacen los hombres y, sobre todo, un hombre como él; se trataba de algo inconfesable, ella lo sabía, que saltaba cual chispa indomable, amenazante, era la misma preocupación que ahora le impedía a Ulricke disfrutar a sus anchas el acto sexual, era el mismo desvelo que asaltó su mente cuando el día anterior había recibido la llamada telefónica desde Medellín, incluso, en este momento, cuando sentía que su sexo estaba bien ensartado y abocado a la deliciosa catástrofe, esa inquietud no le daba reposo. El hecho de que Ulricke aún no hubiese dado cumplimiento a una urgente gestión para localizar al traidor, que a todas luces sería injustificable ante Darío, era su verdadera angustia, una angustia que no sabía cómo controlar y le impedía poder comunicarla de forma natural y espontánea a su Hipómenes, a su terco y desconfiado verdugo, quien siempre hacía con ella lo que se le antojaba.

De todas formas, Ulricke ya nada podía hacer, ni siquiera con sus propias intranquilidades que ya se les escapaban y ni ella misma sabía adónde se iban o habían ido a parar, y ahora no podía hacer otra cosa que rendirse ante la desproporción de Darío, que para la muchacha era demasiado arrasadora; esa invariable discrepancia que poseía su Hipómenes con la normalidad, eso creía, y que a Atalanta la rendía y le vencía todas sus resistencias mentales, una a una, o todas de golpe, hasta que quedaba totalmente consumida.

Ella quedó de bruces por largos minutos sobre la alfombra que yacía junto a la vieja Singer. Luego decidieron tomar un baño. Y después del aseo, Ulricke se dio a la faena de servir la cena.

—¿No va a venir Patxi? —preguntó ella, entre tanto servía la comida.

—Más tarde.

—¿Él no va a comer aquí?

—Patxi sabe lo que tiene que hacer, no te preocupes.

—Hubiera deseado, mi amor, darte otra noticia —servía lascas del pavo relleno que había preparado con esmero desde bien temprano y que lucía espectacular en el centro de la mesa; sin embargo, debido a las preocupaciones que no la abandonaban ahora ella juzgaba que ese pavo tenía un aspecto detestable—. Mandé el recado a quien sabes, pero todavía no he recibido respuesta.

—¿Entonces?

—He sido perezosa, mi amor, no puedo negarlo —trataba de imprimirle naturalidad a las palabras, pero la cara de Darío que ahora se trasformaba en una rígida máscara, no la socorría—. ¿Todavía estarán en el mismo sitio? Creo que lo más práctico es que yo viaje y la visite. ¿No te parece?

—¿Llamaste a la esposa del contable como acordamos?

—Sí —mentía, y sentía que la voz se le achicaba—, pero... te prometo, mi amor, que dentro de una semana voy a tener una respuesta.

—¿Llamaste o no a la esposa del contable para que llevase el mensaje escrito?

—No, mi amor —decidió decir la verdad—. Lo mandé con Urbano, el joyero.

Se hizo un largo silencio. Ulricke pensaba que Darío reaccionaría de manera violenta, como solía hacer cuando algo no se hacía como lo había indicado. Pero el silencio siguió flotando en el ambiente.

—¿Cuándo? —preguntó Darío.

—Hace veinte días.

—¿Por qué con el joyero? —había dejado de comer y tenía la vista clavada sobre el mantel de la mesa. Ahora repasaba con los dedos los tejidos de la tela.

—Pensé que sería más rápido, mi amor, pero me equivoqué. De todas formas, la mujer del contable no me llamó.

—¿Y tú no la llamaste? Si mal no recuerdo, era lo que tenías que hacer.

—No, mi amor, perdóname.

—¿Por qué tienes esa tendencia a la improvisación, Ulricke? Tienes que eliminar esos prontos que llegan y te arrebatan. En otras palabras, actuar intempestivamente sin mirar atrás. De repente, por pura emoción, abandonas la ruta que te lleva a la cima de la montaña y agarras por un atajo. Mucha veces, Ulricke, no sé, el atajo se vuelve el camino más largo. Por ejemplo, enviar ese mensaje con el contable también significaba contactar con un tipo que trabaja cerca de un capo importante del narcotráfico. Incluso la esposa del contador conoce a la mujer de ese tipo. ¿Te das cuenta cuánto podemos atrasarnos? Urbano sólo puede llevar el mensaje y nada más.

Cuando escuchó las palabras de Darío, la muchacha sintió que los fustazos recibidos en su cuerpo ardían bajo su piel, eso creía, debido al estado de ansiedad que la asediaba, incluso tenía la impresión de que también las piernas le trepidaban, y no precisamente por la presencia de Darío, sino por su gran descuido, por haber errado en el trabajo que él le había encomendado. «Espero que esa tenacidad alemana que llevas por dentro, Atalanta, te haga hacer bien las cosas. No pierdas de vista a esa austriaca. Ahora o nunca», le había dicho Darío seis semanas atrás, antes de partir.

«Soy una estúpida», se reprochaba con encono al recordar la clara orientación de Darío y de cómo ella la había apartado. «Y todo por hacerle caso y dejarme llevar por mi estúpida intuición. Pero es imperdonable que se haya olvidado llamar a la esposa del contable. ¿Cómo pudo sucederme, Dios mío?

Todo lo que ella tenía en su lujosa boutique se lo debía a Darío. Eso pensaba Ulricke y sabía que ese pensamiento se agitaba en su mente como un punzante reproche. Cibeles no se debía al esfuerzo y a la generosidad de su familia como muchos suponían en Bogotá; era cierto que la propiedad del terreno pertenecía a sus padres, pero sin los recursos financieros que Darío había puesto a su disposición, ese bien inmueble hubiese sido inservible a los fines de establecer la boutique.

¿Acaso sería que ella emocionalmente se había complicado más allá de lo aconsejable? ¿Incluso sin tener en cuenta las consideraciones hechas en tal sentido por el propio Darío? Porque Darío siempre le expresaba, como invariable alerta, que el amor que había surgido entre ellos era apasionado, sin duda, *original*, subrayaba, pero que no podría durar para siempre, ya que directa o indirectamente él había matado a muchas personas. Eso le confesó, de modo frío y calmado, con los ojos entrecerrados, como si ese recuerdo le tumbara los párpados, como el hombre que hacía un pesado estado de cuenta ante sí mismo. Por supuesto, en esa justificación Darío mentía y fingía.

Cambió los escenarios del narcotráfico por los avatares de la aciaga operación Cóndor que había organizado y dirigido la CIA durante los años setenta del siglo XX. «Para mí, Ulricke, por ejemplo, hubiese sido mejor haber estado en la guerra de Vietnam y allí haber eliminado muchos vietcong de frente, en el fragor de los combates, y no matar a los hombres aunque fuesen asquerosos comunistas a través de la tortura y luego lanzarlos en un pozo profundo. En términos psicológicos, Ulricke, para mí hubiese sido mucho mejor. Al menos en Vietnam cuando algún soldado se volvía loco, le daban la baja», decía en cerrado monólogo, sin mirarle el semblante, como si estuviese llevando a cabo una audición de prueba para un papel dramático, faltándole tan solo meter la cabeza entre las manos y gemir, como hacen los hombres cuando infernales recuerdos le descabezan la serenidad. «No te dejes llevar por mi apariencia, Atalanta, nadie jamás podrá imaginar cuantas tragedias he vivido debido a mi trabajo. Lo único que me salva, Ulricke, es que yo no soporto ver la sangre. Por suerte. Siempre trato de evitarla. Eso es lo que me salva.»

Fue una retahíla de datos falsos que tuvo que asimilar Ulricke de parte de *su hombre* (así lo calificaba), sobreexcitada, sin duda. En esa historia de Darío no había quedado fuera ni siquiera el padre, don Esteban. En el fondo de toda esa cadena de embustes, el juarense quizás quiso tener a su favor algunas verdades, atendiendo sobre todo a la enfermiza repulsa que lo invadía al ver correr la sangre de cualquier persona. También rozaba la verdad a la hora de predecir cuánto tiempo duraría su relación amorosa, dado que él se le había acercado para cumplir una secreta misión que sólo él controlaba en todos sus términos. En fin, le había dicho a la muchacha que ese desertor había sido un hombre de la CIA que debía ser llevado a los tribunales para ser juzgado por sus actividades como narcotraficante internacional.

A secas, ese simplista perfil de un traidor era el único dato que ella poseía. También Ulricke conocía que la esposa de ese desertor era una europea que había sido su antigua compañera en los estudios de diseño que había realizado en Venecia. A quien, por demás, no veía desde la culminación de esos estudios. Ulricke, por supuesto, desconocía el curioso sarcasmo de que ella, nieta de un oficial nazi que colaboró con denuedo en el holocausto de los judíos, ahora, en los años ochenta del siglo XX auxiliaba como una *sayanim* —una consagrada colaboradora sionista—, a fin de poder localizar a un *katsa* desertor del MOSSAD para que fuera ajusticiado. Desconocía también que Darío escondía detrás de su inteligente y atractiva personalidad un redomado cinismo.

Ulricke se percataba de que mientras sus pensamientos se hallaban a la deriva o caían desde la montaña alpina más alta, Darío, sin embargo, permanecía estático delante de la mesa del comedor, donde yacía el ajiaco santafereño junto a un vistoso pavo relleno preparado por la mortificada anfitriona, quien, a su juicio, veía infames los platos preferidos de Darío. «Darío no se mueve, ni dice nada, parece una estatua; sólo falta que se levante y me abofetee, bueno, tendría mucha razón si lo hace», concluyó.

El juarense se puso en pie, extrajo un cigarro y lo encendió. La muchacha observó como él manipulaba el encendedor de plata que ella le había obsequiado en su último cumpleaños. Darío se desplazó hacia la ventana, abrió la persiana veneciana y miró hacia la calle. Ulricke no dejaba de contemplarlo como una estúpida, eso pensaba, y sin saberlo, aún mantenía sus brazos encartonados en el aire como si estuviesen afianzados en un punto del espacio, como la bailarina que está a punto de hacer una pirueta. No se percataba de la rara figura catatónica que mostraba en ese instante y que parecía poseerla, como una fija abstracción de hospicio siquiátrico; de súbito, cuando su vista tropezó con un espejo y pudo ver su lastimosa figura, dejó caer los brazos, dio unos pasos y se sentó en una silla. «¿Por qué ahora me invaden esos locos deseos de que Darío me azote? ¡Dios mío! Me estoy enfermando. Son cosas de mi pasado, sin duda», pensó, excitada y temerosa de sus propias ideas. Contemplaba a Darío y veía que su perfil se mantenía inmóvil; seguía mirando hacia las calles largas, adormecidas, que trazaban el centro del valle. Darío se giró y se encaminó hacia donde estaba Ulricke. Se sentó frente a ella, y aplastó la colilla del cigarro en un cenicero de cristal que él mismo le había traído a su Atalanta desde Moravia de regalo.

—¿Crees que ese gringo y su mujer estén todavía en ese desfiladero de la costa del Pacífico o ya se habrán mudado para otro sitio? —preguntó, sin mirarla.

—No sabría decirte —aún quería que la tierra se la tragara, pero por la pregunta pudo deducir que él deseaba desenredar la crispante situación—. Fue un descuido imperdonable de mi parte, mi amor. Te prometo que pase lo que pase, no volveré a tomar una decisión precipitada. Te lo prometo en nombre de...

Trémula de pies a cabeza, como una vela recogida en la tormenta, Ulricke comenzó a llorar, primero de forma contenida, luego deshecha.

—Ven —la agarró por los brazos y la sentó sobre sus piernas, luego sacó su pañuelo y le secó las lágrimas mientras la acariciaba—. Debemos aprender la lección, Atalanta. Tienes muy poco de alemana y mucho de colombiana. Esa es la pura verdad. Sabes, pensándolo bien, tú a mí me gustas más de colombiana que de alemana. Seguro. Las alemanas deben de cometer un gran error, no sé, cada cinco años. Y la colombiana debe realizar cinco por año, ¿no? Entonces, Atalanta, todavía te quedan cuatro, ¿o me equivoco?

Ulricke abrazó a Darío y ahora lo besaba como una niña; reía, tranquila, naturalmente, pero entre sollozos. Comprobaba una vez más que su Hipómenes, que a veces la abofeteaba fuerte, eso era cierto, era un hombre perspicaz y la quería. Darío tuvo que taparle la boca y la nariz con la mano para que ella regresara a la normalidad. Y tuvo que hacerlo en varias ocasiones, hasta que la vio calmada.

—¿Quieres que yo vaya tras ella, mi amor? —propuso ella, con voz nasal y entre suspiros—. Fuimos compañeras de estudio durante varios años. Ella era fría y reservada, eso es verdad, pero siempre iba detrás de mí. Me hizo cómplice de su tristeza. Vamos, déjame ir.

—¿Ella estaba enamorada de ti, o al revés?

—¡Ya! —le dio un golpe ligero sobre el hombro y lo miró a los ojos con su dulce mirada—. ¡Esa mente podrida que tienes!

—No, Ulricke, es mejor que esperes por el regreso del traficante de esmeraldas. Seamos pacientes. Yo vengo a Bogotá dentro de un par de semanas. Estudiaré otras variantes.

—A veces tienes una paciencia que me saca de quicio, mi amor —ahora, echada sobre la alfombra, le daba masajes en los pies y se los besaba, como si fuese una geisha—. Sabes, esta vez deberías hacer una excepción y dejarme ir.

—¿Acaso no confías en el joyero?

—Confío, mi amor, y no porque se babee por mí.

—Espero que no le entregues otras cosas —la agarró fuerte por los cabellos y la miró a los ojos—. No olvides de lo que soy capaz de hacerte.

—¡No! ¡Dios mío!

Se levantó como si un resorte la hubiese catapultado. Ahora, en pie, ella tenía el semblante radiante, cual si su Hipómenes le acabase de obsequiar unas cuantas manzanas de oro. Ulricke se recomponía de su reciente purga. «¡Darío me ama, Dios mío! ¡Los celos son la coronación del amor!», pensó, entre tanto abrazaba y besaba a quien consideraba su héroe. «Ahora Darío debería caerme a golpes, sí, darme una paliza. Eso a la larga me calmaría mejor y mucho más rápido que tomar sedantes.»

—Vamos, voy a llamar a Patxi —sonreía, impresionado por los saltos y mimos de Ulricke y sus exclamaciones de mujer enamorada—. Ponle un par de cobijas y una toalla sobre el sofá del recibidor.

—¡No, mi amor, por favor, quédate un día más! —suplicaba, si bien esa petición brotaba con más fuerza de sus ojos que de sus palabras—. Sabes, si te quedas, te pediré una cosa que yo jamás te he...

—No, por favor, vete a buscar las cobijas y la toalla para Patxi.

—¡Vamos, dime que te vas a quedar!

—Ni modo, Ulricke. En serio. Tengo que partir hacia México en el primer vuelo de la mañana. El tiempo se nos está agotando.

Estaré de regreso muy pronto. Ah, y dame buenas noticias de tu excompañera de estudios, eh.

XII. Cataratas de Juanacatlán

«Quien no haya visitado ese centro nocturno, puede estar seguro de que no estuvo en Guadalajara», decían los admiradores del sitio. Era un centro nocturno que de inmediato magnetizaba a los visitantes. Cataratas de Juanacatlán, así rezaba el luminoso cartel hecho de piedras rústicas que identificaba y embellecía su entrada. Lo curioso es que ese lugar no sólo hechizaba a los forasteros, sino incluso a los que vivían en la ciudad de Guadalajara y sus alrededores.

Ello se debía a la simulación mágica que había conseguido el diseño del lugar. Era una especie de recinto donde se imitaba en términos de pequeño formato las Cataratas de Juanacatlán, que caían a unos veinte metros de altura muy cerca de la metrópoli guadalajarense. Muchos decían, a modo de solemne reconocimiento, que ese torrencial salto de agua de Juanacatlán era el Niágara mexicano.

Después de la entrada principal —ornamentada con cañas doradas, resplandecientes, como si sostuviesen una evanescente aureola que no podía evaporarse sobre su antiguo significado náhuatl: «cascada entre los campos de cañas»— aparecía al fondo una enorme alberca, en la cual confluía el curso rumoroso de las aguas a través de un cauce pétreo y arenoso proveniente de la caída de unos exuberantes chorros de agua. En la planta baja, a un costado de una sólida edificación, afloraban las mesas enclavadas en una especie de campo de golf. De modo que en esa explanada estaban, circundados de palmeras y verde césped, los dieciocho huecos de ese campo de juego.

Y además estaban las atractivas muchachas que atendían a los clientes. Solían ser costarricenses, panameñas, venezolanas, cubanas, brasileñas, hondureñas, estadounidenses y mexicanas. Jaime Cadena, el chilango, el propietario que había ideado y fundado ese centro nocturno, gustaba de proclamar a esas muchachas como «las jóvenes de sana actividad, que la realizan como cualquier otra, porque saben hacer de su trabajo un fino ritual lleno de belleza.»

Todas las noches esos huecos de golf se atestaban de gente, y sucedía lo mismo en cuanto al bar, al restaurante y la discoteca que se hallaban en la segunda planta. Al fondo de esa segunda planta se encontraban los reservados bien amueblados donde iban a toda hora los clientes con las muchachas previamente escogidas por ellos. A pesar de que esos habitáculos eran aseados y se les cambiaba la ropa de cama a toda hora, inevitablemente gravitaba entre sus paredes un indiscutible tufo lujurioso.

Cadena era reverenciado por los empleados del centro. Tenía como divisa en su liderazgo que ser respetado daba mejores resultados que ser temido. Poseía mucha maña para llevar a cabo los negocios. Sin duda, le era innato contar con un inagotable caudal de imaginación e iniciativas. Podía fundar y dirigir el centro de Juanacatlán y a la par administrar un imperio de hoteles en Las Vegas, varias agencias de detectives y redes televisivas. También poseía una absorbente capacidad intuitiva con la cual dominaba cómo dirigir y barajar diversos tipos de gente, sembrar en sus mentes las metas que debían alcanzar en su trabajo y hacerles oír las palabras que ellas justamente gustaban de escuchar.

Nadie salía ofendido de una plática con Cadena, sabía tratar a cada cual con sus problemas sin utilizar un lenguaje soez, como tampoco crudo o desagradable. Incluso los elementos de la policía que tenían que ver con los problemas que pudieran presentarse en el sitio, admiraban el modo en que Cadena los enfrentaba y les daba adecuada solución.

Cadena casi todo lo tenía previsto. Si algún cliente, por ejemplo, se pasaba de tragos y se ponía conflictivo, los hombres encargados del orden se ocupaban de aventarlo a las aguas de la alberca. Y el borracho no sólo se calmaba debido al agua fría, sino también cuando sentía cual impacto demoledor una potente descarga eléctrica que lo dejaba sin aliento. Ese resorte disuasivo había sido ideado por Cadena. «No hay otro modo de calmar rápidamente a un revoltoso empedado», decía. El propietario tenía el físico de los hombres anticuados. Por su manera de vestir y conducirse, semejaba ser un hombre de los años cuarenta del siglo XX, pero tenía treinta y cinco años de edad.

Contaba con dos estrechos colaboradores que habían sido reclutados por él mismo. Octavio Prendes, alias Tavo, oriundo de Michoacán y Ubaldo Sierra, veracruzano que había llegado a estudiar contabilidad a la capital de México; además de ser contador y gozar de la confianza de Cadena, Sierra era un manitas. Lo mismo hacía trabajos de albañilería, fontanería, electricidad, como también arreglar relojes o armas de fuego.

Tavo había estudiado en academias militares y si bien hacía esfuerzos por no aparentarlo, siempre la personalidad del militar le brotaba por los poros. Sierra, sin embargo, que era hijo de un exoficial del ejército mexicano, semejaba ser cualquier cosa menos provenir de una familia castrense. La relación entre ambos colaboradores era tensa, cargada de conflictos y de una solapada animosidad. Mas ese aspecto le resultaba conveniente a Cadena. «Mejor. Así ante los dos yo soy el jefe indispensable, y ninguno se atreve a conspirar contra mi», se decía. Tavo era el gerente que se encargaba de la buena marcha de los establecimientos de la primera planta, así como de la seguridad del lugar. Sierra llevaba las finanzas y se ocupaba de las operaciones de la segunda planta, donde se hallaban los reservados.

Después de Cadena, el más popular entre los trabajadores del Juanacatlán era Sierra, debido sobre todo a su alegre carácter. Su defecto sobresaliente, entre otros no menos alarmantes, era que bebía diariamente más de veinte tazas de café y se fumaba más de tres paquetes de cigarros. En su vida secreta practicaba el voyerismo. Esa era su especialidad adictiva más preciada y que en modo alguno podía eliminar. No obstante, esa práctica Sierra la llevaba a cabo de modo peligroso, lo sabía, estaba convencido de que si Cadena llegaba a conocer esa adhesión lujuriosa en uno de sus asistentes más confiables, sería capaz de darle una madriza y despedirlo.

Detrás del despacho de Cadena había una despensa donde tenía listas las valijas para salir de viaje cuando deseaba despejar la cabeza e idear nuevos proyectos. Gustaba de viajar con su familia y pocas veces se desplazaba solo. Esas ausencias del centro y de Guadalajara eran aprovechadas por Sierra para construir sus sofisticados puntos de observación, que le posibilitaban observar secretamente los actos sexuales que se desataban cotidianamente en el Juanacatlán.

Esa noche, ni siquiera el zumbido de la clientela que le entraba por los ventanales de su despacho podía disturbar la concentración del dueño de Juanacatlán, estaba a la espera de dos visitantes con quienes sostendría por separado importantes pláticas. La primera entrevista se realizaría por solicitud expresa de Plinio, su amigo, el experto en asuntos bancarios, y la segunda entrevista se llevaría a cabo con el hombre que era su estimable amigo y trabajaba con El Califa.

Las luces del despacho daban una distinguida iluminación a la oficina. Cadena se encaminó hacia el buró mientras contemplaba su amplio despacho como si llevara tiempo sin hacerlo. Por supuesto, esa rara conducta que rápidamente calificó de transitoria no había dejado de intrigarlo.

«A esos dos, si yo puedo y como siempre hago, los voy a escuchar y trataré de ayudarlos, pero sin comprometer mis tres neuronas fundamentales: mi familia, los negocios y disfrutar la vida. Esas tres neuronas son sagradas.»

Meditaba en su butaca giratoria. Y al tiempo que encendía un cigarro y aguardaba por el primer visitante, Cadena repasaba una vez más unos versos que conocía de memoria, los cuales, por misterioso azar, había descubierto en la página desgastada de un libro que en la calle había volado hasta caer ante sus pies — precisamente un día antes de inaugurar Cataratas de Juanacatlán.

Cadena no conocía quién era el poeta que los había escrito y ni siquiera le interesaba indagarlo; sólo sabía, y eso le bastaba, que esos versos le gustaban y le servían de estímulo diario para alcanzar el triunfo en el trabajo; por ello los había mandado a encuadrar y colgaban en la pared que se hallaba a su derecha del despacho:

En las cosas humanas hay una marea,
que si se la toma a tiempo conduce a la fortuna,
para quien la deje pasar, el viaje de la vida
se pierde en bajíos y desdichas.

Gabriela Trillo estaba encimada sobre Darío, lo acariciaba y le besaba el rostro sin importarle que Cadena estuviese presente. Tenía entre las manos el brazalete de oro que hacía mucho daba por perdido. El juarense se lo había llevado esa tarde como una fantástica sorpresa extraída de la chistera de un mago. Cualquiera diría que ahora ella sólo tenía ojos para el brazalete y para Darío, aunque de vez en cuando, con su traviesa mirada repasaba una y otra vez el despacho de Cadena, y hasta en algunos momentos se volteaba y se ponía de rodillas sobre el sofá, apoyaba uno de los codos sobre el alféizar de la ventana y miraba hacia la bulliciosa explanada de la planta baja, y con una expresión de asombro infantil revisaba uno por uno los hoyos atestados de gente.

Cadena fijaba la habitual mirada de hielo sobre ella y sobre todo lo demás, esa era la ojeada que le aseguraba el éxito en las relaciones de trabajo con sus socios, empleados y clientes, ya que entre éstos se comentaba: «A ese Cadena puedes entregarle un terreno baldío, inservible, y ese habilidoso chilango en ese erial lleno de basura sabrá edificar un negocio redituable». Otros lo catalogaban como hombre cabal y generoso, y algunos —los envidiosos para Cadena— lo tildaban de ser un hombre demasiado ambicioso. Para Darío, el empresario era hombre cumplidor, discreto y, sobre todo, sabía ser en cualquier circunstancia un excelente amigo.

Lo había conocido gracias a El Califa. Si bien por propia experiencia, Darío veía en Cadena a un hombre en el cual se podía confiar con los ojos cerrados. También, eso era cierto, sus ademanes le hacían recordar con simpatía a su finado progenitor, a don Esteban. El Califa ya le había aclarado a Darío que su padre y Cadena, incluso hasta por diferencia de edad nunca se habían conocido, pero de todas formas, a veces, cuando el dueño del Juanacatlán hacía un comentario, movía los ojos o las manos, inevitablemente Darío recordaba a su progenitor. «Mi padre era como Cadena: un hombre chapado a la antigua», pensaba, con satisfacción.

Incluso el propietario de Juanacatlán era de los pocos individuos que podía darse el lujo de tratar chabacanamente a Darío. Muchas veces lo tildaba de ser en el fondo un joven presuntuoso y así por ese rumbo le encajaba otros desentonos que, después de todo y sin remedio, hacían reír a Darío; aunque éste en reciprocidad muchas veces le decía delante de cualquiera abuelo y también viejo decrépito. Pero lo que nadie ponía en duda era que entre Darío y Cadena existía una fuerte estima y complicidad.

Esa tarde, cuando Darío entró en compañía de Gabriela en el despacho, enseguida supo que esa movida para nada había sido del agrado de Cadena, por encima de todo le complacía tratar los asuntos en la más absoluta privacidad, además de que no le gustaba que dama alguna —acompañada o no— ajena a los quehaceres del centro lo visitara. Afuera, en el vestíbulo, merodeaba Patxi. El intercambio que ahora tenía lugar entre los dos hombres era enmarañado debido a la presencia de Gabriela y a pesar incluso de que ahora ella, luego de ponerse en pie y haberse encaminado hacia una de las ventanas, estaba ensimismada observando a la muchedumbre que se hallaba en la explanada.

—Cadena —Darío levantó una mano y señaló hacia ella, cual si implorase con ese gesto el perdón del amigo—, como te dije ayer, necesito ver de nuevo al personaje que vi aquí en mi visita anterior, ya sabes, el amigo que trabaja con el europeo, ¿recuerdas? Hay cosas que no me están saliendo como yo esperaba y deseo preparar otras rutas para reencauzar ciertos negocios.

—Sí, lo recuerdo —hizo un gesto para advertirle a Darío que no entendía bien lo que le había dicho. Luego miró a la muchacha mientras trataba de recordar en dónde la había visto con anterioridad—. No sé si me hablas del lobo o del asalariado, bueno, no sé si sea acerca de ese jodidazo que ahora me viene a la mente, aunque debo decirte que ya ese bato no viene por aquí —vio que Darío asentía con la cabeza—; debido sobre todo a lo que le sucedió a ese cuico que andaba siempre vuela que vuela sobre los sembradíos de los jefes de las tribus aztecas, ya sabes, eso espantó a todos esos moscardones. Y te digo la verdad: hace rato que yo no lo veo por aquí, ni a él ni a los otros.

—Me lo imagino —Darío reajustaba en su mente todas las variantes. Tenía necesidad de contactar a la persona que conocía a un empresario español que era amigo de El Mexicano—. ¿No tienes manera de darme un teléfono o una dirección donde yo pueda localizarlo? Es que necesito comprar urgentemente algunos bienes que ese personaje está administrando. Bueno, ya te lo dije. ¿Dónde vive ese tipo? ¿En Culiacán, no?

—Bato, cuico, jodidazo, ¡vaya, me gusta cómo suenan esas palabras! —comentó Gabriela, acariciando con los dedos de la mano el brazalete y sin apartar la vista de la explanada, quizás para advertirle a los dos hombres que ella no era una idiota.

Cadena sonrió con los ojos sesgados y volvió a mirarla. Agarró una libreta negra, la abrió, tomó una hoja de papel que tenía sobre el buró y escribió unos datos. Luego la dobló y se la entregó a Darío.

—Sí, vive en Culiacán —frunció el entrecejo y encaramó la ceja izquierda, en claro reproche a Darío; seguidamente observó que la muchacha estaba de espaldas, apoyada sobre el alfeizar de la ventana—. Es mejor que ese culiche, muchacho, no sepa quién te dio esos datos y mucho menos cómo supimos que él administra esos bienes. No sé, la competencia y todo eso, ya sabes.

—Oiga, señor Cadena —dijo Gabriela expandiendo su boca roja, mientras regresaba al sofá y se reacomodaba junto a Darío—, no siga intrigado conmigo. Veo que usted me mira y me mira. Fíjese, yo soy la hija del comandante Trillo. Usted y yo nos conocimos en mi casa. Oiga, ¡por fa!, y no se lo tome a mal, nunca le diga a Trillo que aquí estuvo su hijita, eh. Verá, señor, Darío me acaba de secuestrar —echó una pícara risa y acarició con una mano la cara del joven—. Cosa que le agradezco, a mí hace rato que me interesaba conocer este famoso Juanacatlán. Y debo decirle que este sitio es mucho más bonito de lo que me contaron mis hermanos y sus amiguetes. Y de veras, no sé cómo usted lo logra, pero son guapas y finas las muchachas que trabajan aquí.

—¡Órale, señorita Gabriela, claro que sí! —se levantó, se encaminó hacia ella y con gesto galán le besó las manos; aunque la expresión de Cadena en realidad era algo opuesta a sus entusiastas exclamaciones—. ¡Sí, ahora lo recuerdo! ¡Claro! Nos vimos una tarde en su casa con motivo del cumpleaños del comandante. Pero no hay bronca, señorita. Yo no le diré nada a su padre, por favor. Darío me conoce bien y por eso decidió traerla a Juanacatlán, tranquilamente. ¡Faltaría más!

Cadena se movía con suma frialdad, que a su juicio era la que le aconsejaba esa circunstancia imprevista en la cual lo tenía inmerso la imprudencia de Darío. Sin embargo, caminaba despacio de un lado a otro, como un caballero. Quería disimular, pero algo en sus adentros se lo impedía y le empantanaba los movimientos corpóreos. Con una sonrisa encartonada, se arrimó a una de las ventanas; las luces provenientes de unos apliques, como si el azar los hubiese ubicado, caían aguzadas sobre su cabeza y resaltaban la expresión de su semblante.

—Darío, me vas a perdonar —con la mano derecha, en fingido gesto, se dio un leve golpe en la frente—. Veo que acaba de llegar una persona que estoy esperando y debo irme. Por favor, Darío, tú puedes permanecer con la señorita Gabriela en mi despacho todo el tiempo que quieras. Le diré a uno de mis empleados que se ocupe de atenderlos a ustedes. Pidan lo que quieran, por favor.

Cuando el propietario del centro nocturno dio unos pasos para salir disparado, Darío se dirigió veloz a la puerta y le puso la mano sobre el hombro.

—Cadena, te acompaño —dijo Darío—. Gabriela, por favor, espérame aquí, regreso enseguida.

Pero ella también se levantó y haló por un brazo a Darío; se le encimó sonriente y, sin dejar de mirar hacia Cadena, le susurró al oído:

—Habla con él, eh, no lo olvides —luego, mirando de lleno la cara de Darío y elevando el tono de voz, exclamó—: ¿Sí? ¿Sí?

Darío, gratamente sorprendido, asintió y se marchó en compañía de Cadena. Tan pronto salieron, el propietario agarró al juarense por un brazo. Detrás de los dos iba Patxi.

—Buey, no manches —Cadena tenía que gritar debido a la estridente música que brotaba de la discoteca e invadía el ancho pasillo—, ¿cómo te atreves a traer aquí a la hija de ese comanche? ¿Te has vuelto loco o qué? ¡Cuídame, cabrón!

—Oye, no te preocupes, ella hace con su padre lo que le da la gana.

—Ella con su pinche padre y contigo hará lo que quiera, pero no conmigo. ¡Santo cielo! Casi he tenido que hablarte en clave. Nos entendimos, pero yo parecía un perico enloquecido. ¡Cuídame, cabrón! ¡Oye, regresa ahora mismo a mi despacho y llévatela!

—¡Vamos, Cadena! —reía a gusto—. Ella no entendió nada de lo que platicamos y no es peligrosa. ¡Vamos, te lo aseguro!

—¡No me asegures estupideces! Yo sé muy bien lo torcida que es esta vida. Y tú, ten cuidado. Me dio la impresión de que esa chava anda de paseo con su carcelero preferido, que sé yo. A esa chamaca se le ve que está perdida contigo. Puede que hasta se enamore. ¿Ustedes ya se conocían?

—Sí, ya hace buen tiempo que nos conocemos —mentía, y Patxi al escucharlo, sonrió, sabía que ambos se habían conocido esa misma tarde—. ¡Qué dices, Cadena! Por favor. Oye, y si se enamora, ¿qué? La recluto y la pongo al frente de un grupo de chavas exterminadoras para sacar de la circulación a unos cuantos hijos de la chingada. ¿No te gusta esa idea?

—Darío, párale con tu labia. Vete a mi despacho ahora mismo y sácala de ahí, por favor. Eso de tener aquí a la hija de ese comanche no me gusta. Cada cosa en su lugar. La situación en Guadalajara está que arde, Darío. Tú sabes a quien mataron hace poco. ¡Por favor!

—Está bien, tranquilo. Ahora voy y la saco. Ah, antes de que lo olvide, me hace falta un reservado.

—¿Vas a meterla en un...? ¡Carajo, estás loco! ¡Acaba de llevártela, por favor!

—Ella, Cadena, fue ella —le musitó al oído—, ella me lo ha pedido y voy a complacerla. Vamos, tú sabes cómo son estas cosas. Luego me marcho. Te lo aseguro. Por lo demás, te pido perdón. De veras. Veo que estás molesto y tienes razón. Lo reconozco. Esto no volverá a suceder.

—Me estás meando los zapatos, muchacho —detuvo sus pasos y miró hacia el bar; vio a Sierra y lo llamó; al llegar éste le ordenó—: Oye, por favor, dale un buen reservado a Darío y acompáñalo cuando regrese con su chava. Espéralo aquí mismo.

Sierra le entregó una llave al juarense y luego de decirle que esperaría por él para acompañarlo, se alejó para que los dos hombres continuaran la plática.

—Híjole, Darío —adicionó Cadena—, ándale, ve y sácala de mi despacho. Yo voy a estar en el bar. Vamos, estoy esperando a una persona importante. Ándale, apúrate. ¡Faltaría más!

Darío se fue en busca de Gabriela. Patxi quiso decirle algo a Cadena, pero éste le dio la espalda al tiempo que se dirigía hacia el bar y se sentaba en una esquina de la larga barra. Patxi fue tras él y lo tocó por el hombro con la intención de hablarle.

—A mí, Patxi —dijo, gruñón, de costado y sin mirarlo—, ni me hables. Ya puedes irte detrás de tu jefe.

El propietario de Juanacatlán se reacomodó sobre la alta banqueta y enseguida se le acercaron varios meseros para atenderlo. Cadena levantó la mano abierta y detuvo esas atenciones para indicar que lo dejaran a solas. En efecto, deseaba estar solo. Quería pensar que pronto sostendría una entrevista delicada con el enviado de su amigo Plinio. Naturalmente, le seguía molestando que Darío hubiese cometido la imprudencia de llevar a su centro nocturno a la hija del comandante Trillo, sin tener en cuenta que recientemente los narcos y sus amigachos en el gobierno habían secuestrado y asesinado a un agente de la DEA. Aunque apreciaba que Darío, de manera sincera, le había pedido disculpas por ese desliz.

Un camarero se acercó a Cadena, le dijo que lo llamaba su esposa y le entregó un inalámbrico. El propietario del centro escuchaba atento a su compañera y sólo espetaba de vez en cuando algún que otro monosílabo de desaprobación. Al final de la plática, Cadena aseguró que tan pronto recibiera a una persona que estaba esperando, se llegaría a la casa para tratar ese problema que requería de su presencia.

Al concluir la conversación telefónica, a Cadena lo tocaron por el hombro. En ese instante veía cómo Darío y Gabriela atravesaban una cortina de luces y de personas que parecían moverse como las hormigas locas en el ancho corredor que conducía a los reservados. Delante de la pareja iba Sierra, quien los conducía hacia uno de los mejores reservados. Patxi iba detrás. «Ahí van esos dos con la lujuria devorándoles la sangre», se dijo Cadena al contemplarlos mientras se alejaban. «¡Santo cielo, Darío! Espero que no vuelvas a cometer tamaño error.»

Cuando Cadena se giró vio que era Tavo, quien había llegado en compañía de dos hombres. Uno era alto de estatura y fue el primero en extenderle la mano; se identificó como Tucson y dijo ser el amigo de Plinio; vestía traje beige deportivo y camisa desabotonada, lucía cabellos negros bajo un sombrero de ala corta, barba y bigote de una semana, prendas de oro, una medalla de plata sobre el pecho y lentes oscuros. Luego le presentó al otro hombre como su asistente, quien dijo nombrarse Mojarro; era alto y vestía de modo similar a su jefe. «Caramba, no se ven nada mal, los jodidazos visten como los narcos», se dijo Cadena. «Parece que mi destino es codearme con los hombres que van disfrazados por la vida.»

Después de los saludos y presentaciones, Cadena argumentó ante los recién llegados que debía ausentarse por unos minutos.

—Miren, señores, por favor, me van a disculpar, todavía tengo que hacer algunas cosas que, afortunadamente, me ocuparán poco tiempo. Debo ir a mi casa. Así que les ruego que suban y me esperen en mi despacho. Tavo se encargará de acompañarlos. Enseguida estaré con ustedes.

Sierra se sintió feliz cuando vio que Cadena y Tavo abandonaban la zona de los reservados, que era de su absoluto dominio. Aún en sus retinas bailaba la figura apetitosa de Gabriela cuando caminaba prendida de Darío. Estaba enfebrecido. Ya Sierra había dejado a Darío y a Gabriela en el reservado 309. Ahora regresaba sobre sus pasos y se encaminaba hacia el fondo. Iba con paso firme y apresurado. Atravesó la zona que estaba destinada a los reservados. Varios empleados lo saludaron al pasar y Sierra reciprocó el saludo con una abierta sonrisa.

En el trayecto volvió a toparse con Patxi, quien estaba sentado en una de las butacas de la galería y a unos diez pasos de la puerta del reservado donde se hallaban los jóvenes. Sierra pasó de largo. Llegó hasta el final y antes de doblar hacia la derecha, cuidadosamente giró la cabeza y revisó el pasillo que acababa de dejar atrás. Observó que Patxi no se había movido de su sitio y no pasaba nada que debiera preocuparlo. Dobló hacia la derecha. Sacó una llave de la chaqueta y abrió un cuarto sin número que en realidad era un pequeño habitáculo que clandestinamente formaba parte del reservado 309. Entró, trataba de no hacer ruido. Cerró la puerta. Encendió una lámpara que estaba sobre una mesa baja y redonda. La cubrió con un cobertor que quitó de la estrecha cama que se hallaba a su izquierda.

El habitáculo quedó en penumbras y ahora toda la luz parecía ahogarse en el piso. Agarró con las dos manos un cuadro que se hallaba en la pared que daba hacia el 309, lo descolgó con cuidado y lo colocó sobre la cama. Ahora ante los ojos de Sierra aparecían en la otra pieza Gabriela y Darío. Como era de esperar, tenían las luces encendidas y estaban lejos de sospechar que alguien los pudiera estar observando. La secreta abertura rectangular era para los eventuales inquilinos del 309 un espejo.

Ella estaba completamente desnuda y Darío —hecho inexplicable para el lujurioso mirón— vestía aún su traje y se hallaba sentado sobre el borde la cama. Sierra se colocó de pie frente al escenario. Con un pie pisó un resorte y apagó la única luz que emanaba de la cubierta lámpara. Ahora, en la recámara en penumbra, Sierra recibía sobre su nervio óptico el resplandor proveniente de la habitación donde se hallaban los dos jóvenes. Gabriela estaba acostada bocarriba, con la cabeza ligeramente ladeada sobre la almohada y miraba a los ojos de Darío, que se hallaba a su derecha. Puede que ella sólo tuviese miradas para él, como antes había ocurrido en el despacho de Cadena, ya que ni siquiera repasaba ante el espejo su propia desnudez, la cual destellaba bajo la luz y sobre el lecho esparcía la prodigiosa revuelta de los sentidos que puede sacar a los hombres de quicio.

El rictus diseñado en el rostro de Sierra lo delataba; esa desnudez femenina lo apabullaba; ahora el manitas de carácter jovial, a escondidas, con unos ojos que semejaban un par de estáticas gomas negras la disfrutaba como incorregible voyerista. «Ella ni siquiera se mira en el espejo, está enloquecida por ese dandi cabrón», pensaba Sierra, desde su trono de soberano mira hueco. «¿Por qué demonios no te desnudas, narco pendejo, y acabas de cogértela? Yo, en tu lugar, primero me la cojo y luego hago todo lo demás. Eso hago yo. Evito enmarañarme. ¡Santo cielo! ¡Qué bizcocho te mandas, Gabriela! ¡Carajo, qué ironía, hasta para el disfrute se pasa trabajo en la vida! Narco intelectual, me estás dando un madrazo en mis huerfanitos. De aquí, narco cabrón, voy a salir gacho.»

Darío, sin quitarse aun ni los zapatos, agarró un pañuelo y lo pasó lentamente, cual si flotara en el aire y apenas rozara, por todo el cuerpo de Gabriela, desde el tobillo hasta la frente, y repetía los mismos recorridos, sin prisa. Luego sustituía el pañuelo por el brazalete de oro y hacía lo mismo. Después dejaba el brazalete y utilizaba los dedos de la mano. Ella desesperaba. Se retorcía sobre la cama como una hoja de cambur bajo la lluvia. Y, ahora, con un dedo atrapado entre los dientes y unos ojos grises que irradiaban la dulzura de las elegidas, no dejaba de mirarlo.

Y la espera libidinosa de Sierra finalmente fue derrotada. Miró el reloj de pulsera e hizo un gesto de disgusto. Puso el cuadro en su lugar. Encendió la lámpara y le quitó el cobertor. Sacó uno de sus cigarros, le dio candela y aspiró una gruesa bocanada de humo. Agarró una botellita de whisky, la destapó y se la bebió de un tirón. A diferencia de lo que le había sucedido en ocasiones anteriores —ya que para ese exclusivo fin tenía destinado ese reservado sin número que él con sus propias manos, aprovechando las ausencias de Cadena y de Tavo del centro, había sabido trucar con esmero—, comprobó que esta vez no había tenido ni una mínima erección. Aunque ahora no deseaba saber el porqué. A regañadientes abrió la puerta y se fue rumbo al despacho de Cadena, sabía que su jefe debía regresar de un momento a otro. «No, no me lamento, en absoluto, saber retirarse a tiempo es el arte del buen jugador», rumiaba sin arrepentimiento mientras caminaba. «Del perder, viene el ganar.»

«Después de lo de Naida, he dado muchos traspiés», pensaba Tucson en tanto aguardaba a Cadena que acababa de irse y miraba el desespero de Mojarro, quien hacía una semana intentaba dejar de fumar. Todavía Tucson llevaba encima los estragos de la desaparición de Naida; no estaba recuperado de esa tragedia. Sentía la mente como anestesiada y día tras día descubría que el ansia de volver a verla le enturbiaba su propio presente y era el testimonio de que ella se había adueñado de su energía. No leía los diarios ni los libros con la misma concentración. Le costaba mucho trabajo compartir, como antes, con los colegas y amigos.

Incluso haciendo caso omiso de que los narcos lo tenían amenazado de muerte, decidió visitar a los padres de Naida, quienes vivían en Mazatlán; y allí pudo comprobar que estaban desolados. Sostuvo con ellos una plática, tratando por un lado de aliviarles el dolor y por el otro de desentrañar, si ello fuese posible, en qué anduvo y qué hizo ella durante el tiempo en que ambos habían tenido que distanciarse por casi dos largos meses.

Verificó también que en los últimos días, antes de partir para Arizona, ella se había visto tensa y preocupada.

«Tal vez la estuviesen siguiendo», se dijo al escuchar los pareceres de los progenitores acerca de cómo vieron a su hija en los últimos días. Tucson comprobó que Nadia había sido secuestrada y que a lo largo de unas pocas semanas, cual si el paso del tiempo se hubiese detenido, no se había tenido noticia de su paradero y mucho menos quiénes eran los autores del secuestro. No era menos cierto que los malhechores entretuvieron durante los primeros días a los padres con los habituales mensajes de que pedirían para más adelante el rescate en metálico, pero todo al final resultó ser falso y quedó en la memoria de esos progenitores como una siniestra tomadura de pelo.

«Después de lo de Naida, sigo dando traspiés», se dijo otra vez, mientras reflexionaba a la espera de Cadena. A pesar de estar acostumbrado a enfrentar malos momentos, no había podido soportar la mirada y las preguntas de los padres de Naida. En especial porque ambos, aunque tuvieran la delicadeza de no mencionárselo, relacionaban la tragedia de su hija con el oculto reproche de que ella hubiese estado involucrada sentimentalmente con un agente de la DEA, a quien de modo habitual le sobraban por doquier los enemigos.

Naida le había asegurado que no les revelaría ese dato a sus padres, pero con tan sólo mirarle a los ojos presintió que ella no había cumplido con ese pacto. El agente, sin más dilación, tan pronto se percató de que ese reproche estaba latente y que palpitaba en las palabras y los gestos de los padres, decidió marcharse. En realidad, el único dato que se llevaba consigo era que tal vez alguien había estado controlando los movimientos de Naida.

Viajó a Texas, y allí, esperanzado de encontrar pistas de la muchacha, se entrevistó con una persona que para él era de suma importancia: James, experimentado oficial de la policía de Texas que llevaba el caso de Naida y que se había conseguido mediante las gestiones hechas desde Washington por Crawford. Desde la primera entrevista, James le aseguró a Tucson que el secuestro de Naida no guardaba relación alguna con los entresijos del narcotráfico.

—Tucson, cualquier cosa que le haya sucedido a ella —James no titubeaba—, nada tiene que ver contigo, créeme, ni venganza ni ninguna otra historia. Tenemos antecedentes sobre un asesino en serie que pudiera ser el secuestrador. De no reaparecer Naida, así como ningún elemento de prueba que se pueda relacionar con su caso, estamos obligados a esperar. Debemos buscarla y al mismo tiempo esperar.

El detective se lo confirmó de una manera tan categórica que Tucson, en ese instante, creyó ver en ese colega a un presuntuoso investigador.

—Trata de no equivocarte, James —advirtió Tucson—. Los tejidos del crimen organizado son mucho más complejos de lo que uno pudiera imaginar.

«Después de lo sucedido a Naida, siento que soy otra persona. ¡Maldita seas, Cerebrito! ¿Por qué no supe que te amaba tanto? ¿Por qué?», se dijo con mucho pesar, desorientado. Echó una ojeada al reloj y se dio cuenta de que Cadena demoraba. No obstante, decidió seguir en la espera y meditar. El *modus operandi* de los secuestradores en el caso de Naida, le había explicado James, era similar a otros recientes en los cuales varias mujeres habían sido raptadas, violadas y asesinadas en los alrededores de la ciudad de El Paso. Ya habían sido asesinadas seis jóvenes, a razón de dos muchachas por mes. Se conseguían todas las pruebas en el lugar del crimen y se llevaban a los registros donde se archivaban pruebas de delincuentes reincidentes. Y todos esos esfuerzos eran infructuosos.

Parecía ser la obra de un violador en serie que, quizás ayudado por un cómplice, aplicaba idéntico esquema: hacía llegar mensajes desde teléfonos públicos a los familiares, siempre expresados por la misma voz trucada que hacía imposible identificar al victimario, indicando requerimiento monetario para el rescate, y, después de un largo silencio, la víctima aparecía al costado de una carretera, invariablemente un domingo por la mañana, asesinada por asfixia o ahorcada con ligas o alambres, aunque sin haberse empleado arma blanca ni de fuego, y todas llevaban un papel amarrado en su muñeca derecha, que tenía impreso en su parte superior unos grilletes como los usados por la policía estadounidense durante los primeros años del siglo XX y en crayola negra tenía escrito el siguiente mensaje:

A los falsos profetas:
Los falsos profetas se acercan a ustedes disfrazados de ovejas, pero por dentro son lobos rapaces. Al amanecer del primer día de la semana se produjo un gran temblor, porque el

ángel del Señor bajó del cielo acercándose a esta cárcel, que llaman vida y en donde no recuerdan ni aman el sepulcro del Señor, y liberó a esta joven y vio cómo su alma purificada levantó el vuelo con rumbo a Galilea. Así están ellas todavía, todas ellas aún son las condenadas de esta prisión, que llaman vida y en donde no perpetúan ni alaban el sepulcro del Señor, y en el cual los cristales transparentes se vuelven indecentes espejos. Esta joven, ya está libre. No hay que llorarla. Lloren por las otras jóvenes que aún están castigadas a estar en este presidio, que llaman vida y en donde no inmortalizan ni aman el sepulcro del Señor, y en el cual los cristales traslúcidos se vuelven asquerosamente incomprensibles. Lloren por ellas, como yo hago, por las que faltan. Denles de comer a la fe, para que la duda se muera de hambre.

El ángel del Señor.

—James, el tipo que escribe estos mensajes es un loco de mierda, es un psicópata. ¡Dios mío! ¡Ojalá que Naida no haya caído en sus manos! —exclamó Tucson, aturdido, con espanto, al leer uno de esos mensajes que había sido hallados junto a las víctimas.

La zona donde se escenificaban esos asesinatos que no podían ser esclarecidos era la franja que mediaba entre ciudad de El Paso y Ciudad Juárez. Una frontera que desde tiempos remotos se disputaba la violencia del crimen organizado. Tucson recordaba la última valoración que le había dado James mientras el detective contemplaba varias fotografías de Naida:

—Ella debe de estar en poder del mismo o los mismos depredadores sexuales que han fijado su *modus operandi* en esta zona. ¡Ojalá me equivoque, Tucson!

Luego Tucson se fue a Arizona para ver a su madre y a la gitana. Adriana había aprendido de Mariana todo lo concerniente al tarot, y podía decirse que era toda una experta; incluso había aprendido de la húngara el modo de examinar el presente y el futuro a través de las prácticas de la ancestral brujería de los indios que su amiga había cultivado con esmero. Tucson deseaba acudir a todos los medios para conocer el paradero de Naida y qué le deparaba el futuro. Le dijo a su madre que quería visitar a Mariana. Ahora recordaba que junto a Adriana y a Mariana se había entregado a las faenas adivinatorias a fin de despejar el misterio de la desaparición de Naida. Incluso las había acompañado durante una travesía de varios días por el desierto de Arizona hasta llegar al Gran Cañón, y luego a unos cerros de lava volcánica que a ellas les parecieron lugares propicios para realizar la ceremonia.

«En realidad, yo regresé muy confundido de esas ceremonias en el desierto», se dijo al concluir sus evocaciones. «Sin embargo, salí fortalecido, y me encantó atravesar el desierto con ellas dos. Mi madre y Mariana, ante el Gran Cañón, parecían un par de mujeres invencibles. Quizás las dos, cada una a su modo, tengan algo de razón en cuanto a Naida. Mi único deseo es que Naida aparezca.»

Cadena llegó a su despacho y enseguida pidió disculpas. Dijo a los visitantes estar apenado por haberse demorado tanto. Ahora se desvivía en atenciones. Tavo se retiró. Mojarro se levantó y le dijo a su jefe que esperaría en el vestíbulo. En la oficina quedaron Tucson y Cadena para tratar el asunto que los había reunido.

—Tucson —dijo, calmado—, cuando uno espera que tu esposa haga una cosa y no la hace, uno se disgusta. ¡Santo cielo! Pero mi esposa es tan buena que siempre la perdono. Mejor no la quiero. Por eso me demoré más de lo debido. Pero no hay bronca. Aquí estoy a tu disposición. Plinio me dijo buenas cosas de ti, así que dejémonos de protocolo. ¿Cómo dejaste a ese amigo de los chacales?

Era la primera vez que Tucson escuchaba llamar a Plinio de ese modo. «Esa denominación le encaja bien», se dijo, «yo había pensado algo parecido, pero de otra forma. El enfoque de Cadena es exacto. Y por aproximación coincide con la foto que le hiciera Celma. Es cierto, nunca he visto a Plinio con nobles amigos; los que les conozco son recelosos, incluyéndome a mí, por supuesto; luego, a través de esos amigachos, Plinio estudia las situaciones desde posiciones lejanas; propone, recomienda y trabaja desde lejos, como si comandase chacales por control remoto; y al final los llama, como hace conmigo, para que le solucionen equis problema.»

—Plinio está bien —tenía la impresión de que su anfitrión aún no se hallaba cómodo con él—. Muy atareado con ese rollo de las entidades bancarias, asesorías, conferencias, consultorías e infinidad de viajes al exterior. Ya sabes, ese culiche es un hombre tempestuoso.

—Cuidando las deudas —tomó la libreta de la cual horas antes había extraído datos para dárselos a Darío y la puso ante sí—, para que no se evaporen.

—¿Deudas?

—Bueno, Tucson, nuestro amigo dice que sólo hay dos maneras de controlar el mundo: a través de la intervención armada y de las deudas —carcajeó, aguzándose su expresión de hombre antiguo—. "Bien agarrado por el cogote", dice Plinio, mientras más endeudada tengas a una persona, a una empresa, a una nación, más depende de ti y entonces la tienes trincada por el cuello y puedes hacer con ella lo que quieras. Tucson, ese banquero todo lo que hace es para amolarle la existencia a los demás. Por eso yo a ese jodidazo sicario no le debo nada. ¡Faltaría más!

—Entiendo, Cadena. De veras. Toda persona que lo conoce sabe que ese banquero tiene un maldito esbirro en sus adentros. Pero, dime una cosa, ¿Plinio nunca ha mandado a matar a nadie, verdad? —reía, y ahora imaginaba escuchar la divertida risa de Plinio, la cual, de repente, se le confundía con la de Cadena; se había dado cuenta de que ambas eran tan parecidas y abiertas que se le hacían contagiosas. «¡Carajo, hacía rato que no me reía!», pensó, al tiempo que ahora, sin desearlo, también recordaba la juguetona sonrisa de Naida.

—No, Tucson, ni siquiera en broma puedo decirte a cuántos cabrones ha matado ese paria. A mí me dijeron que el pendejo estuvo hasta en el asesinato de un jefe de estado latinoamericano, creo que en el del ecuatoriano o en el del panameño, no puedo precisarlo, pero cuando se lo dije, me lo negó y me gritó par de cosas, y me dijo que eso era como decirle ¡chinga a tu madre! —Cadena puso una botella de whisky y dos copas sobre el buró—. Oye, Tucson, a la mera verdad, yo pensé que tú serías un tipo estirado, no sé, aburrido, como te dedicas a esa jalada de agarrar a la gente y mandarla para la alcancía.

—Siempre que violen la ley.

—¡Faltaría más! Por eso yo nunca violo la ley. Todo lo que hago siempre está dentro de la legalidad. Así nadie me friega. Y si no lo hiciera así, Juanacatlán hace mucho rato que se hubiera ido a la mierda.

—Cadena, vengo a platicar contigo acerca de un asunto muy importante —quería adentrarse en el tema que justificaba su viaje a Guadalajara—. Y pocos como tú pueden ayudarme.

Los dos hombres se miraban en medio de un silencio total. Cadena sin preguntar sirvió dos tragos de whisky. Afuera retumbaban de modo tenue los sonidos que provenían de las vísceras del Juanacatlán.

—¿Qué le faltó al muerto, Tucson? —preguntó, con la copa en alto.

—Bueno, no sé... —repuso, y automáticamente levantó la copa.

—¡Salud!

—¡Ah, salud!

Chocaron las copas y bebieron.

—Eso es, amigo. He querido comenzar con este brindis nuestra conversación. Tucson, Plinio me dijo lo de tu Naida. Sólo puedo decirte una cosa: nunca pierdas la esperanza. Digan lo que te digan, no la pierdas.

—Muy amable de tu parte, Cadena —no esperaba ese comentario—. Muchas gracias, pero debo decirte que a la mera verdad ya me queda poca.

—No la pierdas —encendió un cigarro y las volutas de humo se esparcieron sobre su cabeza—. Mantenla viva dentro de ti, por favor. Oye, perdóname, pasemos a otro tema, platicar acerca de ese madrazo no me atrae, me perturba, y quiero pensar que a ella no le pasará nada malo. Bueno, Tucson, imagino por qué has venido a Guadalajara y hasta me atrevo a decirte de qué vas a platicarme. Camarena, ¿verdad?

—Exacto —también decidió fumar, a pesar de que ya llevaba más de un año sin hacerlo. Pidiendo licencia tomó un cigarro del paquete de Cadena. Fumó. «Soy un estúpido, Naida», se dijo a la primera cachada.

—Sabes, te voy a escuchar, pero no debes ilusionarte conmigo. Mira, Tucson, si vienes a reclutarme, debo decirte que ahora, hoy y mañana te diré que no. Y no quiero que te lo tomes a mal. Esa posición la mantengo delante de cualquiera. O sea, no se trata de ti. Hay mucha pudrición en todas partes y yo no confío en nadie.

—Cadena, escucha, necesito que me apoyes para atrapar a todos los que secuestraron y asesinaron a Camarena —hablaba como si no hubiese escuchado lo dicho por su interlocutor, quien tenía los ojos sesgados por el asombro—. Atrapamos a Aristarco, pero ese no hablará, y si lo hace, lo hará para decir que a Camarena fue la CIA la que lo asesinó y no él. Aquí viene mucha gente importante y cuando están empedados hablan y...

—Oye, Tucson, por favor —se levantó—, ¿no escuchaste lo que te dije?

—Plinio me aseguró que sería difícil que tú decidieras colaborar conmigo —también se puso en pie, y con sus movimientos corporales parecía ejecutar al pie de la letra el papel que tenía concebido—. No obstante, Cadena, yo no me rindo, he venido a verte y aquí estoy platicando contigo. Te prometo que a tu esposa y a tus dos hijos nada malo les sucederá, así como tampoco a ti. Te lo aseguro...

—Yo no estoy preocupado por esas tonte...

—A mí me dijo Plinio que tú y Camarena eran amigos, que platicaban mucho, que se visitaban. No sé si quieres ver sus fotos. ¿Acaso las viste? ¿Quieres verlas para que veas cómo lo masacraron? ¿Acaso...?

—¡Vete al carajo, Tucson! —caminaba con el brazo derecho en lo alto y lo blandía de arriba abajo y de un costado al otro, y no dejaba de mirar al agente—. ¡Sí, no me mires así, pendejo! ¡Carajo! ¡No quiero comprometerme! ¡De ninguna manera! No te niego que admiro mucho a tu país, pero no. No quiero meterme en problemas.

Tucson se sentó lentamente. No estaba sorprendido porque Cadena le hubiese espetado esa virulenta negativa, Plinio se lo había pronosticado. Veía que el empresario se había sentido presionado, de ahí su explosiva reacción, aunque esa reacción había sido concebida por él. Para bien o para mal, en términos de resultados, él quería que Cadena enfrentara una plática original. El agente inclinó el torso hacia adelante y apoyó su mentón sobre las manos abiertas, que a su vez se apoyaban en las rodillas, y con el cuerpo arqueado clavó la mirada en su interlocutor.

—Bien, adelante, te voy a escuchar —dijo, en voz baja.

—¡No me enseñes esas fotos de Camarena, pendejo! ¡Faltaría más! —aunque se manifestaba enojado, la expresión de su semblante se arropaba en el misterio y en la bondad más profunda. No importaba que las luces iluminaran sus facciones, porque esas luminarias no podían penetrarlas—. Oye, ese paria de Plinio, ¿qué te dijo de mí?

—Me dijo que para ti nada ni nadie podía estar por encima de tu familia, de su seguridad y bienestar. Eso fue lo que me dijo. Y que no me ilusionara.

—Ese paria me conoce, sí, el pendejo me conoce bien —daba la impresión de que su mente se había ausentado del despacho—. Digamos que yo sería capaz de ayudarte, Tucson, pero siempre lo haré en el modo en que yo lo decida. Incluso hasta donde yo quiera llegar. No quiero comprometerme. Eso es todo.

—Cadena, antes de proseguir, fíjate, yo preferiría que nos viéramos dentro de un par de semanas. Entonces, llegado ese momento intercambiamos información, y de ese modo vamos a poder concluir todo esto como se debe. No sé, digamos que más adelante decidimos lo que vamos a hacer. Bien sea a tu favor o en el mío. Por mi parte, quiero consultar algunas ideas y si me dan luz verde, tú serás el primero en conocerlas. ¿Puede ser? ¿Podemos abrir ese compás de espera?

Cadena se puso a caminar de nuevo por el despacho. Seguía moviendo el brazo hacia arriba y hacia abajo pero más despacio. Estaba pensativo. Cualquiera diría que no le había gustado haber escuchado la idea de abrir un compás de espera. Con independencia de que el paria de Plinio le había enviado a este agente, y sin saber la razón precisa que ahora bogaba en su cerebro, su intuición le decía que ese investigador, que se nombraba Remy Rangel, era un hombre cabal. Y ahora Camarena con su amistad y simpatía, se le estacionaban gratamente en la memoria.

—Por supuesto, Tucson —quería ocultar que no le había gustado en absoluto que en esa plática se hubiese llegado a ese confuso acuerdo o posposición para el desenlace final—. Bien, nos vemos dentro de dos semanas. Pero prométeme que después de esa próxima conversación, no se volverá a tocar el tema.

—Prometido.

Ahora Cadena se hundía en el convencimiento de que en esa próxima entrevista él volvería a comunicar una vez más y con carácter definitivo su inequívoca respuesta negativa respecto a su captación por la DEA. A pesar de que el reclutamiento de Cadena había confrontado serios problemas, Tucson en ese instante tenía en su mente la ausencia de Naida. Una vez más, pensaba, le faltaban los buenos días y las buenas noches de Naida, y su inolvidable: «¡Vamos a toda madre, mi cowboy!», o su frase tipo latigazo: *«¡Li mortacci tua y de tuo nonno!»*, y le faltaban su inteligencia, sus cabellos, sus ojos romanos, la sonrisa y sus apetecibles labios.

Cadena debió tocarlo por el hombro, con la copa en la mano, para sacarlo de su abstracción y poder hacer un brindis con él y de ese modo darle un adecuado final a la plática. Tucson reaccionó, pero enseguida se percató, por enésima vez, de que Naida se había apropiado de todos sus bríos.

—Hagamos el último brindis de la noche, Tucson. Créeme, ha sido un gustazo conocerte. Recuerda: no dejes que la esperanza te abandone.

Y chocaron las copas.

Los olores del tabaco y del whisky flotaban persistentes en la oficina donde el oxígeno parecía desvanecerse. En el instante en que los dos hombres extendían las respectivas manos para el apretón del adiós se abrió la puerta y apareció Darío. Su vista topó con la de Tucson y enseguida lo saludó con un gesto elegante, tipo londinense, mientras se aproximaba a Cadena.

—¿Qué, Cadena, pensabas que tendría la mala educación de no despedirme, eh? —dijo Darío, sin dejar de repasar con la mirada, furtiva y penetrante, la figura y el atuendo de Tucson—. Vine también a traerte la llave. Perdona la interrupción. Regreso en estos días y te llamo. Creo que tendré que viajar a Culiacán.

Darío puso la llave del reservado en un recipiente de cristal lleno de monedas de otros países que descansaba sobre el buró. Cadena estaba sorprendido ante la inesperada llegada de Darío, aunque trataba de no aparentarlo. Y actuaba sin demora y con suma naturalidad, haciendo gala de su calificativo de hombre chapado a la antigua.

—Mira, Darío, te presento a un amigo.

Los dos hombres se estrecharon la mano y debido a que ambos, remolcados más que todo por el hábito y la costumbre, se estudiaban mutuamente, hasta casi olvidaron fijar los nombres respectivos que se habían intercambiado. Darío se fue, sonriente. Y hasta le dijo a Tucson la manida frase de siempre, la de «mucho gusto en conocerte». Otro tanto hizo el agente.

Ya en el carro, Mojarro le dijo a su jefe:

—Ese narco que entró en la oficina de Cadena es de la gente del Califa. Tan pronto estemos en Mazatlán te mostraré las fotos que Gal tiene almacenadas.

—Sí, cuando lo vi algo extraño me vino a la memoria, aunque te confieso que no pensé en esas fotos que tiene Gal. El dato extraño me surgió porque ya yo había escuchado hablar de ese narco que no parece ser un narco por la vestimenta y los modales, y para mi asombro, la verdad, vi que el cabrón se comportó atento y educado. Por demás, viste ropas de moda europea. Me dio la pinta del británico.

—El guardaespaldas que tiene es un español. Apenas cruzamos palabras en el vestíbulo. Pero ése es tan lector como yo. El pendejo no despegó la vista de unos diarios viejos —resolló de cansancio.

—Un informante me dijo que es oriundo de San Sebastián —Tucson iba al timón; ahora recordaba a Tlayola, que era el informante que había fotografiado a Patxi, y pensó en su inminente viaje a Medellín para encontrarse con El Mexicano—. Dicen los chismosos que ese vasco es mariguano y joto.

—¡Vaya, un guardaespaldas mariguano y maricón! Hasta para esas entradas y salidas son originales esos narcos de la chingada. Sabes, Tucson, luego llegó una muchacha de una belleza impresionante, que no es de las exóticas que fichan en ese harén. Es curioso, no sé qué pintaba ahí esa niña *fresa,* aunque acompañaba embelesada al narco que parece británico. Para mi buena fortuna, a ella la tuve sentada frente a mí. ¡Qué forro, jefe! Con unos ojos grises preciosos. Tenías que haberte demorado un poco más en salir. Por cierto, a esa mancebía del Juanacatlán va muchísima gente interesante.

—Por eso, aunque tengamos que venir disfrazados, vamos a regresar muy pronto. Le voy a moler la resistencia a Cadena. Ese chilango tiene que ayudarnos para que podamos agarrar a unos cuantos que estuvieron en el secuestro y asesinato de Camarena. Estamos avanzando en la operación «Leyenda», Mojarro, pero nos falta mucho camino.

XIII. Tus labios me lo dijeron

Llevaba muchas horas con el paño negro sobre los ojos, tantas horas que ella había perdido la cuenta. Y no tenía forma de llevarla. En realidad, no le interesaba hacerlo y hasta la habían despojado de todas sus ropas y pertenencias, «incluso de mi reloj pulsera», se dijo, sin saber cómo tamaña insignificancia había irrumpido en su cabeza. «Pero todavía sigo con vida», era la obsesiva frase que se repetía a sí misma, era la frágil esperanza que deseaba cultivar en medio de su orfandad. «¿Cuántas horas habrán pasado?», pensó. Le dolían las muñecas. Recordaba de nuevo cómo había levantado la mano para detener un taxi que pasaba veloz y no se detuvo, luego lo intentó con otro que avanzaba y había sucedido lo mismo.

Aparecieron dos niños bajo unos delgados letreros lumínicos, uno de esos letreros indicaba una farmacia y el otro una sastrería; deambulaban en la noche como dos enanos entre la gente adulta que caminaba sin fijarse en ellos, incluso algunos transeúntes en su prisa les daban empellones; pese a todo, esos chamacos desandaban algo distraídos. Semejaban estar desorientados; el niño tendría unos diez años de edad, la niña menos, quizás ocho o nueve; después le dijeron a Naida que ellos dos eran hermanos y que hacía muy poco habían llegado de Cristo Negro, donde vivían, «una zona algo pegada a El Puente, muy cerca de Ciudad Juárez», le dijo el muchacho.

Los dos hermanos aparecieron en la acera opuesta de la misma calle por donde Naida caminaba y arrastraba su único y magro equipaje de mano. Ella vio que los chicos miraban hacia todas partes. Aparentaban estar entretenidos ante el parpadeo de las luces de la ciudad, «como les suele suceder a los niños de esa edad», pensó la muchacha. Cuando los niños atravesaron la calle coincidieron en la misma esquina con ella; incluso de súbito, la saludaron cual si estuviesen bajo el amparo de un viejo afecto, de un reciente recuerdo. No obstante, esa repentina compañía tranquilizó a Naida.

Aunque El Paso a su juicio era una ciudad donde no existía la criminalidad; o sea, se dijo ella con absoluta razón: «no es como en Ciudad Juárez». El chamaco le preguntó a Naida si deseaba un taxi y ella le dijo que sí. Ahora los niños caminaban junto a ella y la joven hasta les regaló unos chocolates que ellos disfrutaron con placer y ambos dieron las gracias con la alegría reflejada en los ojos, donde venteaba cierta brisa juguetona. El niño quiso ayudarla a llevar la maleta. Ella se negó amablemente. De repente surgió un taxi. En realidad, no venía despacio, aunque no tan rápido como los anteriores. La niña al verlo gritó:

—Ese, señorita, claro que sí, señorita.

—Lo conocemos, señorita, ese carro es de Cristo Negro, lo maneja Lázaro, sí, es Lázaro —agregó el muchacho, con un brillo en los ojos que no se apagaba mientras con los dos brazos en alto detenía el carro.

Sin pedir anuencia el color negro invadió la sensibilidad de Naida, cual si fuese una señal inocente, curiosa, pero sin volverse intrigante: el negro de la noche, Cristo Negro, de donde eran los muchachos, y el carro color negro, acerca del cual los niños le aseguraban que era un taxi y conocían a su dueño. La muchacha, habituada a desentrañar la magia de los números, apartó de modo espontáneo cualquier intrusa representación alarmante; quizás debió haber soñado la noche anterior con espantapájaros o zopilotes negros o algo por el estilo, donde latiera sobre todo el cerrado color negro para que ahora ella hubiese podido descifrar la contraseña premonitoria que tenía ante sí, de manera que la hubiese podido alertar; precisamente ahora, ante ese carro color negro que ella iba a tomar y parecía ser un taxi.

El muchacho dejó a su hermana con Naida y dio la vuelta completa en derredor del carro para hablar con el taxista. Naida permanecía en la acera, al tiempo que le daba una ligera caricia a la niña en los cabellos, quien le dijo nombrarse Rocío y su hermano Efraín. El chofer no se bajó del carro. El muchacho regresó y sin titubear le dijo a Naida que todo estaba arreglado y que Lázaro la llevaría a la zona donde vivía su tía. Efraín abrió la puerta trasera del vehículo y colocó la maleta de mano sobre el asiento, y luego, con gesto caballeresco, le sugirió a la muchacha que entrara. Tan pronto ella se sentó, Efraín cerró la puerta y el carro echó a andar. Los pequeños hermanos, agitando las manos, dieron el adiós a Naida. Ella y el chofer se saludaron de modo parco y luego la joven le indicó la dirección de su tía.

—Allí estaremos en unos minutos, señorita —repuso, sin voltearse hacia ella.

Por el retrovisor, la pasajera sólo pudo ver del taxista una tupida barba que se escondía bajo la gorra echada hacia adelante. El taxi le pareció extraño a Naida, pero ella no conocía cómo eran las costumbres en territorio estadounidense, en el territorio donde ella había nacido y adonde había viajado en dos ocasiones anteriores. En esas dos oportunidades, ella recordaba, estuvo solamente apenas par de días. Su tía materna era la que se desplazaba hacia Mazatlán para verla y estar con ella. El taxista había tomado por una ancha carretera, luego recorrió una especie de atajo y giró por un tramo en construcción. A través de las luces del carro se abrían a los costados áridos muros, tuberías sin pintar y una sucia calzada con residuos de cemento y polvo de piedras. A Naida le pareció que ese tramo de carretera se hacía cada vez más sinuoso y complicado. Hasta que le dio por preguntarle con cierta autoridad al taxista hacia dónde se dirigía, y creía que lo había exigido con voz de mujer poderosa, autoritaria, como hacía su tía en los momentos críticos, a quien ahora le llevaba un regalo, aunque enseguida se percató de que sus cuerdas vocales trepidaban.

Y cuando vio que el forzudo chofer detenía el carro de modo brusco y se abalanzaba sobre ella, no tuvo la menor duda de que en ese preciso instante era una víctima más de las tantas que caían en manos de los depredadores sexuales, de los psicópatas, y, por qué no, de los asesinos en serie. Trató de defenderse con todas sus fuerzas, arañaba y mordía, gritaba y agredía, pateaba, pero los golpes que llovían sobre su naturaleza femenina eran los encargados de que con suma urgencia tuviese que trazar en su mente otras estratagemas para poder subsistir.

El hombre la agarró por los cabellos y la tironeó a rastras hacia afuera. La noche tenía una luna en lo alto, si bien por ese pedazo de autopista iluminado a medias no transitaba absolutamente nada. El agresor de baja estatura arrastró a Naida —quien ya estaba atontada por la golpiza y el pánico— hacia la parte trasera del carro, y después de amordazarla y maniatarla la metió en la cajuela del vehículo. El individuo era tan fuerte que Naida sentía que en realidad sus brazos eran de trapo. Antes, en la breve refriega, ella se dio cuenta de que el hombre estaba disfrazado. Unos pedazos de barba postiza se les habían quedado engomados en las manos y, sin saber cómo, también un líquido corrosivo le ardía en la piel de los antebrazos.

El agresor, de modo inesperado, le atendía y curaba las heridas y los hematomas a Naida. «Tiene manos suaves de mujer, de enfermera», pensó ella, aún bastante incrédula. Con un paño y agua fría, que la refrescaba, le limpiaba el cuerpo desnudo.

Ahora, al sentir que el hombre le había quitado la venda de los ojos, los abrió, pestañó varias veces y pudo apreciar que estaba como enceguecida; sentía los párpados pesados, torpes, resecos, y pestañaba sin parar, intentando quitar la arenilla que ella creía tener dentro.

Vio una luz tenue que se filtraba por las rendijas de unas tablas ennegrecidas que tenía enfrente. No era la luz solar. Esa iluminación provenía de varias bombillas eléctricas que estaban del otro lado, luces diminutas y brillantes, cual si fuesen bujías de un árbol de Navidad.

Tal vez ella estaba en un cuarto de desahogo. Eso pensó. El olor que le entraba por las fosas nasales era caluroso, polvoriento, desértico en su sequedad. También, como arrastrada de golpe por una brisa nocturna, le llegaba una lejana fragancia de jazmines que, por su estado ansioso y deplorable, se le antojaba como un olor pútrido.

«¿Dónde estoy, Dios mío, en los alrededores de El Paso o en los de Ciudad Juárez?»

—¿Te sientes mejor así, Cerebrito? —retumbó la quebrada voz del hombre que la tenía secuestrada—. No voltees la cabeza. Si lo haces, tendré que matarte. ¿Entiendes? Así que no muevas la cabeza.

—¿Cómo sabes mi apodo? —estaba aterrada, pero trataba de darle un tono suave a su voz, si bien ella misma la sentía demasiado temblorosa.

Le dolían las muñecas. Sentía las firmes correas que sujetaban sus brazos y piernas. Su cuerpo, de frente, estaba algo inclinado hacia adelante, a todo lo largo sobre una especie de plancha metálica, ancha, encorvada, donde el punto de apoyo de toda su fisonomía se agolpaba en el estómago, pero esa plancha ahora estaba algo erguida y todo el peso de su constitución corporal iba hacia las rodillas.

«Puede que sea un equipo ortopédico o un artefacto que se destina a los salones quirúrgicos.»

—Cerebrito, es malo saber demasiado —el hombre estaba ordenando pedazos de cuerdas y otros avíos—. Tú no me conoces. Nunca me has visto. Así que no te tortures. Sabes, estar contigo es como tener a mi cochinita pibil delante de mis ojos, mi carnita de cerdo adobada en achiote. Caray, qué delicia. Nomás que de pensarlo se me hace la... Oye, Naida, no muevas la cabeza... Sí, también sé tu nombre. Y no lo sé por tus documentos. Bonito nombre. Naida. Me gusta. Sabes, lo que define a una persona es el nombre, no el apellido. El apellido es como un arrastre que llevamos y pertenece a un océano de gente, ¿no?, esos antepasados acerca de los cuales no sabemos en dónde carajo está la primera semilla y todo eso, y el nombre no, eso es distinto, Naida, ese nombre sólo te pertenece a ti; es el empaque total del alma, ¿no? Oye, por cierto, ¿qué significa Naida? ¿Lo sabes?... Caray, Naida, no te me quedes callada.

Ella presentía que en cualquier momento comenzaría a temblarle hasta el último de los huesos y rompería a llorar con absoluto descontrol.

«Debo controlarme. Sí, debo de hacerlo, controlarme. Todavía sigo con vida. ¡Dios mío, dame fuerzas! Mi mamá me lo decía y no se cansaba de repetírmelo después de aquella maldita mañana en que yo me hice el aborto: Mija, no lo olvides, cuando un hombre te haga daño o quiera destruirte, vuélvete una perra, una mala mujer, la más zorra de todas, patéalo, escúpelo, con inteligencia, y que ese maldito nunca llegue a descubrir tu verdadera sabiduría.»

—No, no lo sé, señor —mentía, pero no deseaba hablar. Pero le soltó lo de señor para impresionarlo, aunque ella sospechaba que los enfermos mentales no se conmovían.

—¿Señor? ¿Me has dicho señor? —reía de modo extraño, como en rachas cortas que iban dirigidas a su estómago—. ¡Caray, Cerebrito, qué temperamento tienes! ¡Ya sabes que no soy un chafirete! Tienes razón, no soy un taxista. Me gustas, Naida, era hora de tener conmigo a una mujer inteligente. Sabes, tu nombre es de origen árabe. Eres la mera mujer de las ordenadas, simpática y observadora. Sí, verdadero, llevo tiempo vigilándote. Tu nombre también dice que quieres saber todo lo que pasa a tu alrededor. Eres bella y de gran espíritu. Caray, yo a esos cretinos los oía platicar sobre ti: que si tu agilidad mental, que si tus labios y tus ojos grandes, que si tu belleza romana. Bueno, esos comentarios de esos pendejos despertaron mi interés sobre ti. Yo estaba en un trabajo y lo abandoné de plano... —detuvo sus palabras, luego continuó—: Sabes, es que yo no soy de los que va por ahí buscando y buscando mujeres. No, eso no me gusta. ¿Entiendes? Yo quiero que las mujeres jalen mi interés y que ellas me escojan a mí. Y siempre tengo que verles un cierto parecido, algo, sí, así me inspiro. No me gusta ir en sentido contrario. ¿Entiendes? Es que yo me aburro, Naida. Sí, es verdad, cuando me aburro yo secuestro mujeres, pero cuando alguna jala mi gusto y, como ya te dije, que tenga algún parecido, algo, porque si no es así, no lo hago. Sí, las violo, eso también es verdad, pero siempre a mi manera. Bueno, a veces las torturo, no lo niego, aunque no siempre. Te lo aseguro. Te digo la mera verdad. Luego, al final, ya puedes imaginar lo que tengo que hacer con ellas, ¿no? A la mera verdad no me queda otra opción, ¿Entiendes? Tú vas a ser la séptima, sí, la séptima mujer que se le parece. Aunque hubo dos malditos desgraciados que los mandé al infierno donde habita el diablo. Cuando hice esa obra de Dios yo todavía no tenía... Bueno, así fue y para qué recordarlos. Es que yo me aburro, Naida, vivo muy aburrido y entonces...

—Conmigo no te vas a aburrir —gritó, con voz temblorosa, casi sofocada, sin saber de dónde le salía ese estrujado valor femenino. Ahora temblaba sin remedio—. Yo no sé si me parezco o tengo ese algo que a ti te gusta, pero no voy a dejar que te aburras y no voy a... —comenzó a llorar y no podía controlarse.

—No, no llores, Naida —se levantó, se acercó y le pasó la mano por la espalda—. Tranquila, vamos, tranquila. Sabes, cuando a una mujer le gusta mucho un hombre que nunca ha tenido y presiente que va a vivir una experiencia que jamás ha experimentado, y, de repente, quiere tenerla y vivirla con todas sus fuerzas, entonces todo su cuerpo le tiembla sin parar y también llora y llora, pero todo eso se te va pasar. A mí se me hace, Naida, que yo en el fondo no soy un hombre tan malo. Mira cuánta felicidad puedo darte. Caray, Naida, me gustas mucho, créeme, eres única. Y me gustas como tiemblas. Y tus lágrimas me excitan, me excitan mucho, la verdad. Ven, por favor. Vamos. Y no vayas a gritar porque me vas a obligar a matarte. ¿Entiendes? No lo olvides.

Le puso de nuevo la venda oscura sobre los ojos, le quitó las correas, la desnudó completamente, le amarró las muñecas con una cuerda detrás de la cintura y la obligó a dar unos pasos. El hombre ahora la empujaba y la conducía agarrada por los hombros.

—Vamos afuera, Naida, ven, vamos al patio —susurraba, tenía entreabiertos los labios y aspiraba hacia adentro, cual si bebiera sopa caliente—. El plenilunio tiene muchos misterios, ven, esa luz del plenilunio debe embellecer tus senos y tu cuerpo de una manera que yo...

Abrió una puerta y las bisagras chirriaron, como si en ese momento se estuviesen abriendo las atascadas rejas de un calabozo. Unos perros ladraron y se escucharon unos ecos secos provenientes de los rincones, como hacen las ratas cuando huyen. Naida sentía sobre la piel una brisa fragante, que olía a jazmines que ahora se le hacía más palpable.

El calor de su cuerpo durante su encierro anterior se disipó cuando salió al patio. Con los pies descalzos sentía la suciedad porosa del piso de cemento, ella suponía que se trataba de un patio con piso cementado; el olor de los jazmines ya no era tan viciado, ya no lo era, pensó, ni siquiera parecido a la vez anterior, sino reconfortante.

Eso creía Naida en el centro de ese calvario tan abrupto y cruel en el cual el destino, su imprudencia, su karma o lo que fuera, la tenía sumida.

«¿Quiénes son los jodidos tipos que hablaban sobre mí? Seguramente mi cowboy y Plinio, no pueden ser otros. ¿Y desde cuándo este cabrón desquiciado me ha estado siguiendo? ¿Serán los enemigos de Remy? ¿Será un narco instruido o un policía corrupto? ¿Será un médico enloquecido? ¿Llegaré a saberlo antes de morir? ¡Dios mío, ayúdame! ¡Dame fuerzas para poder escapar de este calvario!»

Y la muchacha lloraba por dentro y trataba de encontrar significados ante tanto sufrimiento. Ahora se enjuiciaba a sí misma como una despreciable mujer que no había pecado lo suficiente y en esos momentos, asquerosamente, estaba dispuesta a venderle su alma al diablo.

«Me transformaré en tu diosa, maldito. No has conocido a una más perra que yo. Seré tu madre y todas las hermanas que no has tenido. Te ahogaré en tus vómitos y en tus enfermizos orgasmos y te daré lo que...»

Empezó a gemir y a llorar como nunca lo había hecho en sus veintitrés años de vida. Dejó caer el mentón sobre su pecho; ahora escuchaba la voz quebrada del hombre que no le daba descanso:

—No llores, mi cochinita pibil, no llores, yo no te haré daño, me gustas mucho, caray, si pudieras ver lo que hace el plenilunio sobre ti; es una pena que no puedas ver ese cuadro, es majestuoso, es una obra de arte, mi cochinita adobada en achiote...

—Déjame ver la luz de la luna, por favor, quítame la venda...

—No, no, es que...

Naida ya no lo escuchaba, aunque en medio de su angustia le llamaba poderosamente la atención que el hombre que la atormentaba y le anunciaba, quizás de manera sinuosa y macabra, una segura muerte, daba extraños giros al rumbo de su vocabulario; se podía intuir que el verdugo tenía cierta preparación y sabía pelear con las palabras; para Naida era evidente que no estaba en modo alguno entrenada para las depravaciones que le caerían encima, y ahora, por fuerza, ella avizoraba que tendría que incursionar y ahogarse en esos pantanos inusuales de la perversión.

En estos momentos ella estaba de pie y el victimario, frente a ella, la tenía agarrada por los hombros, cual si fuese a darle inicio a una crueldad más. Luego apartó las manos de los hombros, pero Naida continuaba sintiendo su aliento a corta distancia, tan cerca de su cara se encontraba que podía escuchar su caótica respiración; y por los grotescos ruidos que hacía con la boca, la joven conjeturó que en ese instante se debía estar masturbando. El individuo aspiraba entrecortado el aire, como le era característico, como si quisiera enfriar calientes bocados que se llevaba a la boca.

Escuchó el jadeo lujurioso del carcelero que a ella se le hacía asqueroso. A continuación percibió que la conducía con rapidez hacia el interior del tugurio, eso pensó ella, a través de la planta de los pies pudo sentir el cambio del pavimento. Ahora creía que casi la remolcaba con prisa.

Ella sintió de nuevo la frialdad del presumible equipo ortopédico donde el carcelero la tenía amarrada, le dolían otra vez las muñecas y el cuerpo, sobre ese artefacto había vuelto a atarla boca abajo, y ahora Naida gemía hacia sus adentros más de mil dolores, como si fuese otra muchacha, eso pensaba ella, despojada totalmente de la capacidad de sentir compasión por esa otra joven, que en esos momentos imaginaba como compañera de ese viaje amargo y desconocido, cual si quisiera salvarse junto a ella. El carcelero la manoseaba y le apretaba muchas partes del cuerpo, y pasó a poseerla; luego de una embestida fálica que, más por lo inesperada que por la fuerza, le hizo sentir un punzante dolor en el bajo vientre, el secuestrador se detuvo en seco, saltó hacia atrás y comenzó a gritar:

—¿Viste hijoputa? ¿Viste? ¡No se parece! ¿Cómo? ¡No, maldito, no se parece!...

Y Naida, espantada, sintió que el verdugo la abandonaba y se alejaba con esos gritos horripilantes, cual si estuviese hablando con otra persona.

XIV. Procurar una vida feliz, es ilusorio

Era una suave noche de principios de octubre. El amplio jardín de la casa de Plinio se abría majestuoso en la parte trasera. El verde agónico del césped fulguraba en algunos tramos cual si estuviese bordado, debido a las irradiaciones que provenían de las pequeñas lámparas que estaban cerca del suelo y circundaban la alberca, donde resaltaba el agua mansa. Un roble empinado, entre alerces, abedules y árboles frutales, se disputaba una luna llena que prometía derrumbarse.

En el fondo, a todo lo largo de una elevada alambrada, se podía entrever la iluminada ciudad extendida entre bajas y altas colinas y bajo unas gruesas nubes que en lo alto semejaban estar colgadas. La hierba del jardín se hallaba salpicada de muchas hojas coloridas que el viento de la tarde había tumbado de los árboles. Muchos de los invitados a esa cena —en la vivienda de dos plantas del especialista financiero que vivía en Culiacán—, ya habían arribado y otros, ciertamente un reducido número, aún faltaba por llegar.

En torno a la alberca se veían dispuestas las mesas cubiertas con pulcros manteles blancos, vajilla color castaño y cubiertos de plata; eran mesas destinadas proporcionalmente para cuatro, ocho y doce comensales. Ya Plinio le había indicado a Tucson la mesa donde él se sentaría en compañía de Gal. Sería la siguiente a la que ocuparía el anfitrión.

—Remy, quiero tenerlos cerca —advirtió Plinio, jocoso—. Gal y tú deben estar cerca de mí, ustedes son los detectives que controlan, aunque estén en mi casa, a todos los que violan la ley. Yo debo de estar en el trono, donde estarán los diputados y mis colegas, los del mundo monetario, los que acomodan e indican cómo se hacen las jugadas políticas, los que nunca pierden y siempre ganan.

A un costado del jardín, entre la casa y unas rocas ornamentales, asaban en parrillas distintos tipos de carne roja. Más arriba se veía una ancha tarima en la cual, al final de la velada, tocaría una de las mejores bandas de música de Sinaloa. Sobre dos mesas alargadas se hallaban las bebidas y un sinnúmero de entrantes y selectos platos de la rica y variada gastronomía regional mexicana. Una veintena de camareros vestidos de negro y blanco eran los encargados de atender a los comensales.

—Te lo advertí, Remy —Plinio no dejaba de mirar hacia todas partes mientras hacía movimientos cortos con la cabeza y sostenía una sonrisa casi permanente; se veía forzado a realizar malabares para saludar y seducir a los invitados que eran sus amigos y conocidos, como si fuese un delfín acrobático que recién acabara de escapar de la alberca—. Ese Cadena pendejo sólo se ocupa de su familia y de disfrutar la vida.

—Eso último no me lo dijiste tan categóricamente.

—No importa, de todas maneras no podías reclutarlo. Te lo dije, ¿no?

—Puede que tengas razón, pero al menos hice el intento. Es mejor intentar que no hacer nada. Ese Juanacatlán es un increíble panal de abejas. Allí va toda Guadalajara. Hasta la gente impensable.

—¡Hombre, por eso yo voy a Juanacatlán cada vez que puedo! —levantó el brazo y saludó a una pareja que acababa de hacer su entrada—. Es un congal aristocrático de primerísima clase.

—Eres afortunado.

Tucson hablaba con cierta apatía, si bien ya veía regresar a Gal que había ido a los sanitarios y debía darle otro giro a la conversación. Incluso no le dijo al banquero que dentro de unos días volvería a Guadalajara para entrevistarse con Cadena. Pero ese desgano se debía a que él en realidad no deseaba estar en el banquete que había organizado su amigo. En verdad Plinio, a raja tabla, lo había arrastrado a esa velada, argumentándole que a esa cena asistiría gente importante del gobierno lamadridista, tanto del federal como del estatal, así como otros funcionarios y hombres de negocios que le convendría conocer. Sin embargo, hasta el último momento Tucson pensó en no asistir. No era dado a compartir con gente adinerada, y no porque fuesen ricos o pudientes, sino porque a su juicio algunos contemplaban estúpidamente la vida y al resto de los mortales. Y en consecuencia actuaban, pensaba él, o mejor sería decir, «casi nunca actuaban», que era lo peor. «Ésos, son estúpidos y pedantes», se dijo. «Carajo, nunca he podido soportarlos.»

Sin embargo, cuando pudo constatar la tremenda seguridad que acordonaba la vivienda de Plinio, gracias a las gestiones hechas por el propio perito, por supuesto, y además supo que estaría Celma en la cena, decidió acudir. Lógicamente, en ese encuentro social él y el asesor ministerial no hablarían absolutamente nada de lo que habitualmente trataban en las pláticas que efectuaban en las afueras de distintas ciudades. Mas hablarían de otros temas, los cuales Tucson siempre disfrutaba.

Le pidió a Gal que lo acompañara dado que ella, sobre todo, no correría ningún tipo de peligro, aunque se vio obligado a vencer su fuerte resistencia. La analista le argumentó una y otra vez que ella creía que nada tenía que hacer en ese festín. Tucson le dijo que ellos dos eran gente de negocios, debido a que ante los mazatlecos eran accionistas de Viajes Mazatlán; Gal sonrío al escuchar ese último argumento que consideró demasiado ingenuo. Si bien, al percatarse, una vez más, de que su jefe estaba realmente mal por la tragedia de Naida, decidió que haría el esfuerzo y lo acompañaría. «Lo haré, sobre todo por él», se dijo la analista, que secretamente estaba enamorada de su jefe.

También el investigador tuvo en cuenta que Plinio pronto viajaría al extranjero y él no sabía, y eso era frecuente, cuánto tiempo estaría sin verlo. Debido a su trabajo, el perito en asuntos monetarios se ausentaba de Culiacán por cortos períodos de tiempo y a veces largos. Plinio iba como un saltimbanqui por los países de América Latina y Europa, aunque esta vez— extrañísimo desplazamiento para Tucson— viajaría a Afganistán. Se lo había comunicado días atrás, algo distraído, cual si no le diera importancia al asunto, como solía hacer el banquero cuando un proyecto satisfacía sus expectativas.

«Remy, la intervención militar soviética ha jodido ese país y voy darme un salto, para ver si allí, sobre el terreno, puedo mejorar algunas cosas», le había dicho en tono despreocupado. «¿Ha decaído mucho la producción de opio en Afganistán?», le replicó Tucson, irónico, como buscándole las cosquillas a su enigmático compinche. «¡Vete al carajo!», clamó el perito, enfadado, aunque en esa ocasión se puso tan enojado que a Tucson le dio por pensar que Plinio en realidad estaba preocupado con ese desplazamiento.

—Gal, estás guapísima —dijo Plinio, poco concentrado, con la mirada cubría todo el espacio para identificar a sus invitados y, especialmente, a la muchacha que esperaba y lo tenía embrujado—. Me da mucho gusto que hayas venido.

—Gracias, Plinio. Eres muy amable. Sabes, tu casa es preciosa. Se ve estupendamente armoniosa en medio de esos maravillosos jardines. Y lo más curioso, esas dos áreas, en términos arquitectónicos, no se rechazan, todo lo contrario.

—¡Gal, qué lista eres! —Plinio estaba gratamente impresionado por la opinión que había dado la analista mientras seguía observando el lugar por donde entraban los invitados—. ¡Vaya! ¡Tienes una excelente mirada artística! De veras, Gal. En todo lo que hago en la vida trato de homenajear la belleza. Entonces, hoy me satisface que una belleza de mujer como tú sepa reconocer la armonía que reina entre mi casa y esos jardines. ¡Fantástico, Gal!

Ella echó una sonrisa, cruzó sus largas piernas y movió la cabellera negra hacia atrás.

—Plinio, eres exagerado y eso lo sabe Gal, pero en verdad eres un mago —Tucson estaba asombrado de ver arribar a tantas personas—. Yo me volvería loco. No sé cómo consigues que vengan tantas personas y mucho menos cómo puedes atenderlas.

—Nada del otro mundo. Se deben combinar dos cosas: el trabajo y el placer de hacerlo. Sólo eso. Y en cuanto a la atención de mis invitados, yo únicamente soy el pretexto. A ellos en realidad lo que le interesa es departir y pasarla bien. De manera que me tienen todo el tiempo en su mente, aunque no me vean. Si me ven una o dos veces durante toda la velada, eso para ellos no tiene la menor importancia. ¡Mírala, Remy! ¡Ahí está! —cualquiera diría que a Plinio le acababan de dar un empujón, ahora abría los brazos y se movía como si fuese a perder el equilibrio—. ¿Quién me lo iba a decir, Remy? Creo que esta vez me voy a enamorar, decididamente. Voy a buscarla. Enseguida regreso.

Plinio se fue presuroso en busca de la joven. Era evidente que el perito se estaba enamorando.

Gal miraba a Tucson. Comprendía, resentida, que su jefe llevaba tiempo con el rostro sombrío, como si tuviera a Naida enjaulada en su expresión. Un velo inexplicable le caía y se mantenía sobre el semblante, aunque incluso decidiera sonreír. Gal trataría de sacarlo de ese marasmo. Eso pensaba.

—¿Cuántos de esos invitados, jefe —susurró Gal—, que visten esos trajes de miles de dólares y son banqueros, hombres de negocios, diputados del PRI y de otros partidos políticos, serán en realidad frecuentes lavadores del narcodinero y prestanombres desde sus empresas e inmobiliarias, eh?

—Difícil de saberlo, Gal —aclaró, con verdadero desgano—. Ese tejido a que te refieres es inabarcable.

—¿No dejas de pensar en Naida, verdad?

Tucson se volteó hacia ella y la miró de lleno a los ojos. Luego observó a muchos de los invitados, sus modales, las ropas, las joyas.

—Toda esa escena que se abre ante nosotros, Gal, esa algarabía, esos atuendos costosos y esos lujos, no hace más que demostrarle a uno que el ser humano es demasiado pequeñito —parecía demorar las palabras ya que brotaban lentas de su boca y, haciendo una transición, musitó—: No, Gal, yo ahora no estoy pensando en Naida, lo hago todo el tiempo. Yo no sabía que la amaba tanto. ¡Dios mío! Sabes, ahora mismo quisiera que ella apareciera por aquella entrada y... —el silencio, sin pedir anuencia, se echó sobre el ánimo de Tucson y dejó a Gal impactada, dado que no esperaba esa reacción de su jefe, y, sin darse cuenta, mantenía los labios abiertos y un tanto atónita lo contemplaba—. Discúlpame, Gal. Los recuerdos de Naida me patean...

—No sigas, por favor. A veces, uno no sabe cómo van y qué rumbo llevan algunas cosas, y eso me pasaba a mí, por ejemplo, respecto a tu vínculo con Naida. Lo siento. No sabía que esa relación fuese tan importante —se sentía fuera de contexto, casi como una intrusa que metía narices donde no debía—. Sabes, como todas las mujeres yo soy un poco llorona, y sencillamente, eso que nosotras llevamos por dentro, y la gente llama ternura, en estos momentos me está invadiendo...

—¡Hola! ¿Es usted el señor Rangel? —Tucson levantó la vista y tropezó con la cabeza redonda y lisa de un individuo que en esos instantes resplandecía al reflejar la luz que provenía de los aleros del techo de la vivienda. Gal, por supuesto, también había sido sorprendida por la irrupción del inesperado recién llegado.

—Sí, dígame —Tucson se reacomodó e inclinó la cabeza hacia un costado y pudo ver mejor la cara del sujeto. Era rubio, fornido, de baja estatura y sonreía amable.

—Mire, yo estoy en esta cena porque acompaño a un diputado —giró la cabeza hacia la entrada—. Está por allá. Me va a disculpar porque ya me está llamando y yo soy su esclavo, ya usted puede imaginar. Hace un rato él y yo discutíamos sobre la amistad. Yo le decía que un amigo es un amigo y que muchas veces, gracias a un amigo, a uno le suceden cosas grandiosas —miró hacia Gal e hizo un acentuado gesto deferente, tipo asiático, arqueando su cuerpo hacia adelante—. A usted, señora, le pido disculpas, dado que he llegado abruptamente y puede que la esté interrumpiendo —se volteó de nuevo hacia Tucson—. Es lo que digo, señor Rangel, un amigo es un amigo. Eso discutía hace un momento con el diputado —volvió a mirar hacia el sitio por donde entraban los invitados, levantó el brazo y con evidente fastidio hizo un gesto con el cual anunciaba que ya regresaba—.

¡Qué pena, señor Rangel! Con su permiso, tengo que irme porque me están llamando. Ni modo. ¡Es un diputado, no! Luego regreso, señor Rangel, y le explico con calma. Hasta dentro de poco.

El intruso con el brazo en alto hizo un gesto para decir adiós y se marchó ágil como una sombra, en franco zigzagueo iba rumbo a la entrada pero atropellando a la gente. Tucson se puso en pie y trató de seguir al sujeto con la vista, mas le resultó casi imposible, había mucha gente y el individuo se había movido con sorprendente rapidez; incluso Tucson se irguió sobre la punta de los zapatos para seguirle el rastro al hombre que antes les había hablado sin parar y ni siquiera había tenido la delicadeza ni el tiempo, para escucharle a él o a Gal media palabra. Cuando Tucson se sentó, pudo apreciar que Gal tenía abierta su bolsa de piel, que se hallaba entre sus rodillas, y empuñaba sigilosamente la pistola en su mano derecha.

—Pensé que me lo iban a matar, jefe —musitó Gal, con voz trastornada, cual si le brotara desde el bajo vientre—. ¿De dónde habrá salido ese loco? —carraspeó la garganta y se bebió un sorbo de champán al tiempo que cerraba la bolsa.

—No, Gal, ese sujeto no parece estar loco. Ningún loco viste tan elegante y habla con esa coherencia. No sé. Mencionó dos veces mi apellido. Me dio la impresión de que sabía perfectamente con quién hablaba. ¿Estaría tratando de decirme algo? Tal vez. Desgraciadamente nunca dijo su nombre ni quién era ese diputado, como tampoco a cuál partido pertenecía. Lo más lamentable de su conducta es que al irse atropellaba a las personas. Ojalá que regrese, aunque lo dudo. Me parece que ese individuo con cara de gringo ya debe de estar lejos de aquí. De todas formas, Gal, una vez más te felicito por esos excelentes reflejos que tienes —sonriente, le hizo un guiño—. Siempre estás lista para protegerme, eh. De veras, te lo agradezco. Sabes, por eso me gusta que siempre lleves algo rojo en tu vestido. No me canso de decírtelo: el rojo te queda bien.

—Gracias, Tucson, pero tú eres un ser extraterrestre o algo por el estilo, no sé, créeme, para mí eres demasiado abierto. Yo no puedo contigo y mucho menos con esa mente que tienes, parece que tu cerebro funciona a mil revoluciones por minuto. Tienes un misterio que yo jamás podré descifrar. Y eso me molesta, te lo juro. Ante un incidente como el que acabamos de tener con ese fulano que llegó y se fue a la velocidad de un relámpago, mis razonamientos jamás hubiesen podido llegar tan lejos. ¡Santo Dios!

—Gal, por favor, no te excedas —bebió de su champán y la contempló con ojos renovados. Tal vez, por vez primera en la noche, Tucson se daba cuenta de que ella estaba hermosa. Tomó la botella y llenó de nuevo las copas, mientras seguía contemplándola, embelesado.

—¿Qué? —ella abrió los ojos, intrigada—. ¿Por qué me miras así?

—Gal, ¿qué le faltó al muerto? —levantó la copa invitándola al brindis.

—¿Al muerto?

—¡Salud!

—Claro, qué boba soy. ¡Salud!

Ahora los dos sonreían a gusto.

Después de lo acontecido con el hombre que ambos todavía no sabían de dónde había salido, Tucson se estaba reanimando como si alguien acabara de echarle un vaso de agua fría sobre la cabeza. Sabía que ese disparatado sucedido, y así también lo conjeturaba Gal, lo había sacudido hasta la raíz. Ahora el agente observaba cómo se debía —dado que Gal y él estaban en esa cena por exclusivas razones de trabajo— todo lo que lo rodeaba a fin de examinar los acontecimientos que se escenificaban en ese banquete de políticos y banqueros que, en muchas de sus aristas, se vinculaban con el omnipresente narcotráfico.

Poco después, la mesa para doce comensales donde se hallaban Gal y Tucson se fue ocupando por otros invitados. Sólo restaban un par de sillas vacías. Plinio, luego de presentarle a los dos agentes de la DEA a la muchacha de la cual decía estar enamorado, se acomodó con ella en su mesa. La joven era tan alta de estatura como el perito bancario, quien decía duplicarle su edad y ella tendría unos veinticinco años. Era atractiva, mulata, de grandes ojos pardos y sus cabellos rizados se expandían alborotados sobre su cabeza. Se nombraba Juana Lilia y era oriunda de ciudad Obregón e hija de madre cubana y padre mexicano.

Celma saludó a Tucson con naturalidad y sin expresar los consabidos vocablos que siempre iban dirigidos a provocar la suspicaz percepción del agente. Tucson le presentó a Gal, la cual lo impresionó por su belleza y por el hecho de saber que era soltera. Ella estaba habituada a que hombres como Celma la cortejasen y sabía controlarlos; así que el afamado periodista enseguida supo que con Gal no tenía la menor posibilidad de conquista. Luego fueron llegando otros invitados. Era una cena intranquila y bulliciosa. Muchos de los invitados se saludaban con exclamaciones y abrazos, debido a que llevaban buen tiempo sin encontrarse.

Poco después el propio Tucson arribó a la rápida conclusión de que para él esa noche se iba a constituir en la noche de los múltiples encuentros y sorpresas. Esa reflexión le vino a la mente cuando divisó a Galván, el jalisciense criador de caballos, el hombre que sabía tanto acerca de los caballos de raza que por ello era procurado constantemente por los capos del narcotráfico, tanto de Sinaloa como de otras regiones del país azteca —incluso era solicitado por los capos colombianos— para adquirir buenos ejemplares.

Galván era informante secreto de la DEA desde hacía tres años. Había sido reclutado por el propio Tucson y era conocido bajo el seudónimo de Pantera. Había estado de viaje por Medellín y por eso todavía no se habían entrevistado. A partir de la puesta en marcha de la operación «Leyenda», su trabajo como informante había cobrado renovada importancia y su papel había sido jerarquizado debido a los vínculos que sostenía con los capos de distintos cárteles. Tucson no esperaba verlo en esa cena. «Plinio es imprevisible», se dijo. «Ahora resulta que Pantera es una relación más entre las tantas que posee este intrigante banquero. Mas él no sabe que Pantera es un viejo informante mío, ni nunca lo sabrá, por supuesto. Bueno, ni Plinio ni yo somos adivinos. Menos mal.»

Gal sabía de la existencia de Pantera a través de los documentos secretos que ella manejaba, pero nunca lo había visto en persona y por tanto no tenía la menor idea acerca de su fisonomía. Otro tanto le sucedía a ella en cuanto a Celma, a quien sólo conocía en los documentos a través del seudónimo Griego, nombre que le puso Tucson en alusión a que Celma con frecuencia citaba en sus pláticas pensamientos de los filósofos griegos. Lo cierto era que ahora Tucson tenía frente a sí a Celma y a Pantera. Y estos señores entre sí, sin duda, desconocían que el hombre que estaba a su lado también fuese un informante de la DEA.

—Plinio, por favor, ven acá —Celma tocaba por el hombro al banquero y lo incitaba para que se trasladara unos minutos a su mesa—. Dinos cómo haces con el tiempo. Tú, ¿lo ahorras o lo dilapidas? Vamos, acércate y explícanos —se dirigió amable a la muchacha que acompañaba a Plinio—. Enseguida, señorita, se lo devolvemos. Lo prometo. Escucha, Plinio, Platón nos decía que el tiempo es la imagen móvil de la eternidad y tú, ¿cómo le haces para perpetuar tu propia permanencia? Quiero saberlo.

—Celma, no seamos pedantes —se acercó al periodista—. Vamos a aburrir a los invitados y ellos quieren pasarla bien. Tú sabes perfectamente que yo nada sé acerca de lo que dijeron esos filósofos, a quienes no conocí y ni siquiera logro imaginar cómo eran.

—No digas esas barbaridades, Plinio —Celma sonreía—. Ellos eran como tú y como yo, como todos nosotros, no tengas duda. Le gustaban estas comidas, cantar, bromear, platicar y se enamoraban apasionadamente, sí, así como hacemos nosotros. Iguales, eran iguales a nosotros.

—Bueno, no eran tan apasionados como yo, eh —miró embobado hacia su novia—. Como tú mismo me has dicho, ese tal Alcibíades, por ejemplo, estaba muy enamorado de Sócrates, ¿no? Y yo, por suerte, aunque nada tengo en contra de los homosexuales, estoy enamoradísimo de esa bella mulata que ves ahí, de Juana Lilia, oriunda de Obregón. ¡Qué maravilla, Celma!

—Me lleven los demonios —replicó el periodista—. Yo de haber vivido en ese tiempo y de haberme relacionado con Sócrates, no sé, creo que me hubiese enamorado de él, y perdidamente. Dicen que era un hombre de tan elevada sabiduría que a todos seducía, como si fuese físicamente el hombre más apuesto. Y sé que físicamente no era bien parecido, ¡todo lo contrario!

—¡De veras, Celma! —ahora era Plinio quien no podía detener las risotadas—. Mira las cosas que te hago confesar delante de todos.

—Plinio, por favor —el periodista volvió a la carga—, ¿qué haces con el tiempo? Esa fue mi pregunta inicial que aún no has respondido.

—Yo sólo sé que para enfrentar y tratar de dominar el tiempo se requiere por parte de uno de mucha constancia. Eso creo, Celma. Constancia, mucha constancia. Y si la tienes, resulta demasiado difícil que puedas dilapidar el tiempo. Que a mi juicio, ese es el gran defecto que tenemos muchos seres humanos: se dilapida el tiempo como la arena que se escapa de entre los dedos. ¿Satisfecho, Celma?

—Correcto, Plinio. Excelente imagen. Te felicito y ya puedes volver con tu bella Juana Lilia. Es más, te prometo que tan pronto yo adquiera los bancos que tengo pensado comprar, sin pensármelo dos veces, enseguida te nombraré su presidente.

—Gracias, Celma —regresó a su mesa y se sentó junto a su novia—, pero no me rebajes, por favor. Sin ánimo de ofenderte, amigo, cuando quieras adquirir bancos, habla conmigo. Tú sabes de periódicos y finanzas, esa es una verdad sagrada, pero yo soy el indicado para examinar esas adquisiciones bancarias.

Todas las mesas ya estaban servidas y los invitados degustaban de la cena y las bebidas. Tucson sabía que Celma apenas había comenzado a ejercitar su punzante atractivo intelectual. «Cuando veas, patriota, que les lanzo muchos dardos venenosos a los señores en una cena, no dudes que lo hago adrede. Quiero herir a esos cerdos; quiero verlos sangrar, de veras. Es que deseo vengarme de esos políticos y funcionarios engreídos que nos miran por encima del hombro y no son más que puros ignorantes, aunque tengan incluso, como suele suceder en nuestro México lindo y querido, mucho más poder que yo. Sobre todo lo hago para que mis adversarios sepan que no pueden medir conocimientos conmigo», le había dicho Celma.

El champán, el vino, el whisky, los tequilas y la cerveza iban haciendo sus estragos en los invitados. Y una de las mejores bandas musicales de Sinaloa ya ejecutaba sus canciones. Pantera le había sido presentado a Tucson por Celma, también a Gal, pero el criador de caballos y Tucson continuaron ignorándose, como un par de desconocidos que no se atraían. No así la analista, quien se interesó por conocer lo que se pudiera acerca de las razas equinas. Pantera con mucha gentileza le explicó en detalle muchos pormenores relacionados con los caballos y, en puro fingimiento, a cada rato, en la plática con Gal se hacía el despistado y se refería a Tucson como su posible enamorado y otras veces como el novio. Y ella le aclaraba, una y otra vez —pese a que era una confusión que no le agradaba esclarecer—, que ella y Tucson no tenían ningún tipo de relación amorosa.

Plinio, en compañía de Juana Lilia, visitaba todas las mesas y agradecía a cada uno de los invitados el hecho de haber asistido al banquete por él organizado con tanto empeño. Descubrió a dos invitados que no habían sido ubicados en las mesas previstas e hizo un aparte con uno de sus asistentes y lo amonestó por esa imperdonable falla. Luego, el perito bancario, en compañía de esos dos invitados y de su novia, se acercó hasta la mesa de Tucson, donde se encontraban Celma y Pantera.

—Señores, miren, la pasión, nos decía Platón —Celma estaba disparado y parecía disertar desde un púlpito—, es diabólica y desgarradoramente humana, y lo mejor que podemos hacer es dominarla por medio de una férrea disciplina personal. Y eso, señores, mucho tiene que ver precisamente con lo que anteriormente había enseñado Sócrates: procurar una vida feliz, es ilusorio.

—Celma, lamentablemente tengo que interrumpir tu diatriba acerca de los antiguos griegos —el perito tenía las manos sobre los hombros de los dos invitados que recién acababa de rescatar—. Mira, Celma, te presento al señor Gary Webb, periodista norteamericano que tiene mucho interés en conocerte. Y a ti, Galván, te presento al señor Darío Figueroa, empresario jalisciense, quien está interesado en conocerte y tratar contigo asuntos de negocios. Señor Webb, señor Figueroa, de nuevo les pido que me disculpen y aquí los dejo en esta excelente compañía, sin duda, una de las mejores.

Tal como lo había presentido Tucson desde el mismo comienzo de la velada, la noche continuaba ofreciéndole especiales extrañezas. Plinio seguía hablando aunque el agente ya no lo escuchaba. Cualquiera diría que a Tucson le acababan de apagar todos los sonidos que emergían de todos los lados del jardín. Hubiese podido imaginar la llegada de todo tipo de invitado, menos la del narco que esgrimía modales distinguidos. Plinio le dio un golpe afectuoso en el hombro y Tucson en ese momento vio la atractiva sonrisa de Juana Lilia que se despedía. Seguidamente observó la mano extendida de Darío que lo saludaba y cuando estrechó su diestra pudo apreciar que Gal estaba pasmada. La analista, a no dudarlo, era avispada y tenía una memoria aguzada para las fotografías de las personas. Eso lo sabía su jefe. «De seguro Gal ya sabe quién es el personaje que tenemos frente a nosotros. Espero que no le dé por abrir el bolso», pensó Tucson, burlón, al tiempo que saludaba a Darío.

—Caramba, qué pequeño es el mundo —dijo Darío, con voz amable— o somos nosotros dos que nos movemos como Dios manda en busca de la buena vida. Qué bueno poderte saludar, Remy. ¿Remy, verdad?

—Exacto, a mí también me da gusto en saludarte, Darío. ¿Cómo está Cadena?

—Muy bien. Ése siempre está bien. Le diré que nos vimos. ¿Quieres que le diga algo?

—No. Sólo dale mis saludos.

—Perfecto. Así lo haré. Bueno, por ahora me despido. Tengo que platicar algunos asuntos con el señor Galván. Por cierto, Remy, ¿tienes pensado visitar Guadalajara en próximos días?

—Sí, fíjate que sí.

—Perfecto. Me gustaría, si no hay inconveniente, ver la posibilidad de encontrarnos en Guadalajara para platicar sobre un asunto de interés mutuo.

—¿Mutuo?

—Así es.

—Darío —Tucson se inclinó hacia adelante y bajó el tono de voz—, ¿acaso vas a darme algún regalo especial? No quisiera, por ejemplo, que me hicieran fotos comprometedoras con las exóticas del Juanacatlán. Eso sería demasiado escandaloso, ¿no?

—Nada que ver con el libertinaje, Remy —Darío se echó a reír, entre tanto ya se disponía a platicar con Pantera—. Te lo aseguro. Entonces, allá nos vemos. Y con el auxilio de Cadena, precisamos el día exacto. Adiós.

Naturalmente, el agente aún sonreía mientras veía que Gal sostenía una grave expresión en su semblante. Miró hacia el lugar donde se asaban las carnes y vio que a un costado, junto a las rocas decorativas, estaba Patxi de pie con un plato en la mano izquierda y un tenedor en la derecha mientras comía lentamente, y se le veía rígido como una estatua, cual si fuese un vikingo que con la mirada taladraba las aguas de la alberca para cuidar a su jefe.

Al constatar que Darío había sido invitado por Plinio a esa cena, Tucson no tenía duda de que en el campo de las influencias en las esferas del poder en México el narcotráfico jugaba su papel de manera impecable y sabía esgrimir su añeja filosofía de que los favores debían saldarse y ser reciprocados con favores. Hasta podía intuir qué le diría Plinio cuando le preguntara el porqué de la presencia de Darío en ese banquete. Seguramente le diría: «Muy simple, Rangel, recibí una llamada telefónica ministerial a través de la cual me pidieron que lo invitara, dado que él tenía que ver asuntos de negocios con Galván, y así lo hice; ya sabes, nunca me ha gustado la enemistad de los que están arriba.»

Contempló a Gal y constataba que ella, curiosa, miraba hacia Darío con cierta frecuencia. Contrariado ante las recientes revelaciones, Tucson miraba hacia el tempestuoso Plinio que junto a Juana Lilia seguía agradeciendo a los invitados por haber asistido a su banquete.

«Nunca podré saberlo, nunca podré saber cuántos probables favores le hace Plinio y sus correligionarios a los narcos. ¡Válgame, Dios, el narcotráfico es una enfermedad infecciosa! ¡Y lo controla todo, absolutamente todo!», pensaba, entre tanto veía que Celma, en compañía de Webb, se le acercaba para presentárselo. «¿Cuáles serán los planteamientos que me hará ese Darío en Guadalajara? No es cosa que me quite el sueño, pero no dormiré tranquilo hasta saberlo.»

XV. Los números nunca fallan

Naida llevaba muchas horas sin ingerir alimentos ni agua. Se sentía muy débil. Al punto que a veces creía que ya el miedo se había extinguido o tendría que desaparecer y transformarse en otra cosa: en una pesadilla de ignorados miedos o que muy pronto esos miedos ya no tendrían espacio para golpear su humanidad. Era una extraña sensación. Era como iniciar otra vida o habitar en el limbo.

El victimario había regresado después de estar ausente más de veinticuatro horas. Los ladridos lejanos de los perros, el maúllo interminable de una ensartada gata en celo, las cigarras y los grillos, las ratas buscando alimentos, la soledad amontonándose en otras soledades, el hambre y la sed habían sido la única compañía de Naida.

Lo primero que hizo el secuestrador fue quitarle la venda de los ojos y dirigirle algunas palabras duras, amenazantes, y otras, increíblemente, de aliento. Y, como siempre, volvió a decirle que no intentara mirar hacia atrás porque le podría costar la vida. De nuevo, ella pestañaba sin cesar hasta sentir que sus ojos regresaban poco a poco a la normalidad.

Luego le colocó de nuevo la venda sobre los ojos y le limpió el cuerpo con abundante agua y un paño que ella en ese instante llegaba a sentir tibio y reconfortante. La levantó, la sentó en una silla y le amarró las muñecas detrás de la cintura. Naida, que aún se juzgaba como anestesiada, sintió alivio físico y mental, llevaba demasiadas horas echada sobre el artefacto de metal que semejaba ser un aparato ortopédico o quirúrgico. Y él le dio de comer unos emparedados que ella masticó despacio, muy despacio, e ingirió con agua. El verdugo le daba de beber agua, toda la que ella deseara, mientras él bebía tequila a una velocidad asombrosa.

—Caray. Decididamente, mi cochinita pibil, mi carnita de cerdo adobada en achiote, no te pareces a ella —se lamentaba, con la voz mareada, al tiempo que seguía empinándose el tequila—. ¿No me extrañaste, eh? ¿No querías verme? Sabes, mi cochinita, no te pareces a ella.

La botella ya estaba semivacía.

El hombre estaba tirado sobre el piso, vestido, con los zapatos puestos, completamente borracho. Permanecía detrás de la silla donde estaba sentada Naida y veía a través de sus entrecerrados ojos cómo la botella, que era impulsada a intervalos por su propia mano, giraba sobre el suelo una y otra vez «—*esa es la ruleta, pendejo, así la juego con tu pinche madre y contigo, ven, así, ven, ponte así, por eso a mí, mariconcito, jamás me vas a olvidar*», recordaba esas palabras y aún divisaba en la penumbra que circundaba al hombre que hedía a tabaco, el rostro de la mujer que a él le decían que era la autora de sus días, *¡esa maldita, que le dicen madre!*, pensaba con desprecio y ahora sentía que le hervía la sangre; primero le bullía como un roñoso goce propio, empapado, visceral, luego le escaldaba el alma como si fuese un hierro puesto al fuego—, hasta que finalmente la botella semivacía detenía su movimiento giratorio sobre el piso, pero al detenerse la punta de la botella nunca apuntaba hacia la espalda de Naida como él esperaba; si bien más adelante, cuando reanudara una y otra vez el mismo movimiento de esa botella que ya se le hacía cansino, no deseaba que eso sucediera, o sea, que al final la punta pasara del objetivo, prosiguiera, y no apuntara hacia ella.

—¡Qué le dijiste a ese hijo de puta, maldita! —gritaba y gemía, con la voz ebria, llorosa—. ¡Ese hijo de puta qué te decía, eh! ¡Cómo jugaba a la ruleta, eh! ¡Dímelo, maldita!

Naida movía la cabeza y trataba de saber en dónde se encontraba el carcelero que ahora soltaba esa rabiosa voz a sus espaldas, quien estaba totalmente borracho y gritaba unas frases que ella de principio a fin no lograba entender. Le daba la impresión de que él no le gruñía esas frases a ella, eso creía, si bien era difícil conocer qué telarañas dominaban la mente de un desquiciado, pero estaba claro que él estaba o creía estar hablando con otras personas, eso pensaba ella, cual si dialogase con terceras personas que, por demás, no se hallaban en ese recinto.

La muchacha intuía que él debía de estar muy próximo a ella, dado que a intervalos lograba escuchar los lastimosos gemidos del hombre que estaba ahogado en los vapores etílicos e intentaba platicar de modo natural.

—Te extrañé mucho, mi dueño, muchísimo... —ella desesperaba, ya que no entendía el sentido de las frases que él expresaba, pero a pesar de todo, decidió contradecirlo—. Yo me parezco a mí, mi dulce, y conmigo tendrás todo lo que quieras...

—¡Dulce! —el borracho parecía estar sorprendido—. ¡Oye, Cerebrito, me llamaste dulce!...

—Sí, mi dueño —por el gruñido, ella no sabía si había errado; sintió pavor, pero decidió seguir adelante—: Tú eres mi dulce...

—Caray, me sorprendes. Oye, Cerebrito, ¿yo te hablé de mi sor Hipólita? No recuerdo haberte hablado sobre ella. Sabes, yo jamás a nadie le platico sobre mi sor Hipólita, sobre esa santa. Ella sí era una santa. Ella sí me quería. Ella me ayudó a olvidar mis primeras dos cruces. Cuando ella murió en el orfanato yo... o en el reclusorio... Creo que aún la lloro mucho. Todavía la lloro... Ella sí me quería... Oye, Naida, sí, ahora mismo me doy cuenta... Ella, y tú, tienen la misma voz aterciopelada... Caray, sí, tienen idéntico timbre de voz... Por eso tú... ¡Caray, Naida, y yo no lo sabía!...

«Por fin, loco desgraciado, ¿me parezco a ella o no? ¿Soy cómo la monja? ¿O a quién me parezco? ¿Y cuál es la maldita a la que no me parezco, eh?»

—Bueno, no sé, mi dulce —ella sabía que estaba en manos de un asesino y ahora recurría a todo su ingenio—. A lo mejor me lo dijiste telepáticamente. Vamos, mi dulce, háblame de esa monja bonita, por favor, anda...

—¡Cállate! —por primera vez la voz del verdugo retumbaba rabiosa y cubría todo el recinto—. ¡Sólo yo puedo, eh! ¡Ella sí era mi madre y no esa maldita que decían que era mi madre! ¡Cierra la boca, Naida! ¡Te conviene, eh! ¡Sabes por qué todavía no te he matado! ¡Te lo diré!, ¡no te pareces a esa maldita! ¡A ésa, que decía que era mi madre y me metía en la cama con ese malnacido, hijo de la...! Por eso... Todavía yo no... Mi mujer no lo sabe, bueno, ni un poquito sabe, porque si llega a saberlo tengo que matarla, aunque me costaría mucho matarla, sí, es que ella me hace cosas que me duelen mucho, me da la espalda, no me quiere... Y yo me aburro, me hace sufrir, pero yo la quiero mucho, mi mujer me equilibra...

Y se calló.

Los ronquidos del verdugo fueron los encargados de decirle a Naida el porqué de ese silencio tan prolongado que desde hacía buen rato se había adueñado del recinto. En medio de esa larga callada que se había estacionado entre el victimario y la víctima, ella no sabía si era de noche o de día. Suponía que debía de ser de noche, ya que a sus oídos sólo llegaba un cerrado silencio después que se desvanecían los ronquidos que emitía el carcelero en su profundo sueño.

«Ese loco desgraciado está como en otro mundo, menos mal. Yo pensé que los demonios no lo iban a dejar tranquilo y que él acabaría con mi vida. Aunque no me ilusiono, puede hacerlo en cualquier momento.»

Desde la adolescencia, Naida, dada la extraordinaria pericia que ejercía en el manejo de los números, tuvo momentos en que ella misma y sin que nadie se lo insinuase, llegó a pensar que tal vez en sus adentros se escondía una autista que no había asomado del todo su talante. Llegó a sospecharlo, aunque jamás tuvo la osadía de decírselo a nadie. Excepto a su cowboy, que al escucharla no hizo otra cosa que reír y reír.

«Si supieras cuánto he pensado en ti, mi cowboy, si supieras cuánto te amo. En Tucson tú me preguntabas qué me estaba sucediendo y yo te decía que nada, que no me pasaba absolutamente nada, y te mentía como una necia, no quería preocuparte, pero en verdad sentía a veces que un hombre me estaba siguiendo, luego ni yo misma me lo creía, yo actuaba como una estúpida, y mira todo lo que estoy pasando, mi cowboy, y lo que me falta, a saber lo que me falta por pasar en este calvario antes que llegue la muerte, ¡Dios mío!»

Mas ahora no era el momento de reflexionar sobre ese aspecto al cual en el pasado había regresado en más de una ocasión. Incluso regresó tantas veces que, al llegar a un punto razonable, ella decidió desechar para siempre esa preocupación.

Sin embargo, en estos momentos, ella quería llevar el talento especial que poseía para los números y aplicarlo en el campo de la lógica o más exactamente en el de la psicología. Lo que más deseaba en ese instante era armar el rompecabezas que su carcelero le había comunicado de modo fragmentario. «Demasiado fragmentado», se dijo.

Pensó en una regla de tres simple, si once valen tanto, noventa y dos valdrán noventa y dos por tanto dividido entre once. *Error*, como solía decirle Remy cuando él desaprobaba alguno de sus razonamientos. «Tienes razón, mi cowboy, los números nunca fallan», memorizaba Naida, «pero las personas, sí. ¿Y en cuanto a llevarlo a la lógica, mi cowboy, qué?» *Correcto*, como solía expresarle Remy al aprobarle sus propuestas. Y ella comenzó a reflexionar acerca de todos los elementos que el verdugo le había lanzado. «Hay cuatro figuras. Error. Hay tres figuras femeninas y una figura masculina. Correcto. Eso parece.» Se decía Naida mientras proseguía con sus análisis.

«La madre, la monja, su mujer y el amante de la madre, el pedófilo. Correcto. A la madre mi carcelero la odia desde lo más profundo de su ser. Y por lógica asociación se deduce que también odia al amante de la madre, al pederasta. Estos dos sujetos, la madre y el amante, abusaban sexualmente de mi carcelero cuando éste era un niño. Si lo hicieron por separado o juntos: el resultado es el mismo.

»Correcto. Mi carcelero ama a la monja, a quien él reconoce como a su verdadera madre o como a la madre que no pudo tener. ¿Mi carcelero estuvo en un asilo de huérfanos o en un reclusorio infantil? Es probable. Correcto. Eso parece, ahí debió de haber conocido a la monja, a sor Hipólita, la hermana religiosa que trabajó en ese orfanato, o se relacionó con el reclusorio, y que se presupone haberlo querido mucho.

»Mi carcelero ¿habrá asesinado a su madre y a su amante el pedófilo? También es probable. Tal vez por eso dice que la monja lo ayudó a olvidar a sus dos primeras cruces. Eso pudo haber sido tremendamente factible. Fueron quizás sus dos primeros asesinatos. Casi seguro. Luego está la tercera figura femenina que el carcelero critica, pero que ama: su mujer.

»Dice que ella le da equilibrio. ¿Ambos estarán separados desde hace mucho o desde hace poco? Por el tono en que habla o refiere esa relación parece una separación reciente. Correcto. Cuando menos, mi carcelero dice quererla mucho. Correcto. Todo esto me parece que está bien planteado. Esa madre abusaba de mi carcelero cuando era niño. Correcto. Luego la madre le metía en la cama a su amante el pederasta. Esa debe de ser la causa de que se haya desatado este loco asesino. Correcto, Naida. Correcto.»

La muchacha movió las manos, sin darse cuenta, con mucho descuido, como el que respira sin saber que respira y se llevó una sorpresa que la dejó sin aliento. Sintió que la soga estaba floja. Un frío abrupto y filoso, como de diamante, recorrió toda su espina dorsal. Movió las manos y enseguida comprobó que las tenía libres. De momento decidió permanecer quieta, muy quieta.

«¿No habría sido el carcelero que aflojó la soga para luego divertirse a su modo y tener pretextos para asesinarme?», pensó, «¿o habría sido de parte del carcelero su mayúsculo error, el mayor error de su vida, debido a su tremenda borrachera?» Ahora había tanto silencio que Naida era capaz de escuchar su propia respiración.

Movió su mano derecha, la llevó hasta la frente y de un tirón se bajó la venda de los ojos, la cual se desplomó como anilla negra sobre el cuello. Movió la otra mano y ya tenía las dos manos frente a los ojos. Comenzó a frotarlas entre sí, despacio, para reanimarlas. Miró hacia las tablas negruzcas de la pared del frente, que ya ella conocía, y observó las mismas bombillas encendidas que parpadeaban del otro lado como un árbol navideño.

Giró lentamente la cabeza y el torso hacia atrás y enseguida vio a su carcelero que estaba tendido sobre el suelo. Dormía profundamente. Observó que el hombre semejaba un amasijo de carne y huesos bajo un bulto deforme. La mirada de Naida ahora sólo se detenía en tres detalles: el carcelero era hombre fornido y de baja estatura, vestía chaqueta costosa de color negro y camisa de seda azul, y en la mano derecha algo abierta sostenía una billetera.

Se acercaría a cualquier cosa menos al cuerpo del victimario. Pensó. Examinó deprisa la vivienda. Las paredes iluminadas por una bombilla de luz fría parecían muros chamuscados y extraídos de una alcantarilla o de una ruina. La casa estaba tan sucia que daba la impresión de que llevaba muchas semanas sin topar con limpieza alguna. Repasó de nuevo la humedad y la polvareda que en todo momento a ella le había entrado por las fosas nasales. Comenzó a mover su cuerpo y se dio cuenta de las tremendas reservas que era capaz de almacenar y esgrimir una humanidad maltratada y reducida como la suya. «El cuerpo humano es una maquinaria perfecta», se dijo, con extraordinario placer.

Naida no sabía cómo se había operado ese milagro físico, pero todos los dolores que momentos antes la tenían oprimida de repente desaparecían en un abrir y cerrar de ojos. En aras de la sobrevivencia propia, hubo un mecanismo en el cerebro de la joven que se había accionado y ordenó a una velocidad insólita bloquear todos los dolores y sufrimientos.

«No, no atravesaré ese pasillo oscuro», se dijo, al tiempo que observaba un ancho túnel que se abría ante sí y que debía encaminarse desde el fondo de la casa hasta la puerta que debía dar a la calle, «no sé si en ese corredor oscuro hallan o no personas u otras habitaciones. Mejor intento la fuga por lugares que en todo momento yo pueda controlar.»

Sintió alivio cuando vio que su ropa estaba tirada muy cerca de la puerta de hierro que daba al patio. Los pantalones vaqueros, la blusa malva que le había regalado su madre y los botines. Observó por unos segundos la puerta de hierro. «Por ahí me sacaba desnuda ese maldito para disfrutarme bajo el plenilunio, ¡maldito!», pensó, y sintió una desagradable punzada en la entrepierna, entre tanto, a una velocidad increíble, se vestía y se disponía a escapar como una centella por el fondo de la casa.

Naida constató que no había podido encontrar su ropa interior, pero eso en realidad le importaba un comino. Examinó el lugar con la vista para ver si había alguna arma de fuego, «para defenderme», se dijo, y no vio ninguna. Tampoco pudo divisar arma blanca alguna.

Y se dirigió hacia los tablones negruzcos que formaban la pared en el fondo. Comprobó con regocijo que eran tablas endebles. No dudó un instante en arrancarlas de cuajo con las manos. La primera se desprendió como si fuera cartón podrido. Igual sucedió con el segundo tablón. Vio incluso cómo los clavos quedaban doblados y herrumbrosos y cómo la madera se hacía pedazos en las manos debido al paso del tiempo y a la humedad.

Saltó por encima del bajo muro que servía de soporte a las enmohecidas tablas. Cayó sobre unas piedras que yacían sobre un pasillo con piso de tierra que parecía hundirse. Ahora la muchacha corría por encima de las piedras. Iba hacia una dudosa claridad, una claridad estrecha en la cual se podían divisar a duras penas en lo alto el alambrado eléctrico, las copas de unos árboles y los techos de zinc de unas casas iluminadas por unas distantes farolas. Mientras avanzaba se daba cuenta de que el pasillo se hacía cada vez más angosto. Era como una especie de pasadizo estrecho que daba a la calle, cual si estuviese aprisionado entre dos paredes que debían corresponder a las viviendas que se hallaban a ambos lados. Ella se puso de costado y seguía avanzando. Rogaba a Dios que la ayudara y pensaba en su cowboy, sobre quien no había dejado de pensar ni un solo minuto. Y comenzó a llorar cuando vio que su cuerpo ya estaba casi en la calle.

«Naida, busca a la policía, no te entretengas en nada más, busca a la policía y diles que me localicen, corre, mi amor, corre», creía escuchar la enérgica voz de su cowboy, entre tanto ella había tenido que derribar una diminuta alambrada que se le había levantado como último obstáculo al final del estrecho pasadizo cuando la tironeó con las manos y la devastó a patadas, esa estrambótica alambrada le hizo recordar una asquerosa jaula de gallinas que en ese momento no lograba recordar en dónde anteriormente la había visto.

Ahora Naida no podía controlar las piernas que iban veloces, iban de prisa cual si estuviesen absolutamente fuera de control, mientras su mirada, que chocaba contra el aire seco, los pasantes y las luces, la hacía valorar la tremenda importancia de estar viva y sobre todo poder acariciar la libertad.

—Dios mío, yo no sabía que existían los milagros, no lo sabía, perdóname... Estoy en El Paso... —balbuceaba la muchacha mientras corría veloz y lloraba de alegría—. Mi cowboy, nunca antes había sentido mi corazón tan pequeñito.

Y Naida, sin detenerse todavía, se secaba las lágrimas con las dos manos.

XVI. Dejó de ser asunto de machos

La señora ya estaba sentada en una antigua silla de madera laminada que se hallaba junto a la ventana. Era una tarde soleada, muy soleada, como son todas las tardes en Tucson, Arizona; mas la señora mantenía la sala de su casa a media luz; afuera, al pie de esa ventana que daba a una calle y gracias a los ángulos de la luz solar que el cortinaje no lograba cobijar, se veía un elevado saguaro con flores carmesí, cubierto por un cielo rojizo entremezclado con sugestivo amarillo que se desvanecía, cual pintura surgida de las profundidades del fuego.

La señora, a quien todos en el vecindario conocían como Marga, la yaqui hebrea, una vez que abrió la puerta de su vivienda contempló a los dos visitantes por largos segundos, primero a los dos, a una muchacha y a un muchacho espigado; luego con fingida serenidad se concentró de lleno en el joven que ella hacía mucho tiempo juzgaba no volvería a verlo, o no llegaría a conocerlo, ya que esto último, pensó, era el razonamiento más exacto, lo había abandonado muy pequeño. Lo miraba como si en realidad ella fuese la recién llegada y no esos forasteros que tenía frente a sí, como si ella hubiese regresado de un largo viaje.

La yaqui hebrea, tan pronto cerró la puerta de la casa, y mientras observaba a los recién llegados y les daba un lacónico saludo, les dio la espalda y se encaminó con paso lento hacia la ventana y allí se sentó en su silla de madera laminada. Darío pensó que antes de sentarse abriría las cortinas de la ventana que amordazaban la luz solar. Sin embargo, pese a la penumbra reinante, las dejó como estaban. La señora tenía el pelo lacio y canoso, el cual le caía dignamente sobre los hombros. Se pasaba de una mano a la otra, un pañuelo blanco que tenía entre las manos, maquinalmente en movimiento casi perfecto, como si esas manos fuesen las encargadas de mantener bien sellados los secretos más importantes de su vida.

—Esa muchacha tan bonita, Darío, ¿es tu esposa? —fueron sus primeros vocablos, al tiempo que levantó un brazo, agarró el borde de una de las cortinas de la ventana y lo sostuvo para observar detenidamente el saguaro que reinaba pomposo en el jardín—. Ella no hace otra cosa que mirarte. Creo que quiere embrujarte con esos ojos grises que tiene. Son hermosos, ciertamente. La gente me lo había dicho, pero yo nunca los había visto. Doy gracias al Señor, ya que hoy, Darío, me has hecho ese regalo. Por fin he podido conocer cómo son los ojos grises. Sabes, no me hagas el menor caso, pero esa muchacha tan bonita parece que te quiere. ¿Cómo se nombra?

—Mire, es la novia que me asusta y se llama Gabriela —repuso él, en voz baja, mientras miraba a la muchacha y le hacía un guiño más nervioso que placentero, entre tanto recordaba las opiniones de Julián y de Prince, sobre todo las de Prince, acerca de esa mujer de mediana estatura que permanecía sentada en esa silla de madera laminada que debía ser su sitial preferido, ya que el mueble se veía tan usado que en algunas partes había perdido su color dorado.

«Seguramente era más alta», pensaba Darío, «pero tal vez el paso de los años la haya empequeñecido un poco. Casi seguro. A saber cuántos hijos tuvo. ¿Tendré hermanos? Ahora debe tener la misma edad que mi padre, no, no, ya recuerdo, mi padre le llevaba tres años. En estos momentos, mi padre tendría setenta y nueve años. Por tanto ella debe tener sesenta y seis. ¿Pero cuáles son las motivaciones verdaderas que me han traído hasta aquí? ¿Por qué decidí reencontrarme con ella? ¿Sólo por curiosidad? Mucha gente abandonada jamás localiza a su madre. ¿Por qué yo habría de ser la excepción? Sí, ya sé, tal vez sea por eso: a mí no me gustan las cuentas pendientes. De estar vivo don Esteban, me hubiese dado unas cuantas bofetadas. Su hijo, el único que tuvo, decidió reencontrarse con la mujer que para él era una puta. No, no, yo por eso no voy a ser un hombre bueno. De ninguna manera. En este mundo roñoso en que vivimos, a los hombres buenos sólo les espera una desgracia tras otra y al final la calamidad absoluta. Y eso lo he descubierto a través de mi propio trabajo: hacer viajar el dinero sucio de un lugar a otro, hasta encontrarle una nueva partida de nacimiento. Llevarlo hasta el lugar donde nace el dinero estupendo, el dinero noble, el dinero limpio, y si está ensangrentado, manos a la obra, debe limpiársele el lomo en los registros empresariales y bancarios hasta que no se le note la más mínima mancha de sangre. Y hacerle ese maquillaje al dinero en México es lo mejor y más viable, sólo en los bancos mexicanos se lavan más de treinta mil millones de pesos al año; ya que desde la tierra azteca se le suministra a Estados Unidos el setenta por ciento de la cocaína, el treinta por ciento de la heroína y el ochenta por ciento de la mariguana que consumen diariamente los norteamericanos. ¡Carajo, qué rayos sucede en mi mente!»

—Gracias, señora, muchas gracias por sus elogios —dijo Gabriela, sonriente, al tiempo que le daba un codazo a Darío para que regresara al mundo de los vivos.

Gabriela, en realidad, se sentía bastante confundida. Antes de partir de Guadalajara, Darío le había dicho que viajarían a Tucson para visitar a una tía materna que tenía información sobre su madre, a quien él no pudo conocer por haber fallecido en el parto. Con todo, el parecido físico de la supuesta tía y el joven era impresionante. Ambos tenían la misma frente, idénticos ojos y ademanes muy similares. Pero lo que más la había impresionado era el hecho de que los dos se habían saludado con suma frialdad, sin intercambiar besos y abrazos, como suelen hacer los familiares que llevan tiempo sin verse. «Creo que en este reencuentro familiar, yo voy a tener más de una sorpresa», se dijo Gabriela.

—¿Sabes, Darío, a quién tu padre amaba más que a Dios? —la mujer no apartaba la mirada del saguaro—. ¿Julián no te lo dijo?

—No, no lo sé —aún seguía meditando acerca del porqué de su visita a esa casa—. Fíjese, y si algo me dijo sobre eso, no lo recuerdo.

—A Mijaíl Kaláshnikov —sonrió, como si recordara algunos pasajes tenebrosos y burlones—, el ruso, el inventor del fusil ametralladora AK-47, el famoso cuerno de chivo, el fusil querube de los narcos y no sólo de esos descarriados. ¡Qué disparate, Dios mío! Yo jamás pude entender la enfermiza admiración que tu padre profesaba por ese ruso. "Marga, yo no soy comunista, ni nunca lo seré, pero ese Kaláshnikov es un genio", me decía tu padre, y cuando yo le decía: "¡Hombre, Esteban, menos mal que no está aquí la marimandona de Pabla ni sus guaruras para que puedan escucharte decir esas barbaridades! ¡Sabes, Esteban, cuando un narco sea comunista, se habrá acabado el mundo!" Entonces él se desternillaba con esa risa infantil que tenía, muy suya, y que yo aún no sé de dónde demonios la sacaba. Sabes, con esa risa de niño bullicioso fue con la que tu padre me atrapó. Aunque de los niños, él sólo tenía la risa. El resto eran los demonios del infier... —cortó sus palabras y se llevó el pañuelo a los labios; luego, prosiguió—: Sabes, Darío, ¡Esteban que descanse en paz!, a pesar de todo lo que me hizo, a tu padre no le guardo rencor... —comenzó a llorar y, entre gemidos que no parecían apagarse, trataba de darles fin y, al lograrlo, añadió—: Sabes, Darío, tu padre dormía con el cuerno de chivo al pie de la cama y con la fotografía de ese ruso colgada en la pared. ¡Qué disparate, Dios mío! Tu padre decía que ese fusil ametralladora era la mejor arma de fuego que jamás había sido inventada por el hombre, y no se cansaba de pronosticar que esa Kaláshnikov se llevaría más muertos a la eternidad que las bombas atómicas que los gringos les lanzaron a los japoneses en la Segunda Guerra Mundial.

—Hay que reconocerlo, ¿no? —objetó Darío, orgulloso—. Mi padre tenía razón y habló como si fuese el gurú de los inventos. Por ejemplo, hoy por hoy, el AK-47 está estampado sobre la estrella solitaria de la bandera nacional de un país africano: la de Mozambique.

—¡De veras, Darío! —exclamó Marga, extrañada—. Eso no lo sabía. Parece que tu padre estaba al corriente de cómo sería el futuro. Sabes, muchas veces la gente se vuelve fanática de algo, sin comprender a cabalidad qué la impulsa a practicar esa idolatría. Y así lo hizo tu padre con ese ruso y su maldito invento, que ha matado y matará a tanta gente. ¡Válgame Dios!

—Así que el AK-47 ya tiene credenciales diplomáticas ante Naciones Unidas —dijo Gabriela, mordaz, mientras reía—. Yo creo que eso el comandante Trillo no lo sabe. ¡Ese que va a saber!

Marga se levantó y abrió las cortinas. Al hacerlo se dio cuenta de que afuera, a la derecha y un poco más allá de la puerta de entrada de la casa, estaba aparcada una camioneta con dos hombres que vigilaban su morada. Intuyó que esa camioneta era de Darío y que esos hombres lo protegían. «Los guardaespaldas son guardaespaldas», se dijo con pesar. «Algo tenía que heredar de su padre y sus compinches. ¡Santo Dios! Menos mal que Darío hizo estudios en Inglaterra.»

Tan pronto Marga abrió las cortinas, una tibia claridad entró por la ventana. Tanto Gabriela como Darío se sintieron reconfortados y pudieron contemplar con mayor detenimiento las dimensiones, los muebles y la decoración de la casa. A pesar de la penumbra anterior, los dos, sin poderlo evitar, habían absorbido una paz desconocida, hasta una sana armonía que, sin duda, necesitaban recibir.

La acotación burlona e hiriente de Gabriela sobre su padre, al tomar de pretexto lo que se hablaba acerca de la trascendencia y alcance del cuerno de chivo no pasó inadvertida para Darío. Todo lo contrario. Se trataba de los habituales comentarios críticos de Gabriela respecto a su padre, y algo grave escondían esos reniegos, pensaba él cada vez con mayor fuerza.

A Darío le llamó la atención que en el pasillo que iba en dirección a la cocina de la vivienda estuviera expuesta sobre la pared una sugestiva máscara, realizada seguramente por artesanos indios. Eso pensó cuando la contempló de lejos. Era una máscara grande y deformada en sus contornos, de color terracota con recortes negros de piel de búfalo. Gabriela se levantó y, pidiéndole permiso a Marga, se encaminó por el pasillo para contemplar la máscara. La muchacha de los ojos grises, que admiraba los vestigios de cualquier civilización añeja, estaba placenteramente impresionada.

La señora en ese momento dio una palmada al aire y gritó Sarmiento una sola vez. Poco después, desde el fondo de la casa se sintieron los pasos de una persona que avanzaba por el pasillo. Era un hombre de unos sesenta años, caminaba con paso lento y traía entre las manos una bandeja con agua y café. Se cruzó con Gabriela, a quien saludó con gesto elegante. Sarmiento tenía la piel tan trigueña y los rasgos físicos tan enfatizados en la singularidad, que la señora de la casa no tuvo necesidad de aclararle a nadie que se trataba de un indio.

Marga de inmediato auxilió al hombre, agarró la bandeja y la puso sobre una mesa de centro. Enseguida les presentó el indio a los visitantes, en tanto les comunicaba que era su esposo. «La señora le lleva años a su indio enamorado, asombroso. Marga es original, por eso el MOSSAD la tenía entre sus fieles», pensó Darío, un tanto encandilado. El matrimonio sirvió el café a la visita. Sin embargo, Sarmiento se mantuvo de pie, a la espera de que los presentes bebieran el café y el agua. Luego, serio, y sin decir media palabra, regresó al fondo de la casa.

—Sabes, Darío, Sarmiento es de ascendencia yaqui, de un pueblo indígena de Sonora. Esos indios lucharon más de cincuenta años por sus tierras, sus derechos y sobre todo por su autonomía. Fueron cruelmente perseguidos y deportados a la fuerza bajo la dictadura de Porfirio Díaz. Por eso Sarmiento es un hombre de mucho carácter. La deportación, lejos de destruir a los yaquis, los hizo más fuertes. Los antepasados de Sarmiento lucharon en la Revolución Mexicana bajo las órdenes de Obregón. Luego de ser deportados por la gente de Porfirio Díaz a Yucatán, regresaron finalmente a Sonora. Y entonces gran parte de los yaquis vinieron a vivir a Tucson. Sabes, Sarmiento es una de las cosas más adorables que me ha dado el Señor, después de que yo de ti..., de mi tan bonito tesorito que eras y... cometí la locura de... —lloraba, pero esta vez con evidentes deseos de que nadie la viera derrumbarse.

Gabriela, conquistada por la serenidad de la señora y el hálito místico que envolvía la casa, se levantó y fue presurosa a reconfortarla. Ya la muchacha no tenía duda de que Marga no era una tía, sino la madre de Darío. Cuando la joven quiso ir en busca de un vaso de agua, enseguida vio que junto a Marga, ya estaba Sarmiento con el agua.

—¡Me lleve el diablo, joven Darío! —el yaqui tenía una voz poderosa—. Con el mayor respeto, mi mujer no está bien y no debe vivir esas emociones. Ella ha estado suplicando a la triada sagrada de los yaquis por tu felicidad, joven Darío, e implorando para ella el perdón de los dioses. Tú, joven Darío, que eres fuerte, debes saber perdonarla; joven Darío, escucha, para que después, de tu muerte, no te conviertas en un vagabundo eterno, solitario y sin rumbo. Debes perdonarla, joven Darío, ¡por favor!

Momentos antes, Darío se había levantado y después de caminar un poco por la sala estaba erguido ante la ventana a través de la cual observaba a Patxi y a Juan, quienes, despreocupados, platicaban y fumaban al pie de la camioneta. Darío se giró cuando escuchó la voz de Sarmiento y lo miró. Contempló al indio yaqui por largos segundos y constató que a pesar de sus años parecía tener la fortaleza de un roble y la pericia de un águila. «Si los hombres en Arizona, lanzaban una moneda al aire y le daban un plomazo en pleno vuelo, este indio yaqui debía pegarle con la punta del cuchillo», pensó el joven.

Contempló de nuevo a la señora que le hablaba como si nunca ella lo hubiese abandonado. Se dio cuenta de que Gabriela no dejaba de consolarla. Era evidente, y eso lo sabía Darío, que en ese momento Sarmiento esperaba que reaccionara ante sus recientes palabras. Y no es que Darío titubeara, pero para él la plática con la señora se había desarrollado de manera inimaginada.

—Darío, ¿cómo está tu tío Julián? —preguntó Marga, reanimada, si bien Sarmiento estaba más sorprendido que Darío ante esa sorpresiva pregunta que a todas luces tenía cierta urgencia para ella.

—Está bien, viejo, pero bien —repuso Darío, al tiempo que miraba a Sarmiento.

—¿Sigue de noviero con esa hermana del policía gringo, o esos gringos ya no están por Juárez? —Marga no soltaba el brazo de Gabriela.

—No —Darío no esperaba ese tipo de comentario. Por demás, no recordaba ningún dato que Julián hubiese tenido amoríos con la hermana de un policía estadounidense.

—A tu padre le dio por pensar que Julián y yo... No, mejor no te lo digo. No vale la pena. Para tu padre la palabra de Julián siempre estaba por encima de la mía. Ya sabes, según ellos, yo provenía de una casa de mujeres.

—Julián me lo dijo, pero de otra manera —sentía que en el juego, en ese cerrado juego que ahora mantenía con Marga, a él muy pronto y sin remedio se le caería de las manos el mazo de naipes.

—¡Vaya! Siempre supe que ese tío que tienes es un hombre justo, muy justo —el joven sentía la cortante ironía en la voz de Marga, sutil, vengativa—. Imagino que también ese hombre tan justo tendría la hombría de decirte otras cosas... Supongo...

—Señora, ¿se refiere a las golpizas? —hizo el comentario, como para salir del paso.

—¡Vaya! Menos mal que te habló sobre eso —quitó la mano del brazo de Gabriela—. Pero para platicarte de otras cosas debió de faltarle el valor. Los hombres, Darío, son siempre los hombres, y algunos son peores. Cualquiera diría que tu tío era mejor que tu padre, pero no era así. La perversidad que nunca tuvo Esteban la tenía Julián. A veces las cosas, Darío, no son como aparentan ser.

—Gabriela, Sarmiento, por favor, quiero quedarme a solas con mi madre —Darío lo dictaminó de modo espontáneo, sin habérselo pensado dos veces, como si lo hubiera dicho y decidido otra persona, otra persona extraña a él, ajena—. El vocablo *madre* le habían brotado como si él se hubiese condecorado a sí mismo con una especie de título nobiliario, un título nobiliario del cual había sido despojado desde pequeño. En tal sentido, pensaba, él había sido una persona distinta y diferente a las demás, y, en realidad, ahora sospechaba que las cosas no marchaban precisamente por la senda que a él le gustaba desandar, habían tomado otro derrotero, habían tomado otro recorrido en su nombre y sin pedir anuencia, el de los hombres buenos, que era el camino que a Darío no le gustaba en absoluto transitar.

«La señora cultivada, colaboradora durante años del MOSSAD, que conquistó el amor de un yaqui iletrado y le enseñó el valor de las letras, la señora hebrea de nacimiento, capaz de adentrarse en otra religión como la de los yaquis. ¿O será que Marga ha estado en los brazos de la religión hebrea que ha sido la primera religión, la religión cuna de todas las religiones? Es posible, pero ahora Marga está a solas conmigo, y, sobre todo, porque yo mismo lo he solicitado», meditó Darío y ahora contemplaba a Marga.

—Marga, debería hablarme acerca de mi padre y de Julián —sentía que un tendón de su pierna derecha le saltaba, como si en ese instante ese nervio recibiera toques eléctricos—. Debería hablarme sin rodeos y decirme qué fue lo que sucedió, por favor.

—Darío, hace un momento dijiste "mi madre", así me llamaste. ¡Qué alegría sentí, Dios mío! —se llevó las manos a los labios y agrandó sus ojos en señal de admiración—. Sólo el Señor lo sabe. ¡Qué alegría me has dado!

Y comenzó a llorar.

Ahora, para sorpresa de Darío, Marga se había puesto de hinojos ante él y le abrazaba las piernas, fuertemente, como una hiedra, como si nunca quisiera apartarse.

—No, Marga, no haga eso, por favor, levántese. —Dijo Darío y la agarró por los hombros y la llevó hasta su silla. Darío se sentía doblemente apenado, porque sabía que un judío no debe arrodillarse jamás ante otra persona.

—¿No sientes nada, verdad? —se secaba las lágrimas—. ¿Me ves como a una extraña, verdad? No hace falta que digas nada, Darío. Señora, volviste a decirme señora. Yo no puedo remediar el daño que te hice, hijo mío, no puedo corregir mi nefasto error.

—Mire —repuso Darío—, me gustaría si fuese posible, saber lo que ocurrió.

—Tu padre tenía cara de ogro, de intratable, pero tenía un corazón blandito. Si bien al final le dio por maltratarme, física y mentalmente. Sabes, Darío, aunque yo quiero verlo de otra manera, él me maltrató mucho, demasiado. Cuando estaba sobrio, me decía que él sabía que Julián y la gente le habían mentido, me pedía que lo perdonara y juraba que jamás me volvería a poner una mano encima. Pero después se ponía a tomar y se olvidaba de sus promesas. Hubo momentos en que llegué a pensar que ya él le había cogido el gusto a darme esas palizas, no sé, o tal vez lo que él no podía hacerle a la marimandona de Pabla, me lo hacía a mí, eso me dije, no sé. Sabes, a los hombres les resulta humillante ser dirigido por una mujer. Eso le pasaba a tu padre, y también al cobarde de Julián. Sí, Julián era un cobarde, siempre lo fue. Creo que por eso todavía está vivo. Ser pendejo, sordo, ciego y mudo, esa era su filosofía. Julián envidiaba mucho a Esteban, sí, lo envidiaba todo el tiempo. Es probable que después de muerto Esteban, tu tío aún no haya podido apaciguar esa envidia que sentía por su hermano. Julián aspiraba en convertirme en uno de sus tantos objetos sexuales, quería dañar a Esteban, pero él no pudo conmigo, y él lo sabe muy bien, por eso ese cobarde me respetaba y...

—O sea, quiso tener sexo con la mujer de su hermano.

—Sí, pero no lo logró. Yo respetaba mucho a tu padre, pero, sobre todo, me respetaba a mí misma.

—¿Tampoco se lo dijiste a mi padre?

—No. Ya sé, hice mal, pero Julián y su gente se encargaron de hacerlo. Me calumniaron, y tu padre les creyó. Después que le dijeron esa mentira, cada vez que Esteban se emborrachaba, ya sabes. Pero quiero contarte algo importante. Mira, yo comencé a levantar sospechas de infidelidad porque tenía un amigo gringo, Bill Lander, judío, bien parecido y por eso la gente chismosa me lo echaron de amante; me llevaba diez años y era dueño de un restaurante y una empresa de transportación en Juárez; estaba casado, con dos hijos, y su mujer, Fernanda, estupenda juarense, era también mi amiga. Apoyándome en Bill, me ausentaba y me iba a El Paso y a otras ciudades estadounidenses, en fin, para cumplir trabajos que sólo eran de mi incumbencia...

—Trabajos del MOSSAD —la interrumpió—. Saber a través de los desplazamientos con ese Bill dónde estaban las bases militares de investigación donde los gringos perfeccionaban sus armas secretas.

Marga entreabrió los labios, estupefacta, no podía imaginar que Darío tuviese dominio de los secretos que ella jamás había compartido con nadie.

—Vaya, veo que en este mundo hay cosas que parecen tener vida propia, se mueven rápido y los secretos dejan de ser secretos, pero... —detuvo las palabras y miró a los ojos de Darío, con aires de una *sayanim*, intrigada—. Pero esas cosas tú sólo puedes haberlas conocido por una sola vía, a través de una sola fuente. Entonces, ellos te...

—Así es, Marga, y no debes suponer nada más —había comenzado a tutearla, pero eso ahora no lo molestaba—, no podré decírtelo, lo sabes. Por favor, ¿quieres proseguir con la plática acerca de tus años juveniles en Juárez?

—¡Cómo eres, Darío! ¡Santo Dios! —el rostro le irradiaba admiración—. No, no te preguntaré nada más, pero si ellos han acudido a ti, debe de ser por algo sumamente importante. Sabes, creo conocerlos bien, cuando yo...

—No sé de qué me estás hablando.

—Tienes razón... —se alisó el vestido con las manos y se reacomodó en la silla—. Sabes, después de que tú nacieras, a Juárez se le llamó la capital de los divorcios. Era increíble. Por razón puramente circunstancial, en fin, legislación no existente en otros lugares, mucha gente gringa se iba a Juárez para divorciarse. Así lo hicieron Lisa Monroe, Bette Davis, Lauren Bacall, Zsa Zsa Gabor y otras artistas, para separarse legalmente de sus maridos. Pero ese *glamour* que vivía Juárez en esos años se opacó por el narcotráfico que, desde principios de este siglo, crecía, y debía crecer y crecer. La jefa de tu padre, Pabla, excelente ama de casa, ciertamente, y que mucho hizo por ti, eso lo reconozco, desde su vivienda daba órdenes en todas direcciones para no perder el poder y el control de Juárez y así cumplir fielmente con las máximas que le había enseñado su fallecida madre, fundadora del cártel de Juárez: "Pabla, pierde cualquier cosa, menos a Juárez"; y "Pabla, en este negocio, se mata o se muere, pero jamás se comparte."

—Así es —dijo él—. Por eso en Juárez las mujeres tienen fama de llevar los pantalones en los negocios del narcotráfico. Y desde hace muchos años. "El narcotráfico en Juárez, dejó de ser asunto de machos", decía Pabla con frecuencia. Eso lo recuerdo bien.

—Pabla aumentó el soborno a los políticos, funcionarios, militares y policías corruptos, e hizo avanzar la venta de la droga cristalina hasta niveles insospechados, ya sabes, haciéndole cortes para un mejor aprovechamiento, con vidrio pulverizado o lidocaína, lactosa, talco, sulfato de quinina y otras sustancias que ya no recuerdo. Pabla hacía viajar a Esteban, constantemente. Tu padre era su brazo derecho. Pabla, con el lenguaje de las armas, consolidaba su cártel y eliminaba a sus enemigos. La mujer ama de casa que no disparaba un solo tiro, ciertamente, sabía cómo dirigir a los suyos y mandar a eliminar a los narcos que le hacían la competencia. Como ya te dije, yo aprovechaba esas ausencias de tu padre y me iba a El Paso, e incluso a otras ciudades estadounidenses. En una de esas ausencias de Esteban, a mi regreso te fui a recoger a casa de Julián, donde te había dejado muy temprano en la mañana, tú estabas pequeñín; la esposa de tu tío me dijo que él te había llevado para la casa de Rosy, una empleada de Julián que tenía en su empresa de tráileres; cuando llegué a esa casa me enfurecí porque tú estabas jugando en una habitación donde se preparaba cocaína para una venta fuera de plan que haría Julián en El Paso. Este proceder de Julián ya se iba haciendo bastante habitual. Yo incluso sospechaba que eso y otras cosas él lo hacía a espaldas de Esteban. Bueno. Allí, en esa habitación, estaba una gringa amiga de Rosy; luego supe que además de ser la hermana de un policía gringo, era lesbiana. Me enfurecí, porque tanto Rosy como tu tío y esa hermana del policía que, si mal no recuerdo, se llamaba Kelly, estaban desnudos y drogados hasta la punta de los cabellos. Y puedes imaginar en qué estaban esos malditos. Me puse tan frenética que le lancé a Julián cuanto objeto encontraba a mi paso. Esa fue una situación demasiado explosiva. Pero poco después, al llegar la noche, tuve que enfrentar una situación más que explosiva y sumamente traumática: la gente de Pabla, y a no dudarlo con la anuencia de Julián, le dio fuego al restaurante y a la empresa de transportación de Bill; era una empresa pequeña que tendría a lo sumo unas cuatro rastras y se dedicaba a transportar frutas, vegetales y ganado desde Juárez hacia otros lugares. No sé si los narcos confundieron lo que hacía Bill. Eso nunca pude saberlo. Es una de las páginas oscuras de mi vida que no pude develar. Como sabes, yo me apoyaba en Bill para merodear y estudiar el Centro de Defensa Aérea de Estados Unidos y sus cohetes, y otros centros militares que existían en la zona fronteriza. Luego, esa misma noche, a unos kilómetros de la empresa que fuera incendiada, aparecieron Fernanda, la mujer de Bill, y sus dos preciosos hijos, de quince y trece años respectivamente, baleados dentro de una camioneta que era de Bill, y hasta con los tiros de gracia en la frente. Yo los vi acribillados, Darío. Sencillamente me volví loca, perdí el control de mis actos, de mi vida, de todo.

La reedición de esos lejanos y macabros recuerdos, produjeron en Marga una visible aflicción, la cual pudo percibir Darío.

—¿Recuerdas cómo se nombraba el policía gringo?

—No, no lo recuerdo —replicó, sin apartar la mirada de la ventana—. Pero la hermana se llamaba Kelly, sí, Kelly.

—Y sobre esas tragedias tampoco le dijiste nada a mi padre —presentía que su comentario estaba de más.

—No, no fue necesario. Sabes, Darío, unas horas más tarde yo escapé con una idea fija en mi mente: no volver jamás a Juárez. Y así lo hice. Pensé en esos momentos que uno de los destinos más sórdidos de Juárez serían los de la violencia y la crueldad sin límites. No podía entender por qué los narcos llevaron a cabo esa violencia tan feroz contra Bill y su inocente familia. Lamentablemente, yo también hice una cosa que nunca podré remediar aunque viva varias vidas: te abandoné. Te llevé a la casa de tu abuela materna y pretextando un par de mentiras, allí te dejé. Yo estaba convencida de que si te llevaba conmigo, tu padre, sólo por ti, para él tú eras lo más grande, me encontraría bajo la tierra y me mataría. Estaba aterrada. Luego las malas lenguas se encargaron de decir que yo me había escapado con mi amante, con Bill, a quien no vi nunca más, ciertamente.

Darío vio que las mejillas de Marga estaban bañadas en lágrimas. Se levantó y llamó a Sarmiento para que le alcanzara un vaso de agua. Observó que Gabriela había estado todo ese tiempo con el indio en la cocina. La muchacha, después de cursar unas palabras con Darío, se acercó a Marga. Tan pronto Gabriela contempló a Darío y a Marga, presintió que en esa sala se había tenido una conversación embarazosa, pero no hizo el menor comentario. Sarmiento le dijo a Darío que ya la comida estaba lista y que ellos, además de comer, podrían pernoctar en la casa dado que había un par de habitaciones disponibles. Darío no respondió. Estaba inmerso en sus meditaciones. Luego se encaminó hacia donde se hallaba Marga y al llegar le puso la mano sobre el hombro. No la acarició, no hizo absolutamente nada, mas le dejó la mano un buen rato sobre el hombro. Ante la escena, Sarmiento puso cara de satisfacción, mientras Darío ya se despedía parcamente de la autora de sus días.

—Tienes dos hermanas, Darío —dijo Marga—. ¿Les puedo decir que pronto vendrás a conocerlas? No es porque sean tus hermanas, pero son excelentes mujeres.

—Sí, diles que pronto vendré a conocerlas.

—¿Pero por qué no se quedan a comer, joven Darío? —reiteró Sarmiento—. Es un poco tarde.

—No, Sarmiento, muchas gracias, tenemos que irnos —dijo.

—Al menos, tómense un café —propuso Marga.

—Bien, bebamos el café —repuso Darío, al tiempo que sentía sobre sí los delicados brazos de Gabriela que lo enlazaban.

«Vine hasta aquí para conocer a mi madre», se dijo Darío, vengativo, «y ahora me llevo conmigo una página oscura que debo revelar. Marga, mi padre me enseñó que en este viciado mundo uno no debe dar la espalda a los canallas, uno debe enfrentarlos, e incluso, por qué no, eliminarlos. Ese policía gringo, el hermano de la lesbiana, quizás tuvo que ver con el asesinato de don Esteban. Espero que Julián no esté implicado. Espero que no, aunque ese tío sea pendejo y se haga el sordo, el ciego y el mudo. Ese gringo pudiera ser uno de los policías que asesinó a mi padre y que luego fue perdonado por la Pabla. Nadie como ella sabe sobornar y comprar a los miserables y a los soplones. Todo eso, Marga, a su debido tiempo, lo voy a averiguar, así que Kelly...»

Afuera, estaba Juan sentado frente al timón de la camioneta. Patxi había salido a fumarse un cigarro preparado con hachís que, según él, era un estupendo enervante que le había enviado un amigo como regalo especial desde San Sebastián. Juan no dejaba de estar alerta y miraba hacia todos los ángulos de la calle y los alrededores de la casa de Marga. La noche caía. Juan vio llegar a Patxi. El vasco entró en la camioneta y se sentó a la derecha de su compañero.

—¡Hostia! Ya estoy bien colocado —dijo Patxi, mientras metía la mano en la entrepierna de su compinche—. Déjame, me siento de maravillas, vamos, déjame agarrártela, así, ya verás cuando lleguemos a donde tengamos que llegar, ya veras, cabronazo, vamos, coño, así, la tienes fabulosa. Las mujeres todas son unas engreídas, mejor que nosotros dos, nada, no me canso de decírtelo, nosotros sabemos cómo se goza de verdad, déjame agarrártela, así, coño, y que las mujeres se vayan a la mierda, vamos, esas zorras sólo están en su rollo, demonios, y nos hacen sufrir con las bufonadas que se inventan, vamos, cabronazo, coño, mira, mira cómo la tienes.

XVII. Antes de vivir, he muerto

Gal se bañaba cuando el teléfono comenzó a sonar de modo insistente. Ella imaginaba quién la podía estar llamando a esas horas de la noche: su exesposo, Henry, oficial del FBI que laboraba y residía en Nueva York, la había estado llamando en los últimos días con mucha impertinencia. Henry había descubierto unos ardorosos poemas de amor dedicados a Gal y deseaba aclarar quién era ese oculto enamorado que, por la fecha que tenían esos poemas, fueron escritos cuando ellos aún estaban casados. Pero Gal no le hizo el menor caso a su exesposo. «¡Quémalos, Henry!», le dijo. «Esos poemas de amor son una basura. Por eso se me extraviaron. O yo diría que los dejé porque para mí no tienen ningún valor. Además, Henry, fueron escritos por una persona que es tan o más mentirosa que tú. ¡Ah!, lo más importante: esa persona en el amor es tan o más traicionera que tú.»

Sin embargo, Henry seguía reclamando y pretendía conocer el nombre del autor. Gal, mientras se secaba lentamente el cuerpo frente al espejo, con una toalla blanca que hacía hermoso contraste con el color trigueño de la piel y sus negros cabellos, meditaba sobre esos poemas, acerca de su contenido y de la situación disparatada que había sido determinante para su surgimiento, y sonreía. «Henry, si te digo de quien son esos poemas, no me vas a dejar tranquila en largo tiempo», pensó, mientras con una mano picarescamente palpaba sus senos. «Son de Allison, estúpido, la rubia que te hizo perder la cabeza y nunca pudiste llevártela a la cama. Nada, locuras de adolescentes.»

Se echó la toalla por encima, la dejó caer al pie de la cama y se metió desnuda debajo de las sábanas. De nuevo sonó el teléfono. Ella se tapó los oídos con las almohadas, pero de nada le sirvió. El teléfono seguía sonando. Decidió atender la llamada, convencida de que era Henry. Sin embargo, era Tucson.

—Gal, ¿estás dormida?

—No, ¿qué deseas?

—Por favor, ¿puedes venir ahora a la oficina?

—Claro que sí.

—¿Quieres que mande a alguien por ti?

—No, Los Angeles no es Mazatlán. Voy enseguida.

—Gracias. Te espero.

Gal le había sentido algo extraña la voz a su jefe. Esto pensaba al tiempo que ya se dirigía en su carro hacia la oficina. No podía intuir de qué asunto se trataba, pero presentía que a Tucson le pasaba algo de especial. El tono de su voz era contenida, suave, como acurrucada, como acostumbraba a hacer cuando escondía una agradable sorpresa. Gal sabía que en las oficinas destinadas a la DEA en Los Angeles para efectuar la operación «Leyenda», se respiraba un ambiente febril de trabajo.

Y todo el equipo de investigadores bajo el mando de Tucson, con rarísimas excepciones —tal vez, Mayer, pensó ella—, estaban persuadidos de que más temprano que tarde alcanzarían el triunfo. Se acababan de dar recientemente pasos importantísimos. Muy pronto serían apresados unos cuantos personajes, de los denominados pejes gordos, quienes habían participado directamente en el secuestro y asesinato de Camarena. Otros implicados, que actualmente se consideraban a sí mismos como incapturables, por fortuna también serían arrestados y deberían enfrentar el peso de la justicia.

En realidad, las tareas investigativas se estaban desarrollando como se habían planificado desde que se iniciara la apremiante operación. La información clasificada y secreta fluía abundante procedente de los informantes de la DEA, que se hallaban ubicados en lugares sensibles y estratégicos en las esferas gubernamentales y en las cúpulas de los órganos militares, policíacos y de la seguridad. Eran informaciones que Gal organizaba y elevaba con justa precisión y utilidad. A Gal, como analista, le daba gusto comprobar día tras día cómo su jefe, con envidiable pericia, llevaba a cabo el trabajo de dirección de todo el equipo humano y técnico.

No obstante, había un hecho que no podía negárselo a sí misma: en el plano íntimo se sentía sumamente atraída por Tucson. Sin embargo, lo había visto en las últimas semanas tan abatido por lo que le había ocurrido a Naida que ella ni en broma se atrevía a mover una ficha en ese retozo que ella, sólo ella, había bosquejado en su mente; y sobre el cual le gustaría, cuando fuese posible, jugarlo a fondo. «Debo esperar», se decía.

Al entrar en el despacho de Tucson, Gal se quedó en una sola pieza al conocer la noticia que tenía literalmente flotando por los aires a su jefe: Naida había aparecido con vida en las calles de la ciudad de El Paso. Tucson abrazó a Gal. Ella pudo sentir los estremecimientos corporales de su jefe, cargados de entusiasmo y optimismo.

—Gal, ¿me acompañas a El Paso, verdad? —propuso él.

—No, mejor Mojarro —objetó, dolida, ya que fingía, esa magnífica noticia, por razones particulares, sólo ella debía afrontar y de momento no podía sobrellevarla—. No te olvides que soy una incorregible llorona. De veras, me quedo.

—Sabes, Gal, hace unos instantes descubrí cómo la noche parece detenerse o se hace interminable cuando uno recibe una noticia prodigiosa —hablaba con mucha cercanía, como si ella hubiese estado durmiendo con él, como si no acabara de llegar a la oficina y no estuviese con el pelo recogido bajo un pañuelo de cabeza—. Pero si luego, como para rematar, ves en lo alto del cielo las luces de un objeto volador no identificado, o sea, un OVNI, entonces te lo digo con absoluta franqueza: uno se siente conmovido hasta la raíz. De veras, Gal, te lo juro.

—¿Un OVNI? —exclamó, incrédula—. ¿Viste un OVNI?

—Por supuesto. De ahí mi asombro. ¡Fue increíble! ¡Increíble esa coincidencia!

Gal, mientras preparaba el café, tenía que sonreír, dado que jamás había visto a su jefe manifestarse de ese modo, hablaba y actuaba como un adolescente. «Está ebrio de felicidad», se dijo. «¡Hasta un OVNI vino a saludarlo! ¡Cristo!»

Y Gal veía que ahora su jefe no dejaba de tocarse una y otra vez la medalla de plata que colgaba de su cuello. «No quisiera, Naida, pero así es la vida», pensó al tiempo que al pasarse la mano por la cadera constataba, así lo había planificado, bajo el vestido no llevaba ropa íntima. «Vine para acá sin las pantaletas, Naida, con mi sexo al aire y mi mente desordenada, qué sé yo, nunca se sabe, yo pensaba que tal vez con Tucson esta noche me sucedería una cosa que anhelo desde hace mucho, pero nada. Ahora regresas, Naida, y podrás tenerlo a tu lado, quizás para siempre. Y yo no puedo hacer nada para que las aguas tomen otro curso. Felicidades, muchacha de los ojos encantadores, digo que por ahora me aguanto, es todo tuyo. A no ser que tú...»

—¿Te pasa algo, Gal? —preguntó mirando hacia la calle.

—No, jefe, nada.

—Mira, Gal, ahí llegan Mojarro y Tom.

Debido a la alegría que lo embargaba, Tucson no sabía a ciencia cierta los artículos personales que llevaba en su maletín de viaje y mucho menos le interesaba saber en qué tipo de aeronave volaba con destino a El Paso. Puede que tampoco pudiera precisar la hora exacta en que había recibido la llamada telefónica en la que James le comunicó que Naida había sido encontrada con vida.

Estaba como poseído, dado que en esos momentos juzgaba estar bajo el influjo de una especie de estado de gracia que le había conferido un juez, o un jefe de estado, o el líder de una conmoción social extraordinaria, o el Papa, o la mismísima Providencia a través de sus singulares caminos.

Desde temprano, en la oficina de la DEA en Los Angeles, Tucson explicaba a sus colegas que en la noche, luego de recibir la maravillosa llamada telefónica desde El Paso, seguidamente pudo divisar a un OVNI que surcaba la bóveda celeste como un cometa que levantaba el vuelo y se alejaba hacia el infinito, y estaba convencido de que esa visión no la había soñado ni formaba parte de ninguna pesadilla.

Sin embargo, muy pronto Tucson desistió de proseguir con sus comentarios acerca de los objetos voladores extraterrestres — tema que para él no guardaba interés alguno y era por demás bastante desacostumbrado en sus pláticas—, enseguida comprobó que a nadie en realidad le interesaba ese relato sobre el mencionado OVNI, ya que el acontecimiento sorprendente que sus colegas deseaban sondear y disfrutar tenía que ver exclusivamente con el hecho de que Naida había regresado sana y salva al mundo de los vivientes.

En el avión Mojarro viajaba al lado de su jefe.

—Decidí acompañarte, Tucson, porque quiero que llegues a El Paso y no a otra ciudad —dijo, burlón y afectuoso—. Es que te veo extraviado, buey. Por supuesto, también para que no te olvides de que nosotros estamos enfrascados en la operación «Leyenda».

Mas Tucson iba tan feliz que apenas escuchó esas jocosas palabras de su colega. Ahora imaginaba que su mirada escapaba por la ventanilla del avión y sobrevolaba intacta hasta llegar a Naida, hasta llegar a la cama de la clínica donde ella era examinada y sería auxiliada en aras de su recuperación física y psicológica.

También meditaba sobre la experiencia traumática vivida por Naida, experiencia que aún no había sido completamente registrada por él en todos sus pormenores. Sabía muy bien que desde la noche anterior estaba embriagado por la noticia de su liberación, que semejaba haberle llegado de un paraje ignoto, y, en consecuencia, no le había dejado espacio suficiente para poder precisar los puntos vulnerables de toda esa horrible experiencia en la cual unos miserables habían hundido la pujante juventud de Naida.

No obstante, sin dejar de tener en cuenta los malos pronósticos que se habían desprendido del secuestro y la violación, era la primera vez en su vida que una novedad lo sacudía y lo hacía levitar de esa manera. En este momento, con esa sana agitación que Tucson llevaba consigo, llena de un sin número de peligrosas interrogantes, viajaba hacia El Paso, convencido de que esa amalgama de emociones se la debía por entero a Naida. Recordaba los comentarios perturbadores que a través del teléfono le hiciera James, los cuales rodeó de códigos apresurados, y en realidad poco enmascarados, sobre los presumibles autores del secuestro y la violación.

—Me retracto, Tucson. Desde un inicio te dije que lo ocurrido a tu novia nada tenía que ver con tus enemigos. Me equivoqué y ahora lo reconozco. Tenías razón. Y no importa que se trate de un malnacido en serie, que en cuanto a eso tuve razón. Pero eso no importa. Ya es seguro que tus enemigos metieron las manos para desatar esa tragedia que vivió tu novia y de la cual ella salió con vida de puro milagro. Tu novia insiste en que ese sujeto que la tuvo retenida llevaba días siguiéndola. Conocía su nombre y su apodo. También me dijo que él te conoce y a un amigo tuyo. ¡Cuídate, Tucson, que tus enemigos quieren verte muerto! Cuando llegues, platicamos.

«Sí, así es, los narcos me quieren meter en un latón lleno de sosa cáustica para disolver mis huesos, quieren evaporarme, hasta quieren dañar y eliminar a mis seres queridos, pero yo sigo adelante. Ese debe de ser mi sino, así como ellos tienen el suyo. La operación «Leyenda», sin duda, es la gran cruzada de mi vida. Incluso mis juramentados enemigos a estas alturas del juego ya deben de estar bien enterados. Pero sin Naida esa cruzada, y también mi vida, por supuesto, sería inútil después de todo, y, llegado el final, porque siempre llega el final, serían los pútridos olores de mi propia extinción, de mi muerte temprana y definitiva. Sí, mi querida madre y mi adorable gitana, ustedes dos tienen mucha razón en lo que me dijeron. Yo necesito escuchar cuanto antes esa frase, la misma frase, en los labios de Naida, sólo en sus labios se hace musical, sólo en sus labios esa frase suena maravillosa, porque nadie la exclama como ella, y con esa voz: ¡Vamos a toda madre, mi cowboy!, o cuando se disgusta: ¡Li mortacci tua e de tuo nonno!»

—Sabes, Tucson, mis antepasados eran de El Paso. En 1848, después de la renuncia de Texas por parte de México...

—¿Renuncia?

—Bueno, después de que los gringos le arrebataron Texas a México, se fundó uno de los primeros puestos militares fronterizos, posteriormente conocido como Fort Bliss, que se convirtió en un importante lugar de parada de la línea de las diligencias que iban desde San Luis hasta San Francisco. El Paso se convirtió en un peligroso lugar al que se dirigían los forajidos, los buscadores de oro y los comerciantes de pieles. Mis antepasados eran precisamente buscadores de pieles.

—Esa aeromoza tiene unas piernas parecidas a las de Naida.

—¡Vete al diablo, Tucson! —el agente reclinó el asiento hacia atrás para echarse una dormida—. No mames, buey, ahora ves a Naida por todos lados.

En el aeropuerto internacional de El Paso fueron recibidos por el oficial James en compañía de Hank, un representante del FBI. Inmediatamente se dirigieron a la clínica donde estaba ingresada Naida. En el trayecto, James le informó a Tucson que Naida, a pesar del infernal cautiverio que había vivido, se hallaba bastante bien, aunque aún estaban pendientes los pertinentes exámenes médicos que ya se habían iniciado, y después esos especialistas hablarían con él y con los padres de Naida, quienes ya habían llegado.

James elogió la fuerza de carácter, la memoria y el sentido de la orientación que poseía Naida. Explicó cómo gracias a ella, las fuerzas de intervención de la policía habían podido localizar y allanar la casa donde ella había estado secuestrada. Puntualizó que esa vivienda estaba completamente limpia de evidencias, lo cual entorpecía los siguientes pasos de la investigación. Se sabía que la casa —en realidad, al decir de los investigadores, semejaba una ruinosa barraca— había sido rentada por un individuo que dijo nombrarse Lázaro Durán, ser oriundo de Durango y pertenecer al ejército. El propietario de la vivienda y otras personas que habían podido relacionarse con ese eventual arrendatario habían referido que se trataba de un individuo de aspecto normal, mediana estatura y de fuerte constitución física; calvo, rubio y de ojos claros.

Ante las preguntas de las autoridades policíacas, los vecinos reiteraron que ese sujeto era una persona solitaria, algo taciturna y de pocas palabras, pero instruida. Fotos de comprobados asesinos en serie, incluso algunos en prisión, fueron mostradas a los vecinos sin obtenerse resultados alentadores. Luego, persiguiendo idénticos fines, al vecindario se le enseñó un sin número de fotografías de los narcos e igualmente no se obtuvo ningún resultado positivo. Ese nombre de Lázaro Durán no aparecía en ningún registro legal.

Gracias a la información preliminar que había brindado Naida a los investigadores sobre el presumible asesino en serie, los especialistas llegaron a la conclusión, una conclusión primaria, de que el *modus operandi* del individuo que había secuestrado a Naida se alejaba bastante de lo que comúnmente hacían esos psicópatas que se dedicaban a la violación y al asesinato. Como era sabido, al cometer sus asesinatos, ese supuesto Lázaro no empleaba armas de fuego ni blancas. Utilizaba sogas y cuerdas.

No parecía tampoco ser un sujeto que en sus violaciones sexuales ejercitara excesiva violencia física. En el resumen de cada caso anterior al de Naida, destacaba que en esos crímenes predominaba un diseño teatral y sofisticado, y menos crudamente violento y desbordado como era lo habitual. O sea, el psicópata descubierto por la destreza mental de Naida al parecer era conducido en la ejecución de sus crímenes por patrones muy particulares que lo hacían singular dentro del género. Los dibujantes de la policía, en base a los elementos que había aportado la vecindad, hicieron varios dibujos sobre el violador. Cuando se los mostraron a Tucson, éste no pudo identificarlo y aseguró jamás haberlo visto.

Al llegar la comitiva al umbral de la habitación donde estaba Naida, Tucson vio que lo antecedía un ancho corredor que hacía de vestíbulo. Después de saludar a los padres de Naida, y comprobar una vez más que sus miradas le decían que él era el único culpable de todos los males de su hija, con ese sabor amargo entró a ver a Naida, y lo hizo con suma precaución, ya que en el corredor una enfermera le había advertido que la paciente estaba dormida.

Cuando se aproximaba a la cama, Tucson comenzó a reír en sus adentros. Naida estaba cubierta de pies a cabeza con el cobertor. Era una fingida y vieja estratagema que ella siempre utilizaba para sorprenderlo cuando regresaba a su lado luego de una separación. Por supuesto, Tucson se dio perfecta cuenta, pero decidió mantener una conducta normal. Habló en voz baja, como si a su lado estuviese algún médico.

—No, doctor, no entiendo —farfulló él—. Usted dice que esa infección que tiene Naida no puede ser remediada por ningún antibiótico. No, doctor, imposible, yo no puedo creer que la ciencia...

—¡Eres un tramposo, mi cowboy! —exclamó ella, al tiempo que, después de lanzar el cobertor hacia la cintura, extendía los brazos para recibir y abrazarlo—. Ven, ¡qué bueno verte, mi cowboy! ¡Qué dicha! ¡Dios mío! ¡Parece mentira!

Y los dos se abrazaron por largo rato.

Luego, al contemplarla con detenimiento, Tucson sintió un golpe que lo estrujó por dentro y se le hizo intenso pesar. Sentía la tristeza hasta lo indecible. La muchacha estaba apenas reconocible. Abundantes hematomas, sinnúmero de arañazos y pequeños vendajes cubrían su piel. Estaba delgada y las cuencas de sus ojos eran capaces de relatar por sí mismas terribles historias.

—Me pondré bien, mi cowboy —musitó ella, mientras le acariciaba las facciones de la cara con los dedos—. No te preocupes. Estoy viva, ¿no? Eso es lo más importante. Ahora estoy fea, mi amor, pero ya verás, muy pronto...

—No, no digas eso... —trató de seguir hablando pero se le hizo un nudo en la garganta —. «¡Miserables!», se dijo. Y se mantuvo en silencio.

—Oye, ¿cuándo comenzarás a entrenarme en el manejo de las armas? —Naida presentía que a Tucson, debido a las sorpresas visuales que no esperaba afrontar, se le comenzaba a atascar la mente.

—Cuando tú me enseñes a manejar mi mente, Cerebrito —sonrió—. Veo que ese miserable no pudo contigo.

—Ése, es un enfermo, *ili mortacci sua e de su nonno!* En el fondo ese malnacido es un pobre desgraciado. Pero hace mucho daño y asesina. Tuve buena suerte, y por eso estoy aquí, pero ahora yo no quiero hablar sobre ese malnacido desgraciado. Mira, mi cowboy, hoy te hice un poema. Toma. Espero te guste. No, no, no lo leas ahora. Guárdalo. Cuando estés solo lo lees. Por favor, mi amor.

—Así lo haré. Prometido. Luego te digo.

Naida se percató de que Tucson estaba impresionado. Con su mirada penetrante había podido repasarle el cuerpo con calma. Aunque ella no sólo intentaría modificar la situación, sino que estaba decidida a hacerlo, como si en realidad no fuese una paciente que había ingresado en esa clínica por razones extraordinarias. A pesar de haber regresado del fondo de los infiernos, la joven se reanimaba a sí misma, cual si una fuerza inexplicable la obligara. Ahora besaba las manos de Tucson.

Enseguida el hombre se pudo percatar de su torpeza y la abrazó; en esos momentos la acariciaba suavemente contra su pecho, como si el tiempo para él no existiera. Tenía muchas preguntas que hacerle, pero todo eso lo dejaría para más adelante. Naida se quedó dormida. Tucson la recostó y le echó el cobertor por encima.

Salió al corredor y se puso a conversar con James y con Hank. Mojarro estaba presente. Luego de que precisaron unos cuantos pormenores, decidieron hacer un receso para tomar agua, café y fumar. Los cuatro agentes se fueron hasta un ángulo donde no molestaban a nadie. En ese lugar se hallaban los padres de Naida, quienes entablaron una plática con Tucson a fin de solicitarle que la muchacha, una vez que estuviese restablecida, viajara con ellos a Mazatlán, a su casa, y que en esa ciudad Tucson y su gente garantizaran darle debida protección.

De momento, Tucson pensó que los padres de Naida se habían vuelto locos, era impensable que después de lo vivido por Naida a alguien se le ocurriera proponer que se fuera a vivir a la cuna de los narcos. Pero se llamó a la cordura y pensó que lo más importante era que Naida se repusiera totalmente, y luego se podría determinar qué hacer. «Bien, les prometo que voy a pensarlo», dijo. Pidió permiso y se apartó. Tomó el poema de Naida y lo leyó:

Antes de vivir, he muerto

Antes de vivir, he muerto
platiqué mucho contigo, platiqué
enumeraba los segundos bajo el aguacero
para que no escaparan,
mas perdí las nobles palabras
límpidas se fueron rumbo al mar
junto a mis lágrimas, las auténticas
las laceradas, surcaron el horizonte
dejando atrás el agujereado dolor,
imaginé, y te ruego que imagines
mis jirones aún, y con tu aliento
pronunciaré las iniciales,
las iniciales de tu hermoso nombre.
No demores, estoy tendida sobre la arena
y los montes, estremecida
a la espera de tus magias
antes de vivir, he muerto.

Tucson quedó sin palabras. Estaba excitado, plácidamente; se apoyó en el alféizar del largo ventanal, a través del cual veía la ciudad texana de El Paso, bañada en un primer plano por la tenue luz solar, y al fondo se podía observar Ciudad Juárez, y más allá, fijamente erguidos como un cuadro pictórico en el fondo de la frontera más larga, aparecían los elevados cerros. Cuando giró la cabeza hacia la izquierda, vio en el horizonte que el sol se apagaba, eso parecía, y se transformaba en una rojiza bola de billar que se hundía poco a poco en una reverberación que se desvanecía.

«¿Cómo es posible que Naida, tan cerca de la muerte, en el primer día de su recuperación, me haya escrito este poema?», se dijo, disfrutando de una paz interior que parecía salírsele por los poros. «¿Cómo es posible que ella me haya dedicado un poema tan hermoso? ¡Dios mío, Naida parece conocerte!»

—¡Remy! ¡Auxilio! ¡Corre! ¡Remy! ¡Ven! ¡Auxilio!...

Para él, esos gritos eran una sacudida de alto voltaje, una sacudida que además de vapulearlo lo sacaba de su abstracción.

Era Naida que lo llamaba, desesperadamente.

Corrió hacia su habitación y alcanzó a ver dos piernas o la mitad de un individuo que vestido de blanco escapaba por las escaleras hacia la planta inferior. También pudo divisar a James y a Mojarro que corrían veloces detrás del individuo que ahora saltaba sobre las barandas de las escaleras en busca de los pisos inferiores y de la calle.

Cuando Tucson entró en la habitación, vio que Naida estaba erguida al lado de la cabecera de la cama, aterrada, temblorosa, como queriendo buscar un imaginario pasadizo secreto en la pared para escapar a como diera lugar. Esa fue la impresión que dejó en los ojos de Tucson, mientras ella, sin dejar de llorar, se le abalanzaba a los brazos.

—¡Era él! —ella estaba fuera de sí—. ¡Era él! ¡Lo conocí por la voz! ¡Era la misma voz, idéntica! ¡Cómo no voy a reconocer esa voz! ¡Ese malnacido desgraciado ha tenido el atrevimiento de venir hasta aquí! ¡Santo Dios! ¡Para preguntarme si yo no lo extrañaba! ¡Ay, Dios mío!

—Cálmate, mi amor —la abrazó y sintió que ella temblaba—. Vamos, aquí estoy contigo, vamos.

En ese instante Tucson observó que James, Hank y Mojarro iban a entrar en la habitación, pero el agente con la mano en alto les indicó que se detuvieran y lo esperaran. Llegaron los padres.

Y Tucson dejó a Naida a su cuidado. Enseguida salió a platicar con sus colegas.

—Tucson, fuimos tras él —dijo James—, pero no pudimos darle alcance. Se esfumó. Pensamos que se trata del mismo sujeto. Sí, debe de ser el mismo sujeto, ya que en el sótano encontramos tiradas unas ropas de enfermero. Es evidente, se disfrazó para entrar en la clínica.

—James, ¿qué quieras que diga? —replicó Tucson—. Sencillamente, esto es increíble. Ese loco de mierda ha logrado atravesar todas las barreras de seguridad y entró en la clínica hasta llegar a la habitación de Naida. ¿Ese cabrón tendrá entrenamiento militar? ¿Cómo pudo hacerlo? En fin, ya veo, todo es posible. Yo he leído algo sobre los psicópatas y debido a mi trabajo anterior conocí directamente algunos casos, pero como este pendejo, ninguno.

—¿Tucson, qué vas a hacer con Naida? —preguntó James, preocupado—. Como puedes suponer, nosotros vamos a reforzar su seguridad y ya hemos ordenado intensificar y estrechar el cerco sobre ese miserable. Pero, como sabes, una cosa son nuestros planes y otra cosa es lo que tiene en la mente ese desgraciado.

—¿Qué me dices, Mojarro? —preguntó Tucson.

—Ya sabes lo que pienso —repuso Mojarro.

—James, nada que ver con ustedes, ni con su trabajo —dijo Tucson—, de veras, pero a buen entendedor con pocas palabras. Ese pedazo de cabrón hasta que no logre su cometido, no se va a detener. Yo me llevo a Naida para Los Angeles. Y ahora mismo. Sé que tendré que discutir con sus padres, pero ellos entenderán. Gracias, James, y a ti también, Hank, por su apoyo y su tremenda ayuda. Y ojalá que muy pronto agarren a ese malnacido desgraciado, como califica Naida a ese hijo de su chingada madre.

XVIII. Herían sus ojos

Ava estaba ansiosa y avivada. Ahora se encontraba sentada en el borde de la cama con las manos trenzadas en un solo puño, aprisionado entre las rodillas. Contemplaba fijamente los residuos del desayuno que había traído Apolonio y la botella de ginebra que ella solicitó para ese día. Pensaba en el tiempo, qué cosa sería el tiempo, dado que Ulricke en Venecia siempre le hablaba del tiempo:

—Nosotras, Ava, no somos las que vemos pasar el tiempo, no, mi amiga, de ninguna manera, el tiempo no pasa delante de nadie, y aunque no te lo creas, es el señorón del tiempo quien nos ve a nosotras y a toda la gente pasarle por delante de su cabezota. Por eso Mafalda me gusta tanto. Y Ava, cuando estoy contigo y la recuerdo tengo que reír. Mafalda, en una de sus historias acerca de los misterios del tiempo y el espacio, dijo que ella vivía orgullosísima de ser mujer, porque la gente cuando veía desandar y besuquearse a dos mujeres en plena calle, o las veía salir desgreñadas de una habitación, no pensaba en nada morboso. Sin embargo, si en ese instante y lugar eso mismo lo hicieran dos hombres, la gente pensaría horrores. Fantástico, Ava. Tú y yo podemos besarnos todo lo que queramos, eh. A escondidas o delante de la gente. ¡Por eso Mafalda me gusta tanto!

La austriaca tenía consigo un mensaje de Ulricke que había recibido el día anterior. Y meditaba acerca de su amiga, la amiga colombiana que no veía desde hacía años. Apolonio le había entregado ese mensaje a Cody procedente de Bogotá, diciéndole que se lo había entregado un hombre que era joyero y se dedicaba al tráfico de esmeraldas. Pero ni Cody ni Ava le dijeron a Apolonio quién le había enviado ese mensaje. Apolonio, por su parte, le dijo a Cody que ese mensajero, por indicaciones precisas de El Mexicano, estaba retenido hasta tanto el capo pudiera esclarecer por qué ese sujeto había tenido el atrevimiento, no de ser portador del mensaje, dado que ese tipo de mensajería era habitual en la serranía, sino de haber llegado mensaje en mano hasta la finca donde estaban escondidos el israelí y su mujer.

El torrente de palabras encrespadas que ahora profería la joven austriaca se le reflejaba en los brazos, en sus músculos y en los movimientos oscilatorios de la cabeza, cual si pececillos saltadores del río le tironearan el alma. Se quejaba ante Cody de que aún, a pesar de múltiples gestiones, no se llegaba a establecer el asentamiento definitivo, seguían el continuo trasmigrar por la selva colombiana. Y el *katsa* desertor, se acercaba presuroso a su mujer para tranquilizarla.

—Conejita, tienes razón —dijo, al tiempo que la acariciaba—. Sabes, hoy por la tarde llega el señor Cobreros y con él daremos solución a ese problema. Te lo prometo.

Cody olvidaba cuántas promesas incumplidas le había hecho a su mujer desde que arribaron a Colombia; pero a pesar de ese lamentable resultado, ello no significaba que el israelí estuviese a favor de hacer un recuento autocrítico de esas trasgresiones. Porque Cody estaría dispuesto sin vacilación alguna a seguir recorriendo la selva a fin de esconderse y no ser encontrado por la jauría de los *kidon* del MOSSAD; mas con una salvedad: jamás sacrificaría el bienestar de su joven esposa.

Para Cody, Ava no lo era todo, pero sí lo primero.

Apolonio, el centinela, le aseguraba al israelí que El Mexicano estaba al corriente de sus problemas y pronto se les daría cabal solución. Cody había podido platicar con El Mexicano en una ocasión; ello sucedió en medio de una fiesta organizada por el capo, en la cual además de los hermanos Ochoa, se hallaba como invitado especial Pablo Escobar. En realidad, en esa recepción, el desertor apenas pudo cruzar algunas palabras con El Mexicano; mas no olvidaría que esos capos del cártel de Medellín se tomaron su tiempo para observarlo a él y a su mujer con sus frías miradas, a través de las cuales Cody presintió lo que seguramente ellos se estarían diciendo: «¡Hombre, a la verga, qué hace un pendejo escondido en estas montañas con una rubia tan sabrosa!»

Ahora Cody abrazaba a su mujer y la besaba a pesar de que ella lo rechazaba anteponiendo los brazos como escudo, pero él insistía y proseguía besándola. Al fin, ella comenzó a calmarse y miró hacia la mesa donde estaban los residuos del desayuno y la ginebra que les había traído Apolonio.

Los besos de Cody estaban logrando mover a la muchacha hacia otro estado de ánimo. Y no sólo los besos de su marido, sino también el recuerdo de Ulricke que ella quería tanto, y la nota de Ulricke, significaba la reanimación de sus evocaciones y la promesa de que pronto ellas se reencontrarían, bien fuera en la finca del desfiladero donde ahora se encontraban, o en otro lugar, como en el ya pronosticado San José de Guaviare, que era el lugar a donde próximamente deberían trasladarse; y Ava continuaba excitándose, ya que ahora rememoraba el tema de Apolonio en cuanto a unos inexplicables celos de Cody, los cuales le surgieron en los inicios y buena parte de la sobresaltada travesía.

«Bueno, no eran celos tan inexplicables», se dijo Ava. En verdad, Apolonio sólo la miraba a ella y lo hacía como un zombi, hasta el día en que fue llamado por Cody. Lo recordaba: su marido llamó a Apolonio y lo arrinconó en un claro junto a unas rocas, Ava no podía escuchar lo que su marido le decía, pero por la cara de Apolonio podía intuirlo; ella vio cuando Apolonio se llevó la mano derecha hacia el lugar donde tenía la pistola y se quedó perpleja cuando vio cómo Cody se levantaba la camisa para que Apolonio viera que él no tenía ninguna, pero algo le dijo Cody al colombiano, algo terrible, ya que Apolonio retrocedió y se pegó a las rocas, bajó los brazos y dejó caer el mentón, ladeó la cara hacia el costado y levantó un brazo en gesto defensivo y Cody, agarrándolo por ese brazo, le dio una bofetada tan fuerte, que ella pudo sentir cómo rechinó en la cara del apuesto Apolonio, una linda cara de hombre, pensó Ava, al tiempo que ya sentía cómo ahora asomaban sus propios orgasmos, y recordó que al final Cody le dio otra potente bofetada al colombiano en plena cara, en esa linda cara que tiene, pensó ella, y el cobarde nada hizo, se llevó la mano a la cara y miró a Cody, como hacen los cobardes.

Al recordar esa rivalidad entre los dos hombres por ella se sentía más excitada, mientras los besos de su marido no se detenían, pero al replicar ella con los suyos pudo ver que a las espaldas de Cody, Apolonio asomaba la cabeza por la ventana, descaradamente, y ahora miraba fijo hacia ella; y Ava, sin esquivarle la mirada, pensaba con placer: «Quizás, cobarde, ahora quieras masturbarte, cobarde, mírame, cobarde, yo sé que sólo tú puedes subir a esta cabaña, sólo tú, mírame, mastúrbate, cobarde, y ojalá que mi marido te descubra para que te parta la cara delante de mis ojos, delante de mí... ¡ay, maldito cobarde!... ¡te dé un par de bofetadas!... ¡ay, maldito seas!...»

Ava recordaba que después de que Cody golpeó a Apolonio, ella, sorprendida, y eso ahora le gustaba recordarlo, vio cómo su marido y Apolonio se habían hecho amigos a fuerza de tanto caminar por las montañas. «Los manicomios debían estar ubicados en los desfiladeros», pensó Ava, entretanto sentía sobre sí los apasionados besos de su marido y seguía con la vista clavada sobre los ojos de Apolonio, que no los apartaba. «Así los locos cuando caminen y puedan ver el mar entre las montañas, casi seguro vivirán calmados.»

Cody continuaba besándola y ahora ella no sólo se dejaba cubrir de besos, sino que rabiosamente respondía con los suyos. Se dieron un largo beso en la boca, casi interminable, y Cody sintió por enésima vez que el semblante vikingo de Ava no podía ser normal, debía de ser normal, se dijo él, y eso lo sabía, pero a él le daba tanta dicha que no podía definir cómo era ese rostro, no ya definirlo ante nadie, sino ni siquiera podía hacerlo para sí mismo; el delicioso rostro que él había conquistado y ahora se erguía cálido, provocador, indestructible, como el definitivo conquistador.

Ava, crispada por los orgasmos que para ella no tenían final, mordía la boca de su marido, sin apartar la mirada de los ojos de Apolonio, el cobarde de la linda cara, el cobarde que ahora a espaldas de Cody tenía el arrojo de sostenerle la mirada a ella, a ella que se hallaba hundida en un estado espasmódico, mientras su marido la tironeaba de los cabellos. Ava sabía que sobre la cama semejaban un par de seres desbocados, en medio de una luz solar que anunciaba la vejez de la mañana, con los perennes ruidos de la selva que se les encimaban y, de modo especial, el sonido de las aguas de un arroyo que saltaba a unos cincuenta pasos de la cabaña.

Apolonio trataba de no errar en sus parlamentos con su jefe; debido a conversaciones anteriores sostenidas con El Mexicano, tenía aprendida la lección, y para él era la única o, cuando menos, la más importante. El defecto más grande de El Mexicano era su impaciencia, una impaciencia que sabía enmascarar bajo el aspecto de ser un confiable oso. Había que hablarle claro sobre todos los asuntos, para que no perdiera los estribos. Con todo, El Mexicano parecía un oso bonachón, así como todos sabían que tenía el rostro casi cuadrado; pero esa apariencia de animal juguetón era engañosa, en realidad no era un oso sino un toro, y de los que gustan de atacar a las personas que lo han traicionado o lo molestan, y destrozarlas.

Apolonio, que siempre llevaba en su mente el cartel: «¡Cuidado con El Mexicano!», ahora estaba de pie a un costado del capo, quien, en compañía de Wenceslao, uno de sus más estrechos colaboradores, se hallaba embelesado al contemplar la belleza de su caballo favorito que había bautizado con el emblemático nombre de Túpac Amaru. «Es tan hermoso mi Túpac Amaru, que cuando muera lo mandaré a disecar», decía. Era un corcel tipo charro que cumplía las órdenes que le impartía El Mexicano. El caballo bailaba, y también trotaba el paso español, y hasta se echaba en tierra cuando debía ser montado por los niños.

En esos instantes El Mexicano hacía varias cosas a la vez: elogiaba la presteza del corcel, escuchaba los pareceres de su asistente sobre ese ejemplar equino y las opiniones de Apolonio acerca de Urbano, el joyero que estaba retenido.

—Jefe, Urbano dice que usted lo conoce —dijo Apolonio—. Dice que siempre ha traqueteado en lo del tráfico de esmeraldas con la gente de Molina y un poco antes con la gente de Verónica.

—Vaya, ése ahorita también dirá que ha chambeado conmigo —replicó El Mexicano, irónico, al tiempo que pasaba la mano por el pecho del caballo—. Puede que ese Urbano algo sepa de los negocios de esmeraldas, pero sobre el hijoputa de ese Molina ni se entera. Sobre todo acerca de las últimas pendejadas que me ha hecho ese cabrón. ¡Y la estimación que yo le tenía a ese hijoputa, carajo! Puede que ese Urbano sea tan hijoputa como el Molina —ahora le acariciaba el cuello al caballo y, dirigiéndose a Wenceslao, agregó—: ¿Usted ha visto, Wenceslao, esa estrella tan bonita que tiene Túpac Amaro en la frente? Esa mancha blanca es una preciosidad. Y ese color marrón rojizo que tiene, mírelo, es fabuloso. Oiga, Wenceslao, dígame una cosa, ¿falta mucho para que usted me diga que ese hijoputa ya se fue? ¿Falta mucho, Wenceslao?

—Yo pienso que no, mi jefe —repuso Wenceslao—. Ya Molina se está despidiendo. Lo que ocurre es que ese cabrón siempre está acompañado, pero creo que ni la gente podrá salvarlo. Muy pronto, mi jefe. Usted créalo, mi jefe, Molina será eliminado y todos los que estén con él también, ¡qué diablos!

—Oiga, Apolonio —le dio una palmada de aprobación en el hombro a Wenceslao y se volteó hacia el centinela—, ¿usted qué más debe decirme sobre ese rehén hijoputa que está en los establos? —reclamó El Mexicano.

—Bueno, jefe, no sé si usted quiera que se le hagan otras preguntas —repuso Apolonio, calmado—. No sé, jefe. Usted me dirá. Por ejemplo, ¿usted quiere saber quién lo mandó con el mensaje?

—No, hombre, usted nada le pregunte a ése y no se me fatigue. Esos cabrones que lo mandaron están bien lejos de aquí y nada saben acerca de nosotros. Aunque saber el nombre del remitente no estaría de más. Nunca se sabe. Mire, Apolonio, ese mensajero esmeraldífero ha llegado en mal momento. Esa es la mera verdad. De una parte, hoy me llega el señor que apadrina a ese par de gringos que tenemos allá arriba en la cabaña. Con quien tengo muchas cosas importantes que tratar. Y de otra, ¡me lleve el diablo!, hoy me acabo de enterar que la DEA me ha intervenido en Europa varias cuentas bancarias, y para recondenarme el día supe que el piloto gringo Barry Seal, nos acaba de traicionar, que usted Apolonio, por cierto, debe recordar bien a ese hijoputa. Resulta que ese piloto, a quien yo consideraba mi compadre, llevaba tiempo trabajando para la DEA; o sea, el hijoputa cambió de bando para ser agente de la DEA y ahora va a testimoniar contra nosotros. Y eso que su pendejo padre fue de los fundadores del Ku Klux Klan y muchos negros que colgó y quemó mientras se fumaba su pipa. El hijo hijoputa me enseño varias fotos de esas escenas. ¡Vaya! ¡Qué mala vibra la del hijo! Sin embargo, parece que vivir de nuevo en Luisiana le ha dañado la memoria al hijoputa del Barry. ¡Si yo eliminé al ministro Lara Bonilla, como no voy a poder eliminar a ese pendejo piloto! ¡Ni aunque se me esconda en Baton Rouge! —miró en derredor, levantó un brazo e hizo un gesto para llamar a uno de sus guardaespaldas—: Tome, Ciro, llévese a Túpac Amaru para los establos y entréguelo al caballerizo. Dígale al caballerizo que mañana me lo prepare, quiero que los niños de mi compadre lo monten. Deja que Pablo Escobar vea a su chamaco sobre Túpac Amaru. Me parece estar viendo al jefe con esa sonrisa tristona que tiene. Sí, yo siempre se lo digo: ¡Compadre, usted tiene la sonrisa tristona, eso es cierto, pero llena de sabiduría!

«¡Cuidado con El Mexicano!», se decía Apolonio mientras escuchaba los comentarios de su jefe y observaba cómo se llevaban al caballo hacia los establos. Ahora Apolonio era capaz de poder olfatear la sangre que El Mexicano con sus furias ya reclamaba para hacer pagar la traición del piloto gringo. Y tal como lo había sentenciado El Mexicano, el mensajero que decía ser joyero y traficar esmeraldas realmente había llegado a la finca, que se hallaba en el boquete del desfiladero, en un mal momento. En un momento tan dramático, que ni siquiera El Mexicano quería platicar sobre él, ni deseaba saber quién lo había enviado con ese mensaje, y, lo más inquietante, mucho menos quería hablar acerca de cuál sería su futuro.

Apolonio optó por esperar por su jefe, por las indicaciones finales de su jefe respecto al mensajero. Aunque no pudo evitar que su cerebro se fuera sin pedir permiso hasta la ventana de la cabaña, donde por la mañana pudo disfrutar a su gusto, y sin que nada ni nadie lo disturbara, la desnudez, los espasmos y los ojos en blanco de la mujer que lo tenía tan atrapado y sobreexcitado, y sin que le importara cómo pudiera terminar toda esa historia. «¡Ojalá un buen día El Mexicano se levante y me pida que elimine a Robinson y así yo pueda quedarme con Elizabeth!», pensó Apolonio en un estado de hondo delirio.

Apolonio vio que El Mexicano venía a su encuentro. Al llegar le echó el brazo por encima del hombro y lo condujo hasta un lugar apartado, donde pudieran platicar a solas.

—Sabe, Apolonio —la voz del capo era tan melosa, que el centinela comenzó a sentirse incómodo—, yo tuve un colaborador que era bueno en el traqueteo, pero después el pendejo se me hizo el engreído, el vanidoso, y al final tuve que despedirlo, no, no tuve que eliminarlo, en el fondo era un buen tipo. Sólo que poco a poco se me volvió un presumido, un tarugo. No sé, de repente vi que ese cabrón estaba poniendo a prueba mi aguante. En realidad, abusó de mi buena disposición. Le aseguro Apolonio que él no pasó la prueba que yo le había fijado, yo quería que ese tarugo se disciplinara por sí mismo. Y el presumido tarugo no lo hizo. Un día me dije: ¿Será que ese tarugo está convencido de que yo soy el jefe de los tontos? ¿Será? O sea, ¿en el fondo ese presumido creerá que yo soy un estúpido? Yo no quisiera, Apolonio, que a usted le ocurriera algo parecido a lo que le sucedió a ese presumido taru...

—No, jefe, qué dice usted —lo interrumpió, tenía la frente bañada en sudor—. De ninguna manera, yo a usted nunca...

—Cierre la boca, pedazo de cabrón —el tono de voz era bajo, pero aterrador—. Escúcheme, carajo.

—Sí, jefe, lo escucho.

—Hoy llega ese hombre de negocios que ya le dije —exprofeso bajó aún más el tono de la voz, como para que su interlocutor tuviese que esforzarse para poderlo escuchar—. Como usted sabe es el padrino de esa pareja de gringos que yo le asigné para que no me les pasara nada malo. Debo admitir que usted ha hecho bien su trabajo, excepto un descuido suyo. Sí, Apolonio, usted ha tenido un descuido imperdonable, imperdonable porque por ese motivo, por ese agravio, un hombre puede matar, y usted, por cierto, no sería el primero ni el último en ser asesinado a manos de un marido abochornado, ya que aún quedan muchos hombres que van a matar y a morir por ese mero impulso pasional. Sí, Apolonio, por su descuido yo bien pudiera mandarlo a capar, pedazo de cabrón. Yo sé que esa negrita del gringo esta sabrosa, pendejo, y sí, digamos que usted aún no le ha tocado los cabellos, pero usted con ella se hace el baboso y ella nada tiene que ver con usted ni con nosotros. ¿Entendido? A partir de hoy quiero estar enterado de que esa gringa y ese gringo están convencidos de que a usted le sacaron los ojos. Sí, así como me oye, pedazo de cabrón, que usted en lugar de ojos tiene en la cara dos huecos vacíos, un par de huecos devastados por la punta de un cuchillo donde antes estuvieron sus pendejos ojos, ¿entendido? Y sólo una vez se lo voy a decir, Apolonio: no ponga a prueba mi paciencia.

El Mexicano, después de darle una palmada en el hombro al apuesto joven, se fue con una fingida sonrisa en el semblante. Se marchó sin importarle que Apolonio no hubiese pronunciado palabra. El centinela estaba lívido, como de piedra. Por suerte, ninguno de los hombres del capo que ahora se reagrupaban a su alrededor pudo percatarse de alguna anormalidad que se hubiese escenificado durante la plática que acababa de tener el jefe con Apolonio. Si bien, más que una reunión, había sido un largo monólogo llevado a cabo por El Mexicano.

«¿Quién pudo haberle comentado al jefe esos sentimientos tan míos?», se preguntó Apolonio. Y llegó a pensar que tal vez hubiese sido el mismo Robinson, aunque El Mexicano en ningún momento se refirió a golpes, reyertas o masturbaciones. De todas formas, Apolonio tenía la cabeza llena de interrogantes, pero al mismo tiempo sabía que le sería difícil poder esclarecer esa incógnita. Y decidió echar a andar hacia la cabaña, hacia sus alrededores, mejor sería decir, puesto que ahora ni el propio Apolonio en su imaginación ya lo ponía en duda: él llevaba en su rostro un par de cavidades vacías, sin ojos.

Cobreros estaba impresionado. Conjeturaba estar en presencia de un loco, aunque sabía que Rodríguez Gacha no lo era, dado que tenía años de relaciones con él por el tráfico de estupefacientes y el consiguiente lavado de dinero, pero ahora lo veía comportarse como un desequilibrado. Hablaba de la formación de un ejército conformado por narcotraficantes a fin de que supieran defenderse ante cualquier ataque armado enemigo y, asimismo, pudieran llevar a cabo operaciones relámpagos con la calidad, prontitud y eficacia que lo hacía cualquier tropa especial de las que operaban en el mundo.

Eso quería El Mexicano. Deseaba estrenar una fuerza paramilitar que protegiera los intereses del cártel de Medellín y golpeara a las fuerzas políticas y militares que combatían el narcotráfico. Le estaba solicitando a Cobreros que lo ayudara a conseguir a un coronel retirado del ejército israelí para que entrenara a sus hombres en Puerto Boyacá. Esos hombres serían seleccionados bajo su estricta supervisión, puntualizó el capo. El Mexicano continuaba desarrollando su novedosa propuesta y en ningún momento hacía la menor alusión al *katsa* desertor que tenía bajo su protección. «¿Cómo El Mexicano puede conciliar en su cerebro traer desde Israel a un coronel retirado del ejército para entrenar a sus hombres y aproximarlo, pues no hará otra cosa que aproximarlo, al hombre que hace meses desertó de las filas del MOSSAD y que yo le pedí que me le diera seguro resguardo?», pensaba Cobreros y no atinaba a encontrarle adecuada respuesta a esa elemental interrogante. «Como usted no me ayude, Rodríguez Gacha, a proteger a Cody, todos sus negocios se irán a la quiebra. Se lo aseguro. Todavía no está enterado de las cuentas que la DEA recién le acaba de intervenir en Inglaterra, Austria, Luxemburgo y Suiza. Más de sesenta millones de dólares. Rodríguez Gacha debe tener un informante de la DEA entre sus amigachos.»

—Usted, me tiene que ayudar, amigo, vamos —el capo estaba de pie y abría los brazos ante el español como si éste fuese un enviado celestial—. Necesito a un coronel israelí. Yo le pagaré buena lana y a usted por haberme ayudado a conseguirlo.

—Esos coroneles, amigo, no son dados a ayudar a los demás —replicó Cobreros mientras se pasaba la mano por la calva y se bebía un trago de whisky—. Se lo puedo asegurar. A no ser que alguno se les derritan los ojos cuando vea la propuesta monetaria.

—Eso no será problema. Usted lo sabe.

—Pero dígame, ¿qué haremos con Cody?

—¡Vaya! Adivino cuáles son sus preocupaciones, amigo, incluso sé por dónde vienen —se sentó—. ¡Usted es un gran amigo, Cobreros! Fíjese cómo se preocupa por Cody, a pesar de que ahora estemos hablando de nuevos negocios. Por eso usted y yo nos llevamos bien. ¡Usted es leal, carajo! Escúcheme bien, amigo, ese Cody conmigo estará más que protegido, ¡eh! Yo soy el dueño de Colombia, Cobreros. Y pronto tendré excelentes negocios en Juárez, México, que como usted sabe, es mi segunda patria. Así que a ese Cody conmigo nunca le pasará nada malo. Se lo prometo. ¿O acaso usted me ve cara de tonto? ¡Vamos, hombre!

—Con todo respeto, Rodríguez Gacha, yo no estoy de acuerdo con usted en cuanto a esa propuesta. Tan pronto ese coronel firme el contrato, enviará los hombres tras Cody, y tras de mí también, por supuesto. No, Rodríguez Gacha, eso de traer a un coronel israelí me parece un rotundo disparate. ¡Joder!

—Bueno, ahora usted me va a escuchar con calma, Cobreros. Pospongo esos planes. Por respeto a usted, sólo por eso, y los anulo hasta nuevo aviso. ¿Le parece bien?

—Usted, me da mucha tranquilidad. Pero ¿debo apresurarme para que Cody abandone Colombia en un futuro inmediato?

—De ninguna manera. Ese Cody puede quedarse entre nosotros todo el tiempo que usted quiera. Si bien tengo pensado trasladarlo a él y a su negrita por un tiempo a San José de Guaviare. Lo hago por razones de seguridad. Más adelante y sin prisa, cuando usted lo determine, entonces se irían a establecer en otro país, ya que dejarlos aquí prolongadamente por años es riesgoso.

—Bueno, amigo, joder, me gusta mucho escucharle esos razonamientos. ¡Hombre, usted deberá comprenderme! ¡A Cody y a su mujer tengo que ayudarlos!

—¿Puedo pedirle un favor, Cobreros?

—¡Por favor! Todos los que usted quiera.

—Sabe, estoy teniendo días pesados. Algunas traiciones, pero no quiero entrar a detalles, no vale la pena. Aunque son traiciones que a uno lo joden. ¡Duelen mucho, carajo! Hace poco me dijeron que los de la DEA me han intervenido unas cuentas bancarias en varios países de Europa. Esas cuentas, yo no las abrí con usted... —quería abreviar su exposición—. Bueno, mi intención, mi propuesta es entregarle a usted los registros de esas cuentas, y si logra rescatarlas le daré en pago un alto porcentaje, vamos, el que usted y yo acordemos. ¿Puede ser?

—Yo no creo en los milagros, Rodríguez Gacha, y menos tratándose de cuentas intervenidas por la DEA. De todos modos, sea como sea, le prometo que haré el esfuerzo. Hombre, no sé si pueda decírmelo, pero ¿cómo lo supo la DEA? No sé, alguien debe estarlo traicionando, ¿no?

244

«Milagrosamente, no hice comentarios sobre esa intervención de las cuentas por parte de la DEA, a pesar de ese delicioso whisky que me ofrecieron. ¡Joder!», pensó Cobreros, satisfecho de su discreción. Aunque ahora estaba deseoso de darle punto final a la conversación.

—Sí, sin duda, gracias a un soplón que trabaja o se relaciona conmigo. Usted puede imaginar, Cobreros —pensó en el mensajero y decidió no comentarle nada al español. «Que se lo diga Cody», decidió, y añadió—: Sí, ese hijoputa está cerca de mí. Ya estoy en eso. Y cada cosa a su tiempo. Tal vez lo agarremos pronto. Así son las cosas en nuestro negocio, Cobreros, qué le voy a enseñar a usted sobre esas pendejadas.

—Por supuesto, amigo. Esa cabrona DEA está metida en todo. ¡Cristo! A cada rato me levanto y sospecho que yo debo tener micrófonos hasta en los zapatos. Y en cuanto a los posibles informantes que debo de tener entre los cristianos que trabajan conmigo, ni quiero saberlo. Oiga, y ¿a dónde las envío? O sea, ¿a dónde quieres que sean trasladas esas cuentas?

—A Panamá. Usted sabe, ahí tenemos de presidente al cara de piña. Para mí esa alternativa es confiable.

—Rodríguez Gacha, sin ánimos de ofenderlo, ¿le puedo dar una queja?

—Por favor, todas las que quiera.

—Mire, por su culpa yo siento muchos ruidos por acá —se pasó la mano por la panza—. Tengo deseos de que mi paladar y mis papilas gustativas pasen cuanto antes a examinar el ajiaco.

—¡Váyase al infierno, Cobreros! —reía—. Vamos, la comida ya está lista. Y cuando terminemos, a la cabaña, para que usted vea a sus amigos.

En esos momentos llegó Wenceslao, quien entró agitado en el salón donde estaba El Mexicano con Cobreros.

—Jefe, con su permiso —al asistente le faltaba el aire después de subir las escaleras—. Acaba de llegar el señor Galván con los caballos solicitados, pide su presencia y que le localicen urgente al veterinario. Dice que la travesía con los caballos fue trabajosa debido a la persistente lluvia.

Por la tarde, Cobreros fue recibido por Cody y Ava en la cabaña. En esos momentos se intensificaba un aguacero que al caer sobre la selva semejaba arena fina, además de que aventaba descargas eléctricas que parecían desatar diminutos aerolitos de hielo sobre la tupida vegetación. Para los que conocían las majestuosidades de esas montañas bajo los temporales, era un diluvio magnífico que azotaba la selva para que se desgarrara y se hiciera más fecunda, era un azote colosal bajo el cual los animales corrían en busca de refugio.

El Mexicano acompañó a Cobreros hasta la cabaña y pudo percibir por los abrazos afectuosos que se dieron, que llevaban tiempo sin verse y se estimaban. Ava, especialmente, al lanzarse eufórica a los brazos de Cobreros y besarlo como si fuese una niña, impresionó a El Mexicano; incluso ese detalle llegó a molestarlo. «A mí esas costumbres de las mujeres europeas me ofenden. Yo nací en el campo, y me gustan las mujeres de Cundinamarca con sus decentes costumbres. Creo que si esa negrita austriaca fuese mi mujer, yo ahora mismo le daba una paliza. No quiero sobrepasarme, pero me parece que esa austriaca la necesita, urgentemente», pensó el capo, satisfecho ahora de haber reprendido a Apolonio. Ava, además, le preguntaba a Cobreros —en realidad algo histérica, y remolcada por la ginebra que había ingerido— sobre Carmen, su esposa malagueña.

El Mexicano se retiró para dejarlos a solas, suponía que ellos tendrían mucho de qué hablar. Y lo hizo al decirles que estaba obligado a atender a un amigo que había llegado procedente de Jalisco transportando unos caballos. También les dijo que mandaría a una señora, nombrada Inés, quien se ocuparía de atenderlos.

—Apolonio ha tenido que ausentarse para cumplir un importante encargo —dijo el capo al despedirse.

Ava recibió extrañada esa noticia y no pudo evitar que la voluptuosa y divina mañana de ese mismo día, al parecer urdida por la mano de Eros, regresara a su memoria. Pero en efecto, el centinela estaba ausente, aunque no a causa de que el capo aún estuviese contrariado con él: eran otras las causas. Apolonio no conocía la verdadera identidad del israelí y de la austriaca y mucho menos la de Cobreros, lo cual fue sopesado por el capo; aunque esos pormenores, además de Rodríguez Gacha, sólo eran conocidos por Pablo Escobar. El Mexicano había decidido que en la próxima madrugada Apolonio acompañara al mensajero joyero por un trayecto que acortaría la travesía de su largo regreso a la capital.

El hombre caminaba derrotado por el camino enlodado. Se sentía doblemente derrotado porque se había equivocado al entrar en esa finca, donde no lo habían llamado. Siempre había jugado con la vida y la levedad de las esperanzas de mucha gente. Toda la vida la curiosidad lo había remolcado, se dijo, y había trampeado con la gente honrada que se dedicaba al tráfico de esmeraldas. La había estafado la mayor de las veces, impunemente. En el ambiente del timo había crecido. Tuvo compinches que quisieron meterlo en otros negocios del tráfico y en otros ardides que no sólo tenían que ver con las esmeraldas.

Apolonio se hizo amigable en los inicios del trayecto, pero luego se transformó en un hombre insoportable. Urbano sabía que obedecía órdenes de El Mexicano, pero a su juicio podía comportarse mejor, educadamente, como hacían los nacidos en la región de Pacho. Apolonio iba detrás de Urbano, cercano, y llevaba dos hombres con él que marchaban distantes, a unos diez pasos. El color verde de la esmeralda siempre había embrujado a Urbano. «¡Ese verde, Dios mío!, ¿cómo lo creaste?», se decía a menudo, como si intentase hablar con Dios.

Urbano era joyero y sabía todos los secretos de la esmeralda. A veces durante la noche, porque las noches en la frondosidad lo trastornaban, creía divisar en muchos rincones de la tupida floresta los destellos de una esmeralda, la gema que provenía del berilo, destellos que para él eran inconfundibles; pero al final conjeturaba que ello se debía a la cocaína que había esnifado, gracias a la cual luego veía refulgencias donde no las había. Urbano siempre buscó una mujer que se nombrara Esmeralda, para casarse y vivir con ella. Pero nunca, a pesar de sus años y sus periódicas fatigas, pudo encontrarla.

—A usted le queda mucha vida por delante, Urbano, no se preocupe, así que déjese de lamentos y compórtese como los varones —gritaba Apolonio, se lo exigía la lluvia y la noche—. Dígame la verdad. No sea mentiroso. A mí me dijo Molina que a usted nunca lo había visto.

—Por favor, yo soy un buen hombre —gritaba más fuerte que Apolonio—. Le juro que ese mensaje lo traje porque una mujer que yo quiero me lo pidió con ganas. Sólo por eso. Se lo juro. Bueno, ella me interesa. Eso no lo niego. Cualquiera se enamora. Hable con El Mexicano, señor. Yo conozco a la señora Verónica y al señor Molina. ¿Cómo es posible que el señor Molina diga que no me conoce? Yo no debería decirlo, pero a mí el señor Molina me debe dinero. Por favor, señor, dígaselo a El Mexicano, en nombre de Dios, yo no merezco morir.

—Siga caminando, Urbano, no se detenga —ya Apolonio, sentía pena por el joyero—. No hable tanto, carajo. Esas habladas tan largas no le servirán de nada. Hombre, no le pasará nada malo. Oiga, ¿quién le dio ese mensaje?

—Ya se lo dije, una muchacha de la cual estoy enamorado. Ella es como una esmeralda auténtica de Colombia. Y Colombia sin la esmeralda no sería país y no tendría las dulces mujeres que tiene. Debe creerme. Ni siquiera he ganado dinero por traer ese mensaje. Bueno, cuando supe que la finca era de El Mexicano, yo me ilusioné y quise hacer negocios. No debí hacerlo. Soy un pendejo curioso. Ahora me arrepiento. Le digo la verdad. Le juro que no miento. Por favor, se lo ruego, no me mate.

—Oiga, yo todavía no sé a quién usted pudo convencer para que le dijera así, de volada, que esa finca era de El Mexicano. No sé cómo lo hizo.

—Por mis buenos modales, señor. Mi modales...

—Oiga, acabe de decírmelo, quiero saberlo, ¿cómo se nombra esa muchacha que le dio el mensaje?

—No me obligue, señor. Yo tengo mis defectos, como todos los hombres, pero soy un caballero. En Colombia abundan los hombres caballerosos, usted lo sabe.

—¡Oiga, camine, camine! —ahora Urbano escuchaba otra voz, aguda—. ¡Ya estamos cerca del paso y después usted continuará solo! ¡Camine, camine! ¡Nosotros tenemos deseos de regresar, carajo! ¡Esta lluvia nos tiene ya bien jodidos!

El joyero ya no escuchaba las palabras de los hombres que venían detrás. Urbano avanzaba sobre el camino enlodado y presentía que estaba llegando al final de todos sus caminos. Conocía la selva y sus hendiduras, en ella había crecido y luego se hizo buscador y traficante de esmeraldas. «Egipto, Siberia, Brasil, pero ninguna esmeralda es tan bella como la colombiana», pensó. «Ya que voy a morir, me hubiese gustado ver la luz del día, no sé, imaginar el cromo que no puede faltar, imaginar las pequeñas láminas de cromo que yo coleccionaba cuando era niño, y ver cómo el cromo da suficiente color verde brillante a la esmeralda, y verlas, y ver cómo se emperifolla la esmeralda colombiana, y sí, ver, Colombia, Colombia mía, ver brillar tu verde esmeralda como no hay ninguna otra.»

Urbano temblaba y sabía que ni las piernas ni sus pensamientos seguían un curso normal, todo ahora se le confundía, se le trababa, sentía detrás de sí el torpe movimiento de los hombres bajo el aguacero, un movimiento que se le hacía angustioso.

Conocía esas montañas, Urbano sabía que ahora caminaba por unos riscos, por los despeñaderos más elevados, por los pasos más peligrosos, las lágrimas, plomizas, le inundaban las fosas nasales y la garganta, la lluvia le daba de frente, sabía que sus pies muy pronto se hundirían en el abismo y decidió quedarse quieto, detenido.

Sintió una mano sobre su espalda que lo aventó hacia el barranco, y enfrentó en el vacío sin saber cómo la velocidad indescriptible del aire que ahora le daba en pleno rostro, junto con el agua y los golpes de los ramajes que herían sus ojos fuertemente cerrados.

XIX. De corporocracias y los tres millones

Tucson llegó acompañado de cuatro hombres: Mojarro, Ramírez, Tom y Mayer, distribuidos en dos camionetas blindadas. Todos vestían los típicos atuendos de los auténticos *gunslingers*. Estaban disfrazados y cada uno llevaba una rala barba de varios días. Eran las seis de la mañana. «Esta vez, Cadena, no voy a fallar contigo», pensó Tucson, mientras Tom llamaba a la puerta del centro nocturno Cataratas de Juanacatlán. «Y en cuanto a ti, Darío, desconozco ese asunto de interés mutuo que vas a plantearme, si bien presiento que tiene que ver con esos pejes gordos que ya sienten temblar la tierra bajos los pies; gracias a Dios, la operación «Leyenda» va a toda madre, como diría mi linda Naida.»

La puerta se abrió y apareció Tavo. Tenía el rostro estrujado y además exhalaba una viciada transpiración. Era evidente que apenas había dormido, ya que en Juanacatlán no se esperaba el arribo de Tucson tan temprano. Detrás de Tavo, en medio de una penumbra que ya era atravesada por la claridad matutina, se veían dos vigilantes que permanecían erguidos como estatuas ante una pared de piedras. Sin mediar palabras entre los agentes de la comitiva, Tucson y Mojarro entraron y fueron guiados por Tavo rumbo a la habitación donde dormía Cadena. Los otros tres agentes se desplazaron por la calle, para estacionar las camionetas a la distancia de cincuenta pasos de la entrada principal.

—Buenos días —Cadena bostezaba sentado en la cama—. ¡No manches, buey! —tenía la voz ronca, miró el reloj de pulsera y al levantarse se echó una toalla sobre el hombro—. ¿Qué onda? ¿Qué horas son estas de llegar? Yo te esperaba para eso de las nueve. ¿Vas a desayunar con Darío en mi despacho, no? Sabes, Tucson, yo trabajo mientras la ciudad duerme.

—Pues yo, Cadena, llevo días que no duermo —dijo Tucson, de modo exagerado, mientras veía que su anfitrión había dejado abierta la puerta del baño—. Ya sabes, tengo que entrevistarme contigo y luego con el representante de Lucifer. Puedes imaginar cómo me siento.

—¿Representante de quién? —terminaba de cepillarse los dientes.

—Con el representante de Lucifer. Eso dije.

—Ya entendí, Tucson. Claro que sí —levantó el tono de voz—, pero ahora nomás no puedo reírme, cabrón, me acabo de levantar. Sí, te comprendo. Pensándolo bien, de estar yo en tu lugar, a mí me sucedería lo mismo. Pero yo te di seguridad de que no ocurrirá ninguna pendejada, ni que Darío te faltaría el respeto. En este mundo, Tucson, y no sé si viviremos el próximo, cuando se les ofrece a los hombres del bien y del mal el modo de verse la jeta, pacíficamente, para llamarlo de alguna manera, pos nomás que deben platicar y ya, para que la gente sufra menos. Así yo veo las cosas. Mientras los gobiernos no vean a los narcos como una corporación más, la violencia del crimen organizado no se va a aplacar y los muertos día tras día van a seguir tocándonos la mera puerta. Así yo veo las cosas en medio de esta cabrona corporocracia en la que vivimos.

—Lúcida reflexión, Cadena —el agente estaba tentado de provocarlo—. Así que eres colaborador de los narcos.

—No digas estupideces, por favor. Ni en broma me lo digas. Yo no soy espía de nadie. Ya te lo dije y te expliqué las razones. Escucha, yo soy amigo de Darío. Para mí él es la excepción. Y si no fuera así, nomás que yo no hubiese brindado mi despacho para que ustedes platicaran. Dentro de lo que cabe, Darío se diferencia bastante de los otros jodidazos que nomás saben vivir de su ego, de la codicia de hacer dinero fácil, de esnifar cocaína a toda hora y de escupir cuantas palabrotas puedan existir. Son mal hablados los muy cabrones. Sabes, cuando me afeito y me miro en el espejo, me digo: nomás que yo de meterme en problemas, los de la ley me meten en el bote, pero los jodidazos mal hablados me parten la cabeza a balazos, o me meten desmembrado en un tanque lleno de sosa cáustica. Mira lo que le hicieron a Camarena, hombre cabal que no había matado a nadie. No debieron hacerlo sufrir de esa manera. ¡Santo cielo!

«Me parece que Cadena debe estar arrepentido de hacerme esos comentarios sobre Camarena. Me aprendí la lección: creo que es recomendable platicar con Cadena bien temprano en la mañana», pensó Tucson, complacido.

—¿Darío estuvo en lo de Camarena? —Tucson proseguía el ataque.

—Creo que sí. A mí un paria me dijo que Darío hasta se cabreó con el Aristarco porque no quería que le hicieran daño a Camarena. El paria me dijo que incluso se enfrentaron. Fíjate, si eso se comenta por los narcos, pos nomás que Darío los tiene bien puestos,

—¿Estás seguro de lo que me dices?

—Oye, si no vas a creer lo que te digo, ya te puedes ir al demonio.

—Discúlpame. ¿Crees que Darío se atreva a decirme quiénes estuvieron en lo de Camarena?

—Ni siquiera lo pienses. Para Darío eso es ser un miserable delator, un traidor apestoso. Sabes, yo se le pregunté y sólo me miró a los ojos. ¡Híjole! Yo creí que me iba a petrificar. El jodidazo tiene una mirada de hielo. Dicen que el padre miraba igualitico. No, no pierdas tu tiempo, no te dirá nada. Pero como nomás veo que tú a mí me tratas como a un marrano, porque tú y yo quedamos la vez anterior de que hoy platicaríamos, ¿no?, entonces yo te pregunto: ¿Tucson, tus jefazos qué demonios te dijeron de esa reunión que vas a tener con Darío? Dime. Eso es para que veas que yo también sé hacer preguntas pringosas.

—El jefe superior me dijo que sí, que a él los narcos se la pelan. El otro, no; el segundo jefe se apendejó. Y si la cosa hubiese dependido de la decisión de ese segundo jefe, que me cae gordo, yo no estaría aquí.

—¿Sabes qué? —le había gustado que Tucson le respondiese con rapidez y naturalidad—. ¡Nomás cuídate de ese jodidazo segundo jefe! Generalmente los segundos jefes son conservadores, no ven la hora de quedarse de primeros. Por eso aquí yo soy el primer mandamás y también el segundo y el tercero. ¡Faltaría más! Y como soy dado a la compasión con los demás, nomás me hago el jefe lejano y extraño. Así controlo mejor las cosas. Oye, Tucson, yo no soy hombre de los que le gusta platicar en las habitaciones con los hombres, ni siquiera con las mujeres. Buey, ahorita vamos a tomarnos café y a fumarnos un cigarro.

—Ya no fumo, Cadena.

—¡Claro que sí, Tucson! ¡En hora buena! ¡Felicidades! Ya sé que apareció tu Naida. Yo te lo dije, que no perdieras la esperanza. Y ella, ¿cómo está después de haber conocido el infierno?

—Bien, está bien. Gracias a Dios. Ha sido un verdadero milagro. Claro, ella va a necesitar mi ayuda, pero yo haré todo lo que tenga que hacer. También me ayuda en su atención un especialista y una colega que es nuestra amiga. La quiero mucho, Cadena.

—¡Hombre, faltaría más! Había que ver la cara que tenías cuando viniste la vez anterior. Dabas la impresión de ser un perdidoso. El tiempo lo cura todo, Tucson. Te lo dice uno que sabe lo que dice. Y vamos por el café, jodidazo, nunca he platicado tanto con el estómago vacío.

Se dirigieron al despacho. Tomaron el café y continuaron la plática, aún faltaba como una hora para el arribo de Darío. Mojarro, Tavo y Sierra se habían quedado en el vestíbulo. Tucson sentía sobre sí la atmósfera de un Juanacatlán moribundo, dado que ya no estaban los clientes con su ajetreo ni las muchachas que los atendían. Los olores inconfundibles de la última madrugada todavía flotaban en el ambiente. Cadena había abierto las ventanas que daban a la explanada. Un pájaro se posó en el ángulo derecho del alfeizar. «¿Cómo pudo entrar y llegar hasta aquí?», se preguntó Tucson. Ahora ese pájaro caminaba y no parecía tener ningún tipo de prisa por levantar el vuelo.

—Dime, Tucson, qué quieres decirme —dijo Cadena—. Aprovechemos que Darío aún no ha llegado.

—No creo que tenga mucho que decirte —extrajo de uno de los bolsillos un documento y se lo entregó a Cadena—. Por favor, lee ese documento. Ahí tienes la esencia de mi propuesta.

Cadena leyó el documento con calma. En los últimos días había pensado mucho acerca de Camarena y al parecer sus resistencias, en cuanto a continuar diciéndole que no a Tucson, estaban reblandecidas.

—Me parecen compromisos serios, Tucson —dijo, resignado, y devolvió el documento—. Yo admiro mucho a Estados Unidos, verdaderamente. De acuerdo, voy a colaborar con ustedes. Luego, cuando Darío se vaya, deseo precisar contigo algunos detalles. ¿Puede ser?

—Por supuesto —estaba satisfecho de que un hombre tan valiente, pues muchas fuentes le habían referido la valía personal de Cadena, hubiese dicho que sí al reclutamiento. «Este chilango, como pocos, será capaz de salir victorioso de la misión que le voy a encomendar», pensó Tucson. «¡Gracias, Cadena, por darme esa respuesta tan alentadora.»

Poco después entraba Darío en el despacho de Cadena. No importaba lo que sucediera, si Cadena le hablaba a alguno de ellos dos o a uno de los dos en particular, si venía Tavo con el desayuno, si éste les preguntaba si deseaban pedir algo más o si todo estaba bien, nada podía entorpecerlos. Tucson y Darío se examinaban con la vista recíprocamente y la mayor de las veces de reojo, intuitivamente; se observaban de mil maneras, hasta cuando incluso no se miraban. Ninguno de los dos podía hacer dejación del hábito que ambos tenían arraigado en su

254

comportamiento. Los dos se relacionaban con gente peligrosa. Y esa capacidad de observación la tenían aguzada.

Darío, cuando miraba a Tucson, comprendía que el investigador era algo parecido al retrato que le habían dibujado sus cómplices. «Debieron de haber sido más atinados, no sé, haber tenido más acierto», se dijo. Y comenzaron a bullir en su mente las cualidades que según él poseía el investigador: «Mientras más lejos esté ese investigador de los narcos, estará más cerca. Es sumamente inquieto, muy activo. Mirarlo es como mirar a un prestidigitador, un malabarista, que aunque se le caiga de las manos alguno de los bolos, jamás te quita los ojos de encima. Puede dirigir a muchos hombres, sin perder la calma. Se mueve en cámara lenta, pero puede salirse de ese ritmo sin darle explicaciones a nadie. Y si te descuidas, como los fantasmas, se te puede meter en la cabeza», concluyó.

Y en contrapartida, a retazos, a saltos, cuando Tucson repasaba a Darío conjeturaba: «Ese narco no se parece a los narcos, salvo que realizan iguales actividades ilícitas. Puede hacer varias cosas al mismo tiempo y hacerlas bien, que es lo difícil. Es brillante conversador. De movimientos rápidos y permanentes. Por eso se mueve tanto sobre la silla, mueve las manos, los pies: no puede permanecer quieto. Ese narco da la imagen ante sus jefes de ser una especie de alivio celestial y puede encontrar la solución de los problemas. Por ello El Califa no lo suelta y otros lo extrañan. Pero además del trabajo que realiza respecto al lavado de dinero, ejerce control de las empresas que se le encomiendan y sirve de negociador ante situaciones donde la violencia no debe desempeñar el papel protagónico; entonces él interviene y sale airoso de las pruebas. Viaja demasiado al extranjero. Tiene las manos sin ningún tipo de atadura, totalmente libres. Me lo dijo Pantera. Pero ¿por qué este narco goza de tanta independencia?»

—Tucson, qué bueno que viniste —afirmó Darío tan pronto Cadena los dejó a solas—. Pensé que con todo ese barullo de la prensa debido al secuestro de Naida, al final no vendrías.

El investigador miró de lleno a Darío, algo sorprendido ante ese comentario inicial.

—No, fíjate que no —replicó tranquilo—. Los periodistas para hacer su trabajo podrán hacer lo que quieran, menos controlar mi vida privada.

—Pues yo creo que lo has logrado —extrajo una foto del bolsillo de la chaqueta y la puso boca abajo sobre la mesa de centro—. Creo que lo mejor que hiciste fue sacarla de Texas. Mira

—volteó la foto y la desplazó hasta ponerla ante Tucson—, ése es el sujeto que la secuestró. Investigador, estamos hablando de un profesional, de un asesino por contrato. La gente de El Cochiloco lo contrató para que te eliminara. Luego, y los que le pagaron no saben por qué, desvió su objetivo y se dedicó por entero a otras cosas, y a tu prometida, *of course*, ya lo sabemos. Ahora esa gente lo está buscando para lapidarlo, bueno, ya sabes cómo funcionan esos asuntos entre los narcos. Estoy seguro de que ellos lo sacarán de la circulación y lo enviarán al infierno mucho antes de que la policía pueda encontrarlo.

Tucson agarró la foto y la contempló con calma. Ahora recordaba los dibujos del secuestrador de Naida que los colegas de Texas le habían mostrado en El Paso. Unos bocetos que habían sido confeccionados por los técnicos sobre la base de los elementos aportados por los vecinos que lo habían visto. Esos esbozos, por razones que Tucson desconocía, no se parecían al sujeto que estaba en la fotografía que sostenía en las manos. Sin embargo, el individuo que aparecía en la fotografía sí coincidía con la persona que lo había abordado la noche de la fiesta en casa de Plinio. «Son idénticos», pensó. «Este sujeto y el individuo que me abordó esa noche, sin duda, son la misma persona.»

«Yo le decía que un amigo es siempre un amigo y que muchas veces, gracias a un amigo, a uno le suceden cosas grandiosas.» Ahora recordaba algunas de las frases que ese individuo le había dicho en la velada de Plinio. Tucson sin saber el motivo, mientras rememoraba lo dicho por el extravagante sicario, giró la cabeza hacia el lugar de la ventana donde momentos antes había estado merodeando el pájaro extraviado. «¡Miserable!», pensó, vengativo, mientras volvía la mirada hacia la fotografía.

—Negociador, así que eres dado a propinar golpes maestros —sonreía, contrariado, mofándose de todo y hasta de sí mismo—. Y si los das cuando menos lo espera el que te escucha, mucho mejor. Aunque yo no creo que me hayas convocado para enseñarme la fotografía de ese maldito.

—Claro que no —respondió mientras encendía un cigarro y le daba una cachada—. Te cité para otro asunto, para un asunto extraordinario. Pero no puedes decirme, investigador, que yo te haya dado un golpe bajo. Creo estar lejos de esas bajas pasiones. ¿No te parece?

—Bueno, para mí ha sido un golpe inesperado —Tucson comprendía que aún no sabía cómo reaccionar—. No olvides que ese miserable fue el secuestrador, y bueno, yo no lo esperaba, así de sencillo.

—Tómate tu tiempo, investigador. Comprendo lo que has pasado. Yo en tu lugar, con esa fotografía en la mano, saldría a buscarlo. Pero te aseguro que no lo vas a encontrar. El muy pendejo es hábil. Vive dentro de la maldad. La conoce a fondo. Dicen que la vida que tuvo fue puro excremento. Es un psicótico.

—¿Cuándo lo supiste?

—Ayer, exactamente ayer. La gente de El Cochiloco lo busca por todas partes. Cobró el dinero del encargo relacionado contigo y desapareció. Se dedicó, como te dije, a otras faenas. Dicen que en los últimos tiempos le ha dado por matar mujeres y nadie sabe la causa. Incluso, paradójicamente, hasta se dice que el hijo de la chingada tiene una mujer y está enamorado de ella, y bueno, ¡vaya usted a saber cómo es de rara y complicada la mente humana!

—¿Cómo se llama? —no soltaba la fotografía y la contemplaba—. ¿Cuál es su historial?

—Así te veo mejor, investigador. Ahora te comportas como un verdadero perito, vamos, hombre, y no te disgustes conmigo. Creo que tú y yo, pertenecientes a bandos opuestos, somos los primeros en platicar sin ser espía uno del otro. Ninguno trabaja para el otro. Cosa bien rara e inusual. Además, no somos ni jamás seremos amigos. Eso lo tengo claro, investigador, pero somos los primeros —observó que Tucson continuaba mirando el retrato—. Oye, aunque no me lo creas, desconozco su nombre, y bueno, me dijeron que lo apodan Kodak. Dicen que es muy rápido en sus movimientos. Astuto. Trabaja solo. Casi nunca falla cuando se fija el objetivo que debe alcanzar. Se estrenó como matón apenas con diez u once años de edad. Con esa edad asesinó a su madre y a su padrastro. Cuentan que a los dos les metió somníferos en la leche, los amarró y los amordazó, luego los apaleó todo lo que quiso y después los roció con un bidón de gasolina y les prendió fuego. Luego de cumplir años en un reclusorio de menores y en un orfanato, donde dicen que mantuvo buena conducta, se fue a Arizona en busca de su padre, que vivía en Benson. Dicen que su padre, al verlo, sintió tanto pavor ante su presencia que días después huyó de su casa e incluso la abandonó y no tuvo reparo alguno en dejársela a su indeseado hijo. Explican que ese padre huyó porque estaba convencido de que su hijo, por cierto, el único que había tenido, más temprano que tarde, lo mataría. Cuentan que ese progenitor que se dio a la fuga era fotógrafo y tenía infinidad de fotografías guardadas en un baúl, como también unas cuantas máquinas fotográficas, antiguas y modernas.

—¿Después apareció? —preguntó Tucson.

—Tengo entendido que no.

—¿No lo habrá matado también?

—Es probable —sonrió—. Tal vez el tarado no quería que el padre después le reclamara las fotografías y las cámaras.

—Imagino que lo del apodo le viene por lo de la marca Kodak, ¿no?

—Eres rápido, investigador. Así es. Kodak tenía un slogan comercial: "Apriete el obturador, nosotros hacemos el resto". Ese asesino por contrato, parafraseando ese slogan, sembró el suyo entre los narcos: "Díganme a quien debo eliminar, yo lo hago todo y también el resto."

—¿Edad?

—Cuarenta y dos.

—¿Hijos?

—Ninguno.

—¿Dónde vive la mujer?

—No sé. Tal vez en El Paso.

—El domingo pasado, hace tres días, apareció otra muchacha asesinada en los alrededores de El Paso. El miserable ya tiene siete jóvenes asesinadas en su haber. Y tiene tiempo hasta para escribir y colgar en la muñeca de la víctima el mismo mensaje bíblico. Naida tuvo mucha buena suerte. Gracias a Dios.

—No sólo ella, de lo cual mucho me alegro, tú también. Ya que en lugar de eliminarte, por fortuna, se dedicó a otras cosas. A ese perro rabioso hay que eliminarlo. Su propia gente lo hará más temprano que tarde. Seguro. La gente de El Cochiloco se preguntaba si Kodak te conocía. Dicen que jamás había actuado de esa manera.

—Yo nunca he visto a ese hijo de la chingada, negociador.

Tucson se levantó. Caminó hasta los ventanales que daban hacia la explanada de la planta baja. Constató que comenzaban a reanimarse los ruidos que se expandían de modo oscilante, el habla sesgada de la gente, el desplazamiento de las sillas y los rumores de las cataratas al caer. El día se abría lentamente.

—Bueno, dejemos de hablar de ese psicópata —Tucson se sentó de nuevo—. Ahora veamos, negociador, ¿cuál es ese asunto que me tienes reservado? Pero antes, si no te resulta molesto, ¿cómo rayos tu gente logró que te sentaras a platicar conmigo? Sé lo que significa para ti platicar con un policía.

—¡Te lleve el diablo, investigador! Veo que me tienes rodeado.

—No exageres. Tenemos nuestros informantes. Normal.

—Mi padre fue asesinado por unos policías en 1970 —se le ensombreció el rostro y Tucson enseguida se dio cuenta—. En Juárez. Lo asesinaron los narcos y unos policías. Entre éstos, un par de gringos. Esa es la razón por la cual no puedo verlos a ustedes ni de pasada.

—Comprendo —Tucson se contuvo, no quería faltarle el respeto al negociador luego de escuchar esa confesión.

—Investigador, imagino lo que estás pensando en estos momentos.

—No pienso en nada, negociador. No estoy pensando en nada.

—En Camarena, en tu amigo Camarena. A él también lo masacraron los narcos y los policías. Y hasta participaron algunos pejes gordos del nauseabundo poder político y militar. Y ya que me preguntas por qué vine a platicar contigo, el dinero, investigador, una respetable suma del adorable dinero, que sin duda lo enerva a uno tanto o mejor que la mismísima cocaína.

«¿Este Darío será realmente un narco?», pensó Tucson, algo desorientado. «Hay momentos en que asume conductas inexplicables, insólitas, si bien, aunque no quiera, le noto un cinismo soberbio. Me parece que le resulta normal convivir con la desvergüenza.»

—Entiendo —Tucson tenía deseos de preguntarle sobre el tema Camarena, pero se contuvo—. Oye, ¿y cuál es el asunto de interés mutuo?

—Uno solo, investigador —Darío se reacomodó en su asiento—. Tan grandioso que podría iluminar por sí mismo un domingo aburrido. Porque para mí, todos los domingos son demasiado aburridos y largos. Pero puede que, si sabes escucharme, a partir de ahora impere la paz y un hombre se haga millonario en un abrir y cerrar de ojos.

Tucson miró a Darío y se echó una sonrisa.

Se levantó de nuevo y ahora mientras caminaba por el despacho reía y soltaba unas carcajadas que él mismo, al escucharlas, sabía que esas risotadas llevaban algún tiempo agazapadas en sus adentros, tal vez como escondidas o perdidas, eran nerviosas, sin duda, y enseguida, hasta Darío pudo percatarse de que Tucson estaba a merced de una hilaridad infrecuente.

Tucson había podido intuir con claridad cuál sería la propuesta que tenía Darío en la manga: el soborno, aunque aún no podía deducir cuáles serían los objetivos que pretendía alcanzar.

—Lamentablemente, negociador, la paz nunca va a existir entre los narcos y los policías —Tucson sabía que esos pareceres no eran novedosos—. Como tampoco entre los cárteles, y mucho menos entre los cárteles y las autoridades gubernamentales. Por favor. Pero en relación a ese millonario que predices, negociador, puede serlo cualquiera, menos yo. Si bien, por pura curiosidad, ¿qué quieren ellos de mí?

—Oye, estás hablando conmigo, ¿no? —Darío sonreía, pero se sentía un tanto ofendido al inferir que Tucson lo apartaba de sus razonamientos.

—Bueno. Tú los representas, ¿no?

«La mente de este cabrón, si te descuidas se mete en la tuya», se dijo Darío.

—Tres millones de dólares, Remy Rangel —dijo Darío, despacio, como si acariciara las palabras—. Si tú abandonas la jefatura de la operación «Leyenda», ahora mismo, en este mismo momento, te serán entregados por mí y de inmediato esos tres millones.

—¡Vaya! —Tucson agrandó los ojos y regresó a su asiento—. ¡Qué importante soy! Es evidente que los molesto, ¿verdad?

—Así es. Pero te digo más, antes de que me des una respuesta, y para que te lo pienses mejor. Si esa cantidad tiene que ser mayor a la que tú le solicitaste a tu jefe, a míster Crawford, para llevar a cabo la operación «Leyenda», esos jefazos están dispuestos a aumentar esa cifra.

«¡Chinga a tu madre, Darío!», pensó, y dejo de reír.

Tucson se dio cuenta de que la penetración de los mafiosos en la DEA era real y efectiva. Sin duda, sabían lo tratado en aquella reunión. Como también, por qué no, la penetración por parte de los cárteles en la CIA y el FBI debía de ser idéntica. Y sin poderlo evitar, ahora Tucson pensaba en Sachs, que trabajaba con Crawford, el funcionario que la CIA había plantado y destinado para que supervisara los entramados de la operación «Leyenda». Y también pensó en Bosley, el taimado Bosley. «¿Sería Bosley? ¿Sería él? El colega que un día, día bien amargo para mí, me dijo: "Oye, Tucson, me alegro de que te estés divorciando de Erika; sabes, también los narcos se metieron con ella porque además de ser hermosa, ella se vestía de modo provocador, y eso siempre desafía a los hombres. ¿Me hago entender? Y los colegas tuvieron que agarrarme, pues me le lancé al cuello para partirle la cara.»

Tucson proseguía meditando y recordaba: «Y todavía hoy no sé quién pudo haber sido ese gringo que salió esa tarde del consulado estadounidense y habló con los hombres que estaban en los carros blindados, con El Cochiloco, con El Pico Chulo, con Javier Barba y con El Ingeniero, y después de indicarles quién era Camarena, regresó y entró de nuevo en el consulado. ¿Cuál fue el jefe de la DEA que traicionó a Camarena? Darío pudiera averiguarlo, sin duda, y hasta quizás lo sepa. No, carajo, qué cosas me pasan por la mente. ¡Estoy delirando!»

—Sabes, negociador —dijo Tucson—, yo de chamaco también odiaba a los policías. Los pendejos en Tucson me daban buenas madrizas. Yo quería llegar a ser cualquier cosa en la vida, menos policía. Sin embargo, tuve un amigo que se nombraba Narro. Para mí él era el mejor en todo. El mejor nadador, el mejor en los estudios, el mejor tirador. Narro siempre se apropiaba de las pistolas de servicio de su padre, que era policía. Y bueno, en esas andanzas mías con Narro, por ahí me entró ese bichito de ser policía. Pero ese amigo mío jugaba mucho con las armas de fuego, demasiado. Después de pasar los primeros cursos de entrenamiento, de graduarse y de trabajar en la DEA, a Narro le dio por jugar continuamente a la ruleta rusa. Y como suele suceder, un aciago día le falló la buena suerte. Y perdió la vida por puro azar y mero descuido, y de una manera bastante estúpida. El padre, como habrás de suponer, se volvió loco. Y en su locura, sólo se le escuchaba decir: «¡Esa maldita ruleta rusa! ¿Por qué, Dios mío?» Dile a tus jefes, negociador, que a mí no me gusta ningún tipo de juego de azar. Y mucho menos nada que tenga que ver con los giros de la maldita ruleta rusa. No soy bueno en los juegos. Para mí esa propuesta de los tres millones a cambio de que pierda mi propia vida, la que quiero vivir dignamente, es como jugar a la ruleta rusa. Porque para mí, los giros son los giros, y así son de peligrosos, aunque al inicio no lo parezcan. No, dile a tus jefes que yo tengo mi sino, mi destino, o como se le quiera llamar, y que ustedes tienen el suyo, siempre me lo digo.

—Investigador —Darío sonreía, escéptico—, ¿de veras crees que esos capos y los otros pejes gordos van a entender algo de esas cosas absolutamente indefinidas, idílicas, de las que ahora me platicas? ¿De veras? ¡Por favor, investigador! ¿Crees que ellos pueden entender esas abstracciones sobre cosas que nacen pero que jamás se repiten. ¿Acaso antes de ser policía querías estudiar filosofía? ¿O es tu manera de decirme que no aceptas la propuesta? ¿Me estás diciendo que ni siquiera te lo vas a pensar? A esos jefazos sólo les interesa que tú los dejes en paz. Nada más.

—Negociador, ponle los condimentos que quieras al asunto, veo que eres preparado y hasta puedes darle otras vueltas a los líos con las palabras. De si las cosas nacen y no se repiten, de si ese es el principio y el fin de la existencia humana, en fin, a mí por ahora todos esos conceptos me tienen sin cuidado. Sabes, yo sé cómo se inician las cosas y trato de saber cuándo se arriba al mismísimo límite. ¡Gracias a Dios! Todo en la vida tiene límites, negociador. Y yo conozco los míos. Dile a tus jefes que yo seguiré en lo mío hasta que los atrape a todos, uno a uno, para que enfrenten el peso de la ley. Esa es mi fe. Sólo eso. Y una cosa importante: Camarena fue uno de mis mejores amigos. Y no creas, sé que no hay nada de especial en lo que decido y hago.

—¿De veras crees que tú podrás atraparlos a todos, y, especialmente a los que están por encima del cielo?

—¡Por supuesto! This will be fantastic!

—No me hagas reír —Darío expandió una abierta—. Decididamente, tú eres de otro planeta. ¡Qué lástima! ¡Qué desperdicio! Tú jamás podrás modificar este viciado mundo en que vivimos. Jamás. Te lo aseguro.

—Negociador, disculpa mi insolente pregunta: ¿tú por casualidad estuviste en lo de Camarena?

—Yo no —dijo, secamente, mientras recogía sus cosas—, pero platiqué con un paria que habló con él. Me dijo que Camarena se comportó como un hombre y que decidió, difícil decisión, llevarse a la tumba la identidad de los informantes de la DEA. No delató a ninguno. Y dicen que pedía morir con dignidad, como mueren los hombres de su profesión.

—¿Cómo van tus negocios por Colombia? —Tucson quería darle un contragolpe a Darío, para desquitarse y a modo de despedida.

—¡Te lleven los demonios, investigador! —sonreía, tranquilamente—. Vaya. Me tienes bajo la lupa. Pero tú y tu gente nunca podrán saber cuáles son mis verdaderos movimientos.

—¿Tendrán que ver con el espionaje?

—Todos nosotros hacemos espionaje, investigador. ¡Ah, y por el adorable dinero! —abrió los brazos y esgrimió un rostro burlón—. Ya sé, ya sé; menos tú, que eres un patriota, un hombre puro, vamos, un verdadero extraterrestre. ¡Tres millones o más! ¡Qué desperdicio! Y bueno —se puso en pie—, a través de Cadena me puedes localizar cuando quieras. Ya lo sabemos, nosotros dos somos la excepción de la regla.

—Así es. No somos espía uno del otro —remató Tucson, mientras se levantaba—. Aunque cuando agarremos a todos los pejes gordos, posiblemente tenga que llamarte para que declares ante el Gran Jurado.

—¡Vete al diablo, investigador!

Y los dos a la par se echaron una sonrisa, al tiempo que se estrechaban las manos y se despedían, fríos, distantes, cual si fuesen un par de encumbrados jugadores de póker.

«No te lo dije, Darío: el italiano que mataron en tus narices en Medellín, era un agente secreto de algún servicio de inteligencia. Llegó a la selva y quiso chambear con la gente de El Mexicano, para comprobar por sí mismo si en esos dominios tenían escondido a un gringo maldecido. ¿Tú tendrás algo que ver con ese presumible delincuente, Darío? Tal vez. Viajas mucho a Colombia, dandi cabrón, y le hiciste un chingo de preguntas a Pantera que, algunas sí, pero otras muchas nada tenían que ver con los caballos.»

Pensaba Tucson, mientras veía cómo Darío atravesaba la explanada del Juanacatlán en compañía de Patxi.

XX. Sufría, pero yo no vi venir

Para Tucson, Naida era su agraciado complemento, el complemento misterioso de su vida, su estrella polar, y no olvidaba que semanas atrás había estado a punto de perderla para siempre, también tenía presente la delicada situación psicológica que ella afrontaba desde el secuestro y la violación. Ahora al verla recordaba lo que en una ocasión le dijeron los arcanos mayores, que según Mariana había entrevisto de modo pesimista en el tarot: «¡Anjá!, tú crees que el tiempo siempre juega en tu contra y que en la vida amorosa nada de lo que construyes florece». Y su mamá por el contrario, le había dicho: «Mijo, en esas cartas los arcanos mayores, prevén la buena fortuna para ti.»

Tucson estaba en la sala de su casa a la espera de la llegada de Celma y del periodista estadounidense Webb. Celma, como era de esperar, hubiese deseado realizar ese encuentro en un restaurante y así lo se lo propuso al agente, pero Tucson se rehusó amablemente y le propuso hacerlo en su casa, debido a que deseaba cuando fuese factible y por razones obvias, estar el mayor tiempo posible al lado de Naida.

En estos momentos Tucson veía a Naida sentada sobre el sofá de la sala, vestida de manera sencilla, arropada en un juego completo de color crema, con su suave belleza y los cabellos sueltos, como en perfecta armonía con la luz matinal apacible que se abría en Los Angeles. Ella platicaba con Oliver, el hijo mayor de Tucson, quien llevaba varios días de visita en compañía de sus dos hijos. Tucson se percataba de que Naida, dando muestras de su resuelta disposición para recuperarse, platicaba amorosa con ellos y con Phiilip, el hermano menor de Oliver y que vivía con su padre.

Naturalmente, para Naida, Tucson era el jefe de las murallas inexpugnables y de todas las lanzas mortíferas que arrojaría sobre cualquier individuo que intentara dañarla. Ella aún no se sentía completamente recobrada de la dramática experiencia vivida en Texas. Los especialistas, por demás, recomendaron que a ella de momento se le impidiera participar en actividades sociales.

A Naida le bastaba saber que Tucson estaba en la casa, bien cerca de su respiración, que para ella, a pesar de todo, no era suficiente cercanía. No era menos cierto que en las ocasiones en que por razones de trabajo debía ausentarse de Los Angeles, Naida quedaba en compañía de Natividad, su madre, y de Gal, quien de manera cariñosa la atendía, alternando su tiempo libre con el desempeño de su trabajo. Y de manera permanente, un módulo de agentes de seguridad personal era el encargado de proteger a Naida, la casa y sus alrededores.

Oliver, enamorado incurable de la madre de sus hijos, había recibido días atrás la demanda de divorcio. Casi todos en la casa, se daban cuenta de que Oliver estaba muy afectado y se comportaba retraído, como si estuviese distante de sí mismo y hasta de dos hijos menores, parecía llevar sobre sí la mente apabullada y poquísimos deseos de analizar con alguien ese conflicto emocional que lo embargaba: había descubierto que la madre de sus hijos lo traicionaba con su jefe. Ese espinoso detalle de infidelidad, Oliver se lo ocultaba a todos en la familia. Ingenuamente quería evitar el rompimiento de su matrimonio. Excepto Phiilip, quien se había enterado de ese adulterio a través de terceros.

Antes Naida, aprovechando que tenía que tomar las medicinas, había llamado a Tucson a la recámara para alertarlo.

—Mi amor, creo que debes hablar con Oliver cuanto antes, debe de tener un problema muy serio que lo tiene mudo.

—Sí, Naida —repuso, algo contrariado—, ya lo sé. Su mujer le planteó el divorcio. Parece que esa viciosa vino a este mundo para destruir la vida de mi hijo y la de mis nietos. Oliver nunca debió haberse casado con ella.

—Eso es pasado, mi amor. Ese matrimonio no debió de existir, pero ahí están los dos niños. Ella es una drogadicta sin remedio, Oliver, no. Sé que tú tienes mucho trabajo, pero no dejes de atenderlo. Ayúdalo para que se olvide de esa infeliz.

—No te inquietes, luego platico con él. Bueno, Oliver también es así. Muy cerrado. Poco comunicativo. En fin, sacó el carácter de su madre. Por demás, tiene tendencia a sobredimensionar la magnitud de los problemas.

—Habla con él, por favor —suplicó, mientras lo acariciaba—. Yo sé que tú eres buen padre.

De repente, Naida se sentó en el borde de la cama, cruzó los brazos sobre el estómago y se dobló hacia adelante. Apoyó la cabeza sobre las rodillas, como si en esos instantes la azotara un fuerte dolor.

—¿Qué pasa? —se inclinó y la agarró por los hombros, preocupado.

—Ya, ya pasa, mi amor —dio unos pasos y ahora sonreía—. Es un dolor que a veces me da en el bajo vientre. No debes preocuparte. El médico lo sabe. Dice que pronto esos dolores se irán. Sabes, cuando me reponga, te daré un hijo. ¿O no lo deseas?

—¡Claro que sí!

Celma en los últimos días había insistido con Tucson en que se entrevistara con Webb, a quien no le alcanzaba el tiempo para realizar sus reportajes sobre el narcotráfico. Deseaba hacer una revisión de toda la guerra contra las drogas hasta muchos años atrás, como se hubo de revisar, por ejemplo, la cacería de brujas de McCarthy, llevada a cabo a mediados del siglo XX.

Destapar toda la suciedad que escondía esa guerra contra las drogas era para Webb un desafío que sólo a él le correspondía realizar, eso pensaba, como si fuese el elegido, el privilegiado periodista. «Este jodido gobierno de Reagan está haciendo pura basura y la gente tiene que saberlo», decía.

—Patriota —insistía Celma por vía telefónica—, yo sé que tienes encima mucha chamba, pero te ruego que hagas un espacio para entrevistarte con Webb. Está muy interesado en platicar contigo. Tiene en mente hacer un libro, el cual yo considero va a ser un verdadero escándalo.

Celma y Webb acababan de llegar a la casa donde vivía Tucson en Los Angeles. Webb llevaba buen tiempo escribiendo artículos sobre la situación del narcotráfico estadounidense y en especial acerca de sus vinculaciones con la vida política de algunos países de América Latina. Estados Unidos, México, Colombia, Honduras, Panamá y Nicaragua, ocupaban el centro de esas crónicas. Desde diarios provincianos estadounidenses, sus directivos, alentados por los hallazgos de Webb en esa materia, lo estimulaban para que prosiguiera adelante con esos reportajes a fin de, le decían: «golpear los traseros de los funcionarios que aviesamente operan desde las sombras, en las esferas del poder, vinculados al narcotráfico.»

El cronista por sí mismo, ya había escuchado algunas anécdotas acerca de las proezas de Tucson en la lucha contra el narcotráfico. «Celma, hay cosas que admiro en el batallar de Rangel», le decía el exaltado Webb al asesor ministerial. Era innegable que Celma cuando escuchaba las opiniones del joven periodista y sus deseos de desenmascarar la suciedad imperante en las altas esferas del poder político, se veía a sí mismo como auto fotografiado en su otrora época juvenil de cuño izquierdista; si bien Webb, y eso Celma lo sabía, estaba lejos de ser un hombre de izquierda. Era un reportero progresista que deseaba preservar los honorables postulados fundacionales de la nación estadounidense.

—Me alegra mucho, patriota —dijo Celma al sentarse, después de saludar y despedir a Naida, a Phiilip, a Oliver y los niños, quienes se habían retirado hacia la segunda planta—, de que hayas podido recibir a Webb. ¡Hombre, ya era hora!

—Bienvenido, Webb —Tucson se manifestaba afable—. Estás en tu casa. Como habrás podido saber a través de Celma, tengo mucho ajetreo.

—Gracias, Rangel, por recibirme —la mirada de Webb era de admiración—. Tengo mucho interés de platicar contigo. Tú eres para mí, y no te lo tomes a mal, un héroe, y a mí me gustaría resaltar tus logros, dado que...

—No, Webb, no exageremos, por favor —Tucson lo atajó, sonriente, al tiempo que acondicionaba la mesa de centro para que la empleada de servicio pusiera la bandeja con el café y el té—. Yo sólo cumplo con mi deber.

—¡Ves, joven, te lo dije! —aseveró Celma—. Este patriota lleva la modestia en la sangre. Aunque Rangel se parece más a los antiguos griegos que a sus dioses. Pero, Webb, disquisiciones aparte, lo que importa es que Rangel te cuente algunas historias. Ya verás.

—Entiendo, Rangel —aclaró Webb—. Nadie tiene interés de exagerar las cosas y yo mucho menos, pero hay que verlas como son. Sé lo que digo. En mi trabajo y te darás cuenta por ti mismo, yo no pretendo sobredimensionar absolutamente nada. Quiero hacerlo todo de manera que mis crónicas sean reveladoras y por tanto puedan trascender. Y luego, ya sabes, hacer el libro.

—Esos trabajos acerca de la guerra contra las drogas, ¿van a tratar sobre la CIA? —Tucson se manifestaba suspicaz—. O sea, ¿tratarán acerca de sus conspiraciones?

—Exacto —la mirada de Webb se hizo desafiante—. Nadie imagina cómo actúa la CIA. Bueno, ahora mismo, ante esos escándalos del caso Irán-Contra que comienzan a inundar los medios de comunicación, yo todos los días me lo digo: nadie imagine que son oficiales y agentes de la CIA los que descargan en las bases aéreas norteamericanas la cocaína procedente de Colombia, no, que nadie imagine eso. Son gentes ajenas a la CIA:

nicaragüenses de la Contra, cubanos contrarrevolucionarios de Miami que han hecho de la lucha contra Castro una industria porque les da muchísimo dinero, mexicanos, hondureños y costarricenses que son contratados por la propia CIA para realizar esas operaciones de transportación.

—Disculpa, Webb, pero eso que dices no es tan novedoso que digamos —Tucson tenía la impresión de que el reportero estaba embriagado por las emociones y la inexperiencia—. Sabes, la CIA desde su creación conspira, derriba gobiernos, elimina a jefes de estado, apoya a la gente que más le interesa en un conflicto, en fin, puede hacer lo que le plazca o lo que le ordene nuestra administración, pero resulta imposible agarrarle una sola evidencia. Eso es lo más difícil. La CIA sabe eliminar todos los cabos sueltos de un complot. Es un animal que come de todo, pero no deja huellas de sus comelatas. En fin, para ponerte un ejemplo: quien jaló el gatillo, no sabe que fue la CIA la que lo ordenó.

«¡Cristo! Ya el patriota sabe dónde se esconden los hacedores de la pestilencia, ¡vaya, ya tiene los ojos más abiertos que los míos!», pensó Celma al escuchar a Tucson. «¡Santo Dios! Platón tenía razón: de virtudes hay una sola especie, maldades hay muchas.»

—Yo tengo pruebas, Rangel —dijo Webb, testarudo—, tengo evidencias. Conocí a un hombre de la CIA. Ese individuo trabajó en el Medio Oriente y posteriormente en Miami. Me planteó que a través de sus informantes había recibido un montón de reportes escritos relacionados con una empresa aérea contratada por la CIA, la Southem Air Transport, que recibía cargas de cocaína provenientes de Colombia en la cercana Base Homstead de la fuerza aérea de Estados Unidos.

—Sí, Webb, es inútil —dijo Tucson—, disculpa, me vas a platicar de situaciones similares, en fin, como los vasos comunicantes de una misma operación oculta, pero eso no significa que tengamos evidencias en nuestro poder. Te lo advierto, la CIA para esconder su mugre, tan pronto se publiquen tus crónicas y ese libro, va a decir que tú eres un loco y echará a rodar trucos y mentiras para destruir tu carrera.

—Rangel, por favor, deja que Webb te explique —dijo Celma, en un tono de ruego, como evitando que surgieran los indeseados ruidos que entorpecían una conversación.

—De acuerdo, Celma —respondió Tucson, deferente, mientras veía que Oliver con sus dos hijos arribaba a la planta baja en compañía de Phiilip para despedirse.

Tucson pidió permiso a la visita para ausentarse unos minutos, dado que su hijo había decidido partir junto con sus nietos hacia Arizona. Hizo un aparte con Oliver. Comprobó que su hijo mayor tenía la capacidad de comunicación totalmente bloqueada. Muy cerca de ellos dos estaba Phiilip, que ahora en gesto nervioso se pasaba continuamente las manos por los cabellos. A todos los comentarios de su padre, Oliver respondía con la misma frase: «No, papá, ya te lo dije, no pasa nada, no te preocupes.»

Naida, expectante, los miraba desde arriba, encimada a la baranda de la segunda planta. Tucson abrazó y besó a sus nietos. Philip los acompañaría al aeropuerto, dado que su hermano y sus sobrinos viajarían por vía aérea.

Tucson regresó hacia donde estaba la visita y dijo:

—Bien, señores, prosigamos.

—Rangel —Webb volvía a la carga—, ese hombre de la CIA que antes te refería se nombra Miller, y es tan desconfiado como tú. Siempre me dice: "Webb, cuando el perro grande se sale del jardín, ten cuidado". Considera que todo el poder del gobierno de Estados Unidos es como un perro grande. "Para nosotros no hay otra regla que cumplir la misión que se nos indique". Eso me subrayaba. Y cuando él indagó con sus superiores acerca de los preocupantes hechos que les comunicaban sus informantes, esos jefes les decían: "Oye, Miller, estate quieto, todo lo que hacemos es en aras de la seguridad de nuestro país". Miller es un hombre digno que cree en su gobierno y sencillamente obedeció esa orientación.

—Pues ten cuidado con ese perro grande —advirtió Tucson—. Escucha, Webb, tiempo atrás yo estuve en un operativo para decomisar drogas y apresar a los narcotraficantes que estaban vendiendo cocaína al menudeo en Los Angeles. Todavía en aquel instante, yo no podía atar los cabos sueltos como puedo hacerlo ahora. En una madrugada ubicamos decenas de casas donde se procesaba la droga para la venta. Eran más de trece. Intervinimos esas viviendas a las seis de la mañana. ¿Sabes? A esa hora en la cual los vendedores deben de estar muertos de cansancio, nos recibieron vestidos y aseados, como recién acabados de levantarse de la cama. Todas las casas ocupadas estaban limpias, ordenadas. En esas viviendas no había ninguna huella de que ahí se estuviese cortando y se preparara la droga para la venta. Yo personalmente registre más de tres casas. Recuerdo que hasta los inquilinos en esas viviendas nos ofrecían café. En la última casa descubrí una caja de caudales. Ordené que la abrieran. Adentro descubrí estados de cuenta que sugerían asentamientos de kilos de droga y su equivalente en dinero. Había también una pequeña relación de nombres y apellidos y fotografías personales. Con los papeles, la relación de nombres y las fotografías en las manos, pregunté: "Oigan, ¿y estos documentos y fotografías qué significan? ¿Y esa relación de nombres?" El dueño de la casa me dijo: "Nada, esos números no significan nada. Y la relación de nombres y las fotografías pertenecen a pilotos estadounidenses que son héroes de guerra. ¡Son luchadores por la libertad!" Así nos dijeron. Y nos fuimos. Un agente del FBI que estaba a mi lado, me comentó: "A mí que no me jodan, estos pendejos fueron alertados por la CIA". Yo estaba impactado. Y los informantes nuestros seguían diciendo que en esas casas se cortaba y se preparaba la droga para la venta. Así que esas viviendas estaban controladas por la CIA. Pero ¿cómo podíamos demostrarlo? Ni modo, Webb.

—Eso no importa, Rangel —dijo Celma, entusiasta—. En el periodismo si se trabaja con bríos y tino, siempre las conciencias de las personas son sacudidas, hay un llamado, un alerta, y así las gentes vuelven a recobrar las esperanzas. Van uniendo las coincidencias, los datos. O sea, yo creo que lo más importantes es denunciar y...

—Pero después de esas denuncias, Celma —lo atajó Tucson—, el único perjudicado va a ser Webb. Sólo él. Ya lo dije. Al final se podría quedar sin chamba, y te digo más, que para mí es lo más preocupante: como reportero lo van a desacreditar hasta el fondo.

—Ayúdame, Rangel, por favor —Webb habló con vehemencia—. Yo no me voy a rendir. Quiero hacer ese trabajo periodístico, pase lo que pase. Las grandes obras en el periodismo son hijas de la audacia y de ir contracorriente.

Tucson miró al joven con detenimiento. «Este es de los guerreros que no entregan las armas. Hay que eliminarlo en su puesto de combate. Es un buen periodista», pensó.

—Sí, Webb, te voy a ayudar —repuso Tucson, resuelto—. Cuenta conmigo. Te contaré todo lo que sé. Y te digo una cosa: no te confíes de la CIA, pero cree las historias que te voy a contar. Todas son verdaderas.

Celma puso la mano sobre el hombro de Tucson, orgulloso, con la sonrisa de siempre reflejada en su expresión, como hacía cuando obtenía un buen resultado. Y Webb abrió los ojos excesivamente, contento, y agarró el vaso de agua que estaba en la bandeja y se lo bebió de un golpe como si tuviera mucha sed.

En esos momentos sonó el teléfono y Tucson atendió la llamada. Era Mojarro que le daba la buena nueva que acaban de atrapar a Matías en Centroamérica, después de haberlo asediado durante una semana en Tegucigalpa. Ese capo, según comentaba Mojarro, en plan de ejercicio personal corría todas las mañanas bien temprano par de kilómetros. Al sexto día, mediante operativo relámpago, lo agarraron y se lo llevaron directamente a Estados Unidos, donde ante la justicia respondería por sus crímenes. Matías era uno de los pejes gordos que había colaborado y estuvo presente en el asesinato de Camarena. Ahora la alegría de Tucson era contagiosa. Agarró una botella de whisky y tres copas para hacer un brindis con Celma y Webb.

—Señores —clamó, expansivo—, hoy es un gran día para mí y para mi equipo de trabajo. Acabamos de detener a uno de los capos más importantes del cártel de Guadalajara: el hondureño Matías Ballesta. El hombre fuerte de Aristarco, de Celso y de don Fonse. Y también el hombre que servía como enlace entre los capos de Medellín y los narcopolíticos mexicanos y estadounidenses, el sujeto que garantizaba el envío de la droga desde Colombia a México y luego hacia Estados Unidos. Matías estuvo presente en el asesinato de Camarena. Ya tenemos, Webb, un excelente motivo para que yo comience a contarte varias historias importantes para tus crónicas. Ese hondureño es un hombre muy rico y preponderante en la vida política de Honduras. Cuando Matías comprobó en los años setenta que la vía de Miami no era la adecuada para hacer llegar la droga a Estados Unidos, unió las voluntades de Pablo Escobar y don Fonse, de Aristarco y de Celso para introducir la droga en Estados Unidos a través de la frontera de México.

Los tres hombres brindaron.

—Fantástico —dijo Webb—. ¡Cuánto me alegro de haber venido a entrevistarte! ¡Dios sabe cómo articular las cosas!

—Rangel —dijo Celma—, ¿ese Matías no es el cuñado de uno de los capos que opera junto a Pablo Escobar, un tal Lehder, que de paso dice la prensa que está vinculado a North, el asesor del presidente Reagan?

—Así es, Celma —repuso Tucson—. Tengo informantes que me aseguran que ese colosal tráfico de estupefacientes está vinculado a los cubanos contrarrevolucionarios de Miami y a la Contra nicaragüense. Todos ellos se están enriqueciendo a costa del narcotráfico. Pero sin duda, hoy le hemos propinado un golpe espectacular a todos esos mafiosos, sean de dónde sean. A Matías, por fortuna, logramos atraparlo y aquí será juzgado ante un Gran Jurado. Estoy seguro de que por el asesinato de Camarena le darán cadena perpetua. Me dijo Mojarro que Tegucigalpa está sublevada por el apresamiento de ese sujeto. Incluso me dijo que ya incendiaron la embajada norteamericana en Honduras.

—¡Qué dices! —Celma estaba impresionado—. ¿La embajada estadounidense incendiada? ¿Qué? ¿Acaso ese Matías era el Julio César o el Robin Hood de Honduras? ¡Cristo!

—Así es, Celma —dijo Tucson.

—¡Santo cielo! —exclamó Webb—. ¡Es una pandemia!

—Por mi cuenta —aseveró Celma— ya han sido apresados tres jefazos importantes: Aristarco, don Fonse y ahora Matías.

—Y los gatilleros, que no eran pocos —dijo Tucson—. Pero todavía faltan, faltan unos cuantos pejes gordos. A todos los atraparemos. Es cuestión de tiempo. Sabes, a don Fonse lo apresamos gracias a que un par de guardaespaldas suyos que se emborracharon en un bar en Puerto Vallarta. Esos pendejos le dieron una tremenda paliza a uno de los empleados del bar. Ese par de guaruras estaban vestidos de policías y tenían incluso identificaciones de la Judicial. Cuando la Policía Judicial tuvo conocimiento del altercado, enseguida sospecharon que probablemente esos falsos policías eran de la gente de don Fonse, que estaba escondida cerca del lugar. Así se le pudo atrapar.

Al pie de las escaleras apareció Naida. Se le veía contenta.

—Bajé para felicitarte, mi amor —avanzó hacia Tucson, le dio un abrazo y lo besó—. Te felicito, mi cowboy.

—Gracias, mi amor —sin dejar de retenerla, le dijo a la visita—: Señores, ella es mi estrella polar.

Naida, sonriente, se apartó para regresar a su recámara, pero antes hacerlo, con la mano abierta le dio un suave golpe sobre el pecho a su compañero y le dijo:

—¡Te amo, estúpido!

Cuando los hombres quedaron a solas, Celma comentó:

—Sin agraviar a los presentes. Te envidio, patriota. De veras. Esa joven no parece haber vivido lo que vivió, y de eso me alegro muchísimo. Te quiere, y qué bella es, ¡santo Dios! —se echó una carcajada de las suyas, y en guasa repitió en forma melosa la frase de Naida—: ¡Te amo, estúpido!

Y mientras Celma terminaba de reír, Tucson y Webb se sentaron. Ahora el agente le contaba al periodista varias historias acerca de las nocivas implicaciones del gobierno estadounidense en la guerra contra las drogas. Celma escuchaba atentamente.

—El sargento Gordon —Tucson hablaba y Webb tomaba apuntes—, jefe de la fuerza de enfrentamiento de narcóticos de Los Angeles, recopiló información sobre una gran red de drogas en el pueblo dirigido por un tal Blandón. Tiempo después, Gordon se presentó en un juicio con una detallada declaración de veinte páginas documentando que "ese dinero ganado de la venta de cocaína era transportado a Florida y allí era lavado. Seguidamente ese dinero era entregado a los rebeldes de la Contra para comprar armas para la guerra en Nicaragua."

—Cuando mi amigo Bowden sepa esto —comentó Webb—, se frotará las manos.

—Recuerdo —prosiguió Tucson— que hubo una reunión informativa de más de cien hombres de la ley provenientes de la oficina del *sheriff,* de la DEA y del FBI. Luego supe que ese fue el mismo día en que el presidente Reagan después de meses de discusión, firmó un cheque de ayuda de cien millones de dólares que reactivaba el flujo de dinero para los asediados de la Contra nicaragüense...

A propuesta de Tucson, hicieron un alto, comieron unas pizzas y enseguida continuaron. Durante largas horas Tucson le narró a Webb innumerables historias que se transformarían en el quehacer creativo del joven cronista en denuncias acerca de la corrupción imperante en las esferas del poder político. Indicó las bases aéreas estadounidense que, gracias a los partes de sus informantes, eran utilizadas diariamente para la trasportación de la droga desde Colombia a México y de este país a Estados Unidos.

Webb demandaba y Tucson reaccionaba. En la medida en que desarrollaban el vivo intercambio, ambos comprobaban por sí mismos que ellos dos semejaban estar inmersos y hermanados en una misma batalla. La plática se desarrolló y cuando miraron el reloj se dieron cuenta de que ya había superado la media noche. Celma hizo un chiste y todos reían.

Sonó el teléfono y Tucson atendió la llamada. Cuando tomó el auricular pensó que era Mojarro, pero era la esposa de Oliver que lo llamaba desde Tucson para informarle que su hijo se había vuelto completamente loco y había creado una situación muy crítica, y por consiguiente debía de viajar sin pérdida de tiempo a Tucson.

—¿Qué ha sucedido, Violeta? —reclamó Tucson, en tono imperativo—. ¡Por favor, sé más explícita!

—¡Ven rápido, te lo ruego, ven enseguida! —Violeta chillaba—. ¡A Oliver se le ha!... ¡horrible!... ¡horrible!...

Y ella colgó el teléfono. Tucson marcó el número de la casa de Oliver varias veces pero siempre le daba el tono de ocupado. Hizo llamadas telefónicas a sus hermanos, mas en ambos casos nadie salía al teléfono. Decidió partir cuanto antes.

Cuando Tucson puso el auricular sobre el aparato y se volteó hacia Celma y Webb, enseguida vio en lo alto a Naida. De repente, el rostro de ella le dijo a él cómo debería de estar la expresión del suyo. Ella lo conocía bien y presentía que por ese hilo telefónico a su compañero le había entrado un golpe de rayo.

Tucson se despidió de los amigos y les pidió disculpas al tener que detener el encuentro por un imprevisto. Les explicó que tenía que viajar de inmediato a Arizona porque había recibido noticias alarmantes de la esposa de su hijo. Pero en realidad, él no tenía que dar muchas explicaciones, Celma y Webb al verlo, entendían la situación. Y se despidieron.

—Voy a hablar con Phiilip, Naida, él vendrá conmigo —Tucson fue en busca de su hijo.

Tom, alertado por Naida y sin decir media palabra, se montó en el carro de Tucson, quien, después de hablar con los guardaespaldas que protegían a Naida y de llamar por teléfono a Mojarro y a Ramírez, partió como una exhalación hacia Tucson.

En la Mercedes viajaban Phiilip y Tom. El primero iba a la derecha y el segundo detrás. Tom estaba habituado a la guía deportiva de su jefe, pero ninguna había sido como la que ahora experimentaba en ese desbocado trayecto que inauguraba Tucson yendo al timón de la veloz camioneta. Hubo momentos en los que Tom presentía que ellos no llegarían con vida a su destino. Varios carros de la policía de tránsito detuvieron la veloz camioneta, pero cuando Tucson se identificaba y explicaba las razones de su carrera, los colegas en el cruce de algunos pueblos y puntos peligrosos lo escoltaban, echando a volar el sonido de las sirenas de los carros y poniendo en el techo las luces de prevención.

Tucson iba ensimismado. Presentía que se encontraría en su ciudad natal con la peor de las tragedias y quien sufriría lo indecible sería Phiilip, que idolatraba como nadie a su hermano.

—Papá, ya verás —dijo Phiilip—, seguramente no es nada grave, verás que Oliver está bien. Es esa mujercita que se inventa pendejadas. Ella decidió dejarlo, por eso se improvisa cosas. A lo mejor a Oliver le dio por quemarle la ropa, qué sé yo, o desbaratar algunos muebles. En eso él y yo nos parecemos.

—Seguro, Phiilip —repuso, sin saber qué decir—. Sí, Oliver debe de estar bien, debe de estarlo.

—Papá, ahora cuando lleguemos, vamos a decirle a Oliver que se venga a vivir a Los Angeles. Yo estoy seguro de que se la va a pasar estupendo con nosotros. ¿Verdad?

—Claro que sí, Phiilip. Vamos a proponérselo.

—Oliver siempre está escribiendo poemas. Por eso tiene ese carácter tan cerrado. Y escribe cosas bonitas, la verdad. Bueno, para mí, papá, Oliver es el mejor en todo.

—Así es, Phiilip, tu hermano es muy inteligente.

Tucson tenía un nudo en la garganta. Sabía que esa drogadicta estaba loca de remate y lo llamó luego de estar seguramente cocada, como hacía todos los días. «La muy condenada chillaba en lugar de hablar», pensó, «estaba histérica.» Tucson regresó la llamada en varias ocasiones y el teléfono estaba descolgado. Un hecho que en la habitual conducta de Oliver era impensable. La angustia, sin embargo, crecía en sus adentros y era pesada. Y platicaba con su hijo Philip, como atontado, como si él mismo fuese otro Tucson, o tal vez así actuaba para seguirle la corriente a los chispazos de optimismo que a ratos sacudían la juventud de Philip.

Cada vez que Tucson con la camioneta tomaba una recta, aprovechaba y con la mano libre agarraba la medalla de plata que colgaba de su cuello. La camioneta avanzaba a toda velocidad y Tucson hubiese deseado tener en el carro todos los conjuros del tarot, hasta un congreso de astrólogos, una reunión incluso de budistas, y que todos ellos al unísono les dijeran que al llegar a Tucson comprobaría que la vida continuaba en absoluta normalidad y que a Oliver no le había sucedido nada malo. Hubiese querido hablar con Adriana, poco después de que ella saliera de haberse reunido con los indios yaquis, con sus sabios sacerdotes, e incluso hasta con los nigromantes, que pretendían adivinar el futuro con la práctica de la magia negra, y su mamá le dijera una y otra vez: «No te preocupes, mijo, a Oliver, no le ha sucedido nada y no hay hechos ni cosas horribles.»

Mas Tucson y Philip aún desconocían lo que en realidad le había sucedido a Oliver. Ellos dos de vez en cuando y a lo largo de toda la travesía platicaban esperanzados, y entre los dos pateaban el pesimismo. Tom, boquiabierto, los escuchaba y observaba sus gestos y el perfil de ambos cada vez que las luces exteriores inundaban la camioneta, la cual avanzaba en la noche como una endemoniada bala de cañón.

Pues lo que le había sucedido a Oliver era una tragedia mayúscula, de las que probablemente ninguna novela ni película alguna se atrevería a describir en su trama. Ya que toda tragedia donde estén y se vean involucrados los niños debe de ser descartada hasta donde sea posible. Debido a que toda la conmiseración del mundo, jamás alcanzaría para que esos inocentes sepan cómo afrontar tales macabros desenlaces. De súbito, puede que la sorpresa se les transforme en un hecho indeleble y se les estrene como un dolor inexplicable. *Por la morbosidad que siempre asoma entre los ángeles malvados / hasta vaciarles a los infantes los ojos abiertos,* como decía el propio Oliver en unos de sus poemas.

Él joven había llegado a su casa con sus hijos. Violeta no estaba. Últimamente ella regresaba tarde a la casa. En las últimas jornadas ella se desaparecía el día entero. Después de regresar de Los Angeles, Oliver estuvo esperando por la llegada de la madre de sus hijos cual si no existiesen las pausas ni el paso de las horas. Una pistola humeante estaba sobre el piso de la sala. La mancha de sangre había cruzado el lomo del sofá de la sala hacia lo alto, hasta alcanzar la pared como un cruel latigazo o el espantajo carmesí de los tormentos.

Había estado esperando por el arribo de la madre de sus hijos más allá de la impaciencia y a Oliver el aguante ya se le había desvanecido. Era muy tarde y la noche se abría densa, mientras avanzaba y expulsaba hasta el último de todos los silencios. Apagada. Oliver sentía una pena tan grande dentro de sí que ya le aprisionaba toda su humanidad, asida fuertemente a su alma como inamovibles tenazas. Concebía que la pena de sí mismo proviniera de las tinieblas o de un abismo que él jamás había imaginado. Se veía a sí mismo en el centro de todas las soledades, definitivamente.

—¡A mí nadie me quiere! —gritó Oliver, descorazonado.

Lo gritó delante de una platea en la cual estaban exclusivamente sus dos hijos. Ellos lo observaban atónitos. Antes vieron cuando él se había ido hasta la habitación y enseguida regresaba y se dejaba caer en el sofá, abatido, sin ningún tipo de fingimiento. Tenía una pistola en la mano derecha. Luego ellos observaron que él se levantaba y volvía a exclamar la misma frase, aquella de que el amor lo tenía desamparado.

—¡Papá, nosotros sí te queremos! —reclamaron sus dos hijos, ella y él, a coro y también a destiempo, y lo hicieron abrazados a sus piernas, y ambos sintieron el estruendo del disparo que sobre sus cabellos se les hizo llovizna.

La niña no se movió. El niño sin embargo escapó y echó a correr por la calle hasta que a unos trescientos pasos tropezó con las piernas de un rudo policía que estaba de servicio, quien levantó el crío con los brazos para observarlo, impresionado, al verlo bañado en sangre y que estaba en estado de shock, optó, a duras penas y guiado por sus balbuceos, en llevarlo hasta la casa a fin de saber qué había sucedido.

El policía vio que la puerta de la vivienda estaba abierta y entró cauteloso delante del niño, que tendría unos nueve años. Se sorprendió, si bien en su profesión ya nada debía de sorprenderlo, al ver a una mujer que pateaba furiosa a un hombre que yacía en el piso de la sala y delante de una niña de unos once años de edad. La agitada mujer, gritaba: «¿Por qué lo hiciste, Oliver? ¿Por qué lo hiciste, maldito? ¿Por qué?...»

La niña estaba sentada en el piso cerca de la escena y observaba pasmada el anómalo espectáculo. El policía puso al niño en una butaca, de espaldas a la escena. A continuación se desplazó, agarró a la perturbada mujer y la apartó. Al hacerlo vio una pistola sobre el piso.

El trazado del viaje por carretera de Los Angeles a Tucson debía de tener una duración de seis horas y Rangel lo recorrió en menos de cuatro horas. Al llegar a la casa de Oliver, fueron recibidos por Violeta, la cual de inmediato le dijo a Tucson y a Phiilip que a Oliver accidentalmente se le había escapado un disparo de la pistola y que esa había sido la causa de su muerte.

«Señor, tú eres mi pastor, contigo atravesaré todos los valles, los de las esperanzas, los de los miedos y los espantos. Señor, contigo sabré... ¡Oh, mi Señor, qué dolor tan grande!... ¡Siento que mi arrepentimiento y mis culpas de padre, mi Señor, se llevan muy lejos mi corazón! ¡Ayúdame, mi Señor, te lo imploro!»

—Por favor, Tom, cuídame a Phiilip, voy a la morgue a ver a Oliver —dijo Tucson, mientras veía a Phiilip que pateaba las paredes. Se desplazó hacia él y lo abrazó para calmarlo.

Pero al llegar al depósito, Tucson se llevaría otro singular asombro. El perito que atendía el caso de Oliver, enseguida le aclaró que ese disparo que había suprimido la vida de su hijo, no había sido accidental, ya que Oliver se había suicidado. Le mostró el cuerpo a fin de verificárselo.

—Mire, por favor, fíjese en esas quemaduras de pólvora que están en el rostro de su hijo. Usted conoces bien cómo son las huellas que dejan las armas de fuego. Esas marcas indican, sin duda, lo que yo acabo de confirmarle —el perito se expresó compasivo, aunque determinante.

Cuando Tucson regresó a la casa hizo un aparte con Violeta, y apenas pudiendo controlarse, sobre todo por los niños, le dijo:

—Me mentiste, viciosa, y puedo imaginar los motivos. Conozco tus mierdas y...

—Déjame explicarte...

—No me expliques nada y no me toques. Ni siquiera mi Señor puede ayudarme en esta hora para que yo pueda escucharte, viciosa. Fíjate, he conocido peores viciosas que tú, pero al final pude descubrir en algunas que Jesucristo estaba en su corazón. ¿En el tuyo habrá algo? No lo sé y me das lástima. Fíjate, después que le demos sepultura a Oliver, me llevaré todas sus pertenencias, y, escúchame bien, viciosa, me llevaré a mis nietos. Me los llevaré a vivir conmigo, a las buenas o las malas. Eso va a depender de ti, ya sabes. Te sugiero que no revuelvas tu mierda. Te conviene no hacerlo. ¿Has entendido, verdad?

Ella asintió con la cabeza y no dijo absolutamente nada. Jamás había visto el semblante de Rangel tan enfurecido, semejaba el de una fiera salvaje que tan solo esperaba se moviera un arbusto para saltar sobre su presa, y enseguida ella presintió que ese doliente padre en esos momentos, sería capaz de estrangularla.

A las exequias de Oliver asistió toda la familia y sus amigos. Adriana y Mariana no tenían fuerzas para sus pláticas e indagaciones habituales acerca del tarot. Estaban disminuidas por el dolor. Sólo acompañaban llorosas el último adiós de su nieto. También estuvieron presentes, Mojarro, Crawford y Plinio. Asimismo estuvo un cura de Nogales que nadie conocía, ni siquiera Tucson. El cura se auto presentó ante el agente y le rogó hacer un aparte con él al final del velatorio. Mojarro nunca olvidaría las pocas palabras que hubo de hilvanarle Tucson en medio de su prolongado y cerrado mutismo:

—Amigo, yo sabía que Oliver sufría, pero yo no lo vi venir, no pude apreciar que se nos encimaba una desgracia tan grande. Oliver será, en lo que me resta de vida, la herida abierta que jamás habrá de cerrar.

Oliver fue sepultado junto a los restos de su abuelo Imeldo.

Tucson guardó consigo los dos poemas que se hallaron en los bolsillos del pantalón de su hijo cuando decidió quitarse la vida. El primero era breve y sin duda era su despedida:

Introito

Las mariposas revoloteaban ante los ojos abiertos
incontables ruidos se agolparon detrás de la frente
pero ¿cuál jugaba indiferente sobre las coloridas alas
y cuál lo precipitó enceguecido hacia el suelo?

El sacerdote mexicano que trabajaba en la iglesia de Nogales, nombrado Dante Cantón, guía espiritual de los cristianos y amigo íntimo de Celma —enviado expresamente por el periodista dado que él no había podido asistir al velorio—, acompañó todo el tiempo a Tucson. El cura con su personalidad transmitía una paz que nadie podía ni deseaba interferir. Mucho menos Tucson que, al verlo y tratarlo, se sintió bien acompañado por ese apacible sacerdote y sobre todo porque llegaba en discreta representación de Celma, el informante amigo que de esa manera y desde la lejanía hacía ese gesto para acompañarlo en esos momentos de tanto pesar.

Previamente acordado por Celma y el padre Cantón, éste debía platicarle a Tucson, sucintamente y con la sabiduría que atesoraba, sobre la omnipresencia y magnificencia de Dios —en modo especial cómo el ser humano era incapaz de poder comprender la muerte de los seres queridos y mucho menos la de un hijo—, y de cómo la religión católica era la gran culpable de haber sembrado la culpa en el corazón y en la mente de sus discípulos como un castigo que provenía del más allá. La gran rebelión dentro del cristianismo, suscitada por suerte a partir de los horrendos crímenes cometidos en los tiempos de la Inquisición, fue decisiva. Sin embargo, a pesar de todos los esfuerzos de redención que en tal sentido hacían las fuerzas del catolicismo en el mundo, aún los seres humanos, fuesen o no cristianos —por haberse convertido ese sentimiento de culpa en arraigo cultural—, veían la culpa como un auténtico castigo que irremediablemente se debía de pagar ante el Todopoderoso.

Esa creencia era absolutamente falsa, pensaban el padre Cantón y Celma. Ahora el sacerdote lo predicaba con vehemencia y de forma amable ante Tucson. Ese equivocado dogma había sido muy dañino para el catolicismo y gran parte de la humanidad. La temprana muerte de Oliver se enmarcaba y era asumida en la tremenda, misteriosa y propia magnificencia de Dios y nada tenía que ver con culpabilidades de sus progenitores, familiares e incluso ajenas.

Y el cura Cantón, al final del entierro, tomó del brazo a Tucson y le habló despacio y en modo breve acerca del porqué él, como padre, no tenía ni debía guardar ni cultivar ninguna culpa en su corazón ni en su raciocinio respecto a la muerte de su hijo.

—Rangel, hay dolores tan grandes que secan la esperanza de vivir —dijo Cantón al final de sus palabras—. Encomiéndate a Dios con todas tus fuerzas, y recuerda, hijo, que no eres culpable de la magnificencia del Todopoderoso.

Cuando Tucson escuchó las palabras del cura, las cuales eran compartidas por Celma y se las hacían llegar como un mensaje pleno de compasión y probable bálsamo para la dolorosa pérdida que afrontaba, creyó ver como una novedosa luz, cual si fuera una nueva visión acerca de la culpa de los seres humanos, y sintió la bendición del Señor que lo auxiliaba para sostener su quebranto.

—Gracias, padre —dijo Tucson, agradecido, y con ojos dóciles por haber llorado tanto—. Muchas gracias por su presencia y sus hermosas palabras. Y dígale a Celma que mucho lo aprecio.

XXI. Las cosas se complican y llega el tormento

Darío departía y bebía whisky con un matrimonio conformado por un *sayanim* del MOSSAD, de origen rumano, y su esposa suramericana. Ambos eran arquitectos y llevaban diez años residiendo en la falda de los cerros que acordonan la ciudad de Bogotá. El rumano, sin embargo, debido a entrenamiento recibido por parte del MOSSAD, era un entendido en todo lo concerniente a la química y en la facturación de sofisticados explosivos. La vivienda de dos plantas tenía una singular terraza que bajo la noche adornada de estrellas, semejaba un mirador capaz de reponer cualquier alma extraviada —eso meditaba Darío, pues la suya la había tenido a la deriva—, ya que desde ese sitio se podía observar la iluminada capital colombiana cual si fuese un plato refulgente al pie de las oscuras elevaciones.

El *sayanim* se nombraba Arón, tenía una mirada afable y una mujer que poseía una belleza impresionante. Y provocadora, sobre todo, a espaldas del marido. Cuando el rumano se ausentaba de la casa, a la uruguaya le daba por desandar la casa completamente desnuda. Lo hacía con aparente descuido, caminaba lentamente, miraba hacia el piso, luego hacia los cerros a través de las ventanas y mientras mostraba una cara angelical, como si una extraña fuerza la obligara a hacer esos paseos. «Esta musa extraviada, ¿estará saldando alguna promesa religiosa?», se dijo Darío. Aunque a su juicio, esa mujer hacía del paseo vespertino una exhibición más liviana que voluptuosa. En la tercera ocasión, Darío pudo comprobar que ella lo hacía de forma deliberada.

«Las mujeres son las mujeres. Te dan la vida, son vivaces, revoltosas, enredadoras y en ocasiones se transforman en el detonante de muchas desgracias. Luego esas criaturas, sin las que el hombre no sabría vivir, saben escudarse en su fragilidad y con esa antigua sabiduría muy suya, te acorralan y reducen.»

Pensó Darío. Desde Tel Aviv a Darío le habían indicado que de entenderlo necesario no vacilara en recurrir a ese matrimonio capitaneado por el *sayanim* rumano para posibilitar la búsqueda y eliminación de Cody. Mas nunca le pasó por la mente que tendría que hacerlo antes de la fecha prevista: los errores cometidos por Ulricke se erguían como una navaja que podría degollar la cronometrada operación. También tuvo conocimiento de que Cobreros y El Mexicano habían decidido mudar de lugar a Cody y su mujer y luego llevarlos a Perú en fecha no muy lejana. Esta información, junto a otras no menos importantes, provocó que Darío acelerara el ritmo de la operación. Ello lo obligó a recurrir, no sólo a ese colaborador sionista, sino también a otros recursos que él tenía en reserva para enfrentar situaciones de emergencia.

Darío tuvo que echar a andar los mecanismos de captación mediante el soborno de dos narcotraficantes colombianos, a fin de que ambos sujetos les dieran la valiosa información que necesitaba y que a través de Urbano no pudo ser satisfecha. Esas faenas de última hora —las cuales eran desconocidas por Ulricke—, le recordaron molestamente las irónicas observaciones que les hiciera Tucson en Guadalajara relativas a su presumible labor de espionaje internacional.

«Trabaja duro ese cabrón agente de la DEA. Me da la impresión de que en su cacería actúa como un cabrón pitbull, que cuando agarra a la presa no la suelta. Me interesaría preguntarle a ese extraterrestre ciertas cosas, pero sé que al hacerlo, en reciprocidad, yo tendría que hacerle espinosas confidencias. Yo sé mucho acerca de la tragedia vivida por su valiente amigo Camarena. Pero para esos intercambios no he nacido: primero, muerto.»

Hacía varios días que Darío pernoctaba en la casa del *sayanim* rumano y aún no había llamado a Ulricke. Una mañana el sol salió radiante, como una señal promisoria, casi para sugerirle a Darío que esa magnífica irradiación era el galardón por haber sabido cumplir de modo casi perfecto todo lo planificado en la última etapa del plan e incluso a pesar de la prisa.

Entonces telefoneó a Ulricke.

Darío entró en la boutique Cibeles y Ulricke lo recibió con la alegría de siempre aunque retraída, estaba muy inquieta. Urbano no había regresado de la selva y ella no tenía ningún resultado del mensaje enviado a Ava. Ahora, a sus fallas anteriores, se sumaba la incertidumbre.

Ulricke en principio no deseaba mostrarse demasiado alarmada ante Darío, pero lo cierto era que el joyero se había esfumado. Aún, de modo ingenuo, ella pensaba que en cualquier momento sonaría el timbre del teléfono y escucharía la voz de Urbano. La muchacha estaba habituada a que su Hipómenes cada vez que la visitara arribara flanqueado por Patxi y esta vez llegaba —pudo comprobarlo a través de la ventana— acompañado de un chaparro bien parecido, de aspecto intratable y que miraba con cierta rapacidad. Luego, al serle presentado, supo que se nombraba Muñoz.

Darío se dio cuenta al momento de que Ulricke estaba preocupada. «Espero que tan pronto estemos a solas, me hable del traficante de esmeraldas», pensó, mientras amparado en su carácter disimulaba su irritabilidad.

—Sabes, mi amor —dijo Ulricke—, cuando me hablaste por teléfono para decirme que ya estabas en Bogotá, no sé, te sentí frío.

—¿Frío? —replicó él—, yo siento que aún me hierve la sangre y no es para menos.

—¿Hay algo que deba saber o pueda aclarar?

—¡Vaya! ¿Todavía no estás enterada? Bueno, si no me equivoco, tú eres la que me debes dar ciertas explicaciones, ¿no?

—¿Qué? —sabía que trampeaba, aunque se tranquilizaba al fantasear que Urbano reaparecería pronto—. Vamos, no sé de qué me hablas. Te lo juro. Así, de una cosa tan precisa, que deba explicarte, ¡ni logro imaginarlo!

Darío la agarró por los brazos fuertemente, tan fuerte que Ulricke sintió dolor. La zarandeó como si fuese una muñeca de trapo. La elevó y la lanzó hacia una mesa de centro de la recámara que bajo el impacto de su cuerpo se hizo pedazos. Darío fue hacia ella y la levantó con una mano y con la otra le dio par de bofetadas. La muchacha se desplomó sobre el borde de la cama.

—¿Te estás burlando de mí o qué? —gritó él—. ¡Dime!

—No... tienes razón... perdóname, por favor...

La agarró por los cabellos y la arrastró por el piso. Le quería pegar de nuevo y hasta patearla, pero al verla arrodillada y abrazada a sus piernas, la imagen de Marga le invadió la memoria y la intención de proseguir golpeándola se le enfrió de golpe. «¡Santo Dios!, ¿qué rayos me pasa?», se dijo, vacilante, cual si en ese instante todo el cinismo del mundo lo abandonara. «¡Vamos, vamos!, ¿acaso estás cambiando? ¡Los hombres nunca cambian, Darío!»

—No me pegues en la cara... —ella lloraba y gemía—. Te lo ruego... te amo... eres mi hombre... me tienes que perdonar... yo no sé dónde está Urbano... no lo sé... y por eso no puedo mirarte a los ojos...

El llanto era tan hondo que Darío estaba perplejo, no sólo al contemplarla sino ante sí mismo. Recordaba a Marga y miró por largos segundos a la alemana-colombiana que estaba arrodillada en el piso, lacrimosa, acordonada con un brazo a una de sus piernas y con el otro brazo suspendido hacia lo alto, persuadida de que él apenas había comenzado a golpearla.

Darío rememoró sin desearlo algunas escenas de la conocida película italiana, que tenía como tema el amor sadomasoquista entre un oficial y una judía en un campo de concentración nazi. «Sí, Marga, ya puedo hacer de Ulricke lo que me venga en gana, pero creo que hoy tú la salvaste de recibir la mayor paliza de su vida; en realidad, Marga, Ulricke se ha vuelto tan sumisa que ya me provoca reacciones contrarias, no sé, antes la deseaba como un loco y ahora, en lugar de hacérseme la boca agua, siento otra cosa, creo que la desprecio, no sé. Marga, ¿será por causa de Gabriela? ¿Será que Gabriela entró en mi vida y yo estoy algo cambiado? No, imposible, Marga, imposible», se dijo Darío, en medio de una mezcla de sentimientos discordantes. «Últimamente, Marga, esta mujer todo lo hace mal.»

—¡Te amo, Darío! —vociferaba como una demente—. ¡Pégame! ¡Quiero sentir todo lo que tú sientes! ¡Yo tenía que haber esperado y haber utilizado al contable y no a Urbano!

—¡Cierra la boca y levántate! ¡No entiendes nada, endemoniada alemana! ¡Levántate!

—¡En lugar de manzanas de oro, regálame todos los azotes que quieras!

—¡Maldita seas! ¿Manzanas de oro? Sí, en lugar de las manzanas debería molerte a palos. ¡Me has obligado a trabajar el doble, el triple, desbocado como un estúpido y sin control! ¡He tenido que sobornar a un par de malnacidos en contra de mi voluntad! ¡He hecho las cosas de forma sumisa, como si yo no las supiera hacer de otra manera! ¿Pero sabes qué?, debo de calmarme. Sí, Ulricke, debo de hacerlo. Aún faltan importantes cosas por hacer. ¡Levántate!

«Atalanta cabrona», pensó, mientras veía que ella se ponía en pie y se sentaba en el borde de la cama, «siempre te sales con la tuya. Sabes cómo hacerlo: me hundes en tus debilidades para que al final un imbécil como yo pueda perdonarte. Eso lo sabes, Ulricke. Seguro.»

Darío se encaminó hacia la sala, agarró una botella de whisky y se sirvió un trago. Lo bebía mientras encendía un cigarro. Se sentó y ahora en su mente repasaba los últimos pasos que había dado para darle solución a varios problemas agravados por los errores cometidos por Ulricke. Había viajado con Patxi y con Muñoz a Colombia. Por vez primera había tenido que separarse del vasco. Pretextando urgente necesidad de saldar pagos con el cártel de Medellín y encargar nuevos envíos, Darío mandó a Patxi a esa ciudad para que allí se encontrara con Jacinto; tenía necesidad, no sólo de que el vasco precisara algunos datos con Jacinto, sino que éste finalmente fijara la fecha y la hora en que Darío podría sostener la entrevista en Bogotá con Wenceslao, uno de los compinches de El Mexicano que compraba los caballos a Pantera.

En raras ocasiones Darío se separaba de Patxi. Mas esta vez, debido a la complejidad de las acciones que amenazaban con salirse de control, emprendió algunas a la mayor brevedad. Y debido a ello había determinado que Patxi se fuera a Medellín, y él, en compañía de Muñoz, se quedaría en Bogotá para entrevistarse con Wenceslao.

Sin embargo, esas apremiantes tareas que se habían llevado a cabo de modo expedito y aceptable, tenían una sola falla, una lamentable imprecisión: nadie sabía cuándo Cody y Ava partirían y mucho menos qué transportación utilizarían. Por supuesto, el mecanismo empleado por Darío para convencer tanto a Jacinto como a Wenceslao había sido el soborno. Cuando el propio Darío se entrevistó con el compinche de El Mexicano, tuvo conocimiento de que el traficante de esmeraldas había sido eliminado por expresa solicitud de Cobreros ante El Mexicano; ambos también habían decidido que Cody y Ava deberían de viajar en fecha próxima hacia otro país, y esa fecha el informante la desconocía. Entre tanto, como medida de precaución, Cody y Ava serían reubicados en otra finca de El Mexicano, situada en la costa del Pacífico, específicamente en la demarcación departamental denominada Chocó.

Naturalmente, el error de Ulricke respecto a la utilización del mensajero había consistido en que ella no había utilizado al contable como Darío se le indicara, quien hubiese cumplido la encomienda de modo más abarcador. Si bien Urbano no sabía nada acerca de la existencia del desertor del MOSSAD, sólo se le había puntualizado que dejara el mensaje en el punto orientado. Pero fuese quien fuera el mensajero, éste debía entregarlo en la casa donde residía el médico que atendía a los pobladores de la finca de El Mexicano.

«¿Por qué Ulricke comete esos errores? ¿Por qué tuvo que decirle al joyero dónde se encontraba la finca de El Mexicano? ¿Por qué ella se excede y sobrepasa mis indicaciones? No tengo el modo de poderla entender. Incluso ya no me interesa saber si ella estuvo o no relaciones sexuales con Urbano, como tampoco con Ava, ¡váyanse los tres a la mierda!», pensó de nuevo, molesto. «Es como si Ulricke considerara que debe de abarcar más terreno del que yo le oriento. No sé. En fin, si yo no hubiese tenido previsto otras variantes, la operación se me habría disuelto entre los buenos deseos. Probablemente por esos desórdenes míos de última hora, Tucson pudo detectar mis movimientos y por tanto decirme en Guadalajara lo que me dijo. Seguro. Es listo ese cabrón, excepto, por supuesto, haber rechazado el dinero que le ofrecieron.»

Ulricke se sirvió un trago y encendió un cigarro. Se sentó de frente a Darío con el mentón caído y la misma ropa estropeada.

—Nunca me habías pegado tan fuerte —tenía la voz ronca.

—Ulricke, ¿por qué le dijiste a Urbano dónde se encontraba la finca de El Mexicano? ¿Eres tonta o te haces la estúpida?

—No, no se lo dije, aunque tampoco se lo negué. Urbano conoce bien toda esa zona. Me comentó: "¿Ese médico no vive cerca de la finca de Rodríguez Gacha? Le dije que sí...

Ella se echó hacia atrás cuando pronunció esas palabras. Inevitablemente siempre acababa por decirle la verdad a Darío y ahora esperaba por su irritada reacción. Pero Darío ni siquiera la miró, se levantó y se sirvió otro trago.

—¿Tenías que confirmárselo, Ulricke? —el tono amenazante en la voz se mantenía latente—. ¿De veras tenías que hacerlo?

—No, no tenía que hacerlo —con las manos se recogió los cabellos y se lo ató con una felpa elástica—. Me equivoqué, pero sabes, mi amor, ya es hora de que te lo aclare de una vez: yo nunca he estado con Urbano, eh.

—¡Me lleven los demonios, Ulricke! ¡No entiendes nada! Estoy examinando contigo asuntos de trabajo, no pasionales —apretó las dos manos a la altura del pecho, rabioso, y elevando el tono de voz agregó—: ¡Decididamente eres una estúpida! ¡El joyero se fue, Ulricke, se fue! ¡Sí, escúchame bien: ese Urbano está muerto, bien muerto! ¡Tuvo la osadía de entrar en la finca de Rodríguez Gacha y lo mataron!

—¡Qué dices! ¡No, mi amor, dime que es una de tus bromas!

—¿Qué, tú pensabas que a ese traficante de esmeraldas lo enviabas a una excursión? ¡Así son los narcos, Ulricke! Eso demuestra que ese gringo está bien protegido. Te lo dije y te lo seguiré advirtiendo: ¡con los narcos no se juega! Aunque veo que tú no me escuchas. A mí en la CIA me lo advirtieron una sola vez.

—¡Qué horror, Darío! Ahora sé por qué me pegaste de ese modo. ¡Oh, Dios mío! ¡Urbano está muerto! ¿Y sus hijos pequeños, Darío, y su pobre mujer, y su mamá que está tan enferma, qué será de todos ellos? ¡Y todo por mi culpa! —se echó a llorar y se dejó caer en el suelo, y otra vez se puso de hinojos ante Darío.

Ahora ella al parecer le pedía perdón a Dios y a toda la gente que se estacionaba en su cerebro, persignándose, muy afligida. Entre tanto, Marga volvía a emerger en la mente de Darío.

—Vamos, Atalanta —la levantó y la abrazó—, tú no tienes la culpa de nada. Vamos, todos cometemos errores, ven conmigo. Ese bondadoso corazón que tienes es lo que te mata. Tú deberías de ser una mala mujer y así no serías tan vulnerable.

—Yo no quiero ser otra mujer, de nada me serviría...

La sentó sobre sus piernas. Darío sentía cómo Ulricke temblaba. En esos momentos la abrazaba con una ternura que él desconocía. «¿Qué rayos te pasa, Darío?», se dijo, otra vez inquieto, pero siguiendo puntual el impulso que misteriosamente manaba de su naturaleza.

Ulricke se desmayó. Sin embargo, enseguida Darío supo que no era uno de sus habituales trucos. La cargó y la llevó a la cama. Tomó unas almohadas y se las puso bajo los pies. Con alcohol frotó su frente y al poco rato ella recobraba el conocimiento.

—Bebe, mi Atalanta, bebe este coñac. Te hará bien.

—Gracias, después de todo eres tierno —suspiraba—. Hasta cuando me pegas eres tierno, aunque hoy te pasaste, la verdad, pero ya conozco los motivos.

—¿Tierno?

—¿Acaso olvidas que en Venecia vi cuando le desfiguraste la cara a un individuo en un bar? Cuando golpeas de verdad a una persona, eres capaz de matarla.

«Esa es una historia que yo tenía borrada de mi memoria», pensó Darío, nostálgico. «Si supieras, Atalanta, unas semanas antes de ese altercado yo había sido entrenado en Tel Aviv. ¡Pobre hombre! Con él en unos minutos pude evaluar mi reciente aprendizaje: comienzo de acero.»

Horas después, Ulricke y Darío cenaron armoniosamente y bebieron buen vino, como un par de amorosos que recién acababan de hacer las paces. Mientras ella comía se dio cuenta de que Muñoz era tan guapo y hasta tenía la misma mirada diabólica de Fred, el alemán que su padre veinte años atrás había protegido por unos meses en la casa. Había llegado procedente de Argentina. Eso le dijeron. Mucho después supo que en realidad Fred huía de la justicia de los hombres o la de los arcángeles. «Princesita Ulricke, el cielo se inicia en el punto donde llega nuestra mirada y allí vive Dios», me decía y se persignaba. Ahora recordaba que su madre, a diferencia de su padre, deseaba que Fred acabara de esfumarse, ya que había hecho de la vivienda de los Blau Restrepo en Medellín su definitiva fortaleza. Con todo, día tras día, el incómodo huésped no manifestaba intención alguna de regresar a Suramérica.

Los recuerdos de Ulricke relacionados con Fred la laceraban cuando estaba sobria, pero cuando se hallaba ebria esas evocaciones subrepticiamente hasta le endulzaban los sufrimientos. «Yo sentía mucho miedo, tanto miedo que vivía aterrada, pero no gritaba, no me quejaba, me quedaba e iba a donde Fred me llevara», pensaba. Ulricke estaba convencida de que jamás compartiría con nadie esos secretos de su infancia y que tales hechos se irían con ella a la tumba. Fred había sido el hombre que con mimos y obsequios, historietas y chocolates, se había ganado su confianza y la había violado cuando ella apenas tenía once años de edad.

«Darío, nunca te he hablado de Fred y jamás lo haré, tal vez por eso enloquezco de gusto cuando me pegas. No sé. Esa es mi cruz. Me sentaba a su lado en la cocina y mientras Fred hablaba con la distraída de mi madre, me metía la mano y me manoseaba, hasta me la embarraba de chocolate y yo no entendía nada, y Fred me la apretaba, y cuando mi mamá no estaba en la casa, mientras mi padre dormía la siesta y mis estúpidos hermanos jugaban en el patio, Fred me llevaba a su cuarto, me la cubría de chocolate y mientras me la lamía me acariciaba la cintura y luego me penetraba; yo al principio sufría, pero después me gustaba. Fred me convirtió en su perra sumisa y hasta siento vergüenza en admitir que cuando él partió lloré horas y horas como una sonsa y estrené mi odio enfermizo hacia el chocolate. ¡Demonios, Hipómenes! Ahora la tengo mojada y creo que esta noche no te dejaré dormir», concluyó sus pensamientos, afiebrada.

—Ese mexicano que está allá abajo ni se siente —Ulricke contrajo fuerte los muslos y sintió un delicioso cosquilleo que le trepó por dentro—. Son casi las once de la noche. ¿Ya estará durmiendo?

—No, el chaparro se quita los zapatos y camina descalzo. Dice que puede hacerlo toda la noche y que eso lo mantiene en forma.

—O sea, deambula como los gatos.

—Algo así, ven.

La agarró del brazo y la condujo hacia la terraza. Se sentaron en dos butacas, una frente a la otra y separadas por una mesa de centro de grueso cristal; ese sitio estaba destinado para sostener conversaciones importantes. Darío abrió y desplegó un mapa de Colombia sobre la mesa.

—Ulricke, por favor —continuó—, ahora concéntrate y escúchame bien. Fíjate, es cierto que cometemos errores, pero a partir de este momento no podemos darnos el lujo de cometer ningún otro. Hay un señor que no sólo ordenó asesinar a Urbano, sino que le pidió a El Mexicano que cambiaran de lugar a Ava y su marido. Dentro de dos días tú debes de salir para este sitio, ¿lo ves? —indicó el lugar—. Es otra finca que va a inaugurar El Mexicano.

—¿Pero yo debo llegar de sorpresa a esa finca? —preguntó Ulricke.

—No, Ava te va a estar esperando. Ella tiene tu mensaje.

—¿Ava tiene mi mensaje?

—Así es. Urbano lo entregó y por eso lo eliminaron. ¿Puedo leer lo que le escribiste?

Ella se puso en pie y se encaminó hacia un cofre de ébano que se encontraba sobre una repisa. Extrajo un sobrecito que contenía copia del mensaje y se lo entregó a Darío.

Ava:

Dueña de la era égloga. Muy pronto llegaré con las albricias que necesitas. Apartémonos de la tribu azulina por unos días. Yo también llevaré los delfines para que nos salpiquen. ¿Sabremos reinventar las olas del mar? Trilce, ¿y la caja de música, volviste a extraviarla?

Ulricke.

—Santo Dios —dijo Darío—. No entiendo absolutamente nada. Le enviaste un escrito embrollado. Parece un mensaje que comparten un par de monjas en cautiverio.

—En los ojos de Ava hay un velo de tristeza, pero... —Ulricke sonrió ante la acotación de Darío, mas de repente decidió no dar más explicaciones—. Tonterías, mi amor, son tonterías que sólo nosotras entendemos.

—Me hubiese gustado verle la cara al marido cuando leyó ese mensaje. Safo tiene que haberle dado un tirón de orejas después de susurrarle al oído una de sus rimas —puso la voz ronca cual si imitara la de otra persona—: *Otra vez me sacude el Eros que afloja los miembros / agridulce / indomable / animal oscuro* —y retomó de nuevo su timbre de voz—. ¿Recuerdas a la pintora romana? Así esa lesbiana declamaba esos versos. En especial cuando tú la provocabas.

Y ahora Darío y Ulricke reían sin dejar de mirarse uno al otro.

—¡Qué memoria tienes, Darío! ¡Por el amor de Dios! ¡Yo jamás hubiera podido recordar a esa regordeta y mucho menos esa poesía! —ella sonreía y en esos momentos los ojos centelleantes se adueñaban de su expresión infantil—. Esa pintora era muy noble. Pero sabes, mi amor, a ti los celos te matan. Fíjate, si el marido de Ava es un hombre inteligente, no se sentirá ofendido al leer mi mensaje. Todo lo contrario. Yo imagino que Ava esté viviendo con un hombre inteligente, con independencia de que tenga buenos o malos sentimientos. Aunque por las felonías que ha cometido, debe de tener una mente oscura.

—Vamos, Ulricke, platiquemos de cosas útiles. Atiéndeme, serás acompañada por Patxi hasta este punto, ¿ves? Ahí te va a estar esperando un colombiano que se nombra Wenceslao con su esposa, la cual se nombra Lucrecia Jiménez. Fíjate, Ulricke, Lucrecia y tú son amigas desde la infancia. Incluso cuando ella viene a Bogotá visita tu boutique. A tales efectos, lee con detenimiento los datos que están descritos en esta hoja que te entrego. Toma. Cuando aprendas de memoria esos datos, destrúyelos. Debes de llegar el próximo viernes a la finca. Ava te espera, pero no lo olvides: sólo puedes estar con ella ese fin de semana. Luego, el lunes, temprano en la mañana, regresas a Bogotá acompañada de Lucrecia. Patxi te va a esperar en el mismo punto donde te entregó.

Darío movía el mapa de Colombia sobre la mesa e insistía en sus indicaciones. Le explicó a Ulricke hacia dónde debía de viajar en compañía de Patxi y dónde ambos se encontrarían con el matrimonio colombiano. Le advirtió hasta el cansancio de que no se dejara engatusar por las falsas historias que Ava y su marido estarían obligados a narrarle. Puntualizó una y otra vez que Cody era un hombre de la CIA y había desertado de una misión que se le había encomendado, y por ello debería de enfrentar la justicia estadounidense. Le subrayó que Ava no tendría que enfrentar ninguna acusación en materia de culpabilidad criminal.

—Sabes, para tu visita —dijo Darío—, Ava pidió permiso a su marido y a sus protectores y se lo dieron. Recuerda que eres amiga de Lucrecia desde la escuela primaria y que ella es la esposa de Wenceslao Díaz. Ahí tienes fotos y sus datos biográficos. Ella te va a esperar aquí. Aquí es donde Patxi te entregará al cuidado de Lucrecia y Wenceslao. Ulricke, no hay duda: esos malnacidos no le temen a las mujeres. Además de que llegas acompañada de Wenceslao y Lucrecia, tú eres la propietaria de una afamada boutique en Bogotá y, por supuesto, eres bella. Esos detalles te abrirán todos los caminos. Así que puedes estar tranquila. Y no olvides lo más importante: precisar cuál será la ruta que Cody y Ava tomarán para llegar a Perú: si lo harán por tierra, por mar o por aire. En Perú atraparemos a Cody.

Luego, antes de ir a la cama, Darío nuevamente le dijo a Ulricke:

—No nos impacientemos, Atalanta. Estaré contigo hasta tu partida. Y no lo olvides, después que pases el fin de semana con Ava, debes regresar el lunes a Bogotá. Pero es necesario que me llames el domingo a este número telefónico. Ahí estaré esperando tu llamada. Si me dices "regreso por tierra" es que ellos viajarán por carretera. Si me dices "regreso por mar", eso representa que ellos viajarán por vía marítima. Y si me dices "regreso por el aire", eso significa que ellos lo harán por vía aérea. En caso de que no puedas platicar conmigo por teléfono, manejando las mismas frases claves me diriges un telegrama a esta dirección que debes memorizar. Aire, mar y tierra, esas son las palabras que debes manejar en tu comunicación. Por supuesto, lo mejor sería que me hicieras la llamada telefónica. Así puedo escuchar tu delicioso timbre de voz.

—Te voy a llamar por teléfono, Hipómenes mío —afirmó Ulricke con voz melosa—, no te preocupes, yo para eso de conseguir un teléfono sé ingeniármelas.

—Perfecto. De manera, Atalanta, que esta vez nosotros no cometeremos errores. Estoy seguro de que pronto tú y yo festejaremos en grande haber llegado exitosamente al final de esta misión que tanto tiempo y sinsabores nos ha costado.

Atalanta mía, sólo te deseo una cosa, ya sabes: ¡éxito total!, o como suelen decirse los supersticiosos: ¡que te partas una pata!

Poco después, en la penumbra, Ulricke, muy excitada, veía cómo las sábanas planeaban sobre su cuerpo desnudo y la nerviosa musculatura de Darío; presentía los pasos gatunos de Muñoz y la mirada del violador, las acciones que ella debía de afrontar, llenas de teatralidad y riesgos que azuzaban la muerte. Y en su mente femenina también percibía que bajo esas sábanas, caladas de crepúsculos provocadores y agresivos, se deslizaban la belleza y los ojos tristes de Ava, el repulsivo chocolate y el descaro con que Fred la manoseaba en la cocina mientras conversaba con su madre, que estaba en Babia, y las golpizas de Darío, el verdadero hombre de su vida.

Cuando Darío con la mano tocó el sexo de Ulricke, de inmediato supo que por esa deliciosa gruta se hundirían todas las locuras humanas, además de las suyas.

Don Fonse era el lugar teniente de Avilés que en la década del sesenta era el narco de narcos en México, junto a Falcón, el cubano anticastrista de Miami que operaba en Tijuana. El Cochiloco trabajaba para Falcón. Matías fue el que comenzó a introducir la cocaína en México; el hondureño fue de los primeros que dijo: "No, don Fonse, dejemos la vía de Miami". Entonces Matías se unió con don Fonse, con Aristarco y con Celso. Matías fue el que unió a los colombianos con los mexicanos en el narcotráfico. Matías metió a Celso, por ejemplo, quien había sido policía del comandante "Mano negra". Entonces ellos constituyeron el cártel de Guadalajara. El Cochiloco era el ejecutor de ese cártel. El país que produce más heroína en el mundo es Afganistán. El segundo es México. La coca es un árbol con hojas. Las hojas de la coca se procesan. Se hace una base que es una pasta. Luego se hace otro proceso y se convierte en polvo, ese es el polvo blanco de la cocaína que se mete por la nariz. La heroína sale de la amapola. Esa es la que se inyecta. La amapola es una flor, sale del bulbo y florece. El bulbo lo cortan con un cuchillito y sangra; sangra una lechita blanca, y esa lechita con el sol se hace negra: la goma. Luego esa goma la raspan y hacen bolitas. Esa goma es el opio, y de ahí hacen un kilo de heroína procesada; la heroína china es blanca, como la de Afganistán. Los chinos fueron los primeros que comenzaron a procesar la amapola, esa heroína es blanca pero no es cristalina como la cocaína; la cocaína se ve como azúcar debajo de un microscopio, como cristalitos, pero la heroína es como un polvo. La heroína mexicana es negra y la heroína de Afganistán es blanca. Las dos son exactamente iguales, sólo que a la afgana se le da un proceso más largo y sale más blanca, son como cuatro pasos los que se le dan. En Sinaloa se produce mucha amapola, pero no porque sea negra la heroína mexicana es inferior, nada de eso, puede tener noventa y nueve por ciento de pureza como la afgana; lo que un adicto se inyecta es una dosis que tiene un tres por ciento de heroína pura; ahora bien, si uno de esos adictos se pasa de la medida y se inyecta una dosis con más de un tres por ciento de heroína pura, se le paraliza el corazón y se muere, a eso se le llama sobredosis. Y por eso es que la heroína les genera tanta riqueza a los narcotraficantes, porque una onza de heroína la cortan en diez porciones, y de esa porción se hacen diez más, y aún queda con un nueve por ciento de pureza. Esa última porción se corta en diez papelitos de a veinte dólares cada una que se le vende al drogo y entonces imagina cuánta ganancia se obtiene de la heroína, ponte a pensar, una onza de nueve por ciento de pureza en Estados Unidos tiene un valor de diez mil dólares pero haces diez más, o sea, de una de diez mil dólares sacaste cien mil dólares de ganancia, entonces un kilo de heroína que vale 250 mil dólares al llegar al consumidor se transforma en diez kilos más; eso significa que si tú traes un kilo de heroína pura, la mafia lo transforma en diez kilos más, ya puedes imaginar cómo se hace una fortuna en un abrir y cerrar de ojos: ¡250 mil dólares se convierten en 2 millones 500 mil dólares!

Los manuscritos de Webb estaban diseminados en varias cuartillas y eran producto de la larga entrevista sostenida con Tucson. Naida había encontrado esas hojas dobladas en una butaca y ahora se las entregaba a Tucson, quien esa tarde hedía a whisky por los poros. Tucson guardó los papeles.

—Naida, ¿quiénes llegaron? —una barba de varios días acentuaba el duelo en su expresión—. Voy a darme un baño. ¿Qué hora es?

—Son casi las cinco de la tarde, mi amor —contestó ella mientras revisaba los utensilios de baño—. Gal y Mojarro esperan por ti.

—Diles que enseguida estoy con ellos —se metió en la bañera, pero al verlo entrar, Naida se pudo percatar de que él lloraba.

—¿Quieres que les diga que vengan mañana? —Naida elevó el tono de su voz debido al ruido del chorro de agua.

—No, de ninguna manera —lloraba, pero trataba de recomponerse a la mayor brevedad—. Diles que voy enseguida.

—Deberías tomar algún sedante, ¿no crees?

—Error. Odio esas pastillas que te adormecen.

—¿Y por qué no ves a un especialista?

—Error, mi amor. Respeto su trabajo pero yo sé lo que a mí me pasa. Sabes, sólo mi trabajo, mi familia y tú serán los encargados de sacarme de esta crisis.

—Pero estás bebiendo mucho, mi amor

—Es transitorio. Es una cosa transitoria. En fin, para no volverme loco.

—Me prometes que pronto dejarás de beber, ¿sí?

—Lo haré, te lo prometo. Anda, ve y dile a Gal y a Mojarro que enseguida estoy con ellos.

Y como Naida hacía ante cualquier tipo de ecuación que la sedujera, cerró la puerta del baño, se desnudó y se metió bajo la ducha. Vio que él tenía los ojos enrojecidos.

—Mi dulce cowboy, no te merecías ese dolor tan grande —lo besaba bajo el agua, le agarró la cabeza y la apretó contra su pecho—. No, tú no lo merecías, mi amor, no lo merecías.

El dolor de los dos se agolpaba con los íntimos silencios. Los besos no podían demarcar la diferencia, mutuamente marchaban al dulce campo de batalla. Él se apoyó sobre las rodillas que se doblaron casi como por arte de magia y ella se irguió hasta donde no pudo para ser penetrada. Ella sintió los potentes brazos que la circundaban y la barba que la arañaba. Los suspiros entrecortados y a veces prolongados de los dos amantes heridos por la vida, eran los únicos sonidos que se apagaban ante el rumor del agua que caía y vigorizaba los sentidos.

Naida descendió las escaleras con ese aire de las mujeres que han estado buen tiempo dándose masajes luego de recibir los embates tonificantes de la sauna. Sentía que acababa de renacer. Sabía que tan pronto Gal la viera iba a deducir que ella había hecho el amor. Ahora, sin poderlo evitar, el maldito violador asaltó su memoria y el dolor del pasado se le clavó en el bajo vientre, pero a la joven ya todo eso le importaba un comino. «Remy es mío; yo pensaba que era un mujeriego incurable y nunca le creí, pero estaba equivocada», pensó ella mientras saludaba de nuevo a la visita.

Les dijo a Gal y a Mojarro que Tucson ya venía en camino y se iba a la cocina para preparar un buen café. Gal y Mojarro intercambiaron miradas: ambos comprendían que la tragedia que en esos momentos vivía su jefe era de las más atroces que podía experimentar padre alguno y les complacía haber contemplado los ojos romanos de Naida que irradiaban renovados bríos. Mojarro sobre todo, había celebrado en sus adentros el aplomo que mostraba Naida, y Gal, como sentimiento irreparable, sentía que los celos la asfixiaban.

—Gal, el jefe actuó con clarividencia cuando decidió desde que conoció a Naida, no proponerla como informante de la DEA —se expresaba solidario con su jefe y amigo—. Todavía no estaba enamorado, pero actuó muy bien. Ya sabes, Gal, un agente de la DEA no debe tener relaciones sentimentales con una informante. Yo lo felicito, de veras. Ahora Tucson cuenta con una excelente compañera.

—Tienes mucha razón —susurró Gal, entristecida en sus adentros.

Tucson bajó y saludó afectuoso a sus colegas. Gal extrajo los partes que recién acababa de decodificar y se los entregó a su jefe. En especial uno, enviado por El Payo, informante que en la operación «Leyenda» era tan antiguo como Pantera. Gal intuía que ese informe era uno de los más importantes. Tucson leyó los reportes con calma.

Uno de ellos trataba acerca de un capitán estadounidense de Antinarcóticos nombrado Ed Anderson, el cual vendía heroína en la frontera con Mexicali y Tijuana. Según El Payo, que estaba ubicado en la Federal de Seguridad mexicana, ese capitán estadounidense tenía amistad con Sócrates, el comandante de la DFS de Guadalajara, que había estado presente en la tortura y asesinato de Camarena. El Payo solicitaba sostener una urgente entrevista con Tucson en San Diego, dado que tenía el modo de llegar hasta Anderson a través de Daniela Pereira, la exesposa del referido Sócrates.

—Mojarro —Tucson bebía el café servido por Naida—, anoche recibí una llamada telefónica desde México de un individuo que dice ser un hombre de la CIA. Toma, aquí te entrego los datos, habla con Mayer y con Tom para que ellos dos viajen mañana a Guadalajara y se entrevisten con ese sujeto. Ahí está indicado el hotel donde nos espera. No nos confiemos, pero de ser cierto que tiene información sobre el crimen de Camarena, dile a Mayer y a

Tom que lo traigan de inmediato a Los Ángeles. A mi regreso de San Diego, me entrevistaré con él.

—¿Cuánta lana pide el sujeto, jefe? —Mojarro miró hacia Gal, preocupado.

—Todavía no lo sé, aunque recuerdo que no me habló de dinero. Bueno, sospecho que algo nos pedirá. Vayamos a escucharlo, no perdemos nada.

—Esa propuesta tan ambigua, jefe, tiene onda de ser truco cinematográfico —Gal le guiñó un ojo a Tucson.

—Eso parece. Bueno, yo no le creí —miraba absorto hacia el infinito a través de la ventana—. Pero veremos, Gal.

—Jefe, con el mayor respeto —Mojarro ahora se movía inquieto en su asiento—. Yo pensé que sería yo quien iría a San Diego para ver al Payo.

—Pensaste mal, Mojarro —continuaba con la mirada clavada a lo lejos—. ¿Acaso me ves tan mal? Sí, imagino. Debo de tener un pésimo aspecto, pero me iré reponiendo.

—Tucson, por tu propio bien —insistió Mojarro, afectuoso y en tono paternalista, y con la mirada le pedía a Gal que lo apoyara, y ella se encogió de hombros— y por la buena marcha de la operación «Leyenda»: tú deberías quedarte en Los Angeles y yo irme a San Diego. De veras.

—Mojarro, ¿alguna vez tú te has enfrentado a un capitán estadounidense de Antinarcóticos?

—No, nunca.

—Yo tampoco, pero yo soy el jefe. Esa es mi ventaja y voy a decidir a mi favor —se levantó, dio unos pasos, se detuvo y levantó una mano y sosteniéndola unos segundos en el aire adicionó—: Bien, amigos, ayúdenme. Para mí en estos momentos cumplir con tareas difíciles tiene que ser beneficioso. Créanme.

—De acuerdo, jefe —a Mojarro se le veía preocupado—. Me quedaré en Los Angeles.

—¿Qué pasa, Gal? —Tucson se sentó—. ¿Te comieron la lengua?

—No, jefe, estoy de acuerdo que seas tú el que viaje a San Diego —se agarró las manos, algo nerviosa—. Sólo te pido que te cuides.

—Lo haré, pierde cuidado —detuvo sus palabras mientras meditaba. Luego agregó—: Gal, quiero que me recopiles toda la información que tengas sobre Zayas. Tal vez ese capitán Anderson sepa algunas cosas acerca de ese narcopolítico.

«Sin duda Tucson tiene la expresión sombría», se dijo Gal, «pero la mente le funciona a las mil maravillas. Creo que Mojarro y yo nos sobrepasamos en las preocupaciones. Es que a Tucson se le tiene buena estima por parte de todo el equipo, y bueno, Gal, tú déjate de pendejadas, tú siempre lo tienes presente en tus fantasías.»

Eran las cuatro de la tarde y sobre esa hora los deseos a Tucson de tomarse un trago ya se le hacía habitual. Llamó al camarero y pidió un whisky y un paquete de cigarros. Las mesas en el bar estaban aún vacías. Era un establecimiento que se hallaba en los bajos de un hotel de San Diego; daba a la calle y desde el ángulo donde estaba sentado, Tucson podía observar a los transeúntes que colmaban las aceras y el cruce de las esquinas. Tucson meditaba mientras esperaba por la llegada de El Payo. Había tomado la servilleta y sobre ésta con un bolígrafo hacía garabatos ilegibles que a él le daban una panorámica de cómo marchaba la operación «Leyenda.»

«Falta poco para que atrapemos a Zayas, el narcopolítico que facilitó su hacienda para torturar y asesinar a Camarena, y a Celso, el banquero», pensaba. «Hoy debo concentrarme para cazar a ese Anderson que me llevará hasta Sócrates, el corrupto comandante de la Federal de Seguridad, que mucho tuvo que ver con lo de Camarena. A su vez, ese Sócrates luego nos debe revelar dónde se esconde Zayas e informarnos sobre Hernán Alvarado, el médico que torturó a Camarena.» Bebía el trago despacio. Le había prometido a Naida disminuir la ingestión de bebidas alcohólicas e incluso abandonar pronto esa adicción. El Payo apareció por la puerta derecha del bar. Se saludaron afectuosos.

—Tucson —le apretó el brazo con solidario afecto—, siento mucho lo de tu hijo. No tengo palabras, mi cuate. De veras. Como sabes, yo tengo un par de chamacos y jamás quisiera pasar por esa experiencia. Te lo juro.

—Gracias, amigo —alzó la mano abierta ante la mirada del informante, cual si detuviese una locomotora que se le venía encima—. Pero cuento con tu ayuda. Platiquemos de asuntos de trabajo.

—Ed Anderson, así se llama ese pendejo gringo, es un capitán de Antinarcóticos de unos cuarenta y cinco años, aunque aparenta ser más viejo. El güevón está canoso y es barrigudo. Vende el kilo de heroína a doscientos cincuenta mil dólares. Entonces, fíjate: hay una rubia que es un forro. Está buenísima.

Bueno, yo tuve un asunto con la Daniela, sí, porque ella se llama Daniela, pero un día me dijo: «Payo, hasta aquí llegamos, ando en serios compromisos con el comandante Sócrates». Y yo nomás, ya sabes, no me gusta ser dueño de nada, le dije: «No hay lío, mi güera, quedamos amigos y cuando yo llegue a ser comanche, si nomás nos interesa, volvemos». Y la Daniela contenta con eso de que yo no soy un baboso posesivo. Entonces hace poco Daniela descubre que Sócrates le estaba poniendo los cuernos con una modelo francesa. ¡Újole, Tucson!, esa apretada le firmó la declaración de guerra a Sócrates: le dio candela a toda la ropa que tenía en la casa —reía con una risa delgada, entrecortada por inesperados ahogos—. ¡Tucson, esa rubia quiere acabar con Sócrates!

—¿Y?

—Bueno, nomás que ahora viene lo mejor: la güera me llamó y me dice que Sócrates la había dejado en la calle y sin dinero y que yo tenía que ayudarla para meter a su ex en la cárcel, porque él tenía negocios sucios con un capitán gringo que operaba en la frontera de Mexicali y Tijuana y que esos dos pinches pendejos traficaban heroína para el mercado estadounidense. ¿Qué, cómo lo ves?

—Oye, ¿puedes llamar a la Daniela y citarla para vernos aquí hoy mismo y luego me lleve hasta Anderson para comprarle heroína?

—¿Hoy mismo? —estaba impresionado—. No manches, buey, vas como un meteoro. ¿Te quieres suicidar? Ese piche pendejo es capitán en la frontera.

—Llámala, Payo. Dile que es urgente. Arguméntale que ella no sólo se va a poder chingar a Sócrates, sino que va a ganar mucha lana. Anda. Primero lo primero, y después yo me encargo de entrarle a ese Anderson. Le voy a pedir al camarero un teléfono. ¡Camarero, por favor!

—¿Pero así nomás, Tucson? —aún no salía de su asombro—. Oye, buey, no lo olvides: yo soy de la Federal de Seguridad.

—Payo, el dinero acelera el torrente sanguíneo. Llámala. Luego de presentarme a Daniela tú sales de la maniobra. ¡Ándale!

Dos horas después ella aparecía en el lugar. Elegante, atractiva y con una mirada azul de esas que presumen ser la dueña de toda la ciudad.

—Guapo, tú pareces una estrella de cine —ella enseguida le dijo a Tucson.

—No, Daniela, soy un hombre común de Chicago, con la diferencia de que vengo a San Diego para comprar la mercancía que me da mucha lana —replicó el agente. El Payo no podía creer que los acontecimientos se precipitaran a esa velocidad.

Incluso le parecía mentira lo que ahora veía: Tucson ante Daniela, después de los primeros intercambios, se había transformado en un hombre de pocas palabras, gélido, casi gruñón, que debía de tener problemas psíquicos. Era puro teatro, eso lo sabía el informante, pero Tucson actuaba de forma convincente. Aparentaba ser hombre de dinero y se conducía con ese engreimiento. Sus escasos comentarios sólo apuntaban a advertirle a Daniela, que hablara claro con su amigo capitán, ya que no había viajado desde Chicago para perder su tiempo.

El informante comprobaba que hasta Daniela estaba hipnotizada por Tucson, quien por demás, se mostraba indiferente ante la belleza de la rubia. A veces, El Payo pensaba: «Creo que no hice bien en decirle a Tucson que yo tuve intimidad con ella, nomás que el pinche cabrón la humilla, no sé.»

—Ed, me tienes que ayudar —era la guapeada monserga telefónica que Daniela le disparaba al capitán en presencia de Tucson y su informante—. Sabes, ese pendejo me traicionó con esa modelo que vino de un prostíbulo de París, fíjate que sí, eres inteligente Ed, eres mi amigo y ya platicaremos sobre esa pinche lesbiana. Fíjate, me tienes que ayudar. Oye, Ed, yo no te llamo para que me consigas un empleo en la carpeta de un hotel ni para que me pongas a trabajar como pimpollo de limpieza o mesera de un bar, no, no te rías, cabrón. Ed, necesito dinero, tú lo sabes, ese hijo de la chingada me lanzó a la calle y no tengo dónde caerme muerta. Ed, yo no creo en los milagros, tú lo sabes, eh, ¿cómo?, ¿qué?, así es, pero por favor, escúchame bien, mira, estoy aquí con un amigo, ya hablé con él y le interesa platicar contigo, sí, ya sabes, él me ha platicado y me ha enseñado sus credenciales, ¿cómo?, eso es lo que le sobra, sí, claro, eres inteligente, él está aquí conmigo y es de mi absoluta confianza, sí, y yo quiero ir con él para verte enseguida, para eso te llamo, Ed. Yo lo conozco bien, lo conozco muy bien... No, no, vamos, ayúdame, sí, hoy mismo, cuando quieras, ¿a qué hora?, perfecto, no, para nada, no es tarde, ¿en cuál habitación?, tomo nota, no, no se me olvida, perfecto. Ed, eres un lindo amigo, allí estaremos, oye, no le digas nada a ese hijo de la chingada que dice ser tu cuate, eh, y cuídate de ese pinche traidor. Gracias, Ed, nos vemos, sí, confía en mí, sí, claro, sí, no hay lío, sí, está bien, bueno, ya me conoces, sabes bien que soy de las que no fallan, ahí estaremos, gracias, *bye*.

Ella colgó el auricular, respiró profundo y pidió otro Martini. Era evidente que estaba agitada, había logrado ser recibida esa misma noche por el capitán. Sabía que esa negociación le iba a reportar una apreciable suma de dinero. Apenas podía disimular su regocijo.

—Gracias por haber pensado en mí —levantó su Martini e hizo un saludo dirigido a El Payo.

—Me alegro por ti, Daniela —el informante se levantó algo nervioso y se giró hacia Tucson—. Bueno, mi cuate, ahora sí me voy. Te dejo en buena compañía y que todo salga bien.

Y El Payo se fue rápido.

—Sabes, yo he tratado siempre de seguir el camino derecho —ella estaba pensativa y miraba las aceitunas posadas en el fondo de la copa—, pero por mucho esfuerzo que hago, ni modo. No te niego que ahora estoy nerviosa, muy nerviosa, esta misma noche puedo terminar en la cárcel. Malgasté años de mi vida con ese pendejo de Sócrates. Me da pena decirlo, pero por fortuna yo tengo como un imán que atrae a los comandantes. De veras, me tropiezo con uno y aunque esté vestido de paisano me viene para arriba y me hace la corte. Ahora mismo tengo a un comanche gringo que me está dando vueltas —suspiró, y luego de una ligera pausa, agregó—: Oye, ¿y tú cómo te llamas? No me has dicho tu nombre.

—Fíjate, ponme el nombre que quieras, sabes que siempre te diré uno falso.

—¿Robert? Físicamente te pareces al actor Robert Downey Jr. Robert, así te llamaré hasta que nos separemos.

—Como quieras, hermosa.

—Menos mal que algo me dices, Robert, pensé que no te habías fijado en mí. No sé, al verte la facha que tenías me dio por pensar que tu gran amor recién te había mandado a freír tusas.

—Si trabajaras en relaciones públicas de cualquier cadena hotelera serías buena —la miró de lleno; ella se había percatado de su precario estado de ánimo—. Acabo de escuchar cómo persuadiste a ese Anderson y gracias a ti podré llevarme una buena mercancía. Sabré recompensar tus esfuerzos.

—Robert, me da gusto estar aquí contigo. De veras. No sé, no sé qué rayos decirte... ah, ya... eso es... sabes, tú me das seguridad.

—Bueno, vámonos, ¿a qué hora nos esperan?

—A la una de la madrugada —aseveró ella—, pero tranquilo, el hotel no está lejos.

Tucson llamó al camarero para que le trajera la cuenta.

—No, señor, ya está pagada —el camarero sonrió.

El agente miró hacia todas partes y sorprendido vio a sus espaldas y a la distancia de unos veinte pasos, el rostro sonriente de Darío atravesado por la luz proveniente de la lámpara verde, la cual se hallaba sobre su mesa. Desde ese rincón, Darío elevó su copa y lo saludó.

—Vamos, Daniela —el agente sonreía algo encartonado ante lo insólito.

Definitivamente, cuando las situaciones increíbles y sorpresivas se le encimaban de ese modo y fuera donde fuere, a Tucson, como primera reacción le daba por sonreír. «¡Carajo, qué pequeño se hace el mundo!», pensó, mientras en compañía de la rubia caminaba hasta la mesa de Darío.

—Oye, gracias por tu gentileza —el agente le extendió la mano—. No era necesario, de veras.

Darío al estrechar la mano de Tucson se levantó y enseguida se dirigió a la dama.

—¡Hola, Daniela, qué bueno verte! ¿Cómo estás?

—Bien, bastante bien —replicó ella—. Fíjate, Darío, si fueras policía yo diría que me estás siguiendo, si no me equivoco esta es la tercera vez que nos encontramos.

—Ni en juego me digas que soy policía, Daniela. Yo siempre me hospedo en este hotel y camino por toda esta zona cuando vengo a San Diego. Aunque te aclaro que a mí no me disgusta encontrarme contigo.

—No me preguntes por el malnacido de Sócrates, ése y yo nos separamos. Ahora el pendejo anda con una prostituta francesa.

—Sabes que yo no trago a ese comanche y no me interesa saber nada de su vida. Digamos que me alegro de saber que ya no estás con él. Hasta te ves más atractiva.

—Bueno, Darío, lamentablemente tenemos que irnos —Tucson tomó del brazo a Daniela—. Gracias de nuevo por tu gentileza.

—Atiende, amigo —Darío puso la mano sobre el hombro de Tucson y se lo aprisionó en gesto solidario—. Cadena me dijo lo tuyo, lo de tu pérdida. ¡Fuerza, eh!

—Gracias —dijo Tucson—. Nos vemos.

«¿A qué viene esta gentileza y buenos modales de estos dos caballeros? ¡Par de cabrones! Y yo ni quiero saberlo, la verdad. Lo que quiero es mi dinero e irme cuanto antes a casa de mi hermana. ¡Carajo, no se puede vivir tan asustada!», pensó ella.

«"Tu pérdida", le dijo Darío a Robert. Carajo, esta vida está llena de imprevistos.»

—Puede que me equivoque, Robert —dijo Daniela, inquieta—, me parece que ese Darío me está controlando.

—¿Tienes problemas con los narcos?

—No, no lo creo.

—Entonces no te preocupes y ahora concéntrate en lo del capitán.

—Cierto, Robert. Debe de ser que estoy nerviosa. Por cierto, no sé, ¿qué pérdida es esa que has tenido?

—Un cabrón narcotraficante que yo quería mucho.

—No sé por qué chambeas conmigo. Ese Darío puede conseguirte buenos contactos y excelente material.

—Yo nunca regreso al sitio donde estuve. Darío y su gente estuvieron a punto de estafarme. Y en eso perdí a mi amigo, ya sabes como es este rollo del narcotráfico. Ah, eso que acabo de decirte, nunca te lo dije.

—Pierde cuidado, Robert, soy una tumba.

Ella entró en el taxi y se quedó mirando a Tucson. Presentía que en su mente experimentaba por el misterioso comprador más admiración que intriga. Por supuesto, Tucson estaba convencido de que la presencia de Darío en el bar, presumiblemente respondía al hecho de que el negociador ejercía control sobre Daniela. «Sí, Darío la controla, al platicar conmigo experimentaba sorpresa; se lo vi en el rostro», pensó, «y bueno, él y yo no esperábamos encontrarnos en ese bar y mucho menos en San Diego. En fin, o el mundo en que habitamos es más pequeño de lo que imaginamos o el negociador y yo nos relacionamos con las mismas alimañas.»

Como Tucson conjeturaba que a Daniela la estaban controlando, llevo a cabo varias medidas de contrachequeo en el trayecto que mediaba entre las afueras del bar donde tomaron el taxi y el hotel donde Anderson los esperaba. Hizo el recorrido de modo zigzagueante. «¿Por qué tantos cambios, Robert?», preguntó ella, ansiosa. «Eso es asunto mío, ¡vamos!», replicó él. Al llegar al hotel indicado ellos se encaminaron directamente a la habitación que había sido señalada por el capitán. Les abrió la puerta el propio Anderson.

—*Man*, ¿cómo dejaste Chicago? —dijo el capitán, e hizo una señal de complicidad a la rubia, mientras jadeaba cuando respiraba y bebía sorbos de agua mineral de una botella que tenía en la mano—. Chicago es una de las ciudades que más me gusta. Es hermosa, aunque yo nunca la visito. En sus calles perdí a mi hermano menor. Me lo balearon de tal manera que yo apenas pude reconocerlo. Trabajaba en el FBI.

—¿Cuántos kilos puedes venderme? —Tucson, desde el mismo comienzo del intercambio, miraba hacia el techo e ignoraba los comentarios que acababa de hacer su interlocutor. Tucson quería tomar las riendas de la situación.

—Vas muy rápido, *man* —Anderson puso la botella de agua sobre una mesita que tenía a su derecha—. No sé, si me observas puedes darte cuenta de que yo no puedo correr. Todo tengo que hacerlo con calma. Sin que te sientas ofendida, Daniela, hasta cuando me llevo una lechuguita a la cama hago el amor con ella, despacio. *Man*, tú sabes quién soy, por eso les voy a pedir a los dos que tengan la amabilidad de quitarse toda la ropa. Y bueno, *man*, después que ustedes dos se desvistan, entonces podré responder tus preguntas.

Tucson observó que en la recámara había una puerta cerrada que daba a otra habitación, se levantó y se desvistió. Otro tanto hizo Daniela. «Los compinches del capitán mantecoso deben de estar al otro lado», pensó Tucson, al tiempo que veía a la rubia en ropa interior. «¡Rayos, Daniela, qué hermosa eres!»

—Dije que se quitaran toda la ropa —el capitán puso una Magnum sobre la mesita—. Por favor, Daniela, esas son mis reglas. Los hombres que no respetan sus propias reglas se joden. Y lamentablemente hay muchos pendejos que ni siquiera saben para qué carajo existen las reglas. Por eso este mundo está tan loco.

Daniela miró hacia Tucson y agrandando los ojos se despojó de la ropa íntima. El agente también se desnudó por completo. «No te vas a salir con la tuya, capitán mantecoso», pensaba Tucson. «En la DEA me enseñaron una regla crucial: uno jamás debe de perder el control de la situación por muy compleja que sea.»

—¿Y tú qué, capitán? —Tucson mostraba en su rostro la expresión más iracunda, mientras veía cómo Ed desmontaba los tacones de los zapatos para ver si tenían micrófonos instalados—. ¿Acaso tú eres músico o qué? ¡Tú también tienes que desnudarte! Eres policía y ahora mismo yo no sé si tú estás filmando todo esto para después meternos en el bote. No, ni modo, tú también tienes que quitarte la ropa.

El capitán sonrió al escuchar a Tucson.

—¿Cuántos kilos vas a comprar, *man*? —trataba de esquivar la solicitud de Tucson—. La heroína que tengo es negra. Ya sabes, *man*, tiene la misma calidad que la blanca. Así que el precio va a ser el mismo. ¿Quieres probarla?

—Cuando ando con dinero encima jamás me pongo a probar la droga y he venido hasta aquí por negocios —replicó Tucson—. Sabes, Ed, si tú no te desvistes, yo lo siento, me visto y me voy. Me disculpas, Daniela, pero yo también tengo mis reglas. Luego las cosas se complican y llega el tormento.

—Espera, *man*, espera, yo también me desvisto —dijo Ed, al tiempo que se despojaba de las ropas.

Sin embargo, haciéndose el distraído, el capitán quiso quedarse en paños menores, pero Tucson arremetió de nuevo hasta que finalmente se los quitó.

Ahora los tres desarropados se miraban. Y Tucson, que ni en los momentos más difíciles podía abandonar el sentido del humor, exclamó:

—¡Señores, ya que estamos como Dios nos trajo al mundo, ahora sólo nos falta saber quién se coge a quién! ¡Y yo, sin duda, me voy a coger a esta rubia, eh!

La mujer y los dos hombres reían mientras procedían a vestirse. Y mutuamente se observaban, pues ninguno tenía intenciones de abandonar la desconfianza.

XXII. La era de la mala sangre

La nueva finca de El Mexicano, ubicada en las cercanías del Pacífico, estaba atestada de gente. Ese día la propiedad se bautizaría con el nombre de Emiliano Zapata o el de Pancho Villa. Y algo de enigmático parecía estrenarse en ese espacio de la selva que concluía en un círculo llano coronado por un pequeño lago rodeado de lajas y árboles milenarios. Era un día otoñal. Una neblina atravesada por los rayos solares hacía brotar una imagen de la naturaleza que semejaba una catedral renacentista.

El relinchar de los caballos, el murmullo grácil y dulce de las mujeres, complemento armonioso de los hombres —algunos de los cuales consumían furtivamente los enervantes extraídos de la tierra—, los gritos de la gente, la sinfonía que emanaba de los pájaros y otras especies excepcionales que deambulaban por la tupida vegetación, junto a una explosión de música charra a manos de mariachis genuinos, embriagaban la colorida atmósfera vespertina.

Entre los invitados de El Mexicano para la ocasión, que no eran muchos debido a las medidas de seguridad que protegían a Cody y su mujer, se encontraban Pablo Escobar, los hermanos Ochoa, Lehder, Jacinto, Wenceslao y su esposa, Apolonio, Pantera, quien se ocupaba con esmero de Túpac-Amaro, Tlayola con unos mariachis que habían viajado con él desde México, y Ulricke, que sin haber sido invitada recién acababa de llegar para visitar a Ava.

Tlayola sudaba como una persona que estaba a punto de desfallecer. La estima paternalista que El Mexicano le profesaba a Tlayola, había reclamado que a su consentido amigo no le faltara nada, excepto la heroína, ya que el capo sabía que con el consumo de esa droga Tlayola encontraría la muerte. Por tanto, El Mexicano le había indicado a Apolonio con harta precisión:

—Oye, escúchame bien, a mi tocayo no le pierdas pie ni pisada. No quiero que se pinche con esa basura, ya sabes. Lo quiero como a un hijo y hay que evitar que se drogue. Mira esos maravillosos mariachis que nos trajo el cabrón. Sí, Apolonio, tenemos que cuidarlo.

Sin embargo, Tlayola pensaba lo contrario: un adicto sabe cómo codearse con los otros dependientes, manipula y miente a fin de hallar lo que busca y así dar pronta satisfacción al reclamo de su psiquis. Tlayola, muy confundido, estimaba que su excitación nerviosa se debía a su condición de ser un soplón de la DEA y con la obsesiva creencia de que esa ansia se aplacaría si él pudiera suministrarse una dosis, tan solo una, buscaba y buscaba. Y no se detuvo hasta que la encontró entre los expendedores al menudeo y la retuvo consigo. Todavía no había encontrado una jeringuilla, pero de no encontrarla tenía decidido fumarla.

Ava y Ulricke tenían mucho de qué platicar y se hallaban en una cabaña apartada desde la cual se podía observar el desarrollo de la fiesta. Cody, exprofeso, las había dejado a solas. Y con su falsa identidad de estadounidense platicaba con Pantera sobre los caballos que éste criaba y vendía en Jalisco.

Para el *katsa* desertor la visita de la amiga de su mujer era un alegrón que su esposa necesitaba, llevaba escondida meses en la selva por su exclusiva culpa, pensaba él. Cody había vivido años en París y compartía sin vacilación las denominadas variantes erótico-sexuales que se habían originado y cobrado inusitada fuerza en la capital francesa.

Escobar, en guasa, pujaba para que a la finca se bautizara con el nombre de Emiliano Zapata y El Mexicano, quien creía a ciegas en las palabras de su compadre-jefe, de modo contrapuesto proponía plantarle a su propiedad el nombre de Pancho Villa.

—Escúcheme, compadre, por favor —puntualizaba El Mexicano a Pablo Escobar—, lo nuestro es la zona norte de México, no la del sur. Usted y yo hoy por hoy somos los jefes que determinamos cómo hacer nuestros negocios en el país de los mexicas. Ahorita nosotros dos somos los meros generales de esa cruzada, compadre. Usted lo sabe. El cártel de Guadalajara, con todos sus jefazos quebrados con sus propias lanzas de guerra, se fueron a la chingada. A toditos se los chingaron por ese asunto del Camarena. Los pendejos metieron la pata hasta donde ellos mismos ni sabían y no podrán recuperarse, nadie puede hacerlo cuando se vegeta en la cárcel. A poco, compadre, a usted y a mí nos van a dar la nacionalidad mexicana. Ya usted verá mi compadre. Por favor, pongámosle a esta finca el nombre de El Centauro del Norte. Y yo le garantizo que dentro de poco a otra propiedad le pondremos el nombre de Zapata.

—Compadre, haga usted lo que quiera, la finca es suya — Escobar replicaba sin mirar a El Mexicano, mientras no dejaba de contemplar extasiado a su hijo mayor, que bajo la batuta de

Pantera cabalgaba sobre Túpac-Amaro—. Sabe qué, usted mejor me regala ese Túpac-Amaro y en reciprocidad, pues se me queda con alguna de mis fincas. ¿Qué le parece, compadre?

—No, compadre —aclaró El Mexicano, desbocado—, pídame cualquier otra cosa, no sé, pídame los caballos que usted desee, en fin, lo que sea, pero mi Túpac-Amaro, ¡ni hablar!

Escobar se reía mientras cruzaba socarronas miradas con sus secuaces. Todos sabían que para El Mexicano nadie ni nada podía estar por encima de ese portentoso caballo, pues era su envidiable trofeo.

—Oiga, compadre —a Escobar se le veía de buen humor—, hace unos días se lo advertí a mis hombres. En Colombia podemos eliminar militares, policías y senadores, pero ni de juego toquemos a la gente de la DEA. Mucho menos liquidar a uno de sus agentes. De modo que así se lo dije a mis hombres: ¡miren, miren lo que le pasó a los capos del cártel de Guadalajara! Esas cosas tienen que servirnos de experiencia: ¡uno tiene que ver antes que los otros!

—¡Así es, compadre! —terció El Mexicano—. ¡Me gustan esas cosas que usted dice! Mire, yo supe de buena fuente que cierto cabrón que dirige esa operación, un tal Tucson, se chingó dos veces al Aristarco. Primero lo metió en el bote y luego le impidió la fuga. Unos alemanes hicieron un túnel de cinco kilómetros de largo que terminaba bajo los zapatos del Aristarco, en su mismísima jaula. Y afuera hasta un cirujano preparaba toda la chingadera para hacerle la cirugía a Aristarco tan pronto se fugara. ¿Y qué me dicen, señores?, pues que ese Tucson hace poco no sólo agarró a los alemanes que construyeron el túnel, sino que también encarceló al cirujano plástico. No, mi jefe, con esos de la DEA, ni de juego.

—¡Descubrieron el túnel y agarraron a toda la gente! —exclamó Tlayola, nervioso y sudoroso—. ¡Esos pendejos de la DEA traquetean duro, eh!

—Señores —dijo Escobar—, después que eliminaron ese túnel de Aristarco, la DEA descubrió otros túneles por donde los narcos en la franja fronteriza pasaban la droga hacia el territorio gringo. Así que nosotros con esos fulanos, nada que ver.

Tlayola se fue rápido del sitio donde platicaban los capos. Presumía, presa del pánico, que su nerviosismo se debía a que aún no se había dado el pinchazo. Entró en un baño algo apartado y se sentó en la taza. Extrajo de una bolsa los utensilios y vio que no había ninguna jeringuilla. Preparó con mucha torpeza el sobrecito que contenía la dosis. Decidió fumarla. Poco después, a través de la ventana del baño, contemplaba los altos ramajes de los árboles. Sentía que la calma que se le había extraviado regresaba triunfante a su cerebro. Otro Tlayola había llegado y venía en su salvación. Ahora observaba maravillado la neblina que se desvanecía: un gigantesco templo entre las montañas aparecía ante sus ojos.

«¡Dios mío, qué belleza!», se dijo a sí mismo. «Tucson, el traidor que vive conmigo me quería chingar, sí, buey, el pendejo me quería chingar. Nada más yo tenía que ver las caras del Pablo Escobar y la del Rodríguez Gacha. ¡Híjole! Oye, buey, aquí los jefes platican de ti. Por favor, Tucson, me diste tu palabra. Oye, conmigo no hay bronca. Ocúpate de mi mujer y mis chamacos. No te olvides, canijo.»

Y el corpulento Tlayola, en medio de una abundante sudoración, perdió el conocimiento y cayó al piso.

Tucson no creía la disparatada historia de Mayer por mucho que éste cotorreaba y no se detuviera en sus argumentaciones. En ese preciso instante hubiese deseado que Mayer desapareciera de su vista. No sólo ante sí, sino de su equipo de trabajo. «Bah, este es un día que me augura sinsabores», se dijo mientras escuchaba a Mayer y veladamente se agarraba la medalla de plata. «Primero, la cabronada que me hizo el comandante Calderoni, y ahora este Mayer que considera que uno vino de Marte. ¡Diablos! ¿Por qué siempre en un grupo de agentes hay un pendejo que sabotea las ganas de trabajar.»

—Bien, Mayer —dijo Tucson, mirando hacia la ventana—, voy a pensar lo que me has dicho. Ahora déjame solo, por favor.

Y Mayer se retiró. Seguidamente Gal entró en el despacho sin anunciarse ni tocar la puerta. Hecho que llamó la atención de Tucson, ella nunca lo hacía. «No hay problemas, Gal», pensó, «últimamente te has comportado conmigo como la mejor amiga. Me has apoyado muchísimo con Naida y en mis líos personales, que han sido pesados. Te quiero mucho, Gal, y no sabes cuánto. Y cuando te plazca puedes entrar en mi oficina sin tocar la puerta y hacerlo todas las veces que quieras.»

—¿Estás disgustado, no? —Gal le traía una taza de café y un mensaje escrito procedente de Ciudad México.

—Gal, yo no sé de dónde rayos salió ese Mayer —no podía ocultar su contrariedad—. Te dice las cosas con una naturalidad espantosa. No sé, quizás viva convencido de que todos nosotros somos un bando de aprendices.

—Bueno, jefe, yo no puedo con él. De veras. Es un hombre de hielo.

—¿Y qué dice ese mensaje? Veamos, debe ser del comandante Calderoni —abrió el mensaje y lo leyó—. ¡Ah, vaya!, el súper comanche confirma que viene. Menos mal.

—Sí, hace horas que salió en su jet y creo que ya debe de estar en Los Angeles —dijo Gal, irónica—. Bueno, yo pensé que ése no vendría pues sale todos los días en la prensa. En fin, es el comandante famoso.

—Gal, ¿te sucede algo con Calderoni? Veo que estás molesta.

—Me faltó el respeto. Nada aparatoso, pero para mí fue más que suficiente. Ese mexicano-italiano habrá nacido en cuna de oro y tendrá un harén tumultuoso a sus pies, pero conmigo se equivocó. Claro, luego me dije: «No, Gal, no sobrevalores a Calderoni, nosotros a ese prepotente le damos más información sobre los narcos que la que le suministra el aparato con que cuenta en su Policía Judicial. Al menos le damos una información menos contaminada. Por eso es un comandante exitoso». Así me dije, jefe. ¿Me equivoco?

—Error de apreciación, Gal —ahora necesitaba mirarle a los ojos, pero ella lo esquivaba y se veía inquieta—. En nuestros intercambios, unas veces la balanza se inclina a favor de la Policía Judicial y en otras ocasiones hacia nosotros.

«¿Error de apreciación? ¡Vaya, qué raro! ¿Tendremos escucha secreta en nuestras oficinas?» pensó Gal ofuscada. «¿O será que tengo la menstruación?» No obstante, no se pudo contener y replicó:

—Claro, jefe, Calderoni también viene para protegerse las espaldas. A ese comandante se le atribuyen méritos por haber llevado a cabo acciones contra los capos del narcotráfico, pero también se le acusa de proteger a otros. En fin, mueve los hilos en su provecho propio en medio de los compadrazgos de altos funcionarios y los barones del narcotráfico, y entonces yo digo que Calderoni es...

—Gal, por favor, ¿qué te sucede? —la atajó y se levantó, dio unos pasos mientras no dejaba de observarla; era la primera vez que la veía tan descontrolada. Sin duda, era otra Gal.

—¿Puedo ser sincera, jefe?

—Por supuesto.

—No me gusta Calderoni como persona, aunque eso lo pienso al margen de lo que me hizo, en definitiva son cosas que pueden ocurrir cuando el hombre hace la corte a una mujer. Si bien no justifico su grosería. A ése le crecieron muy rápido las uñas, jefe.

—¿Desde cuándo te cae mal? —sonrió ante la curiosa referencia al crecimiento de las uñas.

—Desde aquel día en que ustedes se fueron a Navolato. No me pareció correcto que no se presentara en el lugar de los hechos. Los hombres que trabajan en los órganos de aplicación de la ley deben tener claro cuándo tienen que darle el pecho a las balas.

—Calderoni no estaba obligado, Gal.

—Yo pienso que sí lo estaba, jefe. Y eso es todo. No sé, me siento aliviada luego que te lo dije. De veras.

—Gracias por ser tan franca, pero ahora quiero que me escuches bien —se inclinó, la agarró suavemente por los hombros y le miró fijo a los ojos—: Gal, los que enterraron a Camarena no nos van a enterrar a nosotros. Tenemos que saber enfrentar las impurezas, y por qué no, hasta las inmundicias para poder desarrollar con éxito la operación «Leyenda» —se desplazó hacia su silla giratoria y ahora contemplaba los residuos en la taza de café que tenía a la vista y recordó que Oliver jamás había tomado café. «¡Cristo, en estos momentos sólo me faltaba tener todo este amasijo de pensamientos cruzados! ¡Yo jamás había visto así a Gal! Calderoni con ella está desacreditado.»

—Perdóname, jefe. Sabes, hoy tengo uno de esos días críticos que tienen las mujeres, pero tienes razón. Soy una malcriada.

—Gal, nada te reprocho. Te diré un secreto. En días pasados yo recluté al Cabezón, como sabes fue pieza clave y estuvo presente en el asesinato de Camarena. Y bueno, Calderoni nos visita porque viene a pavonearse ante nosotros. Me levantó a ese peje gordo en las narices. Por eso viene a visitarnos. Quiere festejar esa victoria suya, para mí absolutamente sucia. Calderoni sabía que El Cabezón de inmediato viajaría a Europa para verse conmigo y acordar los términos de su aprehensión por parte de la DEA. Ante el Gran Jurado hubiese sido un testigo excepcional.

—¡Jefe, qué dices! —dijo Gal ante la novedad—. ¡Lograste reclutar al exjefe de la INTERPOL! ¡Santo Dios! ¡Eres terrible! ¿Y cómo supo Calderoni que reclutaste al Cabezón?

—Le tenía pinchado el teléfono. En cuanto Calderoni lo supo, ordenó que a escondidas le pusieran medio kilo de cocaína en uno de los cajones de su buró. Calderoni se presentó en la oficina del Cabezón y le puso las esposas, argumentándole que estaba detenido por posesión de drogas. Por supuesto, luego El Cabezón supo que Calderoni tenía grabadas las pláticas que había tenido conmigo.

—¡Vaya! ¡Calderoni es una rata! Hace unos instantes te lo iba a decir cuando...

—Gal, pongámosle punto final a la historia. En cuanto a lo sucedido con El Cabezón no hay marcha atrás. Y ya que platicamos de los detectives que juguetean en los dos bandos, ahí tienes un ejemplo de cómo en el trabajo sucio se hacen las trampas sin valorar las consecuencias. Por supuesto, Calderoni también nos visita para confirmar que su gente está a la espera de un contrabando de cocaína que nosotros le revelamos, que llegará por vía aérea a Veracruz procedente de Medellín. Hoy llega ese cargamento que manda El Mexicano y nos fuera reportado por Pantera. Y finalmente hoy le daremos a Calderoni la información secreta de la guarida de Celso. Además, vamos a intercambiar informaciones sobre Anderson y otros asuntos. Pero nosotros, Gal, no actuaremos como libro abierto. Con Calderoni toma y daca, y con cuidado.

—¿Y sobre Zayas? ¿Le diremos algo?

—Nada de nada.

—¡Fantástico, jefe! —volvía a ser la misma—. Entiendo muy bien, pero dime una cosa, ¿Celso no es el compadre de Calderoni?

—Me imagino que después de darle un abrazo a su compadre, le ponga las esposas como hizo con El Cabezón, ¿no?

Ahora reían a gusto y la mirada de Tucson hacia Gal estaba llena de solidaridad y afecto. Aunque ella aún no sabía cómo mirarlo sin delatar sus sentimientos y la admiración que sentía por él.

Ulricke tenía entre sus manos las manos de Ava y ambas se contemplaban despacio, sin prisa, como hicieron en muchas ocasiones durante los años que estuvieron juntas en Venecia. El lloriqueo de las dos muchachas en el reencuentro se hizo parejo al igual que el interminable abrazo. Era nostálgico, como el amor que sin pedir licencia regresa para cobrar cuentas pendientes y estrena promesas que no se cumplieron. Fue tan sentido y silencioso ese refundirse de las dos amigas que Cody, cual si fuese un antiguo hidalgo fuera de tiempo, se marchó enseguida y las dejó a solas.

Trilce, le decía Ulricke a Ava, en clara evocación del poema de Vallejo. La joven austriaca era dulce y triste a un mismo tiempo, según la colombiana. Tímida y frágil en ocasiones, violenta y rebelde en situaciones particulares. Sobre todo cuando alguien trataba de subestimar su forma de ser y pretendía ofenderla o atropellarla, que era lo que a juicio de Ulricke le daba su toque de originalidad. «Ulri, no te preocupes por mí, me gustan los hombres maduros, y no espero que me entiendas, hasta soy un poco rarita», le habían dicho a menudo. «Los muchachos de mi edad no me dicen nada, pero otras cosas sí me dicen mucho. Tú, Ulri, por ejemplo. No me canso de estar a tu lado.»

Mas detrás de las palabras de Ava, que parecían esgrimir ocultas provocaciones, puesto que otras muchachas no las empleaban, había en el fondo de su ser una timidez y unos silencios que demolían y conquistaban, más que las palabras, la resistencia de Ulricke. «Tal vez por el hecho de haber sido violada de niña, no sé, puede que todas esas acometidas latentes o manifiestas de posesividad sean los mecanismos que me seduzcan», pensó esa tarde, mientras la joven austriaca la besaba y la poseía. Si bien Ulricke concluyó: «No, Ava, por fortuna lo nuestro nada tiene que ver con que medien resortes psicológicos ni otras justificaciones simplificadoras. Para nada. Y me deleita ese descubrimiento.»

Cuando Ulricke sintió que se abría la puerta quiso tirarse de la cama para vestirse, pero Ava la detuvo y le dijo que con su marido eso no era necesario, que se quedara tranquila, era respetuoso y educado. En la mente de Ulricke irrumpieron las advertencias de Darío en cuanto a que se trataba de un hombre peligroso, que había desertado de una misión de la CIA y debía enfrentar la justicia estadounidense.

«Debo conocer cuándo y cómo ellos deben partir», se dijo, resuelta. «Para eso he venido hasta aquí y todo lo demás es secundario. Así que debo concentrarme y el lunes regresar a Bogotá. Mi tranquilidad es que a Ava no le sucederá nada malo. Esta vez, Darío, no te fallaré por nimiedades.»

Ulricke le pidió un trago a Ava; ésta se levantó desnuda de la cama y fue hasta la mesa donde Cody preparaba diversos excitantes.

—Conejita, me voy a dar un baño. Ahí te dejo eso para ti y, desde luego, si quieres puedes invitar a Ulricke —dijo Cody, y se fue.

Cuando Ulricke vio que la puerta del baño se había cerrado, se levantó y le pidió un ropón a su amiga. Ava le facilitó uno. Le dio el trago y se sirvió otro para ella. Ahora brindaban mientras las dos esnifaban de lo que Cody había preparado, y entre ambas fumaban un cigarro que acababa de liar Ava.

—¿Quieres mucho a Cody? —preguntó Ulricke.

—Muchísimo. Estoy enamorada.

—Es guapo. Bueno, yo nunca había visto a un calvo bien parecido —se le escapó una risa, ahora Ulricke recordaba la cara de Darío—. Oye, ¿Cody leyó mi mensaje?

—Sí, frunció el entrecejo y me miró largamente, pero no dijo ni esta boca es mía. Es un hombre maravilloso. Cualquier mujer se enamoraría de él. Mejor no lo quiero, la verdad. ¿De qué te ríes, pendeja? Veo que esa yerba ya empieza a hacerte cosquillas. Allá, en Venecia, tú no tenías para cuando acabar. Ulri, ¿recuerdas lo que te pasó una noche en El Puente de los Suspiros? Parecía que te reías de todos los muertos que lo habían cruzado.

De repente, al escuchar la referencia a los muertos a Ulricke le dio por pensar que Urbano había irrumpido en la cabaña. Dejó de reír y bebió de un golpe el whisky que quedaba en su vaso. Y en ese momento conjeturó que en el centro del corrido que ahora ascendía y entraba por la ventana y por todas las rendijas —canción alegórica a Sinaloa y de cómo un charro enfrentaba la muerte—, lo entonaba Urbano junto a los mariachis, mientras expandía ante ella un afelpado paño negro y le mostraba esmeraldas.

Urbano, el corrido y su significado, se apoderaron del cerebro de Ulricke. «¡Dios mío! ¡Tú sabes que yo no quería su muerte! ¡Tú lo sabes!», se dijo, de modo irracional, como si ella divisara en ese instante un redondo espejo que caía y se precipitaba entre los ramajes de las caobas y los cedros. Un oso hormiguero y otro melero y un par de monos que le habían obsequiado sus padres en la infancia, se burlaban de sus miedos, y el tucán, su pájaro preferido, golpeó sobre la ventana como un puño amarillo. La alemana-colombiana acudió a las reservas de sus propias energías que ahora amenazaban con abandonarla, y se esforzaba por recomponer la compostura ante sus anfitriones para que no se percataran de su transitoria alteración.

Cody salió del baño con una toalla amarrada a la cintura y se sentó frente a las mujeres. Se sirvió un trago y bebió.

—Te agradezco mucho tu visita, Ulricke —dijo él—. No eres capaz de imaginar cuánto te lo agradezco. Ya extrañaba esa cara radiante de felicidad que tiene Ava, de veras. Desde París no la veía tan feliz. Y Ulricke, también me alegro de otra cosa: eres muy bella.

—Gracias, Cody —miró hacia Ava, confusa—. Y bueno, ya sé que no te nombras Robinson y también sé que ustedes están escondidos. Ojalá que todo termine pronto.

—Pero tú desconoces los motivos, Ulricke —al parecer Cody, remolcado por razones inexplicables, deseaba desahogarse con ella. Tal vez tanto tiempo de encierro abierto en la selva colombiana, de aislamiento cerrado, dado que sólo contaba con Ava, le había negado cualquier intercambio con personas inteligentes que le posibilitara rozar, solamente rozar, momentos vividos en el pasado y avizorar en cierta medida el futuro, sobre el cual, eso creía él, caía una ciega luz.

—Ava no me los refirió, Cody, o no quiso, no sé.

—Es lógico, Ulricke —Cody hablaba con aplomo—. Claro, conozco a Ava, pero yo desearía hablarte. ¿Puedo? Probablemente te aburra. O tal vez ustedes dos quieran hacer otras cosas, no sé.

—Me encantaría, Cody —repuso Ulricke—. De veras. Ya sé que Ava te ama y eso para mí es una noticia estupenda. Bueno, yo regreso a Bogotá el lunes.

—Nos quedan horas, mi amor —la austriaca puso la mano sobre el brazo de Cody y la otra sobre la diestra de Ulricke—. Además, Ulri no se irá el lunes.

—¡Ava, qué dices! —exclamó Ulricke mientras abría los ojos desmesuradamente—. De ninguna manera, ni siquiera lo insinúes. El lunes regreso. La boutique y otros líos aguardan por mí. Incluso ese es el día en que Lucrecia me puede acompañar. No, mi amiga, no eres capaz de imaginar...

—Ulri, pero si nosotros nos vamos el miércoles próximo —insistió Ava, quien en su estado animoso no escatimaba comunicar detalles de su partida—. Un día más, anda, no te hagas de rogar. Fíjate, nos vamos en un jet privado y haremos escala en un montón de aeropuertos. Tendremos por fuerza que hacer escala en Bogotá y ahí nos despedimos. ¿Qué te parece? Anda, dime que sí.

—No, Ava, no puedo —replicó, sorprendida, no imaginaba que Bogotá estuviera incluida en el trayecto.

—Conejita, déjala tranquila —terció Cody, quien mantenía los deseos de platicar sobre su persona—. Ulricke, cuando en la vida uno descubre que en una obra humana, promisora, elevada, espiritual, está parapetada la maldad, lo correcto es escapar si no puedes entrever otras salidas. Me cansé de todo, Ulricke. Me agotó el hecho de que me dijeran que para defender Israel y su religión, sagrada fuente de todas las religiones, se debe asesinar sin reservas a otras personas y calificarlas a todas sin excepción como enemigas, no, me cansé de tanta mentira. La paz con los palestinos se puede alcanzar, se puede construir, pero intereses carroñeros que controlan el gobierno de Tel Aviv, muy poderosos, quieren que ocurra lo contrario: ésos carroñeros no desean la paz. Esa es la razón fundamental, Ulricke, por la cual tuve que escapar y Ava tuvo la osadía de acompañarme. No soy un asesino, Ulricke, y nada ni nadie podrá cambiar mi forma de ser. Como tampoco soy un traidor. Echan lodo sobre mi persona. Estiman que yo venderé los secretos militares que son de mi dominio. Pero se equivocan. Jamás traicionaré a Israel. Sería como escupir sobre el rostro de mi madre. Discúlpame, Ulricke. Dicen que uno cuando esnifa cocaína se transforma en perico. Y bueno, veo que eso es tremendamente cierto. Discúlpame, por favor.

—No, Cody, en absoluto —la joven comprobó que había perdido la voz, casi. Ulricke no entendía absolutamente nada. Las palabras del supuesto desertor de la CIA la habían conmovido, y hasta sentía en sus adentros sentimientos enternecedores. Había sido el tono tan sentido con que Cody había expresado las palabras. «¿Puede un hombre mentir de ese modo, Darío? Pienso que no. Hay cosas que no encajan, Darío, se salen de lugar y se desacomodan», pensó Ulricke, al tiempo que bebía otro sorbo de whisky. «Por suerte se me han dado las condiciones para llegar a saber la hora y la ruta exacta de su viaje; y lo haré, Darío, no te preocupes, pero tan pronto llegue a Bogotá me tendrás que explicar muchas cosas. Eres muy astuto, Darío, tengo que reconocerlo.»

—Ven, Ulri, ven conmigo.

Ava tomó del brazo a Ulricke y trató de llevársela a la cama. La austriaca hubiese querido que Ulricke se hundiera entre las sábanas y las almohadas y viera cómo ella las apartaba y la cubría con los brazos y las manos. Y entonces ambas quedarían bajo la mirada de Cody. Y Ava comenzaría a poseerla mientras levantaba el brazo y hacía una señal a su marido; entonces Cody se levantaría, y persuadido de que su cuerpo temblaba, dejaría caer la toalla y se iría de fiesta hacia la cama para estar con las dos... Pero Ulricke, inexplicablemente para Ava, retiró el brazo, se quedó frente a Cody y dijo:

—No, Ava, quiero quedarme aquí para platicar con Cody. Me interesa conocer los motivos de su decisión, la cual, no sé, yo hasta imaginaba que podrían ser otros, la competencia, la avaricia, sí, eso es, tener más dinero. Ava, ya sabes cuánto me gusta el dinero, qué se yo, pero jamás que a él lo hubiesen engañado y quisieran transformarlo en un asesino, y bueno, conocer cómo alguien pudo escamotearle su libertad personal, no sé, estoy impresionada, de veras.

Cody estaba emocionado y no quería que Ulricke ni Ava lo notasen. Ava regresó a la mesa. Le preguntó a la colombiana si quería otro trago y ella le respondió afirmativamente al tiempo que se acomodaba para escuchar los pareceres de Cody, quien apenas podía disimular su admiración hacia Ulricke, porque había tenido el detalle de solidarizarse con él, de querer escuchar sus problemas y conflictos.

Cody se tomó otro trago y comenzó a platicar con renovados bríos. Ava colocó las manos bajo la barbilla y miró embelesada a su vieja compañera de estudios. «No has cambiado, Ulri», pensó, «eres la amiga de siempre, la que tiene un corazón de oro. A partir de hoy, Cody perderá los estribos por ti y te querrá para toda la vida, estés donde estés. ¡Por el amor de Dios, Ulri! Yo sabía que ustedes se iban a entender maravillosamente bien. Cody dirá que tú eres una increíble mujer y sin duda que eres mi mejor amiga.»

Afuera, en el círculo llano que terminaba en el lago, Apolonio caminaba de un lado a otro como un león enjaulado y se distanciaba del sitio donde tocaban los mariachis. Miraba hacia la cabaña y sentía que en cualquier momento su cerebro iba a explotar. Odiaba con todas sus fuerzas a Rodríguez Gacha, sentía que sus ojos ya no le pertenecían y se les habían desplazado hacia la nuca. Imaginaba enfebrecido lo que estaría sucediendo en esos instantes en la cabaña que estaba emplazada en lo alto. «¡Elizabeth, me tienes loco!», se dijo. «Por ti, deliciosa gringa, yo sería capaz de todo. Ahora me iré a cualquier sitio para contemplar mi asquerosa cara y mientras lo haga me voy a masturbar, para mí esa cara no es otra cosa que la cara de un cobarde. La que el hijoputa de tu marido abofeteó mientras yo me quedaba tieso y tranquilo como si no fuera conmigo. Sabes, deliciosa gringa, tal vez lo único que ahora puedo hacer es aislarme y apretármela bien duro, partírmela con las dos manos, mientras recuerde esas bofetadas y tus piernas suspendidas en el aire sin quitarme la mirada, sí, hembra deliciosa, me la voy a partir con las manos para aliviar toda esta furia que siento y no me deja respirar.»

Caminaba atontado, como un autómata. Apolonio vio que el baño destinado para el uso exclusivo de El Mexicano estaba apagado y tenía la puerta entreabierta. No se lo pensó dos veces. La erección ya no lo dejaba avanzar. «Sí, Rodríguez Gacha, me la voy a menear y te la voy a echar en tu privacidad, hijoputa», se dijo.

Miró hacia los alrededores, entró y cerró la puerta tras sí. Fue en dirección a los espejos, pero de súbito, como si alguien en esos momentos le aventara un jarro de agua fría en pleno rostro, se quedó petrificado. El cuerpo de Tlayola yacía sobre el piso; tenía la boca cubierta de espuma.

—¡Diablos! —exclamó, aterrado, y ahora parecía que en su rostro se habían agolpado todas las muecas de los esquizofrénicos—. ¡No, Dios mío, no puede ser!

Volvió sobre sus pasos y salió vertiginoso en busca del médico. Cuando encontró al galeno, lo remolcó sin que mediaran palabras hasta ponerlo de frente al cuerpo derrumbado de Tlayola.

—Apolonio —dijo, el médico acuclillado sobre Tlayola—, aquí no hay nada que hacer. Este hombre está muerto.

«Pértiga, así le dicen al norteamericano por su estatura de seis pies con seis pulgadas. ¿Qué habrá sucedido en realidad? Esa posibilidad de trabajo se nos esfumó de modo extraño. Además, Mayer me lo dijo con el brazo apuntando hacia arriba, como si quisiera indicarle a uno dónde está un lucero, y cuando Mayer hace ese gesto, en su mente esconde algo espinoso. Ese gesto siempre lo delata», reflexionaba Tucson mientras aguardaba la llegada del comandante Calderoni.

Sin embargo, Pértiga, el hombre de la CIA que decía poseer importante información sobre el caso Camarena, no se iba de su mente; especialmente espoleada por el hecho de que Mayer le había informado que ese sujeto se había ido del hotel sin dar explicaciones. «¿Hacer viajar a dos hombres de la DEA a Guadalajara para luego evaporarse sin dejar rastro? ¡Me lleven los demonios, Mayer! Desde cualquier punto de vista es un suceso incomprensible. No importa, yo voy a encontrar a Pértiga, aunque se nos esconda en la selva.»

En esos momentos el comandante Calderoni hizo su entraba en el despacho de Tucson. Llegó acompañado de un séquito de cuatro militares; entre ellos, Urrutia, su ayudante. Y mientras Calderoni era recibido por Tucson, Gal y Mojarro atendían al resto de la comitiva. Eran las ocho de la mañana. A Calderoni se le notaba de buen ánimo a pesar de que apenas había dormido par de horas. Tenía ganada fama de ser el militar que sabía enfrentar como pocos el narcotráfico en México, y gracias a sus sonados y espectaculares operativos, era habitual ver su nombre y su rostro en la prensa.

Precisamente en esos momentos, Calderoni estaba atareado con una operación pata atrapar a una avioneta que transportaba trescientos kilos de cocaína procedente de Medellín, esa misma mañana debía aterrizar en el lugar denominado Llano de Víbora, una de las tantas pistas clandestinas que estaban diseminadas por las inmediaciones de Veracruz. Esa avioneta sería perseguida en pleno vuelo por un avión de la Policía Judicial Federal que despegaría desde Chiapas. Todo ese entramado operativo había sido hilvanado por Calderón, e incluso asignó para esa empresa al comandante Torres, uno de los mejores jefes con los que contaba, como también a dos experimentados pilotos.

Y una vez que hubiese platicado con Tucson, partiría en su jet hacia Veracruz a fin de rematar *in situ* esa relampagueante operación. Y aunque Calderoni no lo había confesado, sabía de buena fuente que la carga ilícita que iba en esa avioneta, una Cessna Centurion, estaba consignada a uno de sus enemigos más acérrimos que se movía entorno a la presidencia de México. En realidad, el itinerario adoptado por Calderoni era ilógico, e incluso excéntrico, por qué no, pero eso precisamente formaba parte de su estilo de trabajo que lo haría un comandante legendario como él —«Soy original, y así tengo que hacer las cosas», así se autocalificaba de modo engreído.

—Rangel, he venido a fumar la pipa de la paz contigo —dijo Calderoni, mientras sonreía y caminaba de un lado a otro, y tal como lo había pronosticado Tucson, se pavoneaba sonriente por el despacho—. Oye, no me mires de ese modo. Cualquiera diría que te voy a robar a todos tus informantes. ¡Hombre, no es para tanto!

—Yo te miro como siempre, Calderoni —replicó Tucson, sereno, y decidido a restarle importancia a ese conflicto de intereses—. Eres tú quien se ve distinto.

—No chingues, buey —dijo Calderoni— y no me hables enredado, ¡carajo! Oye, te dije que llevábamos tiempo detrás de ese pendejo de la INTERPOL. Por favor, Rangel, eso me preocupa demasiado, mira, dile a Gal que esté atenta al teléfono, que ese Urrutia que tengo de asistente es distraído. Ya ese avión que viene de Medellín debe de estar aterrizando en Veracruz. Rangel, ¿cuántas horas de diferencia tiene Los Ángeles con Veracruz?

—¿Qué? ¿Estás nervioso? Tú sabes bien la diferencia horaria.

—Sí, tienes razón.

Al escuchar esta última reacción, a su juicio infantil e incoherente, Tucson dedujo que Calderoni quizás llevase en su mente otra inquietud, alguna pesada preocupación o una contrariedad que nada tenía que ver con El Cabezón. No obstante, de inmediato, alertó a Gal por el intercomunicador sobre la llamada telefónica que esperaba Calderoni.

«No importa, Calderoni, cuando te suelte la información que te tengo», pensaba Tucson, mientras veía que el comandante continuaba con sus zancadas por todo el despacho, «del bombazo vas a caer sobre la primera butaca que encuentres y no volverás a hablarme del Cabezón.»

—Calderoni, examinemos otros asuntos —dijo Tucson—. Por ejemplo, y si ahora te dijera que tengo en mi poder la dirección de la guarida donde se esconde Celso. ¿Qué me dirías?

—¡Hombre, qué dices! —abrió los ojos—. ¡Me lleve el diablo! ¿Acaso escuché bien o es una broma? Vaya, como estás disgustado conmigo por lo del Cabezón.

—Y sigues monotemático. Gal, por favor, dame lo de Celso —ordenó por el intercomunicador.

Gal entró, entregó un sobre a su jefe y se retiró. Ni siquiera miró al comandante.

—Aquí tengo los datos, Calderoni —sostenía el sobre entre las manos y le daba vueltas. Reía en sus adentros.

—¡Cabronazo! —Calderoni se levantó—. Me has dado en corto tiempo dos alegrones tremendos: la información de esa carga de cocaína que viene de Medellín, con la cual le voy a dar duro a un pendejo, y ahora esos datos sobre el escondite de Celso. ¡Cómo me tratas, buey! ¡Cualquiera diría que soy tu comanche preferido en la Judicial!

—Deja de elogiarme, Calderoni —sonreía y le entregaba el sobre—. No olvides que estás acostumbrado a tratar con aduladores.

—¿Aduladores? Sabes, muchos en la Policía Judicial y en otros órganos mexicanos de la ley opinan que yo no debo tener relaciones con la DEA, pero yo opino lo contrario. Y bien, tú lo sabes, a muchos mexicanos cabrones, jefazos sobre todo, no les conviene que los gringos metan las narices en nuestros asuntos,

¡tendrían por fuerza que robar menos! Mira, Rangel —blandía con la mano en alto el documento—, aquí tienes los resultados. Decididamente, yo los considero a ustedes unos verdaderos amigos de México.

—¿Y qué vas a hacer cuando enfrentes a tu compadre? —ironizaba—. Quiero saberlo.

—¿Ése? —leía el documento de nuevo y enseguida se lo introdujo en la chaqueta—. ¡Nomás que ni se atreva el pendejo de llamarme su compadre delante de mi gente! ¡Le voy a dar unas buenas cachetadas! Pero sabes, en cuanto a ese pendejo tendré que utilizar no menos de cien hombres bien armados para capturarlo. Y sobre todo tendré que hacer un estudio previo del lugar donde duerme para luego entrarle como Dios manda. Porque a ése nomás te le acercas y si te descuidas te mete en una máquina de moler carne. ¡Celso es un grandísimo hijo de la chingada! Por supuesto, pediré permiso a lo más alto de la Procuraduría para actuar y llevar a cabo su aprehensión.

—¿Permiso? —creía que no había comprendido bien y le dio por bufonear—. ¿A quién, Calderoni? ¿A lo más alto en el Vaticano? No te entiendo.

—Yo trabajo en México, buey —ahora mostraba una media sonrisa—, y nunca lo olvides. Hoy por hoy en mi país todo está al revés y cada día se pondrá peor. No, amigo. Fíjate, últimamente, cuando voy a capturar a un jefazo del narcotráfico, primero tengo que hacer lo primero: antes debo consultarlo con el nivel más alto de la Procuraduría General de la República. Y si me dan luz verde, adelante, pero si me dicen: «No, Calderoni, no lo arrestes, déjalo en paz», entonces paso la página y me voy detrás de otros capos. ¿Cómo lo ves?

—¡Vete al demonio, Calderoni!

—Es así, buey —ahora estaba serio—. Fíjate, la corrupción que alimentan los jefazos desde arriba es tan grande que llegará el día en que los narcos van a gobernar México y nuestros puros servidores públicos serán sus meros títeres. Se acerca el día, Rangel, en que los narcos serán los dueños de México.

—No digas burradas, Calderoni. No exageres.

—¿Burradas? Oye, antes los arreglos se hacían entre los narcos y los comandantes, y en esa época los comanches les advertían a los narcos: «Escúchame, pendejo, si me aparece un muerto en la colonia, te chingo y todo se te acabó». Y ahora, nomás que son los narcos los que les dicen a los comandantes: «Si no podemos hacer lo que nos dé nuestra realísima gana en nuestra zona, nomás que te chingamos, comanche pendejo» — abrió los brazos y agregó—: Rangel, ahora son los narcos los que hacen los arreglos directamente con los políticos. Y eso no lo pongas en duda. Yo tengo las manos amarradas, Rangel. Y son los jefazos de arriba, buey, son ellos los que se roban a México. Sí, y escúchame bien, si a esos jefazos de la presidencia, no se les corta el paso, verás la ruina total de este país.

En ese preciso instante y sin pedir permiso, Urrutia, Mojarro y Gal entraron lentamente en el despacho. Urrutia tenía el rostro lívido y se sentó frente a Calderoni. La boca del asistente balbuceaba vocablos que parecían emerger de los infiernos, cual si brotaran de una película de terror. Si bien después, sobre todo debido a un grito de Calderoni que lo llamó a un rápido control, Urrutia logró hilvanar palabras que parecían las de un loco arrebatado:

—Comandante, Torres me dice que el Ejército mexicano asesinó a los siete agentes nuestros que estaban bajo su mando... dice que los jefes del Ejército... dice que fue una masacre y que la confusión y todo eso... dice Torres que mataron a los siete jóvenes que ingresaron hace seis meses en la Policía Judicial... dice Torres que él y los dos pilotos de la avioneta que perseguía a la Cessna se salvaron... se salvaron los tres porque ellos decidieron hundirse en una zanja con lodo y nomás hacerse los muertos... dice Torres que la balacera del Ejército duró como dos horas y los narcos que viajaban en la Cessna se fueron del lugar caminando y nadie sabe dónde se metieron... comandante Calderoni... dice el comandante Torres que aquello fue una perdición y una verdadera masacre, mi comandante... dice Torres que a nuestros hombres les dieron a cada uno un tiro de gracia...

—¡Cállate, Urrutia! —gritó Calderón fuera de sí—. ¡Maldición! ¡Cotorreas con los nervios! ¡Déjate de cantinfleras, pendejo! ¡Hasta parece que te vas mear en los pantalones! ¡No te avergüenzas delante de Gal! ¡Debería darte pena!

—Jefe..., yo les di clases a esos muchachos... —dejó caer la barbilla sobre el pecho, abatido.

—¡Cierra la boca, Urrutia! —ordenó de nuevo Calderoni.

«Lo malo es que ya sé que esa carga la estaba esperando el Ejército, para darle protección a la droga y a los narcotraficantes colombianos que la transportaban», se dijo Calderoni, que poseía una mente que razonaba a gran velocidad. «Lo malo es que en Veracruz me mataron a mis muchachos y yo no fui capaz de prever para evitarlo; mi juramentado enemigo en la presidencia me ganó esta partida. ¡Miserable!»

Calderoni se giró hacia Tucson, le puso una mano sobre un hombro y comentó:

—Te lo dije, Rangel. El país está patas arriba. Gracias a la corrupción de esos jefazos de arriba mencionados que quieren desplumar a México, ¡y caiga quien caiga! —se volteó hacia sus hombres y ordenó—: Vámonos, que en Veracruz nos esperan. Nuestros muchachos han sido asesinados. Imagino quiénes están detrás de esa confusión, y los que mandan habrán de encarpetar a toda carrera. Sí, los malditos que no nos dan la cara, dictaminaron esa masacre. ¡Santo Dios! ¡Pobres familias!

Y Calderoni y sus cabizbajos acompañantes se despidieron. Antes, el comandante había hablado unos minutos por vía telefónica con el jefe de la Judicial de Veracruz, quien, aún bajo el impacto de los turbios acontecimientos, le confirmó a Calderoni los delirantes hechos.

Tucson se quedó en el despacho con Gal y Mojarro. Los tres se miraron por largos segundos, abrumados por las novedades que venían de Veracruz.

—Saben una cosa —dijo Tucson en tono sentencioso—. Si siete agentes fueron abatidos y tres salvaron la vida porque se hicieron los muertos, es que el ejército tenía órdenes de asesinar a ese grupo de la Judicial. Esa cocaína de Medellín era para un peje gordo que está en el poder. Así que desde hoy, entre el comandante Calderoni y los de la presidencia de México, acaba de iniciarse la era de la mala sangre.

XXIII. Deberían cortarle las orejas

Abrió los ojos y vio que Naida entraba en la habitación con una taza de café en las manos. Tucson pudo observar cómo la luz solar que se filtraba entre las cortinas se posaba sobre los cabellos y el rostro de Naida, jugaba con ella de modo oscilatorio, abandonaba y retomaba su silueta en fracciones de segundos; ese fulgor revelaba giros insospechados y los destellos se deslizaron por sus labios y él se percató una vez más de que esos labios eran prodigiosos. «Quizás no sean los labios más hermosos que yo haya visto», pensó Tucson, «pero cuando los contemplo quedo embobecido y la sangre se me agolpa y renueva, ¿por qué esos rayos de luz se divierten en su boca, por qué la bañan y por qué resbalan hasta las rodillas cuando ella se inclina? ¡Dios mío!»

El caprichoso acto lo tenía sobrecogido y algo le decía que en esa visión, contemplaba las pinceladas de un óleo; era como si Naida se moviera a sus anchas en su propia grandeza, cual leona que habiendo sido dañada en una cacería estuviera decidida a recuperarse.

—Tus nietos tienen pesadillas como tú —susurró Naida, sonriente, después de darle un beso y los buenos días—. Casi seguro, mi cowboy, ellos todavía están sobre alta mar y enfrentan la tormenta. Pobrecitos. Se despertaron y me alegro mucho de que vivan con nosotros. Mi amor, escuché los mensajes telefónicos y parece que hoy tendremos visitas. Voy a preparar el desayuno —le dio un suave manotazo sobre el pecho, como acostumbraba, y murmuró cariñosa—: ¡Te amo, estúpido, y no me mires así!

«Otra mujer hace rato me hubiese mandado a freír espárragos», pensó Tucson al escucharla. «En realidad, la persistencia de Naida en la atención de mis nietos es admirable.» Se sentó en la cama y bostezó, y mientras bebía el café miró el reloj que estaba sobre la mesita de noche, extendió la mano para cancelarle la alarma, como solía ocurrirle últimamente se había despertado como media hora antes de que sonara el despertador.

Escuchó las llamadas registradas en el contestador y supo que Plinio se encontraba en Los Angeles. Le decía con su gracejo característico que estaba acompañado de varios empresarios, entre los cuales se encontraba un primo de Sandy el cubanito, quien era el jefe de la DEA en Costa Rica, y que antes de seguir hacia México ellos deseaban conocerlo. «Estaremos por acá como cuatro días», recalcó Plinio, informando además el hotel donde se hallaban alojados. Otra llamada era de Celma y de Webb, quienes también querían verlo para examinar temas del libro que el periodista preparaba afanoso.

Otra era de su hermano Antony, quien le comunicaba que estaba en un seminario en Los Angeles y le haría la visita. Deseaba ver y abrazar a sus sobrinos y a Naida. Por último, había un par de llamadas de su madre y de Mariana, las cuales reclamaban —cual si emularan entre ellas para retener la atención de su consentido hijo— que viajara a Tucson cuando le fuera posible y acompañado por supuesto de Naida, de María Isabel y de «Espagueti». Ese era el cariñoso apodo que Tucson le había encajado al hijo de Oliver desde pequeño por ser más flaco que su padre.

—Vaya, parece que todos se han puesto de acuerdo —Tucson se encaminaba a abrir la puerta, ya que había visto por la ventana la llegada de Tom—. Todos arriban en los momentos en que uno está más atareado. De veras lo lamento, Naida, pero no voy a poder atenderlos a todos.

—Trata de platicar con alguno, por favor —ella sugirió en voz alta—. Así te distraes un poco. No sé, te veo tensionado, al menos a Plinio. Ése culiche siempre está de buen humor. O si no a Celma y a Webb, esos dos me caen bien.

Tom entró, saludó a Naida y de inmediato siguió los pasos de su jefe. Llegaron al salón que Tucson tenía destinado en la casa para sostener pláticas confidenciales y tomaron asiento. Ese local estaba habilitado para impedir o dificultar la escucha enemiga. Tucson le explicó a Tom que lo había citado a su casa para esclarecer algunas cosas sobre el encuentro que Mayer y él había sostenido días atrás en Guadalajara con Patrick Wallace, alias Pértiga, el presunto hombre de la CIA.

—Con toda franqueza, quiero saber qué rayos fue lo que sucedió con ese estadounidense en Guadalajara —le dijo Tucson a Tom.

—Bueno, jefe, no sé, para mí ocurrieron cosas extrañas —repuso el joven, y cortó sus palabras cual si esperase una reacción o tratase de adivinar algo en el semblante de su jefe, pero al ver que éste sostenía un mutismo imperturbable, prosiguió—: En la primera entrevista con Pértiga, nos dijo a Mayer y a mí: "Bien, señores, todo está bien, sí, voy a Los Angeles, pero les advierto que el viaje tiene que ser por carretera, porque por avión ni hablar"; eso nos dijo. Luego Mayer me pidió que yo saliera y lo dejara a solas con Pértiga.

Tucson quiso saber si había ocurrido algo de especial que hubiese podido obligar a Mayer a pedirle que lo dejara a solas con Pértiga. «Creo que no, jefe, me parece que todo iba normal, pero Mayer me lo pidió para rematar todo ese asunto. Eso me dijo. Más tarde salió de la habitación y me dijo: "Oye, Tom, tenemos que irnos. Pértiga se arrepintió, ya no vendrá con nosotros y no quiso explicarme los motivos". Eso fue lo que pasó, jefe. No sé, para mí todo resultó bastante extraño», aclaró Tom.

Naida se acercó a los reunidos y le ofreció a Tom una taza de café o un jugo de frutas, y aceptó el café.

—Hay una cosa que me tiene confundido, Tom —ahora Tucson daba unos pasos por el salón, se llevaba la mano a la frente y se hacía el aturdido—. Sí, definitivamente, hay una cosa que no comprendo.

—Jefe, con todo respeto, ¿Mayer le dijo todo esto que yo acabo de informarle, verdad?

—No, no es eso, Tom —mentía; tomó asiento—. Sólo que yo pensaba en otras variantes. Escúchame, no quiero que hables con nadie sobre esta plática nuestra, ni siquiera con Mayer. ¿Entendido?

—Entiendo, jefe.

—Tom, debes partir para Guadalajara en el primer vuelo que encuentres. Toma estos teléfonos —le dio unos apuntes— y cuando llegues te pones en contacto con esa persona que indico en esa nota. Él espera por ti. Fíjate, es casi seguro que ustedes dos tengan que viajar a Oaxaca, porque al parecer Pértiga decidió esconderse en la sierra, y tú, Tom, como si tienes que ir hasta Chiapas... —se percató de que en su mente las cosas no estaban tan ordenadas como había supuesto, se le escapaban lugares geográficos que delataban la amplia información que poseía—. Mira, Pértiga domina información de mucho interés para nosotros. Por favor, cuando estés con Pértiga me llamas por teléfono. Dile que yo quiero platicar con él. ¿Has comprendido?

—Perfectamente, jefe —arrugó el entrecejo—. Así lo haré.

—Entonces, no te demoro. Toma este dinero y que tengas buen viaje y, claro, espero que todo salga bien. Y aguardo por tus llamadas. Recuerda, Tom, esto no lo comentes absolutamente con nadie.

—No se preocupe, jefe. Oiga, ¿puedo llamarlo a su casa?

—Por supuesto. Aunque Gal en la oficina siempre sabrá dónde encontrarme. ¡Ah!, esencial, Tom, cuídate. Nada es más importante que tu vida. Si ves en el camino un solo indicio que te resulte peligroso, te regresas de inmediato. ¿Entendido?

—Sí, jefe, así lo haré.

Tom, en realidad un tanto desconcertado debido al accidentado intercambio que acababa de sostener con su jefe, se fue a cumplir la tarea. Y se despidió de Naida. «Guadalajara y hasta la posibilidad de ir a Oaxaca y a Chiapas, ¡vaya!», se dijo Tom. «Estoy seguro de que lo de Pértiga fue una cabronada que hizo Mayer. ¡Pendejo!»

Tan pronto se cerró la puerta tras las espaldas de Tom, sonó el teléfono y la llamada fue atendida por Naida. Ella le dijo a Tucson que se trataba de Plinio.

—¿Qué, Rangel, no quieres hablar conmigo? —reía Plinio—. ¿Ya me borraste de la lista de tus amigos?

—Pensé que te habías ido de nuevo para Afganistán.

—Oye, ¿tú me quieres o qué? No me digas esas cosas, por favor. Mira, como te dejé dicho en el contestador, estoy con unos amigos que son empresarios, y ya sabes cómo soy, les he llenado la cabeza con tus historias. Ya eres legendario en México, Remy Rangel, eres un héroe. Antes de que tú aparecieras, allá nadie sabía qué significaba la DEA ni cuáles eran sus funciones. Esas cosas nadie las sabía, Rangel. Y mi amigos, ya te lo dije, quieren conocerte.

Tucson conocía a Plinio y sospechaba que ese argumento del banquero no era más que otro de sus habituales ardides, con los cuales se entretenía y de paso entretenía a los demás, siendo él por supuesto el centro de esos novedosos comentarios y primicias. «Es probable que entre los empresarios se encuentre un narcotraficante, por qué no», pensaba Tucson con resentimiento. «De Plinio ya nada me espanta, sobre todo después que estuve en aquella cena en su casa, en fin, ya hay pocas cosas que puedan asombrarme de Plinio y mucho menos confundirme. Además, para la inmensa mayoría de los mexicanos la DEA no es más que otra de las tantas impertinentes intromisiones que hacen los gringos en su vida nacional.»

—No me hagas esa propaganda, Plinio. Yo no soy héroe ni quiero serlo, por favor. Bien jodida que llevo mi vida, en medio de la cual me pregunto qué hago yo persiguiendo a los asesinos de Camarena y cuál es la extraña fuerza que me remolca y me obliga a hacerlo con tanta tenacidad, y no sólo por tener a esos canallas en la mirilla e ir tras ellos, Plinio, no sólo por eso, créeme. Sabes, cuando un agente de la DEA o un policía cae abatido en el cumplimiento de su deber, todo bien, esa era su chamba, los riesgos. Pero eso de que te agarren, te humillen y te destripen, ni modo: eso jamás podré comprenderlo, como tampoco perdonarlo. Y entonces me pregunto, Plinio, ¿qué rayos puedo hacer en medio de esos empresarios a quienes deseas que les narre mis cosas? No, Plinio, mi trabajo nada tiene que ver con eso. Por favor.

—Rangel, escucha, me da la impresión de que tu autoestima está por el piso. Escucha...

—¿Y cómo quieres que la tenga? —vio pasar a Espagueti, estiró el brazo y detuvo su andar, lo estrechó contra sí durante unos segundos y dejó que continuara su camino.

—Mira, Rangel, te ruego que me disculpes —sabía que había errado en la plática y deseaba rectificar—. Yo lo que deseo es alegrarte un poco la vida. Sé muy bien por lo que estás pasando. Eso es todo. Y te aseguro una cosa: si al final, como espero, tú y yo nos vemos con mis amigos, ellos no te van a molestar con preguntas. Y no hablaremos absolutamente nada acerca de tu delicado trabajo. Cenamos y ya. ¡Vamos, Rangel! ¿Mañana por la noche? ¿Te parece bien? Además, está el amigo de Sandy que desea conocerte.

Se hizo un largo silencio. Ahora Tucson miraba hacia Naida que platicaba con la empleada que ayudaba en los quehaceres domésticos. «Ahí está Naida, como si nada de horrible le hubiese sucedido, ocupándose de todo», pensó. «Y bueno, la conocí gracias a Plinio.»

Y entonces tomó una decisión que estaría sujeta a la agenda que contenía tareas delicadas, tanto para ese día como para los siguientes.

—Hoy te lo confirmo, Plinio, pero en principio nos vemos mañana por la noche, aquí en mi casa. Ven con ellos después de las ocho de la noche. A las nueve. ¿Está bien? Aunque más tarde te lo confirmo. No lo olvides.

—Perfecto, Rangel. Hoy espero tu confirmación. Gracias.

«¡Este Plinio vive a lo grande!», se dijo al colgar el teléfono. «¡Sí, qué bien vive el financista! Bueno, como decía Imeldo: "Cada cual en esta vida tiene lo que se merece". Ahora, bien, ¿qué asunto se traerá Plinio entre manos? ¿Por qué tanta insistencia en que me vea con esos empresarios?»

Tom trataba de ser persuasivo en la conversación telefónica que sostenía con Tucson.

—Jefe, Pértiga me dice que aunque no teme a los aviones, sólo viajará por carretera. Dice que teme por los hombres que trabajan en los controles de los aeropuertos. Son muy rigorosos. Y dice que usted debe de entenderlo.

—Tom, pónmelo al teléfono —ordenó Tucson.

—No quiere, jefe —Tom comunicaba los pareceres de Pértiga—. Dice que espera por usted, que si usted no viene, él no irá a ninguna parte.

—¡Carajo, Tom! —clamó Tucson—. ¡Ponlo al teléfono!

Había dado las órdenes con premura y suficiente tacto, y en ocasiones hasta sin tacto alguno, pero los hombres previamente escogidos por Tucson trabajaban duro para que Pértiga llegara a su destino. Tom y El Payo habían sido los encargados de localizarlo en Oaxaca, pero tuvieron que adentrarse en la serranía para dar con él, ya que el estadounidense días antes se había escondido en la Sierra Madre de Chiapas —decidió vivir en la serranía con una hermosa india que por su edad y el color de los ojos parecía ser una de sus hijas.

Tom, al llegar a la casa del estadounidense, mientras esperaba por su regreso, dado que Pértiga había salido por una gestión, se estremeció cuando vio caminar descalza y con escasas ropas a esa joven india que se nombraba Ramona, de piernas torneadas, cuello y brazos largos, piel bronceada, pelo rojo y ojos verdes, quien no parecía una niña pero tampoco una joven madura, y el agente ante ella estuvo a punto de perder la cordura, pero gracias a El Payo, que iba a su lado, enseguida supo que Ramona no era la hija sino la mujer de Pértiga.

—Jefe, aquí le pongo a Wallace —dijo Tom, quien sobre todas las cosas no deseaba mirar hacia Ramona.

—Wallace, por favor, ven para acá con Tom —propuso Tucson.

—Tucson, tú me mandas gente extraña —replicó Pértiga, tranquilamente—. Eres tú quien debes venir. Sabes una cosa: si tú no vienes, yo de aquí no me muevo. Solamente contigo emprendo el viaje más difícil de mi vida.

—Yo no puedo ir, Wallace, pero te mando a mi hermano. Cuando llegue se identificará ante ti. Se nombra Marc Rangel y es gente nuestra que está radicado en Sonora. Él y tú tomarán un jet de nosotros y enseguida estarán en Los Angeles. No tendrás que enfrentar ningún control de inmigración.

—Pues viajo con tu hermano y en ese jet, ¡pero que sea con él, eh! Yo no me confío de nadie más. Tengo que cuidarme, Tucson, y nadie mejor que yo para hacerlo, ¿no?

—Tom viajará contigo hasta Hermosillo y en esa ciudad te presentará a Marc. No te preocupes, Wallace, todo saldrá bien. Te lo aseguro.

Y Tom viajó hasta Hermosillo en compañía del hombre de la CIA y en esa ciudad se lo entregó a Marc y prosiguió viaje hacia Los Angeles. Marc era el hermano de Tucson que trabajaba en la DEA, de los tres era el hermano del medio; era un güero de tez muy blanca y de mediana estatura, ágil y temerario.

Marc, que días antes ni soñaba con tener que dar esos saltos mortales —tenía su propia jefatura que no era la de Tucson—, había atendido el urgente llamado que le hizo su hermano mayor y ahora esperaba impaciente en Magdalena la llegada de un jet de la DEA que arribaría a un punto cercano a la frontera y, según indicaciones de Tucson, aterrizaría en una pista clandestina, la cual había sido utilizada con frecuencia por los narcos y ahora era controlada por la DEA.

Un experto piloto, conocedor de la zona, sería el encargado de posar el jet en esa faja descampada. Pértiga y Marc se escondieron en una casucha que estaba en la misma punta donde terminaba la referida pista. En ese lugar los dos abordarían el jet. El piloto tenía instrucciones de no apagar los motores para emprender rápidamente el vuelo hacia Los Angeles. Atardecía. Pero cuando el escéptico Pértiga vio cómo el avión que iba a aterrizar planeaba de modo impreciso, sobresaltado le dijo a Marc:

—Oye, salgamos rápido de aquí, porque ese piloto con su jet se va a tragar este tugurio donde estamos.

Marc también se dio cuenta y los dos hombres salieron de la choza a toda velocidad. Un ala del jet le arrancó el techo a la casucha. No hubo por fortuna pérdidas humanas que lamentar, pero el avión quedó algo maltrecho y de momento inutilizado.

—Tucson, insisto en que yo viajaré por carretera —decía Pértiga por vía telefónica ante la porfía de Tucson, si bien éste supo al instante que nada ni nadie podría cambiar el parecer del asustadizo Wallace.

Tucson habló con su hermano.

—Marc, entra por el puesto fronterizo estadounidense de Nogales —orientó Tucson—. Adviértele al jefe del control que ese hombre es nuestro y que nadie puede obligarlo a confesar su identidad personal. Cualquier inconveniente, me llamas, aquí estoy junto a este teléfono...

—Oye, recuerda que yo...

—¡Maldición, Marc, haz lo que te digo!

Mientras Tucson impartía esa orientación a su hermano, quien entre otros motivos quería explicarle que su jefe aún nada sabía de su participación en esos precipitados movimientos, atendía variados asuntos importantes. Mojarro al teléfono pedía orientaciones: Zayas había mordido el señuelo y ya estaba en territorio estadounidense, en el puesto fronterizo de San Antonio, Texas, y el propio Mojarro se había encargado de su aprehensión auxiliado por las autoridades de frontera; pero un congresista estadounidense en el lugar —convocado por amigos influyentes de Zayas— restregaba ante todos los agentes de la DEA y de Emigración estadounidense su investidura senatorial y trataba de impedir que los policías pudiesen apresar a Zayas.

Nadie hablaba en el puesto de mando de la operación «Leyenda». Todos estaban en silencio y miraban hacia Tucson, que mantenía el intercambio telefónico abierto y por tanto los presentes podían escuchar y seguir perfectamente el apremiante diálogo que se llevaba a cabo entre Mojarro y Tucson. Gal estaba como suspendida en el aire. Levitaba. Tenía unos expedientes en las manos y no sabía dónde ponerlos, también se preguntaba cuáles eran los asuntos pendientes que debía cumplir que, de repente, había olvidado.

—¡No dejes que suelten a ese canalla, Mojarro! —clamaba Tucson en desbocado tono imperativo—. ¡Maldición, no dejes que Zayas se nos escape, eh!

—Lo sé, Tucson, lo sé, carajo, eso quiero, pero ese congresista está intratable y atravesado. Dice que se están violando las leyes más sagradas de la fundación de este gran país, y bueno, por ahí sigue con su cantaleta, porque a la mera verdad es buen orador el pendejo. Oye, ¿quieres que a ese congresista yo lo derribe de una trompada o qué? Yo lo hago, te lo aseguro, pero después ya sabes, ni Dios podrá sacarme del bote.

—Mojarro, ni jugando digas eso. Tú, tranquilo. Calma. Dame unos minutos, no sé, dile a ese congresista que tú acabas de hacerle una consulta al Procurador General de Estados Unidos y estás a la espera de que te devuelva la llamada.

—¿Al fiscal de la nación? Oye...

—Di lo que quieras, Mojarro, pero dame unos minutos. Enseguida te llamo y te digo qué debes hacer. ¿Cómo se llama ese congresista?

—Eric... Espera, jefe, que estoy leyendo su tarjeta de presentación... Si, Eric Cohen, senador del Partido Republicano.

Tucson colgó el auricular y apuntó sobre un papel el nombre del senador. Vio que los tres colegas presentes en su despacho estaban boquiabiertos y no se movían de su sitio: era obvio que estaban a la espera del desenlace. Le pidió un poco de café a Gal mientras caminaba de un lado a otro. Sólo miraba a través de la ventana hacia la avenida que se expandía abajo, atestada de carros, los cuales iban disparados por sendas opuestas, y observaba al fondo de esas carrileras un color nublado y rojizo, que el sol de la tarde parecía arrancar de las edificaciones y del pavimento. «Ahora mismo estoy viendo un desierto enrojecido, ¡qué rayos!, neblinoso, alto, impenetrable, ¿estaré a punto de volverme loco?», se dijo Tucson, algo mareado. Miró hacia Ramírez y estuvo tentado de preguntarle si él también veía ese extendido y profundo desierto enrojecido, pero se contuvo y nada preguntó. Se dio cuenta de que sus colegas estaban como él: extremadamente tensos por dentro y en apariencia calmos por fuera. «Todos explotarían por dentro, ¡no digo yo!», pensó Tucson. Bebió el café y le dijo a Gal que llamara a Mojarro; en pocos segundos ella le dijo que Mojarro ya estaba al teléfono.

—Por favor, Mojarro, dile a ese senador que se ponga al teléfono, no sé, dile que lo llaman de la Corte Federal de Justicia de Los Angeles y que el fiscal que investiga a Zayas quiere platicar con él; búscalo ahora mismo y dile que se ponga al habla conmigo.

Llegó un cerrado silencio a través de la línea.

Luego Tucson escuchó la voz de Mojarro, que le hablaba como si se dirigiera a una persona desconocida.

—Sí, señor, enseguida, mire, ¡cómo no, señor!, espere, aquí le pongo de inmediato al congresista —dijo Mojarro con voz solemne y teatral, al tiempo que le entregaba el auricular al senador.

—Sí, dígame —el senador hablaba enojado.

—Por favor, ¿tengo el gusto de hablar con el congresista señor Cohen? —demandó Tucson.

—Así es, señor.

—Mire, señor Cohen, sobre el ciudadano mexicano Zayas tengo instrucciones expresas de comunicarle que...

—A mí no trate de intimidarme, señor. Espere, ¿cómo se nombra usted? Ni siquiera me ha dicho su nombre y...

—Whitman, señor, me llamo John Whitman. Yo soy el fiscal que confeccionó, propuso e hizo aprobar el decreto de carácter secreto para enjuiciar criminalmente al ciudadano Zayas.

—Ah, bien, no me importa, señor Whitman, eso no me importa; le decía, señor Whitman, que no trate de atemorizarme porque yo me amparo en mi investidura y en las sagradas leyes que rigen las normas de convivencia de esta gran nación y no permitiré en modo alguno la aprehensión del señor Zayas, quien es, por demás, un antiguo aliado apreciable y muy estimado de los Estados Unidos y...

—Señor Cohen...

—No me interrumpa, por favor. Escuche, señor Whitman, se lo digo claro: yo no permitiré su aprehensión porque...

—Señor Cohen, señor Cohen, atienda mis palabras, por favor. En nombre de la Corte Federal de Justicia de Los Angeles, amparada en el decreto altamente secreto ya promulgado y vigente en relación con ese ciudadano que *a priori* usted quiere proteger, señor Cohen, irremediablemente, usted también va a ser detenido si continúa entorpeciendo la justicia estadounidense y tendrá...

—Ya le dije, señor Whitman, que usted ni nadie me intimida porque...

—¡Escúcheme bien, señor Cohen! ¡Escúcheme bien! ¡Fíjese, señor senador, voy a contar hasta tres, y si usted permanece con el auricular en la mano y prosigue, y esto se lo voy a advertir en términos jurídicos porque sé que usted es un abogado de renombre: si usted, señor Cohen, prosigue saboteando el ejercicio y la inaplazable aplicación de ese decreto de carácter secreto que aludo y que ni siquiera usted, aun desconociéndolo, podrá desestimar ni evadir, debido a que describe delitos de suma gravedad, por tanto, usted no podrá en modo alguno ser exonerado de eventual culpabilidad criminal. Señor Cohen, no lo dude, usted será detenido de inmediato por los agentes de la DEA que están a su lado, quienes están debidamente instruidos para actuar en forma enérgica; además, señor Cohen, como solemos proceder ante estos casos de inexplicable terquedad, inmediatamente por los canales que tenemos establecidos para ello, se le informará al honorable senado de nuestro país su execrable actitud, que es atentatoria contra...

—Yo mantengo mi posición en...

—Uno.

—Ya le dije...

—Dos.

De repente, el silencio se hizo pesado, casi aletargado ante los sentidos más avivados. Tucson en ese instante conjeturaba, así como también los otros colegas que escuchaban la conferencia, que la comunicación acababa de interrumpirse debido a problemas técnicos u otros imponderables, pero a los pocos segundos se escuchó la voz de Mojarro, que en tono bajo al principio y elevado después, comentó:

—Jefe, el senador me entregó el auricular, se fue y ni siquiera miró hacia atrás. Incluso, que nosotros sepamos, no se despidió de nadie. Oye, aquí mantuvimos abierto el teléfono y pudimos escucharlo todo. ¡Me lleve el diablo, Tucson! Dime, de dónde rayos sacaste toda esa jerigonza de abogado arrogante, por momentos hasta creí que escuchaba la prepotente voz de un juez. ¡Ah, y yo jamás había visto a un senador huir tan asustado! ¡De veras, buey!

—Mojarro, nadie mejor que un senador para recibir lecciones de un experto en leyes como yo, ¿no? —Tucson habló con engolamiento y jocosidad, mientras lanzaba a destiempo ráfagas de risa—. ¡Aunque todavía no sé, señor Mojarro, si ese Cohen es en verdad un abogado de renombre! ¡A veces lo mejor es desconocer ciertas cosas!

Y ahora todos reían de alegría, de verdadera alegría, ante el hecho de saber que el senador se había ido a la desbandada ante el lento conteo de Tucson y que Zayas había sido capturado.

—Agente —dijo el jefe del puesto fronterizo de Nogales, sin mirar a nadie—, hoy quiero tener una tarde tranquila, la mañana fue infernal. Sabe, en las películas de Hollywood se describen cosas increíbles, un mudo al final no era mudo, el ladrón al final no se acostaba con la mujer del patrón y no era el asesino, en fin, tantas historias que no alcanzarían cien vidas para poderlas ver, pero aquí en este cruce fronterizo, agente, por donde pasa mucha gente que quiere cambiar su vida por otra, se escuchan historias que en Hollywood jamás podrían imaginar. Aquí, en la frontera, agente, no tiene cabida la fantasía. Sabe una cosa: si este señor que viene con usted no se identifica, no entra en Estados Unidos. Debe regresarse a

México. ¡Ah, y regresa porque está acompañado por usted!

Marc redoblaba esfuerzos y proseguía dándole argumentos al gélido jefe del punto de frontera. Si bien le molestaba que cuando se le ponía de frente para hablarle y mirarlo a los ojos, el capitán se giraba hasta quedar de lado, como si Marc lo acosara con su aliento y de ese modo evitara ser contaminado. «Agente, ese señor será un importante caso de la DEA o un enviado especial de nuestro presidente, pero si no se identifica, por aquí no pasa», esas eran las definitivas palabras del capitán que a Marc mayor fastidio le producía.

Debido a las expeditas gestiones de Tucson, que propiciaron las pláticas directa entre el jefe de extranjería estadounidense y Crawford, finalmente Pértiga cruzó la frontera sin identificarse. «Si no me equivoco, Marc, tu hermano al parecer es el hombre indicado, creo que sabe lo que hace y puede que tenga autoridad», decía Pértiga mientras esperaba por el arribo del jet de la DEA, otro, el segundo, el cual le enviaba Tucson para llevarlo hasta Los Angeles. «¡Pedazo de pendejo!», eso pensaba Marc sobre el capitán, quien al recibir la llamada de su jefe a nivel federal se transformó de súbito en otro inesperado funcionario: se comportó risueño y extrañado, sudoroso y complaciente, arrepentido y afable, mostrando en realidad su lastimosa condición humana. Marc quedó ofendido con ese capitán. «¡Chinga tu madre, cabrón!», pensó, mientras le daba la espalda y lo dejaba plantado con la mano extendida en el adiós.

Pértiga y Marc finalmente abordaron el jet de la DEA que los conduciría a Los Angeles. Pértiga viajaba calmado, sabía que no pasaría los controles de inmigración de esa ciudad. Por la ventanilla del avión contemplaba todo el vasto territorio que no veía desde hacía más de veinte años. «¡Carajo, la tierra donde nací!», pensó.

Marc le decía algunas frases pero el exagente de la CIA iba totalmente absorto dado que repasaba en su memoria su pasado. Era un hombre de cincuenta años y tenía claro en su mente lo que deseaba lograr con su decisión de ser acogido por Tucson y la DEA. Observó cómo el jet ya metía la nariz en la pista de aterrizaje y se sintió emocionado. Sin embargo, poco después de que el aparato iniciara su rodaje por la pista, Pértiga escuchó una explosión bajo sus pies y no pudo evitar que su cuerpo fuese arrancado del asiento a pesar del cinturón de seguridad que lo acordonaba. Vio que el techo se le encimaba de golpe y varias ventanillas pasaron veloces ante su vista.

—¡Santo cielo! ¡Es cierto! —gritaba Pértiga, consternado—. ¡Alguien nos mira desde arriba, sí, alguien mira nuestras cabezas y decide!

Al jet se le había explotado una goma a mitad del aterrizaje e hizo un zigzagueo por la pista hasta detenerse finalmente en posición ladeada. Pértiga se revisó de inmediato el cuerpo y comprobó con alivio que salvo algunas magulladuras en la cintura y en un hombro no tenía ninguna lesión. Divisó a los bomberos que ya rodeaban el avión y que parecían haber caído en paracaídas desde las alturas, y enseguida vio a Marc, que, con la agilidad de un gimnasta, se acercaba veloz para ayudarlo a salir.

—¡Wallace, hemos nacido! —Marc sonreía y le brillaban los ojos cual si acabase de ver un milagro—. ¡Sabes, este viaje ha sido más problemático que uno interplanetario! ¡Alabemos a Dios, Wallace, y bienvenido a Los Angeles!

Pértiga, después de atravesar una especie de túnel bajo unas viejas minas a punto de derrumbarse, pura metáfora, había arribado finalmente a Los Angeles, al lugar donde Tucson quería. «¡Por fin!», diría Tucson y hasta el propio descreído Pértiga. Tucson creía estar leyendo una novela de suspense. Creía incluso que caminaba y platicaba entre sus páginas. «Antes que todo, estas son historias imposibles, pero que amenazan con llegar a ser convincentes», pensaba Tucson mientras escuchaba las palabras de Pértiga; palabras lentas, subversivas, inconvenientes y un tanto enloquecidas que podrían descarrilar los razonamientos de los hombres más cuerdos.

Ahora Pértiga estaba sentado frente a Tucson, sentado en una silla, una silla más, porque todas las sillas eran pequeñas a la hora de abrigar la estirada constitución física del exagente de la CIA. Pértiga, Gal y Tucson iniciaban la primera sesión de trabajo. La meticulosa analista tenía sobre la mesa un manojo de hojas en blanco, una diminuta grabadora en la cual se podían registrar prolongas pláticas, lápices y bolígrafos, una calculadora, un recién adquirido ordenador portátil Apple PowerBook, presillas de plástico en colores, y ahora con los dedos ella comenzaba a mover esas presillas como si fueran fichas, gesto típico de Gal cuando iba a enfrentar una larga sesión de trabajo, y sobre todo junto a su jefe, que debía ser su amante, pero que no lo era, por culpa de que Eros, o Venus, la hija de Júpiter y Diana, aún no se habían fijado en ella.

—Gal, no puedo contenerme —comentó Pértiga—. Tienes unas manos bonitas, me recuerdan las manos de Ramona, mi mujer, que se quedó allá en Chiapas, pero pronto la mandaré a buscar, sí, con la ayuda de Dios y de Tucson, ella pronto estará aquí conmigo.

—Gracias por el elogio, Wallace —dijo ella, gentil.

—Tucson —Pértiga puso la mano sobre el brazo de Tucson que se hallaba a su izquierda—, ¿delante de Gal puedo hablar todo lo que quiera?

—Por supuesto, ella es de mi absoluta confianza.

—Menos mal que dejaste de mezclarme con gente rara, Tucson —miraba aún hacia las manos de Gal—. Tom es un magnífico muchacho, y no sé, tu hermano es bueno pero demasiado alocado, sí, yo pensé que le iba a partir la cara al capitán de Nogales —bebió un poco de jugo de durazno, miró fijo a Tucson y, con calma, agregó—: Mayer no es de la DEA, Tucson, es un hombre de la CIA, como yo. Por eso sacó a Tom de la habitación del hotel en Guadalajara y se encerró conmigo, e hizo teatro, mucho teatro. Aunque ese Mayer jamás podría ser buen actor, ¡bah!, no nació para eso. Me dijo que ambas agencias, la DEA y la CIA, hacían lo mismo y que me esfumara, que me escondiera, que desapareciera y no me encontrara contigo. Y haciéndome el tonto, la mejor manera de dialogar con los tontos es hacerse más tonto que ellos, yo le pregunté: «¿Te refieres a Tucson?» «Sí, así es, Wallace; y ese es el mensaje que te doy en nombre de la CIA; esas son las instrucciones que te traigo y no te hagas el loco con nosotros». Me amenazó el cabrón. Pero Mayer no sabía que yo hacía tiempo que había tomado una decisión que él nunca podría modificar.

Gal miró hacia su jefe y descubrió con asombro que Tucson tenía el rostro como de piedra. «Sí, lo conozco, aún desconfía de Pértiga; yo también lo haría, este cabrón parece un loco de amarrar, esos que retozan con las palabras y lo que le pongan por delante», se dijo.

—Wallace, cuándo entraste en la CIA, ¿cuáles fueron tus primeras misiones? —dijo Tucson, sin darle importancia a lo que acababa de escuchar sobre Mayer.

—Yo no quiero dinero, Tucson, eso que quede claro. Yo quiero que la DEA me proteja, que proteja mi vida ante la CIA, porque aunque nos cueste mucho creerlo, esa agencia es capaz de eliminarte hasta con una cáscara de plátano que tira un mono desde la cornisa de un edificio, ¡y un mono entrenado!, ya que si no funciona lo de la banana, entonces te deja caer una caja de caudales sobre la cabeza —se echó a reír, pero enseguida se contuvo, se dio cuenta de que esa metáfora ante sus interlocutores, no había acoplado con sus intenciones. «Solté un pujo», pensó, resignado.

—Si posees la información que dices tener sobre el caso Camarena —dijo Tucson—, cuenta con ese compromiso por parte nuestra. El hecho de que tú puedas testificar ante el Gran Jurado de Los Angeles es muy importante. Te pregunté cuándo ingresaste en...

—Perdona, Tucson —estaba ansioso—. Yo seré el testigo que ustedes necesitan, pero quiero que protejan mi vida. No quiero ser impertinente, pero ¿puedo dormir tranquilo y además contar con que traerán a mi mujer?

—Así es, Wallace —dijo Tucson—. Los dos jets dañados pueden corroborarlo, ¿no? Sí, puedes estar seguro de ambas cosas. Entonces, a trabajar, y responde a las preguntas que te hice.

Gal se movía en su asiento, al parecer no estaba complacida con la manera en que se desarrollaba la entrevista. Tucson con la mano, sigiloso, como el que busca algo, le dio un ligero toque en el brazo a Gal para que se concentrara.

—Fui reclutado hace veinte años cuando estudiaba en la Universidad Estatal de San Francisco —Pértiga sacó un pañuelo y se lo pasó por la frente—. De inmediato me enviaron a Guadalajara para trabajar en la Universidad autónoma de esa ciudad como profesor de inglés, y así lo hice a lo largo de cuatro años; amparado en esa tapadera yo debía cumplir con tareas de la operación Cóndor que se inauguraba a principios de los años setenta, luego del golpe de estado que le diera Pinochet a Allende. Orientado por la CIA me hice amigo de los estudiantes, especialmente de los progresistas, en fin, con los jóvenes de izquierda, fuesen o no comunistas, o anarquistas —cortó su discurso; ahora se contemplaba las manos, se las frotaba y se las volvía a observar, cual si iniciase un rito sin final, y volvía a frotárselas como si buscase o quisiese eliminar una suciedad que sólo él percibía, y eso lo hacía como una persona algo desequilibrada; poco después dejó de mirarse y de restregarse las manos, se calmó y, con voz temblorosa agregó—: Me hice amigo de los estudiantes universitarios en Guadalajara que todavía protestaban por la masacre de los estudiantes de la Noche de

Tlatelolco a manos del ejército, y me hice amigo de los que organizaron el Movimiento 23 de Septiembre, de los jefes, y éstos me llevaron a sus reuniones. Y en esas reuniones pude clasificarlos a todos y... denunciarlos... ¡Qué asco recordar esas cosas!... ¡Santo cielo!... Gal y Tucson, ¡perdónenme, se los ruego!... Luego a esos jóvenes, que fueron cientos, sí, cientos y cientos, hasta perdí la cuenta, la verdad, se los llevaban para Ciudad México; ellos creían que iban detenidos y que estaban en manos de la Dirección Federal de Seguridad, que eso era cierto, era un órgano de inteligencia creado y adiestrado por la CIA en tierra azteca, idéntico o muy similar a la CIA, pero a la mexicana, vale decir, la policía política, y esos jóvenes pensaban que serían juzgados por sus ideas revoltosas. A saber cuántos discursos ensayaron mientras los llevaban enjaulados para el Distrito Federal, a saber cuántas frases ensayaron entre ellos, y nada, todos, absolutamente todos, fueron introducidos en unos crematorios que estaban en los sótanos de... y bueno, no recuerdo cuál era ese sitio, tal vez insistí tanto y patee tanto mi memoria que logré olvidarlo... Eso creo... Todos esos jóvenes se desvanecieron en sus propias cenizas... ¡Qué heroicidad la mía, santo Dios!...

Gal no dijo media palabra ni pidió permiso, se levantó y corrió apresurada hacia la puerta, trabajosamente pretendía abrir la puerta y apenas podía, iba por demás con su bolso colgado del hombro; finalmente salió y la puerta quedó abierta de par en par. Tucson se puso en pie, caminó despacio, cerró la puerta y le pidió disculpas a Pértiga; y le mintió, le dijo que Gal acostumbraba a hacer esas cosas debido a algunos problemas de salud sin importancia que afrontaba en esos días.

Pértiga no dijo nada. Tenía la cabeza gacha y se miraba las manos.

Gal llegó al baño y apenas tuvo tiempo de cerrar la puerta por dentro y agarrar una toalla. Se inclinó sobre la taza del inodoro y comprendió que no podía en modo alguno controlar las arqueadas, las cuales le manaban con sus desgarros y retumbaban desagradables.

—¡Dios mío, dame fuerzas para escuchar a ese maldito! —exclamaba Gal de hinojos ante la taza del inodoro mientras con una toalla se limpiaba la boca—. ¡Jóvenes, Dios mío, eran quemados en los inicios de su vida! ¡Cuánta maldad, Dios mío! ¡Pértiga, eres un infame! ¡A hombres como tú deberían cortarle las orejas para que todos en la calle pudieran reconocerte!

Y lloró como una mujer, como suelen llorar las mujeres cuando algún acontecimiento les arrasa su sensibilidad, y lo hacía con una ira que desconocía. Era la primera vez que la analista había sido sacudida en lo hondo de su naturaleza mientras escuchaba las confesiones del espía. Se recompuso y regresó a la reunión; pidió disculpas sin mirar a nadie y se sentó.

—Gal, yo te entiendo perfectamente —dijo Pértiga agrandando los ojos—. Te ruego que me excuses, pero estoy obligado a decir la verdad, y pienso, y quizás me equivoque por ser ingenuo, que al hacerlo podré sanar mis heridas. Sabes, muchos... —ahora era Pértiga quien lloraba, no quería hacerlo pero al parecer se le hacía inevitable; se levantó, se puso de espaldas a Gal y a Tucson y se mantuvo erguido con la cabeza contra el cristal de una ventana; luego regresó despacio, se sentó en su silla y agregó—: Ellos eran jóvenes idealistas, inteligentes, que apenas empezaban a vivir, y a todos los mató la Federal de Seguridad... y yo...

Lo sorprendente de la situación que se escenificaba ante Gal y Tucson era que ese presunto hombre de la CIA lloraba de verdad y no había en él ningún tipo de fingimiento. Tucson estaba convencido de que Pértiga no había tomado ningún tipo de estupefaciente que hubiese podido sobreexcitarlo, o algún tipo de sedante, como tampoco haber ingerido bebidas alcohólicas. «¿Será cierto lo que Pértiga narra sobre esos jóvenes incinerados por indicación de la DFS? Casi seguro», pensó Tucson.

—Comprendo —repuso Gal, con voz nasal y bastante impresionada.

—Bien, Wallace, mira, bebe ese vaso de agua —dijo Tucson, al tiempo que veía en el reloj de pie que eran las once de la mañana—. Debes calmarte. Fíjate, si quieres proseguimos o dejamos todo para más adelante. O, no sé, ¿quieres que te demos algún sedante que te haya indicado tu médico?, tú me dirás.

—No, no es necesario, prosigamos, esto se me pasa —suspiraba Pértiga, le saltaba el mentón y mantenía el semblante hacia un costado, apenado, y su ofuscada vista tropezaba con el viejo reloj de pie, un espejo rectangular que se hallaba detrás de Gal—. Es mi penitencia, siempre que remuevo aquellos hechos pienso, no voy a llorar; sin embargo, me vuelve a suceder lo mismo, pero, créanme —levantó un brazo, se puso la mano que tenía el pañuelo delante de los ojos cual si pretendiera protegerlos de una luz enceguecedora y sollozó—. Esto se me pasa, esperen... Saben, yo siempre tengo pesadillas porque siento que mis manos están ensangrentadas. Tuve una vida que fue puro espejismo. La CIA me enfundó en una personalidad que yo desarrollé como un necio en aras de un mundo libre que jamás conoceremos. Pero no quiero justificarme, yo asumo toda la responsabilidad de mis actos —secó sus lágrimas con el pañuelo que ya semejaba un nudo—; si bien creo tener derecho a una nueva oportunidad. Saben, si no me equivoco, un azaroso día yo vi que mi vida era como un espejo roto y desvencijado. Y quiero emprender una nueva vida. Tengo derecho a ello. Quiero ayudar a que se haga justicia de ese ultrajante asesinato de Camarena. Y nada ni nadie podrán impedir que yo lo haga.

XXIV. Van a poner a quien no lo quiere

A eso de las cuatro de la tarde Tucson y Cadena se abrazaban en un bar de Mexicali. Estaban sentados en un ángulo escogido por Tucson y a unas cinco mesas de distancia se hallaban sentados y alertas Ramírez y Tavo. Hacía tiempo que Cadena no visitaba Mexicali. Tucson observó que Cadena no traía consigo un solo papel ni apunte alguno. Eso le llamó la atención dado que la acción que el dueño de Juanacatlán iba a llevar a cabo era temeraria y delicada. Cadena, debidamente adiestrado, sería el encargado de secuestrar al médico Hernán Alvarado, que había torturado a Camarena. Cadena llevaba buen tiempo reclutando policías inactivos de la Policía Judicial y de Federal de Seguridad —incluso algunos en activo—, quienes ejecutarían ese complejo operativo.

Desde que Tucson y Cadena adoptaron el compromiso de trabajar juntos, se habían compenetrado a la perfección, a pesar de que a veces mediaran semanas entre un encuentro y otro. A Tucson le impresionaba la agilidad mental que tenía Cadena para captar los datos que se debían planificar para que tamaña acción fuese exitosa. Esa acción, principalmente, debía ser ejecutada bajo la égida de las denominadas operaciones negras que desarrollaba la DEA, en cuyo desarrollo y desenlace posterior, no podían aparecer las manos de la administración estadounidense.

Mas lo que impresionaba a Tucson era el hecho de que Cadena transformaba su carácter, y en ocasiones, cuando estaba concentrado, asumía en la expresión de su rostro cierto aire asesino. «Yo hablo con ese médico, Tucson, y como sabe bien lo que hizo, trato de apresarlo en nombre de la ley por lo de Camarena, pero si el jodidazo se rebela y no quiere acompañarme, nomás que saco mi Magnum y le doy para abajo», esa frase la reiteró varias veces, hasta que Tucson no tuvo duda de que Cadena cumpliría ese juramento si algún imprevisto pudiera echarle por la borda sus planes.

Tucson chequeó los puntos que conformaban el operativo que debería ser relampagueante, sin brindar espacio a la improvisación, que suele echar por tierra los propósitos concebidos durante mucho tiempo. Según confirmaba Cadena, ya estaba listo el grupo de hombres reclutados y de probada experiencia, exactamente doce hombres, ni uno más y ni uno menos, e incluido el piloto de aviación; «ese número lo soñé una noche y luego otra noche, y ni modo, nomás que se me volvió un número cabalístico», había dicho.

De modo que todos los hombres eran policías, excepto Cadena, que era el jefe del comando, el parque de armamentos y las municiones, las dos muchachas que servirían de señuelo, dado que el médico era ginecólogo, el jet privado de siete plazas en el cual llevarían a Alvarado hasta el territorio norteamericano. Todo estaba previsto y sólo faltaba la orden para llevar a vías de hecho el operativo.

—¿Tienes algo extraordinario que decirme? —dijo Tucson—. No sé, algún detalle que te preocupe. Veo hace rato que estás inquieto y ya te conozco.

—Tucson, todos esos jodidazos que mataron a Camarena están escondidos, desaparecidos, mejor sería decirte, y esa es una mala noticia. Ahora mismo el cabrón médico no aparece por ningún sitio. Tú le has dado fuerte a esos pendejos. ¿Qué quieres que te diga? Tengo todo preparado, pero ese médico mastodonte no aparece ni de día ni de noche.

—Ten calma, por favor. ¿Tienes señales que confirmen que el médico cerró la consulta?

—No, no tanto como eso. Está abierta, pero al canijo no se le ve por todo aquello.

—Mantén un punto de control sobre esa consulta, Cadena, cueste lo que cueste. ¿Has entendido?

—Sí, eso haré, pero el mastodonte no se deja ver.

—No te desanimes. Si el consultorio está abierto, ese médico tiene que aparecer de un momento a otro. Pero quede claro una cosa. El día que aparezca, tú y tu equipo tienen que actuar de inmediato.

—Sí, eso haré, buey, no hay problema.

—¿Algo más?

—No, me parece que no.

—Cadena, debes de hacer un plan con no menos de tres variantes para actuar sobre el terreno y afrontar los imprevistos que puedan presentarse. Y te diré por qué. La situación en México está bien difícil, en el sentido de que las autoridades, con razón o sin ella, acusan a la DEA, y por tanto a la administración estadounidense, de que nos estamos inmiscuyendo descaradamente en sus asuntos internos. Ese es el asunto más peliagudo que deberemos de afrontar cuando se dé el secuestro. México a través de la historia, de su historia magnífica y lastimada por los gabachos, decía mi padre, una vez que tenga conocimiento de ese secuestro, vendrá por nosotros, con todo, Cadena, por ti, por tu equipo y, por supuesto, por mí. ¡Vendrá con todo!

—No me chingues, Tucson. Ahora comprendo por qué a ti te pusieron al frente de la operación «Leyenda». Nomás que eres previsor, pendejo.

—Veo que me has entendido. Entonces prepara tres variantes. La primera: ustedes regresar sin líos a México. La segunda: si ustedes regresan y aquí son perseguidos deben escapar hacia territorio gringo y cómo lo harían. Y la tercera: no regresar, y quedarse todos en Estados Unidos.

Cadena miraba a Tucson con sobrada concentración y cierto desarreglo facial. Fue a tomar la copa que tenía a su derecha sobre la mesita circular y, al agarrarla se le cayó, trató con gesto enérgico de atraparla en la caída pero fue inútil. La copa cayó justamente y se partió en pedazos donde terminaba la alfombra circular sobre el enlosado. La mesera se avecinó con los enceres de limpieza para remediar la situación y enseguida sirvió otros tragos.

—Pendejo —masculló Cadena al tiempo que limpiaba una manga de la chaqueta—, me has meado los zapatos con esa frase de no regresar y quedarnos todos en territorio gringo. Creo que por eso se me cayó la copa. Faltaría más. Híjole. Perder Cataratas de Juanacatlán. Perder todo lo que he construido con tanto esfuerzo.

—Vamos, Cadena, aún no hemos llegado a ese punto.

—Sabes qué, mejor platiquemos de otra cosa —movió la cabeza hacia donde estaban Ramírez y Tavo, e hizo una señal a su ayudante a fin de que se fuera preparando para la partida—. Nomás que ya yo estoy montado en el trasbordador, Tucson, para chingarme al médico mastodonte. Ni modo. Así de pendeja es la vida. Lo que yo no quería hacer desde la primera vez que te vi, carajo, terminé haciéndolo.

Tucson tenía intenciones de hablar pero Cadena levantó la copa para brindar. Y lo hicieron de modo afable.

—Oye, Tucson, antes de que lo olvide. Darío, mi muchacho presuntuoso, quiere verse contigo en San Diego. Dice que en el mismo lugar donde ustedes dos se tropezaron la última vez. Y bueno, que le mandes conmigo la fecha posible.

—¿Para?

—No sé, me parece que anda con problemas, tal vez está preocupado, y ojalá me equivoque.

—¿Cuáles son esos problemas?

—Sabes, El Califa, quien era su jefe, murió hace un par de semanas de una embolia cerebral. Yo, en lo personal, le tenía estimación al pendejo, que en paz descanse. Siempre El Califa fue buen cuatacho mío. Pero los años son los años, Tucson. Ni con todo el dinero del mundo, ni modo. Ya tenía sus añitos. Ahora, luego de su muerte, nomás que viene lo de siempre: los coyotes que estaban bajo su alero lanzan mordidas para quedarse con el poder. Aunque eso para Darío no significa nada. No, no creo que sea por eso que quiere verte. Es posible que Darío se vaya para Europa. Ese muchacho pico de oro nomás que levanta la mano y muchos pejes gordos enseguidita se anotan en la lista de espera para ofrecerle chamba.

—¿Qué querrá esta vez? —musitó Tucson, cual si se lo hubiese preguntado a sí mismo.

—Buey, te acabo de decir que no lo tengo claro. Tal vez haya viajado mucho a Colombia y de allá sean los líos, no sé. Quizás quiera decirte alguna cosa o pedirte algo, qué se yo. Tú sabes que yo con los narcos me relaciono, pero evito a toda costa enredarme en sus asuntos. Luego van a mi Juanacatlán y no quieren pagar y todo eso. Yo los conozco bien. Si bien Darío es otro tipo de hombre, no como esa bola de pendejos mal hablados, y creo que eso ya te lo dije.

Plinio llegó a casa de Tucson acompañado de dos hombres de negocios. Uno era el primo de Sandy. El otro pertenecía al grupo de negociantes que había tenido que partir de regreso a México antes de la fecha prevista. Con su voz de trueno y la sonrisa de siempre, Plinio saludó a Naida. Hablaba y caminaba sin parar; conocía la casa y miraba hacia todas partes como si deseara precisar cuál era la nueva ubicación de los muebles o de los adornos.

Con sus desplazamientos de un lado a otro y la mirada saltarina que fisgoneaba todos los rincones que aparecían ante su avance, Plinio le hacía recordar a Tucson al popular correcaminos, el ave nacional de Arizona, que no volaba pero corría por el desierto a una velocidad de más de treinta kilómetros por hora. El ave que sólo en los dibujos animados emitía al correr el sonido ¡bep!, ¡bep! y en la vida real no lo hacía. Y esa era la contradicción que Tucson percibía en la actuación de Plinio, el hombre que era capaz de citarle a Nietzsche para explicarle qué era la madurez en las personas: «Significa haber recuperado aquella seriedad que de niños teníamos al jugar», así le había dicho en una ocasión. No obstante, Plinio se comportaba imprudente e inmaduro en la mirada y en sus desplazamientos, inquieto, nervioso, desajustado y lento, eso también, lento como un paquidermo a la hora de expresar sus pareceres.

De repente, Plinio iba hacia la cocina para decirle algo a Naida, luego preguntaba por Phiilip y subía a la segunda planta, según él para saludarlo, y regresaba a la planta baja con otro habano en la mano sin percatarse de que había dejado uno encendido sobre el cenicero de la mesa de centro de la sala. «¡Qué desastre!», pensó Tucson. «¿Qué le sucede? Puede que sus colegas piensen que ese proceder suyo en casa ajena sea normal.»

Plinio miró hacia el salón en el cual Tucson acostumbraba recibir las visitas, mientras él y sus acompañantes seguían los pasos del anfitrión. Pretextando argumentos creíbles, Tucson logró hacer un aparte con Plinio y sin hacer preámbulo alguno le preguntó qué rayos le sucedía. El perito agarró por el brazo a Tucson y le dijo con voz rajada, pegado al oído, con dolorosa voz triste de adolescente, cuando sufren la catástrofe de haber perdido el primer amor.

—Oye, Juana Lilia me dejó por otro. Sí, hice dinero en Afganistán, pero perdí a mi gran amor. Me dejó por un judío de mierda que conoció en Nueva York. Me siento mal. Estoy jodido. Me fui para La Habana con estos amigos para ver si compraba algún hotel, varias casas, un buen negocio, establecer una empresa, qué se yo, una nueva inversión que me reordenara el cerebro y el corazón, cambiar de rumbo en las meditaciones, como hacen los tibetanos, pero nada. La Unión Soviética está a punto de desintegrarse y Cuba tendrá que naufragar en el centro de todos los mares. Sola como la piedra de los griegos en la punta de un iceberg perdido en el océano. Allí estuve una semana, y nada, los dirigentes de la isla se mantienen en sus trece y no quieren vender ni un solo ladrillo, aunque pronto la gente se les muera de hambre, como si Cuba pudiera resistir esa miseria que se le viene encima. Pero yo estoy peor que Cuba, Rangel, y más infame que La Habana, ¡mi vida se fue a la verga!

—Plinio, te voy a decir una cosa que no pude decirle a Oliver: búscate la próxima mujer. Estoy seguro de que pronto habrás de encontrarla. Esa es la solución, amigo, no hay otra.

—Puede que sí, pero me siento arruinado.

—Vamos, tus invitados nos esperan.

Cuando llegaron al salón, Plinio intentó reinventar su sonrisa característica.

—Mira, Rangel, este es Rodrigo Izquierdo, costarricense que reside en Panamá, primo de Sandy, y este es Tomás López, banquero, de Tijuana, vive y gerencia un banco en Panamá, muy amigo de Rodrigo —al parecer Plinio se reordenaba y ahora blandía en la mano el humeante habano—. Señores, este hombre es el famoso Remy Rangel de quien ya les hablé. Debo decirte, Rangel, que los otros colegas, un mexicano y dos colombianos, se fueron disgustados porque no pudieron conocerte y perdieron la oportunidad de platicar contigo.

—Me da mucho placer conocerlos, señores, y sean bienvenidos. Saben, este amigo mío es excedido en sus valoraciones, así que les pido que tan sólo le crean un diez por ciento de todo lo que les ha dicho sobre mí.

Naida se acercó y ayudada por la sirvienta traía varias bandejas con bebidas, vasos, hielera y varios platillos con entrantes. Pusieron todo sobre la mesa de centro y otras mesillas auxiliares. A Naida se le veía risueña y distendida, quería que Tucson se distrajera. «No por gusto, Naida, Dios inventó para los seres humanos la compañía», ella recordó la frase que solía expresarle Tucson luego de despedir alguna que otra visita que había estado en la casa y les habían reportado provechoso esparcimiento.

Después de los saludos, Naida se retiró.

—Está encantadora, Rangel, Naida está encantadora —dijo Plinio, y lanzó una cómplice mirada a sus acompañantes que fue atrapada por Tucson al instante. «Seguramente Plinio ya le contó a estos señores la tragedia vivida por Naida», pensó, disgustado.

En esos momentos arribó Antony, el hermano de Tucson. Después de ser saludado de modo efusivo por la familia, el agente se lo presentó a los visitantes y le pidió que se incorporara al grupo. Plinio y Antony ya se conocían. Ahora se miraban con antipatía debido a las discusiones que habían sostenido con motivo de las pasadas elecciones presidenciales mexicanas; a juicio de Antony, habían sido ganadas por el candidato Salinas de Gortari de manera fraudulenta.

Pero Antony, el profesor izquierdista, si bien no elogiaba la amañada victoria alcanzada por Salinas de Gortari como candidato del PRI, mucho menos celebraba la actitud asumida por Cuauhtémoc Cárdenas, el candidato oponente apoyado por el PRD, quien, sabedor de que había sido el verdadero vencedor de

348

esas elecciones, no tuvo la valentía de haber convocado a los mexicanos a la huelga general, a la parálisis total del país, ante el agravio sufrido por él y sus seguidores.

En esa polémica Plinio y Antony se dijeron cosas desagradables y en consecuencia habían quedado enemistados. De manera que ahora se saludaron con suma frialdad. El perito, que aparentaba hacer caso omiso de la presencia del profesor, decidió proseguir con el discurso que había interrumpido ante su llegada.

—Rangel, debo decirte algunas cosas delicadas —se encimó al agente—. Y debes perdonarme si te las digo en un momento inapropiado. No sé. Fíjate, es una ayuda que tú y yo le vamos a dar a Rodrigo. Como tú sabes, Rodrigo es primo hermano de Sandy. Sucede que Sandy rompió relaciones con Rodrigo poco después de lo sucedido en Cuba con esas operaciones que realizaron altos oficiales de las Fuerzas Armadas y del Ministerio del Interior con el narcotráfico internacional, bueno, con Pablo Escobar.

—Diecinueve operaciones —dijo Tucson y se echó hacia adelante en su asiento, deseaba esconder su desconcierto, dado que no esperaba ese tipo de comentarios y no podía intuir el alcance de la ayuda que Plinio le solicitaría—. Ellos realizaron exactamente diecinueve operaciones, quince fueron exitosas y cuatro fracasaron. Y si la memoria no me falla, creo que traficaron algo más de seis toneladas de cocaína y recaudaron tres millones y medio de dólares a lo largo de dos años y unos meses. Nuestros informantes nos dijeron que Pablo Escobar se aprovechó de la ingenuidad de esos oficiales cubanos que nada sabían del narcotráfico. Me dijeron que Escobar los utilizó como palafreneros, de esos que jamás han visto una caballeriza. En fin, de perfectos ignorantes, así los calificó a todos. Dijeron que hasta Escobar, por puro divertimento, se inventó y reclamó a los cubanos alijos de droga que nunca fueron lanzados al mar.

—Vaya, Rangel, eres avispado —Plinio estaba admirado—. Veo que cuando se trata de informaciones sobre el narcotráfico, nada se te escapa.

—Ese es mi trabajo, Plinio —Tucson observaba con calma a los visitantes—. Además de que fue un caso bastante ruidoso. Y hasta se habló de un posible golpe de estado que querían darle los implicados a Fidel Castro y que detrás de ese golpe estaba el Ministro del Interior y otros presumibles complotados. Era un lento complot, a tenor con los novedosos sucesos que se estaban efectuando en la Unión Soviética sobre la renovación del socialismo. Dicen que hasta se halló una caja fuerte en la cual ese Ministro conservaba documentos degradantes y, por tanto, comprometedores de funcionarios del gobierno para manejarlos oportunamente en favor del complot. Cuatro de los implicados, entre ellos un general, héroe de Cuba, fueron fusilados y los otros sentenciados a prisión con pesadas condenas. Los juicios se hicieron a puertas abiertas para que toda la población los siguiera a través de la televisión, la radio y la prensa —bebió un trago de whisky y precisó—: Pero Plinio, ¿en qué puedo ayudar a Rodrigo? No tengo la menor idea.

Se hizo un silencio rotundo. Puede que todos se dieran cuenta de que Tucson lo primero que deseaba hacer era desmarcarse de cualquier acción que lo implicara en asuntos relacionados con el narcotráfico, los cuales tenían que ver con hechos punibles. Tucson y Sandy, el cubanito, eran amigos, habían estudiado con Camarena y los tres eran fundadores de la DEA. Por tanto, ellos se conocían bien. «Si Sandy rompió sus relaciones con Rodrigo, de seguro lo hizo por razones poderosas», pensó Tucson.

Antony quiso abandonar la plática, pero su hermano se lo impidió y le solicitó que se quedara.

—Rangel, todavía en Cuba se habla de ese escandalazo político —Plinio se esforzaba, era evidente, por acomodar sus palabras; por una parte, no había podido imaginar que Tucson tuviera tanto dominio del caso cubano, y por la otra, lo más escabroso para él, aún no le había explicado cuál sería ese favor—. A la gente no le gustó que fusilaran a ese general que había sido condecorado como héroe.

—¡Señores, haber fusilado a esos militares es una barbaridad y un crimen! —Rodrigo hablaba algo trastornado—. ¡Son purgas que siempre hacen los comunistas, como las que hizo Stalin con sus opositores! Y eso lo dicen muchos cubanos en la Isla, de veras, que allí estuvimos nosotros más de una semana. ¡Cuba es una vergüenza, señores! ¡Hay que ver cómo está ese país! ¡Santo Dios!

—En La Habana escuché a la gente conjeturar que la CIA había trabajado lenta y pacientemente a esos aventureros de la cúpula militar cubana —Tomás tenía voz y gestos de hombre afeminado—. Pobre CIA, señores, paga todos los platos rotos; pero luego de que oí los pareceres de esos señorones sentados en el banquillo de los acusados, que se burlan constantemente de la corrupción imperante en las sociedades capitalistas, para al final terminar siendo unos corruptos en el centro de esa parodia colectiva a la que se le llama socialismo. Recordé a un amigo que tengo en Italia, se llama Francesco —sonreía y se le humedecían los labios—. De seguro, señores, Francesco, al ver a esa Cuba que nosotros vimos, me hubiese dictaminado sin demora: «Cuba, Tomás, padece la enfermedad causada por el uso prolongado del poder».

El amanerado hombre de rasgos asiáticos reía con ganas mientras daba unos pasos cortos y frágiles en busca de hielo y se reabastecía el vaso de whisky, y luego añadió:

—Conocí a un joven en La Habana que me contó una anécdota simpatiquísima sobre Fidel Castro. Me dijo que el dictador cuando terminó de leer el libro sobre la Perestroika de Gorbachov sentenció: «¡Este libro es una gran ingenuidad o es una gran hijeputada! ¡La Unión Soviética se va desintegrar irremediablemente!» Fin de la cita, señores. ¡Ay, a mí eso me dio muchísima risa! Perdonen... —se le aguaban los ojos de reír—. ¡Ay, madre mía! Saben, enseguida me vino a la mente Porfirio Díaz. Porque si hay un gobernante mexicano que se hubiera podrido en el poder, como Castro, ese fue Porfirio Díaz: treinta años. ¡Por Dios! Aunque Benito Juárez iba por el mismo camino, la salud no se lo permitió, y ahora no me acusen de ser un hombre malévolo, por favor. Y yo brindo por Gorbachov. Me gusta muchísimo el carácter de ese calvo que quiere cambiar el mundo. Y Fidel Castro que ponga su pasión por el poder en remojo, eh.

A Plinio se le veía impaciente. Miraba de reojo a Antony, no quería en modo alguno que el profesor se lanzara al contraataque porque conocía su forma de pensar. «Si el hermano de Rangel interviene en esta discusión, todo se irá a la mierda», pensó.

—Señores, déjenme hablar —terció Plinio—. Rodrigo, Tomás, por favor, tratemos con Rangel el asunto que nos trajo hasta aquí y dejemos lo de los fusilamientos y otros temas para otra ocasión...

—Con todo respeto, Rodrigo y Tomás —objetó Antony, calmado, sin mirar a Plinio—. ¿A quién le gusta que fusilen a las personas? Yo estoy convencido de que a nadie le gusta que se fusile a una sola persona siquiera. De todas formas, yo los invito a que ustedes recuerden que hace poco ocurrió la intervención armada estadounidense a Panamá, en busca de Noriega, ya lo sabemos, el presidente narco. Mas si en Cuba, señores, no hacen lo que hicieron, hubiese sido invadida por las fuerzas de Estados Unidos mucho antes que Panamá. Y les diré una verdad más grande que el sol: si en México y otros países de Latinoamérica se fusilaran a los máximos responsables de la subsistencia del narcotráfico, créanme, señores, que ya ese mal se hubiese acabado o al menos no tuviera tanta pujanza como tiene en estos momentos. Y Gorbachov tendrá las mejores intenciones, pero con su actuación este mundo se va desequilibrar totalmente y...

—Mi hermano, por favor —Tucson levantó la mano para evitar que la discusión siguiera por esos derroteros porque recordaba la desagradable discusión suscitada tiempo atrás entre Antony y Plinio—, yo quisiera que Plinio me explicara cuál es la ayuda que quiere de mí. Y luego nos vamos a cenar y allí proseguimos la plática. ¿Estás de acuerdo, mi hermano?

—Perfecto —replicó Antony.

—Te explico enseguida, Rangel —Plinio inició el ataque—. ¿Qué ocurrió? Rodrigo le entregó un préstamo de medio millón de dólares a un tal Secades, hombre de negocios que reside en Costa Rica, costarricense y amigo de Sandy. Si bien eso no consta por escrito, Sandy dio su aval ante Rodrigo de que ese tal Secades devolvería sin dificultad y a la vuelta de un año ese préstamo con interés previamente acordado por ellos dos. Poco después, Secades fue detenido en Miami y se le enjuició por lavado de dinero como resultado y a raíz de los sucesos ya mencionados de La Habana. Sin embargo, Secades fue absuelto de todos los cargos que se le hicieron y de repente se le ha desaparecido a Rodrigo. En fin, parece que a ese Secades que tomó el préstamo se lo ha tragado la tierra. Bueno, cuando Sandy supo, a través de la DEA, que ese préstamo había ido a parar a manos de unos narcotraficantes de Miami, decidió cortar de raíz las relaciones tanto con Secades como con Rodrigo. Ese es el asunto, Rangel. Rodrigo necesita que hables con Sandy para que lo ayude a rescatar su dinero. ¿Qué le dijo Sandy a Rodrigo? —soltó su carcajada fascinante—. Pues le dijo: "¡Escúchame bien, pedazo de cabrón, tú y ese hijoputa del Secades, ¡váyanse con su cagada a otra parte! ¡Déjenme en paz, que yo no soy banquero ni narcotraficante!"

Y mientras Plinio aplacaba su risa, se acercaba Naida con el teléfono inalámbrico y le decía a Tucson que lo llamaba Gal. Le entregó el auricular, se situó detrás de él, y comenzó a darle cariñosos masajes en los hombros.

A través de códigos previamente acordados entre ellos, Gal le dijo a Tucson que Mojarro ya estaba en Los Ángeles; que el fiscal Mora lo felicitaba por haber recibido con beneplácito la noticia de que Zayas había sido capturado. Ella también le dijo que

Pértiga había sido sometido a los exámenes del polígrafo y tenía los resultados y por último, le tenía recopiladas todas las informaciones sobre el exagente de la CIA para el encuentro que él sostendría con Crawford en Washington.

Tucson apagó el inalámbrico, besó las manos de Naida y vio cómo se alejaba para finiquitar detalles relativos a la preparación de la cena. Miró a los reunidos. Sintió una especie de vértigo mental. «Me parece que estoy llevando muchas tareas a un mismo tiempo», pensó. «¿Se me habrá olvidado por ello algún aspecto importante?»

No deseaba hacerlo, pero se inclinó para servirse otro trago de whisky y encender un cigarro. Luego de la tragedia de Oliver, aunque intentaba disminuir ese ritmo de adicción al alcohol y al tabaco, no podía lograrlo con la celeridad que le había prometido a Naida. Vio en el fondo de la cocina a Phiilip y a Espagueti que jugaban ajedrez. Se levantó e invitó a todos a pasar al comedor dado que Naida le había hecho una señal para indicar que la cena estaba lista.

Plinio le había echado el brazo sobre el hombro a Tucson y en el trayecto hacia el comedor hizo un breve aparte para platicarle algunos temas.

—Te diré la verdad, Rangel, en ese préstamo que otorgó Rodrigo hay un dinero de Tomás y mío también. Por eso estamos aquí; perdona que no te lo haya dicho antes, y, sobre todo que yo haya venido a tu casa para molestarte.

—Vamos, Plinio, para eso son los amigos, ¿no? Pero conozco a Sandy. Así que te pido me des tiempo. Lo voy a pensar. Prometo que te daré respuesta, aunque te advierto que no se hagan ilusiones con Sandy. Puede que tenga elementos de juicio que no se los quiso dar a Rodrigo. Ya sabes, el narcotráfico nos trae mareados a todos con sus múltiples complicaciones y vaivenes. Es como una gigantesca hiedra que no deja de crecer. Espero que me entiendas.

—Hombre, claro que sí —dijo Plinio en voz baja—; si bien no me gustaría perder mi dinero. Oye, ya que hablamos de gente que me debe dinero, necesito saber si en estos días te ha llegado algo, no sé, un dato, un rumor, una señal, acerca de un gringo que se nombra Patrick Wallace. Ese pendejo me debe mucha lana.

—No, nada en absoluto —Tucson no vaciló en responder de ese modo.

—¿Seguro?

—Seguro.

—Si te enteras de algo, por favor, dame un timbrazo.

—Lo haré sin falta, no te preocupes. ¿Cómo me dijiste que se nombra?

—Patrick, Patrick Wallace.

—Lo tendré muy presente. ¿Y cuánto te debe ese gringo, si se puede saber?

—Mejor ni te menciono la cifra, Rangel. Quiero que tengas una buena digestión. Sabes, últimamente me estoy topando con un chingo de pendejos que por lo visto me quieren dejar en la ruina. Eso me pasó con ese puto judío que me robó a mi Juana Lilia. Híjole. Y yo hasta le echaba la culpa a la droga, cocaína, ya sabes; esnifaba un poco por las mañanas para reanimarme, nada grave, pero hace rato que estoy en plan de rehabilitación, te lo aseguro, y ya ves, ciertos sujetos me ven jeta de mulo.

Y Tucson sonrió ante las ocurrencias del perito y mientras se sentaba a la mesa se dijo a sí mismo: «Plinio es un hombre de la CIA, sin duda. A eso vino este pinche cabrón, por eso insistía en verme y estaba tan inquieto. Aparte lo de Juana Lilia, por supuesto.»

De nuevo se hallaban en torno a la misma mesa ovalada Gal, Pértiga y Tucson. La analista le había entregado a su jefe el resumen de los tres días en que Wallace había sido sometido a exámenes ante los técnicos y el sofisticado polígrafo: el detector de mentiras que estaba de moda y usaban periódicamente las autoridades estadounidenses para aplicar la ley. Pértiga se había quitado la chaqueta y estaba en camisa de manga corta: eran visibles las quemaduras que tenía en los brazos, producto de tales indagaciones.

Wallace tenía el semblante distendido, aunque expectante, y no dejaba de observar a sus entrevistadores.

—Como te dije, Tucson, en esa carpeta azul están los resultados del polígrafo —Gal se dio cuenta de que Tucson miraba hacia la larga ventana que se hallaba detrás de Wallace.

—Ajá.

—El vuelo para Washington sale mañana a las siete. Crawford ya está informado de tu arribo.

—Ajá.

—¿Qué expresión es esa? Nunca te la había escuchado.

—Ajá.

Gal dejó de manipular las carpetas, giró la cabeza y miró fijamente a Tucson. «¿Qué rayos le pasa?», pensó, extrañada. «Está en otro mundo. ¡Diablos!»

—Gal, tu jefe está ido —dijo Pértiga, mientras tocaba por el brazo a Tucson—. ¡Oye, Tucson, ajústate el cinturón, vamos a aterrizar!

—Si... —salía de la modorra—. Pido disculpas, por favor... —se levantó, dio unos pasos y estiró los brazos, luego regresó a su asiento y expresó en voz baja—: Tlayola, Gal, Tlayola... pensaba en Tlayola... murió de una sobredosis... anoche me llamó su esposa...

—¡Cristo! —dijo Gal.

—¿Un informante, Tucson? —dijo Pértiga.

—Sí, y de los buenos —precisó Tucson—. Bien. Vamos. Empecemos, el tiempo apremia.

—Tucson, yo conozco bien esos pesares —el exagente deseaba ser solidario—. El campo de batalla se ensancha con los hombres caídos antes de tiempo, y aún caerán muchos más, no sólo ese Tlayola. Y si puedo saberlo, ¿cuántos informantes han perdido en el desarrollo de la operación «Leyenda»?

—Hasta la fecha cuarenta y tres —dijo Tucson—. Excepto Tlayola, que nunca fue descubierto, los demás han sido ajusticiados por los propios narcos. Esos pendejos poseen una intuición muy desarrollada para descubrir a los traidores.

—¡Santo cielo! ¡Cuarenta y tres! —Pértiga estaba impresionado—. ¡Cuánto sacrificio humano para descender al centro del infierno!

—Sabes, Wallace, Tlayola pudo haber tenido mucho dinero si hubiese vendido la información a la policía o a cualquier enemigo sobre la guarida de los capos del narcotráfico con los cuales se relacionaba. Pero, inexplicablemente, al parecer ese atractivo carril no era el suyo. Yo lo admiraba por eso. De alguna manera, Tlayola despreciaba la delación.

—Pero en México la semilla de la pobreza sigue creciendo —dijo Pértiga—, y de eso se nutren los codiciosos. Saben, los budistas siglos atrás establecieron cuatro clasificaciones para los hombres que a su juicio, ya eran hombres superiores, incluso sin que ellos mismos lo supieran: los pacificadores, los enriquecedores, los fascinadores y los protectores. Yo creo que Tlayola tal vez quería elevarse, a pesar de que llevaba esa vida de baja catadura moral, a la categoría superior del hombre pacificador. Puede que por eso nunca vendiera información para enriquecerse, y, sin embargo, colaboraba contigo para eliminar el crimen organizado y el narcotráfico —al ver las caras de asombro de sus interlocutores, sonriente agregó—: Señores, yo fui un profesor universitario bastante aceptable. De veras. Y yo, Tucson, clasificaciones budistas aparte, aplaudo la vida de ese Tlayola, créeme.

Tucson miró con detenimiento a Pértiga. A su juicio, las palabras que expresaba Wallace eran adecuadas, inteligentes, además algo excéntricas. «¿De dónde demonios habrá salido este hombre de la CIA que hasta Plinio procura con descuido?», pensó, sugestionado.

—¿Y tú, Wallace —dijo Tucson, incisivo—, qué tipo de hombre serías dentro de esa clasificación budista? ¿Podemos saberlo?

—Como el tipo de Tlayola —dijo Pértiga—, el pacificador. No sé. Tal vez por eso esté aquí con ustedes. Digamos que quiero hacer justicia para que la especie humana encuentre la paz que necesita. Y bueno, si ello aún me fuese posible. Puede que al final cierta gente logre eliminarme. No me cansaré de decírtelo.

—¿Y nosotros dos que clasificación tendríamos? —terció Gal.

—Tucson y tú, sin duda, pertenecen a los protectores —dijo Pértiga—. Por eso ustedes son insobornables. Sólo desean proteger a las personas.

—Así que Gal y yo te damos la imagen de ser protectores —mientras hablaba Tucson leía los aspectos más importantes que se hallaban en el resumen elaborado por Gal sobre Pértiga. Leía y hacía comentarios—: Interesante, interesante. Estos resultados dicen que tú, Wallace, no has dicho una sola mentira en tus historias. Todos los resultados sin excepción destacan lo mismo: no detectada mentira. ¡Vaya, es una plus marca ante el polígrafo! ¡Tú, Wallace, sólo dices la verdad y nada más que la verdad!

—¿Te burlas de mí, Tucson? —dijo Pértiga.

—No, en absoluto, Wallace —replicó Tucson—. Oye, ¿anteriormente habías pasado la prueba del polígrafo?

—Jamás —dijo Pértiga—, así como puedo afirmar que aún no sé cuál es mi ADN.

—Wallace, es mi estilo. Ojeo y comento. Déjame seguir, por favor. Dicen los exámenes que te nombras Patrick Wallace; naciste en San Francisco; la CIA te reclutó hace veinte años en la Universidad Estatal de San Francisco y te mandó a Guadalajara para desarrollar la operación Cóndor entre los estudiantes; luego de terminada esa operación te plantaron en la DFS para que informaras a la CIA lo que hacían los mexicas en esa CIA a la mexicana; que de regresar a Estados Unidos, nuestro gobierno ordenaría tu eliminación física por el hecho de poseer información secreta y por haber desertado de la CIA; que Mayer es un hombre de la CIA plantado en la DEA; y en Guadalajara Mayer te amenazó y te dijo en nombre de la CIA que no podías reunirte con Tucson; vaya, ¡hijos de la chingada!, aquí dices que Matías con los aviones de su empresa aérea, denominada SETCO, transportaba droga a México para luego ser enviada a territorio gringo, y que esas operaciones estaban relacionadas con la recaudación de fondos que la administración estadounidense le entregaba a la Contra nicaragüense y a los contrarrevolucionarios cubanos de Miami; que fue un piloto de la CIA, en un avión de la CIA, quien se encargó de sacar a Aristarco de México para Costa Rica; y todos los capos del cártel de Guadalajara llevan consigo charolas de la DFS que los identifican como comandantes de ese órgano de inteligencia azteca y, por tanto, ninguno de ellos tiene problemas con las autoridades al transitar por México; vaya, ¡hijos de la chingada!; aquí afirmas, Wallace, que el asesinato de Camarena fue el resultado de un complot en el cual participaron los capos del narcotráfico y los jefazos políticos, policíacos y militares de Guadalajara, incluso que todo ello fue debidamente autorizado por la CIA, debido a que Camarena con su investigación saboteaba la buena marcha de la recaudación de fondos estrechamente vinculados con el caso Irán-Contra.

Dejó de leer, se puso en pie y lanzó el resumen sobre la mesa como si fuese un pliego infernal. Ahora Tucson miraba a través del amplio ventanal que daba hacia la arboleda que se hallaba en los jardines de las edificaciones. Observaba en esa hora del atardecer que se desvanecía, cómo los pájaros pequeños volaban a gran velocidad en todas direcciones por encima de las copas de los árboles, y veía cómo se agrupaban y se desbandaban una y otra vez; también contemplaba unos pájaros negros de mayor tamaño que ascendían y desde lo alto bajaban en veloz picada vertical y se hundían en el tupido ramaje. Y esas piruetas aéreas se repetían y se repetían.

Plinio, Pantera, Cadena, Darío y Webb planeaban horizontales en su memoria y Celma, irónico y provocador con sus filósofos griegos a cuesta, hacía la picada vertical en medio de aquella comida efectuada en el restaurante de las afueras de Mazatlán, cuando le daba la primicia escandalosa acerca de una operación tenebrosa que había sido tejida por corruptos personajes del gobierno estadounidense relacionados con el caso Irán-Contra. Y lo que menos Tucson había podido imaginar en aquella ocasión era que esa operación precisamente sería la urdimbre causal que desataría el asesinato de Camarena. En esos momentos, el agente recordaba a Camarena con su sonrisa juguetona en el centro de una fotografía que conservaba, donde se hallaban Narro, Sandy y él. Y rememoraba la alegre frase que le soltó Sandy a Camarena luego de darle un manotazo afectuoso: «Tú eres muy listo, Camarena. Tú, tarareando una canción, puedes atravesar un campo minado, y hasta bailarías si quisieras, cabrón, porque a ti nada malo podrá sucederte. ¡Eres muy listo, pedazo de pendejo!»

Tucson se sentó y vio cómo Gal servía café para Pértiga y para él. «Demonios, hoy estoy demasiado sensiblero», pensaba. «Soy un asqueroso sentimentalista.»

—Wallace —dijo Tucson—, te voy a hacer dos preguntas y quiero que me las respondas de manera clara. Fíjate, aquí no tenemos ningún polígrafo. Mas con tus respuestas yo voy a comenzar a ver las cosas de un modo más efectivo. La primera: ¿en tu opinión, quién traicionó a Camarena?

—La corrupción reinante en las cúpulas del gobierno de México y de Estados Unidos, sin duda. Mucho dinero, Rangel. Camarena entorpecía el fluir de ese dinero sucio que debía llegar sin dificultades a las manos de los poderosos que apuntalaban sus causas políticas. Y, para romper los diques que construía la DEA en la persona de Camarena, utilizaron a la CIA, y esa agencia empleó para ello a un jefe de la DEA que seguramente trabajaba muy cerca de Camarena. Pienso que ese jefe es el que lo delató ante los narcotraficantes. Esa es mi respuesta, Tucson. Aunque me torturen no tendré otra. Y antes de que tú me lo preguntes: desconozco quién pudo haber sido ese jefe de la DEA que utilizó la CIA.

—Bien, aunque en buena medida ha sido respondida, la segunda pregunta: ¿quién lo mató?

—No tengo la menor duda: la CIA, amparándose, por supuesto, en el odio que le tenían a Camarena los capos del cártel de Guadalajara, así como los jefazos políticos, policíacos y militares que recibían buenos dividendos del narcotráfico. No olvidemos, Tucson, que Camarena decomisó en los bancos miles y miles de millones de dólares.

—¿Tú puedes, Wallace, testificar todo eso en los juicios que se celebren ante el Gran Jurado? —dijo Tucson.

—Sin duda. ¡Claro!, pero como siempre les digo: si no llego a resbalar con una cáscara de plátano y fallezco por derrame cerebral o cualquier otra cosa. Y esto no lo digo en broma. Esos cabrones saben cómo hacer las cosas.

—Como escuchaste hace un rato, Wallace, mañana tengo que viajar a Washington para reunirme con nuestro jefe. Y quería tener la certeza de no ser ambiguo en las informaciones que debo tratar con él. Por eso he querido precisar estos aspectos.

—Sí, yo he oído hablar bien de ese Crawford. Y ahora sé por qué tú eres atendido directamente por él. Sí, Tucson, no quiero que tú le digas ni una sola mentira a tu jefe, pero ahora escúchame bien. Sólo hay un dato importante que yo debo rectificar. Debo cuidarme, ya sabes. No obstante, prométeme que tú y Gal no se van a enojar conmigo.

—¿Cómo? —dijo Tucson, intrigado—. ¿Qué debes rectificar?

—Lo siento, Tucson, sólo lo diré si antes ustedes me prometen que no se van a disgustar conmigo. No olvides que yo soy el hombre pacificador y ustedes son los protectores.

—Prometido —aseguró Tucson.

—Como ustedes saben, la CIA me diseñó una vida que no era la mía. Era la vida de un impostor y la viví durante más de veinte años —miraba fijo a Tucson—. Y si yo voy a presentarme ante el Gran Jurado, tengo que hacerlo con mi verdadera identidad. Yo no me llamo Patrick Wallace, Tucson. Mi nombre verdadero es Mark Coleman.

Gal y Tucson se miraron pasmados. Después de pasar unos largos segundos, dado que nadie atinaba a decir palabra para romper el silencio, Tucson, después de salir del asombro inicial, ordenó a Gal que tomara nota de ese nombre y se comunicara de inmediato con los colegas encargados de verificar las partidas de nacimiento de San Francisco. Y también llamara por teléfono a los expertos que recién habían realizado los exámenes con el polígrafo.

—Aquí te espero, Gal —Tucson hablaba despacio y con hiriente ironía—. No demores, por favor. Como has podido apreciar, algunos hombres, como el ejemplar que ahora tenemos frente a nosotros, tal vez salido de Alcatraz y no de Chiapas, son más complicados que otros.

—Tucson, yo...

—Cierra la boca, impostor, y ahora deja de joder, que no quiero escucharte. Mejor, esperamos por Gal.

Pasados unos largos minutos entró la analista con una nota en las manos, y dijo:

—Jefe, en efecto, este hombre se nombra Mark Coleman, y toda la información restante que obra en nuestro poder coincide perfectamente bien con su nueva identidad. Todo apunta a que Mark Coleman es su verdadero nombre.

Crawford recibió a Tucson dándole la mano y luego, arrumaco sorpresivo para el agente, lo abrazó y lo invitó a sentarse. En la expresión de su rostro se podía observar la gentileza y el afecto de siempre. Eso pensó Tucson. Sin embargo, notó que junto a esa atmósfera de bienvenida, flotaban ciertas señales de despedida, como en una persona de semblante alegre o triste —el de Crawford en esos momentos era raro— que en fecha no lejana debe emprender un largo viaje. Algo así percibió el agente en el semblante y la mirada de su jefe. «Debe de ser que yo aún estoy sacudido por la jodida paranoia de Pértiga», se dijo.

—Quiero felicitarlo, Rangel. Atrapar a ese capitán corrupto, ese tal Ed Anderson, fue fantástico —sonreía—. Caramba, así que usted lo encañonó con su propia pistola, con su propia Magnum, mientras él abría la maleta con el dinero poco después de entregarle los kilos de heroína... Rangel, realmente usted tiene una imaginación desbordada, y hace cosas opuestas al sentido común.

—No, jefe, yo hice eso para que no lo mataran. Ya sabe, a nadie se le dispara cuando está desarmado. Y le diré la verdad. Como semanas atrás una hermosa rubia, él y yo nos desnudamos en la habitación de un hotel, en realidad yo le había tomado aprecio. De veras, jefe. Hay hombres que viven esa aventura una sola vez en la vida, ¿no?

—¡Por Dios, Rangel, no me haga reír! —Crawford reía—. ¡Una aventura única! ¡Así que los tres se desnudaron y por eso usted le tomó aprecio al comandante! ¡Rayos!

La secretaria entró con el agua y el café y miraba a los dos hombres cómo reían, y ella también sonreía sin saber exactamente el motivo de tales risotadas. Y se marchó.

—Jefe, en serio, mis hombres ya le habían explicado a la gente de ese capitán en qué mierdas andaba metido su jefe. De manera que cuando entraron nuestros agentes en el despacho de Anderson, que aún no sabía que nosotros habíamos montado el operativo a sus espaldas y en sus propias oficinas, al ver a mi gente en trajes de fatiga y armados, y que yo lo apuntaba, entonces le dio por gritar, histérico:

—¡Carajo, agárrenlo, es un comprador de Chicago! ¡Miren cómo el hijoputa me encañona! ¡Pronto! ¡Vamos! ¡Ése no tiene güevos para disparar! ¡Agárrenlo!

Y entonces Ramírez, le vociferó:

—¡Oiga, Anderson, no ve que el hombre de Chicago lo apunta con su propia Magnum! ¡Idiota! ¡Ándele! ¡Está detenido, pedazo de cabrón!

Luego, Crawford y Tucson examinaron con detenimiento la marcha de la operación «Leyenda». Vieron que los intocables capos como Aristarco, don Fonse y Celso habían sido apresados con sus numerosos secuaces y que otros jefes serían capturados muy pronto. «Gracias también al papel desempeñado por las autoridades mexicanas, jefe», destacó Tucson, mientras pensaba en Imeldo.

Aquellos tres capos que ya estaban en prisión habían sido los principales jefes de uno de los cárteles del narcotráfico más poderoso, el de Guadalajara, quienes habían ejecutado el crimen de Camarena. Otros pejes gordos vinculados a la vida política, policial y militar mexicanas también habían sido aprehendidos y se estaba muy cerca de arrestar a los que faltaban.

Uno de los primeros asuntos que trató Tucson con Crawford fue lo relativo a Mayer.

—Tan pronto regrese a Los Angeles, jefe, le mando a ese cabrón para acá —dijo Tucson, luego de narrarle todo lo que había informado Pértiga sobre Mayer.

—Sí, envíalo, en cuanto llegue se lo voy a consignar a Sachs, seguramente lo pondrá a trabajar con él —replicó Crawford.

El agente percibió que la opinión de su jefe por Sachs era la peor. Cuando Tucson le contó a Crawford las informaciones que había brindado Pértiga acerca del papel desempeñado por la CIA en los entresijos del escándalo Irán-Contra, y otros pormenores relacionados con el asesinato de Camarena debido al complot organizado por altos funcionarios del gobierno mexicano y ejecutado por los capos del cártel de Guadalajara, a intervalos, pero con el mismo tono de repudio, expresaba de modo invariable: «Increíble, Rangel, eso es sencillamente increíble», o, «Todo eso es de una vergüenza y de una gravedad repugnante».

—Rangel —abrió una carpeta que tenía ante sí y agarró un documento—, le voy a leer un informe reciente que me hizo llegar la CIA de unos de sus agentes mejor ubicados en el seno de la presidencia de México. Así podrá tener una idea de hasta dónde llega el nivel de podredumbre existente en el gobierno mexicano —se echó hacia adelante en su butaca, y susurró—: Yo comparto la frase final que expresa este espía en su reporte, con la diferencia de que yo no puedo ni siquiera garabatearlo, no ya pregonarlo como me gustaría hacerlo.

Crawford leyó el informe que trataba con puntillosa precisión cómo Barreto, exSecretario de Gobernación lamadridista, había ordenado el secuestro de Camarena, dado que no quería perder el dinero que recaudaba de los narcos y, en específico, el que le entregaban para su campaña electoral a fin de poder alcanzar la primera magistratura de México: más de cuatro mil millones de dólares. Misión de Barreto: proteger el narcotráfico. El espía manifestaba entre líneas que amaba a su país, el cual se hundía sin remedio en los infiernos por culpa del Partido Revolucionario Institucional, pero en la redacción de su informe se podía apreciar cómo admiraba ilimitadamente a la nación que calificaba como la mejor del mundo: la estadounidense, y en algunas frases se dejaba entrever su claro desdén hacia el México mestizo.

También informaba acerca de otros altos funcionarios lamadridistas: el exSecretario de Defensa, el exProcurador General de la República, el exGobernador de Jalisco y actual director del Banco Nacional de Obras Públicas. Esos tres funcionarios, según el espía, que permitieron el crecimiento del narcotráfico y apoyaron la distribución de drogas en México y más allá de sus fronteras. Esos tres funcionarios cobraban en la nómina del cártel de Guadalajara y estuvieron presentes en algunas de las reuniones que derivaron en el rapto, suplicio y crimen de Camarena. El espía al final del largo y detallado informe destacaba: «...esos tres jamelgos que se creen caballos de raza corren ahora asustados de un lado para otro, queman papeles comprometedores y solicitan a quienes los tengan que hagan lo mismo; destruyen hasta sus propias hediondas herraduras. Yo los veo nerviosos todos los días y desempolvo el gabán ante sus narices, muy satisfecho de que la justicia estadounidense los tenga en la mirilla, aunque los tres jamelgos confían que el actual presidente de México y su parentela, tal como lo hizo el primer magistrado del sexenio anterior, seguirá dando protección a las conexiones con el narcotráfico». Y concluía: «...saben una cosa, ¿ustedes quieren saber cuándo México dejará de dar protección y de estar metido hasta el fondo en el narcotráfico?; yo se los diré, señores, cuando todos los mexicanos estemos muertos, bien muertos».

Crawford sonrió y volvió a leer, como magnetizado, la espantosa frase que cerraba el informe.

—Rangel, le pido disculpas por haberlo obligado a escuchar este informe tan largo, pero yo quisiera preguntarle si...

Puede que el jefe de la DEA hubiese perdido el hilo de lo que quería exponer porque se levantó, se sirvió café y le ofreció a Tucson, pero éste lo rehusó afable. A Crawford se le veía preocupado.

—Sachs diría que ese informe fue redactado por un individuo en la terraza de su casa —Tucson quería ayudar a Crawford—, luego de leer la prensa, beber tequila y con un habano entre los dedos, ¿no?

—Sí, así es —repuso Crawford, con sorna—, y hasta seguramente Sachs hubiese estado en esa terraza tomándose un whisky con ese espía.

Y ambos sonrieron.

—Quería preguntarle, Rangel, ¿será cierto que Barreto haya ordenado el crimen de Camarena?

Esa pregunta y el orden secuencial de la reunión tenían algo enmarañada la percepción de Tucson. «De momento, no entiendo absolutamente nada, mas me esforzaré, Crawford, me esforzaré», se dijo.

—Si no me equivoco, jefe, en Arizona le presenté a mi madre y a una gitana húngara como mi segunda madre, Adriana y Mariana, ¿recuerda?

—Las recuerdo, sí, las recuerdo.

—Esa húngara enseñó a mi madre todo lo tocante al tarot, leer las cartas, entrever cosas, ya sabe. Mariana es pesimista a la hora de hablarme del futuro. Ella siempre quiere alarmarme para que yo esté alerta. Mi madre, por el contrario, es optimista a la hora de hacerme profecías. Ella no quiere que nada malo me suceda. Y ya sabe usted como es la vida de imprevisible. Y bueno, jefe, a lo que iba para no disgregarnos: un buen día la húngara me dijo que si yo no quería caer en prisión que me alejara de todo aquello que fuera quehacer de un abogado. Así que esa pregunta que acaba de hacerme, jefe, no se le ocurra hacérmela delante de un juez y de un jurado porque de seguro meteré la pata y tendré serios problemas. Pero ya que me lo pregunta, yo creo que ese señor es un perfecto mafioso. Barreto, como usted sabe, iba a ser el candidato del PRI a la presidencia en 1988. O sea, no iba a ser Salinas de Gortari; mas Barreto al ver que la gente en los mítines de su campaña electoral le gritaban que era un candidato narco, un vulgar asesino, que había asesinado a Camarena y le tiraban piedras al helicóptero en donde viajaba, tuvo irremediablemente que retirar su candidatura. Y yo me atengo a lo que dicen los testigos que tenemos, jefe. Son varios, por cierto.

Tucson sentía que el Crawford que conocía estaba algo desconocido en esos momentos. No obstante, decidió seguir adelante.

—Pero, jefe, ¿tendríamos esa misma inquietud con nuestro gobierno y algunas de sus figuras, envueltas en toda esta inmundicia que afrontamos?, ¿Reagan, por ejemplo?, ¿el anterior y el actual jefe de la CIA? ¿No deberían ser juzgados?

—Posición anterior, Rangel —parecía que Crawford volvía a ser el mismo—. No sacuda la alfombra que tenemos bajo los pies. Y no vuelva a hacer esas interrogantes delante de mí, por favor. Yo pienso algunas cosas parecidas a las suyas, no idénticas, eh, y me conviene olvidarlas.

Tucson reía en sus adentros, satisfecho.

Todo lo concerniente al operativo para secuestrar al médico Alvarado fue revisado paso a paso por Crawford.

—Tengo que darle una noticia que tal vez no resulte de su agrado, Rangel. Han decidido promoverme a otras funciones. Por lo que me han dicho pasaré a dirigir otras divisiones que tienen que ver con asuntos delicados relacionados con la seguridad nacional. Así que en breve plazo dejaré la DEA.

—Para mí, jefe, es malísima noticia, la verdad, aunque si usted va a mejorar, como parece, le deseo lo mejor.

—Gracias, Rangel. Sabe, en mi cargo van a poner a quien no lo quiere, a Sachs. Así que le recomiendo mucha calma y que siga trabajando como lo hace. La mejor manera de reforzar la defensa ante los colegas que no nos tienen aprecio es trabajar y trabajar. Y exigirle a sus subordinados, Rangel, exigirles y exigirles, todos nuestros agentes, con raras excepciones, siempre harán como Sachs: trabajar lo menos posible.

XXV. El aullido de los lobos

En la oscuridad de una vivienda se hallaba Cadena junto a uno de los expolicías que había sido reclutado por él y desde esa posición controlaban los movimientos en torno al consultorio del médico Alvarado. Unas ventanas en lo alto que daban a la calle se mantenían encendidas a medias: eran las ventanas más visibles del consultorio, las importantes, dado que ahí solía trabajar el médico que llevaba días ausente del desempeño de sus labores.

A veces, por detrás de los cristales cerrados de una de las ventanas, pasaba lentamente una silueta humana, casi dilatada por los vidrios, de derecha a izquierda. En una de esas espaciadas caminatas esa silueta se detuvo y se aproximó a la ventana.

Se encendieron las luces de la habitación y de repente un hombre delgado abrió la ventana, asomó la cabeza y miró hacia los bajos, hacia la entrada del edificio, y así estuvo largos segundos antes de meterse de nuevo, aunque antes de entrar lanzó la colilla de un cigarro encendido que al caer sobre la calle esparció diminutos fulgores.

—¿Y quién es ése? —Cadena bostezó.

—No sé, nunca lo había visto —replicó el vigilante de turno.

—¿El jodidazo de ayer nada te dijo sobre ese individuo?

—No, patrón, sólo me dijo que habían estado la mujer de servicio y el custodio, como hoy, pero sobre ese sujeto que ahora está allá arriba, nomás que nada dejó dicho.

Las luces en el consultorio se mantenían encendidas y ahora no era una silueta la que atravesaba la habitación, sino dos, había dos y ampliaban sus movimientos, haciéndolos más continuos.

—Algo pasa allá arriba —Cadena estaba intranquilo—. No sé si estoy aburrido por este esperar sentado que no acaba. Siento que el culo se me rompe. No sé. O tal vez sea Juanacatlán que me jala con sus chavas y los empedados que hay que aventar a la alberca. Tal vez sea eso.

—Sí, patrón, ese lugar está bien padrote. Una legión de chamacas que son unos forros y mucha clientela. Yo se lo decía a mi compadre, ese es uno de los sitios más dotado de hermosura que hay en Guadalajara.

—Ah, sí, ¿dotado de hermosura?, ¿eso le dijiste?

—Sí, patrón.

—No me chingues, buey, ese es un congal que se me hace... —vio cruzar en lo alto una tercera silueta voluminosa que lo dejó sin aliento—. ¡Oye! ¿Qué hora tienes?

—Las veinte y treinta, patrón.

—Fíjate, acaba de pasar una montaña por delante de esa ventana y yo juraría que es el mastodonte. Ni modo. Llama a la gente y dile a Crespo que se traiga a las gemelas. Ah, que traiga a la gente con los carros blindados de la Judicial, los fusiles de asalto, los trajes de fatiga, los pasamontañas y las charolas para entrarle a este cabrón asesino y al aeropuerto. ¡Todo, carajo, que llevamos tiempo en esta chingadera! ¡Ándale, buey! ¡Ese mastodonte no se nos puede escapar! ¡Ándale!

«Transfórmate en el pavorreal que es la gloria de Dios, Cadena, hipnotízalo, y trae para acá a ese galeno asesino. Y garantiza que los hombres bajo tu mando no lo maltraten, ni de palabra y ni siquiera con una mala intención en la mente, en fin, que no se le den golpes ni se le haga un rasguño, porque después el abogado defensor transformará esos golpes y ese rasguño en tortura», fueron las últimas frases que le dijera Tucson a modo de recomendación.

«¿De dónde Tucson habrá sacado eso de que el pavorreal es la gloria del Señor?», pensaba Cadena. «¡Pinche, buey! El pendejo con esas cosas te hace pensar, seguramente fue esa gitana la que se lo dijo, la bruja húngara que siempre se va de paseo al Gran Cañón. Sí, Tucson, si todo esto sale bien, quiero conocer a esa gitana, igual que a la Adriana, para ver qué dice el tarot sobre el futuro de mi familia y de mi Juanacatlán. Nomás para eso quiero verlas, pedazo de cabrón, ¡mira en lo que me has metido!»

Cadena esperaba la llegada de Crespo, que era el segundo jefe del operativo, y también a Sierra, que había sido el encargado de escoger y entrenar a las dos muchachas y le habían transmitido las instrucciones de Cadena. Y para esa ingeniosa faena nadie mejor que el solapado voyerista Sierra, el asistente que gozaba como pocos de la estima de Cadena —hasta que lo sorprendiera, por supuesto, en el ejercicio de esa adicción, la cual dañaría la reputación del Juanacatlán.

Esas jóvenes escogidas por Sierra eran el detalle prodigioso que no podía fallar: un par de muchachas atractivas, hermanas gemelas por demás, que llevaban encima la belleza que ostentan las mujeres de Culiacán. Sólo tenían dieciocho años de edad, la edad física, ya que por lo vivido en la mente condensaban el buqué de las fascinantes mujeres maduras.

—De manera que ellas se conviertan en el duplicado manjar sexual que sabrá seducir como anzuelo de acero a ese narcogaleno —le había puntualizado Cadena a Sierra, y casi reiterativo le adicionó—: Ese duplicado manjar atrapará la atención del doctor mastodóntico hasta llevarlo al inicio del atracón lascivo; y, fíjate, Sierra, nomás que ambas sólo lo lleven hasta determinado punto en el horizonte, ¿eh?, ¿has entendido?

—Por supuesto, jefe.

Pero Sierra durante el adiestramiento de las muchachas, al no poder recordar con exactitud las palabras que le dijera Cadena, entonces las dijo a su aire, si bien no podía usar palabras soeces, así se lo había ordenado el jefe.

—Al ginecólogo que se le haga la boca agua cuando las mire a las dos y hasta se imagine en dónde va a meter los dedazos que tiene —le dijo Sierra a las muchachas—. Fíjense, gemelas, nada de empaparse con perfumes, ni baratos ni buenos, ninguno. Eso me lo advirtió Cadena. Sólo pónganle a ese pendejo doctor ante sus narices esas carnes duras y fragantes con que ustedes se engalanan. No lo olviden, preciosas, lo erótico es la brisa de lo porno. Esa es la consigna del jefe. Y tú, Georgina, no te olvides de pegarte a la ventana cuando tu hermana ya tenga las piernas abiertas.

Arribaron las gemelas y Cadena, después de chequear algunos detalles, hizo el disparo de partida ante su atento y bien entrenado comando. Poco después una de las gemelas caminaba por la acera apoyada en el brazo de la otra. Y la que trastabillaba fingía estar atravesada por un dolor en el bajo vientre que a duras penas le permitía andar derecha; estuvo encorvada largos segundos bajo la farola que se erguía ante la puerta del inmueble. Cuando se abrió la puerta ambas subieron las escaleras envueltas en la misma teatralidad y, a propósito, debido a la preocupación que las embargaba, algo descuidadas en sus atuendos: la blusa desabotonada que dejaba entrever el inicio de los senos, la saya que había trepado casi por sí misma para mostrar los muslos y otros ardides.

Y así entraron en el consultorio.

El joven que abrió la puerta del apartamento, delgado y huesudo, al ver a las gemelas pareció adueñarse en ese instante de toda la galantería de un varón jalisciense; embobecido se movilizó y apartó los muebles para que la afligida muchacha pudiera recostarse en el diván que había en el recibidor.

Inmediatamente Georgina observó que por el ancho pasillo se acercaba el médico que ya conocía por fotografías.

Llorosa y temblorosa al ver a su hermana adolorida, Georgina le imploró al médico que la atendiera cuanto antes y que ella le pagaría por esa consulta lo que él le pidiera. El médico quizás sintió el impulso de decirle: «No puedo señorita, lo lamento mucho, este consultorio no es una sala de urgencia»; mas esos pensamientos quedaron atrapados en la otra voluntad peleona y oponente que todos llevamos dentro, y ahora esa se posesionaba resuelta en el cerebro del galeno y hacía tambalear su ya cuestionada ética profesional. Cuando repasó con la vista la atractiva estampa de las dos hermanas, que se confundían en una sola beldad —y por las ropas y zapatos parecían haber llegado recientemente de Hollywood o de Las Vegas— le pidió enseguida al joven huesudo que lo ayudara a trasladar a la joven gimiente hasta su dispensario, para luego de tenderla sobre la camilla, revisarla y si fuera necesario remitirla con urgencia hacia un centro clínico adecuado.

Georgina sólo tuvo que pegarse a los cristales de la ventana para enseguida apreciar, cuando miró hacia abajo, que una silenciosa fila de hombres con trajes de fatiga subían presurosos por las escaleras. Sonó de nuevo el timbre de la puerta y el galeno frunció el entrecejo y dejó de revisar a la muchacha. Las manos, que semejaban ser la perfecta extensión de un par de muñecas redondas cual polines gruesos, exhibían los guantes que lo auxiliarían a revisar la matriz de la muchacha, ya que en una primera auscultación exterior no había encontrado nada que fuera preocupante. El médico, en fracción de segundos, presintió lo peor. Escuchó un tronar de botas que atravesaban el pasillo y en unos segundos vio que irrumpían ante su vista varios hombres armados y enfundados en los uniformes de la Policía Judicial.

—Doctor, por orden de la Procuraduría General de la República —Cadena le mostró la falsa identificación y la simulada orden escrita de aprehensión— queda detenido por su criminal implicación en el asesinato del ciudadano estadounidense Enrique Camarena Salazar, agente especial de la DEA. Debe permanecer en silencio dado que cualquier tipo de comentario pudiera ser utilizado en su contra.

—¡No, no puede ser! —luego de salir de su asombro inicial, el ginecólogo refutaba sobresaltado, mientras veía que la gemela que estaba desnuda se quitaba la sábana que la cubría sin ningún tipo de rubor, buscaba sus ropas y se vestía como si acabase de hacer una audición para actuar en una película porno—. ¡Esto es un atropello, quiero un teléfono!

—Doctor, cálmese —Cadena se puso de frente al detenido—. Usted no es la primera ni será la última persona que vamos a aprehender en el día de hoy, por favor. Además, usted es un médico de renombre en Guadalajara. ¡Hombre, doctor, eso que acabo de decir de usted es de absoluto dominio de todos los tapatíos! Tranquilo, doctor, ya es hora de que arregle sus cuentas en lo relacionado con ese caso del agente de la DEA asesinado en febrero de 1985. Usted lo sabe, por favor. Déjese conducir al Distrito Federal para que se dilucide su situación de una vez por todas. Ándele, para que usted mismo esclarezca esa pesada acusación.

El médico, aún bajo los efectos de la inesperada situación, miró por unos instantes al líder del comando que acababa de capturarlo y que le comunicaba de manera cordial, pero enérgica, esos pareceres de inspiración persuasiva. Esposado, se volteó y ojeó su entorno hasta localizar al joven huesudo, quien estaba pegado a una pared del pasillo con los ojos fisgones y espantadizos, a quien el médico al pasar por su lado le transmitió unos precipitados recados para que se los hiciera llegar cuanto antes a su familia.

Luego de que Cadena hubiera confrontado y vencido serias dificultades para esposar las gruesas muñecas del corpulento médico, éste se dejó conducir mansamente por el comando hasta llegar a un par de camionetas blindadas de la Judicial. Tan pronto esas camionetas fueron ocupadas por el detenido y el piquete de los falsos policías, partieron a toda carrera y de modo aparatoso hacia el aeropuerto internacional de Guadalajara.

El propietario del Juanacatlán, a pesar de que en su vida siempre había sentido una inexplicable aversión por los policías, había hecho de tripas corazón y ahora se conducía como un legítimo comandante, graduado en las mejores academias, e iba al frente de esos uniformados que actuaban bajo su mando con el ritmo y la precisión de una maquinaria suiza. Era evidente: su capacidad de observación y las respetuosas relaciones que siempre Cadena había mantenido con las autoridades jaliscienses de la ley, le habían sido de mucha utilidad.

Poco después de que entraron los carros en las entrañas del aeropuerto, donde un par de funcionarios recibieron de modo furtivo la caravana punitiva, y luego de que Cadena ordenara dejar al cuidado de los dos choferes las armas largas y precisara que el resto del comando sólo llevaría consigo armas cortas cuando abordaran el avión, el jet de trece plazas, cobijado por un cielo cubierto de oscuros nubarrones y anunciador de que muy pronto se desataría una tormenta, despegó a las veintidós horas.

El punto final del trayecto de ese vuelo, comentado entre Cadena y el piloto, llegó a los oídos del detenido: sería Ciudad México. Y el ginecólogo, que no había podido auscultar como hubiese deseado a la gemela desnuda, la cual de presumida damisela se le reveló prostituta en un instante, viajaba persuadido de que el Distrito Federal era sin duda el verdadero destino de la travesía.

En esos momentos el jet estrenaba contorsiones impresionantes que contraían el ansia del secuestrado y la de los secuestradores. «Carajo, este avión parece un carricoche que rueda por una montaña rusa», masculló Cadena para sí. «Maldición, Tucson, hijo de la chingada, me fregaste por el cariño que yo sentía por Camarena y el respeto que te tengo».

En la mente del médico, sin embargo, se oprimían los miedos de todo tipo y tironeaban con saña muchas acciones ilusorias, de esas que ante el desastre se yerguen con fragilidad para no perder el control, y repasaba mentalmente, por ejemplo, quiénes serían las primeras personalidades a quienes llamaría por teléfono después de la llegada al D.F. «A una, exclusivamente a una», pensó, sobrecogido, «porque de seguro no podré telefonear a más de una. ¡Cristo! ¡Ayúdame!»

Previamente sugerido por Patxi, Ulricke había habilitado un local donde él y Muñoz descansarían y harían la guardia. Ese habitáculo se hallaba en los bajos de la boutique, próximo al lobby y a los sótanos del inmueble, y tenía una larga ventana rectangular desde la cual se podían controlar los movimientos en la calle.

—¿Cómo fue el viaje? —Muñoz estaba de pie frente a la ventana desde donde vigilaba los alrededores.

—Una paliza —Patxi estaba echado a todo lo largo en un sofá cama—, pero nada que ver con los rollos del jefe. Yo jamás lo había visto con tantos follones encima —se sentó—. ¡Oye, tú, qué buena coca tienen en Colombia! ¡Joder! Esa doña blanca, como ustedes la llaman, combinada con mi hachís, me tenían activo y derecho. A mí que no me jodan, Muñoz, pero esa coca medellineana es la mejor del mundo. Yo por eso podía currar como los negros y siempre me recuperaba. Ahora estoy hecho polvo, esa es la verdad, pero mañana, cuando me levante, me preparo un poco de hachís con coca y enseguida estaré como un roble —le dio con el pie a Muñoz, le hizo un guiño y en voz baja musitó—: Y así acompañaré a esa emperatriz que está allá arriba. ¡Hostia, Muñoz, qué lindura se manda esa Ulricke!

—Cuidado, Patxi, nomás que esa apretada tiene dueño.

—¡Hombre, qué crees! Yo te digo esas mariconadas, pero sería incapaz de insinuármele. Después, ya sabes, el jefe me corta la polla y se la echa a los perros.

—Duerme, Patxi, mañana tienes chamba.

—Hay mucho follón, Muñoz. ¡Joder! Ya veo más calmado al jefe, pero hace una semana estaba que parecía una sombra perdida. Me parece que el jefe atendía varios frentes al mismo tiempo. Pero yo veo que las cosas se empiezan a destrabar.

—Menos mal. Viste lo de El Califa, Patxi. Eso me tiene preocupado. ¡Qué desgracia!

—Muñoz, no seas gilipollas, todos nos iremos al cielo o al infierno; oye, tú, ¿y por qué coño estás preocupado, eh? No me toques los cojones. Nuestro jefe es nuestro jefe. El Califa ya estaba viejo y enfermo, que en paz descanse, y a los demás que les den por culo.

—Se ve que tú no conoces a nuestra gente, Patxi. Yo tuve problemas con ese pendejo del César que ahorita se quiere quedar con todo lo del Califa. Y si ese cursiento agarra, yo estaré jodido, bien jodido. Ese cabrón, a espaldas del Califa, quiso tenerme de oreja en una ocasión y yo lo mandé a la chingada. Nomás que ahorita...

—Déjate de gilipolleces, Muñoz. Cuando me regrese del viaje, yo mismo hablo con el jefe y tú le cuentas todo. A ese César que le den por el anís.

—¿Harías eso por mí, Patxi? ¿De veras?

—Claro, hombre. No te olvides que tú eres mi Manolete.

—Vete a la verga, Patxi, te he dicho que no me llames así.

—Hombre, tú eres mi torero —reía y trataba de sofocar las risotadas para que afuera nadie lo escuchara; se le aguaban los ojos y el semblante se le enrojecía—. Joder, me gusta decírtelo. Bueno, no te cabrees. Hombre, te prometo que no te lo digo más. ¿Vale?

Muñoz había dejado bruscamente su lugar de vigilancia y caminaba disgustado por el cuarto, las zancadas eran tan largas y asimétricas que tropezaba con los escasos muebles que estaban apiñados debido al reducido espacio que sólo dejaba lugar para el catre del mexicano y el sofá-cama de Patxi. Luego se detuvo, bebió un vaso de agua de un solo golpe y regresó a su puesto de guardia. Miró hacia el vasco con reproche, después se apaciguó, le echó una sonrisita al compinche, chasqueó los dedos de una mano y con la vista clavada en la calle comentó:

—Platiquemos de otras cosas, Patxi. Yo creo que por las cosas que hace ese rumano que vive en los cerros, nomás vi que preparaba un explosivo para meterlo en un avión.

—¿Qué? Oye, tú nunca cotorreas. Eso me dice que has escuchado cosas, cabronazo. Eres un zorro. Te conozco. ¿Qué, no me lo vas a decir? Vamos a ver, suelta, sabes cómo soy para guardar secretos. ¿Me lo cuentas o no?

—El rumano le hizo unos dibujos al jefe y se los platicó. Yo los vi y los escuché, que si el c-4, cómo meterlo en una máquina de afeitar o en un radio portátil, o en el baño de un jet y todo eso.

—¿Para utilizarlo aquí? —estaba algo intrigado, pero el cansancio podía más que su curiosidad—. Muñoz, eso es raro, no sé. Joder, para poner una bomba en uno de esos jets de El Mexicano, antes hay que metérsela en el culo a alguno de los que viaja, de otra manera ni soñarlo.

—¿Ni el jefe?

—Bueno, en eso de poner banderillas y darle la estocada final al toro, nuestro jefe es el mejor. Pero te repito, Muñoz, esa historia de los explosivos con esa gente de Medellín es bien difícil. ¿No serán payasadas que se está ensayando ese gilipollas de Arón? Ese rumano cantamañanas, que no para con sus peroratas y sus inventos, en lugar de ocuparse de explosivos debería cuidar un poco más a su mujer. Esa uruguaya es una ninfómana. Ese tipo de mujer yo la quiero bien lejos de mí, joder.

—No sé, Patxi, también vi mucho movimiento en esa casa del rumano. Llegaron cuatro tipos rarísimos, de esos que no hablan con nadie.

—Bueno, ya tienes con quiénes competir. Tú eres de los que suelta una palabra al día. Excepto conmigo y sabes por qué —tocó con el pie a Muñoz—. Mira, te diré una cosa. No te calientes. Déjate de payasadas y no metas el hocico donde no te llaman. Y voy a dormir.

«No sabes, Muñoz, tú no sabes lo que va a pasar; a ese fulano que está escondido y que no sabemos quién carajo es, le tienen preparado un ejército», pensaba Patxi. «¡Hostia! Si Darío en serio se metiera a ser un jefe narco, los otros capos serían pura chorrada.»

—Patxi, ¿en Medellín pudiste hacerle la larga distancia a tu mujer?

—No, al final decidí no llamarla. Esa gallega que espere y que se las siga dando de maruja. Hombre, vamos a ver, ya te lo dije, con María la lujuria te seca, y coño, los demás que se la so...

Un largo bostezo inundó el local.

—Ándale —ahora Muñoz sonreía, mientras miraba hacia la calle—, a tu regreso llámala. Como esa María, ni modo, yo nunca la dejaría, Patxi.

Pero el vasco no respondió, ya estaba profundamente dormido.

Jorge Mora era el fiscal que con acuciosa dedicación se encargaba de enjuiciar a todos los implicados en el caso Camarena en la Corte Federal de Justicia de Los Angeles. Tenía una relación muy especial con Tucson y ambos se entendían a la perfección cuando enfrentaban los enjuiciamientos. Aunque, paradójicamente, la colaboración y posterior amistad entre ellos había nacido a raíz de una disputa escenificada entre ambos en uno de los primeros pleitos judiciales que Tucson y Mora habían afrontado en conjunto.

En esa discrepancia le asistía la razón a Mora, que estaba habituado a sostener su enfoque ante los acontecimientos —el denominado «enfoque de túnel»— y en base a ello azuzaba su tenaz persistencia para que ni el abogado defensor, ni el juez, ni nadie pudiesen ganarle la partida, el pleito, la porfía, el juicio, fuese breve o largo; Mora era capaz, y destacaba por ese ingenio, de descubrir hasta las recónditas grietas que a primera vista no se avizoraban en una querella judicial.

Sin embargo, el enfoque de Tucson, a pesar de que era parecido al de Mora, sostenía la visión del investigador, también con el «enfoque de túnel», pero que atendía exclusivamente a las pruebas palpables que revelaban la culpabilidad criminal del enjuiciado. Para ello Tucson avanzaba y desbrozando incógnitas, basado en su innato y peculiar instinto, y de modo especial en los resultados obtenidos a través de las investigaciones realizadas y en las opiniones y pruebas que aportaban los informantes que se relacionaban con los infractores de la ley.

Mucho tiempo después, cuando Tucson aún recordaba ese lejano encontronazo con Mora, se decía a sí mismo con sana envidia: «Si yo tuviese esa visión panorámica que posee Naida para examinar las situaciones, nada se me escaparía. Pero ella es mujer y yo soy hombre, y esa es precisamente la diferencia existente en la visualidad que cada uno de nosotros practica y sostiene. También Gal posee esa visión más abarcadora, aunque Naida, sin duda, la aventaja.»

La gran diferencia entre Mora y Tucson, la cual se manifestó en ese juicio que de modo atronador se les desvaneciera —y que ciertamente no sucedería más— era que Mora no permitía que se le evaporara ni siquiera el rocío, de haber caído por supuesto sobre el enlosado, como tampoco las presumibles partículas de polvo que penetraban en la sala de la Corte y se esparcían por la dinámica sutil de los enjuiciamientos. Tucson, en contraposición, sólo se ocupaba de los relámpagos que iluminaban la investigación.

El enjuiciamiento aludido trascurría normal hasta que el abogado defensor enfrentó y cuestionó al informante secreto de la DEA. Se acusaba a una mujer de ser activa traficante de drogas. En el estrado de los testigos el informante de la DEA exponía una y otra vez las pruebas que él había cosechado día tras día y, alentado por Mora, puntualizaba los datos orales y testificales de mayor peso en cuanto al *modus operandi* que esa mujer utilizaba para expender la droga.

—¿No ha quedado nada por decirme, Rangel? —demandaba Mora, inmerso en los preparativos del proceso—. En los juicios no me gusta que los abogados defensores se me anticipen y me madruguen.

—No, Mora —confirmó Tucson—, no hay nada de importancia que ya no se te haya dicho. Todo se puso sobre el tapete.

Con tales precisiones, Mora, confiado y seguro, llevó a cabo los interrogatorios del informante de la DEA hasta atar y rematar los cabos sueltos de modo satisfactorio. Luego Albert Black, el abogado defensor, tomó la palabra. Se encaminó hacia el estrado donde estaba Said, el informante y testigo principal en el juicio. Y Black al andar dirigió una mirada piadosa hacia Mora, tan piadosa que a éste le resultó rara, al punto de que había logrado intranquilizarlo.

—Señor Said, como testigo sus declaraciones están amparadas y por tanto las formula bajo estricto e inviolable juramento. ¿Es así, señor Said?

—Sí, así es.

—Señor Said, ¿usted conoce a la acusada, *miss* Geller, la cual está acusada de ser vendedora de estupefacientes?

—Sí, señor, por supuesto que la conozco —Said miró hacia Tucson con la mirada despejada y tranquila.

—¿Usted tendría la amabilidad, señor Said —dio unos pasos sin apartar la vista del testigo—, de pronunciar en esta sala y en voz alta el nombre completo de *miss* Geller?

—¿Cómo? —Said volvió a mirar hacia Tucson, pero con otros ojos.

—Señoría —objetó Mora ante el juez—, el señor Black debería hacer las preguntas al testigo de manera directa, en fin, abandonar ese estilo dilatorio que se vuelve poco esclarecedor.

—Señor Black, por favor, formule las preguntas al testigo de modo directo y sobre cuestiones específicas —ordenó el juez—. Para mi gusto y costumbre, no me gustan esos rodeos y mucho menos escucharle a alguien esos giros técnicos que yo calificaría de desabridos.

—Correcto, señoría, así lo haré —el abogado defensor dirigió una sonrisa hacia Mora, cual si le anunciase la estocada mortal—. Señor, Said, dígame una cosa; en fin, para que nosotros podamos tener una idea exacta de hasta dónde usted pudo haber conocido a *miss* Geller, ¿ha tenido relaciones sexuales con la acusada, señor Said?

El testigo se movió en su asiento como si de momento hubiese descubierto alfileres en la madera, conmocionado pues no esperaba preguntas de ese tipo. No obstante, optó por refugiarse en uno de los consejos que le había dado Tucson: «Said, no mientas ante las demandas del abogado defensor. Mantente tranquilo y no temas».

—Sí —el testigo miraba a Mora y luego a Tucson, azorado.

—Más alto, por favor, señor Said —Black se hacía el sueco—. Apenas pude oírle.

—Dije que sí.

—Vaya, vaya. ¿Fueron intensas esas relaciones con *miss* Geller, señor Said?

—Bueno, sí, algo... —Said miró otra vez hacia Mora y observó que éste se había girado molesto y había cruzado la mirada con Tucson; después tiró de las solapas de la chaqueta en típico gesto nervioso, estiró el cuello y miró hacia el techo. «Esa araña, está muy sucia», pensó Mora al contemplarla, decepcionado de Tucson.

—¿Algo, señor Said, o intensas?

—Bueno, intensas.

—Por favor, hable más alto, señor Said. Es que nuevamente no logré escucharlo bien.

—Fueron intensas, señor.

Black abrió las manos y expandió lentamente los brazos hacia los costados, luego se ajustó el nudo de la corbata y se dirigió al juez.

—Señoría —el abogado inició el asalto porque sabía que ya tenía en las manos la victoria—, con esas declaraciones que acaba de hacer el señor Said, y a través de las cuales ha confirmado de manera inequívoca que él mantenía relaciones sexuales intensas con *miss* Geller, queda demostrado que este informante de la DEA, por supuesto, pagado y dirigido por quienes orientan sus pasos, supo apoyarse en las relaciones íntimas que tenía con mi defendida para inducirla convenientemente a la realización de esas acciones reprensibles. Como usted sabe, señoría, ese proceder está debidamente prevenido por nuestra legislación, la cual determina y descalifica en todos sus términos, que ninguna persona tiene derecho ni puede, amparada en el sostenimiento de tales relaciones íntimas, inducir y mucho menos alentar a otra persona, en este caso a mi defendida, a la comisión de delito. Sobre la base de ello, señoría, solicito que mi defendida sea exonerada de todos los cargos que se le impugnan, debido a que este proceso, obviamente, ha estado viciado desde sus inicios como ya hemos podido constatar en esta vista de hoy.

—¿Tiene algo que decir, señor fiscal? —el juez observaba por encima de sus lentes a Mora, e irónico agregó—: Para mi gusto y costumbre, lo veo muy callado, señor Mora.

—Señoría, en efecto, no tengo nada que decir.

—Señor Said —preguntó el juez, con calculada ingenuidad—, usted, ¿está enamorado de *miss* Geller?

—¿Yo? No, señor juez, soy un hombre casado. Sí. Mantuve relaciones con ella pero nunca estuve ni estoy enamorado de *miss* Geller.

Y como era de esperar, el juez, basándose en las leyes vigentes, decidió absolver a *miss* Gueller de todos los cargos que se le imputaban.

Tucson acompañó a Mora hasta el ascensor. Ambos entraron. El fiscal tenía cara de pocos amigos.

—Es muy listo ese Black —dijo Tucson, cual si lanzara una moneda al aire que le posibilitara restablecer la comunicación con el engrifado Mora.

—¡Me lleven los demonios, Rangel! —lanzó el portafolio contra el piso y Tucson tuvo la impresión de que se iba a encaramar sobre el maletín para aplastarlo—. ¡Cómo no fuiste capaz de informarme que ese Said tuvo relaciones sexuales con la acusada! ¡Por favor! ¡Por tu culpa hemos perdido este juicio! ¿Has entendido, pedazo de investigador?

Tucson se mantuvo callado hasta que el ascensor llegó a la planta baja. Y como solía hacer ante los momentos dramáticos y difíciles, echó a rodar su sentido del humor.

Cuando Mora caminaba delante del investigador, éste dijo en voz alta:

—Señor Mora —imitaba la gruesa voz del juez—, para mi gusto y costumbre, necesitaría saber una cosa: oiga, fiscal, ¿no estaría usted enamorado de *miss* Geller?

El fiscal detuvo su andar y se volteó.

—¡Vete al carajo, Rangel! —dijo, agriado, pero al llegar a la salida principal de nuevo se giró sobre sus pasos, miró a Tucson por algunos segundos y, al final, con la mano en alto le dio un adiós afectuoso, y propuso—: ¡Mañana llegaré temprano, Rangel, te invito a desayunar! ¡Adiós y que descanses!

Aunque entre los seres humanos, eso ya se sabe, la amistad suele darse de manera espontánea y nunca de otro modo, esa tarde que ya se evaporaba, y a pesar del fracaso inesperado nació entre Mora y Tucson una amistad que con el tiempo se haría fuerte, y sería difícil que ese equipo —conformado ahora y en lo adelante por dos hombres con visiones que sabían complementarse— volviese a enfrentar fiascos similares.

El jet había atravesado la tormenta y en estos momentos el vuelo era sereno. Muchas veces el ginecólogo había volado desde Guadalajara hasta Ciudad México y viceversa, así como a otras ciudades mexicanas, y rememoraba cómo en esos trayectos las luces en tierra aparecían compactas e interminables como árboles navideños que alfombraran el suelo, y luego se disolvían o se perdían en la oscuridad, pero más adelante volvían a surgir nuevas luminarias.

El galeno veía que el avión surcaba grandes espacios oscuros y abajo apenas se observaban escasos poblados alumbrados, que hacían recordar diminutos lugarejos que en territorio azteca eran abundantes. Cadena comentaba en voz alta que el vuelo no tenía dificultades y que pronto llegarían al Distrito Federal, pero el ginecólogo ya no se lo creía. «¿Hacia dónde vamos?», se preguntaba el secuestrado angustiado, mientras recordaba sus últimos pasos antes de que lo apresaran. Cadena a veces se acercaba y le preguntaba cómo estaba y luego le soltaba las rígidas frases, las mismas frases con pocas variaciones, las frases repetidas hasta el cansancio: «Usted, doctor, debe solucionar esos asuntos pendientes con la justicia, eso usted lo sabe, o va a estar toda la vida con un jodido perseguidor detrás de sus pasos».

Al lado de Cadena iba Sierra pegado a la cabina de mando del pequeño avión, y ahora pensaba en las gemelas, de cómo la semana anterior le había dado a un cliente la llave del reservado 309 para que estuviera con las dos, y de cómo pudo disfrutar por largo rato, tan largo que aún no sabía la cantidad de minutos que había estado magnetizado delante de la pequeña apertura, a través de la cual disfrutaba esa pasión fervorosa y oculta por el voyerismo; disfrute que se le había convertido con el tiempo en su insustituible pasatiempo. El voyerismo lo excitaba tanto y le daba tanto placer, que ya no tendría el modo de vivir sin practicarlo.

«Esas gemelas son una bendición, y el jodidazo se las cogía bien, una primero y después la otra, aunque yo lo haría mucho mejor; lo que ellas no sabían era que ese pendejo se iba al sanitario y se inyectaba una droga en la verga, y por eso al cabrón no se le caía y era incansable. Le dijeron a ese pendejo que no, que no se besarían, pero cuando el cabrón le mostró la lana a Georgina, ni modo, ellas se hicieron cosas y más cosas, como si fueran un par de chamacas ajenas que acababan de conocerse. Nomás que con la doña blanca la gente se pierde», pensaba Sierra, y se juraba a sí mismo que tan pronto regresara a Guadalajara, volvería a repetir la experiencia con las gemelas que se revolcaban con el jodidazo que se inyectaba.

El propietario de Juanacatlán sacudió a Sierra por el hombro y le dijo:

—Oye, ¿dónde tienes la mente? ¡Hombre, a veces uno se duerme con los ojos abiertos! Vamos, tienes que estar alerta, y ven conmigo para que platiques con ese mastodonte.

Cadena se levantó y Sierra siguió sus pasos. Se encaminaron hasta el asiento donde estaba el médico. Cadena le indicó a Sierra dónde debía sentarse y él prosiguió hacia el fondo del avión. El asistente de Cadena se había acomodado del otro lado del pasillo, debido a que la voluminosa constitución del médico ocupaba dos asientos en el pequeño avión.

—Doctor, si me lo permite —dijo Sierra con semblante sonriente—, ¿usted no ha tenido experiencias agradables que recuerda una y otra vez y quisiera repetirlas y volverlas a vivir? ¿No? ¿Nunca? Imagino que sí.

—¿Agradables? —replicó el galeno, impactado por la pregunta de Sierra—. Oiga, por favor, usted cree que yo en esta situación voy a pensar en cosas placenteras. ¿Me está tomando el pelo? Es que ni siquiera sé a dónde vamos.

—Bueno, doctor —lo miró fríamente, sin duda, con una de esas miradas que Sierra nunca empleaba; y el médico sintió ese choque visual como la punta de una daga y de súbito, se quedó mudo, inmóvil—, ni modo, nomás le pregunté para que se me relajara un poco. Solo por eso. Y no se preocupe, doctor, mi jefe sabe lo que hace. Aunque usted no lo crea, tuvimos que darle la vuelta a una tormenta y vamos para el Distrito Federal. Con su permiso.

Y Sierra se fue hacia el fondo del avión para platicar con su jefe y, sobre todo, decirle que el médico era antipático y cargante. Cadena escuchó a Sierra y le dijo que volviera a su lugar, junto a la cabina. Cadena hizo un repaso visual de los hombres que lo acompañaban y pudo ver que todo estaba en su justo lugar. Iba sentado al lado de Cuenca para conversar con él. Cadena sentía estimación por ese colaborador que había conocido gracias a los preparativos del secuestro.

—Puse al lado de ese mastodonte a Sierra —dijo Cadena—, a uno de mis mejores hombres, que puede hacer simpática cualquier jodida plática, en fin, lo hice para que Sierra lo entretuviera un poco Y yo hasta me hago el tonto para cumplir con Tucson y ni siquiera ofender de palabra a ese mastodonte que se dice doctor. Sí, Cuenca, fíjate, ése torturó a Camarena. Mi amigo no se merecía esa muerte. Y ese mastodonte era el que chequeaba y alargaba el suplicio de Camarena. ¡Médico hijo de su grandísima puta madre! Y que ese chingado medicucho se alegre de que nosotros lleguemos tranquilos y sin novedades a donde vamos, nomás alguna cosa falla o se atraviesa y a ese Satanás yo me lo echo para abajo. ¡Faltaría más!

—Patrón, cálmese, que usted es el jefe, por favor —Cuenca lo veía algo alterado y decidió cambiar el rumbo de la plática—. Oiga, patrón, una cosa, ¿de veras los gringos nos dejarán entrar?

—Claro que sí. Oye, cambiando de tema, repíteme eso que me dijiste en la casa de control sobre Juanacatlán, por favor.

—Que Juanacatlán está dotado de belleza. ¿Era eso, patroncito?

—Eso mismo, pero yo te decía que deseaba lograr que...

En ese instante se acercó Crespo —segundo al mando del operativo—, acompañado de Sierra e interrumpió la plática que sostenían su jefe y Cuenca. El segundo jefe del comando abrazó al espaldar del asiento cercano a Cadena. Sierra permaneció de pie en el pasillo.

—Jefe, dice el piloto que lo espera —susurró Crespo—, dice que tiene que platicar con usted, dice que va a aterrizar en Ciudad Juárez y que de ese aeropuerto no pasa.

En la cabina Cadena intercambió pareceres con el piloto. De repente, Cadena comenzó a manotear y a decirle cosas al piloto muy pegado a su oído. Y el piloto movía la cabeza en franco gesto negativo, y decía una y otra vez que no lo haría.

—¡Cuenca! —gritó Cadena hacia el fondo—. ¡Vente para acá!

Cuenca estaba en el último asiento trasero del jet. Pasó por el lado del galeno y pensó en las cosas que le había dicho Cadena sobre Camarena. Cuenca era el hombre en el cual Cadena confiaba para hacer lo que tenía concebido, gracias a su constitución física y preparación militar en los combates cuerpo a cuerpo. Era, entre otros, el único expolicía judicial con quien más había departido mientras estaban a la caza del médico.

—Cuenca —Cadena habló alto para que el piloto, sobre todo el piloto, lo escuchara bien—, ¿tú sabes pilotear este jodido jet?

Le guiñó un ojo a Cuenca.

—Fíjese que sí, patrón —replicó sin vacilar—. Precisamente este fue el aparato con el cual cerré con broche de oro mi carrera de aviador.

—¡Crespo, Sierra, véngase para acá! —Cadena les susurró algo al oído y luego, con voz firme agregó—: Cuenca, prepárate para que agarres el mando del avión, nomás que a este jodidazo piloto que no quiere aterrizar dónde le digo ahora mismo Crespo y Sierra lo van a aventar para abajo.

Sin pérdida de tiempo, Crespo y Sierra se lanzaron sobre el aviador, le quitaron el cinturón de seguridad y lo sacaron de su asiento. El jet comenzó a dar tumbos extraños que dejaban sin aliento a los pasajeros mientras el piloto, que chillaba frases cual si fuesen las últimas súplicas para no morir, era tironeado por los dos hombres que cumplían una orden y lo llevaban hacia la puerta del avión.

Los gritos del piloto aterraron al médico. Mas ya eran gritos en los cuales el aviador pedía clemencia y perdón, sobre todo, le solicitaba el perdón a Cadena y le decía que ya había entendido y cumpliría al pie de la letra todas las indicaciones que se le impartieran, que lo liberaran y dejaran retomar el mando del avión porque muy pronto el aparato perdería el rumbo y todos podrían morir debido a la falta de combustible. Cadena ordenó que lo soltaran.

Cuenca se persignó tan pronto vio que el piloto ocupaba nuevamente su puesto, no había nacido para conducir aparatos en el aire. Y los hombres que acompañaban en la aventura a Cadena, fuesen policías en activo o no, estaban tensos. Ahora el médico mostraba en la expresión de su rostro todas las aprensiones inimaginables. Naturalmente, ya no tenía duda de que sus captores no eran policías de la Judicial, aunque aún estaba lejos de intuir que estaba en el epicentro y a merced de las denominadas operaciones negras ejecutadas por la DEA.

Alvarado no tenía deseos de platicar con Cadena, mucho menos de pedirle aclaraciones o exigirle rendición de cuentas. Todavía no había olvidado la expresión en su mirada cuando le recomendó por última vez que debía solucionar la acusación de que había estado presente en el asesinato de Camarena. Esa última vez se lo había comentado con una mirada que al médico le recordó los ojos de Nosferatu, uno de sus personajes favoritos del cine de terror.

Luego había observado a Cadena cuando sus hombres arrastraban impávidos al piloto para lanzarlo al vacío. «Híjole, a mí puede que me avienten si me hago el agitador, el exigente. Mejor me hago el menso y el Señor se apiade de mí, estoy en manos de unos desalmados. ¿Todo esto tendrá que ver realmente con lo de ese Camarena? ¿O serán enemigos juramentados de Aristarco, de Celso y don Fonse, o elementos de otros cárteles que a través de mi persona quieren mandar mensajes vengativos? ¿Pero por qué tantas horas de vuelo? ¡Dios mío!», pensaba el médico.

Sin embargo, el ambiente en el avión regresaba a la normalidad. Cadena no se apartaba del piloto, quien se había olvidado de mover la cabeza hacia los lados, y ante las indicaciones que se le impartían, respondía de modo positivo.

—Sabes, Aguirre —Cadena quería reconciliarse con el piloto—, a mí me dijeron que tú eras un hombre cabal, y muy leal. Eso me dijeron, y nomás que ya me lo has demostrado. Los hombres en ocasiones se diferencian, ven las cosas de manera distinta y hasta se lían a puñetazos. Así es. Te diré un secreto, Aguirre. Fíjate, en la pista, antes del despegue en Guadalajara, hubo un cabrón entre nosotros que nos traicionó. Cuando dí la orden de que las armas largas quedaran en poder de los dos hombres que manejaban los carros, pos nomás que un jodidazo traidor del comando que me escuchaba, de esos que siempre van a traicionar en la hora difícil, se montó en una de las camionetas blindadas, en la que estaban las armas largas y las municiones y se dio a la fuga.

—Órale —repuso el piloto con voz amigable—. A poco, Cadena, yo pensé que se había ido a tanta velocidad porque era una orden suya.

—Ni modo. ¿Y para qué traicionó? Nomás que para ganar más lana. Él cree que le será fácil vender ese armamento. Infeliz. Lo que no sabe ese pendejo que traicionó a los suyos, es que dentro de unos días aparecerá muerto por ahí con la boca llena de hormigas.

—Jefe, si se puede saber, ¿de qué va realmente toda esta historia? Dentro de unos diez minutos entraremos en el espacio aéreo gringo y quiero saber lo que pueda saberse. ¡Por el amor de Dios! ¡Crespo me canturreó el corrido pero de la letra, nada!

—No tiznes, Aguirre. Antes que todo cálmate. En breve tienes que empezar a platicar con los controladores del aeropuerto de El Paso.

—Sí, ya lo sé. Dentro de poco sobrevolaremos Ciudad Juárez. Jefe, ¿no me va a decir nada sobre esta jalada?

—¿Piensas que esto es un mero chiste? No tiznes, cabrón. Escúchame bien: esta es una operación secreta para enjuiciar legalmente a ese médico asesino que viene allá atrás. Ese hijo de la chingada mató a un policía que era amigo mío. En El Paso nos esperan gringos poderosos que tienen que ver con el asunto. Y fin de la historia, Aguirre. Ah, oye, te conté lo que nos pasó con las armas y ese pendejo traidor que se las robó, para que tú seas el primero en saber cómo mirar los acontecimientos y sepas proteger tu vida. Los hombres que saben guardar secretos viven mejor y más sosegados.

—¡Me lleven los mil demonios! —Aguirre estaba sulfurado—. ¡Ese Crespo me metió en buen lío! ¡Ese Crespo me trató como se trata a un Bartolo, a un cafre del volante! Le diré una cosa, Cadena, ya no quiero agarrar la onda, ni me interesa. Tan pronto aterrice, enseguida nos regresamos.

—Eso es, Aguirre —se alegraba de esa reacción, ya que se ajustaba a sus planes—. Nomás que ni apagues los motores. En cuanto aterricemos, entregamos a ese mastodonte y levantamos el vuelo. Y Aguirre, por favor, no te me arreches con el comanche Crespo, él tampoco sabía nada de esta onda.

Cuando Cadena, al final de la pista, abrió la puerta, desde lo hondo de la oscuridad vio que surgía la silueta de Tucson. Estaba rodeado de pocas personas y un par de carros. Luego de entregar al médico y antes de cerrar la puerta para emprender el regreso, Cadena le gritó a Tucson:

—¡Oye, Tucson, te manda saludos el pavorreal que es la gloria del Señor!

Los dos sonrieron. Y se despidieron con la mano en alto.

Los que ahora viajaban de regreso a Guadalajara con Cadena no entendieron el contenido de ese saludo y el corto mensaje que le había dado a un sujeto que se hallaba en un ángulo medio de la pista, y a quien llamó por Tucson, si bien nadie estaba interesado en saber cuál sería el verdadero significado de ese mensaje.

Todos iban preocupados. Sin embargo, ninguno podía imaginar que en ese jet no sólo arribarían a la ciudad tapatía, sino que también aterrizarían sobre elevaciones cerriles, donde los aguardaban agazapados, el aullido de los lobos por la hembra alfa y la demarcación de sus territorios.

Y así sucedió.

Debido a la furia que se desató en Guadalajara ante el secuestro del galeno inculpado, de una parte por los honrados celadores del poder por justificadas razones de soberanía nacional, y de otra parte (el desdoble cínico en la trastienda de ese poder intocable) por los recaudadores del crimen organizado y sus ilícitas actividades, los agentes de la Federal de Seguridad recorrían la ciudad a fin de esclarecer los hechos del secuestro del médico Hernán Alvarado.

Cadena apenas tuvo espacio para poder llevar a cabo la variante que tenía reservada para poder escapar con sus hombres hacia territorio estadounidense. Crespo, Cuenca y el piloto Aguirre murieron bajo las crueles torturas de sus captores en busca de la verdad, la cual no podían revelar debido a que ignoraban los detalles de la consumada acción y sus autores. La misma suerte corrió el sujeto que había traicionado a Cadena en el aeropuerto al robarle el armamento y las municiones.

De modo que estaban con vida y debidamente protegidos siete hombres del cabalístico número doce que había ideado Cadena para el equipo que finalmente completaría, incluyéndose él. "Así, en cerrado comando, avanzaremos los jodidos pastores del Señor para que se te haga justicia, Camarena. ¡Faltaría más!", proclamaba, más en serio que en broma, el propietario del Juanacatlán, lugar que se diferenciaba de los demás centros nocturnos por el glamur que lo engalanaba.

El propietario del centro Cataratas de Juanacatlán de Guadalajara tuvo que realizar titánicos malabares para llegar a Estados Unidos con su familia. Se lamentaba de muchas cosas. Más que todo de haber perdido sus inmuebles y otras propiedades, y la condición legal de ser mexicano y la costumbre —añorada e insustituible— de vivir en México. Si bien, y ese sentimiento no lo escondía, admiraba y respetaba el país de los gringos. Sabía que sobre su cabeza sobrevolaba la orden de aprehensión dictaminada en su contra por las autoridades mexicanas.

Cadena departía con Tucson día tras día, lo cual ante su percepción de hombre chapado a la antigua le hacía comprobar que ese agente —que le había cambiado la vida— se estrenaba ante sus ojos como un ser humano solícito y solidario.

Y Cadena, después de todo, sin importarle que se le acusara a través de los medios transnacionales de comunicación de ser un mercenario y endosarle otros epítetos, en lo hondo de su hombría no se arrepentía de haber cumplido con su amigo Camarena.

XXVI. Los marcianos tienen un par de antenas

Darío estaba hundido en una mecedora de la terraza de la casa de Arón. A su derecha, Darío tenía sobre un barril de palosanto que hacía de mesa, una copita de cristal ahumado junto a una botella de tequila de especial diseño que conmemoraba el cincuenta aniversario de un afamado añejo mexicano —Patxi se lo había obsequiado—, platillos con entrantes de la cocina bogotana, sal, rodajas de limón, una cerveza helada y la Lupita, la pistola de Darío. Muñoz, con su mirada maligna, hacía de guardaespaldas a unos veinte pasos de su jefe.

Leandra, la uruguaya, la rara mujer de Arón, desandaba la casa vestida de blanco y con los cabellos recogidos sobre la nuca, solícita y amable. Según ella —ayudada por la mujer de servicio algo entrada en años—, atender a Darío y a los otros visitantes había sido la indicación que le había dado Arón, antes de partir temprano y en compañía de uno de los cuatro individuos que llegaran días atrás procedentes de Brasil. De manera que Leandra se desplazaba hacia el fondo de la vivienda, donde estaban alojados los hombres recién arribados, y luego hacia la terraza de la segunda planta, donde se encontraban Darío y Muñoz. Aunque era evidente que la uruguaya hacía lo imposible por frecuentar esa terraza.

La mujer se había acercado varias veces a Darío con el pretexto de que nada le faltara. En su primer acercamiento, Leandra quedó embobada al observar el peculiar diseño que mostraba La Lupita, pero tuvo el cuidado de no decir nada. Sin embargo, antes de retirarse y quizás embrujada por ese día que se abría soleado y perseguido por vientos sutiles y algo fríos, no se pudo contener y comentó:

—Darío, perdona que te interrumpa, veo que mucho piensas, ¿no?, fíjate, cualquier cosa que necesites, por favor, me lo haces saber. Sabes, Darío, dicen los nacidos en estas montañas que estos vientos se deben recibir con la boca abierta. Curioso consejo, ¿verdad?

—Ah, no lo sabía —repuso, apenas sin mirarla—. Gracias, Leandra, pero todo está perfecto. Te lo aseguro.

Mientras se fumaba un cigarro, Darío observaba las pintorescas elevaciones que le distraían la mirada como si fueran imanes y luego, de modo especial, su vista se dirigía al sendero de gravilla que dividía el jardín y conducía a la entrada principal de la amplia morada. El jardín a ambos lados tenía rosas amarillas, delicados setos y la floración púrpura y brillante de la ipecacuana, lo cual revelaba que los dueños de la vivienda se ocupaban de darle debida atención a ese hermoso vergel, rodeado además de sobresalientes árboles como los palosantos, nogales negros, un bálsamo de Tolú y los pinos.

«Bogotá, la ciudad de la primavera permanente», Darío meditaba y miró su reloj pulsera. «Muy pronto debe entrar tu llamada, Atalanta, muy pronto. Esta vez, tú no vas a fallar. Seguro. Tú eres el único medio del cual dispongo para saber cuándo y cómo viajarán ese par de fugitivos. De lo contrario, tendríamos que echar a andar el plan de reserva que nada tiene de interesante.»

Era domingo, era el día de la semana que siempre le reportaba a Darío mucho aburrimiento, como si las horas en esa jornada no transcurrieran a la velocidad deseada. En la tarde de ese día debía de llamarlo Ulricke, o en su defecto, enviar un telegrama. Patxi había telefoneado el día anterior y le había asegurado que el plan se desarrollaba sin dificultades. «Ella se fue bien acompañada, jefe», le había dicho el vasco. «Aquí, como acordamos, la voy a esperar hasta que regrese el lunes. Y, enseguida salimos para allá.»

Las horas avanzaban y el teléfono permanecía mudo.

Muñoz se acercó y le dijo a Darío que los hombres que estaban en el fondo de la casa deseaban platicar con él —eran los *kidon* israelitas—; descendió y se encaminó hacia el lugar donde lo aguardaban. Antes de entrar, le dijo al guardaespaldas que lo esperara afuera y estuviera atento al teléfono.

—Muñoz, aunque la llamada no sea para mí, me avisas —le ordenó—. Y si llega algún telegrama, por favor, no demores en entregármelo. Estaré un buen rato ahí dentro. Y si viene Leandra para decir que ya está lista la comida, le dices que sí, que me lo harás saber de inmediato, pero nada me digas hasta que me veas salir. Muñoz, necesitamos estar concentrados.

Darío entró y saludó a los tres *kidon* que en ese momento acababan de servirse café de un termo. Ellos estaban frente a una mesa donde examinaban mapas colombianos que mostraban la accidentada topografía del terreno, con los ríos y las costas marítimas que daban al Pacífico. Niman, que era el jefe del grupo de israelitas que había llegado el día anterior, fumaba su pipa y abrió la puerta que daba a un balcón que parecía estar colgado entre los árboles. Salió a ese mirador acompañado de Darío.

—¿Todavía nada? —susurró el jefe de los *kidon*.

—Nada —contestó Darío, secamente.

—¿Crees entonces que debemos precisar el plan de reserva?

—No, esperemos un poco más y por la noche decidimos.

—¿Estás seguro de que ella llamará o enviará un mensaje escrito antes de que llegue la noche?

—Niman, yo no soy dado a asegurar ese tipo de optimismo celestial.

—¡Diantres, muchacho! ¡Cómo te pareces a tu madre! Tuve la suerte de conocerla cuando yo era joven. No me mires así, muchacho, peino canas y me las tiño. Si bien Marga me lleva una pilita de años. Ni modo, Darío, una de las cosas que más odio en la vida son las canas. Y también a Prince, quien me habló mucho de ti. Y a ése lo odio después de que supe cuáles eran sus verdaderas inclinaciones sexuales. ¡Por el amor de Dios! ¡Yo dormí con él en unos cuantos hoteles y en la misma cama! ¡Diantres! —ahora sonreía malicioso, y se pasó la mano por los cabellos ennegrecidos que relucían sobre su cara de acelga—. Y bueno, nadie es perfecto. Ah, Prince te manda saludos especiales. Entonces, Darío, tu optimismo no pasaría de esta noche, ¿no?

—Así es.

—Sabes, nos vamos a retrasar bastante si tenemos que emprender el plan de reserva a las puertas de la madrugada. ¿No te parece?

—Sí, algo, Niman, pero podemos cumplirlo.

—Bien, entremos y hagamos la reunión. Darío, ¡normal, eh!, como si nada sucediera. Luego veremos.

Darío siguió a Niman; le había extrañado su comentario sobre Marga. «El MOSSAD se ocupa de que todos sus integrantes, hasta los colaboradores, sientan que pertenecen a una exclusiva sangre. Quizás Niman y Marga nunca se hayan visto en la vida; debe de haber sido el ingenio afectuoso de Prince, que cuida los detalles cual si poseyese un alma femenina. Pero ¿cómo es posible que un hombre como Niman, tan amable y conversador, sea un verdugo tan famoso?», pensaba Darío. «Cualquier bando armado quisiera tener de su lado a un chacal como él. Lleva bien el sobrenombre que le endosaron después de cumplir difíciles misiones de ajusticiamiento a diversos *katsas* desertores: "Niman, rumbo fijo". Jamás cambia el rumbo hasta que no cumple la misión encomendada por el MOSSAD. Por ejemplo, aquel poderoso *katsa* escapado que atravesó México a finales de los años ochenta y que cayó a tierra dentro de un Cessna 120; todavía hoy se discute si ese oscuro atentado fue ejecutado por la CIA, la KGB, el MOSSAD o por otro servicio de inteligencia, pero yo sé que fue Niman.»

—Señores, analicemos los mapas —dijo Niman—. Como sabemos, todos los caminos conducen a Roma, pero en nuestro caso conducen a Perú. Empecemos por las vías marítimas, los lugares cercanos por donde el traidor y su mujer podrían embarcar, o las pistas clandestinas desde las cuales pueden partir en avión, o los caminos que pueden tomar en carro. Uno a uno. Despacio. Por supuesto, esa amplitud de posibles vías que pueda utilizar la gente de El Mexicano ya ha sido reducida, ¡válgame Dios!, a un nivel que nosotros podemos controlar —se volteó hacia Darío y le tocó el hombro—. Este *sayanim* que tengo a mi lado nos ayudará a encontrar una última información: saber cuál de las tres vías de salida finalmente utilizará ese *katsa* desertor y su mujer. Darío hará, por supuesto, todo lo que esté a su alcance, y yo no quiero pecar de ser demasiado optimista, pero ya él, por fortuna, conoce algo de las costumbres y el compadrazgo de los colombianos. Empecemos, señores.

—Jefe, ¿los otros colegas vienen para acá o nos esperan? —preguntó uno de los *kidon*.

—¿Y a ti qué te pasa, Laurent? —contestó Niman—. ¿Estás ansioso o qué? Cálmate, hombre. Sí, así es. Ellos nos van a esperar en este punto —puso el dedo índice en un punto del mapa que estaba abierto sobre la mesa—, entonces, en ese sitio, ya seremos siete hombres en lugar de cuatro. Y pienso que contaremos con los brazos suficientes para rematar esta misión. Hoy regresa Arón, y Max que salió con él, no deben demorar. Lo bueno es que Arón conoce bien todos esos endiablados caminos. En Colombia hay mucha violencia, señores, y existen los Pepes; eso nos ayuda y nos favorece mucho. Sin embargo, por otro lado esos mismos factores nos perjudican, nosotros nos vamos a mover en las zonas donde predominan las fuerzas del cártel de Medellín.

La sala de la Corte Federal de Justicia de Los Angeles era un hervidero de encontradas opiniones, asentimientos y desaprobaciones, críticas y asombros. Era una aglomeración ruidosa. Se enjuiciaba a José Matías, hondureño prominente, dueño de una compañía comercial aérea que fuera utilizada por el narcotráfico internacional y en la operación Irán-Contra, quien propició que el cártel de Medellín se asociara con el cártel de Guadalajara y participara de modo decisivo en el caso Camarena.

Se juzgaba también a Rubén Zayas, ingeniero mexicano que había tenido participación en diversos gobiernos liderados por el Partido Revolucionario Institucional en México, quien desempeñó el papel de negociador privilegiado entre los narcopolíticos y los capos del narcotráfico, y facilitó en Guadalajara la residencia de su propiedad —además de participar de modo directo —donde se torturó y ultimó a Camarena, así como también al piloto Zavala.

Además se enjuiciaba a Sócrates, el comandante de la Federal de Seguridad que había participado en el rapto y muerte de Camarena; había sido aprehendido por el propio Tucson poco después del apresamiento de su cómplice Ed Anderson, debido a la venta de heroína con destino a territorio estadounidense. Y, por último, también se juzgaba a José Bernabé y a Javier Vázquez, ambos ciudadanos mexicanos y agentes de la Policía Judicial Federal, quienes habían participado directamente en el crimen de Camarena.

Tucson y Mora, desde que se iniciaran las sesiones inaugurales de ese segundo juicio, se prepararon a fondo teniendo en cuenta que los abogados de la defensa —fuertemente apoyados por poderosos e influyentes hombres y pudientes familias— contarían con todo el sostén necesario para que la defensa lograra obtener el mejor provecho ante la Corte. La defensa estaba capitaneada por el adiestrado abogado Eric Donnor.

Desde el principio, y a lo largo de todo el proceso, una de las tácticas que esgrimía la defensa era demostrar la falsedad de las pruebas presentadas por la fiscalía y desacreditar las versiones de los testigos que eran mostrados por Mora.

Semanas antes se había efectuado un juico en el cual se juzgaron a tres guardaespaldas de Aristarco, quienes habían participado activamente en los asesinatos de Camarena y de Zavala. Ese juicio, sin duda, había sido, a los efectos e intereses de la fiscalía, como un previo ensayo para lo que pudiera suceder más adelante, cuando se juzgaran a los pejes gordos, como eran, entre otros, los casos de Matías y Zayas.

Aquel primer juicio se desenvolvió sin grandes inconvenientes para que la verdad se abriera paso y la balanza de la justicia se inclinara a favor del fallo propuesto por el fiscal, quien había solicitado para los acusados la pena máxima de cadena perpetua. Y así lo acordó y sancionó el jurado. Por tanto, los tres inculpados en ese primer juicio recibieron la condena máxima que fuera solicitada.

Naturalmente, en el juicio en el cual comparecían los potentados Matías, Zayas y otros tres sujetos de menor rango social, en términos puramente hipotéticos, los dos primeros podrían ser favorecidos por las consabidas relaciones de influencia, con las cuales ellos contaban tanto en México como en Estados Unidos, y tal vez la balanza de la justicia —y los abogados defensores bogaban para que así fuera— se inclinara resueltamente a favor de la defensa.

Cualquiera diría que los mismos cargos esgrimidos contra los primeros tres incriminados que fueron condenados a cadena perpetua, ante los nuevos encausados fuesen puestos en entredicho, en fin, podrían evaporarse a pesar de la fuerza y la sustentación jurídica vigente o irse a la deriva.

«Cuando las fuerzas malignas remolcan, eluden y hasta se hacen invisibles en un pleito judicial, todo puede suceder, amigos, aunque hoy resulte inexplicable y nefasto, y mañana también, que sería lo peor», le decía Mora a Tucson y a sus colaboradores, convencido, y a riesgo de que alguien le calificara ese razonamiento de disparatado y algo tenebroso.

Sin embargo era difícil que el fiscal Mora perdiese una beligerancia judicial.

—Hazlo de esa manera, Mora, por favor —proponía Tucson, mientras almorzaba con el fiscal, algo arrinconados en una esquina del congestionado comedor—. Donnor está envalentonado. Déjalo que se desboque.

—No, Rangel —replicó el fiscal—. Técnicamente puedo cometer un error de procedimiento y eso no nos ayudaría.

—Mora, tu estilo es impecable —insistía Tucson—. Luego te enfrentas al juez como si nada hubiese pasado. Nada, le restas importancia al señalamiento que pueda hacer la defensa.

—Rangel, no me elogies, por favor, ya sé cómo son tus malditas cacerías —masticaba un bocado de comida y miraba el reloj—. No, amigo, no, Dylan McDowell es un juez impredecible, yo lo conozco bien. Decididamente, no. Mejor lo presentamos después del otro, y lo anunciamos antes del comienzo de la vista. No me gusta guardar esos cañones pesados. El obús se puede voltear e ir tras nosotros.

—Oye, ya sabes cómo es de teatral ese abogado defensor —Tucson estaba obsesionado con la propuesta—. Donnor caerá en la trampa.

—Rangel, sabes una cosa —volvió a tomar otro bocado, masticó y luego de tragar despacio, con cara larga agregó—: Cuando yo estoy comiendo, me molesta muchísimo tener que platicar sobre asuntos de trabajo. Oye, detente, te dije que no, y déjame comer tranquilo. Lo haré a mi modo. Yo soy el fiscal. No lo olvides.

—Te vas a arrepentir, Mora —era una vieja táctica de Tucson: se hacía el desentendido en una plática cuando le convenía e ignoraba los argumentos de su interlocutor—. Míralo por allá, ves, ves cómo se ríe ese payaso. ¿De veras piensas que ese Donnor podrá contigo? Te vas a arrepentir, Mora. Como decía mi padre: «Donde cantar pensé, lloré, y donde pensé llorar, hárteme de cantar». Te vas a arrepentir, Mora.

—¿Qué mierda de refrán es ése? ¿Qué significa?

—Mi padre lo decía cuando tenía que resignarse, claro, después de entristecerse al ver que podía hacerse algo que al final por culpa de un güevón no se hacía —Tucson se levantó y le dio la espalda a Mora, y mientras fingía reordenar el contenido del maletín que tenía sobre una silla, mascullaba alto para que el fiscal le escuchara su parecer—: Y yo, ya me resigno, Mora. Mira, mira para aquella mesa que tienes allá a la izquierda, mira, mira cómo se ríe el señor Donnor. Ese es un perfecto cabrón y se olvida de los tecnicismos cuando tiene que hacerlo. Regálale la victoria, Mora. Regálasela. Me voy. Te espero en la sala.

Y Tucson echó a andar sin esperar por Mora y ni siquiera se volteó para mirar qué hacía, aunque pudo escuchar su voz de barítono que le golpeaba la nuca cuando le dijo:

—Vete y déjame comer, Rangel. «Burla burlando vase el lobo al asno.»

«Te hundiste, Mora», se dijo Tucson, satisfecho, «por ese refrán que acabas de pescar en tu memoria y me lo pregonas con ese tono profesoral, ya sé que tú no vas a informarle nada al juez antes que se reinicie la sesión, y así le daremos la sorpresa a ese pendejo abogado defensor. ¡Prepárate, Donnor!»

En efecto, antes de que el juez McDowell con su voz sonora diera inicio a las deliberaciones de la tarde, Mora ya había llevado buena parte de los testigos —y aún presentaría a lo largo del proceso más de cincuenta, y de éstos más de veinte eran testigos confidenciales—, mas previamente ante el juez, Mora no había aclarado nada, y de ese modo se había acoplado voluntariamente a la propuesta de Tucson: sólo un testigo de ese abultado contingente era informante secreto de la DEA y había estado presente en la escena del crimen.

Precisamente, la discrepancia entre Mora y Tucson, suscitada momentos antes en el comedor, era que la fiscalía aún no había comunicado al juez que contaba con otro testigo presencial, uno más, con un segundo espía de la DEA, desde hacía más de seis meses, quien por demás había estado en la escena del crimen. Era otro oculto informante de la DEA que había sido reclutado por Tucson.

La fiscalía contaba con dos testigos que habían presenciado el crimen de Camarena y de Zavala. Ninguno de los dos por separado sabía de la existencia del otro, debido a que Tucson era muy cuidadoso cuando aplicaba la compartimentación en el trabajo operativo: los agentes de la DEA conocían la labor general y sus resultados, pero cada cual sólo dominaba su trabajo individual, pero no el que desarrollaban sus colegas. Incluso esos dos informantes secretos de la DEA nunca se habían conocido en los ambientes del narcotráfico.

Uno ignoraba que el otro estuviese también bajo el abrigo de la DEA y que el jefe de ambos fuera Tucson. Mora quería presentar ese segundo testigo presencial cuanto antes, no demorarlo más. Tucson, que sabía el valor del trabajo secreto, proponía ocultarlo para que la fiscalía se mostrase débil al contar con un solo testigo presencial, en fin, que Mora se manifestase algo frágil en cuanto a sus posiciones y, cuando llegase el momento indicado, darle el jaque mate sorpresivo a Donnor, el abogado que lideraba el equipo de la defensa.

La fiscalía contaba también con Pértiga, el hombre de la CIA, pero éste tenía la desventaja de no haber estado en la hacienda donde se habían escenificado los asesinatos, aunque poseía detallada información confidencial sobre la turbulencia que había desatado el crimen de Camarena en la operación Irán-Contra que se ventilaba por aquellos años.

En este momento Mora subió al estrado de los testigos al señor Joaquín Peralta, notario mexicano que se había ocupado años atrás de tramitar y legalizar los documentos de compra venta de la hacienda en Guadalajara. Era la vivienda donde habían sido ultimados Camarena y Zavala.

Tucson y Mora se sentían recelosos ante ese notario, quien tenía aspecto de hombre insignificante, falto de bríos y, en especial, no parecía tener los atributos que para el fiscal no podían faltar en el empuje de un hombre dedicado a la aplicación del derecho. No lo conocían y no sabían cuál sería la veracidad de sus declaraciones ante el tribunal. Había viajado desde Guadalajara y recién acababa de llegar a Los Angeles.

Por demás, Donnor, el abogado defensor, había manifestado en varias ocasiones durante el proceso y con harta seguridad que esa vivienda no era propiedad de Zayas. "Y eso lo probaremos muy pronto", afirmaba. Por ello, la presencia en el estrado del notario Peralta tenía intrigados y expectantes a Mora y a Tucson. Ambos también temían que ese testigo tan importante hubiese sido sobornado por algún que otro narcopolítico o poderoso narcotraficante para que declarase en favor de la defensa.

No obstante, el señor Peralta declaró pormenorizadamente que la hacienda era propiedad de Zayas e hizo entrega de los documentos originales que daban fe legal de sus afirmaciones y que se transformarían en pruebas testificales en beneficio de la fiscalía. Donnor trató muchas veces de entrampar al hombre, que semejaba estar apagado, pero la verticalidad moral del notario fue proverbial.

El teléfono de la casa de Leandra y Arón comenzó a sonar cuando la noche ya lanzaba su túnica sobre las montañas. Darío incluso ya estaba decidido a entrevistarse con Niman, para examinar de inmediato la variante de reserva, y eso estuvo a punto de llevarse a cabo hasta el instante en que Muñoz le dijo que la llamada telefónica era para él. Agarró el auricular y se acomodó en una silla, aunque Darío pensó que hasta que no escuchara la voz de Ulricke ningún trasto le podía bridar el confort que necesitaba, sobre todo el psicológico.

—Dime, mi amor.

—Hola, Hipómenes —tenía la voz algo temblorosa—. Mira, estoy en casa de Lucrecia. Te extraño mucho, mi amor. Sabes, Lucrecia y yo lamentamos que no nos veamos con mayor frecuencia.

—Ah, qué bien. Atalanta, se te hizo tarde, ¿no? Ya me tenías un poco preocupado.

—Imagino, pero fíjate, ahora puedo hablarte con calma. ¿Me oyes bien, mi amor?

—Sí, perfectamente. ¿Y tus amigos cuándo viajan? ¿Se van por mar o toman otra ruta?

—Viajan por vía aérea. ¿Me escuchaste?

—Sí, pero ¿cuándo?

—Ah, cierto, no te lo dije —presentía que cuando le hablara de cierto cambio en los planes, que ella consideraba normal, Darío no reaccionaría bien—. El miércoles próximo, el vuelo sale a las once de la mañana.

—Perfecto, Atalanta —la sentía un poco desconcentrada, pero al escuchar esas noticias experimentó regocijo—. Esta vez, todo lo has hecho bien. Te felicito, mi amor. El martes nos vemos. Mañana Patxi te espera en el mismo lugar, ya sabes. Muero por verte.

—Oye, antes... —ella balbuceó y Darío, al oírla, comenzó a inquietarse—. Mira... sabes... te tengo un lindo regalo.

—Entonces te habrás divertido, ¿no? —quiso contenerse, pero ya era tarde.

«Así que para ti un regalo mío es señal de que yo te he sido infiel. ¡Qué horror!», le había dicho Ulricke en una ocasión, decepcionada. Darío recordaba ahora aquel diálogo que ambos habían sostenido a raíz de un reencuentro.

Se hizo un silencio rotundo y a Darío ese mutismo le zarandeaba su acostumbrada paciencia. Entonces comenzó a exclamar el recurrente "¡oigo!" ante esa eventual interrupción en la línea, y seguidamente también preguntaba: "¿me escuchas?"

Mas a continuación comprobaba que esa interrupción se debía a la voluntad de Ulricke, quien se mantenía en silencio pues la comunicación se mantenía activa. Ahora incluso la escuchaba carraspear, como si ella estuviera a punto de expresar opiniones impredecibles.

—¿Yo merezco ese comentario, Darío, o será que aún tú no sabes lo que yo valgo? ¿Será eso?

—No, no, debes perdonarme.

Y se abrió otro silencio, aunque breve.

—Mi amor, no te vayas a disgustar, eh —la voz de Ulricke se sentía como acorralada—. Fíjate, decidí quedarme con mi amiga unas horas más. En lugar de mañana lunes, me voy el miércoles con ella y...

—¿Cómo?

—No sé, no me parece nada del otro mundo. Ese mismo día yo me quedo en Bogotá cuando ellos hagan escala.

—¡Qué dices! —Darío estaba descontrolado y gritaba, y con esos bramidos estaba a punto de echar abajo la conexión—. ¡Te has vuelto loca! ¡Sólo eso nos faltaba!

—Fíjate, mi amor —proseguía, convencida de que ese aplazamiento en su regreso no era un asunto de tanta importancia—, ellos continúan y yo llego descansada, ¿no?

—¡Dime que me estás tomando el pelo! —se ahondaba el desentendimiento entre los dos—. ¡Dímelo!

—No me grites —algún detalle escondido en la mente de Ulricke le hacía liberar una fuerza desacostumbrada—. Fíjate, yo no me asombro de las cosas que tú me has ocultado, eh. Y cuando llegue, escúchame bien, cuando llegue me tienes que explicar unas cuantas cosas. ¿Sabes qué?, estoy convencida de que tú me has mentido, Darío. ¿Por qué? ¿Por qué me has mentido? Acaso yo soy para ti una...

Y de nuevo llegó el silencio.

Darío caminaba por la habitación con el aparato telefónico en mano y ni siquiera se daba cuenta de que Muñoz algunas veces hasta lo esquivaba cuando sin quererlo se le atravesaba en el camino. Muñoz, el aparente monaguillo que poseía semblante de asesino, se pasaba la mano por los cabellos, desorientado, ya que nunca había visto a su jefe fuera de sí, y hasta en gesto espontáneo se agarraba la pistola y se la reacomodaba, sin saber por qué.

—Te dije que no te dejaras engatusar por ese gringo —continuaba Darío, sin saber hacia dónde se encaminaban sus razonamientos—. Te lo advertí, Ulricke. Y ahora descubro que eres más ingenua de lo que yo imaginaba. Nunca debí con...

—Dímelo. Termina la frase. ¿Qué ibas a decir de mí, eh? ¿Ahora me vas a elogiar de otra manera? ¿Qué, soy una tonta, una cualquiera, una estúpida? ¿Una mujer en la cual no se debía confiar? Dime.

«¡Ulricke, no puedes hacer el viaje con ellos, no puedes, maldita!», se decía para sí Darío una y otra vez. «¿Por qué siempre desatiendes mis indicaciones, por qué, por qué siempre quieres ser la dueña de todas las cabronas iniciativas? ¡Maldita seas, alemana! ¡Maldita sea tu maldita ascendencia! ¡Maldita seas, Ulricke!»

—Mi amor, escúchame —Darío suavizó el tono de las palabras, deseaba persuadirla para que regresara el lunes—. Tienes que venir mañana, recuerda que Patxi te espera. No es bueno que a última hora tomes otras decisiones, Ulricke, ya te lo he dicho. ¿Recuerdas?

—Darío, yo viajo el miércoles, ella se lo merece. Quizás ella y yo no nos veamos más. Y cuando llegue a Bogotá, tú y yo tendremos mucho de qué hablar. Te amo, eh, mucho más de lo que tú imaginas, y espero que aprendas a respetar mis decisiones. Tan sólo se trata de unas horas más, Hipómenes. No sé, no veo por ningún lado que mi decisión sea tan grave.

—Escúchame, Ulricke, por favor.

—Lo tengo más que decidido. El miércoles salgo temprano y en unas horas estoy contigo. No te niego, Hipómenes, que al principio tuve duda, pero ahora estoy convencida de que yo no pido tanto. No te preocupes, mi amor. Yo soy, a pesar de todo, la misma de siempre. Y te amo como una colegiala. No lo olvides.

Y colgó el teléfono.

Darío elevó el auricular hasta el nivel de los ojos, ahí lo retuvo y ahora lo contemplaba. En la iracunda expresión de su rostro se podía entrever la frase que se había estacionado en su mente: «¡No, Ulricke, no puedo creerlo, no puede ser!» Seguidamente golpeó repetidas veces el receptor sobre el canto del mármol negro que coronaba una robusta mesa hasta desbaratarlo.

Fue al baño y se echó agua en la cara y en los cabellos, se secó con una toalla y la tiró con rabia en el piso; luego se peinó sin mirarse en el espejo. Muñoz contemplaba algo intimidado a su jefe, mientras se ocupaba de recomponer el receptor hasta lograr que al menos se escuchara el tono de discar. Darío abrió la puerta de la habitación y se encaminó hacia donde lo esperaba el jefe de los *kidon*.

Detrás iba Muñoz, algo oscilante en su andar. Darío hizo un aparte con Niman y le informó de que el miércoles próximo el *katsa* desertor escaparía por vía aérea. Agarró un mapa, lo desplegó sobre la mesa y le indicó a Niman dónde se hallaba exactamente la pista clandestina de El Mexicano, desde la cual despegaría el jet. Niman fumaba su pipa, parsimonioso, mientras examinaba lentamente a su interlocutor.

—Joven, te felicito —dijo, al tiempo que no le quitaba la mirada—. Ahora podemos estar seguros de lo que haremos. ¿Hay algo que yo deba saber sobre Ulricke?

«¡Maldito seas, rumbo fijo, nada se te escapa!», pensó Darío.

—No hay motivos para preocuparse, Niman —mostraba el aplomo que le era característico, si bien no podía disimular que pasaba por un mal momento—. Es lamentable, pero cuando jugar con fuego siempre se repite en la conducta de una persona, a pesar de las advertencias que se le hicieron, ni modo, lo mejor es apartarla y seguir adelante. Definitivamente, hay cosas en la vida que no logro hallarle explicación.

—De todas formas, joven, Ulricke no es como la *sayanim* Marga, ¿no? Además de que esa joven es la nieta de un oficial nazi, y eso nunca podemos olvidarlo, ¿verdad?

—Por Dios, Niman, no hable así de una persona que no conoces —replicó, contrariado; le dio la espalda al jefe de los *kidon*, y agregó—: Nadie viene predestinado a vivir en este mundo tan jodido —levantó el brazo con la mano cerrada, como si fuera a dar un golpe en cualquier sitio, mas enseguida la abrió y bajó el brazo—: Y bien, Niman, me voy a mi habitación a descansar. Nos quedan horas de mucho traqueteo, como dicen los colombianos. Entonces, mañana nos vemos.

Y Darío se dirigió con paso lento hacia la puerta.

Niman se quedó atónito ante las insolentes palabras que acababa de oírle a Darío, y, sobre todo, al ver el gesto arrogante del *sayanim* que se iba sin pedirle permiso. Naturalmente, antes de que Darío llegara a la salida, el jefe de los *kidon* exclamó con voz de trueno:

—¡Joven, yo pensaré de esa manera hasta que me llegue la muerte y opinaré sobre cualquier persona lo que me venga en gana!

Darío se giró en el umbral de la puerta y replicó con su voz baritonal:

—Yo también haré lo mismo, Niman. Nunca se ha dicho que los hombres no puedan tener criterios encontrados. Y que descanse. Hasta mañana.

Darío cerró la puerta tras sí y echó a andar con rumbo a las escaleras para subir a la segunda planta, donde estaba su habitación. Sus movimientos eran lentos. Detrás iba Muñoz, con paso zigzagueante. Cuando Darío llegó a la segunda planta, vio que el ancho pasillo que conducía a su recámara se hallaba en penumbras. Casi al final, advirtió que la luz de la alcoba que antecedía a la suya se hallaba encendida, y esa irradiación salía por la puerta abierta para asaltar de lleno un pequeño tramo del pasillo. Eso lo intrigó, pero decidió continuar. No obstante, antes de llegar a ese tramo y dado que él sabía quiénes dormían en esa habitación, se giró y con la mano le hizo una señal a Muñoz para que se detuviera y se marchara.

Darío cruzó por delante de la puerta y miró hacia el interior de la recámara. Vio que Leandra estaba desnuda sobre la cama, boca arriba, con los brazos flexionados hacia los hombros y la larga cabellera negra esparcida sobre almohadones, cual *La maja desnuda* de Goya. Darío prosiguió e hizo caso omiso de la provocadora uruguaya, entró en su habitación y cerró la puerta.

Sonó el teléfono. Darío sabía que no era Ulricke, ya que la conocía bien y ella no solía dar marcha atrás en sus decisiones aunque fuesen sobre asuntos insignificantes. Tomó el auricular y escuchó la voz de Leandra, seductora y anhelante.

—Darío, él llegará muy tarde, ven, me tienes loca, ven, por favor, no me hagas esperar, estoy desesperada, ¿sí?, ¿vienes?

—Escúchame bien, desquiciada —increpó, rabioso, y las gruesas paredes se tragaban toda la furia de Darío, provocada por la desobediencia de Ulricke—, si me vuelves a llamar te voy a reventar a patadas. Te voy a dar una paliza que ni siquiera Arón podrá reconocer a la perra que vive con él. ¡No vuelvas a llamarme!

Leandra, que advirtió de golpe cómo se evaporaban sus deseos carnales, puso el auricular sobre el aparato telefónico, suavemente, como para no hacer ruido, se lanzó de la cama, cerró la puerta, apagó todas las luces y regresó veloz al lecho para esconderse bajo los cobertores.

El arte de la guerra judicial en todo su magnífico esplendor proseguía y desplegaba las banderas, las mejores espadas y los más importantes escudos en la sala de la Corte Federal de Justicia de Los Angeles. La fiscalía y la defensa eran los claros oponentes en las postrimerías de ese pleito singular, en el cual se dirimía un fascinante caso que había llamado poderosamente la atención de los medios de prensa, y de modo especial los de México, Honduras y Estados Unidos.

En estos momentos la fiscalía y la defensa deberían de afrontar las vistas decisivas: presentar los últimos testigos y formular sus respectivos alegatos ante el juez y los integrantes del jurado para arribar al fallo y darle punto final al juicio.

Después de que subiera al estado de los testigos el notario Peralta, concurrió en calidad de testigo Mark Coleman, alias Pértiga, el hombre de la CIA que deseaba redimirse. El fiscal se pavoneaba de un lado a otro ante el jurado y ante el juez porque sabía que ese testigo dominaba muchas aristas de la conspiración que segó la vida de Camarena. Hacía preguntas directas y las desgranaba despacio. Demostró que los acusados eran conocidos de Pértiga, y demostró a través de las respuestas del testigo que esos acusados eran culpables del crimen.

Mora dio por terminada su intervención y se fue satisfecho a su puesto. El juez cedió la palabra a la defensa. Donnor avanzó

398

hasta situarse frente a Pértiga. Tenía una expresión en el rostro cual si momentos antes acabara de ver el agujero negro de la bóveda celeste por el cual se irían el fiscal y Pértiga. Eso parecía, el defensor no dejaba de mirar hacia los colegas de su equipo.

—Señor Coleman ¿usted sabe que está bajo juramento y que por ende está obligado a decir la verdad y sólo la verdad en esta sala? ¿Me equivoco, señor?

—No, en absoluto, señor abogado —respondió Pértiga, que ahora no apartaba la mirada de Tucson.

—Esto que voy a preguntarle, señor Coleman, es de suma importancia para la defensa y, entre otras cosas, con sus respuestas podremos demostrar ante su señoría y ante el jurado que los acusados no son tan culpables como usted ha afirmado en sus anteriores declaraciones. Antes de todo, señor Coleman, ¿es usted informante secreto de la DEA?

—Sí —se movía inquieto en su silla, presentía que algunos golpes arteros de Donnor le caerían encima—. Yo en mis declaraciones anteriores...

—Sólo respóndame la pregunta que le hice, señor Coleman — precisó Donnor.

—Sí, señor, soy informante secreto de la DEA.

—¿Pero usted también durante muchos años fue agente secreto de la CIA? ¿Es así o no, señor Coleman?

—Bueno... —miraba hacia Mora y hacia Tucson, visiblemente impaciente —, bueno, mire, yo quisiera aclarar...

—Por favor, señor Coleman, no nos impliquemos en explicaciones que yo no le he solicitado, limítese a responder la pregunta que le hice. ¿Fue o no agente secreto de la CIA?

—Sí, señor, lo fui durante muchos años.

—O sea, señor Coleman, ¿podemos llegar a la conclusión de que usted era un agente doble? En fin, que usted a la misma vez brindaba información a la CIA y a la DEA? ¿Era así, o me equivoco?

—No, señor, no se equivoca. Así era.

Pértiga miraba hacia Mora y Tucson, desorientado, dado que lo empujaban hacia la línea que no podía cruzar bajo ninguna circunstancia, y, por tanto, estaba a punto de infringir disposiciones secretas de la CIA que conocía de memoria y que debía preservar y cumplir, so pena de enfrentar sanciones penales severas.

«No, váyanse todos al diablo», pensó Pértiga, «me haré el tonto, no diré un solo secreto en nombre de la CIA. En todo caso, sólo hablaré bajo la condición de ser informante de la DEA.

¡Demonios! ¡Maldito Donnor! ¡Tiene sus soplones, que deben ser familia del mono que vive en el cornisa, pero a mí no me sacarás ni una sola información secreta que se vuelva en mi contra, pues llevo mucho tiempo viviendo entre malolientes sabandijas!»

—Avancemos, señor Coleman: ¿usted conoce que la CIA participó en la denominada operación Irán-Contra? ¿Sí o no?

—Sí, pero eso lo supe a través de la DEA y de la prensa escrita —Pértiga vio que Tucson le hizo un guiño de aprobación—. Lo supe, sobre todo, a través de los medios de comunicación.

—Entonces, señor Coleman, ¿usted supo que la CIA importaba droga de Colombia para venderla en Estados Unidos y de esa manera respaldar con abundantes sumas de narcodólares a la Contra nicaragüense?

—Sí, señor, eso lo supe, como ya le dije, a través de la prensa escrita y de las informaciones secretas que pude recabar en mi condición de informante de la DEA.

—¿Y también tuvo conocimiento, señor Coleman, a través de la DEA y de la prensa escrita, por supuesto —preguntó Donnor, con punzante ironía—, dado que ya presentimos que usted en la CIA estuvo casi de paseo, que la CIA y el señor Barreto, en ese entonces Secretario de Gobernación del gobierno mexicano, ordenaron a la Policía Política, más conocida por la DFS, que en sus siglas significaba Dirección Federal de Seguridad, ordenaron el secuestro y ejecución del agente especial Enrique Camarena Salazar? ¿Fue así, señor Coleman? ¿Que desde lo alto y desde la trastienda del poder político fue ordenado ejecutar ese crimen?

En toda la sala se escucharon murmullos que nadie podía amordazar, transformándose en pocos segundos en una colectiva exclamación de asombro. El juez McDowell en varias ocasiones tuvo que llamar al orden hasta que la gente en la sala se calló. Y el juicio continuó. Donnor no tuvo otra opción que repetir sus largas preguntas.

—Sí —respondió Pértiga, más seguro de sí—, señor, tuve conocimiento de esos hechos que usted refiere.

—Ahora deseo, señor Coleman, reiterarle una pregunta de un modo más conciso y más claro: ¿la CIA y el señor Barreto ordenaron a la DFS raptar y asesinar al agente Camarena?

—Sí, señor —Pértiga miraba hacia el jurado con una expresión noble, inequívoca, como si con sus ojos en nombre de los cielos implorara justicia—, y ya le dije cómo lo supe. Creo que era un secreto a voces.

—Señoría —lo atajó Mora, pues sabía desde hacía buen rato que Donnor, al apuntalar evidencias culposas relativas a la CIA, al Secretario de Gobernación mexicano y a la Dirección Federal de Seguridad, pretendía aminorar de forma indirecta la responsabilidad criminal de los acusados que en esos momentos eran enjuiciados—, pido que el señor Donnor se limite a examinar el crimen de Camarena y no, como así lo parece, a otras entidades y al propio testigo Coleman, quien de muy buena voluntad ha venido a esta Corte para hacer sus valiosas revelaciones.

—Señor Donnor —dijo el juez McDowell—, estamos aquí para enjuiciar todo lo concerniente al asesinato del agente Camarena y del piloto Zavala. Por tanto, le ruego que abandone de inmediato las preguntas acerca de otros asuntos que, aunque pudieran estar o no relacionados con el caso que nos ocupa, dilatan innecesariamente nuestras sesiones. Además, usted mejor que nadie, sabe que hay asuntos que por su extrema delicadeza no podrían ser juzgados en esta Corte. ¡Por favor!

Donnor protestó y argumentaba la justeza con la cual obraba la defensa. Pero el juez McDowell se mantuvo en sus trece. Y Donnor, después de formular otras preguntas a Pértiga, terminó su intervención.

Luego subió al estrado otro testigo que había estado en la escena del crimen, el mexicano Luis Gálvez, alias Pantera, el informante secreto de la DEA que había sido reclutado por Tucson en 1986. En esa audiencia Pantera, el criador de caballos de raza, oficio que le posibilitó relacionarse con los capos del narcotráfico de Colombia y México, describió la manera en que había sido torturado y ultimado Camarena.

—Lo hicieron de manera brutal —dijo Pantera—. Camarena pedía que le dieran muerte con dignidad: «¡Mátenme y déjenme morir como mueren los hombres!», decía él, e imploraba ante sus verdugos, que humillaban su hombría, morir de un balazo en la cabeza. Camarena pedía morir como deben morir los policías, por heridas de balas —añadió en voz baja, aunque perceptible por todos los presentes en la sala.

El fiscal, mediante preguntas, logró que el informante describiera todos los detalles de ese suplicio. Esos pormenores, narrados por Pantera, estremecieron la sensibilidad de los integrantes del jurado y del juez McDowell.

El abogado Donnor, cuando enfrentó a Pantera, trató por todos los medios de debilitar la fuerza de sus confesiones y, sobre todo, desmoralizarlo ya que era un informante pagado de la DEA, pero muy pronto Donnor se dio cuenta de que ese criador de purasangres no era un testigo más y, resignado, tuvo que desistir de su obstinado empeño en querer ridiculizar a Pantera ante los ojos del juez y del jurado.

Ahora era Tucson quien dirigía sus pasos hacia el estrado de los testigos. Al pasar por el banquillo donde estaban los cinco acusados, éstos le dirigieron las habituales miradas de rencor. Algunos incluso, disimuladamente, se atrevían a pronunciar mudas frases con el movimiento de los labios por medio de las cuales prometían que muy pronto sería crucificado por sus cómplices. El agente estaba acostumbrado a esas amenazas de muerte, que en ocasiones hasta se las soltaban envueltas en bisbiseos cuando pasaba cerca de ellos, pero no se dejaba provocar.

Mora encaminó el interrogatorio de modo que, entre preguntas y respuestas, Tucson redondeaba los hechos criminales más importantes que en conjunto revelaban la culpabilidad de los acusados en los crímenes que se juzgaban. Esos hechos mostraban que los inculpados eran sin duda los que había participado en el rapto, martirio y muerte de Camarena y del piloto Zavala.

Fueron expuestos los lejanos hechos del año 1984, cuando el cártel de Guadalajara asesinó a varios agentes de la DEA como previa amenaza que antecedió al secuestro de Camarena, quien con su obrar había hecho estragos sustanciales en los intereses del narcotráfico internacional y del crimen organizado, tanto en los decomisos de la droga como en la ingeniosa intervención de cuentas bancarias.

Resultó revelado también el informe sobre las reuniones que se organizaron para planear el secuestro e interrogatorio de Camarena, y que en esas reuniones habían participado, además de Matías y Zayas, importantes narcotraficantes y representantes de todas las dependencias mexicanas que tenían muchos intereses en las operaciones del cártel. Entre esos participantes estaban Aristarco, Celso, don Fonse y Salcido, más conocido por El Cochiloco. También participaron políticos prominentes como Barreto, entonces Secretario de Gobernación, Andrés Castelo, que era gobernador de Jalisco, Julio Gómez, a la sazón presidente del Partido Revolucionario Institucional, como también personajes claves como el director de la Policía Judicial y el líder de la INTERPOL mexicana.

Por último se demostró que después de que fueran ultimados Camarena y el piloto Zavala en Guadalajara, sus cuerpos masacrados habían aparecido cuatro semanas después en Zamora, Michoacán, al borde de un camino secundario, muy cerca de un rancho en el cual poco antes esos restos habían sido desenterrados, debido a denuncias anónimas realizadas presumiblemente por los lugareños u otros interesados, y se pudo constatar por las autoridades mexicanas que actuaban en el lugar de los hechos, y por la DEA, que la familia que moraba en ese rancho había sido ultimada con armas de fuego, incluidos niños y mujeres. Esa masacre fue ordenada y ejecutada por los mafiosos implicados en el caso Camarena, a fin de borrar las pistas que pudieran indicar quiénes había sido los autores y cómplices de esos asesinatos.

Donnor se dirigió hacia el estrado para interrogar a Tucson. Sin embargo, antes de proceder a formular las preguntas, procedió a realizar un comentario relacionado con todo lo que el agente precedentemente había declarado ante el fiscal.

—Señoría, señores del jurado, quisiera hacer un comentario introductorio, que no puedo dejar pendiente ni soslayarlo antes de pasar a preguntarle al señor Rangel algunas cuestiones cruciales. Yo sé que muchas personas en esta sala tal vez se hayan sentido un tanto intrigadas, o sea, les haya sucedido algo parecido a lo que a mí me ocurrió...

—Señoría —objetó el fiscal—, solicito que el señor Donnor haga las preguntas y deje los comentarios conceptuales para su exposición final.

—Señor, Donnor, remítase a formularle las preguntas al testigo —señaló el juez McDowell.

—Sí, señoría, entonces procederé a hacerle mi primera pregunta al testigo: señor, Rangel, antes que todo debo decirle que yo estoy realmente impresionado, asombrado, perplejo, al ver que tantas personalidades importantes de la vida política, militar y policial de México hayan participado de un modo tan masivo y directo en los planes para asesinar al agente Camarena y al piloto Zavala. De veras, señor Rangel, yo comienzo a enumerar a todos los participantes significativos, de relieve político y social, y no tengo para cuando acabar con esa lista. Es una relación interminable. Son muchos, señor Rangel. Y esa sería mi primera pregunta: ¿usted considera que toda esa gente importante planeó y participó activamente en esos hechos criminales?

—No tengo la menor duda, señor —Tucson miró hacia Mora—. Incluso puede que nos falten algunos individuos más, otros pejes gordos. Aunque le aseguro, señor Donnor, y sé que ese exactamente no era el objetivo de su pregunta, que los culpables que faltan en esa relación que usted califica de interminable, también serán apresados y enjuiciados.

—Señor Rangel, para afirmar que todo ese montón de personajes importantes participó en esos hechos delictivos, ¿usted se apoya más que todo en lo que le informó la red de informantes de la DEA? ¿Es así o me equivoco?

—No, en absoluto, en eso no se equivoca. En gran medida nosotros apoyamos nuestro trabajo investigativo en esas valiosas informaciones. Creo, además, que no habría otro mejor medio para obtenerlas.

—Entonces, específicamente, señor Rangel, ¿mucho de lo que usted ha confirmado por solicitud expresa del fiscal Mora se apoya, entre otras, en las declaraciones de ese único testigo nombrado Luis Galván, y debo repetir esa calificación, eh, del único testigo que estuvo en la escena del crimen y que declaró en ese estrado antes que usted? ¿Es así, señor Rangel?

—Así es —Tucson tenía decidido de antemano hacerse el tonto ante el abogado defensor—, pero si me lo permite, señor Donnor, las declaraciones de ese primer testigo presencial que presentó la fiscalía, también pueden serles de mucha utilidad a la defensa, ¿no? Como sabemos, ese es un principio sacrosanto de nuestro poder judicial, porque aquí, en esta Corte, todos abogamos únicamente por ir en busca de la verdad y de la justicia. Eso creo, señor Donnor.

—Señor Rangel —Donnor echó una sonrisa burlona que enseñoreó exprofeso ante los miembros del jurado—, usted ocúpese de las investigaciones, por favor, y la evaluación y alcance de las nociones jurídicas déjelas a mi obrar —miró hacia el juez McDowell—. Entonces, díganos la verdad, señor Rangel. A usted, y basándose en su rigor profesional, no le da por pensar que toda esa historia que acaba de relatar ante el fiscal, únicamente apoyada en los testimonios de un solo testigo ocular que estuvo en la escena del crimen, ¿no será después de todo una historia demasiado abultada, exagerada e hija de mentes febriles? ¿Qué me dice, señor Rangel, de todo ello? Quisiera escucharlo, si bien pudiéramos sospechar, y no se lo tome a mal, que usted al final, sin saberlo, sea quizás algo ingenuo.

—Señor Donnor, creo que le asiste mucha razón en lo que acaba de decir —Tucson había aguardado por la llegada de este momento—. Y para que pueda entender mejor lo que quiero exponer, me gustaría ponerle un ejemplo. ¿Puedo, señor Donnor?

—Adelante, señor Rangel —accedió Donnor—. Enumere todos los ejemplos que desee. Lo escucho.

—Mire, señor Donnor —hablaba despacio, como si no tuviera la menor prisa—, si a mí un astronauta que viaja al planeta Marte, a su regreso me dice que los marcianos tienen un par de antenas verdes en la cabeza, le aseguro que yo no se lo voy a creer, de ninguna manera, pero si seis meses después viaja un segundo astronauta a Marte, y él, además de que no conoce al primer astronauta y mucho menos conoce cuáles son los pareceres que me dio, también me asegura que los marcianos tienen un par de antenas verdes en la cabeza, entonces a mí sí se me comienza a tambalear la duda que tengo en la mente y empiezo a considerar que lo que me está diciendo ese segundo astronauta es verdad, por cuanto su información coincide con la que me dio el primer astronauta. Porque no es solo un testigo presencial el que estuvo en la escena donde torturaron y asesinaron a Camarena y al piloto Zavala, no, señor Donnor, hay otro testigo presencial, un segundo testigo que no conoce al primero y que dice exactamente hasta cómo iban vestidos y lo que decían esos cinco individuos que están en el banquillo de los acusados. Entonces yo, señor Donnor, entonces yo sí comienzo a dejar de dudar y convengo en que el segundo testigo presencial me acaba de abrir el camino hacia la verdad definitiva.

—Su señoría —cualquiera diría que Donnor veía en ese instante cómo se producía la caída de la inclinada torre de Piza—, yo espero que el fiscal Mora no tenga el propósito de traer al estrado a un segundo testigo presencial. Eso es jugar sucio, señoría, no tengo otro calificativo, pues yo desconozco ese antecedente que debió presentárseme con reglamentada antelación, y yo espero que usted, su señoría, se niegue a aceptar ese nuevo testimonio.

Todas las personas en la sala observaban que Donnor tenía el comportamiento desarticulado y se conducía por ello con cierta inestabilidad ante el juez. El calculado golpe bajo preparado a dos manos por Mora y Tucson, en esos momentos, se mostraba efectivo y demoledor.

—Señor Donnor —dijo el juez McDowell, en tono imperativo—. No sé usted y su equipo de trabajo, pero yo recibí esa notificación con la debida antelación que se requiere y se establece para esos casos. Pregúntele a sus colaboradores, señor Donnor, por favor, y verifique con ellos si cuentan o no con esa notificación.

El abogado defensor miró hacia la mesa de sus colaboradores y uno de sus asistentes, bastante turbado, levantó con la mano el documento de la fiscalía e hizo con la cabeza un penoso gesto de confirmación. En efecto, era la notificación escrita que el fiscal, tramposamente, había hecho llegar de modo sigiloso hasta la mesa de la defensa.

Luego, el segundo testigo presencial subió al estrado de los testigos y, primero, ante las preguntas de la fiscalía y después, ante las de la defensa, el informante secreto de la DEA confirmó uno a uno los testimonios que apuntaban a la culpabilidad de los acusados.

Tucson y Mora se echaron una mirada cómplice.

Los miembros del jurado escucharon los alegatos de la fiscalía y de la defensa. Y luego se fueron a deliberar para emitir el fallo, naturalmente, no sin antes escuchar los consejos del juez McDowell:

—Su labor, señores miembros del jurado, será llegar a una conclusión sin favoritismos ni prejuicios, basados exclusivamente en las evidencias que ustedes juzgarán creíbles, según su sentido común. Luego de haber escuchado todos los testimonios, ustedes deberán evaluar y aceptar los que les resulten, en su criterio, más aceptables y definitivos, y en consecuencia dar a conocer su fallo.

El jurado, después de deliberar, declaró culpable a los cinco acusados que habían sido juzgados y los sentenció en base a las propuestas hechas por la fiscalía a la pena máxima de cadena perpetua. Excepto en los casos de Matías y Zayas, quienes fueron condenados a cadena perpetua más cuarenta años de prisión.

Tucson y Mora fueron felicitados con mucho entusiasmo por sus colaboradores. La victoria alcanzada había sido abrumadora y el fallo del jurado fue justiciero.

Gal no apartaba de Tucson su entontecida mirada. Luchaba en su interior y deseaba modificar esos ocultos sentimientos que profesaba por su jefe, pero le resultaba imposible poderlo lograr.

Vio cómo Tucson corría hacia el teléfono para llamar a Naida. Observó su cara de alegría cuando platicaba con ella y le daba la excelente noticia. Y contempló la mano de Tucson que, mientras hablaba, de manera espontánea palpaba la medalla que colgaba de su cuello.

«Seguramente Tucson ahora esté pensando en Camarena», se dijo Gal. «¡Santo cielo! ¡No puedo con este fuego que me quema por dentro.»

XXVII. Quebrar la punta de la lanza

Naida aparentaba serenidad, pero Tucson sabía que no la tenía. Llevaba días tironeada por los deseos de viajar a Mazatlán para visitar a su padre, quien hacía una semana había tenido una pasajera angina de pecho de la cual ya estaba restablecido. Naida vivía remolcada por el amor a su cowboy, a Phiilip, a los niños e, incluso, a la casa de Los Angeles que, por razones obvias, era una especie de fortín, y, especialmente, apreciaba el modo en que se estaba recuperando de la tragedia vivida en El Paso; en cuyo proceso, además de contar con la atención de los especialistas y sus tratamientos, había avanzado, sobre todo, eso pensaba, gracias al calor solidario de Tucson, de los seres queridos y de los atentos amigos y colaboradores.

El dolor que sufría Tucson ante la pérdida de Oliver, ese desconsolado acontecimiento que lo traspasaría de por vida, a Naida la había vapuleado hasta la raíz, si bien, paradójicamente, ese hecho había contribuido en modo decisivo a que acelerase su propia recuperación. No obstante, la muchacha comenzaba a sentir una especie de encierro, de inmovilismo, «como de un mañana que nunca llega», se decía al mirarse en el espejo o cuando a solas examinaba sus perspectivas profesionales, las cuales por razones ajenas a su voluntad habían quedado interrumpidas.

De nuevo sentía que, sin hacer dejación de sus deberes conyugales y familiares, necesitaba reiniciar su labor bancaria — por ejemplo, no había dejado de estudiar innumerables materiales sobre el conjunto de normas teórico-prácticas que regían el financiamiento internacional—, para Naida equivalía alcanzar un desarrollo personal competente; así como también empezar a desplazarse gradualmente hacia el exterior para modificar su obligado encierro.

—Lo justo es lo justo, mi cowboy —dijo Naida, cariñosa—, y es también lo bueno, pero lo mucho y excesivo me asfixia, no sé, algo como eso me sucede. Necesito ir a Mazatlán y luego comenzar a trabajar en cualquier entidad bancaria, asistir a cursos de capacitación. Sé que tú me ayudarás. Estoy convencida. Mira, ahora me iré con los niños a Mazatlán, un fin de semana, sólo serán tres o cuatro días. Llevo muchas meses de encierro. ¿Sí? Ándale. Dime que sí.

—No olvides, Naida —la contemplaba, sin extrañarse al oír esas novedosas opiniones—, que tu vida corre peligro. Yo no quisiera que las cosas fueran así, pero antes debo velar por tu seguridad. Tenemos enemigos poderosos, mi amor. Sabes, hace tiempo que tú no me gritas: "¡Vamos a toda madre, mi cowboy!" ¿Recuerdas? Escuchar esa frase en tus labios era para mí como entrar en el paraíso. ¿Y qué me hago si no te tengo, eh?

Ella se echó a reír, al tiempo que le daba un suave manotazo en el pecho como acostumbraba.

—¡Te amo, estúpido! —lo besó, y a continuación preguntó—: Oye, cowboy, ¿qué hacían tus mujeres anteriores contigo? Me hablas poco de esa fase de tu vida.

—¿Tienes alguna ecuación en mente que quieras resolver?

—Deja las ecuaciones tranquilas, por favor, y respóndeme.

—Eran diferentes a ti, ya te lo he dicho. Y de modo distinto pero casi idéntico, ellas me echaban en cara que yo, como padre y marido, era un rotundo fracaso, y que yo era un hombre ausente, pues me importaba más el trabajo que la familia. ¿Sabes qué?, primero, no, primero me revelaba, pero con el paso del tiempo les he tenido que dar la razón a las dos. Sí, me ocupaba de mis hijos, eso es cierto, pero no les dedicaba el tiempo que ellos necesitaban y yo hubiese querido dedicarles, y eso ahora me duele, esa es la pura verdad. Hoy siento el dolor de no haber compartido más tiempo con mis hijos. Yo me había esclavizado con mi trabajo. Incluso te diré un secreto: luego de la muerte de Camarena, y más adelante con la de mi hijo, llegué a tener el convencimiento de que me iba a transformar definitivamente en un cazador de narcos *full time*. Sí, a tiempo completo, eso pensaba. ¿Y sabes quién me salvó de no caer en esa trampa? Tú, Naida, tú fuiste mi salvación.

—¡Qué bonito lo que acabas de decirme! —sonreía, pero en su mirada, donde siempre emergía un curioso velo algo asustadizo, se abría un destello intrigante; entornó los ojos y con malicia dio un giro sorpresivo al diálogo—: Oye, ¿nunca has hecho el amor con Gal?

—Esa pregunta no te la voy a responder, tú mejor que nadie conoces la respuesta.

—Perdóname, bueno, ella es muy buena, no lo niego, pero tiene una belleza física y una perfección en todo lo que hace que hasta me fastidian un poco, no sé, incluso ese "¡mande!" que te expresa con la voz melosa ante todo lo que tú le dices; muchas veces siento que ella hasta en el silencio te profesa otros sentimientos, además de los de admirarte como jefe y como colega. Sabes, las mujeres pocas veces nos equivocamos en esas cosas. Intuición, mi cowboy. Por eso te hice la pregunta.

—Error, Cerebrito. Ahí te falla la intuición —en cierta medida, Tucson se alegraba de que ella volviera sobre esos pasos, pues ello era la mejor señal de su franca mejoría, y para apretar las clavijas, sonriente, adicionó—: No sé si ahora tus celos se van a disparar por lo que te voy a decir, pero respecto a Gal seré sincero contigo: yo no quiero otra colaboradora a mi lado. De veras. Yo la admiro como mujer y la respeto, pero no me la imagino conmigo en un plano íntimo. Te amo, Cerebrito. Lo supe cuando un azaroso día me faltaste. Vamos. Tú eres mi mujer y ninguna otra podrá ocupar tu lugar. ¿Y qué más quieres saber?

—¿Gal no te gusta? ¿Nunca la has mirado con otros ojos?

—No, por favor —sabía que no decía toda la verdad—, bromeas; bueno, cambiemos de tema.

—Bien, mi amor, nada más te hablaré sobre ella. Voy a eliminar mis celos. Te lo prometo. ¡Ah!, ¿me dejas ir a Mazatlán con los niños?, ¿y sobre lo de empezar a trabajar y a estudiar?

—Lo voy a pensar, Cerebrito. Prometido.

Tucson le dio un beso a Naida, al tiempo que razonaba sobre esas llamadas familiares de Mazatlán; se habían convertido en un reclamo existencial que le había removido su innata vocación de mujer independiente y deseosa de superación.

«Debe ser así, ni modo, ella es inteligente, tiene muchas inquietudes, deseos de cambiar y de mejorar continuamente, pero me las ingeniaré para evitar que por ahora viaje a Mazatlán. Lo voy a pensar. Yo golpeo al enemigo todos los días y debo aguardar por sus rapaces reacciones», se dijo.

Escuchó a Naida y no podía creerlo. Bosley, quien fuera su jefe por espacio de más de cinco años, acababa de llegar a su casa sin previo aviso. «¡Demonios! ¿Qué hace Bosley en mi casa?», se preguntó Tucson mientras decidía encaminarse a la azotea para contemplar, como hacía a menudo, el golfo de Santa Mariana, y meditar sobre los asuntos que pudiera traer Bosley. Era un domingo lluvioso. Se echó una capa, le dijo a Naida que le diera a ese visitante cualquier pretexto, y, hacerlo esperar.

—¿Tú no conoces a ese antipático, mi amor? —dijo Tucson.

—No, pero he escuchado su nombre. No parece gozar de buena estima entre tus colegas. Si mal no recuerdo, Gal me dijo que tenía un hijo con el síndrome de Down, ¿no?

—Así es, la única virtud que tiene ese marrullero es saber ocuparse con esmero de su hijo, como no lo haría por ningún otro ser humano. Bosley es un gran cabrón.

—¿Pero qué le digo?

—Dile que estoy en el gimnasio y que enseguida bajaré. Prepárale un café, aunque ése los domingos comienza a beber whisky desde temprano y nunca se emborracha, no sé cómo lo hace. En caso de que te pida un trago, se lo das.

Tucson subió a la azotea y cuando enfiló la mirada hacia el golfo vio que apenas se podía divisar el mar. Con todo, se parapetó dentro del gimnasio y a través de una larga ventana no dejaba de observar ese panorama acuoso y opaco de Los Angeles, la ciudad de los sueños, y reflexionaba sobre la insólita visita de Bosley.

«Ni siquiera cuando yo trabajaba bajo sus órdenes», pensaba, «fue capaz de presentarse en mi casa sin avisar. De todas maneras, a esos cínicos como Bosley, hay que despacharlos rápido; sí, ésos, entre los enemigos solapados, son los peores, como Mayer y Sachs. Dios los cría y el diablo los junta.»

Y así se mantuvo durante largos minutos, mientras contemplaba la bruma y la comparaba con la mente de Bosley. «Tiene una mente lista para hacer cabronadas, pinche pendejo ambicioso», se dijo. «Entró a la DEA con cuarenta años de edad. Procedía de la policía de Texas. Allí era capitán. Luego, por desavenencias con Crawford, regresó a la policía texana. Y poco después, de modo sorpresivo, desde la cima y no se sabe quién lo decidió, fue reincorporado de nuevo a la DEA. Bosley siempre criticó mi informe contra la CIA a propósito del caso Camarena, en el cual se denunciaba las incursiones de esa agencia en el narcotráfico internacional. Claro. El pendejo es muy amigo de Sachs.»

En realidad, Tucson no tenía deseos de intercambiar pareceres con Bosley. Una de las experiencias que no olvidaba fue lo relacionado con el intento de secuestro de Erika y su pequeña Karla por parte de los narcotraficantes en Mazatlán. Bosley había afrontado ese delicado acontecimiento con desidia y cinismo. A Erika, Bosley le caía como el plomo.

«También las relaciones de Camarena y de Sandy con Bosley fueron tirantes. "Ése cuarentón que parece un cincuentón es un comemierda", decía Sandy. "Es demasiado pedante y ambicioso", comentaba Camarena. "Bosley debió haberse dedicado a los negocios, a ser un banquero, por ejemplo, y no a la policía.»

Tucson recordaba. Y vino a su mente el primer problema que él había tenido con Bosley. Problema viejo. Pero había quedado como el trasfondo que garantizaba que dos personas jamás se llevarían bien. En un operativo ordenado por Bosley, Tucson había atrapado un camión en la frontera mexicana-estadounidense, que en lugar de llevar una carga de cocaína como se presuponía, traía cincuenta indocumentados mexicanos. Sandy, que lo había acompañado en esa cacería, al ver lo que había hecho Tucson con esos braceros ilegales que habían atravesado la frontera en busca de trabajo, apenas podía contener la risa.

Después de apresar a los dos coyotes que transportaban a los inmigrantes, Tucson reunió a los cincuenta mexicas, les pidió que cada cual levantara la mano y jurara solemnemente que respetarían las leyes estadounidenses y jamás se involucrarían en faenas que estuviesen asociadas al narcotráfico. «¡Juramos ser fieles cumplidores de las leyes de este país que nos acoge en el día de hoy!», clamó Tucson delante del contingente de los braceros que mantenía la mano en alto. «¡Juramos!», replicaron a voz en cuello los inmigrantes ilegales. «¡Juramos que jamás nos involucraremos en acontecimientos que tengan que ver con el narcotráfico y el crimen organizado, así como con ningún hecho que resulte perjudicial para Estados Unidos!», proclamaba Tucson y los mexicanos gritaban: «¡Juramos!»

Y luego Tucson los dejó partir para que fueran en busca de empleo.

—Escúchenme bien, ustedes dos, coyotes desgraciados que se enriquecen con el tráfico de personas, si ustedes se atreven a decir en sus declaraciones que nosotros dejamos libres a esos mexicanos, pues las penas para ustedes dos podrían ser mucho más severas, ¡eh! ¡Se los aseguro, pendejos! ¿Me entienden, pedazos de cabrones que se aprovechan de esos infelices? Así que cierren la boca, ya que les conviene. Ustedes sólo vieron que se echaron a correr y punto.

Bosley, por supuesto, preguntó cuál había sido el destino de los inmigrantes ilegales, entonces Tucson le dijo que todos se habían dado a la fuga y que Sandy y él no pudieron echarles el guante. Sandy en ese instante se agachó y fingidamente se componía una bota que, según él, tenía una piedra que le molestaba; hacía todo ese teatro para esconder la sonrisa.

—Tenías que haberlos aprehendidos, Tucson —dijo Bosley.

—Mi trabajo es luchar contra el narcotráfico, Bosley. Y te diré lo que pienso: hasta me alegro de que ellos hayan podido escapar. De veras. Todos esos indocumentados son tratados como pinches delincuentes. Y yo estoy en desacuerdo con esa política de nuestro gobierno. En Estados Unidos no habría agricultura, ni construcciones ni otros trabajos bien pesados si no fuera por ellos.

—Los ilegales son ilegales, Rangel —aseveró Bosley—. A esos indocumentados hay que tratarlos como lo que son. Todos no son más que un bando de meros jumentos, sí, todos son unos burros.

—No ofendas a mi padre, Bosley. Tú ya lo conoces y sabes que Imeldo no es un jumento. Todo lo contrario.

Y a continuación la discusión tomó un giro tan brusco que Sandy intervino para que esa disputa verbal no fuera a tomar otros derroteros, aunque se dio cuenta de que apenas lograba controlarla. Finalmente, jefe y subalterno aplacaron los ánimos. Mas ese diferendo, que semejaba ser trivial, quedó como un viejo resentimiento entre ambos. Visiones opuestas. Bosley era un norteamericano que no entendía a los mexicanos y expresaba que el país gringo era superior a México en todos los órdenes. Y en contraposición, Tucson era estadounidense de ascendencia mexicana que admiraba a su país natal, pero también amaba sus raíces paternas.

Bosley y Tucson se saludaron. Como era de esperar, el exjefe del agente tenía en una de las manos un vaso de whisky que le había servido Naida. Entre el visitante y el anfitrión, sin embargo, había una tensa atmósfera. Tucson presentía que Bosley traía en la cabeza asuntos peliagudos que debía tratar con él. «Casi seguro que ha sido enviado por Sachs», pensó. «¿O vendrá de nuevo a cuestionarme el informe que hice contra la CIA a propósito de sus vinculaciones con el narcotráfico internacional en el caso Irán-Contra?»

—Con todo respeto, Rangel —dijo Bosley—, Naida es una mujer simpática y jovial. Sabes, esa es la mujer que te hacía falta. De veras. Oye, perdona que haya venido sin avisarte. Es que ya sabes, todos esos teléfonos están intervenidos. Eso lo sabemos. Y bueno, qué quieres que haga. Yo hasta el final de mi vida seré un auténtico paranoico. Eso se lo debo al trabajo. Oficial de policía durante muchos años. Luego otra tanda de años en la DEA. Y bueno, tú conoces mi historial.

El agente apreciaba cierta torpeza en la conducta y en las palabras de Bosley. Sobre todo, que ese no era su estilo. Ni siquiera bajo el influjo de un domingo lluvioso. Tucson presentía que el enviado, presumiblemente empujado por Sachs, no sabía cómo iniciar la plática.

—Gracias, Bosley —replicó; optó por ignorar el comentario sobre los teléfonos pinchados, pues sabía que esa no era la razón de la intempestiva visita mañanera, y, para acortar caminos, preguntó—: ¿Y a qué se debe esta visita bajo la lluvia?

—Me retiro de la DEA, Rangel, me voy a mi casa, ya es hora, sí, a disfrutar en paz los años que me restan por vivir. Nadie sabe lo que se siente cuando uno llega a mi edad. Bastante que he trabajado y tú mejor que nadie lo sabes. Y bueno, quiero que tú seas uno de los primeros en saberlo. Ya tengo sesenta y cinco años. Ni modo. Y bueno, tengo dinero y salud, gracias a Dios. Ah, y como soy viudo, pues ahora estoy enamorado, ya era hora, ¿no? De Daniela. Tú la conoces. Me parece que es informante tuya.

—No, ella no es informante mía. Sólo la utilicé en el caso de Anderson y punto; gracias a ella atrapamos a ese capitán corrupto y también a su exSócrates. Daniela fue de mucha utilidad. De veras. Es una buena mujer. Me alegra saber que estás con ella. Salúdala de parte mía.

—Así lo haré —bebió un sorbo de whisky—. Sabes, Daniela tiene buena opinión de ti. Y le maravilla que le hiciste tragar el mendrugo de que tú eras de Chicago y comprador de heroína. ¡Eres muy listo! Yo incluso le he dicho a Daniela que tú no eres tan bueno, que eres un inepto y un pesado, pero te defiende y me dice que estoy equivocado. ¿Qué te parece? —echó una fingida sonrisa—. Y bueno, hasta he querido que Daniela me contara cómo fue toda esa historia de Anderson y Sócrates, y ni modo, ella, que odia a Sócrates como si fuese Satanás, me dice que eso no es asunto mío. Sí, Tucson, decididamente tú eres como Camarena, que en paz descanse —bebió otro sorbo—. Camarena, el agente especial super romántico —se le ensombreció la expresión del rostro, y esa señal no pasó inadvertida para Tucson—. Sí, Rangel, ustedes dos eran parecidos. Los gemelos soñadores. Los incorruptibles. Así yo les decía a ustedes cuando me sacaban de mis casillas, ¿recuerdas? Y bueno, eran un par de cabrones que me asignó la jefatura y no hallaba el modo de quitármelos de encima. ¡Caray, qué tiempos aquéllos! —volvió a sonreír, pero no podía ocultar la expresión contrita en su semblante—. ¿Me das otro trago?

—Por supuesto.

Mientras Tucson le servía el whisky, llegaba a la conclusión de que Bosley al parecer, estaba azotado por una culpabilidad que lo bloqueaba y no le permitía encontrar el modo de comunicar los asuntos que debía tratar con él. Bosley le pidió a Tucson que también se sirviera un trago para hacer un brindis, pero éste le dijo que era de mañana y en los últimos tiempos había bebido demasiado. «Haremos el brindis por tu jubilación cuando te vayas, Bosley», repuso sin mirarlo y para salir del paso. «Con el ritmo que llevas, vas a terminar empedado. Ojalá te bebas dos litros y así algún día lograré verte borracho como una cuba, pero demonios, ¿por qué lleva rato platicándome sobre Camarena, eh?»

—¿Por qué, Rangel, no fuiste con Camarena a Viet Nam?

—Me mandaron a Corea. Y luego me ubicaron en la DEA. Pero eso tú lo sabías, ¿no?

—Positivo —repuso, algo abstraído—. Sí, tienes razón. Oye, quiero saber una cosa. Digamos, pura hipótesis, ¿no? ¿De yo haber estado implicado en lo de Anderson y Sócrates, tú me hubieses metido en el bote?

—¿Me lo preguntas o me lo dices? —ahora, sin poderlo evitar, la mirada de Tucson era rencorosa—. ¿Bromeas?

Por encima del hombro de Bosley, el agente vio que Naida venía con una bandeja en las manos con hielo y botanas.

—Yo quise tener buenas relaciones contigo, Rangel —otra vez la cara de Bosley se afligió—, también con Camarena. Y bueno, me resultó imposible lograrlo, de veras. Sobrellevé las cosas, pero de nada me sirvió. Tú lo sabes mejor que nadie. Ustedes dos eran del planeta Urano y yo de Mercurio. No nos entendíamos. Y bueno, yo hablaba con Camarena, lo aconsejaba y él me respondía con el silencio y, al final, yo sabía que no me haría el menor caso. Ese Camarena tenía la cabeza dura. Tan dura como la tuya.

Sin que el visitante lo solicitara, Tucson tomó la botella y le echó más whisky en el vaso. «No debería hacerlo», se dijo, «pero quiero que desembuches rápido el asunto que te trajo hasta aquí.»

Tucson no podía imaginar que antes de oír lo que tenía Bosley en la mente, se iba a enterar de otros asuntos inesperados. Ahora pensaba en Camarena, en la obstinación con la cual actuaba respecto al trabajo investigativo, la sana tozudez que lo caracterizaba. Y sin extrañarse demasiado, Tucson, conocedor de muchas deslucidas historias en las que habían interactuado Camarena y Bosley en el trabajo, preguntó con fingido interés:

—Bosley, ¿qué tipo de consejos tú le dabas a Camarena que desatendía? Camarena nunca me comentó nada.

—Y bueno, básicamente que este mundo no estaba en manos de la policía, que nosotros no éramos ni árbitros ni jueces, que lo nuestro era aplicar la ley, y aplicarla en la justa medida en que se nos orientara por la jefatura, sin excesos, en fin, que los policías no podíamos ser románticos ni idealistas, que debíamos tener los pies sobre la tierra, que nosotros no éramos ni ricos ni poderosos y no podríamos por eso cambiar las jodidas cosas que veíamos a diario. ¿Me entiendes? Todo eso yo se lo decía, pero él seguía adelante con sus obsesiones. Por ejemplo: le dije que abandonara ese empecinamiento suyo de buscar las malditas cuentas bancarias de los capos del narcotráfico y de los narcopolíticos —se bebió el trago de un golpe—, que dejara de sobrevolar con ese Zavala los sembradíos de Aristarco, pero Camarena seguía y seguía. Quería cambiar el mundo que nadie puede cambiar. Como tú.

—Quizás sería para que el mundo no lo cambiara a él, ¿no te parece?

—Bueno, Rangel, eso es puro idealismo, pero a lo que iba: Camarena no entendía de consejos ni de mensajes providenciales...

—¿Mensajes providenciales, Bosley? —lo atajó y se echó hacia adelante en el asiento—. ¿A Camarena le mandaron mensajes de la jefatura? ¿Eso me estás diciendo? ¿Le dijeron que no continuara en su empeño?

—No, no exactamente así, pero qué caray, los recados son los recados, tú lo sabes. Y hay que atenderlos cuando uno los escucha, ¿no?, y bueno, no importa incluso en boca de quién te lleguen, ¿me entiendes? Es que yo intuía que Camarena se buscaría serios problemas. ¡Caray!

Ahora Tucson sentía que los pies comenzaban a enfriárseles «¿Será la humedad y el frío?», se preguntó. De repente, vislumbraba algo terrible. Se levantó. Tomó la botella para echar de nuevo whisky en el vaso de Bosley. Mas ahora Bosley levantó la mano abierta para impedir que el anfitrión lo hiciera. Sin embargo, en fracción de segundos se arrepintió y le pidió que le sirviera más. Era la primera vez que Tucson veía titubear a Bosley. Era un hecho desconocido para quien había trabajado con él largo tiempo. «Yo no creo que este malnacido haya... O sepa... No, imposible...», se dijo.

—¿Y cómo está tu hijo, Bosley? —preguntó, como si quisiera precisar las motivaciones ocultas del visitante, o ganar tiempo para pensar mejor sobre los pareceres que Bosley acababa de formular.

—Bien, Rangel, gracias, a pesar de los pesares sigue vivo mi chamaco. Sabes, eres de los pocos que me preguntan por él. Caray.

—Mi madre, y una amiga gitana que ella tiene, dicen que ellos llegan a nuestras vidas para aliviar nuestros dolores.

—¿De veras? No lo sabía. Me cuesta trabajo creer en esas cosas misteriosas, pero te confieso que en mi caso, sí, yo creo que sí, porque a ese muchachón yo lo quiero con la vida, y no importa... Me ha hecho y me hace feliz. Yo he tenido que mudarme continuamente de casa, de aquí para allá y luego para otro sitio, porque yo me cuidaré la vida hasta que deje de respirar, y mi Joseph se adapta de lo mejor, la verdad —masculló Bosley, emocionado, pero enseguida volvió a incursionar en el camino trazado de antemano, y adicionó—: Te decía, Rangel, que si Camarena me hubiese escuchado aún estuviera vivo.

«¿Por qué antes no se lo pregunté?», pensaba Tucson, estimulado al constatar una conducta en Bosley que se le hacía sorpresiva. «Es como un hallazgo.» Ahora para el agente el deseo de saber quién había traicionado a Camarena era más fuerte que la cordura o tener sumo cuidado. «¡Dios mío! ¡Este es el momento!», concluyó. Y sin pensárselo dos veces, preguntó a quemarropa:

—¿Tienes alguna idea, Bosley, de quién en la DEA pudo haber traicionado a Camarena?

—No tengo la menor idea —respondió, como si hablara consigo mismo, y se echó hacia atrás en el diván. Recostó la cabeza y miró hacia el techo, regresó a la posición inicial, encendió un cigarro, se echó una cachada y agregó—: Claro, pudo haber sido cualquier jefe. Eso no tiene enigma alguno. Era fácil de hacer. Sí. Digamos, Rangel, por ejemplo, a través de un informante nuestro mandarle un mensaje revelador a un capo del cártel de Guadalajara, en el cual se le planteaba la disposición de delatar al agente de la DEA que le rastreaba la droga y el dinero. Y que más adelante se le diría quién era ese pinche agente de la DEA. Y que había un jefe de la DEA que quería platicar con él. Fácil, Rangel, muy fácil. Luego, ese jefe nuestro, al identificar a Camarena ante los narcos, recibiría la abundante lana solicitada como premio y se acabó. Por supuesto, ese informante tenía que ser sacrificado. Así de sencillo, Rangel. Delatar a Camarena era la cosa más sencilla de hacer —se levantó y se volvió a sentar, lo cual era un gesto característico en Bosley—. Oye, ¿y la operación «Leyenda» cómo va?

Tucson decidió disimular. Se sirvió whisky e hizo un rápido brindis con Bosley, y, a continuación preguntó:

—Pero pensando bien lo que me acabas de decir, ¿por qué sacrificar a nuestro informante? —lo sabía, pero quería escuchar la confirmación en boca de Bosley—. No logro entender ese detalle.

—¿Qué, te me haces el menso o qué? —tosió varias veces por el humo del cigarro y continuó—. Pues para que el capo le diera credibilidad al mensaje que había recibido. Ni modo. El informante nuestro tenía que ser sacrificado. Sí, ¡qué demonios!, para que lo crucificaran esos sodomitas que eran sus cuates, ¿no? —bebió otro sorbo de whisky—. Oye, te pregunté sobre la marcha de la operación.

—Bien, va bien —respondió en voz baja, tan baja que el visitante tuvo que inclinarse hacia adelante para poder oírlo. Todavía Tucson no lograba analizar los comentarios de Bosley acerca del hipotético jefe que había traicionado a Camarena—. Se trabaja duro y hemos logrado algunos resultados importantes.

—¿Algunos? ¡Vaya! —ahora Bosley reía y de repente semejaba ser otra persona—. ¡Qué modesto eres! ¡No me jodas! ¡Caray, ya eres famoso! ¡Dame otro trago, por favor, que tengo cosas importantes que comentar contigo! Oye, ¿cuándo se inicia el juicio contra ese médico secuestrado?

—No puedo darte detalles aún, Bosley, pero será en Washington, ante la Corte Suprema.

—Oye, te diré a qué vine, Rangel. Sachs está disgustado con todo ese asunto del secuestro del médico. Lo están presionando. Y no me dijo quién carajo lo presionaba, la verdad. Creo que a Sachs, le gustaría que tú aceptaras una propuesta de trabajo que te tiene reservada. Quiere proponerte para que ocupes un importante cargo en la CIA. ¿Qué te parece? Yo le hablé muy bien de ti. ¡En serio! ¡No te rías, cabrón!

En efecto, Tucson mostraba una sonrisa sardónica que casi nunca aparecía en su semblante. Esa noticia lo hacía sonreír de modo irremediable y burlesco, presentía que Sachs con ese recado pretendía burlarse de su persona y de su labor investigativa. Naturalmente, respiró profundo y hasta encendió un cigarro. Sabía que tenía que acopiar paciencia, apartar esa espoleta que llevaba en sus adentros, que en los momentos más críticos, si se accionaba, hacía explotar la bomba que llevaba dentro y daba rienda suelta a su ira que luego debía lamentar. La fe ilimitada en lo que hacía y su voluntad, eso pensaba, se lanzaban al ruedo, y lo obligaban a reestrenar un agresivo descaro que en nada lo favorecía.

—Bosley —trataba de expresarse con calma mientras pensaba en Camarena—, dile a Sachs que yo no voy a abandonar la operación «Leyenda». De ninguna manera. Mucho menos ahora, porque nos encontramos en el tramo final más crítico. Dile que no, que no se moleste en proponerme para esos ascensos.

—¡Vaya! ¡Estás loco! —se levantó y comenzó a dar paseos de un lado a otro—. ¡Hombre, te van a promover! Vas a ganar más dinero y más tranquilidad. Déjale toda esa chingadera del caso Camarena a otros. Ya tú has chambeado bastante. ¡Carajo! Sí, te me pareces a...

—Dilo, Bosley, a Camarena, ¿verdad?

—Bueno, no exactamente, aunque por ese informe que hiciste en contra de la CIA... —se contuvo, y luego prosiguió—: Pero, demonios, no seas terco. ¡Por favor!

—¿Informe contra la CIA? Yo sólo cumplí con mi deber. Nada tengo que ver con que la CIA se haya involucrado en el narcotráfico. Además, ya te lo dije: digamos que yo no quiero cambiar el mundo que vivimos pero no quiero, como Camarena, que ese mundo me cambie. Es un mundo que te invita a ser un desalmado. No, creo que no nos vamos a entender, Bosley.

—Y bueno, Rangel, me voy. Lo que tengas que añadir se lo dices a Sachs. Oye, te aconsejo una cosa: no seas tan iluso. Vas a enfrentar serios problemas. No vivimos en un mundo perfecto. ¿Lo sabes? ¡Caray, eso que te digo no es tan difícil de entender!

Ambos continuaron la discusión. Y hasta Naida, al oír la airada plática que subía de tono, decidió acercarse y preguntó si querían un buen café. Tucson le replicó, en tono amable, que no hiciera ningún café. Naida regresó sobre sus pasos y los dos hombres prosiguieron la polémica. No se entendían. Y Bosley, luego de recoger sus andariveles, se marchó furioso como siempre solía hacer.

—Lo siento, Rangel, me voy —dijo, en tono amenazante y autoritario—. Le daré tu respuesta a Sachs. No te preocupes. Yo vine para ayudarte. Y allá tú con las consecuencias. Los que nos gobiernan tienen muchos problemas, Rangel, muchos más problemas que nosotros, y, en definitiva, ya yo me retiro de la DEA. Bueno, ¡te deseo lo mejor, testarudo! ¡No vivimos en un mundo agraciado! ¡Y espero que lo tengas presente!

«¡Vete a la mierda, desalmado!», estuvo a punto de decirle al enviado en la despedida, pero cerró la puerta.

Celma se hallaba de pie y a la distancia de unos quince pasos de la puerta del restaurante. Estaba bajo unas rejillas de madera dura, una especie de cenadero, el cual se había construido para que una incipiente enredadera de clemátide roja trepara y se acomodara a lo largo y ancho de ese enrejado. El sol daba sobre el cenador y la luz se filtraba fija, bañando la silueta de Celma. La cara, la barba canosa y el traje oscuro que vestía el exasesor ministerial aparecían cuadriculados por el equilibrio que existía entre la luz solar y las sombras. Era la primera vez que el agente veía al viejo periodista con el semblante preocupado.

Los dos, desde el secuestro de Naida, habían pospuesto la posibilidad de verse en algún restaurante. Ahora lo hacían debido a que Celma —quien nada tenía de alarmista— le había pedido a Tucson con urgencia una entrevista lejos de la ciudad de Los Angeles. Ahora se disponían a hacerlo en uno de los tantos restaurantes chinos ubicados en los alrededores de la ciudad de Mexicali.

—Hola, patriota, qué bueno que viniste —saludó Celma, despojado de su acostumbrada sonrisa.

Entraron. Fueron recibidos por un hombre de fisonomía asiática que se identificó como el dueño del lugar y los condujo hasta un reservado. El camarero se les acercó y ambos pidieron, a propuestas del propietario del establecimiento, varios platos de la culinaria cantonesa. También pidieron un buen vino tinto mexicano que se producía en la región.

Los saludos de rigor y los comentarios iniciales que se suscitaron entre Celma y Tucson, evidenciaban que sería la primera vez que se ocuparían más de la plática que de la comida y la bebida.

—Repara, Rangel —expresó su palabra premonitoria, la que siempre antecedía sus singulares revelaciones—, tenías razón cuando a Gary Webb le dijiste: "Cuando se trata de la CIA, está quien ataca, pero jamás se sabe quién desde las sombras ordenó ese ataque". Y así han procedido con Webb. Ese joven periodista, con mujer y dos hijos, se ha quedado sin empleo por su empeño de hacer y publicar el libro donde se denuncian las conexiones de la CIA con el narcotráfico y el crimen organizado. Ya sabes, el libro *Oscuras alianzas*.

—Yo se lo advertí, Celma —dijo Tucson—. Lo siento. De veras. Esperemos que no, pero va a ser difícil que Webb encuentre empleo. Así van a empezar: le van a cerrar todos los caminos. Hoy dos, mañana tres, y seguidamente serán tantos que ellos mismos perderán la cuenta. Pero, ¿tú no me has hecho venir hasta aquí para decirme eso, no?

El periodista ni siquiera miraba los entrantes que traía el camarero, ni el vino, sólo miraba a Tucson, fijamente.

—¡Ah, Chihuahua, las cosas que uno debe de oír! —exclamó y se echó hacia atrás en la silla—. ¡Hombre, claro que no! ¿Con quién me confundes? Sabes, voy a tomarme un tequilazo porque veo que tú estás mucho más tenso que yo. ¡Camarero, por favor!

Era cierto, de súbito, Tucson se percató de que él aún arrastraba en su mente los trastornos provocados por la plática que había sostenido con Bosley, el hombre de la lengua venenosa. Ahora percibió que Celma estaba realmente preocupado y él, sin tacto alguno, le había restado importancia a sus palabras, a su información inicial, a través de la cual le comunicaba la tragedia que vivía Webb en esos momentos, la cual tocaba de cerca al propio Celma, dado que éste le había ofrecido al joven periodista estadounidense su apoyo y colaboración. «Bosley me sacó de paso», se dijo.

—Te pido disculpas, Celma.

—Estás disculpado, patriota —bebió el tequila—. Veo que tú pareces estar más preocupado que yo, o al menos pareces ansioso. Sabes, comencé por lo que le ocurre a Webb porque me molesta ver cómo la hipocresía y la maldad se yerguen ante un joven periodista que por escribir sus puntos de vista, por denunciar los males sociales, sea perseguido y hasta lo acosen para que ningún medio de comunicación le dé empleo. ¡Bah! En cuanto a mí, cualquier represalia me importa un bledo. Ya yo estoy en retirada, Rangel, mi añorado mundo socialista se fue a la mierda. Así que se me a mí, pase lo que pase, me dejarán tranquilo —se inclinó sobre la mesa como solía hacer cuando iba a decir algo importante—: Pero en cuanto a ti, Rangel, por lo que he sabido, tendrás serios problemas Y esos líos nada tienen que ver con el libro de Webb, eh.

—Por eso querías hablar conmigo.

—Así es. Se te viene encima una tormenta, patriota. Fíjate, yo te felicito por esa acción, la verdad, porque eso de que un médico, sea quien sea, se preste para torturar a un ser humano, merece de mi parte el mayor de los desprecios. Así que te lo juro, seré feliz cuando lea en un periódico que ese ginecólogo fue condenado a tres cadenas perpetuas.

—Ayer algo me comentó un colega. Me alertó sobre esa probable tormenta y me dijo otras cosas, pero yo le dije que puedo enfrentar lo que sea. Cuando se cumple con el deber, lo demás no importa.

—Patriota, no sé quién es ese colega que te puso sobre aviso, pero yo sólo te diré una cosa: tras ti irá el presidente de México, uno de los que ya sea adueña de medio país como ningún otro presidente osó hacerlo con anterioridad. E irá acompañado de un tremendo revuelo político que se articulará a través de los medios. Ese presidente, Rangel, no va a descansar hasta que no vea rodar tu cabeza. Está muy enchilado con esa historia de que la DEA haya secuestrado en Guadalajara al médico Hernán Alvarado. Además de que la familia de ese ilustre narcogaleno tiene excelentes relaciones de influencia tanto en México como en Estados Unidos.

—Celma, yo me debo a mi gobierno y no al gobierno mexicano.

—Vamos, por favor. Aunque sea justo lo que dices, tú eres la punta de la lanza que ha ajusticiado a muchos: encarcelándolos. Pero en Los Pinos y en la Casa Blanca quieren quebrar la punta de la lanza. Quieren tu cabeza. Ésos de arriba saben lo que tienen que hacer. Supe de buena fuente que ni el propio vicepresidente de Estados Unidos, en una reunión que sostuvo en Los Pinos con nuestro presidente, sólo argumentaba y juraba una y otra vez, ante la ira de su interlocutor, que su administración no sabían nada del secuestro del ginecólogo. Y que tan pronto regresara a Washington platicaría con Bush. Supe también que dentro de unos meses firmarán el Tratado de Libre Comercio, el TLC, entre Estados Unidos, Canadá y México. Yo pienso, Rangel, que a partir de la gestación y la firma de ese convenio, comenzará la torcedura de la realidad, entonces se confundirán mentiras con verdades y viceversa, y en pocas palabras: tú serás el villano y el galeno será el héroe en esa obra de teatro que ellos van a montar a toda madre. Eso era lo que deseaba decirte, patriota, y alertarte. Yo estoy convencido, en correspondencia con lo que me dijo esa fuente, de que es posible que hasta tu propia gente te enfile los cañones. La deslealtad, patriota, vieja artimaña de los hombres.

Tucson contempló a Celma. Ahora lo veía calmado. Además de alertarlo sobre los nuevos peligros que se avecinaban, el amante de los filósofos griegos, que le había enviado un sacerdote al velatorio de Oliver, se había desahogado. De pronto se dio cuenta de que a la derecha de Celma estaban amontonados sobre la mesa, periódicos y revistas que anunciaban la reciente y colosal desintegración de la Unión Soviética. Se había derrumbado sin duda el añorado mundo de Celma, el exconsejero en asuntos financieros que ahora estaba sin empleo, casi lanzado a la calle como un trasto viejo, el hombre que era acusado por muchos, fuesen envidiosos o no, fuesen justos o injustos, de haber sido un agente pagado de la KGB.

Los sueños que el experimentado periodista había proclamado durante toda su vida se habían esfumado de golpe, cual si la Tierra hubiese detenido para siempre la rotación sobre su eje imaginario. «¡Qué pena, Celma!», pensó. «Todos tus sueños utópicos se fueron al diablo. Por eso a mí no me gusta el socialismo y mucho menos el comunismo. Sí, decididamente, yo no soy adicto a las ideologías, a ninguna.»

Sin embargo, Celma, al menos en dos cosas, creía Tucson, tenía razón: primero, la tragedia que vivía Webb por su libro era injusta y, segundo, debido al reciente encuentro sostenido con Bosley conjeturaba que pronto su propia gente, en efecto, comenzaría a hacerle la guerra. «Yo no sé cuál es la fuerza misteriosa que me empuja a luchar sin descanso», se dijo Tucson, «pero yo sabré enfrentar ese vendaval con el cual mis enemigos, públicos y ocultos, me quieren destruir.»

—Celma, ¿por qué el presidente de México en lugar de ocuparse del secuestro del médico narcogaleno, no se ocupa de atrapar y enjuiciar a los personajes gubernamentales mexicanos que ordenaron el secuestro y asesinato de Camarena?

—El gobierno actual no puede hacerlo, patriota. Tiene que encubrir ese crimen. Demasiados compromisos soterrados. Sería como exhibir las grietas existentes en los encumbrados sitios del poder. En esos parajes donde los poderosos trabajan finamente los embustes y explican una y otra vez que la pobreza es la causa de todos nuestros males sociales, mientras se reparten el botín. Como si así rezara en la Biblia. ¿O será que se trata de la Biblia del Diablo, de la opuesta? ¡Santo cielo! Por eso ahora los millonarios, junto a las bolsas de valores, los bancos y las corporaciones pasarán a la ofensiva como si realizaran modernas guerras de conquista que dejarían en ridículo a las antiguas. Las palabras de orden serán la globalización y reducir el papel dirigente y mediador del estado en la sociedad. En fin, privatizarlo todo. Ahondar en lo que ellos denominan el fin de la historia. Se nos vienen encima, Rangel, tiempos difíciles, donde la hipocresía y el cinismo se adueñarán del mundo. Mil millones de hambrientos en el mundo que, en su inocencia, serán transformados en asesinos.

Ambos prosiguieron la plática. Celma sumergido en las informaciones confidenciales que había obtenido a través de un amigo que había estado presente en la conversación entre el presidente mexicano y el vicepresidente estadounidense, donde habían examinado varios temas, entre otros el secuestro del médico Alvarado en territorio azteca a manos de un comando articulado por la DEA. Y Tucson, sumergido en sus propias reflexiones, ahora se preguntaba cuáles serían las armas que emplearían en su contra. Y, de modo especial, en las intrigas de Bosley, que no le daban sosiego.

—Celma, si se puede saber, dado que nunca me dices cuáles son tus fuentes, ¿qué harán conmigo?, ¿puedes darme algún indicio, algún norte?

—Patriota, prepárate a revisar la prensa escrita. Por esa vía comenzarán a lanzar epítetos sobre tu persona para enlodar tu imagen y prestigio. Tal vez digan que eres un gringo entrometido que agrede la soberanía de México, que con tus acciones perjudicas la buena marcha de las relaciones entre Estados Unidos y México, ¡qué sé yo!, incluso puede que digan que has traicionado a tu país y no eres ningún héroe, y, por tanto, que no eres más que un irresponsable aventurero, y de ese modo te van a satanizar. Quizás también quieran llevarte ante un tribunal. O cuando menos sacarte del juego. Todo puede suceder, patriota. Estoy en el deber de avisarte, ¿no? Como decían los antiguos filósofos: «En el poder hay juegos donde las sombras de los fantasmas empuñan afilados cuchillos de obsidiana.»

De nuevo Tucson contemplaba a Celma. Sin duda, pensó, su amigo era un hombre inteligente, culto. No compartía en absoluto los sueños utópicos que asumía el periodista como hombre de izquierda, pero tenía que reconocer la solidez de sus convicciones personales y su sincera amistad. Cualquiera diría que Celma, había estado presente en la conversación que recién había sostenido con Bosley; en esa plática una de las cosas que le dijo el enviado de Sachs era que se le proponía ser promovido a un cargo importante dentro de la CIA. «Sí, para sacarme del juego, para sacarme de la operación "Leyenda"», se dijo con la porfía que lo caracterizaba. «Como para ir limpiando los trapos sucios de la administración estadounidense respecto al ya consumado secuestro del médico narco. Tal vez, pero primero muerto.»

—Celma, sólo puedo decirte una cosa, y espero que mis palabras no te resulten presuntuosas: yo no me intimido ante esas calumnias que quieren inventar contra mí, vengan de donde vengan. Para cumplir con mi trabajo, tengo mi voluntad. Sobre todo, cuando sé que me asiste la razón.

—Te felicito, patriota —dijo Celma—. De veras. ¡Y no cambies, eh!

—Otra cosa. ¿Qué puedo hacer para ayudar a Webb?

—Nada. Tú, aunque quieras, en estos momentos no podrás hacer nada. Ya esos cuchillos de obsidiana le están cortando el cuello a Webb. Así de sencillo. Si bien él se mantiene firme en sus posiciones. Y yo por eso lo admiro tanto. De veras.

Tucson quiso hacerle una consulta a Celma. Tenía decidido buscarle un empleo a Naida que le posibilitara desarrollarse en el campo financiero. Celma sin vacilar le dijo que podía contar con él, que podía ayudarlo dado que contaba con excelentes relaciones con Calificadoras de Riesgos, como la Moody's Standard & Poor's, que se ocupaban de detectar el fraude fiscal o el lavado de dinero. Y que le daría mucho placer ayudar a una joven como Naida para que desempeñara faenas en ese sector.

—Yo hasta pensé hablar con Plinio para que me ayudara, porque creo que Naida debe trabajar y superarse, pero cuando sostuve hace unos días una conversación con un viejo colega mío, que está al frente de la DEA en Costa Rica, desistí. Ese viejo amigo me dijo: «No me hables más de ese Plinio, por favor, ni de esos comemierdas que andan lavando el dinero sucio de los narcos». En fin, Celma, Plinio anda con ciertas personas que no son las mejores.

—Haces bien en no hablar con él. Sabes, ya no quiero verlo más. A través de una fuente supe que Plinio estuvo implicado en el asesinato del general Torrijos. Éste apoyaba a los Sandinistas y también a la guerrilla de El Salvador. Era un incómodo jefe de estado en la región para los intereses norteamericanos en 1981, además de la batalla que libró por la conquista del Canal. Y bueno, yo pienso lo mismo que Graham Greene, escritor que era católico como yo y admiro mucho por sus novelas, y gran amigo del general Torrijos, cuando dijo: «A mi amigo Omar Torrijos, lo mató la CIA». No, Rangel, no platiques esas cosas personales con

Plinio. Yo creo que gran parte del capital personal que posee se lo debe a su desempeño como sicario de la CIA. ¡Y que Dios me perdone por afirmar tales acusaciones si al final llegasen a ser falsas!

—No trataré con Plinio mis asuntos. Pierde cuidado.

—Haces bien. Me han dicho que ese perito bancario anda como un loco detrás de la mulata que lo dejó por un banquero judío. Dicen que Plinio ahora no puede vivir sin disponer de un gramo diario de cocaína en la sangre. ¡Por el amor de Dios! ¡Hombre, para qué sirve tener tanto dinero! Eso me pregunto cuando veo casos como los de Plinio.

Los dos amigos se despidieron con afecto.

Celma fue en busca de su carro, Tucson, que permanecía de pie a un costado de la puerta del restaurante, no dejaba de mirarlo mientras se alejaba, miraba al polémico periodista con una mezcla de sentimientos cargados de devoción e indulgencia.

Cuando Tucson volvió a Los Angeles, Naida se le tiró en los brazos y lo besuqueó como una adolescente.

—Dime —estaba abrazada a él y no lo soltaba—, dime que sí, que podré viajar a Mazatlán, ándale, llevas días pensando y no me dices nada, ¡vamos!

—Espera —repuso, y sonreía al ver cómo ella saltaba de alegría—. Tal vez puedas ir a Mazatlán, pero dame un poco de tiempo. ¿Estás de acuerdo?

—No, vamos, dime que haré el viaje muy pronto.

—Escúchame, cuando lo decida sólo irás un fin de semana.

—Sí, mi amor, pero decídelo pronto; vamos, vamos, por eso te amo tanto, estúpido. ¿Y lo de comenzar a trabajar y a estudiar, eh?.

En esos momentos sonó el teléfono y Naida respondió. Enseguida le pasó el inalámbrico a Tucson y advirtió que era Celma.

A Tucson le extrañó que el periodista lo llamara. Apenas hacía unas horas que se habían despedido.

—Hola, amigo, dime —dijo Tucson—. ¿Qué pasa?

—Tengo una noticia horrible que darte, patriota. Gary Webb se acaba de suicidar. ¡Qué horror! Dice su esposa que se quitó la vida —Celma estaba destruido y así se podía percibir en su voz—. Dice que se mató de un disparo en la cabeza... con su pistola... Dice que Webb no dejó nada por escrito..., ningún mensaje..., nada... Su esposa me dijo que la muerte de su esposo era algo tenebrosa..., no sé..., inexplicable...

—Lo siento mucho, Celma —Tucson no tenía en esos instantes otras palabras y ahora Oliver revisitaba su mente.

—No sé, patriota, no sé. Yo pienso que esa cicuta se la ofrecieron a Webb gota a gota, cual un truco, para que la bebiera como si fuera un brebaje de perejil. Trataron a Webb como si hubiese sido el mismísimo Aristóteles, que despreciaba a los labradores por considerar que se dedicaban a un oficio innoble. Trataron a Webb como si en su mente él hubiese almacenado todas las equivocaciones del diablo.

—Celma, escucha... —intentaba calmarlo.

—¡Ay, amigo, prefiero la violencia de los antiguos griegos a este solapado terror moderno que nos acecha día tras día!

—Qué Webb descanse en paz, Celma —quiso atajarlo, ya que lo sentía sollozar.

—Amigo, el hombre es una botella de agua de río, flotando en un gran río, como dijo un filósofo...

—Celma, por favor...

—¡Malditos sean esos canallas, patriota, y qué Dios me perdone!

Y Celma colgó el teléfono.

XXVIII. De los guerreros de Grecia

«Imaginar la realidad no es lo mismo que comprobarla. Suponer a un hombre cumplidor de su deber, no es lo mismo que constatar que es un traidor. Conjeturar que un hombre es infame no es lo mismo que convenir que además de cínico es inteligente. Pensar que un hombre es un agente de la KGB y descubrirlo amigo y de firmes convicciones utópicas, es aleccionador. En fin, sospechar no es lo mismo que apreciar, y esa es sin duda la cuerda floja de la vida», pensaba Tucson, algo atropellado, ensimismado, sumergida ahora en su mente una cápsula donde sólo emergían bamboleantes los rostros de Bosley, Darío y Celma, entremezclados, sonrientes y opuestos en una espontánea amalgama que se empinaba significativa en la meditación, mientras aguardaba por Darío.

Tucson lo esperaba en el mismo bar de la ciudad de San Diego en donde se habían encontrado casualmente. La tarde estaba bulliciosa y al establecimiento comenzaban a llegar los primeros parroquianos. El agente suponía que Darío se hospedaba en el hotel que tenía ese bar en los bajos. Por tanto, Tucson, esperaba de manera paciente.

También todo lo dicho por Celma en la última entrevista le zarandeaba el cerebro. «Patriota, yo sé que tú no quieres ser un héroe y que jamás has pretendido serlo, pero tus enemigos, harán lo imposible por situarte en el sitial de los apestados», le había dicho en la despedida.

«¡Qué demonios, Celma! Después de todo aún estoy al frente de la operación «Leyenda», se dijo, con la tozudez y frescura características, el vaso de whisky con hielo en una mano y un cigarro humeante en la otra. «Ahora voy a platicar con un representante de mis enemigos, por expresa solicitud suya, ¿y qué carajo puede saber ese Sachs acerca de estas alternativas transgresoras que suelen surgir en el trabajo investigativo? Nada, ése que llegó a ser jefe por mero reglamento, por puro azar, nada puede saber de esos matices que se dan en nuestra labor; Crawford, en cambio, sí lo comprendía; por eso a ese Sachs no le dije nada acerca de esta entrevista. Me gusta ser arriesgado, Sachs, y me importa un bledo que tú quieras apartarme de la operación «Leyenda» con ese antiguo truco de las promociones. ¡Vete a la mierda, Sachs! ¡Me tendrás que sacar a patadas de la DEA! ¡Y tú, Bosley, vete también al infierno!»

Poco después, el agente vio que por una de las puertas del establecimiento entraba Darío y detrás venía Patxi, cual sombra protectora del negociador que, entre otras cosas, se ocupaba del lavado del narcodinero. Darío avanzó directo a su mesa, y el vasco se apartó y se estacionó en otro sitio a unos quince pasos de distancia. El lugar ya estaba algo concurrido.

Cuando se saludaron y se dieron la mano, Tucson se dio cuenta de que Darío había hecho un gesto de dolor que apenas pudo disimular. Tenía las manos magulladas, cual si con los puños hubiera golpeado una pared o hubiese estado en una trifulca a puñetazos con una o varias personas. «¡Casi seguro!», pensó Tucson mientras lo observaba. Ahora Darío con un pañuelo húmedo —bañado con algún líquido que seguramente había adquirido en alguna farmacia— se remediaba las lastimaduras.

—Qué, ¿te duelen, ¿no? —preguntó Tucson, mientras observaba que las ropas del recién llegado estaban intactas—. ¿Acaso tuviste una reyerta?

—¿Mande? —daba la impresión de ser otro Darío.

—Te pregunté si tuviste algún altercado.

—No, investigador, no, si supieras, más me duelen los pies —repuso, secamente—. Despedí en la frontera a un grandísimo hijo de la chingada. Bueno, no pude despedirlo como se lo merecía, la verdad, pero algo es algo, y así pude aliviarme la ira que... —cortó sus palabras, se contempló las manos, guardó el pañuelo y agregó con rabia—: Investigador, hay hombres que aparentan ser una cosa y son otra.

—Esa simulación es demasiado antigua, ¿o no lo sabías?

—Lo sabía, pero acerca de un *sheriff* como ese, no.

—¿*Sheriff*? —intuía que pudiera tratarse de Trillo—. ¿Hablas de un policía gringo?

—No, investigador, de un mexicano; tengo la costumbre de decirle *sheriff* a cualquier oficial de la policía, sea gringo o mexicano, para mí, y pido que no te ofendas, por favor, todos ustedes son iguales porque hacen lo mismo: reprimir. Debes saber que...

—Alguien tiene que hacerlo, ¿no? —lo atajó.

Darío miró a los ojos de Tucson, bajó la mirada y continuó:

—Precisamente el que le dio el tiro de gracia a mi padre fue un maldito *sheriff* gringo que trabajaba no sé dónde. En ese asesinato, junto a los narcos, intervinieron tres *sheriffs* gringos, durante mucho tiempo yo pensé que sólo habían sido dos, pero en realidad fueron tres; dos ya murieron y el tercero sigue con vida por ahí... —titubeó y calló.

Era evidente que su memoria se había ido de viaje. Tucson lo intuía. Poseía elementos de su vida gracias a Pantera y a otros informantes. Siendo adolescente, Darío había sido enviado por su padre a Londres, Inglaterra, para estudiar y hacerse de otro tipo de vida, y cuando obtuvo sus primeros triunfos en los estudios y viajó con los deseos de hacérselos conocer a su progenitor, al llegar a Ciudad Juárez, se encontró con la nefasta noticia de que a su progenitor lo habían asesinado.

Era probable que en su mente Darío se hubiese ido a revisitar ciertos lugares dolorosos, e incluso se diera una vuelta por nuevos sitios inhóspitos, hasta macabros, pues en estos instantes el negociador tenía el semblante atravesado por una expresión densa, quejosa, apenada, cual si rememorara a un mismo tiempo varios acontecimientos dramáticos. Tucson lo observaba con calma. Y a pesar de que lo exploraba con un velado escepticismo que no apartaba, comprendía que el cínico Darío debía de estar pasando por difíciles momentos.

Desde la convocatoria a la entrevista —que le hiciera llegar a través de Cadena—, Tucson no había dejado de pensar en el comandante Trillo, pez gordo que había estado en la ejecución del crimen de Camarena, y quien de modo inexplicable se había desvanecido ante los radares de la búsqueda que se habían accionado a través de todos sus medios por la operación «Leyenda». De manera apresurada, porque eso se dijo enseguida que lo conjeturó, Tucson supuso que tal vez en este encuentro Darío, consciente o inconscientemente, lo ayudaría a localizar a Trillo. Mas de inmediato descartó esa posibilidad por considerarla incongruente desde todo punto de vista.

Debido a informaciones que le habían llegado a través de sus fuentes, se confirmaba que el corrupto comandante abusaba sexualmente de Gabriela, su única hija, la cual desde hacía buen tiempo estaba en amoríos con Darío. «Ella, desde que está con ese dandi, ha cambiado y se ve que está perdida con él. Puede que ella vea en ese narco al padre que no pudo tener y hasta a la madre que perdió siendo niña», decía Pantera acerca de esa relación. Tucson, sin embargo, tenía más que decidido no tocar en la entrevista ese delicado tema. Sospechaba que Darío quisiera tratar con él asuntos relacionados con Trillo, eso era probable, pero el agente jamás tendría la iniciativa de tocar lo del incesto.

—O sea, negociador —replicó Tucson, como a tientas, tratando de sacar alguna luz—, digamos que a ese *sheriff* mexicano de dos caras no pudiste mandarlo al infierno como hubieses querido.

—Exacto... —Darío continuaba mirando hacia abajo, absorto; y ahora el agente tenía poca duda de que el joven se estuviese refiriendo a Trillo—. No me faltaron los deseos de matarlo. Pero por favor, cambiemos de tema y ocupémonos de los asuntos que quiero tratar contigo.

Tucson giró la vista y miró hacia Patxi.

—Oye, ¿ese vasco tiene que estar todo el tiempo en aquella mesa mirando para acá?

—Ese es su trabajo, cuidarme —frunció el entrecejo—. Sabes, después de la muerte de El Califa algunos huevones andan con granadas de mano en los bolsillos y están listos para aventársela al primer destinatario que vean. A mí, pongamos por caso. En fin, mi vida corre peligro debido a que algunos jefazos quieren apropiarse de todas las rutas del dinero. La convivencia entre los narcos es cabrona. Ambiciones, envidia, resentimientos, *vendettas*, y bueno, aunque no es una convivencia tan complicada como la de tus pejes gordos, los del sistema, ya sabes, nuestra convivencia narca en ocasiones no deja de ser bien jodida. Puede que no me lo creas, pero por ejemplo, en estos momentos hay algunos jefes que me piden que trabaje para ellos, y cuando les digo que no, se lo toman como la mayor de las ofensas. Y en ese sentido nada puedo hacer. Yo quería al viejo y con su muerte, pues para mí se van acabando esos compromisos. Y de ahora en adelante haré lo que me plazca y ya...

Otra vez Darío caía en los brazos del mutismo.

Ahora Tucson confirmaba que a Darío le pasaba algo especial, que nada tenía que ver con el contenido previsto de la entrevista. No obstante, el agente volvía a tener la convicción de que Darío no semejaba ser un hombre del narcotráfico. «Algo tiene este pendejo que le da cierta singularidad», concluía, «y aún no sé a qué rayos se debe mi confusión. ¿Serán misiones que cumple en el contexto del espionaje internacional relacionadas con ese gringo que se refugia en las guaridas del cártel de Medellín? ¿Pero para cuál servicio de inteligencia trabaja este cabrón? Eso Pantera no pudo precisarlo.»

—Comprendo —dijo Tucson de manera franca—, pero conmigo nada malo podrá sucederte. Habría que estar loco de amarrar, ¿no? —y ahora estrenaba su sentido del humor, pues quería comenzar a incomodar a su interlocutor para hacerle confesar algunas verdades—. Oye, ¿no puedes ordenarle a ese vasco que se vaya de aquí y esté por allá afuera? No sé. Sabes, mi gente está en la calle. Ellos saben que lo único que haremos tú y yo en este bar será platicar. ¡Vaya, eso de que ese tipo me controla todo el tiempo! ¡Por Dios!

—No vivas tan confiado, investigador, porque hayan ultimado a balazos a El Cochiloco en Guadalajara —sonrió—. A ti también muchos otros huevones te tienen en la mirilla y te quieren matar; y luego de tu negativa a aceptar el dinero que te ofrecieron, ¡vaya!, incluso no sé cómo aún puedes estar con vida, la verdad. Tengo que reconocer que eres raro, no sé, como un extraterrestre, algo así, y creo que ya te lo dije. Al menos eres un policía singular, de los que escasean, eh. Y con esa operación «Leyenda» le has complicado la vida a mucha gente. Aunque los súper jefazos siguen viviendo muy tranquilos, la verdad. Te contemplan desde la cima más alta y se ríen de ti y de tus honestos colaboradores.

—Sí, puede que tengas razón —a Tucson le había molestado oír esa irónica referencia acerca de los súper jefazos, mas decidió ignorarla—, pero en territorio estadounidense los narcos saben cuidarse. Al menos saben al dedillo que una acción contra mí o contra ti en este sitio no es aconsejable. Todo lo contrario. ¿No te parece?

—Sí, es cierto —se le sentía en el tono de la voz que estaba algo irritado—, pero allá afuera vi a ese tal Mojarro que miraba a Patxi como si fuera un bicho raro. No debía mirarlo de ese modo. De veras.

—Mojarro es alérgico a los maricones. Eso es todo.

—¡Ah, vaya! —estaba serio, pero de súbito le chispearon los ojos y se echó una risita, luego añadió—: Por favor, creo que no te informaron con exactitud, investigador. Ese vasco no es tan marica como se rumora. Y dímelo a mí que tuve que cargar con los estragos de su aventura amorosa en San Sebastián —río de nuevo—. Aventura tragicómica que yo hasta llegué a envidiarle, te lo aseguro. Si quieres te lo cuento.

—No, no he venido hasta aquí para escuchar pendejadas.

—Te lo cuento rápido.

—Adelante, el tiempo es oro, pero te escucho.

—Patxi huía de dos mujeres. El vasco vivía con una mujer que se nombra María, una gallega hermosa; pero María un buen día lo abandonó. Luego él se enredó con otra mujer. Fátima, una portuguesa pequeña de estatura y graciosa. Él vivía feliz con ella, hasta que una tarde reapareció María. Para abreviar, las dos mujeres se fueron a las greñas. Se lanzaban jarrones a la cabeza y se pateaban. Patxi veía los destrozos, y decidió irse. "¡Qué se maten esas dos marujas!", se dijo. Patxi se metió en un bar y ahí se refugió por más de dos horas. Cuando regresó a la casa, se encontró con la novedad de que las dos mujeres estaban haciendo el amor en la cama como un par de desalmadas. Y ahora viene lo mejor: las dos mujeres convencieron al vasco de convivir con él. Y así fue. Y bueno, en tres meses las dos mujeres secaron a Patxi; lo mataban de placer; y una mañana, cuando el vasco se contempló en el espejo, decidió escapar. Y así se vino para México conmigo. ¿Qué? ¿No es un suertudo ese vasco? ¿Cómo habría que calificar a Patxi en este mundo en el cual ahorita se imponen tantas modas sexuales, eh? ¿Bisexual? Pues sí. Y bueno, el asunto es que yo me he encariñado con él. Además de que es un hombre corajudo y leal.

—¡Increíble! —ahora era Tucson quien reía, maliciosamente, cual si quisiera compartir el contagio, el aparente cambio de rumbo en el estado de ánimo de Darío, pero sin hacer dejación de su recelo—. Vaya. Pues yo también hubiese envidiado poder vivir con esa gallega y esa portuguesa. Pero es tu gente la que dice que ese vasco es maricón. Así que Mojarro puede mirarlo como le dé la gana. Nadie es adivino, negociador.

—Yo confío en Patxi, investigador. Lleva años conmigo. Y si es bisexual, eso es asunto suyo.

—Sí, ya veo que en este mundo hay oxígeno para todo, como decía un amigo que tuve —Tucson sonreía, irónico, pues en realidad no esperaba escuchar esas revelaciones—. Y cada cual haga con su sexo lo que le plazca. Así que pasemos la página del vasco y déjalo allí en aquella mesa —se percató de que Darío, de nuevo, miraba con la cabeza gacha, un tanto apesadumbrado—. Aunque te rías, no sé, yo a ti te veo como preocupado, ¿no? De veras. Eres otro. No sé. Te veo distinto a la vez anterior en que platicamos en Guadalajara. Observo que te ríes, te animas, y de repente pones cara de velatorio.

—Tienes razón, últimamente me estoy enterando de cosas desagradables y algunas espantosas. Creerás que te miento, pero esa segunda inclinación sexual del vasco, vine a saberla hace poco. Luego me llegó la confirmación de una persona que repetía... que quise mucho... y yo... no pude salvar... —se quedó mudo, ese corte en la monserga no pasó inadvertido para el agente, luego Darío reaccionó y agregó—: Y para colmo, hace poco supe una cosa que me hizo perder la cabeza. Me volví como loco. Por poco mato a ese degenerado.

Tucson, a pesar de los cambios de ánimo de Darío, que se hacían evidentes, pensaba que en esa plática que sostenían con tantas altas y bajas ellos dos estaban como jugando al gato y al ratón. «Y no podría ser de otro modo», se dijo, sin asombrarse. Comprendía que el cínico Darío, quizás hasta por razones ajenas a su voluntad, estaba algo fuera de control, al mismo tiempo y por pura intuición, presentía que le tenía reservada para más adelante alguna que otra sorpresa.

No dejaba de reconocer que Darío se manifestaba como abatido, por lo cual bajaba la guardia aún sin desearlo. «Pero este negociador de todas maneras juega hasta consigo mismo», pensaba Tucson. Y entonces decidió, como solía hacer en las pláticas dificultosas, golpear en aquellos comentarios que habían dejado mudo al negociador.

—No te pregunto quién es ese *sheriff* porque sé que en modo alguno me lo vas a decir —seguía pensando que ese sujeto debía de ser Trillo—; sin embargo, juraría que esa persona que quisiste mucho es una mujer con la cual rompiste relaciones hace poco. ¿Todavía la amas? —a propósito se echó una risa—. ¿Tú, enamorado? ¿O acaso descubriste que ella estaba con otro? Nunca me lo creería, eh. El dinero, ya sabes, el lazo de todos los lazos, como tú mismo lo pregonas. No te imaginaba, negociador, amarrado a otras motivaciones que no fueran exclusivamente las del dinero.

Darío miró a Tucson. Movió la cabeza. Bebió coñac, encendió un cigarro, fumó y dijo:

—Sabes, desprecio a los traidores. Y bueno, eso ya lo sabes, en nuestra plática anterior te dije que admiraba a Camarena luego que supe cómo atravesó su maldito calvario... Y bueno, tú sabes que nosotros dos jamás seremos amigos y todo eso... —ahora parecía desatinado, cual si hubiera perdido la brújula en medio del bosque—. ¡Ah!, antes de continuar, te diré una cosa delicada, muy delicada... Sabes, yo fui traicionado por mi madre... y bueno, no quiero entrar en detalles... en fin, después de muchos años la localicé, platicamos, y hasta la perdoné, no sé, y bueno, supe que a ella también la habían traicionado... —Darío acababa de aplastar la mitad de un cigarro sobre el cenicero y enseguida encendió otro—. Pero de todas maneras, investigador, yo veo a la autora de mis días, sí, eso mismo, yo a ella la siento como una mujer extraña... No sé..., y vaya disparate... creo que hasta ella ha logrado cambiarme un poco... Eso no puedo negarlo, pero me molesta... Ahora siento cosas hacia las mujeres que ni siquiera sabía que pudieran existir...

«¿Qué demonios le pasa a este pendejo que dice cosas inconexas y de repente se queda sin palabras?», pensó Tucson. «¿Acaso con tantos estudios aún no sabe que una de las cosas más cambiantes en esta puñetera vida son la mente y los sentimientos del ser humano? ¡Carajo!»

Tucson decidió avanzar en el diálogo. Ahora veía con agrado que algunas mesas en su entorno comenzaban a desocuparse.

—Si quieres, no me respondas la pregunta que te hice acerca de esa mujer con quien rompiste relaciones —deseaba machacar sobre el hecho que quizás le provocaba el mutismo a Darío—. Yo también un azaroso día, vine a saber que amaba mucho a una mujer. Así que dale vuelta a esa página, piensa en la próxima que espera por ti y dime lo que viniste a plantearme.

—Sí... a esa mujer yo la quería más de lo que imaginaba... —masculló, como ido—; pero vayamos al grano, investigador. Si bien antes de decirte... sí... quiero detenerme en varias consideraciones. Primero, pienso que tú eres un hombre de una integridad envidiable, me parece que eso ya te lo dije...

—Oye, no me celebres tanto —Tucson lo interrumpió, sonriente— que no me vas a emocionar, y ahora no recuerdo quién me lo dijo, pero hay que tener mucho cuidado con los elogios de los enemigos porque se corre el peligro de que uno termina pareciéndose a ellos.

Darío sonrió al escuchar la acotación de Tucson y se fue a la carga.

—¿Te diste cuenta, investigador, de que no pudiste agarrar a los poderosos que están en la cima más alta y que ordenaron el asesinato de Camarena? —puede que ahora Darío volviese a reestrenar todo el impudor que lo caracterizaba, ese cinismo que le brotaba por los poros aunque no lo deseara, eso parecía, aunque esta vez esa insolencia iba acompañada de serpientes venenosas—. En Guadalajara me afirmaste que los atraparías a todos. ¿Recuerdas? Y la vida te demostró que yo en aquel entonces tenía razón. No pudiste ni podrás hacerlo, investigador. ¿A todos? ¡Ni hablar! ¿O no? Dime.

—He atrapado a una buena cantidad de autores y cómplices del crimen de...

—Tal vez, investigador —lo atajó, y continuó con su tono de voz algo enrarecido, frío, hasta burlón—, pero sólo atrapaste a los pejes visibles, a los que podían ser sacrificados por expresa decisión de los súper jefazos de arriba, sí, porque los pejes gordos de arriba, los intocables que ejercitan el auténtico poder, los que diríamos que se vuelven invisibles cuando se les antoja y como les da su realísima gana, a ésos jamás tú podrás agarrarlos. Sabes, si tú hubieras tomado aquella respetable suma de dinero que te ofrecieron, te hubieras retirado de ese árido terreno beligerante contra el narcotráfico, de esa beligerancia que será eterna hasta que no hallen el modo de legalizar las drogas, sí, en esa guerra donde los narcos siempre saldrán vencedores, investigador, y bien teledirigidos por los que están en la cima del poder político, sí, y vencerán a todos los ilusos como tú, y es más, puede que a ti en lo particular no te hubiese sucedido esa tragedia tan grande de perder a tu hijo, estoy...

Tucson sabía que una desgracia tenía enloquecido a Darío, pero no esperaba ese golpe tan bajo de su parte, esa reseña a Oliver lo había sacudido hasta la médula, aunque gracias a su perenne recelo, el agente no estaba desprevenido del todo. Y en misteriosa contrapartida, en ese momento Darío no podía sospechar que detrás de esa aparente calma del investigador se escondía una especie de mecha corta, como una espoleta, que cuando se accionaba ante provocaciones provenientes del exterior y dirigidas en su contra, podían desatarse situaciones temibles.

Incluso Darío pudo ver, sorprendido, muy sorprendido, cómo Tucson se levantaba, y casi encorvado en gesto felino se le avecinaba y se le encimaba —en puro disimulo casi teatral— como para arreglarle el cuello de la camisa a Darío, cuello de seda que ahora el agente tironeaba hacia adelante con las manos tensas, hechas tenazas, y lo zarandeaba, y así lo hacía, y mientras atraía a Darío hacia sí, Tucson, con movimientos cortos y fuertes, lo retenía, y luego lo regresaba sobre su asiento, a su posición inicial, al tiempo que con voz airada le susurraba al oído:

—Darío Figueroa, sé que hoy estás quebrado por alguna apestosa situación. Todavía no sé qué carajo quieres de mí, pero no vuelvas a mencionar a mi hijo porque te mato. Sí, pedazo de pendejo, te mato aquí mismo. Y esa Lupita que tienes bajo el brazo no te servirá de nada. ¿Has entendido?

—Tucson, perdóname, por favor... —Darío era convincente en su vertiginosa y casi apagada declaración, y acudía a mencionar el alias del agente porque el timbre de voz se le sofocaba, mientras dejaba caer los brazos para que Tucson se percatara de que él se rendía—. Tienes razón, soy puro estiércol. Disculpa mi falta de respeto. Perdí el control. Yo sentí mucha pena por lo de tu hijo. Te lo aseguro. Te ruego que prosigamos, pues tengo cosas importantes que tratar contigo. Por favor, cálmate...

Algunos parroquianos, los que estaban más cerca de la mesa de Tucson y Darío, sospecharon que algo raro y brusco estaba sucediendo entre esos dos hombres, aunque incluso los vocablos fuesen inaudibles. Cualquiera diría que ni el mismo Patxi se había percatado del percance que enfrentaba su jefe en esos momentos, pero no era así. El vasco como un lince ya estaba junto a Darío y preguntó qué sucedía. Darío en voz baja y de modo inequívoco le ordenó al vasco que se fuera a la calle. Y Patxi con la incomprensión reflejada en los ojos, obedeció esa decisión.

—Nunca quise ofenderte, Tucson —volvió a pronunciar el alias del agente para alcanzar y sellar una rápida reparación de su imprudente comentario—. Debes disculparme. Enseguida te digo los motivos por los cuales pedí entrevistarme contigo.

«¿Cómo es posible que yo esté platicando con un personaje como éste que se atreve a mencionarme a Oliver de ese modo tan inoportuno?», se decía, mientras regresaba a su asiento y hacía lo imposible por aplacarse. «Ahora me pidió perdón. Y yo le creo, se nota que está bien jodido. Vaya, hasta los bandidos tienen su basurero sentimental. Y bueno, pronto sabré qué rayos quiere de mí.»

Darío se levantó y le dijo a Tucson que iba al baño y regresaba enseguida. Tucson se recostó hacia atrás y lo vio alejarse. Luego observó a través de los cristales a Mojarro que en la calle se distanciaba de Patxi. Ahora se zambullía de lleno en sus reflexiones. ¿Sería porque ahora se entrevistaba con Darío, el representante de los cárteles de la droga donde habitaban seres humanos a quienes les resultaba habitual matar y morir? «Sin duda», se dijo.

Darío regresó a la mesa y vio que Tucson estaba abstraído, pensativo, como calado por lejanas evocaciones, y ahora observaba cómo el agente manipulaba la medalla que yacía sobre su pecho. Darío decidió no interrumpirlo; llamó al camarero y pidió otros tragos y una caja de cigarros. Cuando vio que Tucson lo miraba fijo, decidió hablarle.

—Hermosa medalla. ¿Es tu talismán?

—Lleva tiempo conmigo —dijo, sin ánimo de dar más explicaciones.

—Oye, pensé que me ibas a partir el cuello —repuso, al tiempo que aún movía y estiraba el torso y con las manos se repasaba la camisa y la chaqueta. También se reajustó la pistola que tenía bajo el brazo y Tucson pudo ver La Lupita, descrita por los informantes.

—Ya sabes, no debiste mencionar lo de Oliver. Mi hijo es un dolor indescriptible. Y bueno, me pediste disculpas y fin de la historia. Ah, gracias por mandar afuera a tu guardaespaldas. Ése vasco es muy listo y se ve que tiene agallas. Me parece que es capaz de cuidar tu vida sin vacilación, que es mucho decir.

Ahora ambos bebían y para relajarse fumaban y platicaban sobre temas sin importancia. Darío hizo un análisis acerca del carácter de los narcos mexicanos en cuanto a los colombianos, sin dejar de dar su parecer sobre los narcotraficantes estadounidenses.

—No sé por qué, investigador, pero los mexicanos no son muy dados a traicionar a su jefe ni a su gente. En cambio, los colombianos son más dóciles ante el soborno: cuando ven el dinero les entra flojera y entregan la información que uno necesita y yo diría que hasta a cualquiera de los suyos, dependiendo por supuesto del monto de lana que lo pongas ante los ojos. Y bueno, no todos los colombianos, pero la gran mayoría —afirmó y luego añadió—, los gringos, sin embargo, son algo más difíciles. En tu país las leyes funcionan, la verdad, y hasta esas leyes saben solapar un chingo de pendejadas que hace tu aparente impoluta policía. Y esto lo digo más que todo, en base a mi experiencia personal.

El ambiente entre los dos hombres se tornaba relajado. Darío en especial se manifestaba distendido y por la manera en que había inclinado el cuerpo sobre la mesa, Tucson intuyó que de un momento a otro el negociador entraría en materia.

A Naida se le nublaron los ojos de lágrimas cuando Tucson le dijo que su decisión, por el momento, era que no podía viajar a Mazatlán para ver a sus padres. Anteriormente casi le había dicho que sí, que estaba a punto de aprobar ese viaje. Y ahora daba una inexplicable marcha atrás. Era evidente que estaba muy tensionado. Naida lo miró fijo, no dijo media palabra, dejó todo lo que estaba haciendo, subió a la segunda planta y se encerró en su cuarto. Tucson fue tras ella porque quería explicarle las razones de tal resolución. Tocó varias veces la puerta y le rogó que la abriera para poder platicar. Al final del pasillo, casi escondidos, estaban los nietos y disimulaban que se ocupaban de juegos sin importancia, estaban expectantes, como sólo saben hacerlo los niños, ya que esas desavenencias entre su abuelo y Naida, no es que fueran inexistentes, sino que jamás cobraban fuerza. Phiilip se hallaba en la planta baja. Se movía de un lado a otro. También deseaba restarle importancia a ese conflicto surgido entre su padre y Naida, pero sabía que el problema era bastante serio, ya conocía que Naida no era dada a manipular a las personas con fingidos exabruptos. «Ella jamás hace eso», se dijo Phiilip para sí.

Tucson continuaba como una estatua frente a la puerta. Oía los sollozos de Naida, y su silencio, que no parecían tener fin. Poco después decidió retirarse hacia la planta baja y realizar algunas llamadas de trabajo. «El tiempo, el tiempo se encarga de todo», pensó Tucson, mientras descendía despacio por la escalera. «El tiempo se ocupara por sí mismo de darle solución a estas desavenencias. Ella es inteligente y al final comprenderá que tengo razón. En estos instantes es demasiado peligroso que viaje a Mazatlán, aunque incluso viaje acompañada de mis nietos y de Phiilip, y hasta de Ramírez, por supuesto, que sería el amigo que yo mandaría al frente de la comitiva familiar. El bueno de Ramírez que, como tantos otros colegas, con la operación «Leyenda», se ha olvidado de tomar vacaciones. No, Naida, ahora no puedes realizar ese viaje, acabamos de secuestrar a ese médico en Guadalajara y las cosas pueden complicarse y tornarse peligrosas, muy peligrosas.»

Al contemplar a Phiilip y a sus nietos en una rápida ojeada, Tucson pudo percatarse de que Naida ya daba por seguro que viajaría a Mazatlán. Las caras de los críos departían excursión frustrada, una ansiada excursión hacia México que se había evaporado en un dos por tres, algo así, eso pensó el jefe de la tropa familiar, cual si a ellos de repente se les hubiese ido a bolina un vistoso gran papalote que, cortado el hilo que lo retenía en su empinado vuelo, hubiese emprendido la fuga hasta perderse detrás de las azoteas de Los Angeles. «En sus habituales ecuaciones mentales, seguramente Naida de pura alegría no pudo contenerse y a todos les anunció ese viaje, e incluso encomendó preparativos y todo eso. Casi seguro», concluyó Tucson. «¡Madre mía!»

Después de algunas llamadas telefónicas arribaron Gal y Mojarro a la casa. La analista enseguida se dio cuenta de que algo en el ambiente estaba fuera de lugar, pero nada comentó. Cierto. Hasta sus oídos llegaron —porque la propia Naida se lo había comentado— los preparativos su inminente viaje a Mazatlán.

—¿Sabes, Tucson, a quien me encontré ayer en esta ciudad? —dijo Mojarro, con los ojos agrandados—. Al comandante Villagómez, el de Chihuahua. ¿Recuerdas? El muy cabrón ya se retiró. Vino a visitar a uno de sus hijos que vive en Los Angeles. Me dio un abrazo, y a ti te mandó saludos.

Mojarro reía a medias, pero contagiaba a todos, incluso a la sobrecogida Gal, y a Tucson que reía sin poderlo evitar, si bien temía que ese jolgorio llegara hasta los oídos de la enojada Naida.

—¡Qué padre! —relataba Mojarro—. ¿Recuerdas, Tucson? Es bueno que lo sepa Gal. ¡Órale!, aquella avioneta cargada de cocaína que venía de Medellín y a ese pendejo piloto que se lanza en la pista clandestina, y cuando descubre que el ejército lo esperaba, pos nomás que intenta levantar el vuelo y el comandante Villagómez ordena: "¡Carajo!, tírenle, tírenle con todo a ese pinche piloto desgraciado para que se caiga!" Y el fuego se hizo cerrado y la avioneta se precipitó a tierra. Y luego, cuando le vamos arriba a la avioneta que estaba clavada de narices en el suelo —Mojarro no dejaba de reír—, pos nomás que ese pobre piloto gritaba: "¡Ay, ay, me duele, me duele mucho!" Y entonces Villagómez le comenta: "¿Qué te duele, pendejo?, ¿por qué chillas tanto? Nomás que te querías fugar, hijo de la chingada. ¡Ah, Chihuahua! ¿Nomás que quién creías que estaba al frente de este operativo, eh? ¡Yo, pedazo de pendejo, el comandante Villagómez, un servidor! Y para que te enteres, pedazo de llorón, y se lo digas tu gentuza". Y el piloto le dice: "¡Me dieron en un pie, comandante, por favor, que me curen rápido, no soporto este dolor!". Y en esos momentos le llevan dos partes escritos a Villagómez provenientes del Estado Mayor. Y Villagómez se vira para el mensajero y le ordena: "Pos nomás que léelos, cabronazo, no ves que yo tengo que ponerlos a todo lo largo del brazo para poderlos leer". Y el mensajero puso cara de pocos amigos, ¿recuerdas, Tucson? —Mojarro reía y ahora casi que se tragaba la risa porque Tucson con la mano le indicaba que bajara el tono y señalaba hacia la segunda planta—, y finalmente leyó los dos mensajes. Y entonces yo, que soy el gran distraído, te dije: "Tucson, ¿qué le pasa a ese jodido mensajero que pone esa cara de mulo cansado cuando le lee los recados a su comandante? ¡Hombre, que le traiga los lentes! ¡Es su jefe, carajo!" Y tú me susurras en el oído unas palabras que nunca olvidaré: "Mojarro, tranquilo, ¿no te has dado cuenta? Villagómez no sabe leer."

Ahora hasta Gal reía a gusto. Era un contagio reparador. Los colegas que llevaban sobre sus hombros la operación «Leyenda», necesitaban disfrutar de vez en cuando ese tipo de esparcimiento.

—Y ahorita viene lo mejor, lo que nadie esperaba, ¿recuerdas, Tucson? —Mojarro estaba imparable—. A no sé quién se le escapa un disparo, y el piloto vuelve a gritar: "¡Ay, ay, me duele, nomás que ahora mi comandante sí que me duele!" Y Villagómez, pregunta: ¿Y qué rayos te sucede ahora, pedazo de llorón? —reía Mojarro y apenas podía controlar y terminar su relato—. Y el piloto le dice: "¡Es que me dieron un balazo en el otro pie, mi comandante!"

La risa de todos era incontrolable. Hasta el curioso de Phiilip reía sin poderlo evitar. En esos momentos bajó Naida. Y saludó a los visitantes con la elegancia que había nacido con ella, aunque retraída. En realidad, sus ojos no tenían en dónde meterse, pero ella sabía disimular.

Sonó el teléfono y Tucson agarró el inalámbrico. Era Celma. Le informaba que ya había conseguido un empleo para Naida en una de las sucursales de la Calificadora de Riesgos, gestión que había prometido realizar.

—Naida —dijo Tucson, sonriente, cual si hubiera recibido una aliviadora llamada del más allá—. Toma el teléfono, por favor. Te llaman.

—Diga —a Naida, después de saludar a Celma y escuchar sus palabras, se le iluminaba el rostro.

Celma le informaba que ya le había conseguido trabajo en Los Angeles. Ahora Naida, luego de colgar el auricular, se encaminó hacia Tucson y lo abrazó con ternura y lo besó sin importarle que los colegas estuviesen presentes. Ella se pasó la mano por los ojos llorosos.

Todos contemplaban a la pareja satisfechos, excepto Gal, que había girado la mirada hacia la ventana que detrás enseñoreaba una luz solar juguetona.

Después de que el médico Alvarado fuera raptado en Guadalajara por un operativo encubierto de la DEA, se desató una guerra mediática sin precedentes entre México y Estados Unidos.

Tucson y Mora se encontraban reunidos en Washington e intercambiaban opiniones.

—Amigo, soberanía nacional —dijo Mora—. Ese es el concepto jurídico que marca la diferencia entre nuestra nación y la de México en cuanto a la aplicación de las leyes. Soberanía nacional, es la concepción más socorrida que se esgrime para, de una parte, poner al descubierto y juzgar a quiénes decidieron y llevaron a cabo la eliminación de Camarena, y de otra, en contrapartida ocultar y por tanto ignorar, como si hubiesen sido meros fantasmas, a los culpables de ese cruel asesinato.

—Con la diferencia de que ahora los conspiradores desean tener un chivo expiatorio parecido a mí —dijo Tucson, pensativo, con los alertas de Celma en la cabeza—. Así que a tu análisis, Mora, agrégale el concepto de la conspiración.

—No seas paranoico, Rangel —replicó Mora, solidario—. No te preocupes. Hagan lo que hagan, ellos no se saldrán con la suya. Ese médico seguirá los pasos de sus cómplices: recibirá cadena perpetua. Ya verás.

Tucson y Mora, con algunas diferencias en sus puntos de vista, no estaban lejos de la verdad. Eso parecía, aunque en ocasiones esa certidumbre se les hacía confusa. A veces esa verdad que ambos compartían, y por la cual bregaban con ingenio para alcanzarla, se erguía firme en sus convicciones, aunque cayera la noche o entrara por los amplios ventanales de la Corte la luz matinal que prometía bendecir la causa de los hombres justos.

Ahora, mientras Tucson y Mora finiquitaban la plática y regresaban a la sala de Corte Suprema, comprobaban que la significación de soberanía nacional —que justificaba la beligerancia jurídica y política entre ambas naciones— continuaba en ascenso y se acomodaba como perfecto trasfondo en los debates. Si bien tenía como soporte dos poderosos convenios gubernamentales: el Tratado de Extradición que recientemente había sido firmado por ambas naciones, y, de modo especial, la proyección del Tratado de Libre Comercio (TLC) entre Canadá, Estados Unidos y México, el cual entraría en vigor en próximos meses.

«En realidad, la soberanía nacional es asunto viejo», sentenciaba con pocas variantes la prensa escrita mexicana y estadounidense, «que siempre regresa cual si ambos países que conviven en paz quisieran reabrir viejas heridas. Con independencia de cuantas disquisiciones realicemos, ahora, en los inicios y finales del último cuarto del siglo XX, Enrique Camarena, agente especial de la DEA, quien fuera asesinado en Guadalajara como resultado de una oscura conspiración articulada en la cima del poder mexicano —que en la complicidad parece estar asociado al poder estadounidense—, ahora vuelve a retomar la palabra en el plano internacional y se va a la confrontación verbal más cruda, a fin de que el médico secuestrado sea regresado a México.

»No importa que existan testigos presenciales en el lugar del crimen y afirmen que ese galeno participó activamente en la tortura y asesinato de Camarena, eso no importa, lo importante es que ese galeno sea devuelto a México y allí sea juzgado, y que en el campo de la batalla jurídica prevalezca y sea asumida la victoria por alguno de los dos opuestos grupos judiciales que ya iniciaron las hostilidades.

»De manera que ahora todas las atenciones de los contendientes en la arena judicial y política de ambas naciones están dirigidas hacia Washington, hacia la ciudad donde radica la Corte Suprema de Justicia. En esa instancia, la más alta en la estructura jurídica estadounidense, se examina el caso del médico Hernán Alvarado (a tono con el Tratado de Extradición vigente) para determinar finalmente si éste debe de ser juzgado en Estados Unidos o en México.»

De modo que el secuestro encubierto del galeno mexicano a manos de la DEA era cuestionado por las autoridades y la prensa mexicana en todos sus ángulos. Sin embargo, por parte de los medios de comunicación y autoridades estadounidenses esa acción llevada a cabo en tierra tapatía era defendida *a priori*, ya que para ellas estaba plenamente justificada por su legitimidad. Camarena había sido raptado y asesinado bajo la égida del cártel de Guadalajara, contando para ello con harta complicidad por parte de sus secuaces, entre los cuales destacaba el médico Alvarado quien, por razones éticas, jamás debió haber participado en tamaño crimen y por tanto podía ser enjuiciado en territorio norteamericano.

El juez que presidía los debates era Dylan McDowell, el juez que poseía la voz de trueno y tenía el historial de haber presidido con anterioridad los juicios contra narcopolíticos y capos del narcotráfico que habían sido condenados a cadenas perpetuas. Mas a juicio de Tucson y Mora, ahora McDowell se comportaba de modo extraño, en fin, diferente en relación a como había actuado tiempo atrás en la Corte Federal de Justicia de Los Angeles.

En la puja verbal que fraternalmente desarrollaban Tucson y Mora a la hora de analizar la nueva conducta que estrenaba el juez McDowell, el agente era agresivo al expresar sus pareceres. El fiscal, sin embargo, era más comedido. No obstante, ambos se quedaron boquiabiertos cuando al final de breves deliberaciones, el juez McDowell sentenció:

—Señores, debido a que esta Corte Suprema de Justicia de Estados Unidos debe velar por el estricto cumplimiento del Tratado de Extradición que rige en las relaciones entre México y nuestro país, el médico Hernán Alvarado, quedará liberado dentro de setenta y dos horas para que regrese a su país, a fin de que allí sea juzgado si los tribunales de su patria así lo entendieren. El plazo indicado para que ese médico regrese se debe a que hemos considerado la posibilidad de que la fiscalía realice la apelación pertinente en estos casos. Se dan por terminada estas deliberaciones.

Tucson y Mora fueron los últimos en abandonar la sala.

Cuando salieron a la calle no hacían otra cosa que caminar sin decir palabras. Caminaban uno delante del otro, se alejaban y ambos se reencontraban de nuevo. Semejaban dos personas en estado de shock, que habían perdido la orientación y el habla.

—Te lo dije, Mora —masculló Tucson, enojado y sin salir de su asombro—. Es evidente. El gobierno de México está presionando con todas sus fuerzas a la administración norteamercana para que regresen a Alvarado.

Mora daba grandes zancadas y mientras lo hacía se estiraba hacia abajo las solapas de la chaqueta, el gesto característico cuando algún acontecimiento lo contrariaba de lleno.

—¡Apelaremos, Tucson! —clamó Mora con una rabia que no podía disimular—. Ese galeno que con toda justeza en la prensa lo califican despectivamente de ser el émulo y la reencarnación de Menguele, el médico nazi asesino de la Segunda Guerra Mundial, no puede regresarse así como así a México. ¡No! ¡De ninguna manera!

—Como fiscal, Mora, ¿qué vas a hacer?

—Nada, Tucson, yo como fiscal no podré hacer nada. No cuento con suficiente experiencia para enfrentar esa apelación ante la Corte Suprema de Justicia. Sabes, tenemos por fuerza que buscar el mejor fiscal que conozcamos para que se convierta en el mejor enemigo de ese galeno asesino y de quienes lo apoyan, y, así mismo sea capaz de persuadir a la Corte Suprema de que a nosotros nos asiste la razón. Sí, un fiscal de renombre que nunca haya perdido un caso, uno que...

—¿Kenneth Star, no? —lo atajó Tucson, excitado—. ¡Ése, Mora, jamás ha perdido un caso! ¡Ése será el mejor enemigo!

—¡Eso es, Tucson! ¡Hombre, que Kenneth Star sea el mejor enemigo! ¡Vamos, que sólo contamos con pocas horas para presentar la apelación!

Y los dos amigos chocaron las manos abiertas al aire para festejar el hallazgo.

En efecto, Darío se había inclinado hacia adelante y ahora miraba fijamente a Tucson.

—Investigador, si llego a decirte quién fue el jefe de la DEA que delató a Camarena ante el cártel de Guadalajara, estarías dispuesto a darme determinada información que yo necesito. ¿Pudiéramos acordar ese trato? Ya sabes, no tenemos de qué preocuparnos. No somos amigos, como ninguno de nosotros dos es espía del otro. Venga, dime que sí. Ah, que conste, no te ofrezco dinero, sino la posibilidad de contar con una información de primera mano.

Tucson miraba a los ojos de Darío. El agente aún no había podido asimilar del todo lo que acababa de escuchar. ¿Sería una estratagema que el negociador pretendía inaugurar con él? Pensaba. ¿Cuál sería el precio que estaría dispuesto a pagar un hombre como Darío que odiaba la delación y a los delatores? ¿Qué información buscaba el negociador que lo remolcaba a cometer esa afrenta contra sí mismo? Sin duda el planteamiento de Darío acababa de suprimir de la mente de Tucson posibles indagaciones sobre Trillo y otros asuntos. Esa solicitud era un verdadero relámpago que no sólo lo había dejado sin aliento, sino que incluso le nublaba el raciocinio. Tucson se encontraba paralizado y requería, él lo sabía, determinado tiempo para reponerse y dar adecuada respuesta a la sorpresiva demanda. Así como desarrollar sin sobresaltos esa plática. «¡Diablos, Camarena!», se dijo para sí, inquieto.

Tucson encendió un cigarro, le dio una cachada y comentó:

—¿Qué, negociador, ahora nos vamos a meter a comediantes?

—No, nada de comedias. Sencillo. Me interesa obtener una información que tú tienes y a cambio te daré una que te mostrará cuánta maldad se esconde en la mente de los hombres. Y no importa, Tucson, que sean policías —la última frase la pronunció en tono burlón.

El agente presentía que ese intercambio podría hacerse peligroso, y optó por tomar rápidamente las riendas de la conversación, tal y como lo había aprendido en las academias: jamás perder el control de la situación. Mas ahora tenía decidido trampear, hacerle una celada a Darío a fin de que le diera la información si fuese posible y él por su parte no llegar a ningún tipo de compromiso. O sea, no dar ninguna información.

—Negociador, antes de proseguir, ¿cuál es el tipo de información que necesitas, eh? Porque es bien probable que yo no la tenga y entonces...

—La tienes, Tucson —lo atajó Darío—, es un *sheriff* gringo que tú debes de conocer. Necesito algunos datos acerca de sus movimientos y su dirección actual. El cabrón se muda de casa como si se cambiara de camisa. Se me hace difícil localizar su vivienda. Si me das esa información, te lo repito, yo te diré quién fue el *sheriff* de la DEA que traicionó a Camarena. Ojo por ojo, como reza en la Biblia, pero, por supuesto, sin que tú y yo nos quedemos ciegos. Y bien, ¿hacemos el trato o no?

Tucson se percató de que si bien Darío estaba aquejado por ciertas preocupaciones, no dejaba de manifestar una inteligencia que se hallaba por encima del denominador común de la gente.

—¿Y cuándo lo sepa podré meterlo en la cárcel, negociador?

Tucson seguía haciéndose el despistado, el atolondrado, el que no tenía prisa, si bien ya deducía en términos intuitivos que el jefe de la DEA que le interesaba a Darío fuese el controvertido Bosley, pues su exjefe tenía la costumbre de cambiar constantemente de vivienda. «¿Yo estaré obsesionado con ese maldito Bosley?», pensó.

—No lo creo, investigador —respondió—. Para tu gente en cuanto a ese *sheriff* corrupto y traicionero lo mejor es no apresarlo. Conoce demasiado. Tiene el dominio de muchas historias. Y, ya sabes, aquellos elementos que conocen delicadas informaciones pues lo mejor es eliminarlos. Es lo más aconsejable, ¿no? En fin, la moda es la moda: nada de apresarlos para que después se pongan a cotorrear temas indebidos. Ni modo, Tucson. Liquidarlos y san se acabó, como bien decía mi jefe El Califa, que en paz descanse: "se acercan los tiempos en que muchos jefazos, por absoluta conveniencia de los de arriba, serán acribillados a balazos antes de ser apresados".

—O sea, negociador —Tucson deseaba reforzar la tendencia a platicar del probable delator sin demostrar demasiado interés en llegar a conocer el nombre—, digamos que no tienes pruebas acerca de la delación que hiciera ese *sheriff* corrupto y traicionero, como tú lo calificas.

Darío levantó el brazo y llamó al camarero. Pidió otro coñac y le preguntó a Tucson si deseaba tomar algo. Éste rehusó. Darío encendió otro cigarro y luego de echar una gruesa bocanada de humo, comentó:

—Las tengo, Tucson —los ojos le brillaban fijos, inmóviles, como suelen mostrarlos las fieras en medio de la oscuridad—. Por ejemplo, yo conozco la transacción bancaria que se hizo a nombre de su familia. Por supuesto, esa cuenta está a nombre de un clan familiar que le sirve de tapadera. No olvides, investigador, que una de mis especialidades consiste en lavar el dinero sucio: darle una digna fecha de nacimiento y bautizarlo con la aseveración de que sus orígenes son decentes —bebió su coñac de un golpe—. Sí, tengo pruebas, pero tu gente ni siquiera te dejará hacer el informe sobre ese canalla.

—Si se puede saber —intuía que ahora preguntaba necedades—, ¿por qué estás tan seguro?

—Porque los hombres de la CIA que llevaron a cabo la operación Irán-Contra aún están vivos y ellos enseguida lo mandarán a ejecutar. No lo dudes. Sé que de ingenuo no tienes un pelo. Y bueno, cuando lo sepas, cuando sepas de quién platicamos, yo no dudo que tú mismo tengas deseos de matarlo pues sé la amistad que te unía a Camarena, pero no lo harás, investigador, aunque no te falten los deseos de hacerlo.

—¿Estás convencido de que yo no lo haría?

—No tengo la menor duda.

—¿A qué se debe esa convicción?

—Sencillo. No eres asesino. Cuando has tenido que eliminar a alguien lo has hecho en cumplimiento del deber, pero tú jamás pasarías esa línea. Sin embargo, yo si quiero agarrar a mi presa, y a ése sí lo voy a liquidar sin pestañar. ¿Comprendes? Por eso necesito que me des esa información. Ese *sheriff* pendejo se mueve como los fantasmas. Y hasta supo, estoy seguro de que lo supo, que alguien le estuvo husmeando la cuenta bancaria. Es muy listo ese hijoputa. Hace tiempo que no toca esa cuenta bancaria, bastante abultada que la tiene, por cierto. Sí, investigador, el sheriff que yo busco es mucho más listo que el jefe de la dea que delató a Camarena ante el cártel de Guadalajara.

—¿Y por qué eliminarías a tu modo a ese *sheriff* de la DEA que cambia tanto de residencia, eh? ¿Acaso no será que algún servicio especial de inteligencia te ha ordenado hacerlo?

—¡Me lleven los demonios, investigador! —ahora Darío por vez primera reía de manera veraz—. Tengo que reconocerlo: me tienes rodeado, si bien jamás supiste a dónde iban mis pasos — sacó un pañuelo y con gesto algo nervioso se secó los lagrimales, y dejó de reír—. Fíjate, yo en lo personal tengo dos razones muy poderosas. La primera: tres *sheriffs* gringos junto a unos narcotraficantes en Ciudad Juárez mataron a mi padre en 1970. Esos tres cabrones gringos eran hermanos que chambeaban y vivían en Texas. Y hasta tenían una hermana menor que monitoreaba los pasos de mi padre. Ella trabajaba en una empresa de tráileres de un tío mío. El hermano mayor de esos tres *sheriffs* fue el primero que se largó de este mundo por un infarto del miocardio, el otro hermano que lo seguía en edad, también murió, y bueno, no me interesa precisarlo; pero el tercero vive y está a la espera de que yo le haga la visita para matarlo. Porque ese cabrón sabe que alguien como yo lo está buscando. Él lo sabe. Esas son las delicias de la violencia que yo disfruto, investigador. Me alivian sobremanera... —de nuevo se quedó mudo por largos segundos, y luego adicionó—: La violencia tiene sus bondades deliciosas. Ese sheriff que está vivo tiene suficientes razones para vivir como un acorralado, como un perseguido. Puede que ya sepas de quién estamos hablando, Tucson. Aunque ya sé que no me dirás absolutamente nada. Jamás puedo llevarte al punto que quiero. Eres un tipo duro de pelar. Pero no importa, investigador, yo aplicaré el plan de reserva que tengo concebido. Ese hijoputa no se me va a escapar. Así que fin de la historia.

Ahora Tucson ni siquiera deseaba escuchar el nombre de Bosley ni de ningún otro jefe en boca de Darío. Por lo pronto despejaba una incógnita: Bosley, al parecer, atendiendo a las palabras de Darío, no había participado en el asesinato de Camarena. ¡Carajo! ¡Me lleve el diablo!», pensaba Tucson, sin encontrar salida a sus interrogantes. «Pero yo no puedo en modo alguno darle información a Darío sobre ningún agente de la DEA, aunque se trate del hijo de Lucifer. No de ninguna manera. Primero, muerto», concluyó.

—No, no lo sé, negociador, lamentablemente —por vez primera se sentía algo torpe en la conversación que sostenía con Darío, como si no pudiese cargar con ese conflicto que ahora lo tironeaba de ambos brazos y hacia opuestas direcciones: de una parte deseaba conocer el nombre del jefe que había traicionado a Camarena, y de otra, cumplir con su deber. Era como una deuda o una falla que cargaría para siempre en su conciencia. Tan grave o más grave que haber recibido los tres millones de dólares que Darío le ofreciera tiempo atrás en Guadalajara. Sabedor de los límites de su deber como agente de la DEA, decidió avanzar, y remató—: De veras, yo no puedo ayudarte. Así que te puedes ahorrar la información que querías intercambiar.

—Bueno, Tucson, no tienes necesidad de complicarte conmigo, no pudo ser y punto. Sabes, me parece que esta es la última vez que platiquemos. Me voy a Europa. Me salgo de este enredo del narcotráfico, aunque sé que para mí es harto difícil poder escapar de ese entramado que yo le llamo la sociedad narca. Es difícil, pero lo lograré. Sólo me falta finiquitar ese asunto pendiente que ya te expliqué. Vivo convencido de que mi padre podrá descansar en paz. Y bueno, investigador, aún en estas circunstancias tan singulares, quiero decir que ha sido un gustazo haberte conocido. De veras. Y es una pena que no hayamos podido concretar el trato.

—¿Por qué antes de partir no me ayudas a atrapar a Trillo? —Tucson quería bromear.

—¡Vaya! Aunque platiques conmigo, para ti las informaciones van en una sola dirección, eh: todo para ti y para mí, nada —volvía a reestrenar su cinismo—. ¡Qué bien! Y bueno, veo que al parecer aún no te has enterado, investigador. A ese maldito comandante lo acaba de premiar la CIA. Sí, gracias a la CIA, Trillo se ha trasformado en un hombre intocable aunque sea un perfecto canalla. Por medio de iniciativas gubernamentales mexicanas, remolcadas por la CIA, a Trillo lo acaban de nombrar como agregado militar en la embajada de México en Moscú. Así que ya puedes imaginar cómo algunos hombres saben desarrollar su carrera y suelen salir ilesos de todos los crímenes en los que participan. Nada del otro mundo, investigador, pues la CIA como otros servicios de inteligencia... —de nuevo parecía utilizar la daga con la cual en su mente removía sus recientes heridas— está acostumbrada a trabajar con el crimen organizado. Códigos vomitivos del mundo en que vivimos.

Tucson se dio cuenta de que en ese instante algo grave transitaba por la cabeza del negociador. Esos transitorios mutismos ya eran demasiado recurrentes.

—¿Trillo estuvo en lo de Camarena? —Tucson preguntó en voz baja.

—Eso me dijeron, aunque no puedo asegurártelo. Tal vez si le preguntas a la CIA, ella quizás pueda ayudarte mejor. ¿Ves, investigador? La CIA sabe premiar a sus fieles —se echó una carcajada poco espontanea, si bien en la expresión de su mirada se notaba que nada festejaba.

—¿Su hija se va con él?

—No, se va conmigo. Sí, porque a ese pendejo yo no lo quiero tener cerca de mí ni a cien metros a la redonda.

Darío se bebió otro coñac que había pedido y movió los pies como si quisiera seguir vapuleando a Trillo. «Tal vez en su mente lo siga pateando», pensó Tucson, al ver los estremecimientos físicos del negociador.

—Bien, Darío, ha sido un placer haber platicado contigo —iba a levantarse, pero el negociador se lo impidió, lo tocó por el brazo y le pidió de favor que se sentara, pues le faltaba, eso dijo, algo por decirle.

A Darío le había complacido que Tucson pronunciara su nombre. «No deja de ser un gesto caballeresco por parte de Tucson», se dijo el negociador, con satisfacción.

—Investigador, en lo que atañe a mi persona, tú has sabido darme unas cuantas provechosas lecciones, las cuales no olvidaré. Te lo aseguro. Hoy por hoy yo no sería el mejor individuo para estarte aconsejando. Y bueno, estoy demolido por ciertas experiencias que he vivido, y no te las cuento porque morirías de aburrimiento. Pero ahora quiero que me escuches con detenimiento. Lo que voy a decirte tiene que ver con lo que le sucediera a tu hijo mayor. Sabes, gracias a mis estudios yo aprendí en Inglaterra muchas cosas acerca de los antiguos guerreros griegos. Por ejemplo, cuando ellos hacían la guerra tenían por fuerza que abandonar a sus hijos, o sea, por razones mayores no podían estar al lado de sus retoños. Si bien eso para esos padres no significaba en modo alguno haber abandonados a sus hijos. Y para esos hijos abandonados, sin embargo, lo más honroso y digno era saber que sus padres habían tenido que dejarlos porque tenían que ir a la guerra a defender el suelo patrio. Así que Oliver, donde quiera que ahora se encuentre, tiene que sentirse muy orgulloso de haber tenido un padre como tú, que supo marchar a la guerra para darle un mejor futuro a los suyos —se puso en pie, extendió y estrechó la mano de Tucson, y con voz sincera adicionó—: Cuando pienses en Oliver, Rangel, no te olvides de los guerreros de Grecia. Eso aliviará tu corazón. Adiós. ¡Ah!, y eso de que no me hayas dado la información que yo necesito, encaja perfectamente bien con tu personalidad. Para mí eres un extraterrestre. Sí, decididamente eres de otro planeta. ¡Adiós!

El agente vio cómo Darío se alejaba.

Tucson, no se movía de su asiento. Sentía cierta tribulación y pensaba en Oliver. Lo dicho por Darío era insólito, una de las tantas paradojas que reservaba la vida para irrumpir cuando menos se le esperaba. Eso pensaba. Recordaba a su hijo absorto, con sus poesías entre las manos. «¿¿Cómo es un posible que un narco me diga sobre la tragedia de mi hijo cosas que nadie nunca me ha dicho? ¡Dios mío! Los misterios son los misterios», se dijo, agradecido, y a la vez hasta curioso y algo incómodo consigo mismo. «¡Qué pena que seas así, Darío! Pareces una bestia enjaulada dispuesta a matar hasta que un día te llegue la muerte. Puede que en tu maltrecha persona, después de todo, se esconda un magnífico hombre que no pudo divisar otro horizonte. Casi seguro. No, Darío, yo no puedo darte esa información a cambio de obtener otra valiosa, la cual, ¿por qué no?, hasta pudiera ser engañosa. Los límites son los límites, Darío. Y después de todo no quiero hacer cosas que se escapen de mi control, y se vayan más allá del bien y del mal.»

—Tucson —dijo Mojarro, mientras lo tocaba por el hombro—. Nos vamos, ¿no?

—Sí, amigo, nos vamos.

XXIX. No se sabe el porqué

Gal era una joven orgullosa. Era de las mujeres que a solas sabían librar sus batallas. Eficiente y capaz en su diaria labor. Independiente y aficionada a vivir sola. Divorciada. Eso lo sabía Mojarro, quien, además de compartir misiones peligrosas con ella en el trabajo operativo, había estado cierto tiempo haciéndola la corte hasta que un buen día decidió rendirse. «Y ya que no puedo llevármela a la cama como yo quisiera y hasta transformarme en su amante permanente», se dijo Mojarro, resignado, «entonces que ella sea mi colega, mi amiga, mi hermana, pues tenerla de aliada es un privilegio.»

Gal no sólo destacaba como efectiva analista, sino también como rival de cualquier agente —fuese hombre o mujer— que intentara, por ejemplo, superarla en materias como la preparación física o disparando armas de fuego. A veces los colegas, a sus espaldas, bien debido a ocultas envidias, sentimientos de inferioridad o por mero machismo, en cruda chanza la tildaban de ser algo marimacha, pero eso no era cierto. La delicada feminidad de Gal estaba fuera de cualquier cuestionamiento.

Ella, además de respetar y admirar a Tucson como jefe y de estar calladamente enamorada de él —sentimiento que sabía disimular de modo casi perfecto—, y una de las cosas que más apreciaba era que éste con un arma de fuego en la mano donde ponía el ojo, como suele decirse, ponía la bala. Y varias veces para superarlo, y humillarlo si fuese posible, hizo varias competencias de tiro con él, pero en todas fue derrotada.

Tucson finalmente aprobó que Naida viajara a Mazatlán para ver a sus padres. Iría acompañada de Ramírez. Sin embrago, Phiilip y sus nietos viajarían a Tucson. Cuando Naida partió hacia Mazatlán por una semana, Gal se disgustó con ella durante la despedida. Naida, sabedora de las sobresalientes cualidades de la neoyorquina, le había preguntado casi de refilón o de modo indirecto, como la persona que desea hacer algo y no quiere ser sorprendida o quizás como sólo suelen hacerlo las mujeres, por qué motivo todavía no vivía con un compañero y de ese modo decidía formalizar una familia.

Gal supo a qué respondía esa curiosa indagación algo excedida de Naida sobre su persona e incluso formulada un tanto fuera de lugar. Percibía muy bien que Naida antes de la partida obraba como solían hacer las fieras en sus predios: marcar territorio. Punteaba su preciado espacio en cuanto a Tucson porque a ella quizás intuitivamente algo la ponía sobre aviso de que en su ausencia pudieran darse algún tipo de conexión carnal entre Gal y Tucson.

Naida, después de todo, tal vez tuvo razón en haberle lanzado esa pregunta, al menos en esos términos de pura indagación. Eso pensó Gal. Pero ello sin remedio la ofendió, a pesar de que la respetaba. O sea, con esa pregunta, Naida había logrado plantar un resultado opuesto en la mente de la analista.

No era menos cierto que la muchacha cuando fue secuestrada, Gal acarició en sus adentros el malévolo deseo de que no volviera a aparecer por sitio alguno. Eso es innegable. Y Gal lo sabía. Mas luego se arrepintió profundamente de haber abrigado ese tenebroso deseo y ante un espejo se abofeteó una y otra vez con sus propias manos. «Nada como una o varias cachetadas para que una persona regrese al mundo de los cuerdos», se dijo Gal, aliviada, y con lágrimas en los ojos.

A Gal con el paso del tiempo lo que más le molestaba de Naida era que ella se había transformado para Tucson en una especie de perenne desentono: los agentes de la DEA en sentido general —debido sobre todo a su sobresaltada labor— no hacían otra cosa que constatar cómo los matrimonios o las convivencias pasionales se les deshacían ante las narices. Es decir, por tales motivos, no podían sostener una relación amorosa duradera.

Pero la muchacha con su manera de ser, eso pensaba Gal, y esa afinada inteligencia que poseía, supo trillar el camino hasta capturar y nutrir el amor de Tucson en medio de duros y a veces incontrolables contextos. «Naida es como yo, es parecida a mí, sí, ¿por qué no?, hasta quizás incluso sea mejor que yo», se decía Gal a menudo cuando veía cómo actuaba Naida. «Ella me recuerda a la joven que aparece en uno de los diseños de Goya que está en la sala de mi departamento; sí, Naida es como esa muchacha que, rodeada de cadáveres, está de pie junto al cañón y dispara contra el enemigo aún a sabiendas de que la lucha sea desigual. Por eso ese psicótico depredador no pudo con ella.»

Gal tenía una tía materna —la recordaba cuando fantaseaba con Tucson— que de modo puntual realizaba un largo viaje en ómnibus de ida y vuelta el último fin de semana de cada mes para ver a su amante. Esa tía se nombraba Zenaida y era hermosa. La mamá de Gal criticaba de manera airada y continuamente a su hermana menor, pues no lograba comprender cómo una joven tan atractiva e inteligente era capaz de vivir a merced y esclavizada con un amante que era un hombre casado. Zenaida, además, en esas ocasiones, se hospedaba al llegar en un mismo hotel, ubicado en la distante ciudad de Chicago.

La adolescente Gal de su tía rememoraba dos cosas de aquellos años: el rostro de alegría que mostraba al regresar de esas escapadas mensuales y su impasible reacción ante el hostigamiento del cual era objeto por parte de toda la familia. «Nunca pensé que yo estaría dispuesta a ser como tú, tía Zenaida», ahora se decía Gal a menudo, «pero después de conocer a Tucson, no tengo duda, yo haría lo mismo.»

Naturalmente, esa pregunta de Naida en la despedida hacia Mazatlán le había dado otra vuelta a la tuerca en la singular paciencia de la analista que tenía la falla —acerca de la cual era ella la primera en darse a sí misma el alerta— de ser en ocasiones demasiado sensiblera y llorona. Gal lo mismo se echaba a llorar cuando veía que alguien hacía una canallada en ese oleaje que le hacía comprobar la maldad de los seres humanos, o cuando veía a un niño desamparado en las calles, y, en ocasiones, hasta cuando a ella le llegaba algún que otro chispazo de felicidad.

Por ello, cuando Naida la abrazó, Gal se dijo para sí; «¿Qué te habrás creído, Cerebrito, que puedes meterte a tu antojo en mi cabeza y merodear cómo están las cosas en mi alma? ¡Vaya! ¡De ninguna manera! Sí, ya sé que eres la campeona de las ecuaciones y todo eso. Te respeto, Naida, de veras, pero ello no significa que tú seas mi diosa ni nada que se le parezca. Sabes, el amor es una cosa y el deseo es otra; o viceversa, ¡qué sé yo! ¡Maldición! ¡Entérate, pendeja metiche!»

En estos momentos Gal contemplaba a Tucson desde el fondo de la sala de la Corte Federal de Justicia de Los Angeles. Su jefe estaba sentado en el estrado de los testigos y respondía las preguntas del abogado que defendía al médico Alvarado. Y eso sucedía ante los ojos de Gal, cual si su hombre chapoteara en un lodazal perenne, en muy distinta atmósfera a la presentada meses atrás cuando el triunfo alcanzado por Tucson y Mora en Washington, dado que, y ella lo sabía, ese triunfo ante la Corte Suprema de Justicia por parte de Tucson y Mora había sido atronador y estimulante.

El prestigioso solicitador fiscal general Kenneth Star, personalidad jurídica muy reconocida en Estados Unidos, «el mejor enemigo», como lo habían bautizado Tucson y Mora en aquella lejana fecha cuando fueron en su busca, debido a que jamás Star había perdido un caso. Y como era de esperar, ese fiscal había logrado que la Corte Suprema de Justicia de Estados Unidos cuestionara el fallo emitido por esa máxima instancia —e incluso siendo presidida otra vez por el mismo juez McDowell— con una nueva votación de seis votos a favor y tres en contra. De manera que dicha Corte Suprema descalificó su fallo anterior con el cual se había declarado libre al médico Alvarado para que regresara a su país y fuese juzgado por los tribunales mexicanos, y, ahora por el contrario, dictaminó que ya se podía someter a juicio en territorio estadounidense al galeno que en los diarios estadounidenses —debido a las pruebas del execrable crimen de Camarena— lo calificaban de ser una copia del notorio nazi doctor Menguele.

La Corte Suprema de Justicia estadounidense había decidido por tanto que el médico mexicano fuera juzgado ante la Corte Federal de Justicia de Los Angeles, gracias a que el fiscal general Kenneth Star, en representación del Departamento de Justicia estadounidense y actuando en contra de los abogados de la defensa, esgrimió todo el tiempo ante esa Corte un concepto jurídico que derrotó las nociones legales que en sentido opuesto fueron expuestas por la defensa.

—Señorías, ningún tratado internacional —reclamó Star—, fuera el que fuere, puede estar por encima de la Constitución de Estados Unidos. Por tanto esta Corte Suprema debe dictaminar que al brazo jurídico de nuestra Constitución le asiste la razón para enjuiciar al médico mexicano que nos ocupa, dado que la ley es bien clara al respecto: "Cualquier persona que cometa un crimen contra las leyes constitucionales estadounidenses, fuere quien fuera, tiene que ser enjuiciada si esa persona se encuentra en territorio estadounidense, sin importar el modo en que hubiese llegado a nuestro país."

No obstante, el compás de espera para llegar a enjuiciar a Alvarado se expandía y dilataba a más no poder. A partir de los exámenes del caso por parte de la Corte Suprema de Justicia en Washington, hasta arribar finalmente a la celebración del juicio en la Corte Federal de Los Angeles, trascurrieron más dos años. Entre mociones, apelaciones y reclamos que esgrimían la defensa y la fiscalía, ese proceso se dilató cual temario jurídico que parecía lo de nunca acabar.

Naturalmente, la sulfurada lucha entre México y Estados Unidos a propósito del secuestro del médico, la cual se reflejaba a través de los diarios y otros medios mediáticos, intercambios de comunicaciones jurídicas, diplomáticas y gubernamentales, lejos de amainar, iba *in crescendo*. En esa subida del tono polémico se acusaba a Tucson —de modo particular en la prensa mexicana— de haber sido el irresponsable orquestador del operativo encubierto que secuestrara al ginecólogo azteca en tierra tapatía y que había actuado por su libre albedrio y sin ningún tipo de autorización por parte de las máximas autoridades norteamericanas.

La imagen de Tucson a través de los medios de comunicación mexicanos era enlodada con los calificativos de haber traicionado a Estados Unidos, ser un descarriado agente de la DEA y un villano, e incluso, como intrigante personaje que se las daba de impoluto y actuaba como los fugitivos de la ley, y que con su cuestionable proceder había dañado seriamente las relaciones entre México y los Estados Unidos.

Esos epítetos eran los que flotaban sobre la imagen del agente de la DEA para destruir su credibilidad y honradez como jefe de la operación «Leyenda.» Sin embargo, ese embaucamiento mediático aún no hacía mella sobre la conciencia y la voluntad de Tucson, si bien como era lógico suponer, dañaba su estado de ánimo y sobre todo causaba estragos en la mente de su familia, de sus amistades, colegas y conocidos.

Tanto su primera exesposa como la segunda lo criticaban por vía telefónica con una acidez desconocida. Especialmente Erika, la madre de su hija Karla, la cual le decía: «¿Pensaste en tu hija, Tucson? ¿Has visto todo lo que dicen de ti en los diarios? ¡Demonios! ¡Cómo has podido llegar tan lejos en tu maldito trabajo! ¿Ahora qué pensarán y dirán de tu hija en la escuela? ¡Dime!»

Poco a poco el teléfono en la casa de Tucson dejó de sonar. Entraban escasas llamadas telefónicas durante cualquier jornada; alguna que otra de Celma, quien dejaba en el contestador sus mensajes solidarios, casi siempre extraídos de las mentes de personalidades célebres del pasado:

—Patriota, la verdad adelgaza y no quiebra, y siempre anda sobre la mentira como el aceite sobre el agua.

Y Tucson sonreía al escuchar esos afectuosos mensajes del presunto agente de la KGB que odiaba a la CIA. También llegaban llamadas del bueno de Cadena, que ahora radicaba de modo provisional en San Diego, de Pantera y de otros fieles colegas.

Y hasta algunos que, sorpresiva y extrañamente, lo respaldaban en esos momentos de extrema soledad. Ese fue el caso de Mayer que una tarde le dejó dicho en el contestador: «Tucson, aunque no lo creas, estoy contigo. ¡Dale duro a ese Menguele cabrón!».

También Mojarro, Ramírez y Tom se mantenían firmes al lado de su jefe. Igualmente Gal que, posicionada en su calidad de analista —dado que por sus manos pasaba todo tipo de información—, sabía llevar como pocos el registro de todos los daños psicológicos y morales que pretendían producir esos viscerales ataques contra Tucson. Sin embargo, otros muchos colegas que eran la inmensa mayoría y quienes siempre se habían jactado ante Tucson de ser sus devotos seguidores, desaparecían de su entorno como por arte de magia.

Por ello ahora los ojos de Gal no dejaban de mirar hacia el estrado de los testigos donde testimoniaba su jefe ante el incisivo abogado defensor. «Hoy tengo que darte malas noticias, mi amor, pero te las daré a mi manera. Y no me importa Naida si al final logro hacer lo que quiero. Ella te tiene y yo no. Hubiese querido que ella fuese la primera en entenderlo, y bueno, quizás lo presienta, puede que sí, pero hoy serás tú, mi islote en medio del mar, el que deba saberlo: yo soy tu puta, tu perra, tu luciérnaga dentro de un vaso; porque entre las malas noticias que debo darte, o yo seré la peor, o tal vez llegue a ser tu mejor regalo en estos tiempos tan insoportables que confrontas. Sí, hoy mismo lo haré, si no mañana me sentiré la mujer más estúpida del mundo. Hoy, cuando sepas lo que se te encima, te sentirás una fiera lastimada, pero a mi lado, y yo me ocuparé de lamer tus heridas», pensaba Gal, delirante, mientras observaba a su jefe.

Tal y como solían hacer, Mora y Tucson realizaban un balance acerca de las últimas deliberaciones escenificadas en el enjuiciamiento que se le hacía al doctor Alvarado. Estaban en la casa del agente que en esos momentos parecía estar vacía debido a la ausencia temporal de sus habituales moradores: Naida, Phiilip y los nietos.

Hasta el propio Mora, no sólo Tucson, sentía esa ausencia y comentó:

—No recuerdo quién fue el poeta que dijo que una casa se definía más que todo por los seres humanos que la habitaban.

Y Tucson al escucharlo miraba hacia todas partes y se decía: «Es cierto, Mora. Ahora la casa parece estar muerta.»

Y era cierto, había momentos que la vivienda daba la impresión de estar deshabitada desde hacía mucho tiempo o que en cualquier instante lo estaría para siempre. Flotaba entre sus paredes el vacío y lo insustancial: faltaba Naida, la joven que desde hacía buen tiempo llevaba las riendas de todos los quehaceres, así como también la ausencia de los juegos y la gritería de los niños y de Phiilip, que hacía todo lo posible por tener bajo control a sus incansables sobrinos.

—No sé por qué, Mora —no deseaba ser fastidioso, mas no podía contenerse—, yo no sabría decirte, pero en las últimas sesiones siento una atmósfera enrarecida en el juicio de Alvarado.

—Puede que tengas razón, pero yo pienso que este juicio marcha mejor y está mucho más claro que todos los anteriores que hemos tenido. Las pruebas que hemos presentado contra el médico son demoledoras, irrefutables.

—Yo no me confío. Sabes, esas pausas que últimamente hace el juez McDowell cuando habla no me gustan para nada. Esa no es su costumbre. Y mucho menos cuando fija la mirada en la lejanía, no sé, da la impresión de que quisiera escaparse de la Corte. Y a veces me parece que el juez McDowell y el abogado defensor están enamorados de la misma mujer.

—Oye —rió Mora, pues deseaba tranquilizar a su amigo—, no veas fantasmas donde no los hay. Puede que McDowell ya esté cansado de presidir tantas audiencias. Ya este juicio contra el médico rebasa las dos semanas. Hasta puede que McDowell esté resentido, por qué no. Su decisión en Washington fue revocada por la intervención de Star, y en cuanto a Donnor, ya sabes, ése quiere nuestra derrota; pero el Gran Jurado, Rangel, está más que convencido de que ese médico es culpable de los crímenes que se le imputan. Eso no lo pongas en duda.

—¿Mora, no estarán presionando a McDowell?

—¿Y a qué viene ese disparate?

—Yo qué sé. Ya sabes, los poderosos que protegen a los poderosos, ¿no? Una orden de la CIA, una solicitud de cualquier hombre de los de arriba, una disposición secreta. En fin, Mora, cualquier vieja artimaña que no se estrenaría por vez primera en un proceso como este. ¡Por favor!

—Escucha, muy pronto, cuando el Gran Jurado dé a conocer su fallo, se acabarán los tejes y manejes de todo esa virulenta trama que nuestros enemigos han montado a través de los diarios. ¡Hombre, ni hablar! ¡Ah, y prepárate, que mañana Donnor te irá arriba con todo!

—Conmigo ese cabrón perderá su tiempo, la defensa no ha podido demostrar que al médico se le haya maltratado ni que sus declaraciones se hayan formulado bajo amenaza. Las pruebas presentadas en contra de su defendido son convincentes.

Los dos hombres intercambiaban pareceres mientras Tucson en el patio trasero de la casa le daba de comer a un par de guacamayos que había traído de Brasil y llevaban años con él, y a un chihuahua que, nervioso, comía y se alejaba presuroso de Mora.

Sonó el timbre de la puerta.

Tucson por el visor pudo percatarse de que se trataba de Cadena que llegaba en compañía de Tavo y de Sierra. Ellos traían consigo una carga de cuadros de pintura y objetos de valor pertenecientes a Cadena que éste deseaba resguardar de modo provisional en la casa de Tucson, hasta tanto el hábil empresario fijara su residencia definitiva en Estados Unidos, y, sobre todo, cobraran fuerza los nuevos negocios que había iniciado. Tucson y Cadena, desde que el expropietario de Juanacatlán arribara a Estados Unidos, habían estrechado su amistad.

El agente los hizo pasar, y, acompañado de éstos subió a la tercera planta de la vivienda donde se hallaba el cuarto de desahogo, a donde ellos llevarían la preciada carga. Subieron por una escalera que al llegar al tercer piso daba al gimnasio donde periódicamente Tucson hacía sus ejercicios de levantamiento de pesas. Sin embargo, antes de arribar a la ancha puerta del gimnasio, tomaron a la derecha donde se hallaba una pequeña escalera de unos cinco peldaños que daba a una habitación.

Entraron y atravesaron una recámara rectangular que pertenecía al nieto de Tucson que ya había decidido independizarse y la había acondicionado con la ayuda de su tío Phiilip. Esa habitación por su decoración era algo fantástica. Al salir de este cuarto, los hombres llegaron a un pequeño habitáculo que daba a la azotea y en donde se resguardarían los objetos de valor de Cadena.

A diferencia de los demás, Sierra, el mil chambas, al cruzar la habitación de Espagueti, detuvo su andar. Estaba extasiado al observar parte del techo y la pared que se hallaba a la izquierda, de seis metros de largo. En el primer segmento que llegaba hasta la mitad de esa pared, estaban escritas unas frases con grafiti negro, rojo y azul sobre supuestos ladrillos de irregulares tamaños de color blanco hueso. Era un mensaje que le había escrito el padre de Espagueti al célebre Quasimodo: *Poeta amigo, ya nadie podrá llevarme al sur, nadie, yo tendré que hacerlo por mi cuenta; pero, algo importante, ¡yo seré el jefe de mí mismo! Y como bien escribiste: "Cada uno de nosotros / está solo sobre el corazón de la tierra / atravesado por un rayo de sol / y de súbito / la noche". Te saluda con mucha devoción, tu Oliver.*

A continuación, encima de esa pared y en idéntica proporción de dos metros y medio en relación al segmento anterior, se exhibía una especie de simuladas rocas que marcaban la sinuosidad de una montaña que debía ser escalada en su parte más vertical y difícil. Ese retazo era una panorámica hecha con papel maché y otros materiales que imitaban cemento rugoso. En el techo, próximo a la referida pared, se hallaban dibujadas dos manos que casi se tocaban con el dedo índice, cual hermosa réplica en blanco y negro en referencia a cuando Dios creó al primer hombre. Era un fragmento del fresco de la Capilla Sixtina, donde Miguel Ángel pintó a Dios en el momento en que dotaba de vida a Adán.

En la pared derecha había una amplia ventana de dos hojas con persianas que ahora estaban abiertas y por donde entraba la claridad solar de las cuatro de la tarde, «más ceremonial que incandescente», eso pensó Sierra al observar ese recinto singular. A un costado de la ventana se hallaba la puerta que daba al cuarto de desahogo, sobre la misma un largo espejo, y en el otro flanco colgaba una reproducción de Gauguin.

Y al pie de esa pared de la derecha se encontraba la desordenada cama del nieto de Tucson.

Pero no sólo Sierra, sino que Cadena y Tavo a su regreso, también detuvieron su andar y se fijaron en las delineaciones y gráficos que Espagueti —ya abocado en la adolescencia— había hecho en su habitación.

—Disculpen este caos, señores, es la habitación de mi nieto —aclaró Tucson—, los muchachos de ahora están más locos que los *hippies.*

Al fondo de la cuadriforme recámara se veía un equipo de música. Arriba, colgados del techo, había unos potentes bafles de la misma marca, y debajo de éstos se hallaba una moderna tele de 32 pulgadas.

—Oiga, Rangel, su nieto es un artista. ¿Cuántos años tiene y cómo se llama? —dijo Sierra, admirado, mientras mostraba su sonrisa característica, y, avezado como era en hacer hendiduras para la práctica del voyerismo, de repente, había descubierto que en esos diseños de falsas rocas, existían diminutos miradores bien disimulados que daban a otra área.

—Catorce, pero parece tener más, y lleva mi nombre —repuso el agente, orgulloso—; si bien todos lo conocen por el mote de Espagueti. Sí, Sierra, mi nieto es ingenioso y todavía no sé si mañana se dedique a la ingeniería o a las artes plásticas. Aunque Philip, su tío, que se le parece mucho, colabora con él en todos estos proyectos. Y bueno, ni Philip ni mi nieto nunca se acostumbrarán a la idea de que Oliver no esté entre nosotros. Saben, señores, lo único que me molesta de esta habitación es que cuando mi nieto pone la música a todo volumen, apenas me deja concentrarme. Me fastidia, pero hasta el muy pícaro se divierte con eso y hasta con hacerme alguna que otra diablura cuando yo estoy metido en el gimnasio haciendo ejercicios.

—Sierra, Tavo, ¡arriba! Acaben de subir mis cosas. Tucson tiene aún que proseguir la plática con el fiscal —comentó Cadena, quien también estaba impresionado por el agradable ambiente reinante en esa habitación y que atrapaba la vista de cualquier sensible observador.

—Oye, Cadena, por favor, quiero que te quedes conmigo, eh —dijo Tucson, al tiempo que le echaba el brazo por encima—. Por hoy, a Mora y a mí nos queda poco de qué hablar. Y luego, yo necesito platicar algunas cosas contigo. ¿Puede ser?

—Por supuesto, Tucson —asintió Cadena—. ¡Faltaría más!

Gal deambulaba como enjaulada dentro de la sala de su apartamento. Revisaba su vestimenta ante los espejos. Acomodaba la luz de las lámparas que iluminaban los espacios. Miraba los cuadros de pintura y las cortinas. De modo ilógico y desacostumbrado cerraba una y otra vez la puerta del departamento, la dejaba entreabierta, o la cerraba ajustada a su marco pero velando que la cerradura estuviese abierta.

Luego, en medio de los ruidos que provenían de los carros que afuera echaban locas carreras por la cercana avenida, Gal miraba hacia el probable lugar donde ella exclamaría, desde el interior de la cocina o de su cuarto: «¡Entra, por favor, empuja, la puerta está abierta. Enseguida estoy contigo. Sírvete un trago. Las botellas, los vasos y la hielera están en la mesa de centro!»

Ensayaba en su mente ésa y otras bienvenidas, hasta perder la cuenta de tales tanteos, pues quería que todo le saliera como ella lo deseaba. Y sin saber por qué, Gal como un robot, de nuevo se iba hasta el pequeño comedor donde estaba emplazada la mesa cubierta con el mantel blanco y en su centro un candelero con dos velas; también se hallaban dispuestos los platos, los cubiertos, las dos copas y el vino tinto italiano descorchado. Y de nuevo se iba a la cocina y revisaba la cena italiana, los entrantes y el postre que su padre le había enseñado su mejor preparación. Revisaba el incienso que quemaba y aromatizaba el entorno. «¡Claro, claro que lo haré; sí, si él se me empantana o se paraliza, lo haré, no digo yo!», se repetía a si misma sin parar.

Cuando Gal repensaba el modo en que realizaría el recibimiento, sonó el timbre de la puerta. Fue hasta el comedor, pero cuando quiso gritarle a su invitado que entrara, que la puerta estaba abierta y se sirviera un trago, para su asombro, no pudo exclamar una sola palabra. Había calculado todo el entramado, todos los detalles, menos el hecho de cómo en realidad reaccionaría cuando constatara que su jefe había llegado. Trató inútilmente de reaccionar, pero no lo logró. Entonces decidió dirigirse a la puerta.

—¡Hola! Adelante. Vaya, qué alegría que seas tan puntual — dijo ella, conminando a su jefe a que entrara.

—Gal, cuando un hombre es atacado por todos los flancos no puede darse el lujo de ser impuntual, ¿no? —repuso, algo quejumbroso, mientras entraba, tomaba asiento y observaba curioso la sala del departamento que no visitaba desde hacía buen tiempo.

—Todos esos ataques, Remy, se van a hundir en el fracaso. Una de las cosas que más te admiro es tu seguridad personal, y pase lo que pase, no te abandonará. Eres fuerte.

En ese instante, Tucson se percató de que la analista lo llamó por su nombre. Jamás lo había hecho, y le parecía bien, pues ella se había comportado de una manera tan elevada, que podía tratarlo como quisiera. Pero también era la primera vez que su colaboradora lo elogiaba de ese modo, raro enaltecimiento que, por demás, necesitaba escuchar en boca de una mujer tan valiente y que estimaba tanto.

—No sé, Gal, puede que tengas razón —tomó el vaso con whisky y agua gasificada que ella le había preparado; bebió un grueso trago y agregó—: Sabes, hoy en la tarde me mirabas cuando yo respondía las preguntas de ese cretino abogado de la defensa, y te lo confieso, esas miradas me reconfortaban. Y bueno, luego me invitaste a cenar y eso me alegró, después de esa vista yo lo que tenía deseos era de irme bien lejos de esta ciudad.

De veras. E incluso no me importa que ahora tú tengas que comunicarme un par de noticias delicadas. Últimamente, todas las noticias que me llegan son diabólicas. Así que para qué asombrarnos con otras que estén por venir. Pienso que ya nada podrá modificar esa amarga sensación que me embarga sobre mi propia gente, que me quiere defraudar, o vender, quién sabe. Nunca imaginé que fueran a sucederme cosas tan desagradables. Menos mal que mañana llega Naida.

—¿En la Corte te diste cuenta de mis miradas? ¿De veras? —comentó sin poderse contener, algo descuidada, aunque satisfecha y ni siquiera experimentó fastidio al escuchar el nombre de su rival.

Tucson se echó en la boca unas cuantas almendras, las masticó despacio mientras miraba de lleno hacia los ojos de Gal. Bebió otro largo trago. Ella esperaba algún tipo de respuesta a su pregunta, pero constataba que sus pensamientos tomaban otro derrotero. «Ningún elogio. Nada. Ni siquiera ha celebrado mi blusa roja», pensó, mientras no apartaba la vista de su jefe. Ella también bebió de su trago.

—Por favor, Gal, te sugiero que me digas las malas nuevas antes de cenar. ¿Puede ser?

—Claro. Dos novedades. La primera: hoy en la mañana vino a visitarme Mayer. Me dijo que Sachs ha iniciado un proceso para lograr tu extradición a México y allí seas juzgado por los tribunales de ese país. Mayer me aclaró que eso lo hacía a riesgo de su propia seguridad, pues son muy pocos los que en la jefatura de la DEA conocen eso. Me aclaró que a ti él siempre te había caído gordo, pero que eso no le importaba en absoluto porque tú a él también le caías igual, si bien te admira. Esto último me lo recalcó varias veces. Pienso que Mayer estaba convencido de que yo no le creía ni media palabra. A preguntas mías, me dijo que tomó la decisión de hacértelo saber pues no podría dormir tranquilo hasta que tú no lo supieras. Y lo hacía porque Sachs era un grandísimo hijo de la chingada.

—¿Así se refirió a Sachs?

—Sí, esos fueron sus palabras.

—¿Le creíste?

—Sí, fue sincero de principio a fin.

—¿Estará arrepentido de todo lo que hizo en la operación Cóndor?

—Nunca se sabe.

—¿Qué más tenemos?

464

—Horrible. Hoy recibí comunicación telefónica del jefe de una comisión del FBI que dijo nombrarse Howard; dicha comisión tiene la encomienda de entrevistarse contigo para examinar cómo organizaste y llevaste a cabo el secuestro de Alvarado. Ellos quieren entrevistarte mañana a las 4 p.m. en sus oficinas. Tengo conmigo la dirección. ¿Qué les digo?

—Diles que mañana se hará la entrevista si no surge ningún impedimento, aún no ha terminado el juicio. Sí, veremos qué se traen entre manos esos cuenta frijoles. Hoy, decididamente y gracias a ti, Gal, estoy de buen humor. Diles que sí. ¿Algo más?

—No.

—Entonces, ¿cenamos?

Después de que Tavo y Sierra terminaron su faena de llevar las pertenencias valiosas a la tercera planta de la vivienda, Tucson junto a Mora y Cadena se dirigieron al salón que el agente tenía preparado para evitar escucha enemiga. Al llegar y tomar asiento, Mora con palabras afables le preguntó a Cadena cómo se sentía en su nueva vida de emigrante.

—Señor fiscal, me gusta ser mexicano y vivo orgulloso de serlo, pero qué le voy a hacer. Como usted podrá imaginar, he perdido mis cosas, pero no hay bronca, también me gusta y admiro su país. Así que sabré adaptarme — respondió Cadena.

—Me dicen que eres bueno en los negocios, Cadena —dijo Mora.

—Exageraciones, señor fiscal —replicó el chilango—. Sí, digamos que algo nació conmigo porque sé echar adelante los negocios. Pero, ya usted sabe, algunos negocios salen bien y otros salen chuecos. Así es la vida.

Ahora Cadena presenciaba los últimos intercambios de la plática que se llevaba a cabo entre Tucson y Mora en cuanto al proceso contra el médico, y que tantas consecuencias negativas le había acarreado a él en su vida, sobre todo, ser desterrado sin regreso posible.

Y en esos momentos Cadena, a pesar de que se había perdido buen tramo de esa conversación, no dejaba de comprender que ese juicio confrontaba serios problemas. Mora se despidió de Tucson y de Cadena. Aunque antes de irse, volvió a alertar al agente en relación a las posibles acciones que la defensa ejercitaría en la vista del día siguiente.

—Tenemos la victoria en la mano, Rangel, y nada ni nadie puede arrebatárnosla —exclamó el fiscal en la despida, seguro y optimista.

—Por supuesto, Mora, y no nos rendiremos —aseguró Tucson, al tiempo que cruzaba una extraña mirada con Cadena.

Cadena percibió enseguida que ese atisbo de Tucson no se ajustaba a la frase que acababa de expresarle al fiscal.

«Algo me dice que en cuanto a ese mastodóntico las cosas al final no saldrán bien, lamentablemente», se dijo Cadena, con una aflicción que apaleaba su estado de ánimo.

—Cadena, necesito que veas a Darío —dijo Tucson, sin hacer preámbulo alguno—. ¿Pudieras verte con él en San Diego?

—¿Acaso quieres traerlo a declarar en el juicio de Menguele? —replicó Cadena, con agria ironía, presentía que todo había sido en vano, y que incluso el pavorreal, el símbolo de Dios que Tucson le había referido para que el secuestro fuera exitoso, quizás ahora se iba a la escapada para esconderse en ignotos parajes.

—No me maltrates, amigo. Sé que Darío no estuvo presente en las torturas y en el asesinato de Camarena —Tucson encendió un cigarro y adicionó—: Si bien en relación al proceso contra Alvarado me doy cuenta de que hay pendejadas ocultas. No puedo ni quiero mentirte, Cadena. De una parte, el Gran Jurado está convencido de su culpabilidad, las pruebas presentadas son convincentes, y de otra parte, muy a pesar de esas irrebatibles evidencias, veo que hay cosas raras que se mueven detrás del escenario, no sé, se traban y se escapan de nuestro control. Eso discutía ahora con Mora. Y él, qué quieres que te diga, no quiere ver la realidad, aunque hoy se lamenta de que nosotros no hayamos pedido en su momento la sustitución del juez McDowell. Ese juez fue derrotado por Star ante la Corte Suprema en Washington, y ahora, tal vez McDowell quiera tomarse la venganza a su modo...

—Discúlpame, Tucson —lo atajó, con voz afectuosa—. Tienes razón. Sí. Hay cabrones en la cima que te quieren joder y Darío nada tiene que ver con eso. Fue uno de mis exabruptos; te pido que me disculpes; aunque nadie mejor que tú puede comprender todo lo que yo pasé para traer a ese maldito para acá. Oye, vayamos al grano, ¿qué quieres que vea con Darío? Sea lo que sea, puedes contar conmigo.

—En el encuentro que sostuvimos en San Diego, Darío estuvo a punto de decirme quién fue el jefe de la DEA que delató a Camarena ante el cártel de Guadalajara y yo...

—Lo sé, Tucson. Darío está en San Diego, nos vimos ayer y me lo comentó. Me dijo que tú no quisiste darle a cambio la información que él necesitaba. Eso me dijo. Y que tú se la habías negado y todo eso. Me dijo que tú eras un hueso duro de roer. Pero que él encontraría a ese *sheriff* pendejo. Eso me dijo.

Tucson miró de modo receloso a Cadena.

—Darío y yo somos amigos, ya sabes —añadió el chilango, pues no le había gustado la mirada que Tucson acababa de echarle—. Si no me equivoco, el juarense está buscando a un pendejo jefe de la DEA que participó en el asesinato de su padre y quiere ajustarle cuentas antes de partir para radicarse y chambear en Europa. ¿Sabes qué, Tucson?, aunque ahorita yo en San Diego me vea cien veces con Darío, pos nomás que cien veces a mí él no me dirá absolutamente nada acerca de quién fue ese jefe de ustedes que traicionó a Camarena. No perdamos tiempo, Tucson. Conozco bien a Darío. Pienso que el jodidazo quería hacerte un favor.

—No seas ingenuo, Cadena. ¿Quién puede asegurarme que esa información que me quería ofrecer fuera cierta? Y yo por demás, no podía darle la información que me pedía. Ni hablar.

—No sé, pero yo en tu lugar le hubiera dado la información sobre ese hijo de la chingada. Así hubieras sabido quién delató a Camarena.

—No, Cadena, de ninguna manera. Yo sé que hago un trabajo demasiado sucio, pero yo trabajo para que se haga justicia y nada tengo que ver con transformarme en cómplice de asesinos. Y te confesaré un detalle: cuando intercambiaba con él en San Diego, me recordaba que él había interrogado a Camarena, quien estaba maniatado sobre una silla. ¡Por Dios!

—Oye, eso no es justo. A mí me dijeron que Darío salió en defensa de Camarena y se enfrentó a Aristarco. Y dicen que allí nadie más tuvo huevos para hacerlo.

—Sí, eso es cierto, pero ni modo. Yo odio a los narcos, Cadena, así como también desprecio todos esos incomprensibles corridos que se les hacen a los capos de los cárteles de la droga para ensalzar sus proezas criminales. No, Cadena, si esa información sobre el jefe nuestro que traicionó a Camarena debe de quedarse en el limbo, pues que sea así. En fin, no tuvieron suerte nuestros informantes. Hubo un individuo rubio y alto de estatura que parecía ser un gringo, que esa tarde salió del consulado norteamericano en Guadalajara e identificó a Camarena para que los elementos de la Seguridad Federal y los narcos lo levantaran. Nunca pudimos dar con ese sujeto. Si lo hubiésemos podido atrapar, hoy sabríamos quien fue el jefe de la DEA que lo traicionó.

Cadena se quedó en silencio. Tomó un cigarro y fumó. Ahora contemplaba a Tucson, y tenía que reconocer que era un ser humano singular. «Ese extraterrestre de la DEA es insobornable, me dijo Darío y tiene razón», se decía Cadena, y, con todo, paradójicamente, mientras admiraba esa firmeza de Tucson, el chilango rumiaba convicciones opuestas. «Yo tenía que haberle metido plomo a ese médico, pero eso nunca te lo diré, Tucson, pos nomás veo que las leyes muchas veces no se cumplen y la justicia se evapora como si nada. Pero es probable que te diga una cosa, Tucson. Sí, por qué no, casi seguro que te la diga.»

—¿Cadena, sabes si Darío trabaja para algún servicio de inteligencia?

—No, no lo sé. Aunque con ese Darío todo es posible. En realidad ese jodidazo es muy independiente y creo que ahora quiere cerrar su chamba con los narcos; últimamente lo he visto mosqueado, no sé, no sabría decirte, como que le han sucedido algunas cosas bien pesadas. Y bueno, a preguntas mías me aseguró que Trillo era un grandísimo hijo de puta y que en la frontera por poco lo mata a patadas. Y dijo que eso lo hizo el mismo día en que se vio contigo en San Diego. Patxi y Muñoz querían intervenir en la madriza y Darío no los dejó. Patxi me dijo que Darío, mientras lo pateaba, le gritaba: "¡Olvídate de nosotros, hijoputa!", "¡olvídate de que nosotros existimos!", "¡y si vuelves a aparecer ante mí, te juro que te mato, hijo de tu chingada madre!" Después Patxi me dijo que Darío estaba entrenado en artes marciales, pues en la golpiza que le propinó a Trillo, no lo mató porque no quiso. Y luego el vasco al despedirse me dijo: «Cadena, Darío ahora tiene una chavala que tiene los huevos más grandes que un toro!» Y yo enseguida le pregunté al jodidazo por qué me hacía ese comentario, y el vasco cabrón me respondió: "No se caliente, Patrón, Darío y Gabriela hacen un magnífico equipo, y yo no sé nada y ni quiero enterarme". Tucson, ¿tú sabes qué problema pudo tener Darío con Trillo?

—No, no tengo la menor idea —miró el reloj pulsera y se levantó—. Oye, me parece que ya podemos dar por terminada esta plática. Sabes, debo prepárame, en la noche tengo una cena.

468

—Tucson, antes de irme quiero decirte una cosa. Darío me preguntó cuál era mi opinión sobre Plinio. Y se las di. Me dijo que Plinio era un hombre de la CIA y que en los últimos tiempos había tenido muchos problemas de adicción con las drogas, que al parecer ya estaba curado y ahora vivía y estaba de sicario en España, y que allí Plinio chambeaba para acercarse a un español que trabaja en no sé qué cosa de inversiones y cosas de regulaciones del dinero, algo así me dijo, y que él a ese Plinio ahorita lo tenía atravesado como una espina en la garganta. Eso me lo dijo encabronado. ¿Qué te parece, Tucson? Así que Plinio ahora está en España. ¿Tú lo viste antes de partir?

—No, Cadena, y bueno, me mintió sobre una suma colosal de dinero que era mucho más elevada de lo que me dijo en un principio, creo que en aquellos momentos Plinio me veía cara de no sé qué; pero antes hizo lo mismo con Sandy, un viejo amigo mío que es el jefe de la DEA en Costa Rica. Deben de haber sido resultados de su adicción, antes Plinio no era así, o siempre lo fue y yo no me daba cuenta. Y bueno, precisamente, la mejor foto que a mí me hicieron sobre Plinio me la hiciste tú en Guadalajara cuando nos conocimos. ¿Recuerdas? Me preguntaste sobre Plinio: "¿Cómo dejaste a ese amigo de los chacales?"

Cadena sonrió y se pasó la mano sobre la cabeza.

Y se despidió de Tucson. Hacía tiempo que ambos amigos no platicaban largamente. Quedaron en verse luego de que el juicio contra el médico concluyera.

«Sócrates, Tucson, que frecuentaba mi glamoroso Juanacatlán», pensaba Cadena al salir en su carro en compañía de Tavo y Sierra. «Sin desearlo, ese centro nocturno me sirvió para darle una ayudita a Darío. Sí, ya Darío está en condiciones de poder encontrar a ese pendejo que fue tu jefe, Tucson. Quería decírtelo ahora, pero tendré que hacerlo más adelante. Darío y su gente estudian la vivienda donde vive la querida de ese pedazo de cabrón. A la mera verdad, Tucson, pos yo nomás que en cuanto a la justicia no pienso las cosas como tú: ¡A poco, hay que partirle la madre a todos esos hijos de la chingada que son policías y se compadrean con los narcos! ¡Sí, Tucson, ésos policías son peores parias que los narcos! Y hasta le dije a Darío que cuando escabechara a ese jefe pendejo de la DEA nos dedicara un pensamiento a nosotros dos. ¡Faltaría más!»

Apolonio iba a la derecha del todoterreno donde viajaban en el asiento trasero Cody, Ava y Ulricke. La caravana de tres vehículos blindados avanzaba por caminos abruptos en muchos de sus tramos y por espacios abiertos en ciertos desniveles de la obligada ruta. Avanzaban los carros de modo casi compacto sobre senderos fangosos y en ocasiones por zanjas que la propia naturaleza selvática se había encargado de delinear de modo caprichoso.

A los costados de los senderos, comprimida por las ruedas de los carros, saltaba el agua sucia con residuos de hojas muertas y bejucos que estrechos arroyuelos arrastraban de modo permanente. Y también a ambos lados se empinaban hacia lo alto los cedros afincados en la verde vegetación ondulante y tupida de hierbas, arbustos y lianas de color marrón, opacada en su vivacidad por la lluvia; a ratos aguaceros, y en otros instantes llovizna que semejaba tenue granizada. A media mañana entre las cerradas nubes apareció el sol y entonces se veían destellos de plata sobre los árboles selváticos.

La caravana iba en busca de la pista clandestina donde aguardaba el jet de trece plazas que El Mexicano tenía preparado para la partida de los fugitivos hacia la ciudad de Iquitos en Perú. El piloto tenía instrucciones de que en su plan de vuelo —a fin de que fuese una travesía que no levantara fatales sospechas— el aparato debía hacer escalas en los aeropuertos de Medellín y de Bogotá. Y desde la capital colombiana se emprendería el trayecto final de vuelo hasta llegar a Iquitos, donde aguardaban Cobreros y su esposa.

Apolonio viajaba absorto, dado que no entendía que el toro impredecible que era El Mexicano aún no le hubiese dicho absolutamente nada acerca de la muerte de Tlayola. Apolonio no lo comprendía y ese hecho lo tenía aterrado en sus adentros. Ese Tlayola amigo de El Mexicano, muerto por una sobredosis, había sido un percance que efectivamente el capo mucho lamentó, pero no hizo ni dijo nada.

Se sabía que El Mexicano en las últimas semanas tenía sobre sus talones a los Pepes y a las fuerzas especiales del ejército colombiano. Ambas fuerzas iban afanosas tras él con el fin de eliminarlo. También a Pablo Escobar. Mas ese acecho enemigo no justificaba ante Apolonio que su jefe no le hubiese dirigido la palabra. De Rodríguez Gacha, que había hecho demoledores atentados contra personalidades y recintos oficiales del gobierno colombiano, e incluso había hecho explotar un aparato comercial de Avianca en pleno vuelo con más de cien pasajeros, no podía esperarse la clemencia. Esa certidumbre golpeaba el razonamiento de Apolonio.

«El Mexicano sólo me mira, pero no me dice ni esta boca es mía. Y, para colmo, anoche vino un guarura y me dijo que yo tenía que acompañar a Robinson y a las dos mujeres y que era una orden de Rodríguez Gacha», meditaba Apolonio, sobresaltado. «¿Mi jefe le habrá dicho a este negro forzudo que viene al timón, y que nunca he visto, que al regreso me mate? ¿Estaré viviendo una experiencia como la que viví en el Bronx de Nueva York? Sí, no puedo olvidar aquella madrugada. El carro se descompuso y yo me cagaba de miedo porque a unos pasos veía una pandilla de negros rufianes, inmóviles como las estatuas, que no hacían otra cosa que observarme y observarme, veían que yo trasteaba el carro, pero no hacían nada por auxiliarme. Y yo, aterrado, tuve que empujarlo solo, sí, yo solo, hasta que por fortuna arrancó el maldito Volkswagen», recordaba mientras se estremecía en el asiento. «¡Qué mala suerte la mía! ¡Carajo! ¡No me gustan las coincidencias! Y ahora Elizabeth viene detrás de mí y no puedo verla todo lo que yo quisiera, para despedirla con mis ojos, mis ojos que desde que la vi son suyos.»

Cody viajaba sentado entre Ava y Ulricke; su mujer iba a su derecha y Ulricke a la izquierda. Ahora él miraba al chofer negro que era una mole y a quien veía por vez primera. «Oiga, señor, usted no se preocupe; yo escogeré algunos de mis mejores hombres, ellos viven en esta zona y se conocen todos los caminos», le puntualizó El Mexicano a Cody la noche anterior. «Y mañana, señor, sin falta, estaré aquí para despedirlos. ¡Todo saldrá bien!» Sin embargo, Rodríguez Gacha no estuvo en la despedida. A Cody sólo le entregaron una carta de El Mexicano para que se la entregara personalmente a Cobreros.

En efecto, el negro chofer con su enorme cuerpo cubría todo el timón al punto de que Cody apenas podía visualizar la parte izquierda del parabrisas. Ahora Cody recordaba que le había propuesto a Rodríguez Gacha salir de noche y no temprano en la mañana. El capo ante la propuesta le dijo que no, argumentándole que la caravana atravesaría la zona donde más lluvia caía sobre Colombia. Al punto que, por esa cuantiosa pluviosidad, esa zona se había transformado en el escollo principal para los ingenieros que planeaban construir la proyectada vía Panamericana, que desde el norte atravesaría toda la costa colombiana del Pacífico en dirección al sur del continente. Debido a la rigurosa preparación que había recibido en el MOSAD, Cody estaba persuadido de que siempre moverse en medio de la noche era mucho mejor y más aconsejable que hacerlo a pleno sol.

Ava iba radiante. Rememoraba los días en que estuvo muy cerca de perder a Cody por una epidemia que inicialmente en la selva colombiana los médicos habían confundido en su diagnóstico, y por tanto erraron en el tratamiento que él requería. Dijeron que se trataba de una enfermedad viral, y no obstante, horas tras horas, Cody empeoraba: manifestaba un alto cuadro febril y muchos dolores. Por suerte, un buen día, el médico que atendía a Pablo Escobar, lo examinó y determinó que no era una enfermedad viral, sino la Leptospirosis, contagio que se contrae a través del orine de los ratones. Ese médico de inmediato dictaminó ponerle a Cody penicilina en vena y así pudo salvarle la vida. «Gracias a Dios, no lo perdí», se dijo Ava, con regocijo. «Y ahora viajamos rumbo a Iquitos y después nos iremos a Europa. Transformaremos nuestros rostros mediante cirugía y contaremos con nueva identidad personal. Libres. Seremos libres. Estuvimos aquí en Colombia muchos meses. Y Cobreros cumplió todas sus promesas al pie de la letra. Cody y yo no nos arrepentiremos nunca de habernos escondido en Colombia. Maravillosa gente. Maravillosas personas las de estas serranías». Ahora Ava sonreía mientras observaba el sombrero de la persona que iba sentada delante de ella. «Y luego conocí a Apolonio, a quien se le cae la baba por mí, el cobarde, que sin preponérselo me puso buen tiempo muy excitada cuando hacía el amor con mi marido. Y luego, mi fantástico regalo final: ¡Ulri! ¡Qué maravilla! Hasta quise que mi marido participara, pero él no quiso por razones religiosas. ¡Dios mío, cuántas cúspides religiosas usurpan a su antojo tus enseñanzas! Y Ulri y yo prometimos encontrarnos de nuevo en Hungría.» Ava se inclinó hacia adelante y buscó la mirada de Ulricke.

Pero Ulricke sólo miraba hacia su izquierda e iba ensimismada en sus propias meditaciones. Recordaba las horas pasadas con Ava y se sentía feliz por haberse reencontrado con ella. Y pensaba en Darío, a pesar de que la última conversación telefónica sostenida con él había tenido un agrio corte, y ahora se reiteraba a sí misma: «Tendrás que explicarme unas cuantas cosas, Darío, pero seguiré siendo tu colegiala enamorada. Te amo y serás mi hombre hasta que la vida decida otra cosa. Estoy loca por llegar a Bogotá y abrazarte. No hago más que pensar en ti. Ya sé que odias mis repentinas decisiones, pero cuando conversemos lograrás entenderme. Y dentro de unas horas, estaré contigo. Ah, y si me preguntas, te diré que sí, que Ava y yo hicimos el amor, sí, cual dos mujeres que poseen una sola alma, o como dos almas que conviven en un solo cuerpo, y, sí, ya lo imagino, me vas a abofetear todo lo que quieras y eso me tiene ilusionada y se me moja, porque me gusta que me pegues y no me interesan las razones ni las causas, me gusta, y yo te pediré más; y cuando te diga que no hice el amor con el hombre de la CIA, no me lo vas a creer, y tendrás deseos de arrastrarme y patearme, y así me haré la gata sumisa, más sumisa que nunca, y haremos el amor, como siempre, maravillosamente. No puedo vivir lejos de ti, Hipómenes. Pégame todo lo que tú quieras. Soy tu esclava.»

—Apolonio, ¿falta mucho para llegar? —preguntó Cody, al tiempo que le daba un afectuoso manotazo por el hombro a su celador.

—Media hora, señor Robinson —precisó Apolonio, mientras observaba el perfil del silencioso chofer—. Mire, señor Robinson, cuando pasemos aquella colina que está allá delante —indicó la elevación con la mano en alto—, tomaremos un sendero estrecho que enseguida se agranda, es una curiosa pendiente que termina ante un páramo plano y circular que se hace milagroso en medio de todo este enmarañado lomerío, los paisas de acá lo llaman "el páramo del aerolito" —rió, nervioso, porque el chofer en ese instante le echó una mirada burlona—; y, al llegar a ese páramo, aparece el mar entre dos montañas y, seguidamente, detrás, girando hacia la izquierda, nos adentramos por un sendero rodeado de una cerrada pluvisilva y bien pronto aparece como por arte de magia la pista clandestina. ¿Me equivoco, paisa? —le preguntó al chofer, tocándole el hombro.

—No, paisa, así es —aseveró el chofer.

«¡El jet!, ¡el jet!», se repetía Cody a sí mismo, excitado, mientras contemplaba la gruesa nuca del corpulento chofer. Ahora miraba hacia el frente, y, sin poderlo evitar sentía en sus adentros una ansiedad juguetona, esa que surge en los momentos en que falta poco para alcanzar una anhelada meta. Observaba la parte trasera del carro que iba delante, el cual, en correspondencia con las sobresaltadas subidas y bajadas del trayecto, de momento se alejaba y luego reaparecía ante su vista, y, apoyándose en Ava se giró y vio que detrás venía todo enlodado el tercer carro de la caravana.

En estos momentos Cody pensaba en los largos meses que se fueron amontonando durante su obligado asilo selvático para poder burlar los tentáculos del MOSAD, que lo buscaban por doquier; y memorizaba los cinco cambios de refugio que debió hacer con Ava bajo la égida y resguardo de la gente de Rodríguez Gacha —capo que en realidad el *katsa* había visto en muy pocas ocasiones. Primero, el traslado desde Medellín a la profunda Florencia, luego, desde esos parajes recónditos hasta los alrededores de Medellín, y, finalmente, hacia Chocó; y repasó en su mente cuando por poco en Florencia pierde la vida por una grave enfermedad, ante la cual erraron el diagnóstico los primeros médicos que lo atendieron.

Cody recordaba las recientes y raras noches vividas con Ava y Ulricke, y los misterios que se abrieron y cerraron en el lecho a lo largo de esas pocas noches; no olvidaba los gemidos de las dos mujeres que indicaban cómo se entregaban a los hundimientos libidinosos que él desconocía, ante los cuales tuvo el valor de no inmiscuirse por la educación religiosa que había recibido de su madre y de los rabinos; si bien el hebreo no pudo en modo alguno —enfebrecido de placer y hasta de forma huidiza y oportunista— dejar de hacer el amor con Ava, muchas veces, casi a escondidas, y en ocasiones bajo los atentos ojos de Ulricke cuando no podía evitarlo.

Cody había comprobado sobre la base de esas novedosas experiencias sexuales, que ya estaba por fortuna en una edad madura que se le presentaba inteligente: le daba la singular capacidad de disfrutar que Ava fuera feliz y gozara profundamente cada segundo que arribara pujante o sigiloso en compañía de Ulricke, a veces con las luces encendidas, también en penumbras y hasta en la oscuridad más cerrada.

El trayecto permitía meditar en lo que le deparería el destino europeo escogido por él y cómo demostraría ante los colegas del MOSAD que estaban completamente equivocados respecto a su persona y a su fidelidad a Israel y su familia Y sus pensamientos derivaron a su madre, a quien amaba y respetaba.

«Madre, ya tendré el modo de hacérselo saber a todos: no soy un traidor. Pertenezco al judaísmo reformista. Usted, madre, lo sabe. Asesinar palestinos, como bien usted me decía, no es el camino para lograr la paz. Tan pronto Ava y yo logremos modificar nuestra fisonomía y nuestra identidad, ambos nos pondremos a trabajar y a conformar nuevos derroteros, en sus inicios con la ayuda de Cobreros en Europa, quien, es justo reconocerlo, hasta estos momentos, no me ha fallado en ninguno de los compromisos contraídos conmigo, y después haremos cosas grandiosas para los niños y la juventud. Madre, si Dios me lo permite, le demostraré quién es este hijo que trajo al mundo. En este mundo, madre, habitado por malvados que no descansan un minuto en hacerles el mal a los demás, estará erguido su hijo para hacer el bien, el bien que los seres humanos necesitan y reclaman. Asesinar árabes y persas, madre, no es el camino y usted lo sabe mejor que yo. ¿Recuerda, madre, nuestras festividades? La Rosh Hashaná, la del inicio del año, y la Fiesta de las Luminarias, una de mis preferidas, con el candelabro de las ocho velas que tanto me gusta, y usted, madre, encendía la última vela abrazada a mí. Me siento orgulloso de usted, madre, y su hijo no le fallará. Yo ganaré, madre, yo ganaré esta porfía.»

Cuando la caravana desembocó en el páramo, el tramo se hizo tan largo y espacioso ante las miradas de todos que Ava quedó asombrada al divisar en los contornos las taguas de corona frondosa y los erguidos frailejones con sus anchas hojas aterciopeladas de color amarillo. Sin pedirle permiso a nadie, Ava bajo la ventanilla del carro para recibir el aire húmedo y celebrar los frailejones que tanto placer le provocaban.

—¡Miren, miren! —gritó Ava, al tiempo que estiraba el brazo y tocaba con la mano izquierda a Ulricke y con la otra mano halaba a Cody hacia sí—. ¡Qué maravilloso espectáculo! ¡Dios mío! ¡Qué hermosa despedida!

En el momento en que Ava quiso registrar con sus ojos cómo estaban los semblantes de Ulricke y de Cody ante el majestuoso panorama que en ese instante le ofrecía la naturaleza, un impacto sacudió su cabeza. Era un disparo preciso de arma de fuego. El dorso de Ava, con la cabeza desbaratada y los cabellos ensangrentados, cayó sobre las rodillas de su esposo. Cody, el hombre que había sido entrenado para enfrentar y vencer peligros de muerte, enseguida se dio cuenta de que había llegado lo inesperado. Como primera reacción con su brazo derecho abrazó a Ava y con el izquierdo trató de dar inmediata protección a Ulricke, y con los dedos de la mano izquierda trataba de abrir la puerta recordando lo que le había advertido a El Mexicano: era mejor moverse de noche que de día. «¡Madre, yo ganaré!», ese fue el último grito de guerra de Cody ante su último respiro, y en medio de una explosión atronadora que no tardó en llegar e hizo que el *katsa* fugitivo supiera que esos fragmentos de nubes iluminadas y hierros retorcidos que giraban con él eran la postrera visión de sus moribundos ojos.

Segundos antes, el chofer y Apolonio se habían lanzado del carro disparando con sus armas de fuego hacia todas las direcciones. Tiros certeros que arribaron de los distantes matorrales se encargaron de matarlos a ambos de modo puntual e impecable. Los otros dos carros, que habían hecho de cola y retaguardia de la caravana, volaron en pedazos con sus ocupantes como lo hiciera el primero. El mortífero fuego de las bazucas demostraba que los hombres que empuñaban las potentes armas sabían operarlas con el desempeño de una tropa de élite bien adiestrada.

Niman y sus hombres habían esperado desde horas tempranas a que la caravana desembocara en el páramo que se hallaba a un kilómetro de distancia de la pista clandestina. El jefe de los *kidons* había determinado que Darío y Muñoz se mantuvieran a su lado, y que cuatro hombres formados en parejas tomaran posición a ambos lados del descampado. En cada pareja, un hombre observaba con los instrumentos requeridos y el otro, fusil en mano —modelo británico L96/AWN—, hacía de francotirador; de modo que, de agotarse el esfuerzo de concentración de uno de los dos hombres de la pareja, entonces intercambiarían los papeles sin abandonar el permanente principio de que uno empuñara el fusil y el otro observara el camino por donde debía aparecer la caravana. La otra pareja de los *kidons*, más Arón, serían los encargados de operar las afamadas bazucas rusas —modelo RPG 7—, con las cuales apuntarían a cada uno de los carros de la caravana.

Darío, hasta el preciso momento en que vio aparecer los carros, pensó con esperanza que Ulricke a última hora había decidido cambiar de plan, y por ello había ordenado a Patxi que no se moviera de su sitio hasta tanto no arribara la mañana del miércoles. Con unos binoculares, Darío pudo constatar, con gran desesperación en sus adentros que supo controlar, que la joven iba en el segundo carro de la caravana que transportaba a los fugitivos.

Al ver los carros que volaban por los aires, Darío sintió un nudo en la garganta y hasta sintió deseos de llorar, pero se dio cuenta en pocos segundos de que él sabía hacer cualquier cosa menos llorar. Ni siquiera lo había hecho cuando supo que a su padre lo habían matado. Sus ojos estaban acostumbrados a la sequedad del desierto, aunque incluso en ocasiones su corazón acelerara su repiqueteo al ser azotado por fuertes emociones.

Cuando Darío llegó a la casa de Arón, en los alrededores de Bogotá, se reunió con Patxi. Y se despidió parcamente de Niman, luego de que éste preparara y le leyera un comunicado que saldría al día siguiente en los diarios colombianos, mediante el cual los Pepes asumirían orgullosos la autoría de la masacre de una tropa numerosa de la gente de Rodríguez Gacha en las cercanías de la costa del Pacífico y, por supuesto, que ellos proseguirían en su lucha hasta eliminar a El Mexicano y a Pablo Escobar.

Leandra, la uruguaya, no apareció ni para dar las buenas noches ni para ofrecer un trago ni un café a la exhausta comitiva de los *kidons*. Este pormenor llamó la atención de Arón, más decidió disculparla ante el grupo diciendo que estaba indispuesta.

Darío en la terraza de la segunda planta miró hacia lo alto y vio una luna metálica que bañaba la ciudad y los cerros colindantes, y pensó que así debía de estar iluminado, bajo ese mismo plenilunio, el páramo donde yacían los restos de la terca e inolvidable Ulricke.

En la Corte de Justicia de Los Angeles, donde se enjuiciaba a Alvarado, el juez McDowell determinó que se hiciera un receso de unos quince minutos. Tucson se encaminó a un salón para fumar y estar a solas. Tan pronto encendió el cigarro, vio entrar al juez Bonner. Ese juez era poco conocido por el agente, si bien Mora y otros colegas siempre expresaban la mejor opinión acerca de su pericia a la hora de conducir los juicios.

El juez saludó a Tucson y se le sentó muy cerca después de encender su cigarro.

—¿Cómo está, Rangel? —preguntó Bonner con voz afable

—Bien, señoría, dentro de lo que cabe —repuso Tucson.

—Lo veo preocupado.

—Sí, señoría, lo estoy. Nuestro juicio se prolonga más allá de lo debido.

—Tenga paciencia. Usted verá que todo saldrá bien. Me han dicho que las acusaciones y las pruebas mostradas contra ese médico son sólidas.

—Precisamente —trató de detenerse, pero no pudo—. Tal vez si usted, señoría, estuviese presidiendo ese juicio, ya hubiese terminado, y a nuestro favor, seguro.

—Rangel, no trate así al juez McDowell, por favor, él es competente. Ningún juicio se parece a otro. ¡Pero hombre, no se preocupe! ¿Sabe? Yo sé que a usted lo están desacreditando a través de la prensa, aunque no les haga el más mínimo caso a esas arremetidas contra su persona. Yo respeto mucho a los hombres que tienen los huevos que usted tiene, Rangel. Y disculpe que se lo diga de ese modo. Sí, Rangel, yo en lo personal lo admiro mucho. Ojalá en la DEA abundaran agentes como usted. Créame.

—Gracias, señoría, por esos elogios —estaba impactado, pues no esperaba esas palabras de parte del juez—. Pienso que viniendo de usted, realmente son alentadoras. Se lo agradezco. De veras.

—Cumplo con mi deber —aplastó el cigarro contra un cenicero y se levantó—: Bien, debo regresar a lo mío. Pero no se olvide de una cosa que voy a decirle. Escúcheme bien, Rangel, puede que dentro de un mes su vida cambie. Adiós.

Y Tucson, que aún no lograba salir de su asombro después de escuchar el intrigante comentario del magistrado, vio cómo le estrechaba la mano y luego con paso lento se dirigía a la salida. La puerta se cerró tras el juez y el agente siguió mirándola por algún rato. «¡Carajo, últimamente me suceden cosas raras», se dijo.

Gal se había esmerado en la preparación de la comida italiana que le había ofrecido a Tucson. Sin embargo, estaba inquieta, y no por los preparativos culinarios y sus resultados, los cuales continuamente su invitado elogiaba, sino por su propio comportamiento que a su juicio no era tan agresivo y convincente como había planificado con suficiente antelación. Tampoco debido a Naida. Y concluyó, segura de sí misma: «Se trata de mí, pues yo me veo de mil maneras, y, al final, cuando debo actuar no soy más que una pendeja», se decía sin ningún tipo de indulgencia.

—Tucson, ¿no me vas a decir nada sobre la extradición tuya hacia México que prepara Sachs y sobre esa comisión del FBI que te va a entrevistar? —preguntó.

—No, Gal, hablemos de otras cosas, por favor.

—Y bien, ¿sobre qué quieres platicar?

—Gal, quiero que seas la primera en saberlo: Naida quería tener un hijo mío y ya viene en camino. ¿Qué te parece?

—¡Oh, vaya, qué maravilla, Tucson! —estaba más que sorprendida y ahora reaccionaba de modo inteligente, como suelen hacerlo las mujeres enamoradas y están dispuestas al sacrificio total; de repente, sintió un fastidioso amargor en la boca—. ¡Fantástica noticia!

—Ya no soy tan joven, Gal —se recostó hacia atrás y extendió los brazos a todo lo largo del espaldar del sofá—, pero esa novedad, en medio de toda esta debacle que estoy viviendo, no deja de ser un bendecido aliciente.

—Así es la vida de maravillosa, ¿no?

Gal se bebió hasta el fondo todo el whisky que quedaba en su vaso. Se levantó, y, sin decir media palabra, se dirigió a su recámara. «¡Maldita, maldita seas, Naida, todo lo has logrado con tus ecuaciones mentales y esos hermosos ojos que tienes!», pensó Gal bajo el influjo de un nuevo quebranto.

Tucson pensó que Gal había decidido ir al baño o en busca de algo, y se puso a contemplar por enésima vez las siete reproducciones de Goya que estaban expuestas en la pared, los famosos grabados alusivos a la guerra de España contra Napoleón en 1910; eran unas preciadas réplicas obsequiadas a Gal por su padre.

Ella demoraba en regresar. Y Tucson no podía sospechar que la noticia sobre la gestación de Naida la había demolido totalmente. No podía ni siquiera intuirlo, pues no tenía el menor indicio de que el sentimiento de Gal hacia él se había fortalecido y que ahora parecía estar desbocado.

Tucson encendió un cigarro y se sirvió otro trago. «Dentro de un rato me voy, mañana tengo muchas cosas que hacer, además de que regresa Naida. Hace una semana que me falta y a mí me parece una eternidad. ¿De veras Naida querrá ponerle mi nombre al bebé? Es que ese nombre...»

Sus mediaciones fueron fulminadas por un acontecimiento que jamás hubiera podido imaginar: Gal reaparecía en la sala completamente desnuda, sólo con una bufanda roja enrollada en el cuello. Las puntas de la bufanda caían hacia atrás. Ella caminaba temblorosa hacia él. Tucson se levantó, atónito.

—¡Gal, por favor, qué haces! —exclamó sin poder quitar la vista de los senos y de su deslumbrante desnudez.

—¿No te gusta el rojo en mi cuello? —preguntó ella, mordaz, mientras ya estaba muy próxima al hombre que amaba en secreto y que esa noche no le había hecho ni un solo elogio a su glamorosa blusa roja.

Gal se detuvo con la mano en alto y le lanzó una cachetada que apenas rozó la cara de Tucson, estaba entrenado para evitar disímiles e imprevistas agresiones físicas. La mano derecha de Gal ahora estaba fuertemente agarrada por Tucson.

—¿No te gusto, eh? —ella preguntó con la furia estacionada en sus ojos—. Por eso quiero abofetearte, cabrón, para que te des cuenta de que estoy enamorada de ti como una perra. ¡Y ahora me importa un carajo lo que pienses de mí!

Tucson comprobó en pocos segundos que los deseos de Gal por poseerlo estaban totalmente desbordados. Y entonces, remolcado por un deseo insaciable y antiguo, la besó con una violencia que semejaba haberla tenido almacenada durante mucho tiempo. Él se olvidó de todo y dejó que ella le quitara la ropa de manera atropellada y se echaron sobre la alfombra e hicieron el amor. No decían una sola palabra. Sólo hacían el amor de modo concentrado, como un par de veteranos amantes que ya se conocían desde hacía muchos meses.

Cuando el sol mañanero irrumpió a través de la ventana en la recámara de Gal, enseguida Tucson constató que ella no se encontraba en la cama. Se aseó, se vistió y salió de la habitación, entonces vio que sobre la mesa del comedor había café, jugo de naranja, huevos estrellados y rodajas de pan con mantequilla. Desayunaron sin pronunciar media palabra ni dejarse de mirar a los ojos.

—¿Qué pensabas de mí, eh? —comentó ella, al tiempo que le acariciaba con ternura una mano.

—No sé. Anoche te veías preciosa con esa blusa, pero no tenía el valor de decírtelo. Aunque, pensándolo bien y echando una mirada hacia atrás, tuve momentos en que yo pensaba que tú eras una lesbiana de los años treinta, algo así, y eso quizás me tenía desorientado.

—¡Cabrón! —ella rió y le dio un manotazo en el hombro—. ¿Yo, lesbiana? ¡Vaya! Díselo a Naida, para ver si vivimos juntos los tres. A mí, por ti y sólo por ti, ¡me encantaría!

—No cuentes con ella para eso —sonrió—. La conozco bien.

—Lo sé. Bromas son bromas. Hace mucho que yo sé que no podré compartirte con ella ni con ninguna otra. No soy tonta y no me gusta ilusionarme con esas pendejadas. Bueno, fatalidad, qué quieres que diga. Y sé que tú la amas como un desquiciado.

—Cierto. A ti también te quiero, pero de otra manera, y ya eso lo sabes.

—No te preocupes, que nadie sabrá de este maravilloso accidente nuestro. Para mí: ¡maravilloso accidente! Superaste todas mis expectativas. He despertado de un extraordinario sueño que sólo tienen las princesas en los cuentos de hadas.

—Sabes, Gal, yo también pienso lo mismo; ahora perdóname, debo irme.

—¿Te puedo decir un secreto?

—Por supuesto.

—Esta noche que me has regalado, ¡ha sido una noche muy padre! ¡Bellísima! —se llevó los dedos a la boca—. Pero de aquí, de estos labios, no saldrá absolutamente nada. Puedes estar tranquilo.

—Lo sé, Gal —le acarició el rostro—. Eres maravillosa. De veras.

Cuando Tucson atravesó la sala, se detuvo unos minutos para contemplar las reproducciones de Goya. Observó el cuadro que mostraba el fusilamiento del 3 de mayo de 1814, hecho que motivó la altísima y elevada protesta del célebre pintor. Luego se detuvo ante los otros cuadros, en uno de los cuales aparecía un hombre arrodillado, con los brazos abiertos y su rostro mísero y suplicante, como el que ruega en medio de un desierto de tinieblas. Luego se fijó en otra de las reproducciones donde Goya delineaba la inhumana prisión y tortura de un hombre con el garrote en el cuello ante la tenue luz de una vela, y en los otros cuadros sobresalía el hambre y la muerte brutal como muestra de una realidad abrumadoramente aplastante.

Y en esos momentos, Gal lo presentía, seguramente Tucson estaría pensando en Camarena y en sus torturadores, en sus otros amigos muertos a manos de los narcos, en los ataques contra su persona a través de la prensa, en el disparatado anuncio de su extradición a México mediante macabra iniciativa de Sachs, y en la confrontación humillante que sostendría esa tarde con la comisión del FBI.

—Remy, jamás te habías fijado tanto en esas pinturas —comentó ella, dándole un cálido beso en la mejilla.

—Será que nunca como ahora había tenido la oportunidad de apreciar tan de cerca la maldad de los hombres —se giró hacia ella—. Gal, ¿por qué habrá tanta crueldad entre los hombres?

—No se sabe el porqué, Remy —lo abrazó por largos segundos, lo volvió a besar y luego lo miró con una mirada dulce y serena que él percibió por vez primera; y con suave voz, adicionó—: Vete, por favor, que hoy tienes esa maldita entrevista con los del FBI y el regreso de tu Naida.

Y Tucson se marchó.

XXX. Cambiar de problemas

Era un día soleado. La claridad penetraba a través de los ventanales y se esparcía radiante por las paredes y los techos de madera preciosa de la Corte. Había una mosca intrusa que caminaba por la baranda del estrado de los testigos, pero Alvarado sólo la observaba y no tenía intención alguna de espantarla. «Debo seguir al pie de la letra las orientaciones que me dio Donnor, sí, que fui maltratado luego de mi llegada a El Paso», se decía, mientras escuchaba las preguntas del fiscal.

—¡Santo cielo, acusado! —bramó Mora, al tiempo que se paseaba delante del estrado de los testigos—. Veamos si puedo comprender lo que usted acaba de expresar ante esta Corte. ¿Usted dijo que atendía al abuelo de ese asesino que se nombra Aristarco porque confrontaba padecimientos de la próstata y que por ese exclusivo motivo usted visitaba la hacienda donde ultimaron a Camarena y a Zavala?

—Sí, así fue, yo atendía al abuelo de Aristarco —replicó el acusado con vos turbada.

—Responda en voz alta, acusado —machacó Mora—. ¡Santo cielo! Repita de nuevo ese argumento ante el Gran Jurado.

—Que sí, dije que sí —repuso Alvarado, con voz saltarina—. Mire, Aristarco y yo nos relacionábamos porque su abuelo estaba enfermo y yo como médico no podía negarme a atenderlo. Sí, yo lo atendí y eso no lo niego. Ningún médico puede hacerse de rogar para atender a un enfermo.

—Señor, Alvarado —Mora parecía silabear las palabras—, ¿usted es ginecólogo o es urólogo?

—Su Señoría, objeción —lo atajó Donnor—. El señor fiscal está tratando de entrampar de modo capcioso a mi defendido.

—Señor, Donnor —lo interrumpió el juez McDowell—. Su objeción está denegada. Las preguntas del señor fiscal se ajustan perfectamente a lo que quiere examinar. Prosiga, señor Mora.

—¿Usted, acusado —reiteró Mora—, posee algún título que lo faculte para examinar problemas de urología?

Alvarado miraba hacia el abogado defensor, deseaba encontrar alguna interrupción o señal visual de Donnor que en esos momentos lo auxiliara. Y ahora veía que la mosca que merodeaba sobre la baranda del estrado, se mantenía inamovible casi a medio metro de sus corpulentas manos. Al médico se le veía desorientado.

—Responda mi pregunta, acusado —instó el fiscal.

—No, en realidad yo atendí al abuelo de Aristarco porque...

—Acusado, una vez más —insistió Mora—, le ruego que responda la pregunta que le hice y no se vaya por la tangente.

—No, sólo soy ginecólogo y no poseo estudios ni documento alguno que me faculte como urólogo.

Mora vio que los integrantes del jurado se miraban entre sí sorprendidos, y al escuchar murmullos desaprobatorios en toda la sala, no perdió tiempo para continuar en su cerrado ataque contra el acusado.

—Ya vamos entendiendo, acusado, por qué un ginecólogo como usted, tan solícito y dispuesto a realizar iniciativas médicas en otros campos y...

—Objeción, Señoría —clamó Donnor—, el señor fiscal comienza a hacer elucubraciones a partir de la respuesta que mi defendido acaba de darle. Pido, Señoría, que la fiscalía concrete las preguntas y deje de especular.

—Señor fiscal, por favor, sea específico en sus preguntas —precisó el juez McDowell.

—Correcto, Señoría —al fiscal no le había gustado para nada que McDowell se acoplara al reclamo de Donnor, mas decidió hacer otras preguntas de manera más incisiva y con buena dosis de ironía—. Acusado, ¿usted, estuvo o no en la escena del crimen?

—Sí, pero sólo bajo las condiciones que ya precisé.

—O sea, ¿usted ese día sólo estuvo en esa hacienda de Zayas para atender al abuelo del asesino Aristarco? ¿Eso es correcto?

—Correcto.

—¿Usted, acusado, niega haber inyectado varias veces con lidocaína a Camarena para reanimarlo y así garantizar que Aristarco y sus secuaces prosiguieran torturándolo?

—Por supuesto, yo nunca haría una cosa tan deleznable como esa.

—Sin embargo, señor Alvarado, dos testigos presenciales en la escena del crimen, atestiguaron ante esta Corte que a usted lo vieron cuando le ponía bolsas de plástico en la cabeza a Camarena para asfixiarlo y le quemaba el pecho con pólvora. ¿Usted también niega haber llevado a cabo esas acciones tan deleznables, como usted mismo las acaba de calificar?

484

—¡Dios me libre, señor fiscal! De ninguna manera. Yo jamás haría tales monstruosidades.

—¿Acaso sabría decirnos, señor acusado, por qué las jeringuillas y las bolsas de plástico que se mostraron ante este Gran Jurado por parte de las autoridades forenses, como evidencias irrefutables encontradas en la escena del crimen, tienen sus huellas digitales?

—Lo desconozco. Deben ser personas que sin duda han conspirado contra mí.

—¿Acusado, qué dijo?

—Que lo desconozco, señor fiscal. Y que deben ser enemigos míos que quieren destruirme.

—¿Y dónde pudieran estar agazapados esos enemigos suyos, señor Alvarado? ¿Entre los narcopolíticos y los narcotraficantes? ¿O están entre los elementos de los cuerpos armados que operan en complicidad con la narcoviolencia?

—En realidad, no lo sé, señor fiscal. Puedo decir, por ejemplo, que el agente Rangel me presionó para que yo declarara tan pronto llegué a El Paso; sobre todo que dijera si yo había colaborado con los torturadores de Camarena.

—Pero en esta Corte pudimos ver algunas filmaciones en las cuales el señor Rangel demuestra que a usted en ningún momento se le maltrató ni se le obligó a hablar. Por el contrario, acusado, esas filmaciones, e incluso las grabaciones que se le hicieron a usted mediante parlamentos de su exclusiva iniciativa, a todas luces demuestran que a usted se le trató con decencia y se le advirtió también que guardara silencio porque todo lo que usted dijera podía ir en su contra: advertencia Miranda, acusado, lo supo en su momento. ¿Usted mismo no pudo ver en esas filmaciones que usted no recibió un solo golpe, ni un empujón ni una sola magulladura? ¿Es así, acusado, o me equivoco?

—Sí, pero de todas maneras, el señor Rangel me presionó en términos psicológicos, y él lo sabe.

—¿Acaso pudiera decirnos, señor acusado, por qué en la escena del crimen aparecieron las huellas de su ADN?

—Eso también lo desconozco.

—¿Qué dice, acusado?

—Que eso también lo desconozco, señor fiscal.

—Entonces, señor Alvarado, lo único que usted acepta es que la razón exclusiva por la cual usted visitó ese día la escena del crimen se debió a que usted en calidad de amigo de Aristarco deseaba atender los padecimientos prostáticos de su abuelo, a pesar incluso de no ser urólogo. ¿Fue así, señor acusado?

—Así fue, señor fiscal.

—No escuché muy bien lo que dijo, acusado; ¿puede repetirlo en alta voz, por favor?

—Dije que sí, señor fiscal, que fue así.

Mora se acercó a su mesa de trabajo y revisó unos apuntes, tiró de las solapas de su chaqueta como le era característico, luego dio unos pasos hacia el estrado de los testigos, y comentó en voz alta delante del acusado:

—Una última pregunta, señor Alvarado, ¿cómo usted calificaría a las personas que masacraron al agente Camarena?

—¿Cómo?... —titubeó el acusado.

—Señor Alvarado —reiteró el fiscal—, le pregunto: ¿cómo usted calificaría a los que masacraron al agente Camarena?

—¡Protesto, Señoría! —clamó Donnor.

Los dos hombres hicieron pasar a Tucson. Se sentaron sobre unas sillas poco holgadas y con patas de aluminio que se hallaban dispuestas alrededor de una mesa redonda. Reinaba una tensa atmósfera entre la pareja de los oficiales del FBI y Tucson.

Cualquiera diría, por la rara y nada amigable expresión reflejada en el rostro de los reunidos, que estaban listos para desatar a la primera señal una explosiva confrontación, pues en ese local flotaban ocultos resortes que podrían desanudar una tormenta.

Howard, el jefe de la comisión de los entrevistadores, sostenía cara de justo juez, aunque los ojos se les movían constantemente como si estuviera a punto de tener un derrame cerebral. El oficial que lo secundaba se nombraba Grossi y tenía semblante de cañón con par de ases escondidos en la mente.

Los hombres del FBI estaban vestidos con traje, cuello y corbata. El agente, sin embargo, llevaba el porte del *gunslinger* de la DEA, pues deseaba platicar con los funcionarios del FBI con ese provocativo perfil que supo facturar durante años cuando tuvo que operar en las entrañas de la narcoviolencia.

—Tucson, ¿cómo va el juicio del médico secuestrado? —preguntó Howard, al tiempo que apareaba sobre la mesa un block amarillo con hojas sueltas blancas y diversos bolígrafos.

Antes, Grossi, su colega, había echado a andar una grabadora para registrar el intercambio.

—¿Qué? —precisó Tucson—. ¿Ustedes me han citado para saber cómo marcha ese juicio que no tiene para cuándo acabar? Por favor, señores, les ruego que vayamos al grano. No sé ustedes, pero yo tengo demasiado trabajo.

—Sea amable, Tucson —terció Grossi, sin mirar siquiera a su jefe—, y abandone esa altanería.

—Pues no tengo otra manera, Grossi, cuando compruebo que mi propia gente pone en tela de juicio mi trabajo.

—Es bueno que sepa, Tucson —dijo Grossi—, que respecto a usted se analiza hasta la posibilidad de que sea extraditado a México para que allí sea juzgado ante los tribunales.

—Muerto —replicó Tucson; gracias a Mayer sabía por dónde irían los tiros—. Únicamente muerto entraré a México. Así de sencillo, Grossi. Tengo a mi favor haberles impuesto unas cuantas cadenas perpetuas a los que asesinaron a Camarena, por lo cual dudo mucho que en México quieran verme vivo.

—Exprésese correctamente, Tucson —aseveró Grossi en tono ríspido y dominante—, y ayúdese, por favor. Su situación como agente de la DEA es bastante delicada y por tanto usted debería...

—¡Hombre, Grossi, qué rayos te pasa! —lo atajó Howard, imperativo—. ¡Demonios, contrólate! ¡Yo soy el que lleva las riendas de todo esto! ¿O no?

Un silencio cerrado de largos segundos se apoderó del ánimo de los reunidos.

—Discúlpame, Howard —dijo Grossi, con la cabeza ladeada—. Es que el señor Rangel ha sido insolente. Y bueno, qué se puede esperar de un hombre que hizo un informe contra la CIA, ¡bah!

—¿Qué, Grossi, acaso usted participó en la operación Irán-Contra? —objetó Tucson, en tono cortante, a quien le acababan de encender la mecha corta que llevaba en sus adentros—. Entérense de una vez, señores: yo hice ese informe sobre algunas peripecias bastante dañinas y vergonzosas de la CIA, y no me arrepiento, y en realidad me importa un bledo lo que usted y otros colegas suyos piensen de mí.

—¡Grossi, por favor! —Howard se levantó y dio un manotazo sobre la mesa, agarró el block amarillo y le ordenó a su colega—: ¡Salgamos un momento, Grossi! Con su permiso, Rangel, enseguida regresamos.

Tucson, impresionado ante la inusual escena, gozoso, vio cuando los dos oficiales de forma malhumorada abandonaban el recinto. Y hasta pudo escuchar a través de la puerta cerrada el murmullo de las voces mientras intercambiaban opiniones. «Par de pinches pendejos», pensó Tucson. «Parecen unos locos de mierda, pero si ellos conmigo no se controlan, no van a dejar de halarse las orejas unas cuantas veces. ¡No digo yo!»

Poco después retornaron los entrevistadores del FBI.

A Grossi se le veía calmado, pero tenía el cerrado semblante del hombre que fue reprendido y en lo adelante, cuando menos, cuidaría sus palabras.

—Rangel —dijo Howard—, queremos saber cómo usted ideó el secuestro del médico Alvarado.

—No quiero ser pedante, Howard —repuso Tucson—, pero yo no estoy autorizado para hablar con nadie acerca de las operaciones encubiertas de la DEA, y usted debe saber por qué.

—Perfectamente, Tucson, tome —Howard le extendió un documento firmado por Sachs, donde se le autorizaba a que podía informar ante el FBI sobre ese operativo, y a continuación adicionó—: Su jefe me dijo que si usted tenía duda que lo llamara.

—¿Eso le dijo? ¡Vaya! ¿Sachs creerá que yo me inventé lo del secuestro del médico? —comentó Tucson, mientras leía con calma el documento y veía al pie la firma de Sachs, el jefe de la DEA, su agazapado enemigo, que con ese certifico no hacía otra cosa que lanzarlo al redil de los leones.

—Bien —prosiguió Tucson—, yo a la jefatura de la DEA le hice dos propuestas de personalidades a secuestrar que formaron parte del gobierno lamadridista y decidieron lo de Camarena: al exSecretario de Gobernación y al exSecretario de Defensa; también propuse a una tercera persona, a Hernán Alvarado. Y en base a ello se decidió secuestrar al médico para que enfrentara la justicia norteamericana. Así se decidió y eso me lo ordenó Crawford, quien era mi jefe en ese entonces.

—¿Por qué se decide secuestrar al médico y no a los otros dos? —demandó Howard.

—Desconozco —respondió Tucson; ahora veía en el semblante de los interrogadores ojos extrañados—, y nunca lo pregunté. Sólo procedí a preparar el operativo para llevar a cabo el secuestro del médico.

—¿Sería el sujeto menos problemático, no? —dijo Howard.

—Puede que sí —repuso Tucson—. Sí, eso me pasó por la mente, pero no lo quise precisar. Ya ustedes saben, las órdenes se cumplen y punto. Aunque sabemos que los pejes gordos son los pejes gordos, ¿no? Tal vez fue por eso. Quizás se escogió a la persona menos problemática a fin de no dañar las relaciones de

Estados Unidos con México, pero ahora me introduzco en el campo de las elucubraciones y ese no es mi fuerte.

—¿Y cómo preparó el operativo, Rangel? —dijo Howard.

—¿Qué? —abrió los brazos hacia los costados—. ¿Acaso ahora enfrento examen sobre alguna asignatura que se me haya impartido en alguna academia de la DEA y yo la haya olvidado? Por favor, y no quiero que ustedes se disgusten con lo que voy a decirles, pero si a uno de nosotros, por ejemplo, nos ordenan que debemos robar un banco, manos a la obra; y uno preparara las condiciones para atracarlo y no ser atrapado, ¿es así, o no? Y bueno, señores, que yo sepa, aún no existe ninguna asignatura en nuestras academias en la cual se nos enseñe cómo demonios secuestrar a una persona.

Tucson ahora estaba decepcionado y lo había manifestado de manera franca. Y de repente, Howard y Grossi, quizás algo extraviados en los propósitos a alcanzar en la plática, se dieron cuenta de que no tenía sentido alguno ponerse a escarbar en esa dirección. Sobre todo Howard, confuso, se percataba de que esa entrevista podía caer en un círculo vicioso.

—Por favor, Rangel —terció Grossi, con simulada voz afable, sin dejar de mirar a su jefe—, al menos debería explicarnos cómo organizó dicho secuestro. Vaya, muy por arriba. Digamos, una explicación lo más sencilla que pueda ofrecernos, y así damos por terminado este enmarañado capítulo —y, ahora, en tono fingidamente jovial, preguntó a su jefe—: ¿No te parece, Howard?

—Así es —sentenció el jefe de la pareja.

Tucson explicó con calma y en forma sucinta, cómo se había organizado y llevado a cabo el secuestro de Alvarado.

Al final, luego de formularse alguna que otra pregunta sin importancia, Howard dio por terminada la entrevista, y los tres hombres puestos de pie se estrecharon la mano con frialdad, aunque de modo cortés.

Cuando Tucson se marchó, Howard le comentó a su áspero colega:

—Grossi, todo lo que hay detrás de ese secuestro, es mucho más complejo y delicado de lo que en principio nos informaron.

—¡Bah! ¡Me lleve el diablo, jefe! ¡No sé de dónde carajo sacaron que ese Rangel está acorralado! —dijo Grossi, con media sonrisa en el semblante y unos ojos que parecían haberse rendido ante la cabezonería del entrevistado.

Nadie en el Gran Jurado, mucho menos el fiscal, sabían por qué Donnor se paseaba ante todos con cara de aleluya. El alegato de Mora en el cual desgranó las evidencias testificales y forenses que obraban en contra del acusado, había sido demoledor en sus conclusiones. Sin embargo, Donnor inició su alegato, sonriente, aunque luego su rostro cobró la seriedad que se requería. No obstante, el tono de su voz en muchas ocasiones, era algo burlón y desafiante.

—Señoría, señores del jurado —dijo Donnor—, he podido escuchar con atención la exposición final del fiscal Mora. Y debo puntualizar ante esta Corte que esas evidencias presentadas en contra de mi defendido, son hijas de la confesión de hombres que han actuado con doblez en las entrañas de la narcoviolencia. Y como habremos de suponer, se requiere de mucha cara dura para dar a entender lo que no se siente. Son acusaciones de hombres pagados por la DEA que convivían en las madrigueras de los narcotraficantes. De manera que, teniendo a nuestro favor la suspicacia, esa cualidad humana que nadie puede arrebatarnos, pudiéramos deducir, por qué no, que mi defendido también pudiera tener enormes orejas y hasta una cola de elefante. ¿No? Sí, señores, no nos asombremos; si esos testigos que desfilaron por esta Corte e hicieron sus confesiones, hubieran podido sugerirnos que mi defendido posee de modo armonioso todos los atributos físicos de un paquidermo, nosotros no tendríamos otra suerte que creerlo. ¿O no, señores?...

Y así continuó Donnor con su exposición, y descartaba una tras otra, cada evidencia incriminatoria presentada por la fiscalía. Expuso Donnor, entre otras cosas, que esas jeringas y bolsas de plástico presentadas como pruebas con huellas dactilares de su defendido, empleadas para la presumible tortura de Camarena, pudieron haber sido extraídas del consultorio privado de su defendido y no de la escena del crimen. Igualmente aseguró que las pruebas del ADN eran de dudosa efectividad, dado que aún esos análisis estaban en ciernes y por tanto no tenían credibilidad.

No obstante, al concluir Donnor su alegato, los integrantes del jurado se miraron entre sí, con la innegable impronta en sus miradas, de que ellos no requerirían de mucho tiempo para emitir el fallo.

Pero, sorpresivamente, el juez McDowell tomó la palabra y expuso:

—Señores del Gran Jurado, señor fiscal, señor abogado de la defensa, como ustedes conocen, no es mi costumbre impedir que los integrantes del Gran Jurado deliberen para luego dar a conocer su veredicto. Sin embargo, es mi deber actuar e impedir que tales deliberaciones se lleven a cabo; en estos momentos me veo en la incómoda obligación de tener que apartar esa costumbre que siempre ha caracterizado mi obrar como juez. Honorables señores, dado que yo entiendo que las evidencias presentadas por la fiscalía a lo largo de este proceso judicial no son, ni poseen, la suficiente veracidad para condenar al acusado, por tanto, en uso de las facultades que me están conferidas por la ley, doy por terminado este juicio y por tanto declaro inocente al señor Hernán Alvarado.

Mientras Donnor y su equipo de trabajo se abrazaban y congratulaban de modo efusivo al médico mexicano, el rumor de asombro y repulsa que ahora se desataba en el seno del Gran Jurado y por parte de todos los presentes en la Corte de Justicia de Los Angeles, se hacía incontrolable. Varios golpes sobre la mesa e innumerables llamados de atención realizó el juez McDowell para calmar una audiencia que se rebelaba ante acontecimientos que calificaban a viva voz como inauditos.

Al fiscal Mora y a su equipo de trabajo, así como a Tucson, parecía que en esos momentos se les había privado del habla, y no dejaban de mirarse entre sí completamente aturdidos.

Días después, los miembros del jurado protestaron ante los medios de comunicación y argumentaron que el juez McDowell les había arrebatado de las manos el veredicto sobre la culpabilidad de Alvarado, en franca violación de las leyes estadounidenses vigentes en relación a los derechos y funciones inherentes que corresponden reglamentariamente a todo Gran Jurado. Por ello, todos los integrantes del jurado aseveraron que ése era un hecho sin precedentes ejecutado por el juez McDowell, expresaron su clamoroso repudio: el juez McDowell había actuado de modo tan violatorio de las leyes como injustificado.

Durante varios días, posteriores a la culminación del juicio, en el comedor destinado para los jueces de la Corte Federal de Justicia de Los Angeles, el juez McDowell almorzó a solas. Era la clásica manera que empleaban sus colegas para repudiar el modo con que había actuado en cuanto a la absolución de un médico que merecía, ante las evidencias presentadas en el proceso judicial, haber sido condenado, dado que se había enjuiciado el singular y repudiable asesinato de un agente especial de la DEA.

Tucson miraba el reloj que estaba en la pizarra del carro y comprendía que iba con retraso. «Llegaré tarde al juicio», se decía. «¡Demonios! Hoy es la última vista. Me entretuve con Naida; luego con Celma y su llamada. ¡Qué dice ese cabrón! ¡Qué proverbio ruso ni un carajo!»

Cuando Tucson divisó los tres edificios donde se hallaban la Corte de Justicia de Los Angeles y otras oficinas pertenecientes a la CIA, al FBI y a la DEA, enseguida supo que por razones de tiempo no podría llegar a los sótanos del tercer bloque donde estaba la zona en la cual habitualmente aparcaba su carro. Sin pérdida de tiempo decidió entrar a los sótanos del primer edificio. «Un día es un día», se dijo. «No hay que ser tan disciplinado. Y bueno, como si se llevan mi carro con la grúa. ¡Al carajo!»

Aparcó en el primer espacio vacío que divisó y el cual estaba destinado para los jueces y los funcionarios de la Corte. Tucson salió sin cerrar el carro y dejó en el asiento trasero hasta su portafolio con otros accesorios necesarios; cruzó como una flecha el amplio salón cuando iba en busca de los ascensores; llegó a la sala donde se desarrollaba la última audiencia y comprobó que ya el abogado defensor hacía su alegato conclusivo. Tucson levantó la mano para saludar a Mora, pero éste, contrariado, viró el rostro y no reciprocó el saludo. «Naida, esos deseos tuyos de hacer el amor en las mañanas ahora te regresan con más fuerza que nunca, y no importa que estés embarazada. ¡Por el amor de Dios!», pensó, contrariado pero feliz, mientras tomaba asiento.

Estaban estacionados en un lugar desde el cual se controlaba visualmente la vivienda de dos plantas. Dos hombres y una joven esperaban impacientes por el regreso de Darío. Eran las tres de la madrugada.

—Par de pendejos —susurró Gabriela con voz grave y contrariada—, si a Darío le ocurre una desgracia, encomiéndense a Dios, porque a ustedes dos yo misma les voy a volar la verga.

—Gabriela, el jefe no quiso que lo acompañáramos —aclaró Patxi, sin mirar para ella que estaba sentada en la parte trasera de la camioneta.

—¿Saben qué? —recalcó Gabriela, al tiempo que rastrillaba su pistola modelo Glock—. Me importa una mierda las justificaciones de ustedes ante esta maniobra. Estoy convencida de que uno de ustedes debió acompañarlo, incluso los dos. Ya se los dije: ustedes procuren que a Darío no me le pase nada malo.

Al oír que Gabriela había rastrillado la pistola, Patxi y Muñoz se miraron azorados, ya conocían a la joven que estaba detrás. Poco después de la cuatro y media de la madrugada, llegó Darío, entró a la camioneta y se sentó junto a Gabriela. Puso una bolsa que traía a sus pies, la besó y dijo:

—Ándele, Muñoz, despacio, recuerde que estamos en Texas. Y bueno, todo salió perfecto. Mi padre ya puede descansar en paz. Ahorita, Muñoz, vamos para Tucson, a casa de Marga, pues Gabriela quiere saludarla. Luego seguimos rumbo a Guadalajara. Cuando lleguemos a México, Muñoz, te doy tu paga y los teléfonos de un señor. De ahora en adelante vas a chambear con la gente del Chapo Guzmán. Si te parece bien, por supuesto.

—Gracias, jefe —dijo Muñoz—. Y para que usted lo sepa, nomás que aquí Muñoz siempre estará listo para lo que a usted se le ofrezca.

—Eso lo sé, Muñoz —repuso Darío—. Gracias.

—¿Y yo, jefe, con quién paso a currar? —terció Patxi, mosqueado.

—Sigues conmigo —aclaró Darío—. Te vas conmigo y con Gabriela para Madrid. Allá nos esperan dos parias que tenemos que encaramar en un cometa y mandarlos bien lejos. Luego, Patxi, cuando liquidemos ese rollo, te doy tu lana, y si quieres, puedes regresar a San Sebastián para vivir con tu María.

—Jefe, ¿y si yo decido seguir con usted? —dijo el vasco.

—Basta, Patxi. Después que eliminemos a esos dos parias, yo me retiro. Me voy con Gabriela a vivir en otra capital europea. Ya tendrás noticias de nosotros, pero nada de trabajar conmigo. Se acabó.

«Tranquilo, Patxi, que el jefe y esa envalentonada Gabriela jamás abandonarán el juego», se dijo el vasco. «Ellos dos regresan. Sí. ¡Joder, es mucho dinero!»

Gabriela, feliz, iba abrazada a Darío, y sus ojos grises ahora se escondían sobre el pecho de su compañero. Cuando irrumpió el alba, y un poco antes de llegar a casa de Marga, Darío le pidió de favor a Gabriela que le leyera otra vez la comunicación escrita que había aparecido en los diarios y que fuera emitida por el Procurador General de Justicia de Estados Unidos.

Gabriela leyó. El comunicado informaba que teniendo en cuenta los artículos que aparecieron en los diarios para desacreditar la conducta de Rangel, fundador de la DEA y supervisor designado de la operación «Leyenda», y, de modo particular, respecto al secuestro y enjuiciamiento del médico mexicano Alvarado, por cuya faena Rangel fuera calificado de haber obrado con doblez y de manera irresponsable y descarriada, el Procurador General declaraba de modo oficial, que Remy Rangel, alias Tucson, agente de la DEA, no hizo otra cosa que cumplir con la orden que le fue dada por el Departamento de Justicia de Estados Unidos, y, por ende, con absoluto conocimiento y la aprobación de quien suscribía esa comunicación oficial.

—Perfecto, Tucson se merecía ese desagravio —dijo Darío.

«No te calientes, Patxi, ese comunicado a favor de ese tío extraterrestre está de puta madre, pero en cuanto a ese gilipollas del Mojarro, ¡que le den!», pensó Patxi. Gabriela se abrazó de nuevo a Darío. Al llegar frente a la casa de Marga, Patxi y Muñoz se quedaron en la camioneta como solían hacer. Sarmiento se les acercó con un termo y par de tazas y les dio café caliente. Los destellos de luz sobre el saguaro, indicaban la resuelta salida del sol.

Al quedar a solas, Patxi y Muñoz se miraron durante largos segundos y luego se abrazaron. Muñoz, emocionado, tenía los ojos aguados, y, bastante apenado, giró la cabeza hacia el lado opuesto del vasco y clavó la mirada en unos cactus florecidos: así el guapo monaguillo que tenía mirada de asesino, se mantuvo en esa posición por largo rato, afligido, cual si una paloma herida se hubiese estacionado en sus sentimientos; y, en fin, para que Patxi no pudiera verle el lagrimeo.

Tucson tenía que agradecerle a Naida y al periodista exagente de la KGB muchas más cosas de las que bullían en su mente. Del otro lado de los tres edificios, en el exacto bloque y en el preciso sitio donde Tucson debió haber estacionado su carro minutos antes, ahora entraba otro carro, parecido al de Tucson, de color afín y similar modelo, el cual era conducido por un agente de reciente ingreso a la DEA, quien no tenía la misma estatura de Tucson, pero sí tenía cierto parecido físico.

Era el caos que impone la vida, casi de manera constante aunque el ser humano no se percate de ello: el desorden que parece estar regulado de manera perfecta por una mano invisible; hechos imposibles que se revelan y ante los cuales unos hombres les llaman destino y otros los califican de ser curiosas coincidencias, bendecidas o fatales, pero convincentes, como designios predeterminados por un ente en el más allá. «Son obras de los protectores», hubiesen afirmado Mariana y Adriana en absoluta confrontación de pareceres ante una tirada del tarot. «Sí, aquí lo dicen los arcanos mayores.»

El hombre de la DEA vestido de traje oscuro, recorría en su carro los sótanos en busca de una valla que estuviera vacía; eran estacionamientos que estaban envueltos en cierta penumbra, pues pocas lámparas de luz fría iluminaban la parte central que dividía el ancho espacio rectangular con puntos ciegos a los costados. Y el nuevo agente de la DEA vio con alivio que había un sitio desocupado, y mientras se estacionaba, dijo: «Sí, qué rayos, aquí mismo.»

Entonces otro hombre uniformado, cual custodio del lugar, se acercó sigiloso a la parte delantera del carro que acababa de estacionarse, persuadido de que su silueta en ese punto ciego estaba fuera del alcance de las cámaras de vigilancia, y con una frialdad habitual, como la de los mañosos felinos, se posicionó de frente al hombre que acaba de detener su vehículo; apuntó con una pistola con silenciador hacia el pecho del solitario agente y descargó varios disparos mortales que semejaban hundirse en el silencio.

El asesino, que obraba de modo profesional y con una calma que pocos pudieran imitar, luego de comprobar que el objetivo había sido abatido, arrancó con una de sus manos enguantadas un pedazo del fragmentado parabrisas y lo metió en su mochila, quizás para llevárselo de muestra, y acto seguido lanzó hacia adentro del carro un papel envuelto en un pedazo de madera que cayó sobre el cuerpo inerte que se había desplomado en el asiento hacia el costado derecho; el papel contenía un mensaje escrito con crayola negra: «Tucson, no hubiese querido hacerlo. Los amigos son los amigos. Sé que tú no eras carnero disfrazado de lobo, pero me vi obligado a violar ese principio. Créeme. Hoy te ajusticié en nombre de El Cochiloco, que en paz descanse, y de su gente, pos nomás que sólo tú bien lo sabías: los compromisos son los compromisos.»

El asesino se marchó del lugar como una sombra que no conocía la prisa. Antes de salir del aparcamiento, se detuvo en otro punto ciego, abrió la mochila, extrajo otra camisa y se la puso; antes, se había quitado y guardó la usada, con la cual había sellado su adeudo pendiente. Quitó el silenciador de la pistola y los dos objetos se fueron también al interior de la mochila junto a la muestra del parabrisas. Al salir del aparcamiento caminaba despacio entre los pasantes, como un uniformado más, y ahora en su andar fingía y desenfundaba movimientos corporales bien estudiados, como el custodio que terminaba de hacer la guardia nocturna.

Cuando Mojarro entró a la Corte, enseguida se dio cuenta de que esa sala era un verdadero pandemonio. Mas el agente no escuchaba a nadie y no le interesaba saber qué sucedía a su alrededor. Acababa de abandonar una oficina en ese mismo edificio donde por órdenes de su jefe hurgaba para encontrar ciertos documentos de importancia. Con urgencia a Mojarro lo habían localizado por teléfono en esa oficina y le dijeron que Tucson acaba de ser asesinado en su carro, en el lugar exacto donde cotidianamente estacionaba el vehículo. Ahora Mojarro avanzaba por la congestionada sala y su vista bailaba sobre todas las cabezas. El inseparable asistente de Tucson, por demás, llevaba el semblante alarmado.

Por supuesto, sin salir todavía de su justificado asombro, Mojarro ahora había focalizado a Tucson cual si fuese para él una milagrosa aparición mística, y sin frotarse los ojos, luego de agarrar por los hombros a su jefe, lo zarandeó y lo abrazó. Y no sólo a Tucson, sino también a Mora, le resultaba fastidiosa esa persistencia festejadora de Mojarro, hasta de manera exagerada.

—¡Carajo! —clamaba Mojarro, cual si estuviese poseído y acabara de remitir su alma hacia los cielos—. ¡Jefe, bendito sea Dios! ¡Estás vivo, Tucson! ¡Estás vivo, pedazo de pendejo!

—¡Oye, qué carajo te pasa! —replicó Tucson, boquiabierto, al ver que su asistente no dejaba de gritarle y abrazarlo cual si fuese un resucitado.

—¡Jefe, me dijeron que en el sótano de nuestro edifico te habían acribillado a balazos! —aclaró Mojarro—. ¡Carajo! ¡Y mírate aquí, más vivo que nunca! ¿Qué quieres que haga? ¡Estoy feliz!

—¿En dónde me balearon? —dijo Tucson.

—Me dijeron que dentro de tu carro —aclaró Mojarro aún excitado.

Naturalmente, en medio de la anarquía que se había apoderado de la gente en sala ante la impensable y sorpresiva resolución del juez McDowell, con la cual acababa de absolver al acusado Alvarado, cuando Donnor y sus colaboradores pasaron cerca de Mora y de Tucson, no podían entender por qué razón Mojarro estaba tan alegre.

Luego arribaron dos hombres uniformados que custodiaban la seguridad de los edificios y le informaron a Tucson que habían asesinado a un agente de la DEA que estacionó el carro en su valla, y, por tanto, que el asesino seguramente se había confundido con él. A continuación, uno de los elementos de la seguridad, le pidió a Tucson que lo acompañara hasta la escena del crimen.

—Tucson, debe leer un mensaje del asesino que parece estar dirigido a usted —dijo el vigilante.

De súbito, la respiración de Tucson al escuchar esa revelación, se le atropelló. «Control. Calma. Cosas de otro mundo. Yo debería de estar muerto. Bien muerto. ¡Carajo!», se decía una y otra vez. Y pensaba en la tremenda velocidad que en la mañana le dio a su carro por las calles cuando se dirigía a la Corte Federal, recordó el reloj de la pizarra del carro que lo obligaba a apretar el acelerador, y mientras cancelaba en su mente el ácido final del juicio a manos de McDowell, pensaba en lo dicho por Darío en San Diego: «No te confíes, investigador, porque hayan matado a El Cochiloco; luego de tu negativa a aceptar el dinero, ¡vaya!, incluso no sé cómo aún puedes estar vivo.»

Cuando Tucson, Mora y Mojarro se encaminaban hacia el sitio donde habían matado al agente de la DEA que el asesino confundió con Tucson, el fiscal, presa de otras inquietudes, ya que así es de compleja la existencia humana, le pidió a Tucson que le dijera otra vez el proverbio ruso que Celma le había soltado por teléfono. Mora, para lograr ese resultado, tuvo que agarrar a Tucson por el hombro para hacerlo regresar al mundo de los vivos, su amigo estaba completamente absorto por los recientes cañonazos de la cruda realidad, esa que aborta situaciones y las mueve de manera más vertiginosa que en esas películas repletas de efectos especiales. Después de que Mora, con la insistencia que los fiscales poseen y no pueden apartar, volvió a reiterar la solicitud, Tucson, silabeó el susodicho proverbio:

—En un pleito judicial a Dios dale el alegato y al juez, el dinero.

—Nada mal. Es ingenioso ese cabrón periodista. ¡Y bueno, allá el juez McDowell cuando se las vea con su almohada y con Dios! —exclamó Mora, iracundo; y acto seguido adicionó—: Pero Dios nos protege, Rangel, si bien lamento la pérdida de nuestro joven colega. ¡Hoy me alegro de que tú hayas nacido de nuevo! ¡De veras, amigo! ¡Y ese juez McDowell y sus cómplices que se pudran!

—¿Apelamos, Mora? —dijo Tucson, ido, cual si quisiera ocupar su mente con otras cosas, ya que todavía era presa de fuertes emociones.

—¿Para qué? —replicó el fiscal—. Ya sabes, el TLC, una llamada telefónica de última hora de Los Pinos o de la Casa Blanca, dinero, qué sé yo; en fin, esa decisión vino desde lo más alto del poder político. Nos derribaron con dardos venenosos lanzados desde las sombras, y pasemos esta terrible página, porque como dijo un poeta: *la esperanza es el peor de los males, pues prolonga el tormento de los hombres.*

Preocupación. Enojo. Rabia. Desprecio hacia los enemigos de Tucson. Coraje. Deseos de tenerlo a él todo el tiempo a su lado. Protegerlo. Todo ello y mucho más sentía Naida por su cowboy. Temprano en la mañana se había ido hasta las oficinas de la Calificadora de Riesgos donde trabajaba y pudo planificar importantes asuntos que acometería al día siguiente cuando reiniciara sus habituales labores.

Luego, Naida le dijo a Ramírez que él había tenido bastante con lo del viaje a Mazatlán y se fuera a estar con su familia, pues ella, una vez que visitara el supermercado habitual, se iría de inmediato para la casa donde se hallaba Roselio, el culiche que tenía cara de esculpida madera, como amorosamente Naida lo calificaba. Ramírez protestó, pero la terquedad de Naida lo venció. En realidad, pensaba ella con justificada razón —excepto los pesados acontecimientos del juicio y los infames ataques en los diarios contra Tucson—, su vida iba retomando los cauces normales.

Ajena a los diabólicos sucesos que se habían escenificados en los edificios donde se encontraba Tucson, Naida caminaba en dirección al supermercado. Aprovechaba también la soleada y espléndida mañana que se abría en la ciudad de Los Angeles. Ahora entraba relajada al interior del enorme establecimiento comercial. Iba tranquila, porque además de haber dejado a sus padres en buen estado de salud, en Mazatlán había podido confirmar mediante pruebas y análisis, que su embarazo de dieciséis semanas marchaba a la perfección. Naida no deseaba conocer con antelación cual sería el sexo de su retoño. Ahora repasaba en su mente los regalos que les tenía preservados a los nietos de Tucson y a Phiilip, quienes llegarían de Tucson ese fin de semana.

Y pensaba, mientras visitaba el departamento donde mostraban infinidad de artículos para recién nacidos, en el regalo que le había comprado a Gal en Mazatlán. «Es un collar y un brazalete de artesanía que mucho le gustará; estoy segura», se dijo, risueña. «Y, ¡vaya!, ¿qué raro que ella aún no me ha llamado?, hace más de un día que regresé. Cálmate, Naida, Gal tiene mucho trabajo y preocupaciones. Eso es, ahorita voy a comprar unos espaguetis, beicon, huevos, queso parmesano y un buen *rosso* italiano, para hacerle unos espaguetis a la carbonara; sé que a ella ese plato italiano la arrebata, sí, y así la invito a cenar esta noche con nosotros. ¡Basta de celos, Naida, basta!»

Al terminar las compras se dirigió hacia las puertas del establecimiento. Antes de tomar el taxi que la llevaría a la casa, hizo un aparte y sacó del bolso el equipo que Tucson le había facilitado para comunicarse con él. Era un celular modelo Simon IBM, más moderno y menos pesado que el artefacto que burlona y humorísticamente en ese tiempo la gente calificaba de ladrillo. Le hizo varias llamadas a Tucson y comprobó que no respondía, le mandó un mensaje escrito en el cual le comunicaba que ya se dirigía la casa y la llamara tan pronto en el trascurso del día tuviera una oportunidad. También le dijo que esa noche haría una cena y a la misma invitaría a Gal. Seguidamente llamó a Gal para saludarla, pero tampoco hubo de responder. Entonces le mandó un mensaje escrito anunciándole la cena y que le tenía una sorpresa que le había traído de Mazatlán. «¿Cuándo apareces, amiga?», remató Naida en el final del mensaje.

El taxista, solícito, ayudó a Naida a situar las compras dentro del carro e inmediatamente tomó rumbo a la dirección que ella le había indicado. Cuando llegó a la casa, Naida se dio cuenta de que Roselio no se encontraba en el portón como era de esperar. Luego de pagarle al taxista, Naida se encaminó despacio hacia la casa, y mirando hacia los costados para tratar de localizar la figura del custodio. Entró. Lo primero que hizo fue dejar su bolso y las llaves de la casa en el recibidor, en el lugar de siempre, y se dirigió con la bolsa de los comestibles hacia la cocina.

Puso la bolsa sobre la meseta de la cocina y mientras tomaba un vaso de agua, miró a través de la ventana rectangular hacia todos los ángulos del jardín a fin de dar con Roselio. Cuando se inclinó sobre el fregadero para husmear hacia la derecha, vio que el cuerpo del custodio yacía derribado sobre el césped, como si alguien hubiese tratado de esconderlo entre unos arbustos. Y junto a su cuerpo, en puro descuido del victimario, había una botella de tequila muy parecida a la que ella había visto en su cautiverio en El Paso antes de la fuga. Era la misma botella blanca de tequila con una etiqueta carmelita con tres herraduras amarillas. Ese tipo de tequila sólo se producía en Ciudad Juárez y se vendía en El Paso.

Naida, estupefacta, dejó caer el vaso en el fregadero. Roselio no era bebedor. Esa botella de tequila pertenecía sin duda al mismo psicópata y se erguía ante la percepción de Naida como una señal inequívoca y asociada a aquellas horas infernales vividas por ella en Texas.

«Es él, tiene que ser ese malnacido desgraciado. ¡Dios mío!», se dijo con sobrada angustia. De repente, Naida comprobaba que la tranquilidad que había matizado su reciente paseo en medio de una mañana soleada, se hundía terrorífica en una violencia desbordada, brutal. Y la tenebrosa voz del asesino que tanto la había torturado en El Paso, ahora regresaba nítida y retumbaba en su memoria. Era la diabólica voz del psicópata que venía a exterminar su vida y la de su pequeñín.

Temblorosa, agarró el teléfono que estaba en la cocina y comprobó con espanto que la línea telefónica de la casa estaba muerta. Sin pensárselo dos veces decidió no regresar a la sala, y tomó la escalera auxiliar que se abría en la parte trasera de la cocina y echó a correr hacia el gimnasio que se encontraba en la tercera planta, dado que allí, además de contar con seguro resguardo, se hallaban las armas de fuego de todo tipo que Tucson tenía almacenadas en una vitrina. La repulsiva voz del hombre que ella jamás podría olvidar, ahora la transportaba como una pluma en el aire hacia la puerta del gimnasio.

«Ese Caín es un ser despreciable, Tucson, pues ha matado a varias muchachas», recordaba Naida en su espantada el último parecer dado a Tucson por el oficial James del FBI cuando éste fuera promovido para atender los graves asesinatos de mujeres en El Paso, «pero hay que reconocer que es un asesino en serie de primera categoría. Hasta en el infierno hay miserables que se disputan el trono. Y no es que yo sienta admiración por ese canalla, pero me molesta sobremanera que aún no hayamos podido atraparlo. Tal parece que se lo ha tragado la tierra.»

«¡Malnacido desgraciado, yo soy la que te voy a matar!», se decía Naida mientras atravesaba el umbral de la puerta del gimnasio y ya divisaba la vitrina que quería alcanzar; se giró para cerrar la puerta, pero el obsesivo psicópata que ahora debutaba con la fuerza bruta de un jabalí, se hizo presente: introdujo el brazo e impidió el cierre de la puerta, y con una pistola eléctrica en la otra mano le dio varias descargas a Naida. Ella, presa de pánico y dolor, quiso sostenerse en pie, pero todos los muebles y aditamentos del gimnasio fueron repasados a gran velocidad por sus nublados ojos cuando se desplomó sobre el suelo.

«*El médico Hernán Alvarado, jubiloso y muy nervioso dentro del avión mexicano que lo llevaría desde Los Angeles a México, ahora, acompañado del cónsul mexicano que lo custodiaba y ante los reporteros que lo asediaban a viva voz condenaba las imputaciones que los funcionarios y autoridades del gobierno de los Estados Unidos le habían hecho. Dijo que la fiscalía estadounidense no tenía autoridad para acusar a los políticos mexicanos y a sus autoridades: "Yo los defiendo a todos ellos porque creo que son políticos y policías honestos. ¡Es una cosa vergonzosa, bochornosa, lo que hizo y está haciendo la fiscalía estadounidense en relación a las autoridades de nuestro país!"*

»*El médico Alvarado, absuelto por el juez McDowell, demacrado por el desvelo, ahora preguntaba la hora. Se asomaba por la ventanilla del avión con frecuencia y observaba la noche y el cielo. Deseaba que el avión se moviera y despegara cuanto antes. Temía ver de un momento por el pasillo del avión que aparecieran los rostros de Mora y a Rangel que venían a por él. Alvarado colocó la mano derecha sobre la frente y se quedó pensativo. Se le acercó una aeromoza y le ofreció una copa de champaña, la cual aceptó gustoso.*

»*—Yo no acostumbro a beber, pero este es un buen momento — aclaró el galeno; luego elevó la copa y brindó—: ¡Salud, señores, por estar aquí, en este avión que es nuestro, en mi México lindo y querido!*

»*—¿Descarta, señor Alvarado —preguntó un periodista—, tener vínculos con los personajes del cártel de Guadalajara como se dice?*

»*—Sí —replicó el galeno—. Si en la Corte Federal de Los Angeles los descartaron, ¿qué más le puedo decir?*

»*—¿Usted conoció —precisó otro reportero— o trató personalmente con Aristarco, con don Fonse, y con Celso?*

»—Sí, pero —replicó el médico—, yo más bien tuve relaciones con ellos porque atendía problemas de salud de algunos de sus familiares.

»—¿A qué atribuye entonces que lo hayan vinculado con el caso Camarena? —demandó otro periodista.

»—Todavía yo no puedo entenderlo.

»—¿Había algún motivo?

»—Realmente no lo sé, señores.

»—¿Tiene enemigos?

»—No sé. Yo soy una persona tranquila y honrada.

»—¿Cómo explica su situación?

»—Es injusta. No tenían elementos para enjuiciarme.

»—¿No teme lo que venga después?

»—No, me siento tranquilo.

»Cuando el avión despegó, el médico comenzó a llorar. Y en la capital de México, a su llegada, fue recibido como se recibe a los personajes grandiosos. Llantos y gritos de júbilo. Porras ruidosas de apoyo. Pláticas afectuosas. Largos abrazos. Copas de champaña. Brindis. Horas después el ginecólogo entraba a su casa. Libre. Lo primero que hizo fue ir a un pedestal donde estaba erguido el crucifijo de más de metro y medio de altura de El Señor de la Misericordia, el patrón de Tepatitlán. "Caminaré hasta Tepatitlán para verte, mi santo patrón", dijo el galeno. "No sé en cuánto tiempo haré la peregrinación a pie, pero la haré, porque debo pagar mi deuda. Porque usted, mi santo patrón, siempre ha cuidado de mí".

»A todo lo anteriormente narrado, no faltaron los gritos de que ese narcogaleno traía consigo la gloria de nuestra nación y todo el loor de las obras de arte aztecas para que él las ofrendara ante nuestros verdaderos ídolos patrios, como para que se desvanecieran los anillos de una realidad vergonzosa y se hicieran intangibles. De tal manera que nuestros verdaderos hércules patrimoniales no pudieran ver cómo en México a los asesinos se les recibe cual si fuesen hombres admirables. Pero sabemos que esos funcionarios gubernamentales mexicanos que recibieron al narcogaleno con vítores que avergonzarían al mismísimo Hipócrates, son aves de paso que ultrajan al grandioso México que amamos. Fue recibido, sin duda, por los que nos gobiernan y enarbolan todos los días que sólo desean hacernos el bien y sólo el bien, y no son más que una partida de bribones.

Son los que representan en el poder político a toda la escoria y la demagogia que no se han podido extirpar de raíz...»

Eran fragmentos de los reportajes que aparecieron a raíz de la liberación del narcogaleno esparcidos en los diarios y revistas de México. La autoría era de Celma y de cuatro de sus amigos periodistas más íntimos que operaban en la clandestinidad más cerrada. A pesar de todas las pesquisas realizadas por los criticados y sus partidarios, éstos nunca pudieron saber quiénes eran los corresponsales que escribían tales reportajes firmados con los seudónimos de Rulfo, Pellicer y Sabines.

El experimentado matón sabía que Naida volvería en sí, si bien estaba preocupado, sabía que las descargas aplicadas habían sido muy superiores a las tolerables. Ahora la tenía atada a una silla de hierro y le había vendado los ojos con un paño negro. Era el mismo paño que había utilizado con ella en El Paso. El verdugo estaba sentado detrás de Naida. Se sentía adolorido, pero en su mente enfermiza sólo tenía cabida el entretenimiento —como lo calificaba, bien opuesto al dolor— y cualquier dolencia que disturbara ese jolgorio era apartada.

Naida movía la cabeza, y lo hizo hasta que la pudo sostener erguida. Ahora recordaba todo lo que le había sucedido hasta que cayó al piso. Por el amarre de las manos, los ojos vendados y el intenso dolor, supo que estaba a merced del mismo desquiciado asesino. Pensó en su bebé, mientras los fuertes dolores musculares no la abandonaban. A sus espaldas, ella escuchaba la voz imborrable del loco maldito que mascullaba argumentos que al parecer se decía a sí mismo:

—Caray, hace siglos que dijeron que la Tierra era plana y no giraba, y lo decían para que la gente se jodiera y se mantuviera quieta, sí, y guardara distancia y no tratara sobre todo de joder y faltarle el respeto a los amos, por eso los cabrones tomaron a los ángeles y los transformaron en los representantes de Satán... ¡Ay, esta cabronada me duele!... ¡Caray!, al fin despierta mi cochinita pibil —dijo, mientras cortaba su monserga filosófica y se levantaba con cierta dificultad—. Qué bien. Eres lista, Naida, por eso me dejaste esa noche en El Paso empedado sobre el piso. Te aprovechaste de mi nobleza. Sí, de la nobleza que tengo, la que me estropearon, digo, la que yo tenía. ¿Me sigues? Eso Dios lo sabe. Hiciste como Jessica. Aunque esa perra que tanto quiero me abandona cuando le da su realísima gana. Ella sabe que la quiero y por eso me deja como perro sarnoso. Mariana la húngara me lo dijo, sí, así como lo escuchas, Naida. Fue la única vez que consulté a esa gitana pendeja.

«¡Santo Dios, este maldito se ha consultado con Mariana!», se dijo Naida, «¡loco de mierda!, ¡hijo de mala madre!»

—Yo, Naida —continuó—, pos ni modo, a esa bruja le mentí y la engañé todo el tiempo, pero la cabrona cuando echaba las cartas delante de mis narices, levantaba la vista, me miraba fijo, se quedaba muda y hasta creo que la pinche vieja ni respiraba. Pero al final esa bruja me dijo: "¡Anjá! Sabes, forzudo calvo que pareces militar desde mucho antes de venir a este mundo, esa mujercita que tienes, te tiene perdido y te va romper los huesos". Así es, mi cochinita pibil, cuando Jessica está conmigo yo estoy calmado, hasta trabajo y me comporto bien. No busco mujeres. ¿Para qué? Pero cuando Jessica me abandona, pierdo la cabeza. Aunque hoy comprobé que la prisa provoca que las cosas no se hagan bien. La prisa es asquerosa. Hoy todo se me... —se quejó—, Jessica... Jessica... y esa cabrona por poco me mata, tenía los brazos fuertes como los de un hombre, ¡pendeja!, y hasta parece haber nacido con pistolas y cuchillos en las manos... ¡Caray!, sí, mi cochinita pibil, hice bien en desfigurarle el rostro a patadas a esa pendeja... Eso que hizo no se le hace a los hombres... ¡Hija de puta!... ¡Eres una gran hija de puta!...

Naida, al escuchar esas palabras y esos gritos, percibía que el asesino estaba fuera de control, e incluso platicaba con la voz quejosa, perentoria, desconocida, en fin, ahora ella sentía a su carcelero más desequilibrado que en El Paso. «¿Habrá matado a su mujer?», se preguntó Naida, espantada. «¿Estará borracho o drogado?»

—Naida —añadió—. Jessica... Mi mujer... Y el nombre que se manda la muy pendeja es de origen hebreo y significa "Gracia de Dios"... ¡Qué basura!... ¡Es una burla!... Shakespeare comenzó a darle fama a ese nombre en su obra *El mercader de Venecia*... ¡Caray, vete Shakespeare a la mierda! Nomás que esa gracia de mujer no es para mí. Ese nombre me duele. Incluso, yo hasta había dejado de beber. Sí. Meses y meses sin beber y gozaba y estaba muy padre con mi Jessica. Pero de nuevo Jessica se fue. Y cuando eso sucede, ya sabes, Naida, me aburro y salgo a buscar entretenimientos. Hoy, por ejemplo, los he tenido grandes, especiales, espera, eh, espera... —se acuclilló con dificultad detrás de Naida y abrió la mochila; extrajo unas fotos en blanco y negro de los años cincuenta, las cuales tenían el aspecto de haber sido retocadas en un estudio fotográfico, y también sacó un pequeño pomo de cristal con líquido que llegaba hasta la tapa y con un ojo de vidrio dentro que bailaba en el fondo; desplazó la silla donde estaba Naida hacia la derecha, se inclinó a espaldas de ella, con una mano tomó dos fotos del mazo de fotografías; pasó el brazo izquierdo sobre el hombro de Naida y se las puso de frente a los ojos, con la otra mano bajó la venda de los ojos de su víctima y precisó—: Mira, mira, esa es la gitana cuando era joven junto a su iguana, y esa otra muchacha que está a su lado, la panzona, es Adriana, la madre de tu Tucson. Y bueno, ahí es cuando tu Tucson estaba en las tripitas de su mamacita. ¿Qué te parece? Luego dicen que el mundo no se estira y encoge cada vez que alguien quiere. ¿Verdad? ¿Viste? —dejó caer la primera foto al piso y se quedó con una segunda en la mano y adicionó—: Y en esta otra foto, está la gitana con mi padre, ¿ves?, él se llamaba Benigno, ese hijo de la chingada que me abandonó desde pequeño y me dejó con los hijos de puta que se encargaron de transformar un ángel en un Satán. Y mira, mira —dejó caer la foto y ahora le mostraba el pomo con el ojo de vidrio que se bamboleaba en un líquido viscoso—, a Benigno le dieron una putiza que le sacaron un ojo a fuerza de puros madrazos, por eso el hijo de puta usaba esa canica que ves ahí. Por eso yo los maté a todos, sí, mi cochinita pibil, a los tres, a Benigno también, y por eso soy un matón, Naida. ¿Pero quiénes son los verdaderos asesinos? ¿Ellos tres o yo? Piensa, Naida, tú eres muy lista. ¿Me sigues? Medita. Me parece... ¡Ay, carajo!... —gimoteó, adolorido, puso de nuevo la venda sobre sobre los ojos de Naida, y con lentas palabras agregó—: Yo soy "El ángel del Señor", Naida... Y los narcos me dicen Kodak... Voy a tener que echarle tequila a esta pendejada que me molesta... ¡Ay, perra maldita!... Sabes, Naida, de veras, yo no quise hacerlo, pero ni modo, y no me lo vas a creer, escucha, hoy tuve que matar a tu Tucson, sí, lo maté hoy en la mañana, y te juro que lo siento mucho, nomás que los compromisos son los compromisos y se van por encima de todo lo demás, ni modo —puso el pomo en el piso, agarró fragmentos del parabrisas, se irguió, le bajo otra vez la venda de los ojos a Naida y le mostró los pedazos de vidrios—. Fíjate, te muestro ahorita pedazos del parabrisas de su carro... A balazos le atravesé el pecho a tu Tucson...

Le puso otra vez el vendaje sobre los ojos y regresó la silla de hierro a su posición anterior. Naida estaba enmudecida y ahora le rogaba a Dios que esas punzantes palabras del asesino fueran hijas del tequila. Ella no atinaba a decir vocablo alguno, y comenzó a sentir unos temblores en todo su cuerpo y no podían borrar los dolores musculares que la azotaban. Ella no comprendía qué sucedía en realidad. Ahora la confusión, una vez más, no la dejaba ordenar las ideas y mucho menos reorganizarlas. «Varias veces, en la mente humana, puede que funcionen y se realicen las grandes ecuaciones», pensaba ella, aturdida, «pero en esta ocasión, todo lo que pienso se me enreda en la estupidez, en la parodia, en el horror. Este enfermo miserable, con su obstinada persecución, ha logrado demoler mi resistencia, me siento muy débil, ha destruido mi vida. ¿Y si Remy está muerto para qué quiero vivir? ¡Santo Dios! ¡Ayúdame! ¿Y mi bebé?...»

Y Naida comenzó a llorar. El asesino se situó delante de Naida y de un tirón le bajó la venda de los ojos, y, ahora ella al mover la cabeza en todas direcciones pudo apreciar el cuadro dantesco que se abría ante su mirada.

—¡No!... ¡Asesino!... ¡No... ¡No, no puede ser!... ¡Miserable!... —gritaba Naida, con palabras entrecortadas, y gemía con la garganta rajada, con rabia y con una fuerza que sólo pueden brotar del sufrimiento más profundo, y aullaba con la boca atascada porque el quebranto y la impotencia la obligaban a cerrar los dientes con todas las fuerzas.

Naida no podía creer lo que ahora veía con sus ojos anegados en lágrimas. A unos diez pasos del lugar donde ella se encontraba, hacia su izquierda y al pie de un alto mueble del gimnasio, descubría que Gal estaba tirada a todo lo largo sobre el suelo y con el rostro ensangrentado.

—¡No te mueras, Gal, no te mueras, por favor, te lo ruego! —gritaba Naida, una y otra vez, afónica—. ¡Resiste! ¡Perdóname, mi adorable amiga! ¡Linda! ¡Perdóname! ¡Asesino maldito! ¡Eres un enfermo maldito! ¡Quisiera matarte con mis propias manos! ¡Sí, maldito desgraciado, tú eres Satanás! ¡Eres!...

—Mi cochinita pibil —la atajó, pero no podía frenarla—. Cálmate, ¿no te das cuenta que ahora te miro? Si detienes la mirada puedes ver cómo soy. Me parece que tendré que...

—¡Acércate a mi cara, desgraciado! —Naida lo escupía una y otra vez, fuera de sí, a pesar de saber que el hecho de verle la cara al asesino era su segura sentencia de muerte—. ¡Acércate, para ver si puedo escupirte el alma y a la malvada madre que te parió desgraciado! ¿Por qué mataste a Gal, maldito! ¡Muérete! ¡Muérete hijoputa!... ¡Púdrete!...

—Caray, Naida, esa perra estaba bien entrenada. Si la hubieras visto, yo creo que para esa cabrona entablar combate era como escuchar música o estar viendo su película favorita. Lo siento, mi cochinita pibil, pero no tuve otra. Caray, tuve que matarla. ¡Mira, Naida! —ahora gritaba como los locos que esperan por la camisa de fuerza y se movía de un lado a otro—. ¡Mira, mira cómo esa perra me desfiguró el rostro! ¿Viste? ¡Y mira el balazo que me metió la cabrona en la pierna! ¡Y mira como me dejó los brazos, carajo! ¡Por poco me mata la muy perra! ¡Así —chasqueó los dedos—, en un dos por tres!... Mis planes por su culpa...

—¡Hijo de puta! —gritaba, gemía y lloraba Naida a un mismo tiempo y se ahogaba en su incontrolable rabia—. ¡Ella debió de matarte!... ¡Sí!... ¡Sí!...

—Tuve que matarla —él se pasó la mano por la frente ensangrentada—, y a tu Tucson lo maté primero que a ella. Pero es lo que yo te decía cuando uno hace las cosas con prisa y entonces...

Naida, mientras no dejaba de clamar y de chillar con toda la fuerza de sus pulmones, miraba hacia el rostro del hombre calvo de mediana estatura que ahora se movía iracundo, y ella lo escupía y sabía que ya no le quedaba nada en la boca; en realidad, ella a él ya lo veía borroso y no tenía capacidad para repasar sus rasgos físicos, mucho menos lograr escucharlo aunque moviera y abriera los labios un millón de veces. Por demás, Naida sabía que Gal había sido asesinada, y Remy también estaría sin vida, y ahora ella y su bebé correrían la misma suerte. Paradójicamente, esos resortes invisibles, de repente, se les hacían casi visibles y la ayudaban a sostener su aliento para llevar a cabo las últimas pláticas que tendría en su imaginación con ellos tres. Y una inexplicable paz, tal vez hija de los arcanos mayores, sin pedir anuencia, comenzó a apoderarse del deplorable y debilitado ánimo de Naida.

Entró y tomó asiento. Enseguida vio una frase que el nuevo jefe de la DEA había colgado en un cuadro detrás de su buró: «La vida es muy peligrosa. No por las personas que hacen el mal, sino por los que se sientan a ver lo que pasa.» Albert Einstein.

—Hombre, qué le dije en la Corte Federal de Los Angeles cuando fumábamos en el saloncito, eh. Que en un mes tal vez cambiaría su vida. ¿Recuerda?

—Tiene razón, jefe —Tucson no apartaba la vista de la frase—; así fue, si bien en aquel momento, usted me dejó bastante intrigado.

—¿Le gusta ese pensamiento que colgué en la pared?

—Sí, jefe, pero con todo respeto, usted debería pedirle a alguien que se lo mandara al juez McDowell. ¿No le parece?

—No, pienso que con las críticas que le han hecho, ya McDowell debe de saber que se equivocó de manera rotunda; pero bien, yo a usted lo mandé a buscar para tratar otros asuntos de importancia. Tengo en mente proponerle a usted una nueva misión, sobre cuyo desarrollo estará totalmente subordinado a mí. No quiero que la DEA pierda a un agente como usted.

—Gracias, jefe, por esa opinión, la cual aprecio mucho, de veras, pero en realidad yo no deseo saber de qué trata esa nueva misión porque he decidido no continuar en la DEA.

—¡Vaya! —estaba sorprendido—. ¿Razones? ¿Las puedo conocer?

—Por supuesto que sí. Unas cuantas. Mire, yo no respeto a la CIA. Y creo que eso ya usted debe de saberlo dado que hice un informe sobre esa agencia que muchos colegas no entendieron. Y en cuanto a la DEA, no es que yo esté resentido por todo lo que me hicieron, en fin, sentirme burlado; de una parte trataron de hundir mi nombre en el descrédito y en la mierda, y disculpe la expresión pero no encuentro otra más adecuada, y de otro lado, hasta intentaron extraditarme a México; y no, no sólo por esas sucias acciones en contra mía, jefe, con las cuales me engañaron y a partir de tales entresijos, dañaron la complicidad de un compañerismo que yo aprecié y valoré positivamente por mucho tiempo, no sólo eso, sino que de ahora en adelante yo no puedo confiar más en la DEA, que en definitiva es lo peor y lo más grave que pudiera sentir, jefe; así de sencillo. Y, finalmente, digamos que quiero cambiar de problemas. Puede que a partir de hoy las cosas que realice no sean importantes, pero es lo que yo quiero hacer. Así de simple. Voy a ser mi propio jefe, como solía decir mi hijo en alguno de sus poemas.

—Son argumentos de peso, Tucson, no lo niego. Sin embargo, mi experiencia me dice que tienen que haber razones más poderosas. ¿O no?

—Sí, usted tiene razón. Y bueno, con todo respeto, digamos que hoy me he levantado algo patriótico y le voy a platicar con absoluta sinceridad. A mí me parece que a nuestro gobierno le costará mucho trabajo dar solución al enfrentamiento del crimen organizado y el narcotráfico. Estoy convencido de que así como se ha acostumbrado a la carrera armamentista y al tráfico ilegal de armas, así como a las guerras que se suceden unas tras otra y nada ni nadie las detiene, dado que ofrece grandes dividendos como pocos negocios, sucederá lo mismo respecto al narcotráfico y a la narcoviolencia: se convertirá también en habitual costumbre que nada ni nadie podrá detener y acabar. ¿Usted vio cómo recibieron en México a ese Menguele que se nombra Alvarado y que torturó con saña a Camarena? ¡Lo recibieron como a un héroe! ¡Y luego en México le hacen corridos a esos capos que mandan a matar a la gente! Yo no sabría qué decirle a la viuda de Camarena y a sus hijos acerca de esos deplorables acontecimientos. Créame, uno se avergüenza que puedan suceder tales canalladas. Y las cosas en México con los años van a empeorar. Y bueno, jefe, ya se me agotaron los argumentos. De todas formas, felicito a los que decidieron que usted sea el nuevo jefe de la DEA.

Bonner y Tucson se despidieron. El jefe de la DEA, en gesto inusual avanzó hacia él, abrió los brazos y le dio un abrazo, y dijo:

—A hombres como usted hay que despedirlos con un abrazo. Aunque le diré algo: yo no me rindo. Le cursaré por escrito la nueva propuesta de trabajo. Tengo la esperanza de que usted al final me diga que sí. No es nada despreciable lo que voy a pedirle. Adiós, y espero por su respuesta.

Tucson afuera, con señas, indicaba a Mojarro y a Ramírez que se mantuvieran atentos a la puerta del gimnasio. Los gritos de Naida lastimaban la sensibilidad de los colegas y del agente. «¡Espagueti, ayúdame!», rogaba Tucson para sí mientras entraba en la habitación de su nieto. Ayudado por la cama y otros utensilios, hizo una pirámide y sobre ella se encaramó y se encimó a las disimuladas hendiduras que se escondían en el segmento de la pared que imitaba rocas y cemento corrugado.

A su derecha había una hendidura, inservible; en el centro otra de alguna utilidad, pero a su izquierda estaba la más grande, por donde cabía el cañón de la pistola y podía acomodar el ojo adiestrado para no equivocar la diana. Por esa disimulada abertura que había ideado Espagueti, a cada rato el adolescente, con un fusil de agua, le disparaba finos chorros al abuelo cuando éste levantaba pesas.

Tucson se encimó con su pistola favorita —modelo SIG-Sauer 9 mm— y observó hacia el interior del gimnasio. Pudo ver cómo el asesino le gritaba a Naida que estaba atada a una silla y le blandía el cuchillo y la pistola en la cara. El psicópata ahora se movía más de la cuenta e incluso cojeaba de una pierna que tenía una improvisada venda ensangrentada sobre la rodilla, y se le veía enfurecido. Pero sobre todo, con esos movimientos, él se escudaba el pecho con la cabeza y la espalda de Naida. «Pienso que a ese hijoputa tendré que dispararle a la cabeza», se dijo. A la izquierda, detrás del mueble alto donde el agente solía hacer abdominales, vio las manos de Gal sobre el piso. Tucson sintió una daga en su corazón que lo dejó sin aliento. «¡Ojalá que ella esté herida o desmayada!», se dijo, esperanzado, cual niño que está convencido de que su deseo no será cumplido. Y, de súbito, pudo comprender por qué Gal había estado ilocalizable tanto tiempo.

Apuntó con cuidado hacia la cabeza del hombre que estaba a la distancia de unos trece metros, y cuando vio al asesino algo quieto, que el blanco apenas se le movía, Tucson disparó. Una sola bala fue más que suficiente: hubo de entrarle por el ojo a Kodak. Con la fuerza del impacto lo lanzó hacia atrás y su cuerpo cayó a unos pasos de Naida.

Cuando el agente con sus colegas derrumbaron la puerta del gimnasio, Tucson corrió hacia Naida, la desató y la abrazó contra su pecho. A continuación ordenó a Ramírez llamar a una ambulancia y a la jefatura. Tucson vio que Naida estaba alterada y extremadamente débil, pero viva. Después, ella, temblorosa y atravesada por un dolor inenarrable, dio unos pasos, despacio, y se puso de hinojos ante el cuerpo inerte de Gal; Tucson la ayudó, pues ella había realizado rígidos movimientos corporales para acercarse a Gal; ahora Naida la acariciaba y le despejaba el rostro con las manos, sin importarle en ese instante confrontar los desaires de la muerte. Tucson tuvo que secarse los ojos con la manga de la chaqueta.

«Por eso a Tucson en la escuela le decían *hair trigger*», se dijo Mojarro, mientras revisaba la desfigurada cabeza de Kodak, y, después, vio a Naida que mimaba el rostro de Gal. «¡Santo cielo! ¡Qué temple tenías, Gal! ¿Cómo habrás enfrentado a ese asesino profesional? ¡Chinga a tu madre, psicópata, jamás sabrás el daño que has hecho!»

Los paramédicos cuando arribaron se llevaron a Naida para su recuperación. Sin embargo, las descargas eléctricas propinadas por Kodak, fueron demoledoras. Ella sangraba y estaba muy endeble. Tucson, en el hospital, luego de escuchar el parecer de los médicos, se percató de que Naida estaba muy grave.

En el sueño que no parecía acabar, en absoluta catatonia, como un zombi, Tucson se veía a sí mismo en las exequias de un ser querido, se aproximaba para verlo y no lograba divisarlo, y sobre todo, no sabía de quién se trataba. Sabía que estaba en Mazatlán. Había mucha gente en el velatorio. Gal lo tocó por el hombro y le dijo: «Estás poseído por un silencio salvaje, Tucson, pero nadie puede poseer la muerte. Cálmate. Sabes, yo fui quien la mató, ahora te lo puedo decir, te amé tanto que inconscientemente maté a Naida, sí, yo siempre le desee la muerte. Pero debes resignarte, jefe, Naida, la muchacha dueña de las ecuaciones», continuaba Gal, «vivió sus últimos años casi en cautiverio permanente, físico y mental, y al final ese ruin psicópata, la dañó demasiado.»

Mas en el sueño Tucson deducía que esa historia de Gal era falsa, ya que ahora Naida iba a su lado en la camioneta que corría veloz sobre la carretera hacia Arizona, iba en el asiento derecho, sonriente, movía sus cabellos al aire, y sintió cuando ella le daba un manotazo y le decía: «¡Te amo, estúpido! Y a tus enemigos les digo: *¡Li mortacci tua e de tuo nonno!* y también: ¡Vamos a toda madre!» Volvió Gal y le dio un suave empujón a Tucson y le dijo: «Naida perdió a tu hijo, me aseguró que si era niña le pondría mi nombre, qué bonita, y si era varón le pondría tu nombre. Oye, Remy, gracias por mandar mis cenizas a mis padres.»

Tucson, en el sueño, vio cómo alguna gente quería que él dijera algo, Mojarro, otros colegas y familiares trataban de reconfortar su ánimo, pero Tucson escapaba de su propio cuerpo y le ordenaba a un Tucson desmejorado que, por razones obvias, debería permanecer callado. «La muerte vuelve, mijo, mordedora, a revisitar tu alma, pero no te preocupes, tú pronto volverás a ser el mismo de siempre», le decía Adriana, la madre optimista. Y enseguida Tucson escuchaba que Mariana la contradecía: «No, Adriana, qué dices, nuestro hijo nunca más volverá a ser el mismo. Vivirá en otro mundo, en otra esfera, sí, como el individuo que toma los aviones y después de terminado el vuelo, descubre que le cambiaron el huso horario. ¿Cómo se le llama? Sí. Hoy duermes en Mazatlán y mañana amaneces en China y sientes que todo está al revés?» «No sé, Mariana, no sé cómo se le llama», replicó Adriana, enfadada. Tucson en ese instante vio muchos aviones volar sobre su cabeza, unos iban entre las nubes oscuras y otros sobrevolaban los desiertos. Sabía cómo se llamaba ese padecimiento, ese cambio de huso horario referido por Mariana y cómo repercutía en el estado de ánimo de los viajeros, provocándoles insomnio, pérdida de la memoria, falta de apetito, vómitos y diarreas, pero no tenía deseos de hablar. Celma apareció y movía los labios, como si hablara, mas Tucson no lo escuchaba.

Kodak, en el perturbador sueño, entró y atravesó todo el salón de la funeraria, así lo veía Tucson, Kodak salió al patio trasero y se recostó a un árbol. Llevaba en la mano una tortuga, ahorcada. Colgó la tortuga de una rama del árbol y luego a una distancia de diez pasos le hizo varios disparos con una Browning 9 mm, mas todos los disparos fueron erráticos. Kodak, miró burlonamente a Tucson, y le gritó: «¡Yo tiro mejor que tú, Tucson, nomás que hoy la buena suerte no me acompaña!». El psicópata tenía los ojos en blanco. Tucson corrió vengativo hacia Kodak para matarlo y veía que el estrecho pasadizo de la funeraria en dirección al patio era interminable. Finalmente, al llegar hasta el árbol no encontró a Kodak ni a la tortuga. Y Tucson se contempló ante un charco de agua trasparente que se hallaba a sus pies, miró hacia abajo y vio su propia cabeza, como de goma, estirada, y sus deformes labios que llegaban hasta el piso. Y Tucson no dijo nada, pero veía sus lágrimas que volaban hacia la misma rama donde había estado colgada la tortuga.

Cuando Tucson despertó y abrió los ojos, supo que había soñado mucho y no recordaba casi nada. Ahora, despierto, se percataba de que estaba hundido en un sillón de la funeraria de Mazatlán, frente al cuerpo inerte de Naida. Tucson comenzó a llorar en silencio y no le importaba que sus lágrimas cayeran y las viera la gente. «¿Dios mío, por qué?», meditaba, «¿por qué dejaste que patearan mi fe y se fuera Naida, la muchacha de mi redención?, ¿por qué ese psicópata andaba con viejas fotos y hasta con un ojo de vidrio?, ¿por qué demoró tanto para hacerme el atentado y no dejaste, Dios mío, que me eliminara?, ¿por qué le hizo tanto daño a Gal y a Naida?, ¿por qué Naida se desangró y se le paralizó su joven corazón y dejaste morir a nuestro bebé?, ¿por qué Gal, y cómo ella pudo entrar en el gimnasio?, ¿por qué, Dios mío, me has dejado tan solo en la estacada, donde ahora confundo el regreso con la partida y viceversa? Dios mío, son misterios que jamás podré comprender. Como bien me dijo Gal sobre la crueldad existente entre los hombres: "Nadie sabe el porqué, Remy, nadie lo sabe". Ahora Tucson rememoraba un poema en el cual Oliver recreaba la idea de que el presente no era más que un quebradizo instante en el cual se asociaba el pasado con el futuro. «Sabes, Oliver», se dijo Tucson, abatido, obsesivo, lloroso, «pronto, quizás, me iré a los mares del sur como querías y gritaré contigo: ¡Adiós Arizona!»

«Procurar una vida feliz, es ilusorio», recordaba Rangel las palabras que Celma le había vaticinado sobre la existencia humana. Era un concepto discutible de Platón, mas sobre el cual Rangel ya no abrigaba la menor duda. Había vivido un verano nefasto, unos días terribles y unas horas que se le amontonaron en pesado duelo, pensó, mientras ahora atravesaba por carretera el desierto de Sonora. El guerrero que había nacido y crecido en las calles humildes de su ciudad natal, entregaba las armas con las cuales, imbuido de preciados ensueños juveniles, combatió el narcotráfico y la narcoviolencia, pues quería un país en el cual la juventud y los niños crecieran sin drogas.

Quiso el destino o los arcanos mayores, según Mariana y Adriana, que el agente supervisara la operación «Leyenda» para dar caza a los asesinos de Camarena y Zavala. Con los defectos inevitables, pues ninguna obra humana suele ser perfecta, los resultados de esa operación fueron reconfortantes, excepto la bochornosa página de que el presunto galeno criminal fuera absuelto por la extraña y siniestra decisión de un juez norteamericano.

La pérdida del hijo y la de Naida, marcaron su existencia como noche interminable y angustiosa. Tucson nunca pudo saber cuál había sido el jefe de la DEA que delató a Camarena ante los narcos. Esa fue una pieza que no pudo encontrar en el rompecabezas investigativo. Su integridad, mediante premeditada acción de sus enemigos, quiso ser mancillada a través de los medios de comunicación.

En los momentos de recibir la embestida de los diarios que lo calificaban de haber traicionado a la nación estadounidense y de ser un renegado, Tucson sintió que una fuerza ciega lo aprisionaba. Llevó sobre sí durante semanas una especie de alquitrán incendiario, cual sombra maldita que lo acompañaba a todos los sitios y no podía en modo alguno quitársela de encima, como si fuese un doble, el doble, su doble, que deseaba liquidarlo paso a paso o de golpe y porrazo. Como también la vida, que suele regatearle a la gente la felicidad, se hubo de ensañar con él, negándole hasta el deseado mínimo bienestar.

Luego de que el Procurador General de Justicia estadounidense diera a conocer a los medios de comunicación el comunicado de absoluto desagravio donde se restituía el decoro de Remy Rangel, los colegas que le habían dado la espalda, volvieron a reaparecer en su vida y lo felicitaban como si anteriormente nada de anormal hubiese sucedido. Pero Tucson había aprendido muchas lecciones sobre la deslealtad, sobre todo, las enseñanzas que se esconden en la simulación y la hipocresía de los demás. En la medida en que la operación Leyenda avanzaba y se apresaba a los culpables del secuestro y asesinato de Camarena y del piloto Zavala, los capos del narcotráfico, confabulados en la complicidad con los narcopolíticos, decidieron atentar contra la vida de Rangel. Y así se hizo, aunque el resultado fue fallido.

La administración estadounidense fue presionada por el gobierno azteca —primero ante el presidente Bush y a continuación ante Clinton— a fin de que Tucson fuese extraditado para ser juzgado en México, debido a que había violado el Tratado de Extradición vigente entre ambas naciones y la soberanía de México. El Procurador de Justicia estadounidense en funciones, sin embargo, mediante pertinente respuesta escrita, no sólo se negó a efectuar dicha extradición, sino también declaró su apoyo a Rangel.

Eran los tiempos en que la CIA con razón, se atribuía y festejaba el mérito de haber derribado el campo socialista. Y en consecuencia a Sachs y a otros colegas suyos, se le ordenó radicarse a trabajar en Yugoslavia. Luego se desataría la guerra de Kosovo y el país yugoslavo, que unificara Tito con su liderazgo, se desintegró.

Debido a delaciones bien remuneradas, en Colombia fueron eliminados, primero, Rodríguez Gacha, y luego Pablo Escobar. En México se ultimó con armas de fuego a Luis Donaldo Colosio, candidato del PRI a la presidencia en las elecciones de 1994. Entre otros factores desencadenantes que provocaron su asesinato, Colosio no quiso contraer compromisos con los capos del narcotráfico. Era el candidato que seguramente hubiese triunfado en esos sufragios. La misma mano oscura de la narcoviolencia llevó a cabo la eliminación física del comandante

Guillermo Calderoni, quien fue ultimado a balazos en territorio norteamericano debido a los delicados secretos que dominaba.

Darío desposó a Gabriela en Madrid, y ambos junto a Patxi, fueron tras los pasos de Cobreros y Plinio para ejecutarlos; era la última encomienda del MOSSAD que el *sayanim* juarense hubo de aceptar. Luego, según él, se dedicaría por entero a sus propios negocios sin la égida del narcotráfico ni servicio de inteligencia alguno. La nostalgia por Ulricke a Darío se le hizo perdurable. Y en las golpizas que solía propinarle a Gabriela —que disminuían gracias a la amorosa complicidad casi filial que había surgido entre Marga y Gabriela—, con su arcaico machismo a cuestas, Darío culpaba a su madre de esos irreconocibles cambios que se operaban en él. Cadena logró consolidar prósperos negocios en territorio estadounidense. Celma, retirado para escribir gruesos libros sobre la historia de México, visitaba a Tucson regularmente, y en esas pláticas le desempolvaba viejos conceptos de filosóficos griegos que, según él, habían sido los primeros pensadores en examinar a los hombres y el mundo en que vivían.

Naturalmente, Tucson no había quemado la mochila de Kodak, como tampoco las evidencias que corroboraban sus criminales acciones de asesino en serie y su desempeño de matón por encargo de los narcos, pruebas que entregó a la policía norteamericana, pero sí echó al fuego el mazo de fotografías y el ojo de vidrio, pues no quería que Mariana se dañara al visualizar tales objetos y desenterrar un pasado desagradable. Con Mojarro y Ramírez, por supuesto, Tucson hizo ese pacto de silencio.

Después de leer la carta que le mandó Bonner, en la cual le proponía una nueva misión de la DEA, Tucson decidió rechazarla en todos sus términos. Tucson puso en la grabadora del carro la canción *Always On My Mind* de Willie Nelson, y ahora la escuchaba ensimismado:

> *Quizás no te demostré amor en momentos cuando pude*
> *Quizás no te traté bien en momentos cuando pude*
> *Perdóname, debería de haber estado ciego*
> *Quizás no estuve para acariciarte*
> *Todas esas noches solitarias*
> *Siempre estabas en mi mente...*

A Tucson le gustaba la melodiosa voz de ese cantautor.

Esa canción le acariciaba el corazón ante el recuerdo de Naida y de Oliver. Cualquiera diría que Tucson, en la continuidad de su vida, cuando atravesaba en su camioneta el desierto hacia Arizona y avanzaba hacia la ciudad donde había nacido, luego de dar su último pistoletazo para espantar sus desolaciones, puede que ahora estuviese escoltado por correcaminos, saguaros, cardos florecientes, cactus, milenarias rocas y vastas planicies repletas de fantasmas.

Agradecimientos

«Sólo hay una cosa comparable al placer de hallar un amigo: el dolor de perderlo». (Carta de José Martí a Diego Jugo Ramírez, Nueva York, 28 de julio de 1882. *Epistolario*, t. I, p. 241.) *Adiós Arizona* existe gracias a la colaboración de un amigo norteamericano, fundador de la DEA y que desapareció misteriosamente de mi entorno. Por razones de seguridad, para él y su familia, no escribo su nombre. Sin embargo, hago patente mi agradecimiento a su persona y espero que no le haya sucedido nada malo y se encuentre bien. Especial congratulación a Laura, mi mujer, y a mis renuevos Landy, Ivón, Fidel, Pablo Alejandro y Fabio; también mis parabién a mis hermanos Omar y Ofil. Y mi cálida gratitud a la pandilla de amigos que me ayudaron en esta fabulación: a Pablo Milanés, mi émulo de Sindo y Bach; a Naida Verna, la bella romana que vive convencida de que el amor es el verdadero remolino y muy superior a la muerte, a Marieta Recio, mi editora, a Diana Guzmán, que me ayudó con las traducciones del idioma inglés, a Jaime Cadena, infatigable lector de mis novelas, a Derwin Torres, autor de la portada y contraportada de esta novela, a Pedro García-Espinosa, por sus atinadas observaciones, a Omar Díaz de Arce, el astrólogo convincente, a Conrado Sandoval, descubridor de la sabiduría azteca, y a Humberto Vázquez, sabio amigo, que al escribir la Historia, le imprime el difícil y bendecido vuelo literario.

www.ingramcontent.com/pod-product-compliance
Lightning Source LLC
Chambersburg PA
CBHW071628260626
47170CB00001B/8